BASTEI
LÜBBE

© Fridtjof Stein

Über die Autorin:

Kristin Falck wurde 1966 in Gelnhausen geboren, wo das Mittelalter lebendig ist. Die promovierte Informatikerin lebt heute mit ihrem Mann und zwei kleinen Kindern in Heidelberg. Schreiben bedeutet für sie »... dem nachzuspüren, was mich im Innersten bewegt, und es mit feinen Strichen so auf einen kräftig bunt grundierten Hintergrund zu bringen, dass andere dasselbe empfinden.«
Mit *Die Hüter der Wolken* legt sie ein beeindruckendes Debüt vor, eine große Saga mit historischem Flair, die raffiniert konstruiert und mit ungewöhnlichen Figuren bestückt ist.
Kristin Falck schreibt bereits an der Fortsetzung.

Besuchen Sie die Autorin unter www.kristinfalck.de im Internet.

Kristin Falck

DIE HÜTER DER WOLKEN

Roman

BASTEI LÜBBE

BASTEI LÜBBE TASCHENBUCH
Band 15 787

1. Auflage: Dezember 2007
2. Auflage: März 2008

Bastei Lübbe Taschenbücher in der Verlagsgruppe Lübbe

Originalausgabe

Lektorat: Melanie Blank-Schröder/Claudia Müller
Titelabbildung: Eigenarchiv Hilden Design, München, Markus Gann
Umschlaggestaltung: Hilden Design, München
Illustrationen: Tina Dreher
Satz: Urban SatzKonzept, Düsseldorf
Druck und Verarbeitung: GGP Media GmbH, Pößneck
Printed in Germany
ISBN: 978-3-404-15787-7

Sie finden uns im Internet unter
www.luebbe.de
Bitte beachten Sie auch: www.lesejury.de

Der Preis dieses Bandes versteht sich einschließlich
der gesetzlichen Mehrwertsteuer.

Für Leonard und Hendrik

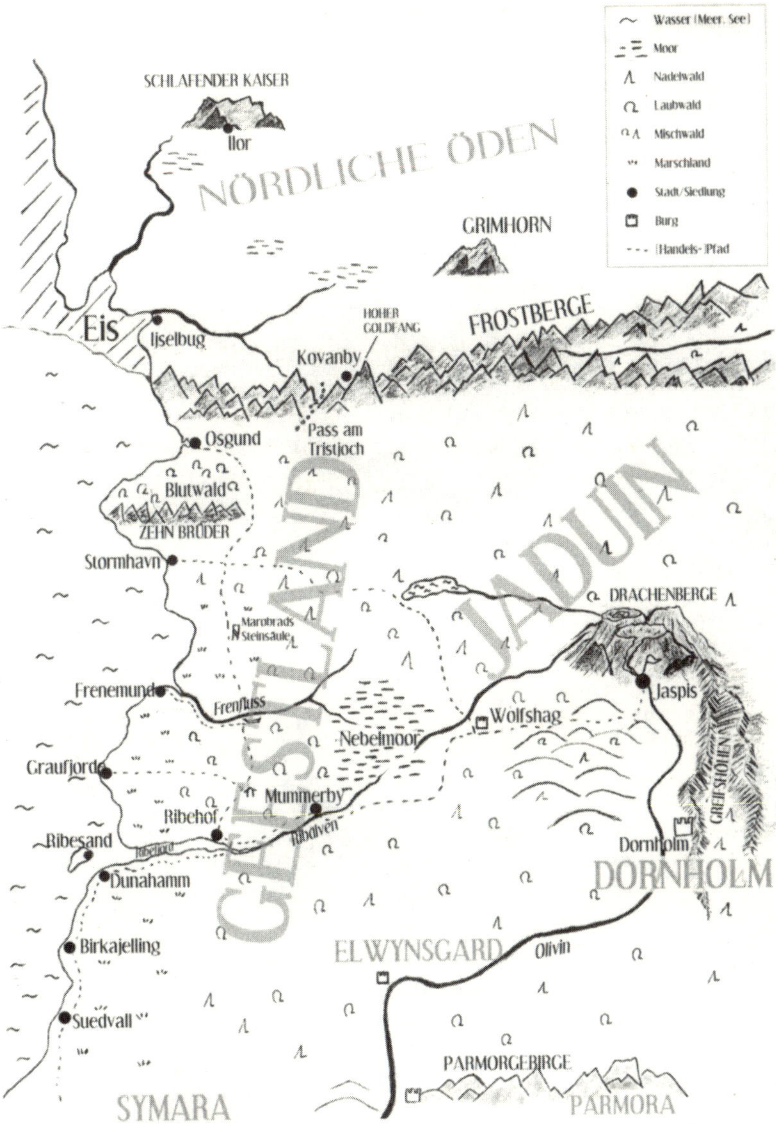

Wasser (Meer, See)
Moor
Nadelwald
Laubwald
Mischwald
Marschland
Stadt/Siedlung
Burg
(Handels-)Pfad
SCHLAFENDER KAISER
Ilor
NÖRDLICHE ÖDEN
GRIMHORN
FROSTBERGE
HOHER GOLDFANG
Eis
Ijselbug
Kovanby
Pass am Tristjoch
Osgund
Blutwald
ZEHN BRÜDER
Stormhavn
Marobrads Steinsäule
GESTLAND
JADUIN
DRACHENBERGE
Jaspis
Frenemund
Frenfluss
Wolfshag
Nebelmoor
Graufjorde
Mummerby
Ribehof
Ribalven
Ribesand
Dunahamm
GREIFSHÖHEN
Dornholm
DORNHOLM
Birkajelling
ELWYNSGARD
Olivin
Suedvall
PARMORGEBIRGE
SYMARA
PARMORA

Haus der Feodriner

Die königliche Familie

Felor — **Theol** — 1. **Jendro** ⚭ **Calisa** — 2. ⚭ **Hakon**

Felor
Der Steinwächter
Bruder Jendros

Theol
Bruder Jendros

Jendro
Der Steinkönig
Herrscher
über Jaduin

Hakon
(s. Haus
Dornholm)

Etor
Sohn Felors

Piarras
Sohn Etors

Damaen
Sohn Theols

Ethandras
Sohn Jendros
und Calisas

weitere Personen am Königshof:

Doberan: königlicher Baumeister
Horwart: Hofheiler
Daryn, Theron,
Ciro, Lacon,
Olvir, Keril,
Machaon: Feodriner Ritter

Haus Dornholm

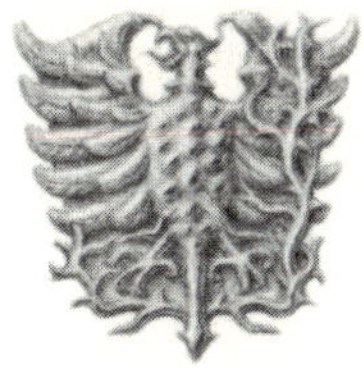

Calisa ⚭ **Hakon**
Großherzog aus
Dornholm

Harold
Sohn Calisas
und Hakons

weitere wichtige Person im Haus Dornholm:
Hagbart: Hakons Ritter

Die Küstenstädte
Ribehof

Die Familie des Küstenthans

Orlyg ⚭ **Audhild**
Than und Herrscher über alle Küstenstädte im Geestland

Lärka
Tochter Orlygs und Audhilds

Fregar ⚭ **Asa**
Orlygs Bruder

Valthjof
Isolf
Kori
Jörn
Söhne Fregars und Asas

Mildri ⚭ **Maurik**
Orlygs Schwester (lebt in Jaduin)

weitere Ribehofer und Ribehofer Gäste:

Valgrim: Wanderer zu Besuch in Ribehof
Arild: Valgrims Neffe
Knut: Knecht am Hof des Thans
Vigdis: Grünes Weib (Kräuterfrau) von Ribehof
Ahern: Pferdezüchter

Stormhavn

Die Familie des Dorfthans

Fasolt
Dorfthan

Trond,
Fasolts Sohn

Idona,
Fasolts Tochter

weitere Stormhavner:

Wygard: Aherns Schwager
Ulfgar: sein Sohn

Frenemund

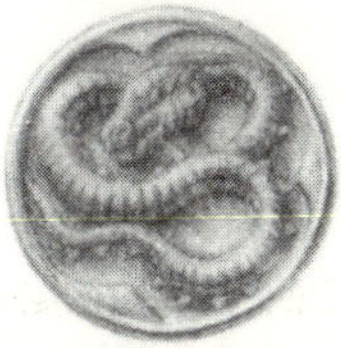

Die Familie des Dorfthans

Gizur
Dorfthan

Barung
Sohn Gizurs

Osgund

Die Familie des Dorfthans

Grenjad ⚭ **Rutlindis**
Dorfthan — Audhilds Schwester

Tiernan
Bruder von Audhild
und Rutlindis

Keelia
Owin
Moryn
Kinder von Grenjad und
Rutlindis

weitere Osgunder:

Melva: verwirrte Frau, ehemals mit Audhild bei Maggai
in die Lehre gegangen
Maggai: Grünes Weib (Kräuterfrau) von Osgund
Reidar: Nachfahre Marobrads
Roric: sein ältester Sohn
Roar: Reidars Zwillingsbruder
Kodran: sein ältester Sohn
Fridmund: Grenjads Vetter

Prolog

Er, der Uralte und Machtvolle, fühlte sich in seiner Erhabenheit verletzt. Es verspotteten ihn die Wolken, die unerreichbar über ihm dahinzogen, anstatt sich gleich einer Krone ehrend auf sein Haupt zu setzen. Die Pflanzen nährten sich an seiner Kraft, nur um zu verwelken oder den Tieren zum Fraß zu dienen, anstatt ihn immerzu mit ihrem prachtvollen Kleide zu decken. Die Bäche sprangen in ihrer Jugend an seinen Flanken hinab und nahmen einen Teil von ihm mit, nur um ihn dann für immer zu vergessen. Die Menschen und die Zwerge rissen ihm gar seine Innereien heraus, um ihre Macht und ihr Ansehen zu vergrößern, ohne ihm Ehre zu erweisen.

Ärgernis um Ärgernis, Bitterkeit um Bitterkeit hortete der graue Riese sorgsam und geduldig in seinem tiefsten Inneren, seinen Groll damit nährend, ihn keimen und wachsen lassend, sodass er stark würde für die Zeit der Vergeltung an allem Lebendigen.

Da kam aus des Himmels Weiten ein Geschenk, das ihn aus seiner steinischen Begrenztheit befreite. Jegliches Gewürm unter den Wolken, das den Fuß auf seine erhabenen Hänge setzte, konnte er nun der Macht seiner Stimme unterwerfen. Und er lernte dank des Himmelssteins das Wispern der Wolkenhüter zu verstehen.

Langsam erwachte der Berg voller Zorn, um sein Werk zu beginnen.

Kein Sterblicher würde den Gang der Dinge noch ändern.

Selbst der König der Steine würde seinen Meister finden.

Und wenn alles getan war, würde der Berg endlich in würdevoller Ruhe der Ewigkeit entgegensehen.

Calisa hatte ein wohlsättigendes Mittagsmahl aus Reis und einem mit Feigen gefüllten Hühnchen eingenommen und sich auf ihr Lager begeben, um auszuruhen. Aber so müde sie auch war, sie fand keine Ruhe. Unablässig kreisten die Gedanken in ihrem Kopf. In die Freude über die glückliche Geburt ihres zweiten Sohnes mischten sich lange verdrängte Zweifel und Befürchtungen. Sie, die Witwe des letzten Königs, hatte ihrem zweiten Gemahl vor wenigen Tagen einen Knaben geboren. Eine Tochter wäre vielleicht nicht ihrem Mann, aber doch ihr höchst willkommen gewesen. Dieser Knabe jedoch konnte das Gleichgewicht gefährden. Sie seufzte, schloss die Augen und rief sich Bilder von dem Tag in Erinnerung, an dem ihr Glück noch ungetrübt war und sie eine unbeschwerte Zukunft auf Burg Drachenkrone vor sich glaubte.

Der Ritter mit der glänzenden Rüstung saß so aufrecht im Sattel seines tänzelnden Rappen, als sei dies sein erstes Lanzenstechen im Turnier und nicht der letzte, entscheidende Durchgang. Auf dem rot leuchtenden Turnierrock des Ritters und dem Überwurf seines Pferdes prangte jeweils ein silbernes Wappen mit einem schwarzen Greif umgeben von grünen Dornenranken. Es war Hakon, der Sohn des Großherzogs von Dornholm. Calisa hatte ihn erst kurz zuvor, bei ihrem ersten Besuch bei Hofe kennen gelernt.

Ein Knappe reichte Hakon seine Lanze, und sofort preschte er zum Tilt, dem Zaun, der die Turnierbahn der Länge nach teilte. Sein blau gewandeter Gegner mit dem Hirschkopf unter der Sonne im Wappen hatte kaum Aufstellung genommen, da trieb der Dornenritter sein Ross so ungestüm an, dass es stieg. Calisa hielt für einen Moment den Atem an, doch mit geschmeidiger Sicherheit glich Hakon trotz der schweren Rüstung die Bewegung seines Pferdes aus und ließ es den Tilt entlangstürmen. Er legte die Lanze an und jagte vorwärts, als gelte es, einen fliehenden Feind zu stellen. In der atemlosen Stille über dem Turnierplatz hörte man das Knirschen der Sättel, das leichte Klirren der Rüstungen und das Trommeln der Hufe, als die beiden Kontrahenten aufeinander zugaloppierten. Laut krachte das Holz, als die Lanze ihr Ziel fand und Hakon seinen Gegner mit Leichtigkeit aus dem Sattel hob. Er selbst war noch nicht einmal gestreift worden.

Calisa stimmte erleichtert lachend in den Beifall der Zuschauer ein, die zu Hunderten den Turnierplatz säumten. Der Sieger zügelte sein Pferd, wendete und ritt zu dem am Boden liegenden Gegner. Mit einer nachlässigen Geste warf er seine zersplitterte Lanze neben dem Verlierer in den Staub. Dann trieb er sein Pferd vor den königlichen Baldachin und nahm seinen Helm ab. Schweißtropfen perlten von seinem zerzausten hellbraunen Haarschopf, als er den Kopf hob und Calisa ein strahlendes Lächeln schenkte. Nachdem er unter tosendem Beifall den Siegerpreis – einen überaus wertvollen, faustgroßen Smaragd – entgegengenommen hatte, hob er die Hand. Als die Menge schwieg, rief er: »Dieser Edelstein kann nur *einer* edlen Frau im ganzen Reich gehören, denn nur ihrer Augen Glanz braucht den Vergleich mit diesem Juwel nicht zu scheuen. Ewige Blüte und Freiheit für das Königreich Jaduin – und für Euch, meine Königin.« Mit leuchtenden Augen hielt er ihr das blütenweiße Samtkissen hin, auf dem grün der Smaragd funkelte. Sie hätte gerührter kaum sein können über so viel Ehrbezeugung, senkte verlegen den Kopf und errötete.

»Wohl gesprochen, mein Freund! Niemand hätte eine bessere Wahl treffen können«, sprach die wohl tönende Stimme des Mannes neben Calisa. Sie gehörte zu ihrem Bräutigam, König Jendro, der sich an diesem Tag mit ihr vermählt hatte.

Ein leises Geräusch unterbrach Calisas Tagträume. Die Tür zu ihrem Gemach öffnete sich, und der Kopf der Zofe erschien.

»Prinz Ethandras ist nicht im inneren Hof oder im Kräutergarten«, sagte die Zofe. »Soll ich den Hauptmann der Wache schicken, um ihn zu suchen?«

Calisa verneinte und entließ die Zofe mit der Bitte, sie eine Zeit lang nicht zu stören. Sie würde selbst herausfinden, wo sich ihr erstgeborener Sohn aufhielt. In ihrer Familie verfügten einige Frauen über eine besondere Gabe und so auch sie: Sie konnte ihrem geliebten Kind nahe sein, wenn sie schlief und einen Traum heraufbeschwor. Sie wusste, dass sich diese besondere Verbindung verlieren würde, wenn Ethandras heranwuchs, aber jetzt würde sie sich zu ihm begeben. Seit der Geburt ihres zweiten Kindes hatte sie ihn kaum gesehen und wünschte zu wissen, wie es ihm wohl ginge. Also legte sie sich zur Ruhe und fand alsbald den Weg durch die Traumwelt zu ihrem Kind.

»Ich will, dass er lebt!« Der Junge sah auf den kleinen Vogel hinunter, den er fürsorglich in der Mulde seiner beiden Hände hielt.

»Lass der Natur ihren Lauf, Ethandras. Wenn es beschlossen ist, ihn aus dem Nest fallen zu lassen, dann hat das seinen Grund. Leg ihn dort unter einen Strauch zum Sterben.«

»Nein, die dicke Katze wird ihn fressen«, widersprach der Junge. »Er will leben! Schau doch nur, wie er sich müht!«

»Sein Bein ist gebrochen.«

»Ich habe genau gesehen, wie du vor kurzem bei Hauptmann

Doran ein gebrochenes Bein geheilt hast. Mach doch, dass das Vogelbein auch wieder heil wird. Das kannst du doch.«

»Ich habe Dorans Bein geschient, und er muss noch eine ganze Weile ruhig liegen. Das wird bei dem Vogel nicht gehen.«

»Es muss aber gehen. Dann kann er bald wieder herumhüpfen!« Ethandras fing an, nach Stöckchen zu suchen.

»Gut, gut. Wir werden ihn nachher versorgen. Aber du wirst ihn ganz allein füttern und pflegen, bis er wieder gesund ist.«

»Das tue ich bestimmt, Oheim! Ich bringe ihn schnell in meine Kammer und bin gleich wieder da.«

»Willst du dich jetzt um alle in Not geratenen Vögel in unserem Reich kümmern?«

Der Knabe dachte kurz nach und sagte dann mit kindlichem Ernst: »Wenn sie mir vor die Füße fallen.«

Sein Oheim lachte mit tiefer Stimme und rief einen Diener, damit er sich des Vogels annähme, bis er und sein Neffe von ihrem Spaziergang zurückkämen.

Im Traum ging Calisa neben Felor, dem Bruder ihres ersten Mannes, her. Aber eigentlich war es nicht sie, die dort ging, sondern ihr kleiner Sohn Ethandras, dem sie im Traum nahe war. Sie liefen auf einem Pfad aus feinem, hellem Kies, der weich unter ihren Füßen knirschte. Der Weg war begrenzt von großen runden Flusskieseln, deren glatte Oberflächen mit eingemeißelten Blättern und Eidechsen verziert waren. Links und rechts des Pfades erstreckte sich ein grüner Rasenteppich, aus dem sich kunstvoll geschnittene Kugeln, Spiralen und Obelisken aus Buchsbaum erhoben. Vereinzelt standen uralte, riesige Eichen, in deren Zweigen die Vögel sangen. Calisa konnte fast die warmen Strahlen der ersten Frühlingssonne auf ihrem Rücken spüren. Sie fühlte die gespannte Vorfreude, die ihr Sohn empfand. Er erinnerte sich daran, wie feierlich Felor ausgesehen hatte, als er die Einladung zu diesem besonderen Spaziergang aussprach. Fackeln hatten sie auch mitgenommen. Das versprach ein Abenteuer zu werden.

Ethandras schritt so würdevoll wie möglich den Kiesweg entlang. Jetzt hörten sie ein feines, gleichmäßiges Rauschen. Der Weg führte auf einen Teich zu, in den sich ein kleiner Wasserfall ergoss. Die Legende besagte, dass der Teich sich einst aus den Tränen des Drachen speiste, den Feodras der Kühne unter dem Berg besiegt hatte. Das Wasser war selbst im Winter warm und schmeckte leicht salzig auf den Lippen.

Hinter dem Teich erhob sich ein felsiger, mit Moos bewachsener Hügel, der von Menschenhand behauen war. Man hatte ihm die Form eines riesigen Kopfes gegeben. In den Augen des Riesen leuchteten große weiße Steine in der Sonne. Seine niedrige Stirn, die Augenbrauen, die lange Nase, die Wangen und das bartlose Kinn waren mit Moos bedeckt, sodass es aussah, als habe der Riese eine grüne Haut. Sein Mund war ein gerader, waagerechter Spalt in dem grünen Hügel. Aus ihm floss der Wasserfall in den Teich, vor dem sie jetzt angekommen waren. Hinter dem Kopf des Riesen erhob sich eine ehrfurchtgebietende schwarzgraue Felswand, die bis in den Himmel zu reichen schien.

Der Junge war noch nie so nah an den Riesen herangekommen. Niemand darf leichtfertig die Ruhe des Riesen stören, mahnte sein Oheim Felor stets, sonst würde er sich erheben und sich auf die Störenfriede stürzen. Ethandras folgte seinem Oheim respektvoll. Der Weg vor ihren Füßen teilte sich und führte zu beiden Seiten um den See herum. Links und rechts des Wasserfalls endete er an zwei mannshohen Steinplatten. Ethandras und Felor hielten sich rechts der Gabelung und blieben schließlich vor einer Platte aus poliertem Obsidian stehen. Ehrfürchtig bewunderte Ethandras die kunstvollen Steinmetzarbeiten über die alten Geschichten der Feodriner.

So lebendig waren die Bilder, dass selbst hier im sonnendurchfluteten Garten die abweisende Kühle des Nordens zu spüren war, wo die Ahnin ihres Volkes, Althea, in den Öden am Eisberg herrschte. Im nächsten Moment meinte man, das feurige Schnauben des Drachen zu hören, den Feodras der Kühne besiegt hatte, bevor er an dieser Stelle vor vielen Generationen die Stadt Jaspis gründete. War das Land zuvor kahl und abweisend, so hatte es sich nach dem Tod des Drachen gleichsam in ein blühendes Paradies verwandelt, das von mildem Wetter gesegnet war und weder Missernten noch Hagel und bitteren Frost kannte.

Von dem in den Obsidian eingemeißelten Drachen glitt der Blick auf die Szene der Stadtgründung und den Bau der Burg Drachenkrone. Deutlich waren die beherrschenden Türme der Burg zu erkennen: im Südosten der Silberwolkenturm, dessen oberer Teil in Lapislazuli gekleidet war und mit dem Himmel zu verschmelzen schien, und im Südwesten der Feuerherzturm, an dem ein riesiger Opal die Abendsonne widerspiegelte. Das letzte Bild am oberen Rand der Steinplatte war weniger deutlich. Es zeigte eine Gestalt mit einem bauschigen Obergewand, die eine Kette aus Sternen um den Hals trug und auf einer Wolke saß. Das muss ein Wolkenfürst sein, ein märchenhafter, guter Geist, von dem eine alte Sage Wundersames erzählt, dachte Ethandras ehrfürchtig. Der Geist der alten Könige und Ahnen schien an diesem Platz zu wehen und von der ruhmreichen Geschichte der Feodriner zu künden, einer Geschichte, die nach dem Tod seines Vaters Jendro einen ungewissen Fortgang haben würde.

»Du bist jetzt alt genug, um einen weiteren Teil der Traditionen unserer Vorfahren kennen zu lernen und das, worauf sich unsere Macht gründet«, richtete Felor das Wort an den Jungen. »Bewahre die Dinge, die du nun sehen wirst, in deinem Herzen. Es kann sein, dass wir für lange Zeit nicht mehr an diesen Ort kommen. Und sprich mit niemandem darüber, denn es ist nicht gut, wenn das Wissen um die Macht zu den Falschen gelangt.«

Ethandras nickte andächtig und schwieg.

»Jetzt halte die Fackeln«, sagte Felor. Calisa spürte, wie Ethandras das Herz bis zum Hals klopfte, als Felor die Arme ausbreitete und die Hände mit gespreizten Fingern so auf die Schnitzereien der Steinplatte legte, dass er die Augen Feodras' mit der linken und die des Drachen mit der rechten Hand berührte. Felor schien keine Kraft aufzuwenden, und doch bewegte sich die Platte wie durch einen Zauber und glitt lautlos auf. Der Junge hielt vor Überraschung den Atem an. Ein geheimer Eingang! Sie traten in einen großen, höhlenartigen Raum mit kahlen, erdbraunen Wänden, nur spärlich beleuchtet von den Sonnenstrahlen, die durch die Öffnung und durch die Augen des Riesen einfielen. Felor berührte den Obsidian mit einer leichten Handbewegung. Die Steinplatte schloss sich hinter ihnen und schnitt die Lichtstrahlen ab. Sie waren im Kopf des Riesen.

Der Raum war leer bis auf eine hüfthohe Steinsäule in der Mitte. Ethandras betrachtete sie genau. In die Säule waren auf der einen Seite Bilder von Drachen und Wolken gemeißelt, auf der anderen Seite waren drei Männer zu erkennen, die zwischen zwei Bergen standen. Über ihren Köpfen zuckten Blitze, als wütete ein gewaltiges Gewitter. Die Oberseite hatte eine flache Vertiefung, sodass sie aussah wie ein Tisch. Ethandras schaute sich weiter um. Im Halbdunkel konnte man viele Gänge erkennen, die aus diesem Raum tiefer in den Berg zu führen schienen. Felor hielt eine der Fackeln hoch, entzündete eine weitere und gab sie Ethandras. Dann durchquerte er den Raum und verschwand in einem der Gänge. Plötzlich war sein Gesang zu hören, ein Lied über die Reihe der Könige nach Feodras, das Ethandras schon so oft gehört hatte, dass er es mitsingen konnte.

Feodras der Kühne kam von Norden her,
durchbrach des Drachen hürnene Wehr
mit dem Geschenk der Silberzwerge,
dem mächtigen Stein vom Herz der Berge.
Baute alsdann Jaspis das Juwel,
die Steinkönigstadt, edel und hell.
Schloss mit Geistern des Himmels den Bund,
eines langen Friedens guter Grund.

Auf Feodras folgte Pano, dritter Sohn,
auf der Steinkönige Jadethron.

Baute Zinnen und prächtige Türme,
damit eine Burg die Stadt beschirme,
herrschte über Flüsse, Küsten und Berge,
vermehrte Feodras' des Kühnen Erbe.

Ethandras folgte seinem Oheim mit hastigen Schritten. Durch einen kurzen Gang gelangten sie in einen weiteren runden, höhlenartigen Raum, etwa zwei Mannslängen weit und genauso hoch. In der Mitte war wieder ein säulenartiger Tisch, verziert mit Figuren, die – wie die Bilder vom großen Steintor – vergangene Geschichten zu erzählen schienen. Von diesem Raum führten fünf Gänge tiefer in den Berg. Felor sang weiter und folgte unbeirrbar seinem Weg durch den Berg.

Auf Pano folgte Hespero, erster Sohn,
auf der Steinkönige Jadethron.
Brachte den Stern zum Feuerherzturm,
erwarb sich Dornholm ohne Waffen und Sturm.
Fand im Drachenberg Höhlen sich winden,
die vom Geschlecht der Feodriner künden.

Auf Hespero folgte Jayr, des jüngeren Bruders zweiter Sohn,
auf der Steinkönige Jadethron . . .

Sie wanderten durch unzählige Gänge und durch ebenso viele runde Räume mit verzierten Säulentischen. Ethandras hatte längst die Orientierung verloren, als Felor endlich anhielt. Hier war etwas anders: Auf dem Tisch in der Mitte lag ein Stein von der Größe eines schlafenden Widders. Es war ein vieleckiger, unbearbeiteter Kristall, der im Halbdunkel zunächst schwarz erschien. Als Felor und Ethandras sich näherten, fingen die genarbten Seitenflächen das Licht und gaben einen tiefroten Schimmer wieder.

Ethandras blickte auf die Verzierung des Tisches und erkannte die Szenen einer Hochzeitsfeier, den Bau eines Hauses – das musste die Feodriner Bibliothek sein – und einen Ritter, der mit einem riesigen Bären kämpfte. Von diesem Raum führte nur ein einziger Gang weiter.

Felor wandte sich nun an den Jungen und sagte: »Die Herrscher unseres Königreiches und deinen Vater Jendro als den letzten in der Linie nennt man die Steinkönige. Du weißt warum?«

Calisa hörte Ethandras die Antwort aufsagen: »Weil sie alle Steine kennen, die mächtigen Felsen und die kleinen Kiesel, die edlen Juwelen und die gemeinen Wackersteine, die ruhenden und die fallenden, die bösen und die heilenden.«

»Ja, aber Steinkönig wird nur der, der über die Herzen der Berge herrscht, Ethandras. Das ist die Königsgabe. Sie gibt einem Steinkönig die Macht, die Grenzen des Reiches mit der Kraft der Steine zu beschützen. Sei es gegen Menschen oder gegen Mächte, denen kein anderer Sterblicher widerstehen kann. Du wirst mehr darüber lernen, wenn es an der Zeit ist. Dieser Stein hier«, er deutete auf den fahlweißen Felsen, der auf dem Tisch lag, »ist der Herz-der-Berge-Stein unserer Könige. Feodras hat ihn einst gefunden und in die Höhle gebracht. Mit seiner Hilfe kann der Steinkönig, nun ja, sagen wir: Berge versetzen. Nicht anfassen!«, rief Felor scharf, als der Junge seinem Drang nachgeben wollte, den Stein zu berühren.

Dann fuhr er ruhiger fort: »Du hast vielleicht schon bemerkt, dass jeder Steinkönig und jeder seiner männlichen Nachfahren einen eigenen Raum in diesen Höhlen hat. Wenn ein Feodriner heranwächst und zum Ritter des Steinkönigs wird, stiftet er eine Steinsäule, die er am Tag seines Ritterschlages in seinem Raum aufstellt. Dabei wird er geführt vom Steinkönig oder seinem Statthalter, dem Steinwächter. Niemand außer diesen beiden kennt das Geheimnis des Höhlenlabyrinths.« Ethandras rückte instinktiv näher an Felor, damit er seinen Oheim nicht aus den Augen verlieren würde, falls dieser weiterging.

»Das hier ist der Raum deines Vaters«, fuhr Felor fort. »Bei seiner Krönung wurde der Herz-der-Berge-Stein hierhergebracht, damit dein Vater ihn gebrauchen kann, wenn es nötig wird.«

»Und dahinten liegt mein Raum?«, fragte Ethandras und versuchte, durch die Dunkelheit zu spähen.

»Ja, aber die Zeit ist noch nicht gekommen, dass du ihn betreten darfst.«

»Wie geht der Weg von hier aus weiter?«

»Er geht nicht weiter. Dein Vater starb, bevor er einen Nachfolger benannt hatte. Der Berg wird das Labyrinth weiterbauen, und wir werden unser Lied weiterdichten, wenn ein neuer Steinkönig offenbar wird.«

Ethandras schauderte bei der Vorstellung, dass der Berg ein Eigenleben haben sollte.

»Wann wird das sein? Wer wird es sein? Bin ich es?«

»Ich wünschte, ich wüsste es. Aber wir müssen warten. Wir werden es wissen, wenn es so weit ist. Der Steinkönig entstammt immer dem Geschlecht der Feodriner, aber nicht immer ist es der Erstgeborene des herrschenden Königs. Jetzt will ich dir noch etwas zeigen. Hier entlang ...«

»Eure Hoheit«, rief eine hohe, dünne Stimme. »Eure Hoheit! Eure Hoheit, Ihr wünschtet, geweckt zu werden.« Langsam verblassten die Bilder des Traums vor Calisas innerem Auge.

Einen Moment noch verharrte sie in der Erinnerung an den kunstvollen Garten und die ehrfurchtgebietende Höhle. Es klopfte an ihrer Tür. Sie schüttelte die letzten Reste des Traumes ab. Langsam öffnete sie die Augen und setzte sich in ihrem Bett auf. Die warmen Strahlen der Nachmittagssonne fielen durch die kleinen Fenster in ihrem Gemach. Sie spielten im Gefieder des Singvogels, dessen silberglänzender Käfig in der Nähe des Fensters stand, und fingen sich auf einem großen Wandteppich gegenüber ihrer Lagerstatt. Die feingewirkten Stickereien zeigten einen wundersamen Baum aus goldenen Fäden, der in einem schwarzen Felsen wurzelte und mit den Zweigen in die Wolken reichte. Schillernde Opale, Türkise und Turmaline in den unglaublichsten Farben bildeten Blätter und Blüten des Baumes. Der Baum war ein Sinnbild für Stärke und Leben der Feodriner Könige, deren Grund die starken Felsen waren. Nun öffnete sich die Tür, und Auduna, die junge Zofe, betrat das Gemach, im Arm einen Säugling.

»Ich hoffe, Ihr habt wohl geruht, Eure Hoheit. Euer kleiner Prinz Harold verlangt nach Euch. Er ist wirklich ein hungriger Bursche«, sagte sie und kitzelte das Kind an der Nase.

Calisa lächelte und streckte die Arme nach ihrem Zweitgeborenen aus. Auduna legte das Kind sachte in Calisas Arme, brachte ihr Kissen und stellte einen Krug mit frischem Wasser und eine Schale mit Obst auf die hölzerne Truhe neben dem Bett.

»Der Steinwächter wünscht Euch zu sprechen, Hoheit«, sagte sie.

Calisa machte es sich und dem Kind bequem und erwiderte: »Dann werde ich nachher in den Garten gehen. Ich bin sicher, ihn dort zu treffen.« Sie dachte an ihren Traum und dass Felor, der als Statthalter des Königs den Titel »Steinwächter« trug, wohl noch mit dem Jungen in der Höhle war. Warum nur hatte er ihrem gerade einmal fünf Jahre alten Sohn die Höhle gezeigt, das Heiligste der Steinkönige?

»Nicht nötig, Eure Hoheit. Er bestand darauf, dass Ihr Euch nicht bemüht. Er kommt selbst. Ich werde seinem Diener Bescheid geben.«

Die Zofe ging hinaus. Während der kleine Harold in langen ruhigen Zügen trank, schweiften Calisas Gedanken zum Vater ihres jüngsten Sohnes. Ob Felor wohl Nachricht von ihrem zweiten Mann, dem Großherzog Hakon, hatte? Vor fast zwei Monaten war er zu einem Kriegszug aufgebrochen, um das Volk des Parmorgebirges tief im Südosten zu unterwerfen, wo reiche Edelsteinminen schlummerten. Zwei Botenvögel hatten Nachrichten von seinem

Vorrücken gebracht, aber danach war kein Vogel mehr angekommen.

Ob Hakon verletzt war? Hakon, der Starke, der Ungestüme. Gegen Felors Willen war er losgezogen, um die »Bedrohung im Süden«, wie er es nannte, abzuwehren. Felor hatte weder eine Bedrohung der Südgrenzen gesehen noch die Notwendigkeit, dafür die Leben tüchtiger Männer zu opfern. Er hatte Hakon lediglich zur Verstärkung der Grenztruppen gedrängt, damit diese möglichen Angriffen besser standhalten könnten. Doch Hakon hatte »Für Jaduin: ewige Blüte und Freiheit!« gesagt und seine eigenen Pläne durchgesetzt. Ein grollender Felor hatte ihn schließlich ziehen lassen.

Es schmerzte Calisa sehr, zwischen ihnen zu stehen und nicht vermitteln zu können. Sie konnte nur mit ansehen, wie sich die beiden Männer mit wachsender Abneigung umkreisten. In Hakons Abwesenheit hatte sie versucht, Felor milder zu stimmen. Wenn Hakon siegreich zurückkehren sollte, würde sie Felor bitten, ihm Parmora als weiteres Lehen zu geben. Diese Geste des Wohlwollens musste doch friedensstiftend wirken.

Calisa war Hakon das erste Mal begegnet, als sie zu ihrer eigenen Verlobung mit König Jendro auf die Burg Drachenkrone gekommen war. Das schien eine Ewigkeit zurückzuliegen. Hakon stammte aus dem Großherzogtum Dornholm, dem stärksten Fürstenhaus im ganzen Königreich. Der Sohn des Heermarschalls von Jaduin war ein stolzer und kühner Ritter, dessen gewaltigen Zorn seine Feinde fürchteten. Mit Leichtigkeit hatte Hakon das Turnier anlässlich der königlichen Hochzeit gewonnen. Er hatte nur aus Freundschaft zum eher sanftmütigen Jendro an dessen Freudentag darauf verzichtet, seine geschlagenen Gegner dadurch zu demütigen, dass er ihre Helme und Rüstungen einsammeln und von seinem Pferd im Staub zertreten ließ.

Stolz hatte Königin Calisa den funkelnden Smaragd aus seiner Hand entgegengenommen, und Hakon hatte darüber hinweggesehen, dass seine eigene Verlobte für den Rest des Hochzeitfestes ein gekränktes Gesicht machte. Ihr Vater löste bald darauf die Verlobung seiner Tochter mit Hakon und gab diese dem Fürsten von den Hyazinth-Hügeln zur Frau, ohne dass Hakon sehr traurig darüber gewesen wäre.

Für Calisa war das Hochzeitsfest wie ein Traum gewesen, der sich in ihrem Leben an Jendros Seite und mit der Geburt ihres Sohnes Ethandras bis in die Ewigkeit weiterzuspinnen schien. Die Nachricht von Jendros unerwartetem Tod auf einer Reise im Norden war ein grausames Erwachen. Sie fand sich allein mit dem zweijährigen Ethandras wieder, dem Pfand ihrer kurzen Verbindung. Würde er einmal der neue Steinkönig werden? Dass ein Steinkönig eines unnatürlichen Todes starb, war so ungewöhnlich, dass Generationen von Steinkönigen seit Feodras dem Kühnen erst am Totenbett ihren Nachfolger aus den Reihen der jungen Feodriner, so nannten sich Feodras' Nachfahren, bestimmt hatten. Dabei zählte nicht das Recht des Erstgeborenen, sondern Feodriner Blut und die Berufung durch den Steinkönig, der mit sicherem Gespür wusste, wer einmal die Königsgabe haben würde. Jedes Mal war es eine gute Wahl gewesen, die dem Land Frieden und Wohlstand sicherte.

Bis Ethandras alt genug war, würde Felor, der älteste Bruder und engste Berater Jendros, als Steinwächter an seiner statt sowohl die Gewinnung und den Handel mit Edelsteinen als auch die Regierungsgeschäfte lenken. Felor war ein Mann der Traditionen, des Regierens und Gestaltens und kein Heerführer. Der Heermarschall, Hakons Vater, war im Herbst nach Jendros Tod bei einem Jagdunfall umgekommen. So hatte Hakon seinen Fürstensitz verlassen und war zur Burg Drachenkrone geeilt, um die Nachfolge seines Vaters als Heerführer anzutreten.

Seit dieser Zeit hatte Calisa ihn öfter gesehen und viel Trost darin gefunden, ihm zu lauschen, wenn er von seinen Plänen erzählte. Sie wünschte sich eine Zukunft, in der Ethandras ein starkes und wohl geordnetes Reich übernehmen und die glorreiche Tradition der Feodriner fortsetzen würde.

Nach einiger Zeit fand sie Gefallen an Hakon, seiner lebhaften und kraftvollen Art. Er begann, sie zu umwerben, zunächst fragend, dann immer stärker – sehr zum Missfallen von Felor, der diese Wahl für nicht standesgemäß hielt. Schließlich war Hakon kein Feodriner. Calisa setzte sich über Felors Unbehagen hinweg, denn am Ende würde diese Verbindung das Reich stärken. Nach zwei Jahren der Trauer gab sie Hakons Werben nach und wurde seine Frau.

Jetzt musste sie zum zweiten Mal um einen Ehemann bangen. Ob sie noch einen vaterlosen Sohn würde großziehen müssen? Sie hoffte so sehr, dass Hakon wiederkäme, sie in die Arme nähme und sein Kind sähe. Hakon wusste noch nicht, dass er seit zwei Tagen Vater eines gesunden, kräftigen Sohnes war. Calisa war sicher, er würde sehr stolz und glücklich sein.

Als das Kind satt und zufrieden eingeschlafen war, übergab Calisa es der Kinderfrau und stand auf. Sie trat vor einen großen, glatt polierten Spiegelstein und ließ sich von Auduna ankleiden. Aus einem edlen, ein wenig spitzen Gesicht, umrahmt von langem braunschwarzem Haar, schauten ein Paar große, schillernd grüne Augen, deren Glanz die Augen anderer Feodrinerinnen überstrahlte und ihr den Beinamen *Beryllia* eingebracht hatte. Sie war zartgliedrig, der Bauch noch leicht gewölbt von der kurz zurückliegenden Niederkunft; sie sah nicht älter als die fünfundzwanzig Lenze aus, die sie erlebt hatte.

Auduna reichte ihr nun einen ärmellosen Überwurf aus der königlichen Sammlung der heilenden Gewänder. Für Frauen in ihrem Zustand kunstvoll gefertigt war der Stoff mit allerlei Edelsteinen besetzt, deren Kräfte die Genesung der Trägerin beschleunigen sollten: Milchigweiße Achate, Schutzsteine der Schwangeren, waren kreisförmig umgeben von blauen Chalcedon-Steinen, damit das Kind genug zu trinken bekam. Darunter kamen zwei Reihen bläulich weiß schimmernde Mondsteine, die den Frauen den sanften Rhythmus des Mondes wiedergeben sollten.

Wenig später betrat Felor gemessenen Schrittes Calisas Gemach, er hatte seinen Bruder Theol im Gefolge. Die Feodriner hatten alle die dunklen, fast schwarzen Haare und grünen Augen ihrer Vorfahren. Der nicht ganz vierzig Jahre alte Felor war kräftig und breitschultrig. Über engen Beinlingen und Schuhen aus weichem Leder trug er einen halblangen dunkelblauen Kittel, der von einem mit prächtigen Edelsteinen verzierten Gürtel zusammengehalten wurde. Auf seiner Brust prangte das Wappen der Feodriner: Die linke Hälfte zeigte einen roten, unter herabfallenden Felsbrocken gekrümmten Drachen auf grünem Grund; die andere Hälfte schmückte eine weiße Hand auf blauem Grund, in deren Mitte ein orangefarbener Edelstein leuchtete. Jeder bei Hofe kannte die Tracht des Steinwächters.

Der etwas jüngere Theol neben ihm trug das Azurblau der Feodriner und einen mit Opalen besetzten Gürtel, was ihn als Mitglied der königlichen Familie auswies. Er war von schlankerer Gestalt als Felor. Calisa erinnerte er darin an Jendro, nur dass Jendros Züge nicht die gleiche Festigkeit wie die seiner älteren Brüder gehabt hatten, sondern weicher und voller gewesen waren. So war auch seine Hand beim Regieren immer wohltätig und mild gewesen. Jendro der Wohltäter, der Förderer der Künste, der König der schönen Steine. Ihr Blick wanderte unwillkürlich zu dem Wandteppich, seinem Hochzeitsgeschenk. Jendro der Sensible, der den Menschen in seinem Reich nachspürte und darüber die Wacht an den Grenzen zu vernachlässigen schien. Seine Art zu regieren hatte nicht allen Fürsten im Reich gefallen. Mancher hatte sich einen stärkeren König gewünscht. Aber ausgerechnet Jendro, der jüngste der drei Brüder, war vom sterbenden Steinkönig ernannt worden und hatte die Königsgabe gehabt. Allein das war entscheidend. Es konnte niemand anderes auf dem Jadethron der Burg Drachenkrone sitzen.

Die Tür öffnete sich erneut, und Doberan, der königliche Baumeister, kam herein. Er kam aus dem Süden, war klein und hatte die typisch südländischen, dichten schwarzen Locken. Unter allen Vornehmen und Handwerkern der Burg war er von ferne am leichtesten zu erkennen, denn er weigerte sich, etwas anderes zu tragen als eine helle Tunika, in die sich seine Landsleute in den warmen südlichen Gefilden zu gewanden pflegten. Als einziges Zugeständnis an die kühlen Winter Jaduins hatte er sich für die kalte Jahreszeit wollene Tuniken fertigen lassen. Doberan hatte sich bis heute nicht an Calisas schimmernd grüne Augen gewöhnt: Bei jeder Begegnung verlor er seinen freundlich klugen Blick und starrte sie für ein paar Augenblicke ungeniert fasziniert an. Erst dann verfiel er wieder in seine Gewohnheit, den Raum, in dem er sich befand, zu inspizieren und eventuelle Mängel zu registrieren, die er umgehend beheben ließ. Der Baumeister war ein enger Vertrauter Jendros gewesen. Für seinen König hatte er ein großes Anliegen verwirklicht: einen eigenen Bau für die Bibliothek Jaduins. Doch nun wunderte sich Calisa, was ihn zusammen mit ihren beiden Schwägern in ihr Gemach führen mochte. Die drei Männer standen um Calisas Bett, auf dem sie saß.

Felor ergriff das Wort. »Hoheit, entschuldigt das ungewöhnliche Eindringen in Eure Privatgemächer. Es liegen einige Dinge an, die der Klärung bedürfen.«

»Sprecht, habt Ihr Nachricht von meinem Gemahl?«

»Wir bringen frohe Kunde, doch ...«, Felor schien verlegen, »... sie vermag nicht, unsere Herzen zu erleuchten.«

»Hört auf, in Rätseln zu sprechen«, mahnte Calisa.

»Großherzog Hakon hat gesiegt. Das Parmorgebirge ist unterworfen.«

»Ist er wohlauf? Sprecht endlich!«

»Ja doch, ja. Er wird in wenigen Tagen im Triumphzug in Jaspis einziehen.«

Calisas Herz machte einen Freudensprung, aber Felors Stimme passte so gar nicht zu diesen Neuigkeiten. Er klang wie jemand, der eine schlechte Botschaft überbringen musste. Calisa war sich sicher, dass Felor ihrem Mann den Sieg nicht gönnte. »Was trübt Euren Sinn? Sollte dieser Triumph nicht auch für Euch Grund zur Freude sein?«, fragte sie.

»Versteht uns nicht falsch, aber wir sind in Sorge. Ihr wisst, dass ich den Feldzug nach Parmora nicht gutheißen konnte. Wir brauchen keine weiteren Steinminen, und es gab nie eine Bedrohung.«

»Hakons erster großer Sieg verändert die Lage«, sagte nun Theol. »Die anderen Fürsten im Reich haben nun einen Beweis seiner Stärke und sehen ihn Seite an Seite mit der Witwe des Steinkönigs. Von da ist es nur noch ein kleiner Schritt, und er ...« Theol schaute kurz zu Felor, der den Satz zu Ende brachte: »Er könnte nach dem Jadethron greifen. Das Einzige, was noch zwischen ihm und dem Thron steht, sind wir und Jendros Sohn.«

Calisa schüttelte ihren Kopf. Seit sie Hakon geheiratet hatte, war Felor immer misstrauischer und abweisender geworden. Ihre Vermittlungsversuche waren bisher fruchtlos geblieben. Aber die Verschwörungsgeschichte, die ihre Schwäger hier vorbrachten, war wirklich abwegig. Wie konnte sie sie nur beruhigen?

»Ihr seht Gespenster«, sagte sie an Felor gewandt. »Ihr seid des Königs Statthalter, Hakon respektiert Euch. Und Ethandras behandelt er fast wie einen eigenen Sohn. Ich kann nicht glauben, dass er Übles plant.« Sie wollte das Thema wechseln und fragte: »Ihr habt meinem Sohn heute die Höhle unter dem Drachenberg gezeigt. Warum? Er ist doch noch so jung!«

»Ja, zu jung, um seine inneren Augen zu verschließen, sodass seine Mutter im Traumgesicht immer noch bei ihm sein kann. Es ist früh«, sagte Felor und holte tief Luft, »aber vielleicht müssen wir bald fliehen, und es hätte sich keine Möglichkeit mehr ergeben, ihn unter den Berg zu führen.«

»Aber dafür gibt es keinen Grund! Von Hakon habt Ihr nichts zu befürchten, so glaubt mir doch. Ihr macht Euch unnötige Sorgen.«

»Wenn es nur um einen Streit zwischen mir und Hakon gehen würde, wüsste ich mich zu zügeln. Aber es geht um Ethandras: Ob er die Königsgabe hat, werden wir erst sehen, wenn er herangewachsen ist. Bis dahin wird Hakon in jedem Fall einen Konkurrenten in ihm sehen.« Calisa runzelte ihre Stirn und schüttelte stumm den Kopf. Doch Felor fuhr fort: »Hört mir zu, und verschließt Eure Augen nicht vor dem Offensichtlichen. In Ethandras fließt reines Feodriner Blut. Hakon glaubt, dass Prinz Ethandras den Thron beanspruchen wird, sobald er volljährig ist – den Thron, auf den es Hakon selbst abgesehen hat.«

Jetzt ergriff Doberan das Wort: »Und wenn er selbst ihn nicht besteigen kann, dann wird er versuchen, seinen *eigenen* Erstgeborenen auf den Jadethron zu setzen.«

»Es ist bitter, dass Ihr ihm für all das auch noch das Mittel in die Hand gegeben habt«, fügte Felor düster hinzu.

Calisa hielt sich mit überkreuzten Armen an ihren Schultern fest. Felor hatte noch nie gewagt, seine Anschuldigungen gegen Hakon in dieser Deutlichkeit vorzubringen. Dass er ausgesprochen hatte, was sie selbst in ihrem tiefsten Inneren fürchtete und seit Wochen zu verdrängen versuchte, machte es nicht weniger schmerzhaft, von ihm gleichsam der Mitwirkung an einem Komplott bezichtigt zu werden.

»Das meint Ihr nicht ernst!«, sagte sie beleidigt. »Das ist doch widersinnig! Ich bin immer noch Feodrinerin wie Ihr und wünsche nichts mehr, als dass der nächste Feodriner Steinkönig sobald wie möglich gekrönt wird!«

»Auch wenn Hakons Kind ein Halbblut ist, so hat er doch unsere Ahnen und gibt Hakon eine Legitimation, ihn auf den Thron zu setzen. Wenn Ethandras etwas zustößt, könnte das Volk Euren zweiten Sohn als Nachfolger akzeptieren.«

»Aber Harold kann nicht die Königsgabe haben, nur ein Nachkomme *zweier* Feodriner kann sie haben.«

»Das Volk weiß wenig über die Königsgabe. Niemand außer uns Feodrinern wird etwas merken, solange Hakon und sein Bas … ähm … sein Sohn siegreich in der Schlacht bleiben«, versetzte Felor.

Calisa spürte heiße Wut. Am liebsten hätte sie Felor zurechtgewiesen. Aber sie nahm sich zurück und tat, als hätte sie diese Beleidigung überhört. Wenn sie ihrem Zorn nachgab, würde sich die Stimmung nur noch mehr anheizen, und sie wollte doch nur Frieden!

»Ihr wisst genau, dass es nach Jendros Tod das Richtige war, Hakon mit dem Schicksal von Jaduin enger zu verbinden«, sagte sie. »Es gab keinen Stärkeren als ihn im Reich, oder hätte ich einen von Euch zum Manne nehmen sollen?« Theol und Felor blickten betreten zu Boden. Sie fuhr fort: »Hakon war dem Steinkönig immer treu und achtet die Autorität des Steinwächters.«

»Ja, so wie er meinen Rat beherzigt hat, auf diesen Feldzug zu verzichten«, sagte Felor mit Bitterkeit. »Wie ich befürchtet hatte, war es im Winter fast unmöglich, die überhastet losgezogenen Soldaten mit Nachschub zu versorgen. Wir müssen davon ausgehen, dass Hakon deshalb für seinen Sieg in Parmora mehr gute Männer hat opfern müssen als nötig.«

Calisa neigte den Kopf ein wenig und sah die Männer von unten herauf an. Sie hatte diesen Blick auch schon bei Jendro und Hakon angewandt und noch nicht erlebt, dass ihr ein dermaßen geäußerter Wunsch unerfüllt blieb. »Ich wäre sehr froh, wenn Ihr Euer Misstrauen aufgebt und Hakons Verdienste für Jaduin würdigt. Ihr könntet ihm Parmora als zweites Lehen geben. Das ehrt ihn, und Ihr habt eine Sorge weniger.«

»Nein, eher viele Sorgen mehr, die ich vorher nicht hatte! So etwas kommt nicht in Frage«, sagte Felor heftig und wischte mit diesen Worten Calisas Plan einfach weg. »Hakon regiert das starke Dornholm. Er hat bereits großen Einfluss auf die zwei kriegerischsten unserer Vasallen, mehr als die Hälfte der Palastwache besteht aus Rittern von Dornholm, und manchmal glaube ich sogar, dass einige Feodriner Offiziere mehr von ihm als von ihresgleichen halten. Seht Ihr nicht? Alles läuft darauf hinaus, uns zu entmachten. Wenn er uns offen den Kampf ansagt, wird uns nichts anderes bleiben, als auszuweichen und Jaspis zu verlassen.«

Calisa seufzte. »Ich sehe, es ist Euch ernst. Was habt Ihr vor?«

»In fünfzehn Tagen findet das Thing der Küstenstädte in Ribehof statt. Der König hat jedes Jahr daran teilgenommen, und in den vergangenen Jahren habe ich ihn vertreten. Ich werde morgen dorthin aufbrechen. Hakon wird bald wieder zurück sein, und Theol wird in der Zwischenzeit die Geschäfte führen.«

»Und?«

»Ich nehme Ethandras mit.«

Calisa war sprachlos. Ihr Kind – eine so weite Reise ohne sie –, das war doch viel zu früh. Sie wollte ihn nicht gehen lassen. Insgeheim fürchtete sie, auch er könne nicht zurückkehren – wie Jendro. Sie glaubte zu spüren, wie sich alles in ihr schmerzlich zusammenkrampfte. Doch dann zwang sie sich, klar zu denken: Ethandras würde auf dieser Reise viel lernen. Er war bei Felor in den sichersten Händen. Und schließlich würde ihr die Abwesenheit Felors Gelegenheit geben, bei Hakon gute Worte für den Steinwächter einzulegen. Wenn Felor dann zurückkäme, würden sie endlich gegenseitig von ihren guten Absichten überzeugt sein und ihre feindselige Haltung am Ende aufgeben müssen – und auch Calisas eigene Zweifel würden zum Verstummen gebracht werden.

Vorsichtig sprach Felor weiter. »Calisa, ich hoffe, Ihr versteht es: Wenn wir – was niemand hofft – unsere Befürchtungen bestätigt sehen, dann werden wir von dieser Reise nicht an die Drachenkrone zurückkehren.«

So weit hatte sie nicht gedacht. Dann würde sie Ethandras ja vielleicht nie wiedersehen.

Jetzt unterbrach Doberan ihre Gedanken. »In diesem Fall kann ich Euch und alle Feodriner Adelsfamilien über Geheimgänge unter der Stadt in Sicherheit bringen.«

Calisa begann zu dämmern, dass die Männer ihre Pläne schon seit einiger Zeit geschmiedet hatten.

»Erst kürzlich habe ich alle Gänge überprüft«, fuhr Doberan fort und schritt in kleinen Schritten auf und ab. »Der Teil, der unter dem Westtor hindurchführt, wurde wieder instandgesetzt.

Jedes Familienoberhaupt der Feodriner Clans in Jaspis kennt den Fluchtweg für seine Leute.«

»Und dann würden wir uns verbergen und warten«, ergänzte nun Theol. »Warten, bis das Eis den Pass nach Norden in ein paar Jahren wieder freigibt und wir zu der Sippe unserer Ahnin am Eisberg wandern können. Wir kehren dorthin zurück, woher wir kamen, und können in Frieden leben, wenn wir Jaduin einem neuen Herrscherhaus überlassen.«

»Gezwungenermaßen. Oder wir warten, bis sich ein neuer Steinkönig offenbart und unsere Zeit wiederkommt«, fuhr Felor fort. »Die Ahnin soll uns weissagen in dieser schwierigen Zeit. Sie hat schon oft gesprochen.«

Zu uns seit langem nicht mehr, dachte Calisa. Jendro hatte damals die Ahnin im Norden aufgesucht. Auf der Rückreise nach Jaduin war er umgekommen; seine Brüder hatten ihn nicht retten können. Es würden noch siebzehn Jahre vergehen, bis sich der Pass wieder öffnete. Erst dann könnte die nächste Generation der Feodriner sich auf den Weg machen, um die Ahnin zu befragen. Es war also beschlossen, und all ihre bisherigen Vermittlungsversuche waren gescheitert. Sie war nur noch eine Figur in diesem Spiel.

»Was ist mit mir?«, fragte sie.

»Ich würde mir wünschen, dass Ihr mit uns kommt. Aber das müsst Ihr selbst entscheiden«, sagte Felor.

»Das habe ich bereits. Ich vertraue Hakon und werde hier warten, bis Ihr von Eurer Reise an die Küste zurückkommt.«

»Dann sollten wir jetzt keine Zeit mehr verlieren«, sagte Felor. »Wir reiten morgen in der Frühe. Dann sind wir schon unterwegs, wenn Hakon hier eintrifft, und haben einen beruhigenden Abstand von ihm und seinen Plänen. Einige Getreue werden mitkommen. Achtet darauf, dass niemand von diesem Gespräch erfährt. Es sind bereits genug von Hakons Zuträgern in diesen Mauern.«

»Von seinen Bluthunden auch«, ergänzte Doberan. »Hoheit,

hütet Euch vor Ritter Hagbart. Er hasst uns, seit Jendro seinen Bruder hinrichten ließ.« Calisa erinnerte sich an den rauen, schwarzhaarigen Hünen mit der großen Narbe quer im Gesicht und seinen ebenso derben Bruder, den die Gier nach Jaduins Edelsteinen umgebracht hatte. Im Versuch, zur Höhle des Riesen unter dem Drachenberg vorzudringen, wo er Jaduins Schatzkammer vermutete, hatte Hagbarts Bruder mehrere Wachen getötet und war nur an der Härte des Obsidian-Tors gescheitert. Jeder wusste, dass ein unbefugtes Eindringen in diesen Bereich den Tod bedeutete.

»Hagbart ist Hakon treu ergeben«, erwiderte sie. »Er würde nie gegen den Willen seines Fürsten handeln.«

»Dann war es wohl Hakons Wille, dass Hagbart seiner eigenen Frau die Zunge herausschnitt, als sie über das Eigenleben von Hakons linker Hand lästerte?«, sagte Felor. Calisa schauderte und hüllte sich enger in ihren Umhang. Sie hatte die Geschichte schon einmal gehört, hatte sie aber nur zu gern auch wieder vergessen.

»Seid Ihr wohlauf?«, fragte Theol unvermittelt mit besorgtem Blick. Jetzt, wo er es sagte, merkte sie mit einem Mal, wie warm, ja erhitzt sie sich anfühlte, obwohl sie gleichzeitig vor Kälte zittern wollte.

»Ich lasse Euch einen stärkenden Trank bringen«, erbot sich der fürsorgliche Theol.

»Hoheit, ich habe da ein neues Rezept, das wirkt Wunder«, sagte Doberan.

»Nein!«, bellten Felor und Theol wie aus einem Mund. Doberan zuckte zusammen. Es war sein Steckenpferd, skurrile Tränke mit zweifelhafter Wirkung herzustellen. Es gab das ein oder andere mit verblüffendem Erfolg. Es gab aber auch genug mit unerwünscht verblüffenden Nebenwirkungen oder bestenfalls ohne irgendeine Wirkung. Das meiste probierte er an sich selbst aus, was ihm schon des Öfteren Unpässlichkeit beschert hatte. Weder Felor noch Theol schienen geneigt, ihn seine Mixturen ausgerechnet an Calisa ausprobieren zu lassen.

»Es bleibt dabei: Wir reiten morgen«, sagte Felor. »Lasst uns hoffen, dass Ihr diesmal Recht behaltet und sich alle meine Befürchtungen als Hirngespinste herausstellen. Dann werden wir uns bald unter besseren Umständen wiedersehen.«

Die Männer verließen ihr Gemach, und Calisa war froh, dass die dicke Holztür ihr Schluchzen vor den anderen verbarg.

Die Zeit bis zum Abend verging viel zu schnell. Felor erschien mit dem kleinen Ethandras in ihrem Gemach. Er nickte ihr zu und ließ Mutter und Sohn allein. Der Knabe war gerade fünf Jahre alt, aber er hatte schon eine Ernsthaftigkeit an sich, die sie rührte. »Mama, wir werden verreisen, sagt der Oheim. Ich werde das Meer sehen!«

Calisa lächelte. Sie hieß ihn, sich neben sie auf die Lagerstatt zu setzen, und umfasste seine Schultern. »Ethandras, das wird bestimmt eine aufregende Reise für dich. Wir werden uns eine Weile nicht sehen.«

»Wir kommen ja bald wieder zurück, Mama. Ich glaube, das halte ich schon aus. Und wenn ich dich vermisse, dann träume ich von dir, und du hältst mich dann ganz fest, ja?«

Calisa war gerührt. »Und ich träume davon, dass du groß und glücklich wirst«, sagte sie und strich ihm über das dunkle Haar.

»Wenn ich einmal alt genug bin, will ich ein eigenes großes Pferd haben. Und dann klettere ich mit Oheim Felor auf den höchsten Berg in unserem Königreich und fliiiiieege über die Wolken wie ein Vogel. Dann bin ich bestimmt ganz glücklich!« Er sprang auf, kletterte auf die Truhe und sprang mit ausgebreiteten Armen hinunter.

»Ethandras, ich möchte dir zwei Dinge sagen. Versprich mir, dass du sie nie vergisst.« Ethandras nickte heftig mit dem Kopf und sah sie dabei unablässig aus seinen grün schimmernden Augen an, die den ihren so ähnlich waren.

»Ich schwöre beim Stein vom Feuerherzturm: Wenn ich es

jemals vergesse, soll er runterfallen und in tausend Stücke zerspringen.« Der Feueropal auf der Fassade des westlichen Wachturms war sein Liebling.

Calisa schaute ihrem Sohn in die Augen und sagte: »Vergiss nie, dass ich dich liebe und über dich wachen werde, solange ich lebe, auch wenn ich mal nicht bei dir bin.«

»Aber Mama, das weiß ich doch.«

»Und vergiss nie, was dein Vater dir als Rat mitgeben würde: *Alles tun zu können, was du willst, das mag dir als höchstes Glück erscheinen. Doch das wahre Glück ist, das zu wollen, was du tust.* Kannst du das verstehen?«

»Muss ich jetzt meinen Lehrer lieben und die langweiligen Geschichtsstunden und die langweiligen Zeremonien und das langweilige ...«

»Ja, so kann es aussehen. Wir sind unserem Volk, den Menschen in ganz Jaduin und unseren Vasallen verpflichtet. Unsere Entscheidungen verändern ihr Leben, und vielleicht lenkst du später einmal ihr Geschick. Auf deiner Reise wirst du Oheim Felor beobachten und lernen, welche Verantwortung wir tragen. Und wir tragen sie gern.« Sie sah ihn an und spürte, wie er ihre Worte verarbeitete.

Schließlich sagte er: »Ich glaube, der Oheim will jetzt, dass ich meine Sachen packe und schlafen gehen soll – ich meine, will.«

Sie umarmte ihn und wollte ihn kaum loslassen. Er aber gab ihr einen schnellen Kuss auf die Wange, riss sich los und sprang in Richtung Tür. Dann wandte er sich noch einmal kurz um, das Gesicht vor Aufregung gerötet, und war verschwunden.

Die Gruppe verließ die Burg im Morgengrauen – Felor, Ethandras und einige Feodriner Ritter. Calisa schaute ihnen von einem Balkon aus nach. Sie konnte sehen, wie Ethandras, in einen leuchtend blauen Umhang mit dem königlichen Wappen gehüllt, aufgeregt im Sattel hin und her rutschte. Er winkte ihr ein letztes Mal zu und musste sich dann sputen, damit sein Pony die großen Pferde der anderen einholte.

Der Tag verging, ehe Calisa es merkte. Die Kinderfrau brachte und holte den kleinen Harold von Zeit zu Zeit. Theol gab ihr etwas gegen das Fieber, das stärker wurde. Schließlich brachte er Horwart mit, den Hofheiler. Die Männer sahen sie an, fragten dies und das und berieten sich dann murmelnd vor ihrem Gemach. Ein neuer Trank wurde gebraut, und Calisa schluckte willig alles, was Theol hereinbrachte.

Am Nachmittag hörte sie Fanfaren in der Ferne. Sie ging zum Fenster ihrer Kammer, von dem aus man weit über die Ebene blicken konnte. Buntes Funkeln traf ihre Augen, als sich die Sonne in den zahlreichen Edelsteinen brach, die die Giebel der Häuser von Feodriner Familien schmückten. Draußen vor den mächtigen Stadtmauern erstreckten sich zartgüne Felder nach Süden entlang der fruchtbaren Flussauen des Olivin. Im Osten erhoben sich die baumbestandenen Ausläufer der Greifshöhen und weit im Westen begrenzten waldige, sanfte Hügel das Flusstal.

Calisa sah, wie das Heer Jaduins auf den unbeackerten Wiesen vor der Stadt die Zelte aufschlug und eine Gruppe von Reitern mit wehendem Banner auf das Südtor zusprengte. Kurze Zeit später erkannte sie an der Unruhe im Burghof, dass sich der Großherzog näherte. Sie verließ ihr Gemach, überquerte den Gang auf fieberschwachen Beinen und trat mit klopfendem Herzen auf einen Balkon hinaus, der auf den Hof ragte. Sie stützte sich auf das angenehm kühle marmorne Geländer und erwartete ihren Gemahl. Kaum dass er durch das Burgtor hereingeritten war, wanderten seine Augen nach oben. Als er sie erblickte, strahlte er sie freudig und stolz an und konnte die Augen kaum abwenden. Rasch sprang er ab, warf die Zügel seines Pferdes einem Knappen zu und eilte zu ihr.

Sie erwartete ihn in ihrem Gemach. Schwungvoll öffnete Hakon die Tür, ganz siegreicher Heerführer, der er war, und kam in voller Rüstung herein. Sein Harnisch blitzte und glänzte, als wäre er eben von einer Parade und nicht von einem staubigen und sicherlich blutigen Feldzug zurückgekehrt. Auch Schwert, Dolch und Kettenhandschuhe trug er noch, als könne sich jederzeit ein Anlass für ihren Gebrauch ergeben. Es war seine Gewohnheit, stets gerüstet zu sein und Waffen bei sich zu tragen. Nur den Helm hatte er abgelegt, und sein hellbraunes, kurzes Haar stand ihm wirr vom Kopf ab.

»Liebste! Die Minen von Parmora sind unser, mein Plan ging auf, die Parmorier haben sich unterworfen wie die Hunde, als wir mit unseren Waffen über sie kamen«, sagte er in atemloser Begeisterung, und seine lebhaften dunklen Augen blitzten. Mit wenigen raschen Schritten stand er vor ihr. Plötzlich bewegte sich seine linke Hand und holte aus, als wolle er sie schlagen. Sie lächelte ihn an, ohne mit der Wimper zu zucken. Sie kannte diese Eigenheit. Sein linker Arm, der ansonsten meist steif und wie unbeachtet an ihm herunterhing, zuckte des Öfteren mal mehr, mal weniger heftig, ohne dass er es kontrollieren konnte. Die Hand setzte zu einer Bewegung an, als ob Hakon seinem Gegenüber eine Ohrfeige geben wollte. Aber sie drehte jedes Mal kurz vorher ab und begab sich zurück an ihren Platz. Ein Fremder, der das nicht kannte, wich instinktiv zurück. Alle anderen am Hof waren gehalten, diese Absonderlichkeit zu ignorieren, wollten sie nicht den Zorn des Großherzogs erregen.

Hakon öffnete nun seine Handflächen und hielt seiner Gemahlin wunderbar reine Edelsteine hin, die in warmen Goldtönen strahlten und funkelten. Calisa gab einen Laut des Entzückens von sich.

»Goldtopase aus den Minen von Parmora! Sind sie nicht wunderbar? Aber sie müssen verblassen vor deinem Glanz!«, sagte er, legte die Steine beiseite und umarmte sie.

Als sie wieder voneinander ließen, sagte Calisa: »Jetzt können wir endlich Frieden und Wohlstand genießen, die Parmorier werden nicht mehr die Grenzen des Reiches überfallen, und die Edelsteinminen bedeuten großen Reichtum für unser Volk. Ich freue mich, dass wir zusammen unsere Kinder in Frieden aufwachsen sehen werden.«

»Friede und Wohlstand müssen erkämpft und verteidigt werden, du Königin meines Herzens«, erwiderte Hakon und begann, in dem Gemach auf und ab zu gehen. »Wie können wir ruhig leben, wenn uns die Symerener die Seepassage in den Süden versperren? Auch sie werden vor dem Heer Jaduins weichen und sich uns unterwerfen müssen. Wenn das Heer ein wenig ausgeruht hat, werden wir wieder aufbrechen. Du wirst sehen, Liebste: Unsere Kinder werden einmal ein Reich beherrschen, das vom Südmeer bis zu den Nördlichen Öden reicht. Ich sehe, du bist niedergekommen. Wo ist unser Kind?«

Als die Kinderfrau den Jungen brachte, schaute Hakon seinen Sohn glücklich lächelnd an. »Unverkennbar Dornholmer Blut! Mein Licht, ich danke dir! Es ist wie die Erfüllung eines Traumes. Der neue Prinz von Jaduin!« Einen Moment hielt er inne, dann fuhr er fort: »Lass mich noch den Statthalter unterrichten, dann haben wir Zeit füreinander.« Damit verließ er das Gemach.

Calisa war ganz schwindelig vor Glück. Hier war er, unversehrt und in Hochstimmung. Keine Spur von Umsturzplänen. Doch eine innere Stimme sagte ihr, dass Felor lieber mit den Symerenern verhandelt hätte, als die Waffen sprechen zu lassen.

Einige Zeit später kam Hakon zurück. »Der Steinwächter ist nicht da, wenn man ihn braucht. *Er* sollte die Geschäfte führen und nicht Theol. Wie ich hörte, ist er zum Thingtag an der Küste aufgebrochen?«

Calisa nickte.

»Sollen sie ihr Thing doch allein halten. Ihre Beschlüsse im Kleinen interessieren mich nicht, solange sie im Großen die Treue halten«, sagte er. Das Zucken seines Armes sah aus wie eine wegwerfende Handbewegung. Dann empörte er sich weiter. »Ist es wahr, dass Prinz Ethandras bei ihm ist? Was soll das? Diese Reise ist doch nichts für einen Knaben, der noch an den Rockzipfeln seiner Mutter hängt.«

Calisa spürte einen Stich im Herzen, denn sie hatte genau dasselbe gedacht. Sie versuchte, unbeschwert zu klingen, als sie entgegnete: »Du kennst die Tradition. Die Fürsten kommen zu den Audienzen zur Drachenkrone. Doch einmal im Jahr reist der Steinkönig oder sein Statthalter zu den Treffen der Küstenfürsten.«

»Eine überholte Tradition, die nur noch symbolischen Wert hat.«

»Ist es nicht wichtig, die Untertanen auch in ihrem Reich aufzusuchen und den Zustand ihres Lehens zu begutachten?«

»Während der Heerzüge sehe ich genügend vom Reich, um ihnen Anweisungen zu geben. Wer würde schon unnötig eine solche Reise machen?«

»Die Steinkönige haben es immer getan, und es war gut so. Jendro sagte stets, dass schon des Öfteren ein Waffengang abgewendet wurde, wenn man seine Vasallen an deren Feiertagen aufsuchte und sie damit ehrte. Ethandras soll in diese Tradition hineinwachsen.« In dem Moment, als sie das sagte, bereute sie es schon.

Hakon funkelte sie an. »Die Steinkönige haben dies und jenes getan, und am Ende war das Reich schwächer denn je. Unsere Soldaten waren ohne Angriffslust, ohne scharfe Waffen und Kampfeswillen. Die Feinde lauerten an den Grenzen nur auf einen schwachen Moment von Jendro. Ohne mich wären die feindlichen Heere über Jaduin hereingebrochen wie das wilde Meer über einen gebrochenen Damm. Aber das alles willst du ja nicht wissen. Du bist so verblendet von ihren Steinen, dass du noch nicht einmal siehst, wie schwach und absonderlich ihre Herrschaft war.« Er wirkte jetzt größer, bekam rote Flecken im Gesicht, und die Zuckungen seines linken Armes hatten aufgehört. Sie wusste, was das bedeutete. Einer seiner jähen und heftigen Zornesausbrüche stand ihr bevor.

Er spürte ihr Schaudern, atmete tief durch und zügelte sich. »Es tut mir leid, Calisa. Aber sieh doch: Jendro hat keinen Nachfolger ernannt, und Felor will sich auf die inneren Angelegenheiten beschränken. Was spricht dagegen, dass ich das schwere Königsamt übernehme, das ich seit einigen Jahren praktisch schon ausübe?« Calisa erstarrte. Hatte Felor Recht und Hakon wollte tatsächlich nach der Königswürde greifen? »Und Harold, dein Geschenk an mich, könnte mir nachfolgen. Es muss ja nicht immer der Erstgeborene auf dem Thron der Steinkönige sitzen, so viel weiß ich noch. Lass Ethandras das Amt des Steinwächters übernehmen und die Traditionen seiner Vorfahren weiterführen. Harold wird die Waffenkunst Dornholms kennen lernen und als mein Nachfolger das Reich so gut schützen und mehren wie alle Dornholmer Fürsten vor ihm.«

»Aber die Gaben des Steinkönigs …« Calisa war wie vor den Kopf gestoßen. »Es kann nur Steinkönig werden, wer über die Herzen der Berge herrscht«, flüsterte sie matt.

»Aberglaube! Hast du schon einmal gesehen, worin diese Macht besteht?«

»Nein«, musste Calisa zugeben. Zu kurz war ihre Zeit mit Jendro gewesen. »Ich habe Jendro nur in friedvoller Zeit erlebt, wo es keinen Anlass für eine Probe seiner Macht gab.«

»Die Feodriner täuschen das Volk und erzählen ihnen Märchen, um ihre Sippe an der Macht zu halten. Ich möchte Jendros Andenken beim Volk nicht beschmutzen, aber mich beeindruckt es nicht mehr. All das Geschwätz von euren wunderbaren Traditionen, wie ich es hasse. Schon von meinem Vater musste ich mir ständig anhören, dass die Feodriner die höchste Kultur hätten. Dabei hat er sich und seine Familie kleingemacht und ganz übersehen, dass Jaduins Macht in Wirklichkeit auf Dornholms Stärke gebaut ist. Meine Soldaten haben die Parmorier besiegt, an die sich weder Jendro noch Felor herantrauten. Ich hatte immer gehofft, wenigstens *du* wärst hellsichtiger als der Rest der Sippe und würdest das anerkennen.«

Er wartete auf eine Erwiderung, doch ihr fehlten die Worte. Würde Hakon es je verstehen? Würde er je an der Seite eines neuen Steinkönigs seine Gaben für Jaduins Freiheit in Frieden einsetzen?

»Hakon ...«, setzte sie schließlich an.

»Jaduin braucht einen starken Mann, und Felor ist es nicht«, unterbrach er sie rüde. »Bis die Prinzen herangewachsen sind, muss *ich* das Reich schützen. Mit dir an meiner Seite sollte der Feodriner Tradition doch Genüge getan sein. Denke darüber nach – und wenn du wirklich Liebe zu mir im Herzen trägst, kannst du helfen, Felor, Theol und die anderen zu überzeugen.«

Hakon hielt seinen zuckenden Arm fest und verließ ihr Gemach.

Früh am nächsten Morgen kam Theol. Als er sah, dass es Calisa noch immer sehr schlecht ging, gab er ihr einen starken Schlaftrunk, damit sie im Schlaf Kräfte sammeln möge. Sie begab sich auf ihr Lager, und war schon fast eingeschlafen, als sie Hufeklappern und Hundegebell vernahm. Sie fragte Auduna nach dem Grund.

»Seine Gnaden hat eine Gruppe Bewaffneter losgeschickt und Hunde. Sie sollen den Steinwächter einholen und eskortieren. Der Weg entlang des Moores sei nicht sicher, soll der Herzog gesagt haben.«

»Wer führt die Männer?«, wollte Calisa wissen.

Auduna blickte zu Boden, ihre Stimme war kaum mehr als ein Flüstern. »Hagbart.«

Calisa wurde schwindelig. Sie spürte bohrende Schmerzen in ihrem Leib und wie das Fieber stieg. Sie musste die Feodriner warnen. Aber der Trunk zeigte seine Wirkung und ließ sie in die Schwärze eines traumlosen Schlafes versinken.

Auduna kam am frühen Abend, weckte Calisa und brachte ihr den kleinen Harold. Sie dämmerte noch einen Moment im Halbschlaf, als das Kind trank, da erinnerte sie sich, dass Hagbart am Morgen die Verfolgung der Feodriner Männer aufgenommen hatte. Mit einem Schlag war sie hellwach. »Auduna, hol Theol, ich brauche noch etwas Fiebertrank.«

Das Mädchen verschwand und nahm den kleinen Harold wieder mit.

Calisa starrte blicklos an die Decke, die Zeit dehnte sich endlos, bis sie schließlich das Geräusch der Tür vernahm. Theol war sofort neben ihr. »Hoheit, Ihr fühlt Euch nicht wohl?«

Sie sah ihn flehend an. »Theol, wir müssen etwas unternehmen! Hakon hat Hagbart hinter Felor und Ethandras hergeschickt.«

Theol erschrak. »Das heißt nichts Gutes.«

»Ich weiß nicht, was Hakon plant, aber ich glaube nicht, dass er Hagbart mit dem Befehl zum Geleit geschickt hat. Ich fürchte um meinen Sohn.«

»Was tun?«, fragte Theol fahrig. »Lasst mich einen Reiter schicken, einen unserer Männer, der sie warnt. Die Moorleute waren uns immer ergeben, dort könnte es Hilfe geben. Hier, trinkt das, Ihr braucht alle Kraft für den Sieg über das Fieber.«

»Nein, keinen Trunk mehr! Der Reiter wird sie nicht rechtzeitig finden. Lasst mich versuchen, in meinen Träumen den Jungen zu erreichen. Vielleicht hört Felor aufmerksam zu und versteht meine Botschaft.«

»Eigentlich sollte ich Euch davon abbringen, Eure Kräfte auf etwas anderes als Eure Gesundung zu richten. Doch jetzt wünsche ich nur, dass Ihr starke Träume habt«, antwortete Theol und zog sich zurück.

Sie ritten auf der Handelsstraße, von der zeitweise nicht mehr als eine dünne Spur im Unkraut zu erkennen war. Nach zwei gemächlichen Tagesritten durch bewaldete Hügel, die das Tal des Flusses Olivin begrenzten, wurde die Gegend flacher. Sie näherten sich dem Nebelmoor, das die Straße auf ihrem Weg zur Küste in einem großen Bogen umging.

Die Abenddämmerung war angebrochen, und die Feuchte des nahen Moores brachte klamme Luft, die Ethandras frösteln ließ. Er saß gedankenverloren auf seinem Pony. Von seiner Aufgekratztheit während der letzten Tage war nichts mehr zu spüren. Ein Tier stieß einen plötzlichen Laut aus. Ethandras schreckte auf und schaute sich unsicher um. Seine Augen trafen den aufmerksamen Blick seines Oheims. Felor lenkte sein Pferd an die Seite des Ponys.

»Ethandras, was ist los? Du brauchst dich nicht zu fürchten.«

»Ich habe keine Angst, Oheim.«

»Mein Junge, wir werden einen weiten Bogen um das Moor machen. Und glaube auch nicht alle Schauermärchen, die Auduna dir erzählt hat.«

»Aber – wenn schreckliche Leute kommen und uns jagen, dann könnte es schon gefährlich werden.«

»Wir werden von den Moorleuten nichts sehen und nichts hören. Sie kommen nicht bis zur Handelsstraße.«

»Vor den Moorleuten habe ich keine Angst. Es ist nur ... Mutter. Ich glaube, sie hätte bestimmt Angst, wenn sie hier wäre, ja, das weiß ich.«

»Deine Mutter ist eine tapfere Frau, die schon manche Reise gemacht hat. Sie wüsste, dass sie in unserer Begleitung sicher wäre. Wir sind zwölf Mann. Schau dich um, dort sind der tapfere Lacon und der zielsichere Theron; und Daryn, dessen Pfeile niemals ihr Ziel verfehlen.«

»Nein, Mutter würde sich trotzdem fürchten«, sagte Ethandras starrsinnig.

Felor runzelte nachdenklich die Stirn und trieb dann sein Pferd so nah wie möglich an das Pony heran. Er sah sich nach allen Seiten um und sagte: »Ja, du hast wohl Recht, ein Ort wie dieser könnte sogar deiner Mutter Schrecken einjagen. Was denkst du, *wovor* hätte sie Angst? Vor den hohen Bäumen, vor den Tieren des Waldes, dem nahen Moor? Wovor?«

»Na, vor den bösen Männern.«

»Welchen denn?«

»Die die großen Hunde haben und so schwarz angezogen sind und so aussehen wie der grimmige Dornenritter.« Das war der Name, den Ethandras für Hagbart verwendete, dessen wilde Erscheinung ihn schon als kleines Kind eingeschüchtert hatte.

Felor blickte ihn ernst an. »Furcht ist manchmal ein weiser Ratgeber. Wir werden auf der Hut sein und uns zu schützen wissen. Denkst du, das würde deine Mutter beruhigen?«

»Hm«, machte Ethandras und schaute in die Luft, als würde er nachdenken. In ihrem Traum versuchte Calisa, ihm so deutlich wie möglich einen Fluchtweg aufzuzeigen. Hoffentlich verstand er! Ethandras nickte für sich und sagte zu Felor: »Wir könnten uns im Moor verstecken. Die Moorleute sind nicht sooo schrecklich. Die kennen sich bestimmt gut aus und können uns beim Verstecken helfen. Dann findet uns niemand!«

»Ein guter Rat. Lass uns das tun. Und wenn wir wieder zu Hause sind, können wir deiner Mutter darüber berichten, wie du uns in Sicherheit gebracht hast, und ihr danken, dass sie uns gewar …, ich meine, dass sie dich gelehrt hat, auf deine innere Stimme zu hören«, sagte Felor. Er ließ die Gruppe halten und sprach zu den Männern. »Es könnte sein, dass wir verfolgt werden. Vielleicht führen die Verfolger gar den Greif mit den Dornen im Wappen.« Die Männer schauten einander an und begannen zu murmeln. Felor gebot ihnen zu schweigen und fuhr fort: »Um ihnen offen zu begegnen, sind wir zu wenige. Wir sollten das tun, was sie am wenigsten erwarten. Wir gehen nach Westen, ins Moor.«

»Aber die Moorleute«, rief Lacon, »sie sind ein unheimliches Volk. Sie opfern Menschen, die sie schrecklich verstümmeln!«

»Die Muirans sind bitterarme Leute mit seltsamen Sitten, aber sie waren immer loyale Untertanen. Es bleibt dabei, wir reiten ins Moor. Theron, du kennst die Gegend hier am besten von uns allen. Reite du voran«, befahl Felor und trieb sein Pferd an.

Nebel zog auf, als die Gruppe um Felor und Ethandras das Moor erreichte. Sie ritten hintereinander über nasse braune Grasbüschel, zwischen denen sich Flecken von bodenlosem Schwarz auszubreiten begannen. Nach einiger Zeit passierten sie eine verfallene Einfriedung und sahen eine ärmliche Kate vor sich, flankiert von zwei weiteren armseligen Hütten, die man im spärlichen Dämmerlicht kaum wahrnehmen konnte. Obwohl Ethandras sicher war, dass sie sich fast lautlos genähert hatten, waren die Moorleute vor die Hütte getreten und erwarteten die Reiter. Sie waren barfuß und mit sackähnlichen Kitteln bekleidet, die ihnen bis zu den Knien reichten. Einfache Wollschnüre dienten als Gürtel und zerschlissene, wadenlange Umhänge waren der einzige Schutz gegen Regen und Kälte. Die zerlumpten Gestalten schauten die Ankömmlinge aus blassen, abweisenden Gesichtern an.

»Seid gegrüßt, gute Leute«, sagte Felor.

»Eurem Wappen nach seid Ihr Männer des Steinkönigs«, sagte einer, der sich auf einen langen Stab stützte. Die Satteldecken der Pferde trugen das königliche Zeichen und verrieten jedem die Herkunft der Reiter. »Wir haben nichts, was wir solch hohem Besuch anbieten könnten. Ist ein Heiler unter Euch? Wenn nicht, dann zieht weiter, denn der Tod hat unser Haus besucht und will sich weitere Muirans holen.« Dabei wies er auf zwei längliche Bündel, die an der Seite der Kate auf der Erde lagen: Verstorbene, eingehüllt in derbe Stofflaken.

Felor stieg ab, winkte Daryn zu sich und besprach etwas mit dem Wortführer der Moorleute, das Ethandras nicht hören konnte. Dann ließ er Lacon und Theron ein Bündel Kleider und etwas von den Essensvorräten abladen. Ethandras sah schaudernd, dass die Moorleute danach die länglichen Bündel aufhoben und auf eines der Pferde packten. Felor hatte ihm erklärt, dass die Muirans ihre Toten im Moor versenkten. Aber vorher würden ihre Gesichter verstümmelt, damit die Moorgeister die Toten nicht erkennen würden und deren Seelen ungehindert zu den Ahnen auffahren konnten.

»Wir danken Euer Gnaden für die Gaben«, sagte jetzt der Anführer der Muirans. »Aber wenn wir Euch auf unseren geheimen Wegen durch das Moor bringen sollen, wollen wir *jetzt* die ganze Bezahlung. Auch wenn wir noch so auf Euch achten, so treten ungeübte Füße doch fehl, und dann kommen wir um unseren Lohn.«

»Ihr bekommt den Rest eurer Belohnung, wenn Ihr uns auf den Weg nach Ribehof geführt habt, und nicht eher«, widersprach Felor bestimmt.

Der andere zögerte und sagte dann: »Dies sollen Eure Führer sein.« Aus dem Nebel lösten sich zwei Gestalten.

»Wir brechen morgen früh auf. Der Nebel ist unser Freund und wird uns helfen«, sagten sie.

»Und die Stille ist der Mantel, der uns verbergen wird«, fügte Felor hinzu. Dann beugte er sich zu Ethandras. »Kein Laut, kein Schrei, auch wenn das Moor dich noch so erschrecken mag, verstehst du?«

Ethandras nickte zitternd.

Als Calisa aus ihrem kurzen Schlaf erwachte, war sie ein wenig erleichtert. Felor hatte verstanden und auf sie gehört. Hagbart würde sich nicht ins Moor wagen, sondern vielleicht sogar die Verfolgung aufgeben. In Ribehof wären Felor und ihr Sohn in sicherer Obhut bei Getreuen. Als Theol kam, um nach ihrem Befinden zu sehen, berichtete sie ihm vom Weg der Gruppe durch das Moor und dass Felor nun gewarnt sei. Doch Theols Miene war nach wie vor besorgt. Vor allem ihretwegen, denn weder Fieber noch Schmerzen hatten sich gebessert. Theol brachte Calisa ein anderes der heilenden Gewänder. Grüne Jaspis-Steine mit roten Punkten und blaugrüne Chrysokolle waren in ruhigen, wellenförmigen Mustern aufgenäht, Anhänger aus goldgefassten klaren Bergkristallen säumten die Ränder. Das würde das Fieber aus ihrem Körper vertreiben helfen. Einen Schlaftrunk lehnte Calisa ab, weil sie sich nochmals zu ihrem Sohn träumen wollte. Sie legte sich ein Amulett mit ihrem Lieblingsstein um, dem grünen Beryll, und hoffte, es würde ihre Verzweiflung vertreiben und ihr die nötigen Kräfte geben.

Tief im Moor schlug die kleine Schar um Felor ihr abendliches Lager auf einer birkengesäumten Lichtung auf, einem der wenigen trockenen Flecken in dieser unwirtlichen Gegend. Während die einen die Pferde versorgten, entzündeten die anderen ein kleines Feuer. Dichter Nebel umwaberte sie, den auch das Feuer nicht zu durchdringen vermochte.

Ethandras hörte, wie Felor drei seiner Leute rief, um sie als Wachen aufzustellen: »Lacon, du im Osten zum Weg hin, dein sei der Schrei der Eule. Theron, du im Süden, wir werden den Wolf heulen hören, wenn du etwas bemerkst. Ciro, du im Norden. Deine Adleraugen sollen Feinde erspähen, und der Ruf des Adlers soll es melden. Ruft ihr einmal, so heißt das ›Fremde nähern sich‹, zweimal bedeutet ›sie sind bewaffnet‹ und dreimal ›sie kommen im Zeichen des Dornengreifs‹.«

Die Männer nickten und machten sich, begleitet von den Muirans, auf den Weg. Als die Moorleute die Wachen auf ihre Posten gebracht hatten, kehrten sie ans Feuer zurück und machten sich hungrig über die Abendmahlzeit her, die die Feodriner mit ihnen teilten. Ethandras legte sich nahe ans Feuer und fiel bald in einen nervösen Schlummer.

Ethandras erwachte, als im Morgengrauen eine Eule rief. Die Sonne war aufgegangen und vertrieb das Schwarz der Nacht mit rauchig grauem Schein. Doch auch bei strahlendem Sonnenschein über dem Nebel würde hier unten nicht mehr als ein hellgraues Dämmerlicht ankommen. Einige der Männer hatten den Eulenruf vernommen und richteten sich halb auf ihrer Lagerstatt auf, um zu horchen. Die Eule schrie erneut. Die Männer erhoben sich lautlos und griffen zu den Waffen. Dann traten sie das Lagerfeuer aus und blieben stehen, um erneut zu lauschen.

Da ertönte das Heulen eines Wolfes. Eilig wurden die Pferde angeschirrt. Ethandras raffte seine Sachen zusammen und wartete verwirrt. Wieder heulte der Wolf, und die Eule war ein drittes Mal zu hören. Auf einmal war Daryn neben ihm und packte ihn am Arm. Das Heulen des Wolfes ertönte zum dritten Mal, langgezogen und klagend. Plötzlich erstickte es in einem gurgelnden Laut. Ethandras bemerkte, wie die Männer um ihn herum den Atem anhielten. Dann gab es gemurmelte Befehle von Felor. Sie würden sich in zwei Gruppen teilen, um sich in Ribehof wiederzutreffen. Die größere Gruppe würde auf den breiten Wegen schnell reiten und versuchen, die Verfolger auf sich zu lenken. Die wenigen Männer um Felor und Ethandras würden über schmale Wege tiefer ins Moor vordringen, um sich zu verbergen.

Daryn nahm dem überraschten Ethandras seinen Mantel mit dem königlichen Wappen ab und warf ihn einem der Männer aus der größeren Reiterschar zu. Dann hob er Ethandras auf ein Pferd und führte dieses rasch hinter Felor und dem Moorführer her, die zu Fuß vorangingen. Plötzlich stießen Lacon und Ciro zu ihnen. Ethandras ahnte, dass sie auf Theron nicht mehr warten würden.

Sie hatten sich kaum auf den Weg gemacht, da ertönte Hundegebell. Es schien sich rasch zu nähern. Ethandras spürte, wie Daryn rannte und das widerstrebende Pferd hinter sich herzog. Wieder bellten Hunde. Das Pferd des Jungen scheute. Daryn zügelte es hart, doch es war bereits zu spät. Beim Zurückweichen war es fehlgetreten und versank mit einem Bein im Moor. »Schnell!«, rief Daryn Ethandras zu und streckte ihm seine Hände entgegen.

Ethandras sprang aus dem Sattel. Daryn fing ihn auf und setzte ihn auf sicherem Boden ab.

Lacon und der Moormann versuchten vergeblich, das Tier wieder freizubekommen. Das Pferd schlug wild um sich und grub sich damit nur tiefer in den zähen Schlamm ein. Es begann verzweifelt zu wiehern, sie konnten das Weiße in seinen ängstlich rollenden Augen sehen. Der Moormann sagte etwas zu Felor, der zustimmend nickte. Dann sah Ethandras ein Messer blitzen. Das Pferd verstummte.

»Weiter«, befahl Felor und nahm Ethandras an die Hand. »Halt meine Hand ganz fest, und lass nicht los«, sagte er eindringlich. Das Moor schien an ihnen zu ziehen. Ethandras war es, als kämen sie kaum von der Stelle. Die Hunde waren immer noch zu hören. Der Nebel um sie herum schien so dick wie das Moor unter ihnen.

»Der Nebel trägt die Geräusche auf seltsamen Wegen«, sagte der Moormann jetzt mit leiser Stimme zu ihnen. »Das laute Bellen muss nicht aus der Nähe kommen. Und Verfolger, die Ihr nur von ferne gehört habt, können trotzdem unvermittelt vor Euch stehen.« Sie hasteten weiter. Plötzlich tauchte aus der weißen Masse ein grauer Schatten auf, und im nächsten Augenblick flog ein riesiger Wolfshund auf Felor zu. Der Steinwächter ließ Ethandras los und hob seinen Arm, um sich zu schützen. Der Junge wich entsetzt zurück. Er konnte dumpfe Stimmen und das Knurren des Hundes hören, der sich in Felor verbissen zu haben schien. In dem wabernden Weiß konnte Ethandras niemanden mehr um sich sehen. Er schaute nach allen Seiten. Woher würde Gefahr drohen? In seiner Nähe knurrte es grimmig. Die Angst fuhr ihm in die Knochen.

Instinktiv tat er einen Schritt nach hinten. Der Boden gab nach, und unversehens war er knietief im tiefschwarzen Morast versunken. Verzweifelt hielt er sich an einem Grasbüschel fest und versuchte, seine Füße herauszuziehen. Wenn er jetzt um Hilfe rief, würde er vielleicht in die Hände der Verfolger fallen. Der Moder hielt ihn mit unsichtbaren Klauen fest und zog ihn tiefer hinab. Schon spürte Ethandras, wie ihm das lichtlose Nass bis an die Hüften reichte.

Panik stieg in ihm auf. Wild ruderte er mit den Armen und versuchte, einen Ast in seiner Nähe zu greifen, doch er rutschte ab und sank noch tiefer. All seine Anstrengungen bewirkten nur, dass er bald bis zu den Achseln im Morast versunken war. Er bekam kaum noch Luft, die klamme Feuchtigkeit war wie eine kalte Faust, die sich um seinen Brustkorb schloss.

Ethandras fühlte, wie Tränen der Angst über seine Wangen rannen, und biss die Zähne zusammen. Nicht schreien. Er konnte sich nicht selbst befreien, aber er durfte auch nicht rufen. Was sollte er nur tun? Als ihm das Moor bis zum Kinn reichte, entrang sich seinen Lippen schließlich ein letzter verzweifelter Schrei: »Mama! Hilf mir!« Er meinte, etwas Blausilbernes im Nebel aufblitzen zu sehen, dann wurde ihm schwindelig. Er schnappte ein letztes Mal nach Luft, bevor alles um ihn in tiefer kalter Schwärze versank.

Calisa wollte aus dieser erdrückenden Finsternis fliehen, aber sie hielt aus, wartete darauf, dass die Augen wieder aufgingen, dass ein Licht die Dunkelheit durchbrach, eine Stimme dem Hilferuf antwortete. Aber nichts geschah. Es war vorbei. Sie hatte ihm nicht helfen können. Ethandras! Ihr über alles geliebtes Kind, Jendros Sohn, die Hoffnung der Feodriner war im Schlund des Moores versunken. Das alles durfte nicht wahr sein. Das Fieber musste an ihren schlechten Träumen schuld sein.

Doch Calisa kannte ihre Träume, konnte unterscheiden zwischen Gespinsten und Gesehenem, zwischen Wahn und Wahrheit. Sie rang sich schließlich aus dem Schlaf, durchbrach den Wasserspiegel zur Wachwelt und holte tief Luft wie eine Ertrinkende. Ihr Innerstes war ein leeres Gefäß, das sich langsam mit Bitterkeit füllte, die nur einen Namen kannte: Hakon. Es war zweifellos sein Werk. Er kam ihr auf einmal wie ein Fremder vor oder vielmehr wie ein böser Dämon.

Eine ganze Weile saß sie reglos da und starrte die Wand an. Tränen rannen über ihre Wangen, sie konnte den Schmerz ihrer Verzweiflung körperlich spüren. Calisa rief Auduna und hieß sie, Theol und Doberan eilig, aber unauffällig in ihr Gemach zu bestellen. Die beiden Männer kamen und erschraken über ihren Anblick.

»Ich habe mich geirrt«, schluchzte sie. »Ethandras und Felor haben meinen Irrtum mit dem Leben bezahlt. Zu lange habe ich an Hakons Liebe und Loyalität geglaubt. Aber nun ist alles, was mir lieb ist, tot, versunken, unerreichbar«, klagte sie und dachte an Jendro und Ethandras. »Jetzt müsst Ihr retten, was zu retten ist.« Sie erzählte den entsetzten Männern von ihrem Streit mit Hakon und berichtete, was sie im Traum gesehen hatte.

Theol schlug bestürzt die Hände vor das Gesicht. »Alles ist verloren! Das ist das Ende der Feodriner Königsherrschaft.«

»Jetzt ist keine Zeit zu trauern«, mahnte Doberan. »Felor hat genaue Anweisungen hinterlassen. Die Feodriner Leibgarde wird sich sammeln. Botenvögel werden ausgeschickt. Dann werde ich jede Feodriner Familie aus Jaspis persönlich in die geheimen Gänge begleiten und als Letzter die Stadt verlassen.«

»Guter Doberan, wenn Hakon sich gegen uns gewandt hat, solltet Ihr vornehmlich Euch selbst in Sicherheit bringen. Niemand weiß so viel über die geheimen Befestigungen von Jaspis wie Ihr. Wenn wir jemals nach Jaspis zurückkehren und gegen Hakon kämpfen müssen, wird Euer Wissen der Schlüssel zur Stadt sein«, sagte Theol.

»Es ist ernst, aber nicht hoffnungslos. Macht Euch nur keine Sorgen. Ich habe da noch einiges in der Hinterhand. Hakon wird niemals an die letzten Geheimnisse der Stadtbefestigung kommen, selbst wenn es ihm gelingt, mich zu ergreifen«, antwortete der Baumeister und ballte grimmig die Faust.

»Hoheit, wann könnt Ihr zur Flucht bereit sein?«, wandte sich Theol nun an Calisa.

»Ich werde nicht mitkommen«, sagte Calisa kraftlos. Theol

und Doberan sahen sie verständnislos an. »Ich würde nur Hakons Verfolger auf uns ziehen – er würde Harold niemals den Feodrinern überlassen wollen.«

»Aber Hoheit ...«

»Nein, sagt nichts«, sagte sie und hob abwehrend die Hände. »Das ist das Mindeste, was ich für mein Volk tun kann: euch den Rücken freihalten für eine ungefährdete Flucht.«

Die Männer kamen nicht dazu, etwas zu erwidern, denn in diesem Moment öffnete sich die Tür, und Hakon kam herein. Er bemerkte die abweisende Stimmung der drei Feodriner und sah Calisas rotgeweinte Augen in ihrem aschfahlen Gesicht.

»Was geht hier vor?«, bellte er. »Hatte ich nicht absolute Ruhe für meine Gemahlin angeordnet? Ich selbst habe mich ferngehalten, damit sie ihre Kräfte sammeln kann. Und Ihr habt meiner lieben Frau wieder giftige Gedanken eingepflanzt, dass ich sie so aufgeregt sehen muss? Sie braucht Ruhe. Was immer Euer Anliegen war, es muss noch einige Tage warten.«

»Ich hatte Angst um Ethandras«, log Calisa. »Sie wollten mich beruhigen.«

»*Ich* kann dich beruhigen«, sagte Hakon scharf. »Der törichte Steinwächter reitet entlang des Moores, obwohl ich schon auf meinem Feldzug Nachricht darüber erhielt, wie unsicher die Moore geworden sind. Deshalb habe ich ja meinen besten Ritter mit einigen tapferen Dornholmern und findigen Moorführern hinterhergeschickt, sie zu eskortieren, damit dein Sohn sicher ist.«

»Hagbart«, sagte Calisa verbittert. »Der gierige Grobian, der alles niedermacht, was sich ihm in den Weg stellt – oder *dir* ...«

»Was redest du? Das Fieber verwirrt deinen Sinn! Oder habt Ihr sie aufgehetzt?«, entrüstete sich Hakon, an die beiden Männer gewandt. »Hinaus!«, schrie er und wies ihnen die Tür, bevor er selbst ebenfalls hinausging und Calisa allein zurückließ.

Calisas Welt lag unter einem schwarzen Schleier. Ihr Schlaf war dunkel und leer. Am nächsten Tag kam niemand, um ihr Harold zu bringen. Als sie Auduna fragte, schaute diese ihre Herrin nur aus scheuen Augen an. »Euer Fieber! Der Großherzog sagt, dass das Kind Euch noch weiter schwächt und Ihr Euch erst erholen sollt.«

Am Mittag des darauf folgenden Tages tauchte auf einmal Doberan wie aus dem Nichts auf. Seine Tunika und seine Haare waren voller Spinnweben und Staub. Calisa hatte kaum Zeit, sich über sein unvermutetes Erscheinen zu wundern. Mit schreckensweiten Augen erstattete er atemlos Bericht. »Sie haben sie gefunden. Wie Ihr gesagt habt. Hagbarts Tross hat die verstümmelten Leichen von Felor und Daryn mitgebracht. Sie geben den Moorleuten schuld an ihrem Tod, aber es sieht aus, als hätten Hagbarts Hunde ganze Arbeit geleistet.« Er hielt einen Moment inne, als schien ihm die Ungeheuerlichkeit der Wahrheit erst jetzt bewusst zu werden. »Die anderen hatten ein gnädigeres Schicksal. Die Dornholmer Ritter sagen, sie seien vor ihren Augen von den Moorgeistern in die Tiefe gezogen worden. Außer einem Umhang und einer Gewandspange von Ethandras hat das Moor alle Spuren beseitigt, heißt es. Aber vielleicht gibt es ja noch Hoffnung! Vielleicht ist er gar nicht ...«

»Nein, ich habe es gesehen. Es gibt keinen Zweifel.«

»Beryllia, meine Königin. Alle Feodriner verlassen die Hauptstadt, und Ihr solltet auch gehen. Ich bin der Letzte, der noch im Palast ist. Kommt mit mir.«

»Nein, flieht, und ich halte Hakons Zorn von Euch fern.«

»Wie Ihr wünscht«, sagte Doberan mit traurigem Blick und versuchte, noch einmal so viel wie möglich vom Grün ihrer Augen zu erhaschen. »Möge Eure Gesundheit zurückkehren, und mögen Eure Wege friedvoll sein.« Dann war er ebenso plötzlich verschwunden, wie er gekommen war.

Kurze Zeit später wurde die Tür aufgerissen, und Hakon stürzte herein. Er schien überrascht, Calisa in ihrem Gemach zu finden. Sie setzte sich im Bett auf und ignorierte die bohrenden Schmerzen in ihrem Unterleib. Hakon zögerte einen Moment und taxierte sie, als würde er abwägen, wie viel er ihr zumuten könne.

»Calisa, wo ist Theol? Er ist nirgends zu finden. Ich dachte, er hätte dir vielleicht etwas über sein Woher und Wohin gesagt?«

»Theol geht, wohin es ihm beliebt. Darf er das etwa nicht? Willst du ihm auch eine Eskorte mitgeben, die nur noch seinen Leichnam wiederbringt?«

»Du hast also davon erfahren! Aber wenn du glaubst, ich hätte etwas damit zu tun, dann liegst du so weit von der Wahrheit entfernt wie das Südmeer von den Nördlichen Öden. Ich hatte Hagbart zum Geleit gesandt, doch er kam zu spät.« Hakon schüttelte voller Bedauern den Kopf.

Calisa fühlte Ekel in sich aufsteigen. Wie gut er sich doch verstellen konnte.

»Hagbart nahm ihre Spur auf und folgte ihnen mit viel Mut bis ins Moor«, fuhr Hakon fort. »Aber als er die Moorteufel stellte, hatten sie ihr grausiges Werk schon vollendet. Er konnte ihnen gerade noch die Leichen von Felor und Daryn entreißen, bevor sie sie ins Moor werfen konnten. Den Körper deines Sohnes hatten sie schon versenkt. Hagbart hat die Schuldigen bestraft und mir ihre Köpfe gebracht. Calisa, es tut mir so leid. Jetzt müssen Harold und ich dein Trost sein.«

Sie schluchzte, sie wollte ihn anklagen, wollte rufen: Nein, es war deine Schuld, dein Bluthund hat sie ins Verderben gehetzt, ihre geschundenen Leichen strafen dich Lügen. Aber alles drehte sich um sie, alles war Hitze. Ihr gelang nur ein schwaches Murmeln. »Ich glaube dir kein Wort. Ich hätte auf Felor hören sollen. Er hat immer davon gesprochen, dass deinem Treiben Einhalt zu gebieten sei, solange noch Zeit ist.«

Hakon sah – bis auf seinen zuckenden Arm – aus wie vom Donner gerührt. »Calisa, das bist nicht du! Das ist das Gift des verräterischen Steinwächters. Wie konnte ich nur so blind sein!«, schnaubte er, und Calisa konnte sehen, wie die roten Flecken in seinem Gesicht bedrohlich zunahmen. »Der fehlende Nachschub, als wir die Parmorier belagerten. Das Unglück, das in meiner Abwesenheit meinen treuen Hauptmann Doran fast verkrüppelte – damit er durch einen Feodriner Ritter ersetzt würde. Was noch? Die Reise zu den Küstenstädten – etwa um die Krönung von Prinz Ethandras zum Steinkönig vorzubereiten und Than Orlyg als neuen Heermarschall zu gewinnen? Wonach sieht das aus?« Seine Stimme wurde lauter. »Ist das der Dank dafür, dass ich mit dem Heer durch Sturm und Wüste, über Berge und durch Schluchten gezogen bin – bereit, das Reich mit meinem Leben zu schützen? Es gab die ganze Zeit den Plan, mich loszuwerden, mich, den unerleuchteten Kriegsknecht, der eures Respekts nicht würdig ist – ist es nicht so? Hinter allem steckt Felor, der es nicht verwinden kann, dass ich ohne Feodriner Hilfe Glanz und Ruhm erringe. Wenn er nicht im Moor umgekommen wäre – ich würde ihn noch heute herausfordern und zertreten wie Ungeziefer.«

Calisa konnte nicht antworten. Sie spürte ihre Sinne schwinden und war nahe daran, vom Bett herunterzusinken. Hakon schien es nicht zu bemerken, denn er fuhr in seiner Raserei fort: »Und was jetzt? Felor und Jendro sind tot, von den anderen Feodriner hohen Herren gibt es keine Spur, denn euer Verschwörungsversuch ist misslungen. Verlassen die feigen Ratten die Stadt? Sie haben ihren Meister gefunden. Ich werde es ihnen zeigen und das Reich in eine goldene Zukunft führen. Bald wird das ganze Volk das wahre Gesicht der mutlosen Feodriner Stollenkriecher erkannt haben. Niemand wird ihnen eine Träne nachweinen. Wir werden sie einfach aus unserem Gedächtnis tilgen. Am besten, ich lasse Harold auf Burg Dornholm großziehen, damit er von dir nicht mit Lügen versorgt werden kann. Muss es wirklich so weit kommen, Calisa? Calisa? Was ist mit dir? Schnell! Mädchen! Hol Horwart! So lauf doch, rasch!«

Hände hoben sie auf und betteten ihren erschlafften Körper wieder auf die Lagerstatt. Sie spürte eine kühle Hand auf der

Stirn. Als jemand ihren Bauch abtastete, stöhnte sie vor Schmerz. Jetzt standen Hakon und der Hofheiler in ihrem Gemach.

»Was ist mit ihr?«

»Das Kindbettfieber, Euer Gnaden. Es steht schlecht um sie.«

»Wie lange noch?«

»Vielleicht einen Tag, vielleicht zwei. Ich habe alles versucht, jetzt können wir nur noch warten.«

»Wofür steht Ihr hier in Amt und Würden? Tut etwas! Wenn sie stirbt, könnt Ihr Euren Sarg gleich mit anfertigen lassen, das schwöre ich Euch.«

»Aber Euer Gnaden! Ich ... Niemand kann ...«

»*Tut etwas!*«

»Die Zofe soll Leinentücher und kühles Wasser bringen, schnell!«

Ja, dachte Calisa, Kühle täte mir gut. Von meinem Gemach aus kann ich die Wolken sehen. Sind sie nicht wie weiße, weiche, kühle Laken? Sollte ich mich nicht in ihnen betten? Ethandras, mein liebes Kind, ich sehe dich in den Wolken dort. Du musst nicht mehr lange warten! Jendro, ich komme, meine Zeit hier ist zu Ende. Alles ist verloren. Alles außer – Harold, mein Kleiner! Er braucht mich! Ich kann ihn nicht allein lassen. Ich muss stark werden, ich muss ihm von seinen Ahnen erzählen, muss seine steinische Seite wecken. Wozu sollte ich sonst noch leben wollen? Ich bin so müde. Aber morgen, morgen werde ich für ihn gesund werden, morgen werde ich stark genug sein, und sie werden ihn mir nicht wegnehmen können. Morgen werde ich ihm das Lied der Feodriner Könige vorsingen. Hakon wird ihn nicht verderben. Morgen ...

Kapitel 1

Der Berg genoss den Augenblick der Jahrzehnte, in denen kein Steinkönig mehr die Felsen in Unruhe versetzte.
Nicht ein Funke der Königskraft, dem jedes Gestein folgen musste, war irgendwo spürbar, und der graue Riese konnte ungehindert mit seinem Tun fortfahren.
In den letzten, kurzen dreihundert Jahren, seit er erwacht war, hatte er seine mächtigen Kräfte über das Land wandern lassen und Vergnügen daran gefunden, alles ihm ähnlich zu machen, was er erreichen konnte. Das Missbehagen der Wolken und ihrer Hüter berührte ihn wenig. Bald würden sie ihm und nur noch ihm huldigen. Er nahm zu an Größe und Stärke und wähnte sich dabei, zur Sonne emporzuwachsen.

Viele Morgen vergingen. Es verstrichen siebzehn harte Winter und von Unwettern und schlechten Ernten heimgesuchte Sommer. Dann war die Zeit gekommen, da die Eismassen den Pass in den Norden wieder für kurze Zeit freigaben. Einige Feodriner verließen unerkannt ihre Verstecke und machten sich auf den Weg entlang der Küste nach Norden, um die Ahnin zu befragen.

In Ribehof, der Hauptstadt des Geestlandes, wusste niemand davon. In der von einem mächtigen Ringwall umgebenen Küstensiedlung, die am Ufer des Ribefjordes lag, wo der Fluss Ribälven sich ins Meer ergoss, drehte sich alles um den Frühlingsmarkt, dessen letzter Tag angebrochen war. Eine bunte Flotte von Handelsschiffen lag im Fjord vor Anker und speiste den ständigen Strom von Händlern und Gehilfen, die Ballen, Bündel und Fässer von und zu den Schiffen schleppten.

Die warme, freundliche Frühjahrssonne war bereits aufgegangen und schickte sich an, die flutartigen Regenfälle der vergangenen Wochen vergessen zu machen. Nur eine einzelne, blütenweiße Wolke lungerte im Blau über den mit Grassoden gedeckten Holzhäusern herum, als würde sie auf etwas warten, unentschlossen, ob sie weitere weiße Gespielen herbeirufen oder sich in den wärmenden Strahlen auflösen sollte. Endlich würden die seit Wochen morastigen Wege der Küstensiedlung trocknen und buntes Leben wieder die Wege und Plätze bevölkern.

Im Inneren des von Palisaden umgebenen Thanhofes am westlichen Ende der Siedlung schlenderte Lärka zum Kräutergarten, der an der äußeren Einfriedung bei den Gesindehäusern lag. In einem Geviert von etwa fünf Schritten Länge und Breite wuchsen silbrig grüne Salbeipflanzen, kräftig duftender Bärlauch und grüne Petersilienbüschel in ordentlichen Reihen. Daneben zeigten sich erste Triebe von Liebstöckel, Schnittlauch, Wiesenkümmel und Kerbel, die ebenfalls in der Küche des Thanhofes Verwendung fanden. Auf einem schmalen Streifen am Rande des geordneten Beetes wucherten weitere verschiedene Pflanzen unkrautartig kreuz und quer. Lärka lief daran entlang, betrachtete für einen Augenblick unglücklich das Durcheinander und setzte sich auf einen großen Stein im Schatten eines Holunderbusches.

»Guten Morgen, Mutter! Für dich, die hast du immer so gern gehabt«, sagte sie und legte einen Strauß Schlüsselblumen neben sich auf den Stein. Hier hatten sie oft zusammen gesessen, und ihre Mutter hatte ihr alles über Heilkräuter erzählt. Das war Mutters Stein. An diesem Ort fühlte sich Lärka ihrer verstorbenen Mutter näher als an dem prachtvollen Grabhügel vor den Toren Ribehofs.

»Kannst du dir vorstellen? Seit zwei Tagen schon darf ich nicht hinaus auf den Markt, weil Tante Asa immer bis zum Schluss der Markttage warten will. ›Die Händler geben dann mehr im Preis nach, weil sie ihre Karren auf dem Rückweg nicht so schwer beladen wollen. Vorher etwas zu kaufen ist reine Verschwendung.‹« Das Mädchen ahmte die belehrende Stimme der Tante nach.

»Du kennst ja Asa. Bei ihr darf ich fast nichts: keinen Schritt aus dem Thanhof ohne Begleitung, kein Besuch bei den grünen Weibern und jetzt noch nicht einmal allein über den Markt gehen. Dabei hatte ich gehofft, dass Maggai da ist und ich endlich mit ihr plaudern kann. Aber Asa wird mich nicht lassen. Und ich dachte, ab heute ändert sich alles.«

Lärka seufzte. »Nichts hat sich geändert, als Geschenk zu meinem Ehrentag will sie mir Kochgeschirr vom Markt besorgen. Was soll ich jetzt schon damit? Mit siebzehn ist man erwachsen, hat sie heute Morgen gesagt. Da weht ein neuer Wind. Verabschiede dich von deinen kindischen Träumen, und befasse dich mit dem, was vor dir liegt. Jede Frau, die einem Hof vorsteht, braucht ein gutes Geschirr. Wer weiß, ob ich überhaupt einem Hof vorstehen will! Ich habe ihr wieder einmal gesagt, dass ich ein grünes Weib werden will, so wie du. Da brauche ich andere Töpfe und Kessel. Aber diesmal hat sie nicht einfach nur den Kopf geschüttelt, sondern gesagt: Das ist nichts für dich. Eine Thantochter ist zu etwas anderem berufen. Schau dir doch unser Kräuterweib an. Willst du so eine verdrehte alte Jungfer werden? Die sind doch selbst von den Dämonen besessen, die sie angeblich beherrschen wollen. Ich habe erwidert, wie sie so was nur sagen könne, du seist doch auch eine Kräuterfrau gewesen, die beste der ganzen Küste! Dämonenbeschwörung und Hexenwerk hast du nie gebraucht, um jemanden zu kurieren.«

Schon als Kind hatte Lärka bei Krankenbesuchen die Tasche mit Kräutermedizin hinter der Mutter hertragen dürfen. Seit damals wusste sie genau: Sie wollte so werden wie ihre Mutter, so weise und kundig in den Kräutern.

»Dann hat Asa etwas Seltsames gesagt: Es steht mir nicht an, deine Mutter zu richten. Dein Vater würde nicht wollen, dass darüber geredet wird, aber glaube mir: Bei den grünen Weibern sind dunkle Mächte im Spiel. Und dein Vater denkt genauso wie ich. Mehr hat sie nicht dazu gesagt. Warum redet sie so? Vater liebte dich viel zu sehr und würde nie erlauben, dass dir eine Hexengeschichte angedichtet wird. Aber Asa kann sich ja denken, dass ich sie nicht bei ihm verpetze. Er würde nichts davon hören wollen. Er ist immer so ernst, seit du nicht mehr da bist. Er redet selten von dir.«

Lärka stand auf, hob mit einer Hand den Saum ihres dunkelroten weiten Hemdkleides in die Höhe, kniete sich neben das Beet und zupfte mit der anderen Hand Unkraut zwischen den ersten zarten Trieben der Lupinen aus. Sie liebte diese Blumen besonders. Außer in Audhilds Kräutergarten fand man sie im Küstenland nirgends. Lärka hielt inne und setzte sich wieder auf den Stein.

»Wenn Vater wirklich so denkt, dann verstehe ich, warum er mir verboten hat, bei den grünen Weibern in die Lehre zu gehen. Und was er gemacht hat, als er mich letztes Jahr bei Vigdis erwischt hat …« Sie schauderte bei der Erinnerung an ihren heimlichen Besuch beim Ribehofer grünen Weib. Ihr Vater hatte sie ertappt und war so fuchsteufelswild geworden, wie sie ihn selten gesehen hatte. Er hatte seine Tochter alle Brechnuss-Vorräte der laut protestierenden Heilerin schlucken lassen. »Lerne zu verstehen! Hier wird Gift gemischt. Halte dich fern!«, hatte er sie zornig zurechtgewiesen. Drei Tage hatte Lärka nichts bei sich behalten können und sich kaum vom Kübel entfernt. Seit damals war sie vorsichtiger.

»Aber wie können sie sich nur so etwas ausdenken? Ich bin sicher, Vater wird mir nichts darüber erzählen, und Asa – sie hat ja keine Ahnung. Bei eurer Hochzeit war doch alles ganz anders: Du hast Vater sogar von einer schlimmen Krankheit kuriert, und er war sehr stolz auf dich. Er hat dich nie daran gehindert, der Kräuterkunst nachzugehen. Wenn ich ihn doch nur umstimmen könnte, damit er mir dasselbe erlaubt! Ach, früher war alles einfacher.« Das Mädchen seufzte erneut, wischte sich ein paar Erdkrümel vom Kleid und hing ihren Erinnerungen nach.

Ihre Mutter hatte sie immer »Prinzessin« genannt. Als ihr Vater bei ihrem letzten gemeinsamen Sommertagsfest mit ihr getanzt hatte, hatte sie sich wirklich so gefühlt. Wie aufregend es gewesen war, wenn sie ihre Eltern auf Reisen in die prachtvollen Städte mit ihren edelsteinverzierten Villen und Palästen begleitet hatte. Und die Markttage! Früher war sie mit ihrer Mutter an jedem Markttag durch die Gassen geschlendert, hatte den Geschichten der grünen Weiber gelauscht und ihre Tränke probiert und von Abenteuern aus den fernsten Winkeln von Jaduin gehört. Aber mit dem Tod ihrer Mutter vor zehn Jahren hatte sich vieles geändert, vor allem ihr Vater.

»Sobald Vater von seiner Reise zurückkommt, werde ich noch mal mit ihm sprechen.« Sie seufzte tief. »Am besten, ich gehe heute zu Maggai. Sie wird mir Geschichten aus deiner Jugendzeit in Osgund erzählen und wie Vater und du euch kennen gelernt habt. Sie wird wissen, dass an Asas Gerede nichts dran ist, und sie weiß vielleicht etwas, das Vater umstimmen kann. Wenn ihr nichts einfällt, dann habe ich keine Hoffnung mehr. Hoffentlich ist Maggai gekommen!« Das grüne Weib aus Osgund hatte mehr Sommer gesehen als Lärkas Großmutter, und die lag schon seit einigen Jahren im Grab. »Letztes Jahr war sie nicht auf unserem Frühlingsmarkt. Sie ist jetzt ziemlich alt, vielleicht ist der Weg von Osgund hierher zu weit für sie? Ob sie gar gestorben ist? Oh, bitte nicht! Sie ist die Einzige, mit der ich über dich reden kann.«

Versonnen spielten Lärkas Hände mit den Halmen des Unkrauts. »Bist du mir böse, wenn ich dir sage, dass ich mich an vieles kaum noch erinnern kann? Zehn Jahre sind eine lange Zeit, nicht? Bestimmt wärst du enttäuscht von mir. Du hattest so viel Wissen, und ich kenne noch nicht einmal mehr alle Namen der kümmerlichen Kräuterreste hier im Beet. Als ich sieben war und Maggai uns besuchte, da kannte ich sie noch genau, und du warst sooo stolz ... Ich vermisse dich.« Sie kämpfte gegen die aufkommenden Tränen. Nein, ihre Mutter würde nicht wollen, dass sie sich gehen ließe. Sie streckte ihren Rücken durch und richtete sich kerzengerade auf, wie immer, wenn sie für sich einen Entschluss fasste.

»Was meinst du? Was würde Vater sagen, wenn Vigdis ab und zu hierherkommt, sich auf diesen Stein setzt und erzählt? Wenn sie hier das Kräuterbeet anlegt und allen Frauen, die es lernen wollen, das Wirken und Wesen der Pflanzen erklärt? Asa kann sich ja dazusetzen, dann wird sie es selbst hören, dass da keine Hexerei im Spiel ist. Und wenn andere grüne Weiber in Ribehof weilen, sollen sie sich auf diesen Stein setzen und ihr Wissen teilen.« Die Ideen sprudelten nur so aus Lärka heraus. »Später können wir hier eine kleine Hütte bauen, sodass die Frauen auch bei Regen oder im Winter zusammenkommen können. Wir würden junge Mädchen am Hof aufnehmen, die als Mägde ihr Brot verdienen und nebenher etwas von der grünen Kunst lernen.«

Berauscht hielt sie einen Moment inne. »Wärst du dann stolz auf mich? Oh, wie ich mir das wünsche! Natürlich werde ich mehr lernen als alle anderen. Maggai weiß bestimmt, wie ich es am besten anfange und wie ich den Kräutergarten anlege. Sie kann mir Sämereien und gute Ratschläge geben, damit das Beet wieder grünt und blüht wie früher unter deiner Hand. Ja, so soll es sein ...«

Gedankenverloren fixierte das Mädchen die Triebe der Lupinen, die in einigen Wochen zu wunderbar duftenden Blumen in kräftigem Gelb, Lila und Rot heranwachsen würden, als plötzlich der Hieb einer Hacke die Pflanzen zerstückelte. Lärka schrak aus ihrer Versunkenheit hoch und gewahrte Knut den Fischkopf, wie Lärka den plumpen großen Knecht wegen seiner vorstehenden Augen, dem fliehenden Kinn und der fahlblassen Haut nannte. Sie starrte den Wüstling empört an, aber der setzte die Zerstörung ihres Kräuterheiligtums unbeeindruckt fort.

»Halt! Was tust du da? Hör sofort auf!«, rief sie. Der Fischkopf stützte sich mit einer Hand auf die Hacke, schob sich mit der anderen die braune Filzkappe in den Nacken und kratzte sich am spärlich behaarten Kopf.

»Die Herrin Asa hat gesagt, wir brauchen das Stück für etwas anderes«, sagte er, wischte sich mit dem Handrücken und einem Zipfel seines schmutzstarrenden Leinenhemdes über die triefende Nase und hackte weiter.

»Aber das ist mein Beet, und ich bin hier die Herrin!« Sie stellte sich vor ihm auf und versuchte, gebieterisch zu klingen.

»Die Herrin hat's gesagt«, murmelte er, drehte sich um und machte an einer anderen Stelle weiter.

Wutentbrannt lief Lärka vorbei an Werkstatthäusern und Viehställen zum Langhaus, wo ihre Tante in der großen Halle auf einer Bank am Fenster saß und an einem Wandbehang stickte.

»Tante, das muss ein Irrtum sein! Der Knecht zerpflügt meinen Kräutergarten. Bitte sag ihm doch, er soll aufhören!«

»Lärka, Kind, beruhige dich. Habe ich es dir gegenüber noch nicht erwähnt? Da kommt die neue Tischlerei hin«, sagte Asa.

»Aber das ist mein …«, Lärka holte tief Luft und versuchte, sich zu sammeln. Sie erfuhr wieder einmal als Letzte davon, was sie betraf. »Das sollten wir erst mit Vater bereden. Mutter war dieser Boden heilig.«

»Dein Vater hat bereits zugestimmt. Im Herbst wird noch ein Vorratsschuppen angebaut. In diesem Winter waren die Vorräte viel zu bald aufgebraucht«, sagte die Tante, und ihr Blick stellte der Nichte wortlos die Frage, wer wohl im nächsten Winter aufs Essen verzichten solle, damit Lärka ihr unnützes Kraut würde anbauen können.

Lärka fühlte sich, als sei sie in vollem Lauf gegen eine Mauer geprallt. Sie wusste, dass die Beschlüsse ihres Vater unumstößlich waren und Asas Autorität in der Bewirtschaftung des Thanhofes unangreifbar. All ihre Pläne, alles, was sie mit ihrer Mutter geteilt hatte, wurde gerade zusammen mit dem Beet zerpflügt.

Asa stickte weiter, während Lärka zwischen Wut und Verzweiflung schwankte. Sie wandte den Kopf ab, damit die Tante nicht ihre aufgebrachte Miene bemerkte, und sah beiläufig durch das Fenster, wie eine Magd Wasser in den Trog für die Tiere füllte. Da kam ihr ein Gedanke. Es würde auch ohne Beet und Garten gehen – wenigstens am Anfang.

»Der Fischkopf hat meine Pflanzen zerhackt. Ich möchte auf den Markt gehen und neue Setzlinge besorgen. Ich werde sie dann in alten Trögen auf dem Hof ziehen. Soll ich auch etwas für dich besorgen, Tante?«, fragte Lärka freundlich.

Asa hob den Kopf und runzelte die Brauen. »Nicht so schnell! Wie oft soll ich es noch sagen: Es ziemt sich nicht, dass die Tochter des Thans ohne Begleitung über den Markt läuft und sich mit Handelsgut belädt wie eine Magd«, erwiderte Asa. »Die Händler werden dir zu viel Geld abnehmen und dir schlechte Ware mitgeben, so gutgläubig wie du bist.«

Das würde Asa natürlich nicht passieren. Wenn sie nach einem Kauf davonzog, waren die Händler den Tränen nahe, weil Asas Feilscherei sie um jeden Gewinn gebracht hatte. Die Tante herrschte über den Haushalt des Thanhofes mit starker Hand. Obwohl der Than nicht nur als Oberhaupt alle Küstenstädte regierte, sondern auch über einiges Land und ansehnliche Besitztümer verfügte, war Genügsamkeit Asas zweite Natur. Sie hatte eine flache, drahtige Figur, an der die gebräuchlichen Hemdkleider formlos herunterhingen, kleine Hände und dünnes blondes Haar. In ihrem Gesicht drängten sich Augen, Nase und der schmallippige Mund so eng zusammen, als gelte es, mit einer möglichst kleinen Fläche auszukommen. Dafür war sie mit gutgemeinten Ratschlägen und Fürsorge für ihre Nichte äußerst großzügig.

»Du weißt längst nicht alles, was es braucht, um einem Hof wie dem deines Vaters vorzustehen«, sagte sie wie immer, wenn Lärka zu viel Selbstständigkeit an den Tag legte. Asa wies Lärka mit einer einladenden Handbewegung zum Webstuhl darauf hin, dass Lärkas angefangenes Webstück schon viel zu lange der Fertigstellung harrte. »Wenn ich nachher zum Markt gehe, kommst du mit mir. Schließlich kannst du immer noch etwas lernen.«

»Lass mich doch mit Jörn gehen«, bettelte Lärka missmutig, nahm das Webschiffchen auf und begann, es verbissen hin und her zu jagen. »Ich werde schon nichts Unnötiges mitbringen.«

»Dein Vetter hat anderes zu tun«, erwiderte Asa unnachgiebig. »Nein, du kommst besser mit mir.« Sie trat zu Lärka und legte ihr eine Hand auf die Schulter. »Und zum Schluss werden wir dir hübschen Stoff für ein Sommertagskleid aussuchen, passend zu deinem Sommergesicht. Dann wird Ribehof die strahlendste Lichterprinzessin seit den Tagen von Rosahild sehen.«

Ohne eine Antwort abzuwarten, verschwand Asa durch die große Tür in Richtung der Scheune, um die Mägde beim Buttern zu überwachen, und ließ das Mädchen mit seinen Gedanken allein.

Die Aussicht auf ein neues Kleid hätte Lärka erfreuen sollen. Es war eine Seltenheit, dass Asa sich zu so einer Schwelgerei hinreißen ließ, sowohl was die Ausgaben für den Stoff betraf, als auch die Komplimente an ihr Äußeres. Die strahlende Schönheit von

Asas Urgroßmutter, der sagenhaften Rosahild mit den goldenen Locken, war weit über die Küstenstädte hinaus berühmt gewesen. Im Vergleich zu ihr kam sich Lärka mit ihren hellbraunen Haaren, die gerade wie getrocknetes Dünengras an den Seiten ihres schmalen Gesichtes herunterhingen oder zu Zöpfen geflochten um ihren Kopf gewunden waren, wie ein schwacher Abglanz vor. Goldene Locken wären nicht schlecht gewesen, auch etwas weniger Sommersprossen und stattdessen die vornehme Blässe und die zartrosa Wangen der Rosahild.

Dass Asa sie vor ihrem Vater, Than Orlyg, noch vor gar nicht so langer Zeit als so mager wie das kleinste Hühnchen vom Vogt bezeichnet hatte, störte sie nicht weiter. Aber wenn sie an den Fortgang von Asas Ausführungen dachte, spürte sie jedes Mal einen Stich. Dazu hat sie die großen Augen und den Mund ihrer Mutter, na ja, ein bisschen wie eine Quellnymphe, hatte Asa in klagendem Ton gesagt und dabei nicht bemerkt, dass Lärka im Eingang zur Halle gestanden hatte. Lärka war sicher, dass Asa bei diesem Vergleich nicht die liebliche menschliche Gestalt der Nymphe, sondern deren Froschnatur meinte. Ihr Vater schien das nicht zu bemerken.

»Sie hat nicht nur den Kräuterunsinn, sondern auch noch genug andere Torheiten im Kopf«, fuhr Asa fort. »Seit neuestem unterhält sie das Gesinde damit, jedem einen passenden Scherznamen zu geben. Dabei sollte sie lieber eine härtere Zucht mit den aufsässigen Mägden und Knechten üben und ihre eigenen Fertigkeiten vertiefen.« Asas Augen waren sorgenvoll über ein verzogenes Stück Webstoff gewandert, das sie mit spitzen Fingern zwischen sich und Lärkas Vater hielt. Lärkas Meisterstück wies so viele Löcher und Unregelmäßigkeiten auf, dass es am ehesten als Fischernetz getaugt hätte.

»Wenn ich nicht ständig hinter ihr her bin«, hatte Asa angesichts dieser sinnlos vergeudeten Wolle geseufzt. »Das Kind braucht eine starke Hand und eine gute Mitgift, damit ihr Zukünftiger über diese Unzulänglichkeiten hinwegsieht«, hatte sie mit ihrem unfehlbaren Sinn für das Praktische ergänzt. »Was Ersteres angeht, werde ich tun, was ich kann.«

Asa hatte sicherlich auf ein Lob von Lärkas Vater gehofft. Stattdessen kam ein beiläufig gemurmeltes »Ja, wie ihre Mutter«, und etwas lauter: »Tu, was nötig ist.« Jetzt waren also ein blaues Kleid nötig und die Aufsicht am Markttag.

Lärka begann, die Fäden zu vernähen, und säbelte mit einem stumpfen Messer an dem Garn herum. Dann hielt sie inne und blinzelte durch das Fenster in die Sonne. Wie es wohl außerhalb des Thanhofes war? Ganz Ribehof war seit zwei Tagen auf den Beinen und tauschte Waren und Nachrichten aus. Lärka konnte den Marktlärm sogar durch die Einfriedung des Hofes hören. Irgendwie würde sie Asas Bewachung entkommen und Maggai als Verbündete für ihre Vorhaben gewinnen – an diesem Tag noch.

Schließlich nahm sie den Webrahmen ab, der nach Art des Geestlandes senkrecht von der Decke hing, holte das fertige Webstück aus dem Rahmen und betrachtete es zweifelnd. Bevor sie sich jedoch der Frage stellte, ob sie es gleich wieder auflösen oder zur Sammlung für netzlose Fischer legen sollte, tauchte Jörn in der Tür des Langhauses auf. Obwohl ein Jahr jünger als sie, war er schon so groß wie Lärka, wobei drei Viertel seines Körpers aus Beinen zu bestehen schien. Er war der jüngste von Asas vier Söhnen und hatte das blonde Haar und die drahtige Figur seiner Mutter, aber die offene Art seines Vaters Fregar, des Bruders des Thans. An seinem hellblauen kurzen Wollkittel, der von einer Schnur um die Taille zusammengehalten wurde, hingen noch Strohhalme. Seine kurzen Stiefel waren schlammig, und der Geruch, der ihn umwehte, ließ erahnen, dass er eben noch im Viehstall gewesen war. Er ging mit raschen Schritten zu Lärka ans Fenster, wobei er nicht versäumte, einen Abstecher zu dem großen Eichentisch vor dem Kamin zu machen, um sich aus einer Holzschale voller Nüsse und getrockneter Beeren zu bedienen.

»Hab's für dich rausgefunden, war ja nicht schwer«, sagte er kauend und bot ihr mit einer galanten Bewegung ein paar Beeren an.

»Und ...?«, fragte Lärka und schnappte ihm die Nascherei aus der Hand. Sie hasste es, wenn sie ihm jeden Krümel seiner Geschichte einzeln abschwatzen musste.

»Sie ist da«, verkündete er.

»Du hast sie gesehen? Du hast Maggai gesehen? Wo ist sie?« Lärkas Herz machte vor Freude einen Satz und hätte sie beinahe sofort losstürmen lassen. Doch Jörns abwartendes Schweigen ließ sie wissen, dass fortdauerndes Lob seiner Heldentat nötig war, wenn sie noch mehr von ihm erfahren wollte.

»Oh, Jörn, Größter unter den Spähern, Findigster unter den Kundschaftern, zuverlässigster Bote, den die Küstenstädte je gesehen haben« – Jörn brummte mit einem Anflug von Genugtuung –, »ich werde sofort einen Wandteppich weben, der von deinen Heldentaten kündet«, säuselte sie und griff mit hingebungsvoller Miene zum Webschiffchen.

»Bloß nicht, ich erzähl ja schon«, wehrte Jörn eilig ab und schielte mit gespieltem Entsetzen nach Lärkas letztem Kunstwerk. Beide mussten lachen.

»Jetzt sag schon, wo hast du sie gesehen?«, drängte Lärka. »Sie ist nicht mehr die Jüngste, und als sie auch auf dem Herbstmarkt nicht war, dachte ich schon ...«

»Wie sie leibt und lebt. Klein, runzelig und punzelig wie eine getrocknete Pflaume, Tracht der grünen Weiber und die dicksten Büschel Osgunder Bärlauch links und rechts am Stand. Sie lässt dich grüßen und erwartet deinen Besuch«, sagte er, während er die Ausmaße des Marktstandes und den Gruß Maggais mit lebhaftem Gefuchtel darstellte. Lärka strahlte, und der Überbringer der sehnsüchtig erwarteten Auskunft sonnte sich in ihrem Glück.

»Wie finde ich sie am schnellsten?«

»Du gehst zum Osttor und hältst dich nach rechts, dann kommst du direkt hin«, erklärte Jörn und deutete mit einer vagen Geste in die angegebene Richtung.

»Oh, danke, danke, Jörn! Ich werde dir einen Trank gegen Saufmüdigkeit brauen, sofort wenn ich die Kräuter auf dem Markt besorgt habe«, sagte sie und grinste ihn an.

»Den kann ich brauchen, wenn es heute Abend ein ordentliches Festgelage für deinen Ehrentag gibt.« Er formte eine Hand zum Becher, legte den Kopf in den Nacken und tat, als würde er einen Becher in einem Zug leeren. Gerade, bevor er nach hinten überkippte, schien ihm etwas einzufallen. »Aber – Lärka – große Falle! Mutter wird nicht zu den grünen Weibern wollen. Und am Osttor stehen die Gaukler mit ihren Biestern, das sind nicht ihre Freunde.«

Lärka fragte sich, wen von beiden Asa weniger mochte, die Tiere oder das fahrende Volk. Das würde nicht einfach.

»Oh, Jörn, kannst du dir nicht irgendwas einfallen lassen?«, flötete sie und setzte das unschuldigste Gesicht auf, das ihr einfiel. »Biiiitte! Für mich!«

»Ich würde heute dir zu Ehren – nein, ich würde *immer* alles für dich tun, liebste Lieblingsbase«, begann er inbrünstig, und Lärka wusste, dass dies trotz der Übertreibungen die reine Wahrheit war. »Aber – oh, Trübnis – Mutter hat es irgendwie gerochen und mich heute Mittag ans Wasser geschickt, um nach lädierten Reusen zu suchen.«

Noch bevor Lärka etwas erwidern konnte, fuhr Jörn entschuldigend fort: »Sie hat mir bei Strafe verboten, dich mitzunehmen oder so was auch nur vorzugeben, damit du dich nicht selbstständig machen kannst. Es tut mir wirklich leid!«

Lärka hätte am liebsten geflucht, wenn ihr ein passender Fluch eingefallen wäre. Aber mehr als »Kerkermeister!« brachte sie nicht heraus.

»Ich habe etwas für dich, das dein holdes Antlitz erhellen wird«, sagte Jörn tröstend und nestelte an einem Stoffpäckchen herum, das er im Gürtel stecken hatte. Dann zauberte er ein schwarzes Stück Leder hervor, aus dem der abgewetzte, schmutzige Griff eines kleinen Messers ragte. Mit erwartungsvollem Blick reichte er es Lärka. Sie nahm es und fragte sich, ob die Unterseite des Griffes vielleicht mit Harz beschmiert war oder ob statt eines Messers vielleicht nur ein Hühnerbein in der schwarzen Hülle steckte. Sie hätte wetten können, dass das wieder einer der Scherze war, mit denen sie sich gegenseitig das Leben versüßten.

»Erkennst du es nicht?«, fragte er.

Lärka schüttelte unsicher lächelnd den Kopf. Worauf wollte er hinaus?

»Ich habe es Vigdis in so mühsamen Verhandlungen abgerungen, da wäre sogar Mutter neidisch auf meine Künste geworden. Na, keine Ahnung?«

»Tut mir leid, nein. Mach es doch nicht so spannend.«

Er nahm ihr das Geschenk wieder aus den Händen, fasste den Messergriff so vorsichtig an, als handele es sich um einen magischen Glasdolch, und zog das unscheinbare Messer langsam heraus. Die Klinge war zum großen Teil mit dunklen Belägen bedeckt, aber intakt.

»Ein Kräutermesser, danke, Jörn!«, sagte sie und streckte erfreut die Hand danach aus.

»Nicht irgendeines!«, sagte Jörn. »Das ist das Messer, mit dem schon deine Mutter gearbeitet hat! Habe ich für dich zu deinem Ehrentag besorgt«, sagte er mit feierlicher Miene und hielt es ihr hin wie einen heiligen Gegenstand.

»Oh, Jörn, bester aller Lieblingsvettern!«, rief sie aus und umarmte ihn. Das war wahrlich eine Überraschung. »Ich weiß ja gar nicht, wie ich mich dafür …«

Mit theatralischer Geste unterbrach er sie. »Sei einfach eine gefügige Ehefrau, wenn wir dereinst verheiratet sind.« Als Kinder hatten sie sich im Spiel unter einem Mistelzweig geküsst. Irgendwann hatte Jörn diesen Spruch dann von einem seiner Brüder aufgeschnappt und trug ihn nun regelmäßig vor. Lärka versprach es lachend, betrachtete staunend das Geschenk und überhäufte ihn mit Dankesworten. Er winkte ab und sagte: »Mach dich lieber auf! Mutter wird gleich zum Aufbruch rufen. Dir fällt bestimmt etwas ein, um zu Maggai zu kommen. Aber treib es nicht zu weit mit dem Kräutergewese: Du hast schon eine ganz grüne Nase, und die ersten Runzeln kann ich auch in deinem Gesicht sehen! Na ja, das Alter ...«

Sie tat, als würfe sie mit dem Webschiffchen nach ihm. Er duckte sich lachend und schaute ihr nach, als sie den Webrahmen verstaute und zu ihrer Kammer am Ende des Langhauses huschte. Sie legte das Messer auf ihr Bett, holte sich einen pelzbesetzten wärmenden Wollumhang, den sie mit einer großen efeuförmigen Fibel aus Gold und grünem Emaille schloss, und steckte ihre Ersparnisse ein. Dann ging sie auf den Hof und gesellte sich zu den Mägden und Knut dem Fischkopf, die auf die Hausherrin warteten.

Da kam auch schon Asa aus dem Wohnhaus ihrer Familie, das ebenfalls zum Thanhof gehörte. Sie hatte die Haare unter einem weißen Kopftuch verborgen, wie es für verheiratete Frauen üblich war, trug ein hellgelbes Leinenkleid und einen dunkelblauen Umhang, der von einer einfachen runden Bronzefibel an der Schulter gehalten wurde. Energischen Schrittes marschierte sie an den Wartenden vorbei und hieß den Torwächter, die große hölzerne Pforte des Thanhofes zu öffnen.

»Halte dich bei mir, Lärka, nicht dass du mir verloren gehst«, hörte sie Asas vorwurfsvolle Stimme, während sich alle in Bewegung setzten. »Das würde deinem Vater nicht gefallen.«

Lärka schüttelte die Erinnerung an den Geschmack der Brechnüsse ab und richtete sich gerade auf. Sie musste es riskieren, sie musste Maggai sehen. Was konnte ihr Vater schon tun? Sie für ein paar Tage einsperren oder ihr Latrinendienst aufbrummen – mehr bestimmt nicht. Das war es wert.

»Und noch etwas«, fuhr die Tante fort. »Das fahrende Volk hat da einige Bestien mitgebracht, die nicht in die Nähe von Menschen gehören, ganz gleich, ob ein Käfig drumherum ist oder nicht.« Asa versicherte sich mit einem Blick hinauf zum Wehrgang, dass der wachhabende Speerträger nicht schlief. »Wir gehen auf keinen Fall in die Nähe des Osttors.«

Mit drei Mägden und dem Knecht im Gefolge verließen sie den Hof durch das breite Holztor. Bohlen, die auf den Hauptwegen durch die Siedlung in den Boden gelassen waren, verhinderten, dass sie im morastigen Boden versanken. Wenige Schritte brachten sie zum großen Platz im Herzen der Siedlung, in dessen Mitte drei uralte Eichen standen. Der Platz war – wie stets, wenn der Frühjahrs- oder Herbstmarkt stattfand – von Zeltdächern aller Schattierungen übersät, die sich wie ein wogender See um die noch blattlosen Eichen ausbreiteten und in Ausläufern weiter in die Gassen und Winkel der Siedlung ergossen.

Der Weg durch das Gewimmel des Marktes führte vorbei an Kesselmachern, Töpfern und Bauern aus der Umgebung, die Vieh und Knollen feilboten und die kleine Prozession ehrerbietig grüßten. Bei dem ein oder anderen Stand verweilte Asa, begutachtete prüfend die Ware, feilschte mit dem Händler und überließ es dem Knecht und den Mägden, die Waren auf Karren zu laden und zurück zum Hof zu bringen. Schließlich blieben sie bei einem Stoffhändler stehen. Unter seinem Zeltdach waren lange Leinen gespannt, auf denen rote, blaue und gelbe Stoffe neben lilafarbenen und kariert gewebten Tüchern hingen. Auf dem Tisch des Händlers türmten sich Ballen aus Wolle, Leinen und Samt neben Bündeln mit gestickten Borten und Pelzbesatz.

»Beste Stoffe, werte Frauen«, hub der Händler mit dröhnender Stimme an. »Für einen Übermantel warme Wolle von Moorschafen, der hält sogar den Regen ab.« Er warf einen abschätzenden Blick auf Lärkas goldene Fibel und das Gefolge der beiden Frauen, bevor er weitersprach. »Für Euch habe ich hier für Festtagsgewänder etwas Besonderes.« Sofort hatte er einige Ballen aus schimmerndem Stoff aus den Vorräten vor sich gefischt und breitete die verschwenderische Fülle mit einer weiten Bewegung vor den Frauen aus.

»Wir suchen etwas Leinen für ein Sommergewand. Zeigt uns, was Ihr habt«, sagte Asa unbeeindruckt.

»Samt aus Jaspis, Seide von Symara, eine echte Rarität in dieser

Gegend. Ahh, fühlt nur diesen Hauch von einem Stoff, das findet Ihr bei sonst keinem Händler.« Seine Hände fuhren zärtlich durch die feinen Stoffe, als liebkosten sie eine Geliebte.

»Euren Preis finde ich auch nirgends sonst, da bin ich sicher«, sagte Asa und stand unbewegt vor der aufgetürmten Pracht. Mit kundiger Hand strich sie über die Stoffe. Wenn sie auf Unregelmäßigkeiten traf, zog sie die Luft geräuschvoll ein wie jemand, der gerade in ein Brennnesselfeld gefasst hatte. Schließlich grub sie mit triumphierender Miene unter Bergen aus Samt und Seide einen weiteren Ballen hervor. Sie hielt einen ebenmäßig gewebten Leinenstoff von der Farbe des Sommerhimmels – nicht gerade ein edles Tuch – prüfend unter Lärkas Kinn. Lärka konnte über Asas Schulter hinweg das Missvergnügen im Gesicht des Kaufmanns sehen. Zufrieden nickte die Tante und schaute sie an. »Gefällt es dir, Kind?«

Lärka blickte unschlüssig an sich herunter. Eigentlich hatte sie nach einem seegrün schimmernden Stoff geschielt, der fast die Farbe der Festtrachten grüner Weiber hatte.

»Natürlich tut es das«, fuhr Asa fort, ohne die Antwort abzuwarten. »Auf deine Weise. Du brauchst nichts zu sagen. Nicht zu stark oder aufdringlich und trotzdem herrlich.« Sie wandte sich dem Händler zu und begann, mehr Stoff vom Ballen abzuwickeln. Da drängte sich plötzlich eine Gruppe von plappernden Marktfrauen dicht am Stand vorbei. Lärka, die die ganze Zeit auf eine Gelegenheit gewartet hatte, duckte sich, schlängelte sich durch die Frauen hindurch und ließ sich unauffällig mittreiben. Schnell war sie ein Teil der Menge, von niemandem beachtet. Ein paar Schritte weiter änderte sie die Richtung, um zum Osttor zu gelangen.

Fast hätte Lärka die große Gestalt von Knut dem Fischkopf zu spät bemerkt. Er blickte suchend in ihre Richtung und ruderte mit seinen kurzen, flossenartigen Armen gar nicht so weit von ihr entfernt durch das Gewühl des Marktes. Kurz entschlossen versteckte sie sich beim Wagen des Seilmachers, an dem sie gerade vorübergekommen war. Dort war viel Gedränge – die Fischer brauchten immer Seile für ihre Netze –, und Knut würde nicht so dicht an den Stand herankommen. Lärka kauerte hinter Reihen von dicken Tauen, die der Seilhändler rechts und links seines Wagens aufgehängt hatte. Der Fischkopf würde sie nicht von ihrem Vorhaben abhalten, auch wenn sie dafür direkt neben dem stinkenden Dung der Zugochsen ausharren musste, den diese am Vorderende des Wagens hinterlassen hatten. Während sie vorsichtig spähend wartete, bis Knut vorbeigegangen wäre, hörte sie, wie sich Männer am Stand des Seilmachers unterhielten.

»Seilmacher, sag an, welche Seile kauft man am Königshof?« Das klang nicht wie die Stimme eines Fischers, sondern vielmehr wie die gekünstelte Sprache der Städter. Sie lugte unter dem Wagen hindurch und sah ein paar schwarze Stiefel mit fein gearbeiteten Silberschnallen, die die Form von Greifenfedern hatten.

»Die besten natürlich und nur von mir! Der königliche Kämmerer weiß meine Ware zu schätzen!«, sagte der Seilmacher und stellte sich breitbeinig hin.

»Dann werden die Edlen nun an Seidenfäden gehenkt?« Es folgte Gelächter. Der Seilmacher gab ein verächtliches Grunzen von sich und wandte sich anderer Kundschaft zu. Ein Mann mit den einfachen Gamaschen eines Fischers wollte es genauer wissen.

»Wieso lässt König Hakon seine Edlen baumeln? Gibt es zu viele, oder braucht er neuen Schmuck für die Burgzinnen?«

Wieder Gelächter. Die schwarzen Stiefel wandten sich den Gamaschen zu.

»Es riecht nach Krieg, guter Mann.«

»So stinkt es schon seit siebzehn Jahren, seit Hakon König ist!«

»In Kriegszeiten verlieren die Mächtigen bald die Geduld mit Lehensleuten, die nicht schnell genug ins Kriegsgeschrei einstimmen oder gar andere Pläne haben«, sagte die Stimme des Städters drohend.

»Was kümmert es uns?« Der Fischer ließ sich nicht einschüchtern.

»Nun, der König hebt die einen Edelleute aus dem Sattel«, wusste der Gestiefelte, »und hebt andere hinein. Für jeden Neuen braucht er eine schöne Lehnschaft. Wer würde wohl die Küstenstädte bekommen, wenn dem Than etwas zustieße?«

»He da, wir sind freie Geestleute, und unser Land ist kein Schacherstück. Bevor das passiert, stößt eher König Hakon etwas zu oder jedem, der unserem Than was Übles will«, antwortete der andere mit drohender Stimme.

Zustimmendes Gemurmel erhob sich, aber der erste Sprecher ließ sich nicht einschüchtern. »Mag sein, aber der Than hat keine Söhne, und für seine Tochter hat er immer noch keinen Mann bestimmt. Reiche Ländereien ohne Erben und die Hand einer Jungfrau dazu, das ist ein gutes Pfand, um sich wankelmütiger Bundesgenossen zu versichern.«

Lärka war empört. Ihr war zwar bewusst, dass viele Ribehofer Mädchen in ihrem Alter bereits verheiratet oder zumindest verlobt waren und dass ihr Vater auch für sie bald Hochzeitspläne schmieden würde. Aber nebst Ribehof und den anderen Küstenstädten zur Bestechung eines treulosen Wendehalses verkuppelt zu werden wäre ihr als Letztes in den Sinn gekommen. Weder Asa noch irgendein König würden ihr Vorschriften machen, solange ihr Vater lebte. Wenn sie jemals heiratete – sie dachte einen Moment nach und seufzte vor sich hin –, dann würde sie ihren Vater bitten, einen gebildeten, großzügigen Edelmann auszuwählen, der sie auf Händen trug und der reich genug wäre, um mit ihr durch ferne Länder zu schweifen und sie unerschrocken durch allerhand Geschehnisse zu begleiten. Natürlich sollte er dazu noch schön anzusehen und liebenswürdig sein und über genug Ländereien verfügen, um den Kräuterbedarf eines Heeres von grünen Weibern zu decken, die bei ihr ein- und ausgehen würden.

Wenn man Tante Asa glaubte, müsste er auch noch blind sein – jedenfalls für die Mängel ihrer Erscheinung –, aber wenn sie nur wollte, würde sie ihn schon betören. Dann würde der Edelmann mit ihr weggehen, weg von Asa, weg vom Morast der Siedlung. Und ihr Vater würde sie oft in ihrem Edelsteinpalast in Jaspis besuchen.

Lärka wusste, dass diese Träumereien hoffnungslos überzogen waren, aber ihr Zukünftiger sollte wenigstens *einige* dieser Eigenschaften auf sich vereinen. Dagegen konnte ihr Vater doch nichts einwenden? Er würde sie nie gegen ihren Willen vermählen. Er hatte sich in letzter Zeit nicht viel um sie kümmern können, war oft unterwegs gewesen, so etwas würde er jedoch niemals ...

»Aber es muss ja nicht so weit kommen«, riss der Gestiefelte Lärka aus ihren Gedanken. »Der Than ist nicht allzu alt, und es gibt genug Frauen in Ribehof, die er sich nehmen könnte, um für Söhne zu sorgen.«

Lärka schnaubte und wurde unruhig. Es gab sicherlich genug Frauen in Ribehof, aber doch keine einzige weit und breit, die den Platz ihrer Mutter einnehmen könnte.

»Der Than wird sich keine Frau mehr nehmen. Alle in Ribehof wissen das. Du bist wohl nicht aus der Gegend?«

»Ich habe es vernommen, guter Mann. Aber ich habe auch etwas anderes gehört: Früher war er keiner, der die Frauen verachtet hat. Und noch etwas sagt man: Seine Frau Audhild war eine Hexe. Sie hat ihn aus Eifersucht verhext und ihm Blick und Herz verschlossen. Dann hat sie sich in einen Vogel verwandelt, ist davongeflogen und hat den großen Than der Küste mit seinem Gör sitzen lassen.«

»Zügele deine Rede«, rief der Fischer wütend. »Sonst wird dich Audhilds Fluch aus dem Grab treffen, und deine Männlichkeit wird vertrocknen wie eine faule Rübe!« Einige lachten.

»Gemach, gemach. Ich bin nur in Sorge über die Geschicke des Küstenlandes. Ein verbitterter Than ohne Erben ...«

Lärka schossen Tränen der Empörung in die Augen. Was Asa sagte, war eine Sache, aber kein Fremder sollte so etwas ungestraft behaupten dürfen. Das war alles verdreht. Ihre Mutter war keine Hexe gewesen. Hexen waren mit Dämonen im Bunde und brachten Unheil über die Menschen. Deshalb hatte ihr Vater die Hexerei unter Strafe gestellt und alle Verdächtigen verbannt. Ihre Mutter Audhild hatte nach der Art der grünen Weiber den Menschen mit ihren Tränken, Salben und Pulvern geholfen.

Viel zu jung war sie an einem Fieber gestorben, gegen das selbst sie kein Mittel gefunden hatte. Die Leute sagten, dass in der Stunde ihres Todes ein großer Vogel über die Siedlung geflogen sei. Mochten sich die Menschen die seltsamsten Dinge über den Vogel erzählen, Lärka wusste, dass es nur der halb wilde Gerfalke gewesen war, der sie und ihre Mutter ab und zu im Kräutergarten besucht hatte. Als Audhild starb, war der hell gefiederte Vogel davongeflogen und hatte die Ribehofer Gefilde verlassen. Ihren Vater hatte sie seit dieser Zeit nicht mehr lachen sehen. Er würde nie eine andere Frau lieben können außer ihrer wunderbaren Mutter. Das stand für Lärka fest. Er hatte Lärka auch nicht mehr auf Reisen mitgenommen, sondern sie in die Obhut seiner Schwägerin Asa gegeben und sich umso verbissener um sein Amt gekümmert.

Die Rede des Schwarzgestiefelten war mehr als unverschämt. Blanker Zorn ließ Lärka alle Vorsicht vergessen. Schon war sie halb aufgesprungen, um den groben Sprecher zur Rede zu stellen. Doch auch Knut der Fischkopf hatte sich am Stand des Seilmachers die Zeit vertrieben und wurde nun auf ihre Bewegung aufmerksam. Einen Augenblick lang wollte Lärka ihn auf den Schmähredner hetzen, doch Knuts einfältiger Blick in ihre Richtung ließ erahnen, dass ihm die Unterhaltung oder zumindest deren genaue Bedeutung entgangen war. Von seiner Seite war kein Beistand zu erwarten. Sollte das ihr Tag gewesen sein? Mit eisernem Griff und gemurmelten Entschuldigungen zu Asa zurückgebracht zu werden, als Mitbringsel nicht mehr als die Erinnerung an Schmähreden über ihre Mutter? Nicht, wenn es auch einen anderen Weg gab.

Schnell wandte Lärka sich um, schlug einen Haken und versuchte, im Gewirr der Karren, Ballen und Fässer unterzutauchen. Sie wollte nur noch zu Maggai eilen, die die Wahrheit über ihre

Mutter kannte und alle Lästerer Lügen strafen würde. Und dann würde sie herausfinden, warum ihr Vater der Kräuterkunst so unversöhnlich gegenüberstand. Knut war bald weit hinter ihr. Er war einfach zu langsam. Sie hastete kreuz und quer vorbei an Menschen, Waren und Tischen, schlich hinter Karren vorbei und wähnte sich endlich entkommen. Als sie durch eine Lücke zwischen zwei Zelten huschte, blickte sie noch einmal kurz zurück und – prallte unsanft mit jemandem zusammen. Sie taumelte.

»Macht Platz, der Sommer kommt herangestürmt! Frühling, du kannst dich bis nächstes Jahr verziehen!«, hörte sie eine tiefe freundliche Stimme, und zwei starke Arme stellten sie auf ihre Füße. Sie gewahrte schlammbedeckte Lederstiefel, undefinierbar graubraune Hosen, einen graugrünen, ausgebeulten Kapuzenmantel über einem breiten Lederwams, zusammengehalten von einer einfachen Spange, einen schwarzen Bart mit grauen Spuren darin und grüne Augen unter buschigen Brauen.

»Herr Eich ... – Herr Valgrim, Ihr müsst verzeihen, ich war nur gerade ... ich wollte ...«, sie rang nach Worten, »... Euch nicht umrennen.« Sie wusste in dem Moment, als sie das sagte, dass sie lächerlich wirkte. Valgrim überragte sie um mehr als Haupteslänge und war von kräftigem Körperbau, weshalb sie ihm heimlich den Spitznamen »Herr Eichenfass« gegeben hatte. Seinem bartlosen jungen Begleiter, der schweigend neben ihm stand, hatte sie im Stillen den Beinamen »Wolkenkopf« gegeben. Er mochte wenige Jahre älter sein als sie. Seine groß gewachsene, schlanke Gestalt war wie die des Älteren in einen dunklen Wollkittel mit Ledergürtel und wollene Beinkleider gehüllt. Das schwarzbraune Haar verbarg er unter der Kapuze seines graugrünen Überwurfs. Er war in den letzten Jahren seltener in Ribehof gewesen, aber wenn sie ihn sah, sagte er meist nicht viel, sondern stand fast reglos herum, beobachtete irgendetwas oder irgendjemanden mit seinen grün schimmernden Augen oder schaute in den Himmel, als ob er dort das Kommende sähe. Sie wusste seinen Namen – Arild. Er war Valgrims Neffe und ein Freund von Jörn.

Lärka ordnete nervös ihre Kleider, entfernte einige Strohhalme und Reste getrockneten Dungs von ihrem Gewand und versuchte, sich unauffällig nach Knut umzusehen. Zu ihrer Erleichterung war er nirgends zu entdecken. Dann wandte sie sich den beiden Männern zu.

»Mein Vater wird sich freuen, Euch willkommen zu heißen«, sagte sie mit einem Kopfnicken.

»Ich hoffe, ihn wohlauf anzutreffen«, antwortete Valgrim mit einer leichten Verbeugung. »Wir sind heute angekommen. Jetzt haben wir unsere Besorgungen gemacht, und es wird uns eine Ehre sein, Euch zu Eurem Vater in den Thanhof zurückzubegleiten.«

»Gern, ich danke Euch«, sagte sie mit gesenktem Kopf, um den enttäuschten Ausdruck zu verbergen, den ihr Gesicht nur allzu deutlich zeigen musste.

»Wir erwarten meinen Vater erst heute Abend von seiner Reise nach Jaspis zurück«, fügte sie einer plötzlichen Eingebung folgend hinzu und schaute auf. Valgrim hob die Augenbrauen.

»Nun, dann wird es heute Abend viel zu erzählen geben – auf beiden Seiten«, sagte er und wechselte einen eindringlichen Blick mit seinem Begleiter. »Bis dahin darf ich Euch trotzdem unser Geleit für den Rückweg anbieten, wenn Ihr es wünscht«, sagte er und lud sie mit einer Handbewegung in Richtung Thanhof ein, voranzugehen.

Ihre Hoffnung auf das Wiedersehen mit Maggai schmolz dahin wie der letzte Schneerest in der Frühjahrssonne. Sie blieb einen Moment unschlüssig stehen, als hoffte sie, die beiden Männer mögen sich in Luft auflösen. Da sagte Valgrim unvermittelt: »Allerdings wird Euer Vater es uns sicher danken, wenn wir Euch eine kleine Weile über die Vielfalt der Küchengewürze und Kräuter unterrichten?« Sie glaubte ein Zwinkern zu erkennen. Valgrim gab seinem Neffen, dessen Blick wieder auf irgendetwas über den Dächern von Ribehof geheftet schien, einen leichten Rippenstoß. Es entstand eine kurze Stille, bis die Worte des Oheims und seine freundliche Ermunterung Wirkung zeigten.

Arild wandte sich ihnen zu und musterte Lärka mit – wie ihr schien – leicht zerstreuter Miene, als müsse er erst überlegen, ob das vor ihm eine Wolke, ein Sack Kräuter oder ein menschliches Wesen war. Seine Augen trafen die ihren, und sie fragte sich, wie sie das nur hatte vergessen können: Nach Monaten in der winterkahlen Küstenlandschaft aus Grau, Blau, Weiß und Braun kam es ihr vor, als ob sie nie etwas Grüneres gesehen hätte. Schließlich entspannten sich seine gerunzelten Brauen, was man bei ihm durchaus als Lächeln deuten konnte.

»Ja, sicher. Die grünen Weiber von Ribehof haben Schwindelkraut mit Honigweinessig angesetzt, einen Sud, den Ihr einfach kennen lernen müsst.« Dieses höchste Maß an Begeisterung, zu dem Arild der Wolkenkopf fähig schien, ließ keinen Platz mehr für trübe Gedanken.

»Kommt«, wandte sich Valgrim mit einer einladenden Bewegung an Lärka. »Dieser Sud ist zwar weniger für die Küche als für das Krankenlager bestimmt, aber ihn zur Hand zu haben gereicht jeder klugen Frau zur Ehre.«

Lärka musste sich beeilen, um mit den beiden Hünen mitzuhalten. Die Männer holten mit langen Schritten aus, ungeübt darin, ihr Tempo einer Begleitung anzupassen. Vorbei ging es an Schmieden, Seifensiedern und den Badern, die Maggai immer nur abfällig »stümperhafte Schlächter« genannt hatte. Lärka konnte Schmerzenslaute und Stöhnen hören und sah im Vorübergehen, wie sich einer der Quacksalber mit einer Furcht erregenden Zange im Mund irgendeines armen Tropfes zu schaffen machte. Vor Jahren hatte genau dieser unglückselige Bader namens Bolverk ihre Tante Asa fast umgebracht bei dem Versuch, ihr einen Zahn zu ziehen – da Asa sich natürlich keinesfalls von einem grünen Weib helfen lassen wollte.

Direkt daneben schlugen ihnen am Osttor Gestank, Tiergebrüll und Gauklergeschrei entgegen, das zur Besichtigung von Weltwundern wie der bärtigen Frau oder dem doppelköpfigen Zwerg einlud. Dort tummelten sich Feuerschlucker, Tiermenagerien und geschickte Jongleure in wildem Durcheinander. Arild und Valgrim warfen beunruhigte Blicke in Richtung eines der Käfige und unterhielten sich leise über etwas, das Lärka bei dem Lärm um sie herum nicht verstehen konnte. Sie spähte in dieselbe Richtung wie die beiden Männer. Im spärlichen Licht eines grob gezimmerten Verschlags vegetierte ein Tier vor sich hin, das wie ein Bär aussah, nur größer und eine Spur grauer. Lärka fragte sich, was Asa wohl an diesem abgestumpften Fellfetzen so geängstigt hatte. Bevor sie einen genaueren Blick in den Verschlag werfen konnte, hatten sie schon die Stände mit den dunkelgrünen Zeltdächern erreicht, und die Tierkäfige waren kein Thema mehr.

Lärka hörte nun von Valgrim alles über Schwindelkraut, Honigklee und Sonnenhut, kostete hier und roch dort. Das war viel besser, als sie gehofft hatte: ein Marktrundgang mit zwei Lehrern. Staunend verfolgte sie, wie Valgrim und Arild mit Händlern über die Vorzüge von Zinnkraut bei Wassersucht sprachen, Ysop-Pulver gegen Lapacho-Rinde aus Parmora handelten und sich mit Umstehenden über die beste Behandlung von Dörrsucht austauschten. Lärka erwarb Samen und Setzlinge und war in Hochstimmung.

Nebenan boten zwei Frauen aus Graufjorde ihre Kräuter feil. Ihre dunkelgrünen, an den Schultern von einfachen Fibeln zusammengehaltenen Hängekleider über wollweißen langärmeligen Hemden und die langen dunkelgrünen Umhänge wiesen sie als grüne Weiber aus. Die beiden stämmigen Frauen saßen auf der Erde und hatten vor sich auf Säcken Bündel mit frischen und getrockneten Pflanzen, kleine Gefäße mit Pasten und Essenzen und Beutel mit Samen und Knollen ausgebreitet. Während Arild und Valgrim mit den Frauen über Krankheitsfälle in Graufjorde sprachen, war Lärka mit Augen, Ohren und Gedanken schon weiter.

Da war sie! Dort drüben war die alte Maggai. Hinter Girlanden aus aufgehängten Kräuterbündeln sah Lärka die vertraute hutzelige Gestalt inmitten von Säckchen, Ballen und Tiegeln auf der Erde sitzen, gekleidet in das traditionelle dunkelgrüne Gewand der grünen Weiber, das graue Haar unter einem dunklen Kopftuch verbergend.

Als ihre beiden Begleiter die Unterhaltung beendet hatten, lief Lärka ihnen voran auf Maggai zu. Der starke Duft des Osgunder Bärlauchs umwehte den Stand. Die Alte gewahrte sie sofort, erhob sich mühevoll und streckte zur Begrüßung ihre knotigen Hände vor, die vom Gerbsaft der Kräuter ganz gelb waren.

»Lärka, Kind, auf dich habe ich schon gewartet. Ooh, und wie ich sehe, hast du hohe Herren in deiner Begleitung.« Sie deutete eine Verbeugung an. Lärka sah aus den Augenwinkeln, wie in Valgrims Antlitz für einen Augenblick ein missbilligender Blick aufflackerte. Sie wandte den Kopf unauffällig zu seinem Neffen, aber Arilds Blick hing gerade wieder an der nächsten Wolke.

»Die Begleitung hat ihre Kräutertaschen gefüllt und möchte nun im Thanhof rasten. Gehabt Euch wohl«, sagte Valgrim kurz angebunden und wandte sich zum Gehen. Lärka hörte den entschiedenen Unterton in seiner Stimme. Eine Welle der Enttäuschung ergriff sie. Sie war so kurz vor dem Ziel. Sie streckte sich und hob kaum merklich das Kinn.

»Ihr guten Herren, erlaubt mir, wenige Augenblicke hier zu verweilen und Neuigkeiten von meinen Verwandten aus Osgund zu hören. Wenn Ihr vielleicht noch andere Geschäfte habt, können wir uns hier wiedertreffen, wenn Ihr das Eure erledigt habt«, sagte sie und tat, als hätte sie Valgrims letzte Worte überhört.

Die beiden Männer zögerten und tauschten stumme Blicke aus. Schließlich stimmten sie zu und machten sich mit einem »Wir sollten bei Bolverk vorbeischauen. Wer weiß, ob er nicht wieder Schaden anrichtet« in Richtung der Baderzelte auf. Mit einem Blick zurück vergewisserte Lärka sich, dass Valgrim und Arild weitergingen und weder Knut noch Asa in der Nähe auszumachen waren. Dann schlüpfte sie geschwind unter den Kräuterbündeln hindurch, die vom Zeltdach herabbaumelten.

Maggai nahm Lärka an den Händen und schaute sie von oben bis unten an. »Groß bist du geworden«, sagte sie mit so viel Stolz in der Stimme, als stünde ihre eigene Enkelin vor ihr. »Und bald wirst du so schön wie deine Mutter sein. Ts, ts, ts, da wird es beizeiten noch einigen den Kopf verdrehen.« Lärka war sich sicher, dass Maggai nur freundlich sein wollte, und schwieg verlegen.

»Na, weiß Asa, dass du hier bist?«, fragte Maggai. Auf Lärkas heftiges Kopfschütteln hin fuhr sie mit verschmitzter Miene fort: »Nein, nein, brauchst nichts zu sagen, Kindchen. Werde von nichts wissen, wenn die Knechte mich fragen. Setz dich zu mir, und erzähl von dir.«

Bereitwillig beantwortete Lärka alle Fragen der Alten nach ihrem und ihres Vaters Wohlergehen, dem letzten Familienzuwachs im Thanhof und Neuigkeiten aus Ribehof.

»Aber eigentlich war der Winter öde und ohne erzählenswerte Tage. Nur heute war es herrlich, mit Eichenfass und Wolkenkopf durch die Reihen der Kräuterhändler und grünen Weiber zu laufen. Sie haben mir so viel gezeigt«, schwärmte Lärka.

»Eichenfass? Wolkenkopf?«, erwiderte Maggai amüsiert. »Du meinst doch nicht etwa ...?«

»Sehen sie nicht so aus?«, fragte Lärka aufgekratzt. »Du nennst sie wohl zum Scherz ›hohe Herren‹? Sie laufen in abgerissenen Gewändern herum und haben kein Gefolge und noch nicht einmal ein Pferd.«

»Ooch, weißt du, ich kenne Valgrim, den du Eichenfass nennst, schon eine kleine Weile. Ist ein Kräuterkundiger wie wir. Aber noch besser kann er mit Steinen heilen. Wenn die grünen Weiber nicht mehr weiterwissen, nur noch den Schlaftrunk brauen und die Ahnen anflehen – ihm fällt immer was ein. Steht bei uns in hohem Ansehen. Aber sein Neffe, der wird ihn bald übertrumpfen, was so gesagt wird.«

»Vetter Jörn sagt, dass die beiden einer geheimen Gilde angehören und in Dörfern im gespenstischen Blutwald leben«, berichtete Lärka. Wenn jemand die Prahlereien von Jörn bestätigen oder widerlegen konnte, dann Maggai. Und wehe, Jörn hatte zu dick aufgetragen. Dann würde er zur Strafe mindestens zwei unwiderlegbare Ausreden für Lärka erfinden und vortragen müssen, wenn sie sich das nächste Mal aus Tante Asas Obhut davonstahl.

»Hat eine blühende Fantasie, dein Vetter. Der Blutwald ist verflucht, weiß doch jeder.« Maggai streckte beide Hände mit gespreizten Fingern in einer Geste von sich, die böse Geister abwehren sollte. »Wenn sich ein Tölpel da reintraut, ist das seine letzte Tölpelei. Keiner, der hineinging, ist je wieder gesehen worden. Glaube mir, dort wohnt niemand außer der Bosheit selbst.« Sie hielt inne, als wollte sie noch etwas hinzufügen. Dann schien sie sich anders zu besinnen und wechselte das Thema.

»Kindchen, was hat der Markt noch für dich bereitgehalten? Ich bin froh, hier sitzen zu können, meine alten Beine tragen nicht mehr gut.«

Lärka dachte daran, was sie am Stand des Seilmachers gehört hatte. »Ach, Maggai, es gab übles Gerede über Mutter, aber das stimmt alles nicht.« Sie erzählte der Alten über das Gespräch, dessen unfreiwillige Zeugin sie geworden war. Maggai hörte aufmerksam zu, wiegte ab und zu den Kopf oder brummte unbestimmt vor sich hin.

Schließlich sagte sie: »Würde manchmal gern hexen können. Dann würde uns der Tod nicht so viele wegholen. Ts, ts, ts, was die Leute immer reden. Deine Mutter war nie eifersüchtig. Gab keinen Grund dazu. Ich hab immer bei der alten Jo gefragt, ob unser Osgunder Stern auch glücklich ist.« Lärka erinnerte sich vage an Jogund, die mit Audhild die Kräuter gemischt hatte und schon vor vielen Jahren gestorben war. »Kannst dir kein glücklicheres Paar vorstellen!, hat sie immer gesagt. Er trägt sie auf Händen, und sie kennt alle seine Wünsche. Ja, so muss es gewesen sein.«

»Maggai, wenn Vater sie so liebte, warum lässt er mich dann nicht lernen, was sie wusste, und auf ihren Wegen wandeln? Er hat ihr doch sogar sein Leben zu verdanken. Ich kann gewiss auch heilen!«

»Kindchen, ich sollt es dir nicht sagen, aber wer soll's sonst erzählen? Alt genug bist du jetzt ja. Tja, die Sache ist die: Audhild ist wahrscheinlich nicht an einem Fieber gestorben. Da war etwas anderes im Spiel. So ging die Rede unter den grünen Weibern, die sie gut gekannt haben.«

»Was meinst du?« Lärka dachte an die Unterhaltung beim Seilmacher und spürte, wie sich ein Kloß durch ihren Hals heraufschob.

»Sie war die Beste unter den grünen Weibern des Geestlandes, deine Frau Mutter. Aber es war nicht nur, dass sie die Kräuter kannte, als wär sie die Tochter eines Baumes und nicht eines Menschen. Da war etwas in ihrer Vergangenheit. Sie sprach nicht drüber, aber irgendwie war's um sie. Zuzeiten – hab's selbst einmal erlebt – hatte sie ein zweites Gesicht.« Die letzten Worte waren ein Flüstern.

Lärka schien es, als würde das Gebäude ihrer Erinnerungen gefährlich wanken. »Hexe« hörte sie die Stimme des Städters sagen. »Sie war eine Hexe.« Weitere Erinnerungen kamen empor, darunter auch, wie ihr Vater bald nach dem Tod ihrer Mutter die Hexerei mit Verbannung belegt hatte.

»Da gab's eine besondere Geschichte«, fuhr Maggai fort. »Ein Kind von Freunden aus Jaspis war dem Tode nahe. Nichts half. Mit jedem Tag schwanden seine Kräfte, und bald wäre es dahingegangen. Da sagte sie, sie müsse mit den Geistern der Ahnen reden. Legte sich einfach hin und war eine Nacht, einen Tag und noch eine Nacht wie tot. Alle dachten schon, sie sei von uns gegangen. Dann erwachte sie plötzlich, seltsam ausgezehrt und geschwächt, ging hin zu dem kleinen Jungen und vollbrachte ein Wunder. So wird es unter den grünen Weibern erzählt.«

»Ich erinnere mich«, sagte Lärka aufgeregt, »so etwas habe ich bei ihr auch einmal erlebt, als Fregar beinahe an Dörrsucht gestorben wäre. Sie hat ihn gerettet, aber Vater war furchtbar wütend und verbot ihr, so etwas noch einmal zu tun.«

»Sie nannte es ›Reise zu den Ahnen‹ und hat es mit Heimlichkeit umgeben. Dein Vater hatte wohl furchtbare Angst um sie. Dachte, dass sie von einer ihrer Reisen nicht zurückkommt.«

»Und du meinst, dass dieses Fieber, an dem sie starb, gar kein Fieber war, sondern ...«, in Lärkas Kopf kreisten Bilder von den letzten gemeinsamen Augenblicken mit ihrer Mutter und fügten sich mit einem Mal in eine neue Ordnung.

»Wer zu den Ahnen reist, hat einen guten Weg in die Ewigkeit gewählt«, sagte Maggai versonnen und schaute Lärka aus ihren alten Augen an. »Aber dein Vater glaubt, sie sei zu weit gegangen. Habe euch verlassen, weil die letzte Reise zu viel für sie gewesen sei. Will deswegen nichts davon hören, dass du wirst wie sie. Verstehst du doch, Kindchen?« Maggai fasste Lärka, die wie betäubt dasaß, an den Händen und schien sich zu fragen, wie viel sie noch erzählen sollte. »Aber so war sie nicht«, fuhr die Alte fort, unfähig, an diesem Punkt der Erzählung innezuhalten. Bewunderung und Liebe schwangen in ihrer Stimme mit. »Sie wusste mit der Ahnenreise umzugehen. Wäre nie leichten Herzens in eine Gefahr gegangen, dazu liebte sie dich zu sehr. Muss einen triftigen Grund gegeben haben. Sehr, sehr triftig. Frage mich heute noch, was damals genau geschehen ist. Die alte Jo war in den letzten Stunden bei ihr. Die Gute erzählte mir von Audhilds Abschied, als ich sie das allerletzte Mal sah. Ist an der Zeit, dass du es hörst. Bevor sie die Augen für immer schloss, sagte deine Mutter: Die Ahnen rufen. Ich muss gehen, sonst ist alles verloren. Ich weine um meine kleine Lerche, aber ich werde sie nie allein lassen. Sagt ihr das!«

»Aber sie hat mich allein gelassen!«, rief Lärka verzweifelt. Alles in ihr wehrte sich gegen den Verdacht, ihre Mutter habe in einem Anfall von Wahnsinn den Freitod gewählt oder sei gar der eigenen Hexerei zum Opfer gefallen. Was anderes konnte diese Ahnenreise sein?

»Maggai, sag mir, war sie eine Hexe? Das ist es doch, was Vater glaubt! Oder ist sie selbst verhext worden? Was war das in ihrer Vergangenheit, was ihr das zweite Gesicht brachte?« Lärka wollte von Maggai hören, dass ihre Mutter das Opfer böser Mächte geworden war. Das schien ihr weniger schrecklich als der Gedanke, dass Audhild aus eigenem Entschluss ihre kleine Tochter und den Mann, den sie liebte, verlassen hatte.

»Nun, Kindchen, das Geheimnis hat sie gut gehütet«, antwortete die Alte und streichelte sanft Lärkas Hände, als sich das junge Mädchen in gespannter Erwartung vorbeugte. »Aber es ist ein Geheimnis, das auch dir gehört. Lass mich das Wenige, was ich weiß, erzählen. Es hat etwas mit der Geschichte von der Königin des Nordens zu tun. Deine Mutter liebte es über alles, wenn ich ihr von meiner Begegnung mit dieser Königin erzählte. Als ich ein junges Ding war, gerade so wie du, da ...«

Ein unmenschlicher Schrei ließ Maggai augenblicklich verstummen. Die beiden Frauen fuhren auf und wandten sich erschrocken in die Richtung, aus der der Laut gekommen war. In einiger Entfernung von ihnen entstand ein Tumult. Es roch auf einmal stark nach Rauch, obwohl sie kein Feuer sehen konnten. Zwischen rasendem Hundegebell, dem Schnattern von Gänsen und dem Geschrei von Ziegen und Lämmern hörte Lärka ein tiefes brummendes Grollen und immer wieder gellende, furchtbare Schreie, ob von Mensch oder Tier war nicht zu unterscheiden. Etwas Schreckliches musste im Gange sein. Lärka sah alles, was Beine hatte, in wilder Flucht davonrennen, galoppieren oder flattern. Tische wurden umgerissen, Hühner stoben aufgeregt durcheinander, irgendwo klirrten Scherben, und ein Zeltdach vor ihnen wurde von einer Welle Flüchtender mitgerissen.

»Feuer«, flüsterte sie und sah vor ihrem inneren Auge wie in einem Albtraum die Strohdächer der Siedlung in Flammen aufgehen.

»Nein, schlimmer ... ein ... es ist ein ... Düsterschlund!« Maggai würgte mühsam jedes Wort hervor, als hätte sie Angst, den Schrecken dadurch auf sie zu lenken, dass sie ihn beim Namen nannte.

»Ein ... was?«

»Kindchen, lauf um dein Leben ... Flieh!«, kam es stoßweise aus dem Mund der Greisin, und ihre Hand, die sich in Lärkas Ärmel gekrallt hatte, schob das junge Mädchen weg.

»Komm doch mit! Da entlang!«, rief Lärka und packte Maggai ihrerseits am Gewand, um sie nach links in die Deckung eines großen Karrens zu ziehen.

Da spürte Lärka den Arm des grünen Weibes schwer auf ihre Schulter sinken. Das Mädchen wandte sich um, wollte die andere zur Eile anspornen – doch jäh hielt sie inne. Aus dem alten Antlitz war jede Farbe gewichen. Maggai griff sich an die Brust, stöhnte auf und sank zu Boden. Lärka fühlte Panik in sich aufsteigen und zog sie mit allen Kräften wieder auf die Beine.

»O nein! Maggai! Steh auf! Ich helfe dir!«

Maggai war klein und mager, aber Lärka schien ihr Gewicht wie Blei. Wieder sank die Alte zu Boden.

»Bei der Liebe deiner Mutter! Lauf doch! Kommt ein schlimmer Tod ...« Maggais Stimme wurde ein flüsterndes Flehen. Lärka beugte sich zu ihr hinab, um sie zu verstehen, und bemühte sich gleichzeitig, den Aufruhr im Blick zu behalten.

Die verwaisten Marktstände schienen ihr plötzlich wie eine Gasse, die den Tumult genau in ihre Richtung lenkte. Lärka konnte einen grauen Schatten in der Mitte der Unruhe erkennen. Es war ein gewaltiger Bär. Sie erinnerte sich, ihn in dem klapprigen Käfig in der Menagerie der Gaukler gesehen zu haben. Er mochte einem Mann wohl fast bis an die Brust reichen. Irgendetwas hatte ihn in Rage gebracht, denn wie von Sinnen tobte er, biss hierhin und dorthin und stürmte dann wieder vorwärts. Unter dem struppigen, steingrauen Fell bewegten sich mächtige Muskeln. Sein hechelndes Maul troff vor Speichel und Blut, Lärka wagte nicht daran zu denken, wessen Blut das sein mochte.

»Lass mich ... Lebensfaden endet ... noch bevor ... ich seine Klauen spüre ... aber du ... Lauf!«, keuchte Maggai und versuchte, mit einer matten Bewegung Lärka von sich zu schieben.

»Niemals! Ich lasse dich nicht hier zum Sterben!« Lärka schaute sich hilfesuchend um. Die Menschen, die eben noch neben ihr gefeilscht, gelacht, geschimpft hatten, waren auf der Flucht. Alle um sie herum waren damit beschäftigt, sich selbst in Sicherheit zu bringen. Allein in einem Gewirr von Tischen, Zeltstangen und Kräuterballen saß Lärka auf dem Boden und hielt Maggai im Arm. War denn niemand da, der ihre Lage erkannte? Wo blieben nur Arild und Valgrim? Wenn doch nur Jörn da gewesen wäre, ihm wäre bestimmt ein Trick eingefallen!

Sie blickte zu Maggai hinab. Die Alte hatte die Augen halb geschlossen, und der hagere Brustkorb hob und senkte sich kaum merklich. Noch einmal zerrte Lärka mit aller Kraft vergeblich an den Armen der reglosen Gestalt. Sie war nicht bereit, die liebe Gefährtin im Stich zu lassen, die als Einzige Licht in die rätselhafte Vergangenheit ihrer Mutter bringen könnte. Wenn sie nur dem Bären entkämen, würde Eichenfass ihrer Freundin schon helfen. Maggai hatte selbst gesagt, dass er viel vermochte!

Die Greisin stöhnte und deutete auf etwas neben ihr. Lärka fand den Stock, den Maggai als Stütze benutzte, und ein lächerlich kleines Messer, das zum Kräuterschneiden und Käferaufspießen taugte. Niemand durfte eine Waffe tragen, das gebot der Marktfrieden den Fremden und Einheimischen gleichermaßen. Aber wo blieben nur die Speerträger des Vogtes? Lärka verwünschte alle, die jetzt in sicherer Entfernung des Schauspiels harrten, das unmittelbar bevorstand. Irgendwie war es kein Trost, dass ihr Vater ihr einige der säumigen Wachen und feigen Gaffer in den Tod hinterherschicken würde, sobald er von den Geschehnissen erfuhr.

Der Bär war jetzt auf zehn Ellen herangekommen und wandte den Blick aus seinen zornig kleinen schwarzen Augen genau auf die beiden Frauen. Wenn Lärka augenblicklich davonrannte und ihn dadurch ablenkte, würde er Maggai vielleicht verschonen, aber sie selbst würde von dem riesigen Tier sofort eingeholt werden. Es war hoffnungslos. Sie kauerte erstarrt neben Maggai, den Stock in der Rechten, das Messer in der Linken. Die Zeit dehnte sich, und das Herannahen des Todes wurde ihr auf einmal in schrecklicher Deutlichkeit bewusst.

Der Bär brüllte und riss sein gewaltiges Maul drohend auf. Da geschah etwas Unerwartetes.

Lärka schien es, als würde sich sein Rachen weiter und weiter öffnen, bis er ihren Gesichtskreis vom Himmel bis zu den Füßen umspannte. Düsternis stülpte sich über sie mit einem riesigen Maul und war dort am schwärzesten, wo der Schlund in die Tiefe führte. Lärka war wie gelähmt. Sie spürte unvermittelt, wie eine Erinnerung nach der anderen vor ihr auftauchte und gleichsam aus ihr herausblutete. Ihr buntes Band aus Lebensträumen verschwand in dem Rachen des Düsterschlundes. War sie je ein Kind gewesen? Eine glitzernde Stadt aus Edelsteinen zusammengefügt. Eine Frau, die ihr mit liebevollem Blick ein getragenes Lied vorsang. Ein Mädchen scherzte bei den Reusen mit einem blonden sehnigen Jungen. Eintönige Stunden am Webstuhl, als Lohn ein kritischer Blick. Ein spärliches Kaminfeuer im winterlichen Langhaus und ein Mann mit sandfarbenem Haar, der mit ernster Miene Abschied nahm: »Zum Frühjahrsmarkt sehen wir uns wieder. Pass auf dich auf, kleine Lerche.« Ein paar tiefgründige, schimmernd grüne Augen mit einem Ausdruck milder Überraschung. Eine runzelige kleine Frau in dunkelgrünen Gewändern, die ihre Arme ausbreitete, um sie willkommen zu heißen.

Aus der Schwärze erschienen schemenhafte Schatten, streckten neblige Arme nach ihr aus und luden sie tiefer in die Düsternis ein. Sie merkte, wie sie sich selbst verlor. Wer war sie? Was bedeuteten die anderen Menschen und ihre Geschichten? Warum sollte sie verweilen und nicht den Schatten folgen? Wer würde sie vermissen? Wer hatte überhaupt je einen Gedanken an sie verschwendet? Da war nichts mehr. Kein Gestern, kein Heute, kein Morgen, nur noch tiefe Teilnahmslosigkeit und Leere, die sich unaufhaltsam mit schwarzem Entsetzen füllte. Irgendwie wusste sie, es würde aufhören, wenn sie sich nur fallen ließe, in die allumfassende Schwärze ergeben, um eins mit ihr zu werden. Kein Schaudern, Schrecken, Grausen mehr, nur noch Schweigen, Ruhe, Nichts.

Irgendwo hörte sie einen gellenden Schrei. Die Stimme schien ihr entfernt vertraut. Hatte sie geschrien? Aber sie war ja nicht mehr. Hatte etwas in ihr geschrien, was sich noch erinnerte und an das Leben klammerte?

Plötzlich bohrten sich tausend Haken in ihren Rücken, zogen an ihrem Fleisch und rissen sie zurück aus der wohligen Schwärze. Mit einem Mal war da Schmerz, und in einem Strudel strömten alle Lebensbilder in ihre Erinnerung zurück. Sie spürte die Wärme, die Kälte, die Freude, den Zorn, die Liebe, den Hass, das Staunen und Entsetzen jedes Augenblicks in einem einzigen Wimpernschlag und saß im selben Moment wieder neben Maggai auf dem Boden.

Benommen starrte Lärka den grauen Riesen vor sich an. Der Bär war mit einem Brüllen herumgefahren und schnappte nach etwas an seiner rechten Flanke. Er drehte sich um sich selbst und verhedderte sich im Zipfel eines Zeltdaches. Mit ungestümer Kraft kämpfte er mit dem Stoff und riss dabei den ganzen Stand mit, sodass Pflanzenbündel, Sicheln und gefüllte Schläuche in alle Richtungen flogen.

Jetzt fixierte er die zu keiner Bewegung fähige Lärka erneut und öffnete sein Maul mit donnerndem Gebrüll. Wieder strömte die Schwärze aus dem Rachen heraus und übte ihren unentrinnbaren Sog auf Lärka aus. Doch plötzlich hörte er auf zu brüllen.

Mit einem hörbaren Schmatzen schloss sich der düstere Schlund. Für einen Moment geschah nichts. Dann schien es, als würde Qualm aus dem Maul des Bären kommen. Seine Augen weiteten sich verwundert. Unwillig schüttelte das Tier den Kopf und wich einige Schritte rückwärts. Ruckartig machte es einen Satz vorwärts, wie um etwas abzuschütteln, und fuhr sich mit der Pranke über die Schnauze. Der Bär begann, schwer zu atmen. Seine Bewegungen wurden langsamer. Ungläubig sah Lärka, wie sich an seinen Nüstern roter Schaum bildete. Das Ungetüm brachte einen unheimlichen Seufzer aus der Tiefe seiner Düsterkeit hervor und taumelte. Dann kippte es zur Seite, die mächtigen Pranken starr von sich gestreckt.

Für einen Moment hielt die Zeit den Atem an, und eine unwirkliche Stille lag über dem Geschehen. Dann brach ein wahrer Tumult los. Von allen Seiten kamen die Umstehenden, die ihr Heil eben noch in der Flucht gesucht hatten, zurück und stürmten auf den Berg aus grauem Pelz zu. Lärka meinte, ein Messer aufblitzen zu sehen. Jeder wollte der Erste sein, der dem Bären den Garaus machte und sich das Fell sichern konnte. Als wolle er die Menschen beweinen, die dem Wüten des Düsterschlunds zum Opfer gefallen waren, schickte der Himmel einen plötzlichen und kräftigen Schauer.

Lärka wandte sich wie in Trance um und streichelte Maggai sanft über die Hände. Jetzt sind wir ungestört, wollte sie sagen. Erzähl mir mehr von meiner Mutter, das vertreibt mir immer die schlechten Träume.

Die Alte schien ihr zuzulächeln. Schmerz und Angst waren aus ihren Zügen gewichen. Sie atmete nicht mehr.

Kapitel 2

Der Berg war von großer Geduld, aber sein Hass war größer. Bald hatte er seine Umgebung unterworfen und sein Trachten darauf gerichtet, weiter vorzudringen. Er hatte schließlich willige Bestien gefunden, die seinen Einflüsterungen erlagen und sein düsteres Anliegen in die Welt trugen. Er kannte sie wie ein Jäger seine Hunde, und deshalb blieb ihm nicht verborgen, als zu dieser Zeit eine verloren ging. Es wunderte ihn eine Wenigkeit, aber nie hätte er geahnt, dass dies der leise Vorbote eines großen Kampfes sein könnte.

Die Zeit stand still, brach dann wieder in großen Brocken ab und verging, ohne dass Lärka es wahrnahm. Die Geschehnisse verschwammen vor ihrem inneren Auge zu einem zähen Strom, der mal schneller, mal langsamer an ihr vorbeifloss. Sie erinnerte sich an Hände, die ihr aufhalfen, Arme, die sie nach Hause trugen, Gesichter – bekannt und fremd –, die dicht vor ihr auftauchten und wieder verschwanden. Sie sah Asas verstörte Miene vor sich und dann einen prüfenden Blick aus Arilds grünen Augen: »Ihr seid in Sicherheit.« Stimmen, die beruhigend auf sie einredeten, ohne dass sie die Worte behielt. Dann war sie in ihrer Kammer.

Sie saß auf ihrem Bett, unfähig, sich zu bewegen, vage hoffend, sie würde gleich aus diesem Albtraum aufwachen. Die vom Regenguss feuchten Kleider klebten an ihr. Als eine junge Magd, die Asa zu ihr in die Kammer geschickt hatte, ihr das durchnässte Gewand über den Kopf ziehen wollte und die Dunkelheit über ihr emporstieg, fing sie an zu schreien und wehrte sich verzweifelt wie eine Ertrinkende, bis die Magd ratlos von ihr abließ.

Erst nach und nach schien die Zeit wieder gleichmäßiger zu fließen, und ihre Gedanken fügten sich in Zusammenhänge. Sie war dem Tod entronnen. Aber dieser Tag hatte große Schatten auf ihr Leben geworfen. Immer wieder sah sie vor ihrem inneren Auge die Ereignisse auf dem Markt vorüberziehen. An die Zerstörung des Kräutergartens und den Verlust der Samen und Setzlinge im Tumult dachte sie kaum noch. Das ließ sich beheben.

Aber Maggai! Verloren waren Rat und Mut für ihre Vorhaben,

unerreichbar die Erinnerungen und Geschichten aus der Vergangenheit. Einer Vergangenheit, die sich an diesem Tag in Rätsel aufgelöst hatte. Mutter! Was war damals wirklich passiert? Was hatte es mit der Ahnenreise und der Königin des Nordens auf sich? Warum war Audhild gegangen? Es war, als hätte Lärka ihre Mutter an diesem Tag noch einmal verloren, diesmal endgültig. Das Bild ihrer Mutter lag wie ein Scherbenhaufen vor ihr. Es schien niemanden mehr zu geben, der ihr half, die Teile zusammenzufügen.

Die einzige lebende Verwandte, Audhilds jüngere Schwester Rutlindis, wohnte Welten entfernt in Osgund und war noch ein Kind gewesen, als Audhild ihre Heimatsiedlung verlassen und Orlyg nach Ribehof begleitet hatte. Von dieser Seite konnte Lärka keine Hilfe erwarten. Ihr Vater, der einzige Mensch, dessen Erinnerungen noch ein Licht auf das Wesen und Wollen Audhilds hätten werfen können, schwieg. Nach dem, was sie von Maggai über Audhilds Tod gehört hatte, zweifelte sie umso mehr daran, dass ihr Vater sein Schweigen jemals brechen würde, geschweige denn, dass sie gar sein Wohlwollen für ihr Vorhaben, als Kräuterweib zu wirken, gewinnen könnte. Vielleicht sollte sie aufhören, ständig nach dem Unerreichbaren zu trachten. Vielleicht sollte sie der Kräuterkunde und – abgesehen von ein paar harmlosen Kindheitserlebnissen – allem Andenken an ihre Mutter abschwören und sich in das ergeben, was ihr Vater und Asa sich für sie ausgedacht hatten. Alles loszulassen und nichts mehr zu wollen hatte etwas betäubend Beruhigendes.

Nachdem sie eine ganze Zeit lang auf ihrem Lager gesessen und grübelnd die leere Wand angestarrt hatte, glitt Lärka in eine Gefasstheit hinüber, die sich wenig von völliger Gleichgültigkeit unterschied. Asa hatte irgendwann kaum hörbar die Kammer betreten und einige Ratschläge in vorwurfsvollem Ton hören lassen. Als Lärka nichts erwiderte, fügte Asa wohlmeinende Trostworte hinzu, die Lärkas Herz aber nicht erreichten. Der Monolog der Tante fand jäh ein Ende, als der Lärm eines ankommenden Reitertrosses in die Kammer drang.

»Dein Vater ist zurück«, hörte sie Asa ausrufen, die am nächsten am Fenster stand. »Den Ahnen sei Dank, er ist wohlauf!«, sagte die Tante, flüsterte der Magd etwas zu und eilte hinaus.

Zu wissen, dass ihr Vater heil zurückgekehrt war, noch am Tag ihres Ehrentages, obwohl auch seine Wege voller Fährnisse gewesen sein mussten, gab ihr etwas Linderung. Er würde ihr jede Kleinigkeit über all seineErlebnisse auf der Reise erzählen müssen. Dann brauchte sie nicht selbst zu denken, sich nicht an diesen schmerzvollen Tag zu erinnern und nicht über eine ziellose Zukunft nachzugrübeln. Es würde sie außerdem davor bewahren, ihrerseits zu viel berichten zu müssen. Sie war mit einem Mal sicher, dass ihrem Vater auch ganz andere Strafen als nur ein paar Tage Hausarrest oder Latrinendienst einfallen würden, wenn er von ihrem unerlaubten Ausflug zu Maggai erfuhr.

»Herrin, entschuldigt ... Euer Kleid. Die Herrin Asa hat gesagt, wenn Ihr es nicht über den Kopf ziehen wollt, soll ich ...«, die Magd war schüchtern an sie herangetreten und nestelte an ihrem Kleid herum, offenbar, um die Seitennaht aufzutrennen. Lärka wachte für einen Moment aus ihrer Dumpfheit auf und fuhr herum. Das war unwürdig!

»Nein, lass mich! Hilf mir lieber, und zieh kräftig«, fauchte sie das verdutzte Mädchen an und begann, an ihrem Gewand herumzureißen. Sie zerrte ihr feuchtes Kleid und das Unterkleid über den Kopf, und wieder stieg die Erinnerung an die Düsternis in ihr auf wie ein Dämon. Aber mit einem raschen Ruck hatte die Magd die Stofflagen von ihr gezogen. Lärka stand da und schluchzte.

Mechanisch wusch sie Staub, Schweiß und Angstgeruch von sich ab. Die Magd flocht ihr die hellbraunen Haare wie gewohnt zu zwei dicken Zöpfen, die sie wie einen Kranz um den Kopf legte. Nachdem sie Lärka behutsam beim Ankleiden geholfen hatte, verließ die Magd die Kammer. Lärka hatte ihr Lieblingskleid gewählt, ein hellgrünes Hängekleid, das der Tracht der grünen Weiber ähnelte. Es war verziert mit einer herrlichen Stickerei in Form des Ribehofer Wappens, dreier Bäume, aus deren dunkelgrünen Ästen eine goldene Krone wuchs. Die Träger, die sich an den Schultern über das langärmelige weiße Leinenhemd spannten, steckte sie mit fischverzierten Goldfibeln zusammen. Als Schmuck wählte sie einen goldenen Armreif und eine Kette mit Glasperlen und kleinen, daran befestigten Goldspiralen. Lärka schlüpfte in weiche Lederstiefel und stand auf, um hinaus in den großen Saal zu gehen, wo sich ihr Vater zweifellos schon eingefunden hatte. Doch bevor sie sich auf den Weg machen konnte, klopfte es an ihrer Tür, und herein trat Orlyg selbst.

Seine dunklen Lederstiefel und der Saum seines dunkelblauen Umhanges waren schlammbedeckt, er hatte auch keine Zeit damit verschwendet, Dolch und Schwert abzulegen, die an seinem breiten Ledergürtel befestigt waren. Er ist kräftiger gewesen, als er aufbrach, dachte Lärka und erinnerte sich, dass das hellblaue, mit einfachen Borten besetzte Hemd, das er jetzt trug, über seinem Bauch ein wenig gespannt hatte. Trotz seiner Größe wirkte er jetzt fast zartgliedrig. Sein kurzes sandfarbenes Haar klebte regennass am Kopf, und sein Vollbart sah aus, als ob er seit einiger Zeit nicht gestutzt worden wäre. Als Orlyg auf seine Tochter zuging, verrieten ihr seine kurzen, knappen Bewegungen seine Anspannung. Sobald er gewahr wurde, dass sie unversehrt und äußerlich gefasst auf ihn wartete, entspannte er sich und nahm seine gewohnt ernste Weise an.

»Lärka, Kind, wie ...«, er räusperte sich, ging auf sie zu und nahm sie in den Arm. Dann schaute er sie an und fragte: »Geht es dir gut, kleine Lerche?« Sie glaubte, einen Ausdruck echter Besorgnis bei ihm zu erkennen, der sie anrührte. Sie nickte und wusste nicht, was sie sagen sollte. So viele Gedanken und Eindrücke, aber so vieles davon, das nicht für seine Ohren bestimmt war. Er begann vor ihr auf und ab zu laufen und sprach weiter, während er sie mit besorgten Blicken fixierte: »Welch eine hässliche Erinnerung für deinen Festtag! So eine Bestie frei laufen zu lassen! Wenn ich das Gauklerpack erwische ...« Zorn gab seiner Stimme einen rauen Unterton.

Lärka fragte sich, was Asa oder die beiden Wanderer über ihren Ausflug erzählt hatten. »Vater, es war unglückliches Geschick. Ich wollte eigentlich neue Setzlinge für das Küchenbeet besorgen und da ...«, fieberhaft suchte sie nach einer Ausrede für ihren Alleingang. »Valgrim und Arild haben auch nicht ...« Nein, ihr Vater würde natürlich nicht zulassen, dass sie die Schuld auf seine beiden Freunde schob.

»Ich weiß schon, Kind«, sagte ihr Vater mit seltsam begütigendem Ton, dem Lärka nicht ganz trauen wollte. »Ich habe gehört, wie du dich bei Asa davongestohlen hast. Das Erlebnis sollte dir eine Lehre sein, denn Asa hat ein gutes Gespür für Gefahren und umgeht sie klug.«

Sie scheut das Abenteuer wie die Katze das Wasser, dachte Lärka, fragte sich aber, ob das an diesem Tag nicht der bessere Weg gewesen wäre.

Ihr Vater fuhr ohne Strenge fort. »Ja, es war wohl ein Missgeschick, dass dich dieser Bärentumult von deinen beiden neuen Begleitern getrennt hat, sonst hätten sie besser auf dich aufgepasst. Es war sehr mutig von dir, zu dem alten Weib zu eilen und sie schützen zu wollen.« Lärka wunderte sich, wer ihm wohl diese Deutung der Ereignisse gegeben hatte. Sie würde es bei dieser harmloseren Fassung belassen.

»Die Kräuterfrau kam aus Osgund, wie deine Mutter. Kanntest du sie?«, fragte Orlyg. Lärka glaubte zu spüren, wie unter der Besorgnis ihres Vaters die Abneigung gegen die grünen Weiber auf der Lauer lag und sie sofort anspringen würde, wenn sie sich eine Blöße gab.

»Flüchtig«, antwortete sie leise.

»Dann bin ich beruhigt, dass du dich nicht über ihren Tod grämen musst. Lärka, versprich mir: Sei vorsichtiger und unternimm nichts ohne Begleitung. Mach mir in Zukunft keinen Kummer, nicht du auch noch. Du bist doch alles, was mir von Audhild geblieben ist.«

Nein, wollte sie sagen, du hast deine Erinnerungen. Warum

teilst du sie nicht mit mir? Aber sie stand nur da und konnte nicht verhindern, dass ihr schon wieder Tränen in die Augen stiegen. Abrupt drehte sie sich zur Truhe an der Wand, wühlte ziellos darin herum und atmete tief durch.

»Sag, Vater, war deine Reise sicher? Erzähl mir von der Prachtvollen, der Edelsteinglänzenden«, sagte sie leichthin zur Wand und zog einen naturfarbenen Wollschal aus der Holztruhe, den sie sich um die Schultern legte. Dann wandte sie sich wieder um. Sie schaffte es, ihren Vater erwartungsvoll anzusehen.

»Ja, wir sind unbehelligt geblieben, weder Raubgesindel noch Ungetier kreuzten unseren Weg. Jaspis war genau so, wie du es kennst. Meine Schwester sendet dir einen Gruß. Hier!« Vorsichtig zog er ein stoffumwickeltes Päckchen aus einer Tasche seines Reiseumhangs hervor und überreichte es seiner Tochter. Lärka entfernte die angeschmutzten Fetzen und staunte: Ein Vogel aus geschliffenem Quarz, der sich kühl und glatt in ihre Hand schmiegte, fing einen Strahl der untergehenden Sonne ein, der durch das Fenster ihrer Kammer fiel. Das kleine Kunstwerk war atemberaubend schön und licht. Wie alles, was mit Jaspis zu tun hat, dachte Lärka.

»Hat Tante Mildri ihn erdacht?«, fragte Lärka in der Hoffnung auf mehr erfreuliche Ablenkung. »Hat Oheim Maurik ihn selbst in seiner Edelsteinschleiferei gemacht? Hast du auch den Feuerherzstein an der Burg Drachenkrone im Abendrot glühen sehen?«, sprudelte es aus ihr heraus, und sie hätte ihren Vater noch weiter bestürmt, wenn er nicht beschwichtigend die Hände gehoben hätte.

»Darüber reden wir später«, sagte er. »Nur eines noch: Mildri und Maurik sind sehr stolz, denn sie haben ihre Tochter mit einem Edelmann aus dem Wolfshag südwestlich der Drachenberge vermählt.«

Lärka hatte ihre Base aus Jaspis nur als kleines Mädchen in Erinnerung und konnte kaum glauben, dass sie nun zu einer Ehefrau und Herrin über ein Rittergut herangewachsen war. »Ich hoffe, sie ist glücklich.«

»Sie wird die Vorteile dieser Verbindung eher schätzen lernen, als sie denkt. Der Ritter vom Wolfshag gebietet über einiges Land und hat über vierhundert Mann in Waffen.« Ihr Vater führte noch weitere Vorzüge des Ritters und seiner Festungsanlagen auf, die eher einen Kriegsherrn als ein junges Mädchen in eine Verbindung gelockt hätten. Schließlich fügte er hinzu: »Lärka, ich hoffe, du hast Asa während meiner Abwesenheit nicht nur Kummer gemacht, sondern ihr nachgeeifert. Es ist wichtig, dass jeder Mann eine starke weibliche Hand im Hintergrund weiß, wenn er sich seinen Geschäften widmet. Asa führt unseren Hof, so wie es sein soll. Wer weiß, vielleicht kommt bald auch für dich die Zeit.« Damit ging er hinaus, um die Anstrengungen der Reise abzuwaschen und sich für das abendliche Mahl umzuziehen.

Allein in der Kammer wollten die düsteren Bilder wiederkommen, die sie ängstigten. Lärka drängte sie mühsam beiseite. Sie ging zum Fenster, um den Knechten im Hof dabei zuzusehen, wie sie die Pferde der Ankömmlinge versorgten, und dachte über die Worte ihres Vaters nach. Sie war jetzt erwachsen, und es war an der Zeit. Ihr Vater pflegte Dinge nicht einfach so daherzusagen. Hatte er bereits jemanden für sie ausgewählt? Wann würde er ihr seine Pläne enthüllen? Vielleicht hatte der Ritter vom Wolfshag einen Vetter, den ihr Vater bei seiner Reise nach Jaspis kennen gelernt hatte und der ebenfalls über ansehnliche Ländereien verfügte. Dann wäre sie in der Nähe von Jaspis und ihrer Lieblingstante Mildri. Vielleicht war es doch nicht so schlecht, einem Hof vorzustehen – besonders wenn ihr Vater auf ihre Wünsche einging, was die Wesensart ihres künftigen Gemahls betraf.

Sie begann, sich im Geiste ihre Zukunft neu auszumalen. Die Herrin eines Landgutes – vielleicht zufällig mit weitschweifigem Kräutergarten –, zu deren Hof Mägde und Knechte und vielleicht zufällig auch ein grünes Weib gehörten, an der Seite eines tugendhaften Edelmannes. Sie hing für einen Moment diesen Gedanken nach und fühlte sich getröstet. *Alles* war besser, als hier auf unabsehbare Zeit unter Asas Aufsicht ihr Dasein zu fristen und von jeder Alltäglichkeit an die heutigen Ereignisse und die dunklen Rätsel um ihre Mutter erinnert zu werden.

Die gedämpften Stimmen, die durch die Tür an Lärkas Ohr drangen, verrieten ihr, dass die meisten Gäste, die Orlyg anlässlich seiner Rückkehr an diesem Abend eingeladen hatte, bereits eingetroffen waren. Als Lärka schließlich die Halle an der rückwärtigen Seite betrat, hatten schon fast alle die Plätze eingenommen. Die Halle war lang und geräumig und bot Platz für die Thingversammlung des Geestlandes, zu der die Herren der zehn Küstensiedlungen einmal im Jahr nach Ribehof kamen. Tönerne Talglampen standen auf den Tischen und beleuchteten zusammen mit dem Kaminfeuer den Saal. An den Wänden nahe dem Eingang hingen Hirschgeweihe und ein großes Bärenfell, das Lärka nicht anzusehen wagte.

Im rückwärtigen Teil des Saales, nahe dem Durchgang zu ihrer Kammer, schmückten der grünsilberne Prunkschild ihres Vaters und ein zweischneidiges, mehr als armlanges Schwert den Platz über dem Kamin. Links und rechts davon hingen große Streitäxte mit musterverzierten Klingen und Lanzen mit Metallspitzen. Im Feuer des Kamins drehte sich ein Spießbraten. Drei Tische waren in Form eines Hufeisens aufgestellt und eingedeckt mit irdenem Geschirr, Trinkhörnern und Messern.

Orlyg hatte seinen einfachen Reisekittel gegen ein silbergraues Hemd mit weiten Ärmeln eingetauscht, das an Kragen, Saum und Ärmelrändern mit golddurchwirkten Borten besetzt war und von einem Gürtel mit reich verzierter Schnalle zusammengehalten wurde. Sein Bart war gestutzt worden, und er sah sichtlich erfrischt aus. Um den Hals trug er eine schwere Goldkette, die das runde, aus Gold und Emaille gefertigte Siegel Ribehofs auf seiner Brust hielt.

Auch die anderen Gäste hatten bis auf wenige Ausnahmen ihre Festgewänder angelegt. Die zwei Ausnahmen saßen in ihren schmutzigen graugrünen Mänteln an der linken Längsseite des Hufeisens. Valgrim sprach gerade mit Fregar, dem Bruder des

Thans. Arild hatte währenddessen mit verkniffener Miene Platz genommen und schien dem Gespräch keine Beachtung zu schenken. Lärka ließ ihren Blick über die anderen Anwesenden streifen. Da waren Asa und ihre vier Söhne, unter ihnen auch Vetter Jörn, der ihr überschwänglich zuwinkte. Daneben saßen Asas zwei Schwiegertöchter in leuchtend roten und lilafarbenen Gewändern mit ihren kleinen Kindern. Ebenfalls unter den Gästen waren der Vogt, den Lärka nur »Seltenfröhlich« nannte, der Hafenmeister und ein älterer Landedelmann namens Ahern, der unweit von Ribehofs Toren die vornehmste Pferdezucht der Küste hatte.

Sie sah, dass ihr Vater ihr einen Platz zu seiner Rechten eingeräumt hatte, und versuchte, unauffällig dorthin zu gelangen. Natürlich wussten alle im Raum von ihrem heutigen Unglück und folgten ihr mehr oder minder unverhohlen mit Blicken. Schließlich sank sie auf ihren Sitz und versuchte, sich im Schatten ihres Vaters zu verstecken. Sie schämte sich ihrer fortwährenden Angst, die man ihr anmerken musste, und ihrer kläglichen Rolle in dem Vorfall.

Bevor das Essen aufgetragen wurde, erhob sich Orlyg und bedeutete Lärka, es ihm gleichzutun. Sie spürte, wie sie abwechselnd rot und blass anlief, und wünschte sich mehr denn je in ihre Kammer zurück. Orlyg nahm sein Trinkhorn in die Rechte und die Hand seiner Tochter in die Linke, hob beide Hände hoch und wandte sich an die Anwesenden: »Geestleute, Freunde, wir müssen heute feiern! Dazu gibt es mehr als einen Anlass: Eine lange Reise nach Jaspis liegt hinter mir. Aber nun hat Ribehof seinen Than unversehrt wieder!«

Die Anwesenden klopften mit den Messergriffen auf die Tische, vereinzelt waren Hochrufe zu hören.

»Und mir wurde meine Tochter geschenkt, vor siebzehn Jahren und heute noch einmal. Niemand weiß, wie es sich genau zugetragen hat, aber ich hörte, es war wie ein Wunder. Lasst uns anstoßen auf meine kleine Lerche, die heute mit dem Mut einer echten

Geestfrau dem Untier die Stirn bot!« Zustimmendes Gemurmel und Hochrufe erhoben sich.

»Du wirst zu einer stolzen Küstenländerin heranwachsen wie deine Mutter«, fuhr ihr Vater fort, und im Geiste konnte Lärka sehen, wie sich Asas Lippen essigsauer kräuselten. Lärka war sehr gespannt, denn aus einer solchen Einleitung konnte sie nur schließen, dass ihr Vater jetzt die Hochzeitspläne verkünden würde. Ihr unangenehmes Gefühl in der Magengegend verriet ihr, dass sie die Pläne lieber vorab und allein mit ihm beredet hätte, anstatt hier vor allen Leuten damit überrascht zu werden. Doch die Rede ihres Vaters nahm eine andere Wendung. »Deine Mutter hat dir etwas hinterlassen, das du zu deinem siebzehnten Ehrentag haben solltest, nicht früher und nicht später. Schau es dir an, ich denke, es passt.«

Orlyg hielt eine wunderliche Schatulle hoch und versenkte sie in die Hände seiner überraschten Tochter. Ein Raunen ging durch den Saal. Das Kästchen war aus dunklem Holz gefertigt und hatte Einlegearbeiten aus Gold und aus hellem, fast weißem Holz. Von oben betrachtet ergaben sie die Form eines Auges. Die Iris war eine Einlage aus weißem Holz mit geschwungenem Umriss, anstelle einer Pupille hob sich ein Kristall in der Mitte des Deckels empor. Von der Seite betrachtet sah der Behälter wie eine dunkle Anhöhe aus, deren Kuppe mit Schnee bedeckt und von einem prächtig schimmernden Eispalast unter runden Bögen gekrönt war. Um den Fuß des Kästchens schlängelte sich ein Band aus blauen Edelsteinen, in dessen Windungen zwei Monde und Sterne aus Gold in das dunkle Holz eingelegt waren.

Erwartungsvolle Stille trat ein, als Lärka vorsichtig den Deckel abhob und eine silberne Kette herausnahm. Lärka betrachtete sie genauer und wagte kaum zu atmen. Sie erkannte das Schmuckstück sofort. Die Glieder der Kette waren aus kräftigen silbernen Bögen gebildet, die die Form von Augen hatten. Die Kette besaß einen wunderschönen Anhänger in Form eines silbernen Triskels, eines verschlungenen, dreiarmigen Knotens. In dessen Mitte saß ein dunkler Stein, der im Schein des Kaminfeuers mattschwarz erschien. Schwach konnte man einen achtstrahligen Stern erkennen, der in den Stein eingeätzt worden war.

»Deine Mutter hat es gern getragen, es ist ein altes Erbstück ihrer Familie aus Osgund«, sagte Orlyg, nahm seiner Tochter den Schmuck aus der Hand und legte die Kette um ihren Hals. Dann fasste er Lärka an den Schultern und drehte sie sanft zu den anderen um, die beifällig murmelten. Das Silber fühlte sich kühl und schwer an. Lärka konnte sich auf einmal wieder daran erinnern, wie ihre Mutter bei festlichen Anlässen vom Glanz der Kette in ein unwirkliches Licht getaucht worden war. Sie wusste auch, wie hoch ihre Mutter den Schmuck in Ehren gehalten hatte: Als Audhild einmal im Halbschlaf in ihrer Kammer ruhte, hatte Orlyg versucht, ihr fürsorglich die Kette abzunehmen. Sie war aufgewacht, und es hatte einen Streit gegeben, dessen Heftigkeit für Lärka etwas nie Gekanntes gewesen war.

Sie setzten sich wieder, und Lärka war glücklich, als die Aufmerksamkeit der Gäste bald von ihr abließ und sich dem knusprigen braunen Ferkel zuwandte, das sich am Spieß drehte. Orlyg winkte in Richtung des Feuers. Knut der Fischkopf trug frisches Brot, Käse und dampfenden Kohl auf und schnitt große Scheiben vom Braten ab.

Inmitten der kauenden Gesprächigkeit um sie herum saß Lärka und grübelte ihren Teller an. Sie war verwirrt über das unvermutete Geschenk. Warum hatte ihre Mutter gewollt, dass sie diese Kette ausgerechnet zu ihrem siebzehnten Ehrentag erhielt? Es musste eine Bedeutung haben, die ihr noch verborgen war. Vielleicht sollte es einfach ein besonders wertvolles Geschenk sein, weil Lärka nun zu einer jungen Frau herangewachsen war. Aber Lärka war sicher, dass mehr dahintersteckte. Sie seufzte. Die Vergangenheit ruhen zu lassen war schwieriger, als sie gedacht hatte. Ihr Vater wandte sich nun an sie, fragte sie dies und das, wollte wissen, ob das Gesinde seine Arbeit tue, und erkundigte sich, ob ihr das Kochgeschirr gefalle, das Asa trotz allen Aufruhrs für sie erstanden hatte. Sie gab ihm fügsam Antworten, doch als sie ihrerseits nach Neuigkeiten aus Jaspis fragte, wich er aus.

Nachdem sich alle gesättigt hatten, gebot der Than erneut Schweigen und wandte das Wort an seine Tochter: »An vielen Tagen meiner langen Reise habe ich mir gewünscht, dass ich wieder unversehrt in Ribehof sei und dich dort ebenso unversehrt antreffe. Dieser Wunsch ist nun erfüllt worden. Für dich war der Tag heute voller Schrecken, aber so soll er nicht in Erinnerung bleiben. Deshalb sollst du einen Wunsch äußern dürfen, der dein Herz erfreut, und ich werde alles tun, um ihn dir zu erfüllen.« Ein Lächeln umspielte seine Lippen, als er die grenzenlose Überraschung im Antlitz seiner Tochter sah. »Wähle weise!«, fügte er hinzu und machte ein zufriedenes Gesicht.

Eine kurze Stille entstand, in der Lärka ihren Vater forschend anschaute und verzweifelt zu erraten versuchte, was er ihr in seiner Großzügigkeit zugedacht haben mochte. Denn daran hatte sie keinen Zweifel, dass ihr Vater überzeugt war, ihren Wunsch bereits zu kennen. In ihrem Kopf summten die Gedanken wie aufgeregte Bienen. Wieder spürte Lärka die silbrige Kühle der Kette und dachte an ihre Mutter und an Osgund. Vor wenigen Tagen noch hätte sie gesagt: Vater, lass mich Tante Rutlindis in Osgund besuchen, oder: Ich will Maggai sehen. Doch jetzt schien alles abgerissen, jede Erinnerung an ihre Mutter wie ein falsches Bild, jeder Gedanke zurück an Maggai und an Osgund schmerzvoll. Sich zu wünschen, ihr Vater solle ihr den Schatz seiner Erinnerungen an ihre Mutter öffnen, war undenkbar. Die Vergangenheit verschwamm und wurde unerreichbar, daran würde auch irgendein Wunsch nichts ändern. Sie war nahe daran, sich Besuche von Ribehofs grünem Weib und ein Kräuterbeet zu wünschen, aber das würde ihr Vater ihr sehr übel nehmen und der Abend wäre verdorben.

Alle warteten auf ihre Antwort, aber sie konnte sich einfach nicht entscheiden. Alles, was ihr in den Sinn kam, schien falsch oder belanglos. Nach endlosen Momenten fand sie im Vorrat ihrer Sehnsüchte einen Wunsch, den ihr Vater ihr kaum verwehren würde: mit ihm zusammen ins Herz des Königsreichs zu reisen – weg von Asa, Ribehof, den alltäglichen langweiligen Gesichtern und den grauenhaften Erinnerungen des heutigen Tages. Das musste in seinem Sinne sein, denn dort würde er ihr bestimmt den Mann vorstellen wollen, den er sich für sie wünschte.

Sie richtete sich auf und äußerte ihren Wunsch mit klarer Stimme. »Ich möchte Jaspis wiedersehen, die Stadt aus Edelsteinen. Ich möchte dich bei deiner nächsten Reise begleiten.« Ein Raunen ging durch den Raum. Die sagenhafte Stadt war viele Tagesreisen entfernt, und nur wenige der Küstenstädter kannten sie.

Orlyg war überrascht und wirkte ein wenig, als hätte man ihm ein gutes Spiel verdorben. Aber er räusperte sich rasch, und sein Tonfall verriet keine Missbilligung. »Es sei dir gewährt. Wenn die nächste Ratsrunde zum Ausgang des Sommers stattfindet, sollst du mich begleiten, wenn es die Lage erlaubt.« An die Gäste gewandt erhob er sein Trinkhorn und fuhr fort: »Es wird unruhige Zeiten geben, und wir wissen nicht, was der Morgen bringt. Darum lasst uns heute in Frieden Gemeinschaft halten.«

Lärka setzte sich wieder auf ihren Platz, und die Gäste nahmen die Gespräche erneut auf. Zwei große Überraschungen hatte dieser Abend ihr beschert, aber die Hochzeitspläne, über die sie mehr zu erfahren wünschte, hatte ihr Vater nicht preisgegeben. Sie würde ihn gleich am kommenden Tag fragen, um nicht länger in Ungewissheit ausharren zu müssen. Nachdenklich schaute sie hinüber zu Jörn, der bei Arild saß. Jörn erspähte sie seinerseits und winkte. Sie stand auf und ging zum Kamin, wohin ihr Vetter folgte.

»Zeig mal. Ohhh, wie wundervoll strahlendes Silber!«, rief er begeistert und griff nach der Kette. Sie nahm sie ab und reichte sie Jörn, der den Schmuck im Schein des Kaminfeuers eingehend betrachtete.

»Schau mal, der Stein ist ein bisschen blau, oder?«, staunte

Jörn. »Du hast heute aber großes Glück: Erst entwischst du meiner Mutter, dann darfst du mit Arild auf dem Markt herumlaufen, besiegst einen ungeheuerlichen Bären – und jetzt kriegst du einen Schatz und darfst nach Jaspis! Ich kann es kaum glauben! Und ich musste mich im knietiefen Wasser von den Krabben anknabbern lassen. Das ist ungerecht!«, er hielt inne, als er merkte, dass seine Begeisterung kein Echo fand.

»Was ist los, war das etwa kein wunderbarer Tag für dich?«, fragte er verunsichert und gab Lärka die Kette zurück.

»Oh, Jörn, die Begegnung mit dem Bären wünsche ich niemandem. Es war schrecklicher, als du dir vorstellen kannst. Niemand – ich sage dir, niemand! – hat mir geholfen. Alle haben nur zugesehen oder sich selbst in Sicherheit gebracht.« Sie blickte sich um und überlegte, ob sie den Satz noch etwas lauter wiederholen sollte. Der Vogt Seltenfröhlich sollte es ruhig hören. Bis seine Knechte mit den Spießen herbeigeeilt waren, hatte das Untier schon tot am Boden gelegen.

»Wenn ich da gewesen wäre, hätte ich mich zwischen dich und den Bären geworfen und ihn verjagt«, sagte Jörn großspurig. »Aber dir ist schließlich kein Haar gekrümmt worden. Komm, jammer nicht, es kann nicht so schlimm gewesen sein, ›mutigste aller Geestfrauen‹«, ahmte er ihren Vater nach. »Was wohl mit dem Bären los war?«, fuhr er fort. »Sie sagten, irgend so ein verrückter Bader hat den Käfig aufgemacht. Die Bestie war in den nördlichen Bergen gefangen worden und ziemlich wild. Und dann war sie auf einmal tot.« Während die Geschichte aus Jörn nur so heraussprudelte, spielte er mit übertriebenen Gesten das Geschehen nach.

Aber Lärka hörte nur halb zu und ärgerte sich, dass Jörn sie wie ein wegen jeder Kleinigkeit heulendes Schürzenkind behandelte. Er würde nicht verstehen, was ihr die heutigen Erlebnisse geraubt hatten. »Ja, sie ist tot. Sie hat nicht viel gelitten, sie schlief einfach ein.«

»Wer, die Bestie?«, fragte Jörn mit leicht gerunzelter Stirn.

»Nein, ich meine – ach, nicht so wichtig. Erzähl einfach weiter«, sagte sie und legte sich die Kette wieder um.

»Meine Brüder sagen, das Tier starb mit rotem Schaum vor dem Mund. Es war besessen, sag ich. Herr Valgrim hat angeordnet, dass der Kadaver verbrannt würde. Da gab es viele Enttäuschte, die sich gern mit dem Fell geschmückt hätten, und ein Bärenbraten wäre heute Abend auch nicht schlecht gewesen.«

»Ich bin froh, dass das Feuer das Untier verschlungen hat. So gelähmt dazusitzen und nichts tun zu können ... Wenn ich sie nur hätte wegschaffen oder das Biest ablenken können oder ...« Fahrig spielten ihre Finger mit den Gliedern der Silberkette. Ihre Hände hielten in der Bewegung inne und krallten sich um die Kette, als sie fortfuhr: »Aber alle sind weggerannt. Auch von deinem Freund Arild und seinem Oheim war nichts mehr zu sehen, bis sie heute Abend wortlos wieder aufgetaucht sind. Sie haben sich noch nicht einmal entschuldigt, dass auch sie mir nicht beigestanden haben.« Eigensinnig sah sie Jörn an, der einen verständnisvollen Blick versuchte, obwohl er immer weniger begriff, wovon sie sprach.

»Sie müssen doch in der Nähe gewesen sein«, sprach Lärka weiter. »Jeder tapfere Mann sollte sich für diese Tatenlosigkeit schämen! Vielleicht sollte ich von zwei Herumziehenden, die mehr mit grünen Weibern als mit Rittern gemein haben, keine Heldentaten erwarten. Aber ich verstehe trotzdem nicht, wie ...«, sie brach ab, denn Jörn schien auf einmal verlegen und schaute mit Entschuldigung heischenden Blicken an ihr vorbei.

Schnell drehte sie sich um. Arild war ans Feuer getreten, und Jörns beschämten Blicken zufolge hatte er ihre letzten Worte nur zu gut hören können. Sie verschränkte ihre Arme vor der Brust, schwieg trotzig und versuchte, eine herablassende Haltung aufzusetzen. Wenn nun eine Entschuldigung kam, dann war das reichlich spät.

»Ihr wart sehr mutig heute«, richtete Arild mit leiser Stimme seine Worte an sie. Lärka sah mit Genugtuung, dass er etwas blass wirkte und die Lippen zusammenkniff. Er hatte schließlich jeden Mut vermissen lassen. Es war nur gerecht, dass er jetzt nicht wusste, wohin er seinen schamerfüllten Blick richten sollte.

»Wer so etwas erlebt hat, hat hinterher nicht mehr das gleiche Leben wie zuvor«, fuhr er fort, »aber jetzt seid Ihr in Sicherheit. Ihr seid noch hier, das Untier konnte nichts verschlingen, was Ihr festhaltet.« Durch ihre abweisende Haltung hindurch erreichten sie seine Worte. Ja, sie würde festhalten an ihrem Leben und an ihren Wünschen.

»Mein Oheim und ich möchten etwas zu Eurem Ehrentag beitragen. Ich hoffe, Ihr findet daran Freude«, sagte er in ihr Schweigen. Er nestelte umständlich mit der rechten Hand an einer ledernen Tasche mit silbernen Schnallen herum, die er an einem langen Riemen über der Schulter trug. Mit einer steifen Verbeugung reichte er Lärka drei kleine unscheinbare Stoffsäckchen.

»Möge dies der Grundstein eines blühenden Kräutergartens sein. Zieht Pflanzen aus den Samen und Knollen. Über viele dieser Gewächse habt Ihr heute gehört. Und wo Ihr der Anwendung nicht sicher seid, werden mein Oheim oder ich Euch bei unserem nächsten Besuch gern unterrichten.« Während er sprach, hatte er noch etwas anderes aus den Tiefen seiner Tasche gezogen. »Dies hier vertreibt Düsternis und Wintergedanken und öffnet der Helligkeit des Frühsommers die Tür«, sagte er und gab ihr ein kleines Tongefäß.

Sie konnte kaum ihren Dank flüstern, da hatte Arild schon Jörn zugenickt, sich wieder umgewandt und war zu seinem Oheim Valgrim zurückgegangen. Sie stand da, hielt diese kostbaren Geschenke in den Händen, und ihr Herz jubelte: Hier war das Fundament für ihren neuen Kräutergarten. Da die Gabe von den beiden Wanderern kam, würden weder Asa noch ihr Vater etwas dagegen unternehmen können, ohne die beiden zu beleidigen.

»Ein bisschen mehr Begeisterung hättest du schon zeigen dürfen, liebste Base. Mach mal auf, los«, forderte Jörn ungeduldig und zeigte auf das Tongefäß. Vorsichtig entfernte Lärka den Stopfen, der den winzigen Krug verschloss. Im spärlichen Licht war vom Inhalt nichts zu erkennen. Aber ehe sie sich näher an die Flammen beugen konnten, um die Füllung in Augenschein zu nehmen, erreichte ein nie gekannter Duft ihre Nase. Es war, als könne man Licht riechen und Sonnenstrahlen und Vogelzwitschern. Alle Schatten verloren ihre Bedrohung. Die Wände um Lärka herum wurden durchscheinend, und ihre Seele fühlte sich getröstet und frei in blauer Weite. Sie wünschte sich in diesem Augenblick zu verweilen, einige Zeit und noch ein wenig länger. Es tat so gut.

»Was für ein Zeug! Das funkelt!«, hörte sie Jörns Stimme in der Ferne. »Arild muss mir auch was davon geben, und ich werde nie mehr im Leben Met anrühren. Heija, Lärka, hast du die lieblichen Feen gesehen, die über den Wiesen tanzen?« Lärka kam allmählich in die Wirklichkeit zurück und konnte Jörns verzücktes Gesicht erkennen. Sie runzelte die Brauen.

»Hee, war nur Spaß. Ich habe natürlich keine gesehen«, lachte Jörn, als ihm die Missbilligung seiner Base entgegenschlug. »Jedenfalls keine, die annähernd deine Anmut hätte«, fügte er hinzu und blickte kurz auf das dicke Hinterteil der Magd Inga, die den Kamin mit neuem Holz versorgte. »Ein besonderes Geschenk!«, sagte er ernst. »Du musst ihn sehr beeindruckt haben, liebste Base. So etwas hat er mir nie mitgebracht.«

»Er hatte bestimmt nur ein schlechtes Gewissen«, sagte sie, aber ihre Stimme wollte nicht mehr hart klingen. »Du hättest dich vorhin nicht für mich entschuldigen müssen, Jörn. Ich habe nur beschrieben, wie es war, und seine Zerknirschung gibt mir Recht.«

»Täusche dich nicht, o gestrenge Richterin. Als ich mich mit ihm unterhielt, schien es mir nicht, als hätte er etwas zu bereuen«, stellte Jörn gelassen fest, während er erfolglos versuchte, nach dem Tongefäß zu fischen, das Lärka ihm geschickt entzog.

Sie verschloss das Gefäß mit dem kleinen Korken und fühlte auf einmal, wie müde sie war. Sie war sicher, sie würde auf der Stelle einschlafen, wenn sie sich jetzt irgendwo niederließ, und doch: Eines musste sie zuvor noch tun. Unter einem Vorwand verabschiedete sie sich von Jörn, verließ den großen Saal und suchte Zurückgezogenheit in ihrer Kammer. Wortlos ließ sie sich von einer Magd bis auf das lange Unterhemd entkleiden, schickte das Mädchen weg und verriegelte die Holztür. Dann stellte sie den Kerzenleuchter auf die Truhe, setzte sich auf ihr Bett und zog sich die wärmende Wolldecke über die Schultern.

Die Schatulle. Gleich als ihr Vater sie ihr überreicht hatte, hatte sie sie erkannt. Sie vermutete, dass das Kästchen mehr verbarg als allein das wunderbare Geschmeide. Sie erinnerte sich genau, wie ihre Mutter es einmal vor sich stehen hatte, ihre kleine Tochter bedeutungsvoll angeblickt und dann ein paar golden funkelnde Haarspangen scheinbar aus der leeren Schatulle hervorgezaubert hatte. Lärka hatte die Szene vor Augen, als sei es erst am Tag zuvor gewesen. Einen Moment lang war sie versucht, das Kästchen einfach beiseitezustellen und schlafen zu gehen, aus Angst davor, dass es etwas Unwillkommenes preisgeben könne. Aber sie wusste: Die Frage, was ihre Mutter darin verborgen hatte, damit sie es fände, würde sie nie loslassen. War es eine Botschaft oder ein Hinweis, der an Vertrautes anknüpfte, der die vielen leeren Stellen ihrer Erinnerung füllen würde?

Lärka legte den Deckel und den Inhalt der Schatulle auf die Truhe. Ihre Finger glitten über die goldenen Einlegearbeiten an der Außenseite des Kästchens – die beiden Monde. Sanft drückte sie die unmerklich vorstehenden Formen nach innen. Mit einem leichten »Plopp« sprang der innere Boden eine Winzigkeit auf und ließ sich nun von vorsichtigen Fingern anheben. Schließlich hatte sie den Zwischenboden, so dünn wie eine Messerklinge, entfernt und holte ein klein gefaltetes, zerknittertes Pergament aus dem Geheimfach. Lärka klopfte das Herz bis zum Halse, als sie aufstand und den Fund sorgsam auf dem Tisch ausbreitete. Es hatte zweifellos mit dem Schmuckstück zu tun, denn eine feine Zeichnung der Silberkette mit dem Triskel schmückte den oberen Rand.

Lärka blickte fasziniert auf die geschwungene Schrift darunter und seufzte tief. Warum? Warum nur gehörte, zu den Fertigkeiten, die Asa als unpassend für eine Frau erachtete, neben Bogenschießen, Schwertkampf und Trinkfestigkeit ausgerechnet Lesen und Schreiben? Wieder einmal wollte sie Asa dafür hassen, dass die Tante alles von ihr fernhielt, was die Mutter sie sicherlich gelehrt hätte. Sie wendete das Blatt und sah, dass auf der Rückseite noch mehr geschrieben stand – mit zittriger, hastiger Hand, unsauber und voller Tintenflecke. Die Zeichen füllten fast das ganze Blatt aus. Eine Weile starrte Lärka den Brief an, der ein letzter Gruß ihrer Mutter sein musste, und wünschte sich nichts sehnlicher, als ihn hier und jetzt lesen zu können. Irgendwann begannen die Linien vor ihren Augen zu tanzen, und die Müdigkeit wurde übermächtig. Wehmütig tat sie alles an seinen Platz zurück, verschloss das Kästchen und ging zu Bett. »Mutter, komm in meine Träume, und tröste mich!«, wünschte sie sich und berührte die silberne Kette, die sie nicht abgelegt hatte. Bald fiel sie in einen tiefen Schlaf und glitt, verstört von den Fährnissen des Tages, in einen seltsamen Traum.

Es war nicht mehr völlig dunkel um sie herum. Sie war wieder in der großen Halle. Das Kaminfeuer breitete einen warmen Schein aus. An den Wänden des Raumes tanzten schwach glimmende blaue Lichter. Es war niemand in der Halle bis auf drei Schatten, die vor dem Kaminfeuer saßen. Sie näherte sich, doch die Gestalten blieben seltsam verschwommen. Zu ihrer Überraschung flackerte im Inneren einer jeden Schattengestalt ein blaues Irrlicht. Immer wenn Lärka die Gestalten mit ihrem Blick fixieren wollte, wurden sie undeutlicher. Wenn sie zur Seite blickte, erschienen sie deutlicher, als ob die Augen den Eindruck stören würden, den das Gefühl ihr gab. Einer der Schatten hatte die Gestalt eines feingliedrigen Kranichs, und Lärka spürte eine Vertrautheit, die von ihm ausging. Ein Hauch der Trauer umwehte den Vogel, der den Kopf nicht aufrecht und stolz erhoben, sondern leicht nach unten gesenkt hielt. Der nächste hatte die Form eines mächtigen Steinbocks, stolz und furchtlos. Aber Lärka konnte erkennen, wie sich über seiner Gelassenheit feine Wellen der Sorge kräuselten. Der dritte Schatten hatte den Kopf eines Adlers, doch der Rest seiner Gestalt war in Fluss und Unruhe und hatte keine erkennbare Form. Das konnte nur ihr Vater mit Valgrim und Arild sein. Obwohl sie nahe herangekommen war, bemerkte keiner ihre Anwesenheit.

Lärkas Blick schweifte von den drei Dunstgestalten zu den anderen Irrlichtern, die sie für Spiegelungen an der Wand gehalten hatte. Die Wände schienen zu flimmern und wurden durchlässig. Andere Schatten mit Irrlichtern im Inneren standen in Gruppen zusammen, aßen oder schliefen, und mit einem Mal erkannte Lärka, dass jedes der Lichter zu einem Bewohner des Thanhofes gehörte. Während Lärka fasziniert den Blick weiterwandern ließ und in die Nachbarräume spähte, bemerkte sie, dass die Gestalten am Kamin sich austauschten. Obwohl Lärka kaum ihre Stimmen hören konnte, verstand sie dennoch, worum sich die seltsame Unterhaltung drehte. Es war, als flögen Gedankenfetzen hin und her, das ein oder andere Mal verblassten die Schatten und zerflossen zwischen Bildern fremder Menschen.

Der kranichartige Schatten ihres Vaters wurde durchscheinend, als er erzählte, und sie sah eine Ratsversammlung. Ein gebieterischer Mann, mit einem silbernen Reifen gekrönt und in prunkvoller Rüstung, sprach von einem Aufbruch nach Norden, zweihundert Männer werde er schicken. Die Frage nach dem Grund der Reise hing zwischen den drei Schatten am Kamin. Statt einer Antwort war es Lärka mit einem Mal, als flöge sie über öde weißgraue Steppen, ohne Wälder, ohne Felder, zugefroren unter endlosem Eis. In einem Augenblick schmolz das Eis und machte Platz für Nomaden, die ihre Schafe und Ziegen in dem kargen Land nach Weide suchen ließen. Lärkas Blick blieb an einem Hirten hängen, der in einem Bachbett stand und etwas zu suchen schien. Der Mann hob einen Stein auf, hielt ihn hoch und betrachtete ihn prüfend. In seiner Hand verwandelte sich der Stein in ein hartes und schmuckloses Schwert. Dem Hirten wuchsen Rüstung, Helm und Schild, und als er zu marschieren begann, gesellten sich tausend andere Recken zu ihm.

»Eine Barendolith-Ader im Norden, genug um den Waffenhunger des Königs zu stillen«, berichtete Orlyg und erzählte von großer Hast bei dem Zug der zweihundert Königstreuen nach Norden. Nach sechs Mondzyklen würde das Eis wieder über den Pass kriechen und den Weg für die nächsten zwanzig Jahre abschneiden.

Sorgenwellen kräuselten sich dichter werdend um den Schatten des Steinbocks. Lärka spürte, dass der Zug, den der Gekrönte nach Norden schickte, Valgrim missfiel. Jetzt ergriff er das Wort, und in Lärkas Traumgesicht tauchten auf einmal Valgrim und Arild mit einer Gruppe anderer graugrüner Wanderer auf, die unter einem gleichmäßig weiß-fahlen Himmel durch karge Steppen zogen. Im nächsten Moment waren sie am Fuße einer mächtigen Felswand, deren oberes Ende in feinem Wolkengespinst verschwand. Sie wurden überschwänglich von Menschen begrüßt, die alle dieselben braunschwarzen Haare und grünen Augen wie die Wanderer hatten. Bald war eine feierliche Gruppe in einer steinernen Halle von großer Pracht versammelt und saß mit erwartungsvollen Gesichtern an langen Tischen.

Auf einem Thron erhöht sah Lärka eine Frau von unbeschreiblicher Würde und unbestimmbarem Alter. Ihre dunklen Haare umrahmten ein Gesicht mit milchweißer Haut und hellgrünen Augen. Gekleidet war sie in ein leuchtend blaues Gewand, über dem sie einen weißen pelzbesetzten Umhang trug, in den große und kleine Sterne eingewebt waren. Die Frau wandte ihren Kopf in Lärkas Richtung, blickte sie aus weisen, friedgütigen Augen an und – nickte ihr lächelnd zu, als habe sie sie erwartet. Lärka hatte sich kaum von ihrer Überraschung erholt, als sie bemerkte, wie sich das Gesicht durch das Lächeln veränderte, als wäre die Frau durch die freundliche Geste eine andere Person geworden. Jetzt erkannte sie vertraute Züge, ein sommersprossiges Lächeln. Eine Ahnung sickerte in ihre Gedanken. Konnte das sein? Oh, süßer Traum! Doch bevor die Gewissheit sich Bahn brach, verdüsterte sich die Schau und verschwand zu Lärkas Enttäuschung im Inneren der steinbockgleichen Dunstgestalt, als hätte Valgrim ihr den Rücken zugekehrt. Was mochte das gewesen sein? Wen hatten Valgrim und Arild besucht?

»Ein alter Zweig unserer Sippe im hohen Norden«, raunte Valgrim, »wir müssen Rat holen.«

»Welches ist Euer Weg?«, wollte Orlyg wissen.

An der Küste entlang nach Norden, vorbei an Stormhavn und Osgund, dann ostwärts über den Pass beim Tristjoch, so sah Lärka den Adler fliegen, als Arild die Frage beantwortete. Dann verschwand der Adlerflug für einen Augenblick in einer Wolke, und als die Sicht wieder frei war, sah Lärka unter sich wohl bekannte Grasdächer. Sie dachte zunächst an Ribehof, aber sie konnte die drei Eichen nicht sehen. Ein Banner mit einer roten Seeschlange auf blauem Grund wehte über dem größten Haus der Siedlung. Das musste Frenemund sein.

»Wir waren schon auf dem Weg nach Norden, aber wir kehrten um. Denn Ihr müsst erfahren, was passiert ist«, begann Arild, und sein Bericht versetzte Lärka in eine neue Traumszene, die sie gebannt verfolgte.

Arild und Valgrim standen an einem Krankenbett. Darauf lag reglos ein junger Mann in der Kleidung der Geestleute. Er hatte die offenen Augen starr an die Decke gerichtet. Sein Leib schien wie ein verlassenes Haus, denn hinter den Augen war es dunkel, als wohne dort niemand mehr. Es wurde Abend und Morgen und Abend und Morgen in einem Wimpernschlag, und der Mann lag nur da, aß nicht, trank nicht, sprach nicht. Mit einem Mal regte er sich, zuerst kaum spürbar, dann stärker. Er richtete sich langsam auf und kam schwankend auf die Beine, ausdruckslos ins Leere starrend. Ohne auf den am Krankenbett Wachenden zu achten, ging er zur Tür, ins Freie und betrat dann den Dorfweg. Menschen sprachen ihn an, wollten ihn stützen, aber der Kranke stakste ungerührt den Weg entlang auf die Einfriedung der Siedlung zu. Gerade als Lärka sich fragte, was wohl sein Ziel sei, lief er mit voller Wucht gegen die Holzpalisaden. Er taumelte rückwärts, aber sobald er sich gefangen hatte, ging er wieder in dieselbe Richtung, als wäre er blind. Wieder und wieder prallte er heftig gegen die Holzstämme. Sein Gesicht glich mehr und mehr einer blutigen Masse.

Mittlerweile stand eine Menge Schaulustiger um ihn herum. Schließlich griffen zwei Männer beherzt ein und packten den Kranken bei den Armen. Doch der Verletzte stöhnte, ächzte und setzte alle Kraft seines geschwächten Körpers daran, sich den Griffen zu entwinden. Irgendetwas schien an ihm zu ziehen, denn er schaffte es, seine unerwünschten Begleiter für einen Moment abzuschütteln – allerdings um den Preis, dass sein linker Arm seltsam verrenkt an ihm herunterhing.

Während unter den Anwesenden ein Streit darüber entbrannte, was zu tun sei, hatte der Mann durch Zufall eine Richtung eingeschlagen, die ihn ohne weitere Hindernisse durch das Tor der Siedlung nach draußen führte. Verständnislos sahen ihm die Wachen hinterher, wie er auf geradem Weg über Stock und Stein wie an einer Schnur gezogen im nahen Wald verschwand.

»Noch zwei solche Kranke in Graufjorde«, wisperte Valgrim, und Lärka glaubte hinter diesen Worten zwei Gestalten zu erkennen, die mit ruckartigen Bewegungen auf einen Abgrund zumarschierten und schließlich von den hochgezackten Graufjörder Klippen in die Tiefe stürzten.

»Möge es nicht nach Ribehof kommen«, hoffte Lärka und schauderte.

Sie konnte die blanke Ratlosigkeit von Valgrim und Arild spüren. Valgrim redete weiter, und plötzlich war sie wieder auf dem Ribehofer Markt, wo Arild und Valgrim dort mit den Graufjörder grünen Weibern sprachen. »Die Männer haben keine giftige Speise gegessen«, sagte eine Frau in Dunkelgrün.

»Sie sind einander nie begegnet«, fügte ihre graugrüne Nachbarin hinzu.

»Und es gibt keine Spur, wie es sich ausbreitet«, sagte die Erste. »Aber wir verbreiten die Kunde unter den grünen Weibern des Marktzuges. Wenn die Krankheit jemanden schlägt, bindet ihn fest und versucht, ihn mit Honig und Wasser so lange wie möglich am Leben zu erhalten. Vielleicht kommt sein Geist zurück, oder die grüne Zunft findet ein Gegenmittel.«

Die Bilder des Markttages verblassten, und Lärkas Traum kehrte zu den drei Schatten am Kamin zurück.

»Keine solchen Vorkommnisse in Osgund oder Stormhavn?«, erkundigte sich Orlyg. Die Antwort schien ihn zufriedenzustellen. Dann sprach ihr Vater zu den zwei anderen, und eine neue Szene erschien, vom Abend des Festmahls: ihr Vater, wie er ihr den Wunsch gewährte und in selbstzufriedener Haltung ihre Antwort erwartete. Doch etwas war anders als am Abend: Sie erkannte seine Gedanken. *Das Geschenk ihrer Mutter – die Erinnerung! Sie wird ihre Tante in Osgund besuchen wollen. Die Vorbereitungen sind schon getroffen.*

Lärka hielt inne. Das war es also, dachte sie, das hätte ich mir wünschen sollen! Doch sie hatte entschieden. Die Reise nach Osgund würde also nicht stattfinden. Aber als sie ihre Aufmerksamkeit wieder den Gedankenströmen zwischen den Schatten zuwandte, war ihr Vater gerade dabei, die beiden anderen um Geleit für die Reise seiner Tochter nach Osgund zu bitten, sei es gegen Bären oder sonstige Fährnisse. Er sprach weiter, und Lärka sah den Torbogen des Thanhofes geschmückt mit Frühlingsgrün und Misteln. Menschen in Festgewändern standen um ein junges Paar, das die Tracht der Brautleute trug, und stießen Hochrufe aus. Im Näherkommen erkannte sie zu ihrer Überraschung sich selbst, wie sie unter der Blütenkrone ihr strahlendstes Lächeln zu den Umstehenden schickte. Der Mann, der ihr den Rücken zugekehrt hatte, war groß und kräftig. Seine Pranke hielt ihre Hand fest umschlossen, und sie blickte ergeben zu ihm auf.

Lärka war es, als würde sie eine Fremde sehen. Der Mann hatte sich immer noch nicht umgedreht, doch Lärka gewahrte nun ihren Vater, der seinen Blick voller Genugtuung auf ein neues Banner über dem Tor gerichtet hatte: Die Krone über den drei Bäumen von Ribehof in der einen und die gezackte Rote Frenemunder Seeschlange in der anderen Hälfte. Lärka war wie vom Donner gerührt.

»Nein!«, wollte sie rufen. »Das bin nicht ich!« Da wurde das Bild plötzlich gestört durch eine Bewegung von Arilds Adlerschatten, der seinen Kopf suchend in Lärkas Richtung wandte. Verwirrt wich sie in eine dunkle Nische neben dem Kamin zurück.

Vor der Aufmerksamkeit des Adlerschattens verborgen kreisten ihre Gedanken aufgewühlt um das Bild dieser Hochzeit! Das musste ein Albtraum sein. Barung, Sohn des Thans von Frenemund war ein tapsiger Klotz, der sich nach Berichten der Mägde einzig und allein dadurch auszeichnete, dass er einen Hirsch mit bloßer Hand erwürgen konnte. Lärka zweifelte nicht daran, dass er einer eigensinnigen Ehefrau die gleiche Behandlung zukommen lassen würde. Er mochte der Sohn des zweitmächtigsten Küstenfürsten sein, aber hier schien ihr Vater Gefühllosigkeit für Furchtlosigkeit und Grobheit für Stärke zu halten.

Warum fragte ihr Vater sie nicht? Sie würde ihm ohne Umschweife sagen, dass diese Wahl nicht ihrer Vorstellung entsprach. Obendrein war Barung – wie die Magd Inga von ihrer Base in Frenemund wusste – kein Freund der grünen Zunft. Vielleicht erschien er ihrem Vater deshalb als besonders geeignet? Wenn sie erst einmal seine Ehefrau war, allein und fernab von ihren Verwandten, würde Lärka nur hoffen können, dass er dumm genug oder oft auf Reisen sein würde, damit sie unbemerkt ihrer eigenen Wege gehen und mit den grünen Weibern verkehren könnte.

Sie hatte nicht bemerkt, dass die Unterhaltung der drei Männer beendet war. Arild hatte sich wieder dem Feuer zugewandt. Nun erhob sich ihr Vater, wünschte den beiden anderen eine ruhige Nacht, und sein Schatten verschwand in Richtung seiner Schlafkammer.

»Zeig deine Hand«, forderte Valgrim sein Gegenüber auf. Arild machte eine Bewegung, und Lärka schien es, als würde an seiner linken Seite etwas pulsieren, das Wallungen durch die Dunstgestalt schickte. In der Nähe des pochenden Kerns war der Schatten hässlich zerfranst, und kleinere Stücke lösten sich beständig heraus wie Nebelfetzen aus einer Wolke.

»Lass mich sehen, ich helfe dir mit dem Handschuh«, beharrte Valgrim, als der andere zu einer ausweichenden Bewegung ansetzte. Die Adlergestalt senkte den Kopf und wurde eine Spur dunkler im Bemühen, ihren Umriss nicht durch die brandenden Wogen an der linken Flanke aufreiben zu lassen. Lärka war näher herangekommen und spürte jetzt, woraus die Wellen bestanden: Es war purer Schmerz, der an der Substanz des Adlerschattens nagte und ihn in ständigem Pochen durchfuhr. Erschrocken über die Heftigkeit zuckte sie zurück.

Die Unterhaltung ging weiter, es tauchten neue Bilder auf, schneller als vorher. Rasch flogen die Gedanken zwischen den beiden Schatten hin und her. Doch anstatt allein Bilder zu sehen, hatte Lärka den Eindruck, einem Gespräch zu folgen, als würden sich die beiden auf eine ganz eigene, eine direktere Art und Weise verständigen, als sie es zuvor getan hatten.

»Verfluchtes Gift!«, polterte Valgrim. »Wie gut, dass wir nach Bolverk schauten, als es passierte. Wenn wir zum Thanhof zurückgegangen wären, hätten wir nicht eingreifen können. Warum muss er nur so tollpatschig sein und mit seinem Kohlebecken alles anzünden! Wenn man nicht dauernd auf ihn aufpasst, gibt es ein Unglück.«

»Endlich können wir ungestört reden«, sagte Arild matt. »Ich hatte wirklich Angst, die ganze Siedlung würde Feuer fangen. Wie hast du die Flammen so schnell löschen können?«

»Mit einem Mal setzte ein Regenschauer ein. Aber den Bärenkäfig hatte das Feuer zuvor trotzdem erreicht. Und Bolverks Mitleid hat böse Folgen gehabt. Er hätte den Käfig verschlossen und den Bären verbrennen lassen sollen.« Der Steinbockschatten verband sich mit dem anderen. Das Pulsieren aus dem Adlerschatten schien sein Echo in dem anderen zu finden.

»Das sieht nicht gut aus!«, stellte Valgrim fest, und die Schatten lösten sich wieder voneinander. Valgrims Schemen erhob sich und schwebte zu einer der Bänke. Lärka wich vorsichtshalber wieder in die Nische zurück. Valgrim kam erneut an ihr vorbei, ohne sie zu bemerken, und wandte sich Arild zu.

»Komm näher ans Feuer, dann mache ich dir einen ordentlichen Verband. Aber nun erzähle: Als Bolverk fast den ganzen Markt in Brand steckte, warst du plötzlich weg. Und das Nächste, was ich von dir hörte, war, dass ich uns den Bärenkadaver so schnell wie möglich vom Halse schaffen soll, weil er mit dem *Schrecken der Dunhib* verseucht ist. Was hast du nur angestellt?« Es sollte Tadel sein, doch Lärka fühlte Besorgnis für den anderen mitschwingen.

»Der Bär stürmte wie von Sinnen los, um dem Feuer zu entkommen. Er fiel in seiner Raserei die nächstbesten Geschöpfe an, die seinen Weg kreuzten – Mensch und Tier. Das war kein gewöhnlicher Bär, Oheim. Hast du das silbrig schimmernde Fell gesehen, die schwarzen Augen und die schiere Größe? Das Tier kommt aus dem Norden von jenseits der Frostberge. Wenn es je einen Düsterschlund gegeben hat, dann muss dies einer gewesen sein.«

»Hier? So weit im Süden?«

»Es war beängstigend. Als die Bestie vor Wut und Schmerz brüllte, schien Verzweiflung nach meinem Herzen zu greifen und sich Verzagtheit bis in meine Fingerspitzen auszubreiten. Ich war wie versteinert und kaum fähig, den Riemen zu schleudern. Es heißt, wer in den Düsterschlund schaut, fällt dem Wahnsinn anheim.«

Lärka schauderte. War sie dabei, ihren Verstand und sich selbst in dieser Welt der vorgegaukelten Bilder zu verlieren? Bildete sie sich ein, hier zu sitzen? Schlief sie oder wachte sie?

»Das würde auch gestandenen Kriegern nicht anders gehen«, erwiderte Valgrim. »Aber jetzt, wo du es sagst ... Der Bärenbändiger hatte eine Tätowierung vom Stamme der Agyar, die im Osten der Nördlichen Öden wohnen. Als ich ihn später zur Rede stellen wollte, war er spurlos verschwunden. Das gefällt mir nicht. Wir sollten das im Rat der Althea besprechen.«

»Ich habe vier Menschen gesehen, die das Untier auf seinem Weg niederriss. Was ist mit ihnen?«, erkundigte sich Arild.

»Für einen gab es keine Rettung. Die anderen werden die Wunden noch einige Wochen tragen. Ich habe sie versorgt. Aber nun weiß ich, warum sie nicht nur vor Schmerzen von Sinnen waren, sondern sich auch in anderer Weise seltsam gebärdeten.«

»Der Düsterschlund hat den Wahnsinn in ihre Herzen gesenkt. Die grünen Weiber, die der Markt so zahlreich nach Ribehof gebracht hat, werden ihre besten Künste anwenden müssen.«

»Sie hätten sich auch gleich um dich kümmern sollen!«, brummte Valgrim. Darauf gab es keine Erwiderung, also fuhr er fort: »Brauchst du Mohn, um die Schmerzen in der Nacht zu vertreiben? Du kämpfst schon den ganzen Abend damit. Wie viel hast du von dem Gift abbekommen?«

»Genug, um meine Hand in hundert Feuern zu baden, aber nicht genug, dem Bären in den Tod zu folgen. Ich habe ein Gegengift genommen. Aber es wird mich nicht vor einer lahmen Hand für ein paar Tage und den Schmerzen bewahren. Also gib mir den Mohn für heute Nacht.« Das blaue Glimmen im Adlerschatten wurde schwächer.

»Was geschah weiter?«, wollte Valgrim wissen, während er erneut zu einer der Bänke ging, wohl um das Gewünschte zu holen.

»Ich verfolgte das Tier. Ich wollte nach Pfeil und Bogen oder zumindest nach meinem Dolch greifen. Doch wie du weißt, lagen sie alle in der Waffenkammer am Osttor. Also nahm ich Schleuderriemen und Kiesel. Ich setzte dem Bären nach, aber die Flüchtenden behinderten mich. Er hatte Blut geleckt und wollte sich weitere Opfer suchen. Ich hätte ihn mit dem ersten Stein zwischen die Augen treffen müssen, doch ich traf nur den Hinterlauf, weil mich jemand anrempelte. Ich hatte den zweiten Kiesel schon in der Schleuder, als ich sah, wohin der Bär als Nächstes stürmen würde: Audhilds Tochter kauerte bei dem sterbenden grünen Weib aus Osgund. Wissen die Wolken, warum sie nicht wegrannte.«

Arild hielt kurz inne, als ihn eine neuerliche Schmerzwelle durchbrandete. »Der zweite Schuss musste den Bären aufhalten, und da habe ich die Kugel mit dem Dunhib-Pulver aus der Giftbüchse genommen. Etwas kleiner als normale Munition, aber nicht weniger zielsicher.«

»Die Kugel war nicht ganz dicht«, warf Valgrim ein.

»Es musste schnell gehen, ich konnte nicht erst noch den Handschuh herausholen. Nicht auszudenken, wenn jemand anderes gegen das Untier hätte kämpfen müssen! Ein Düsterschlund – niemand kann Angesicht in Angesicht gegen einen Düsterschlund kämpfen und siegen.«

Das schlechte Gewissen begann in Lärka emporzukriechen wie eine kalte Schlange. Wenn in diesem Traum ein Stück Wahrheit steckte, dann war »undankbar« noch ein milder Ausdruck für ihr Benehmen an diesem Abend.

»Lass uns hoffen, dass die Thantochter vom Wahnsinn verschont bleibt«, meinte Valgrim.

»Sie schien mir erstaunlich gefasst und klaren Sinnes zu sein, als ich heute Abend zu ihr sprach. Ich habe ihr Ioani-Staub gegeben, das wird in ihrem Fall gegen die Düsternis helfen. Ich wüsste zu gern, was sie gesehen hat, als sie dem Untier Auge in Auge gegenüber war.«

»Auf unserer Reise kannst du sie dazu befragen. Arild, was du heute getan hast, war Leichtsinn, Leichtsinn und ein drittes Mal: Leichtsinn! Du hättest andere Menschen verletzen oder töten können!«

»Nein. Alle waren damit beschäftigt, sich selbst zu retten. Du hast schnell gehandelt, bevor der Kadaver zur Gefahr werden konnte. Orlygs Tochter war weit genug weg, als das Gift traf. Sie hat nichts mitbekommen, sonst hätte sie sich heute Abend anders verhalten. Und Orlyg, dem ich eine passende Fassung der Vorfälle erzählt habe, hätte uns zur Rede gestellt.«

Mittlerweile hatte sich der Anflug schlechten Gewissens bei Lärka in eine mächtige Welle von Scham verwandelt, die heftig an ihrer Selbstgerechtigkeit und Überheblichkeit rüttelte.

»Du hättest dich töten können, wenn die Kugel zerfallen wäre. Dieses Gift ist das stärkste von allen. Wer weiß, was mit deiner Hand passiert«, fuhr Valgrim tadelnd fort.

»Die Wolken gaben uns Regen im rechten Augenblick und warfen den Staub zu Boden, Oheim. Niemand anderes kam durch das Pulver zu Schaden. Du tust gerade so, als hätte ich Audhilds Tochter besser ihrem Schicksal überlassen sollen. Du weißt, was ich Audhild verdanke«, sagte Arild unwillig.

»Wie könnte ich das vergessen. Aber nun lass es nicht zuschanden werden, indem du dich und uns gefährdest, du Uneinsichtiger! Zu viele Leute! Zu viele Zeugen! Du könntest mehr Aufmerksamkeit auf uns gelenkt haben, als uns lieb ist. Dann steht viel mehr auf dem Spiel als dein Leben! Wenn auch nur eine Seele davon erfährt, was heute wirklich vorgefallen ist, und die Nachricht in falsche Hände gerät, ist unsere ganze Sippe nicht mehr sicher. Hakon hält uns für tot. Das war bisher unser bester Schutz. Selbst unsere schwatzhaften Freunde Bolverk und Maggai haben die ganzen Jahre ihre Zunge im Zaum gehalten. Soll alles vergeblich gewesen sein? Es gibt außer uns nur wenige, die den *Schrecken der Dunhib* erkennen, aber sie sind nicht unsere Freunde. Deine rettende Tat kann sich ganz schnell gegen uns wenden.« Arild gab keine Antwort mehr, sodass Valgrim schloss: »Lass uns das Lager aufsuchen.«

Lärka wartete vergeblich auf eine Erklärung, was genau Audhild für Arild getan haben könnte oder warum jemand den beiden Wanderern nach dem Leben trachtete. Die Traumbilder hatten ihr viel Rätselhaftes gezeigt, und sie spürte Unruhe in sich aufsteigen. Da waren zu viele Dinge gewesen, die nicht für sie bestimmt waren, und sie wollte lieber nicht noch mehr hören. Es wird Zeit zu gehen, dachte sie und war – kaum wusste sie, wie – aus der Tür. Sie fand sich im Hof wieder, über sich den sternenklaren Himmel. Wieder bemerkte sie durch die halb durchsichtigen Wände der Häuser hindurch schwach glimmende Schemen, Menschen, die schliefen. Sie richtete ihren Blick unverwandt nach oben. Die Lichter des Firmamentes schienen ihr größer und näher als jemals zuvor. Als sie so verweilte, bemerkte sie, dass einer der Sterne größer wurde. Schlief sie oder war sie schon tot? War das ein Traum, oder war sie dem Angriff des Bären doch erlegen und ihre Seele machte sich auf zu den Ahnen, alle grobschlächtigen Barungs und düsteren Schlünde hinter sich lassend?

Das helle Licht kam direkt auf sie zu. Ein Stern steigt vom Himmel herab und gibt mir Geleit, dachte sie getröstet, ich habe keine Angst mehr vor dem Tod. Erwartungsvoll folgte sie dem Licht mit den Augen, wie es sich näherte und tiefer zu ihr herabschwebte. Aber dann wich es zur Seite, und sie erkannte zu ihrer Verwunderung, dass ein dunkler Vogel das Licht trug. Sie konnte erkennen, wie er sich auf dem Dachfirst des Nachbarhauses niederließ. Dann flog er durch den Rauchfang in der Mitte des Daches hinab in das Haus, in dem Fregar und Asa mit ihrer Familie wohnten.

Lärka sah, wie sich eine der schlafenden Schattengestalten erhob, deren schwach bläulich leuchtender Schemen die Gestalt eines Stieres hatte. Irgendetwas kam ihr vertraut vor. Dann war ihr plötzlich klar, dass dies Kori der Kämpfer war, der dritte Sohn von Asa und Fregar. Der Stierschemen schwebte auf das Himmelslicht zu, das der dunkle Vogel um seinen Hals trug. Dann verschmolz das blaue Irrlicht des Stieres mit dem Himmelslicht, und Lärka war, als hörte sie einen Klagelaut. Der schwarze Vogel stieg durch den Rauchfang wieder auf und hob seine leuchtende

Fracht empor, die kleiner und kleiner wurde und schließlich im Lichtermeer des Himmels aufzugehen schien.

Lärka war verblüfft und sogar enttäuscht. Warum hatten der Stern und sein Träger, der Vogel, sie nicht mitgenommen? War es überhaupt ein Stern gewesen, und war er gekommen, um Koris Seele zu den Ahnen zu holen? Würde sie nicht in das Licht eingehen, sondern in der Kälte der Totensümpfe auf die Ewigkeit warten müssen? Sie fühlte sich mit einem Mal innerlich leer und einsam. Als sie sich nach einiger Zeit nach Osten wandte, sah sie eine blutrot glühende Sonne aufgehen, schneller, größer und heißer als sonst. Sie hatte den Wunsch, sich in ihr kühles Zimmer zurückzuziehen, und wurde allein durch den Gedanken dorthin getragen.

Lärka erwachte, als die Strahlen der Morgensonne über ihre geschlossenen Lider strichen. Mühsam versuchte sie, sich aus den Fängen des Traumes zu befreien. Ihre Seele war nicht zu den Ahnen gegangen. Sie lebte, so viel war klar. Alles andere war nur ein Traum gewesen und verschwamm zusehends. Ihr war, als würde sie von einer Reise in eine fremde Welt zurückkehren, in der sich Rätsel und Seltsamkeiten tummelten. Dabei wusste sie kaum noch, was sie dort gesehen hatte. Nur ein Gefühl voller Staunen und Fragen war zurückgeblieben, vermengt mit unerklärlichem Schaudern, Scham und Ärger über Dinge, an die sie sich nicht mehr erinnern konnte.

Als sie bemerkte, dass sie noch ihr Geschenk um den Hals trug, stand sie auf, legte die Kette ab, verwahrte sie in der Schatulle und stellte das kunstvoll gearbeitete Kästchen in eine Nische. Sie ließ sich ankleiden und das Haar flechten, während sie versuchte, sich zu sammeln. In ihren Gedanken tanzten Schattengestalten mit blauen Lichtern, die überstrahlt wurden von einem blutroten Ball. Sie ging in den großen Saal. Die Feuer waren verloschen, die Mägde hatten alles in die schöne Ordnung zurückversetzt, die Asa so liebte, und steckten gerade neue Kienspäne in die Halterungen an den Wänden.

Lärka sah ihren Vater mit Valgrim und Arild am Fenster stehen. Als die Männer das junge Mädchen bemerkten, verstummten sie plötzlich. Lärka fiel es kaum auf, denn ihr Vater und Oheim Fregar verhielten sich oft so. Arild der Wolkenkopf starrte stirnrunzelnd und mit glasigen Augen vor sich hin, die von einer metreichen Nacht zu sprechen schienen. Sein Oheim stand ernst dabei. Sie tauschten einen Morgengruß mit Lärka und erkundigten sich höflich nach ihrem Befinden.

Dann wandte sich Orlyg an seine Tochter und sagte bemüht freundlich: »Lärka, auch wenn du es gestern nicht ausgesprochen hast, weiß ich, dass ein Herzenswunsch dir bisher versagt blieb: Tante Rutlindis in Osgund wiederzusehen.«

Lärkas Herz machte vor Freude einen Sprung. Ein Besuch bei der Schwester ihrer Mutter war eine willkommene Abwechslung und seit langem ihr sehnsüchtiger Wunsch. Doch in irgendeinem Winkel ihres Kopfes rief eine warnende Stimme und versuchte, sie an etwas zu erinnern. Woran nur?

»Du wirst dich den Händlern anschließen. Einige Kaufleute ziehen mit Geleitschutz aus unserem Dorf zu den nächsten Küstenstädten. Jörn wird dich begleiten und einige Dinge für mich erledigen. Valgrim und sein Neffe werden ebenfalls mitkommen. Ich habe in nächster Zeit Geschäfte im Norden zu erledigen, sodass ich später zu dir stoßen werde und wir gemeinsam zurückreisen können.«

Lärka versuchte die leisen Warnrufe in ihrem Kopf zum Verstummen zu bringen. Sie würde mit Geleit reisen und sicher sein. Obwohl der wichtigste Grund für die Reise, nämlich Maggai, nicht mehr da war, so war die Gesellschaft von Rutlindis doch der von Asa vorzuziehen. Sie wollte ihren Vater umarmen. »Oh, Vater, ich freue mich so …«

Doch der Than unterbrach ihre Dankesworte. »Ich denke, wir werden auf dem Rückweg einige Tage in Frenemund verbringen.

Gizur hat mir viel von den Heldentaten seines Sohnes Barung erzählt, und ich will sehen, ob der Junge für einige Zeit an unseren Hof kommen kann. Das wird für Fregars Söhne ein willkommener Ansporn, ihre Waffenkünste mit ihm zu messen.«

Mit einem Klirren zerbarst die Eiswand, die sich zwischen Lärka und ihre Erinnerungen an den Traum gespannt hatte. Mit Wucht drängten sich die Traumbilder in ihr Bewusstsein. Eine unwillkommene Hochzeitsfeier, ein ungleiches Paar unter dem Mistelzweig, die Fahne mit den zwei Wappen. Sie bildete sich ein, dass auch Valgrim und Arild sie erwartungsvoll anblickten, und fühlte Panik in sich aufsteigen. Das konnte doch nicht sein! Und die anderen Bilder? Eine Krankheit, die Menschen in wandernde Leichen verwandelte, die Geschehnisse am Tag zuvor, der Kampf mit dem Bären, eine geheimnisvolle Waffe.

Ihr Blick suchte Arilds Hand – da war der Handschuh, aus dem ein Verband herausragte. Sie dachte an seine glasigen Augen – der Mohn –, und sofort kam mit den Bildern auch die Flut der Gefühle zurück, ein Strudel aus Erstaunen und Entsetzen, Scham und schlechtem Gewissen.

Orlyg fand, dass seine fassungslos dreinblickende Tochter entschieden mehr Begeisterung angesichts der bevorstehenden Reise und deren krönendem Abschluss zeigen sollte. Doch bevor er zu einer Schelte ihrer Undankbarkeit und einem ausführlichen Bericht über die Ruhmestaten des Frenemunder Hirschtöters anheben konnte, wurde er unterbrochen.

Knut der Fischkopf polterte so ungestüm durch die Tür herein, dass alle Anwesenden sich nach ihm umdrehten. Er rief, kaum bei Atem, mit furchtbelegter Stimme: »Ihr guten Herren, kommt schnell. Kori wurde von einem bösen Geist geschlagen! Ein solcher Kämpfer! Und jetzt liegt er wie tot auf seinem Lager. So kommt doch zu Hilfe!«

Der Than blickte zu Arild und Valgrim, deren Mienen sich anspannten. Dann gingen sie raschen Schrittes dem jammernden Knecht nach, der sie zu großer Eile antrieb. In dem Tumult der zum Nachbarhaus hastenden Männer bemerkte niemand die vor Schreck erstarrte Lärka, die sich mit blassem Gesicht auf die Bank am Fenster gesetzt hatte.

Kapitel 3

Düsterschlünde waren durch das Land gestrichen, wüteten hier und dort, und der Berg streckte seine Kraft aus. Doch den Menschen war nicht beizukommen. Der Berg grub in seinem ewigen Gedächtnis und erinnerte sich an Dürren und Fröste, Stürme und Fluten, Kriege und Friedenszeiten. Und er erkannte, dass den Menschen zu allen Zeiten nur eines je wirklich gefährlich werden konnte:
sie selbst.

Und als eines Tages ein Erdhafter erschienen war, der in seiner Gier nach dem Himmelsstein unermesslich war, wählte der Berg ihn sich zum Diener. Er hatte ihm einen Brocken des Himmelssteins gegeben und ihm seine düsteren Bestien zur Seite gestellt. Dafür hatte der Diener ihm ein unerwartetes Geschenk versprochen, das köstlicher war als alle Gaben der Düsterschlünde: die Macht des Steinköniggeschlechts zu brechen.

Lärka war müde. Daran änderte auch der feine Nieselregen nichts, den sie seit ihrem Aufbruch in den Morgenstunden auf dem Gesicht spürte. Der gleichmäßige Schritt ihres Pferdes ließ sie sanft hin und her schaukeln, und das dumpfe Rascheln des feuchten Laubes unter den Hufen war wie eine beruhigende Musik. Ihre Augenlider wurden schwer, und der Kopf wollte ihr auf die Brust fallen. Gerade bevor sie seitwärts vom Pferd kippte, schreckte sie hoch und hielt sich am Sattel fest. Nur nicht einschlafen, nur nicht träumen!, dachte sie. Verstohlen schaute sie sich um, aber niemand hatte etwas gemerkt.

Gleichmütig zog der kleine Tross aus Valgrim, Arild, Jörn und Lärka mit dem Quacksalber Bolverk im Gefolge durch einen Wald von Eichen und Buchen, an deren Astspitzen sich die ersten grünen Blattknospen zeigten. Seit die kleine Gruppe am Vortag von Ribehof aufgebrochen war, lagen schweigsame Meilen hinter ihnen. Lärka hing ihren Gedanken nach und versuchte wach zu bleiben.

In der ersten Nacht nach ihrem Wahrtraum hatte sie vor Angst nicht einschlafen können. Hatte sie das zweite Gesicht wie ihre Mutter? War das die Ahnenreise, von der Maggai erzählt hatte? Sie rätselte, wie ihre Mutter mit dieser Hexengabe Menschen geheilt haben konnte. Lärka jedenfalls fürchtete sich davor. War sie nicht in Gefahr, schon vom nächsten Traum nicht mehr zurückzukehren und zu sterben wie ihre Mutter? Wenn der Traum wiederkäme, würde sie alles daransetzen, so schnell wie möglich in die Sicherheit der Wachwelt zu fliehen. Wenn nur niemand von ihrem Traumgesicht erführe. Der Gedanke, dass die Leute in Ribehof sie wie eine Aussätzige meiden oder ihr Vater sie gar als Hexe verbannen könnte, beunruhigte sie sehr.

In der nächsten Nacht ließ sie Lampen in der Kammer brennen und ging im Hof spazieren, um nur nicht einzuschlafen. Aber irgendwann musste sie doch eingenickt sein. Sie fand sich nach einer traumlosen Nacht halb auf dem Bett, halb auf dem Boden wieder. Obwohl die Wahrträume auch in den folgenden Nächten ausblieben, war Lärka auf der Hut und schlief nur dann, wenn sie sich nicht mehr gegen die Müdigkeit wehren konnte. Sie schien den nächtlichen Wahrträumen entflohen, aber die Tage waren nicht tröstlicher.

Ihr Vetter Kori war tot. Keine Kunst der grünen Weiber, kein Pulver von Valgrim und Arild hatten Asas Sohn retten können. Kori der Kämpfer, der immer ein bisschen schneller, stärker, mutiger gewesen war als seine beiden älteren Brüder, derjenige, zu dem Jörn, der Jüngste, aufgeschaut hatte. Sie erinnerte sich an die ernsten Mienen und die müden, ratlosen Gesichter derer, die an Koris Krankenlager Wache gehalten hatten, an die stoffumwickelten Riemen, mit denen Valgrim den jungen Mann festgebunden hatte. Ribehofs grünes Weib Vigdis schwor, sie habe einen Dämon gesehen, als Kori sie aus seinen schwarzen Augen anblickte, an den Riemen zerrte und versuchte sich aufzurichten. Asa bereitete Tag für Tag Schale um Schale mit Honigwasser zu, um es ihrem dahinsiechenden Sohn mit einem Stofffetzen einzuflößen. Und schließlich war da das ferne Flackern der brennenden Todesbarke, in der Kori in voller Rüstung seine letzte Reise den Fjord hinunter zum offenen Meer antrat.

Orlyg hatte seit dem Tag, als Kori erkrankt war, seine Tochter mit seltsamen Blicken bedacht und sie, ohne Gründe zu nennen, unter Hausarrest gestellt. Er hatte sie von den Geschehnissen ferngehalten wie ein kleines Kind. Selbst zum Abschied der Barke durfte Lärka nicht mit. Sie konnte nur vom Wehrgang des Thanhofes durch das nebelige Morgengrauen dem orangefarbenen Widerschein des lodernden Bootes nachschauen.

Und jetzt wurde sie weggeschickt – ohne ein weiteres Wort der Erklärung. Sie ärgerte sich, dass ihr Vater sie gehen hieß, dass er an den Reiseabsichten festhielt und ihr rein gar nichts über die Hochzeitspläne erzählt hatte. Sie hatte ihn gebeten, in Ribehof bleiben zu dürfen, um Asa in ihrer Trauer beizustehen. Es konnte doch nicht so wichtig sein, dass sie den Mann, den Vater für sie vorgesehen hatte, persönlich in Frenemund abholte. Sie hätte gern geglaubt, sie könne der unerwünschten Hochzeit dadurch entgehen, dass sie die Reise gar nicht antrat. Aber das zu glauben hieße, sich etwas vormachen.

Sie fragte sich, was in Ribehof vorfallen würde, während sie auf Reisen war. Würden auch in anderen vertrauten Gesichtern zuerst der Blick und dann das Leben ersterben? Würde sie ihren Vater gesund wiedersehen? Vielleicht hatten sie und ihre Gefährten selbst die Seuche im Gepäck! In ihren schlimmsten Befürchtungen sah sie sich als einzige Überlebende umgeben von wandelnden Toten, weitab von der nächsten Siedlung, allein im Nirgendwo der Küstenlandschaft.

Alle Kaufleute waren am Morgen nach dem letzten Markttag unter dem Geleit von fünf Bewaffneten, die Orlyg zum Schutz vor Raubgesindel mitgeschickt hatte, abgereist. Nur Bolverk war wie ein Hund nicht von der Seite Valgrims und Arilds gewichen, die seine Gesellschaft zu Lärkas Verwunderung duldeten. Orlyg hielt also zwei mit Schwert und Bogen bewaffnete Wanderer, den halbwüchsigen Jörn und einen tollpatschigen Bader für eine ausreichende Begleitung für seine Tochter. Lärka seufzte. Ob als Than oder als Vater: Orlygs Anweisungen duldeten weder Fragen noch Widerspruch.

Am Tag nach Koris Bestattung hatte die kleine Gruppe Ribehof durch das Nordtor des die Siedlung schützenden Ringwalls verlassen. Voran Arild mit langem Schritt, ein Packpferd mit Lärkas Reiseausstattung führend. Sein Blick war so hartnäckig an die Wolken geheftet, als würde er dort den Weg erkennen und nicht in den mehr oder weniger deutlichen Karrenspuren des Handelspfades nach Stormhavn. Dann Bolverk auf seinem Eselskarren, hintendrein Lärka auf einer stämmigen Stute, begleitet von Jörn, der grimmig bedrückt seine Redseligkeit eingebüßt hatte und stumm auf seinem Wallach ritt. Den Abschluss bildete Valgrim, kräftig ausschreitend und nur ein leichtes Bündel tragend.

Der Weg aus dem Nordtor passierte die grasbewachsenen Grabhügel der Ribehofer Fürsten. Lärkas Augen ruhten wehmütig auf dem nördlichsten Hügel, den sie zuletzt passierten. Dort lag unter Gras und gelb blühenden Schlüsselblumen ihre Mutter und erwartete den Tag, an dem Orlyg dort für immer mit ihr vereint wäre. Sie zogen weiter durch die Felder rund um Ribehof und erreichten bald den Wald. Den ganzen Tag waren sie durch den Wald mit seinen mächtigen Buchen, Ulmen und Eichen geritten. Am Abend waren sie an die Stelle gekommen, wo ein Pfad westlich nach Graufjorde abzweigte. Sie hatten in dem kleinen Gehöft, das sich genau an der Wegkreuzung befand, bei freundlichen alten Waldbauern auf modrigen Strohsäcken übernachtet. Den Raum hatten sie sich mit den zwei Kühen und fünf Ziegen der Gastgeber geteilt, die zwar Lärkas Nase beleidigten, aber für wunderbare Wärme sorgten.

An diesem Tag würden sie dem leicht ansteigenden Weg durch den Wald nordwärts folgen, und hofften, am nächsten Tag die landeinwärts gelegene Fähre über den Frenfluss zu erreichen, der sich zwei Tagesreisen westlich der Furt bei Frenemund ins Meer ergoss. Schon beim Abschied von Ribehof war das strahlende Himmelblau der Markttage einem launischen Frühjahrswetter gewichen, das einen raschen Wechsel von Wolken, Regen und Sonne mit sich brachte. Während Valgrim, Arild und Jörn sich ungerührt durchnässen ließen, zog Lärka ihren Lederumhang so fest sie konnte um sich, damit er die Feuchtigkeit abhielt.

Von Bolverk waren meist nur die Füße zu sehen, die hinter dem gemächlich schwankenden Hinterteil seines Esels aus der Plane des zweirädrigen Karrens ragten und als Ablage für die Zügel dienten. Der Wagen war behängt mit scheppernden Töpfen, Krügen, hohlen Kürbisflaschen, Beuteln aus Ziegenhaut, Zangen, Ahlen, Hämmern und anderen seltsamen Metallwerkzeugen. Immer wenn Arild die Gruppe anhalten ließ, streckte Bolverk sofort seinen Kopf aus dem Karren, und seine kuhhaften Augen prüften mit ängstlich besorgten Blicken die Situation. Lärka bemitleidete Arild, der nicht müde wurde, auf jedes von Bolverks fast panischen »Was ist los? Warum halten wir so plötzlich?« eine beruhigende Antwort zu geben.

Der Bader war von gedrungener Gestalt, kaum größer als Lärka selbst. Sein ganzer klein gewachsener Körper schien behaart, mit Ausnahme seines Schädels, den eine von schwarzen Löckchen umkränzte Glatze zierte. Hatte er einen Mangel an Haaren auf dem Haupt, so hatte er umso mehr an allen anderen Körperteilen. Von seinen Fingern sprießten sie, aus seinen Ohren kräuselten sie sich, selbst Brust und Schultern, die aus seinem Obergewand hervorschauten, waren von dunklem Fell bedeckt, weshalb Lärka ihn im Stillen »Pelzbuckel« nannte. In der getrübten Stimmung der ersten Reisetage war er der Einzige, der sich redselig zeigte.

Im morgendlichen Nieselregen hatten sie das Gehöft an der Wegscheide verlassen, und Lärka hatte ihren Kampf gegen die Müdigkeit wieder aufgenommen. Nachdem sie eine Weile unterwegs waren, lud der Pelzbuckel sie freundlich ein, ihr Pferd neben seinen Eselskarren zu lenken. »Damit ich Euch meinen Schutz angedeihen lassen kann«, wie er mit einem freundlichen Nicken sagte. »Wir Wanderer haben schon manche Fährnisse erlebt und wissen uns auf Reisen wohl zu schützen. Eine holde Maid wie Ihr bedarf des besonderen Geleits.« Lärka ließ die Stute bereitwillig neben dem Karren herlaufen. Ein wenig Unterhaltung würde den Schlaf vertreiben.

»Ach, Ihr erinnert mich an ein Mädchen, jung und schön«, fuhr der Bader fort und musterte Lärka. »Sie hätte auch einer wehrhaften Begleitung bedurft.« Er seufzte und murmelte etwas vor sich hin, das wie »Balond, Balond« klang.

»Erzählt mir von ihr«, forderte Lärka ihn auf.

»Sie war in Eurem Alter und hatte Eure Lebhaftigkeit und Anmut. Sie liebte es, zu singen. Sie hatte die schönste Stimme, die Ihr Euch vorstellen könnt. Jeder, der ihren Gesang hörte, war zutiefst bewegt.« Seine Augen bekamen etwas Träumerisches, als könne er die Heldin seiner Geschichte vor sich sehen. »In ihrer Jugend hatten die Eltern sie mit einem wohlhabenden Edelmann verlobt, der die Maid sehr verehrte. Leider war er irgendwann taub geworden und würde sich nie an ihrem Gesang erfreuen können, aber das hatte niemanden gestört. Selbst der König hieß die Verbindung gut. Einmal sagte er sogar zu ihrem Vater: Sie ist ein Kleinod unter den Jungfrauen von Jaspis, hütet sie gut.«

Arild, der mit halbem Ohr zuhörte, wandte sich um und schaute Bolverk verwundert an.

Der setzte seine Erzählung unbeirrt fort. »Doch sie verliebte sich in einen jungen Ritter von niederem Rang und ohne Besitz, der ihrer Stimme verfallen war, seit er sie das erste Mal hatte singen hören. Sie flehte die Eltern an, die Verlobung mit dem tauben Edelmann aufzulösen und ihren Segen dem jungen Ritter zu geben – vergeblich. Da fügte sie sich in ihr Schicksal, und die Hochzeit wurde vorbereitet.

Der junge Ritter zog voller Ingrimm über seine verlorene Liebe in eine Schlacht. Er kämpfte mit Löwenmut und Todesverachtung und erhielt eine bittere Wunde. Er fühlte seinen Tod nahen, und auf dem Sterbebett wünschte er sich, ein letztes Mal den Gesang seiner Geliebten zu hören. Das Mädchen wollte sofort zu ihm eilen. Aber die Eltern und der Bräutigam wollten davon nichts wissen, stand doch das Hochzeitsfest bevor. Auf dem Weg zur Vermählung floh das junge Mädchen, um dem Ritter seinen letzten Wunsch zu erfüllen.«

Lärka konnte sich gut in die Heldin hineinversetzen. Sie hatte auch schon mit Fluchtgedanken gespielt, um Barung zu entgehen – wenn sie nur gewusst hätte, wohin!

Mit ernster Stimme erzählte Bolverk weiter. »Auf dem Rückweg lief sie barbarischen Räubern in die Hände. Sie war heimlich und ohne Schutz gereist – sie wurde grausam erschlagen.« Er schaute blicklos vor sich hin, und Lärka meinte, in seinem regennassen Gesicht eine Träne funkeln zu sehen. Schwermütig schloss er: »Der Ritter war gestorben, die Eltern verloren ihre einzige Tochter und der Edelmann seine Braut. So hatte die junge Maid in ihrer Torheit Unglück über alle gebracht.« Er schüttelte den Kopf, als könne er den Ausgang der Geschichte selbst kaum fassen.

»War die Torheit nicht die, dass die Eltern nicht den Wunsch ihrer Tochter erhörten?«, fragte Lärka. »War sie nicht deren Willen gefolgt und hatte sich auf die Hochzeit mit dem Edelmann eingelassen?«

»Die einzige Torheit der Eltern war, dass sie nicht auf die Tochter aufgepasst hatten«, widersprach Bolverk.

»Ich halte es für ehrenhaft, dass sie mit ihrem Singen den sterbenden Geliebten trösten wollte!«, erwiderte Lärka. »Wir sollen doch tun, was wir können, um einem Sterbenden seinen letzten Wunsch zu erfüllen.«

»Ihre Hochzeit stand ins Haus. Wieso sollte sie sich noch um den Heißsporn kümmern? Der stand an der Schwelle des Todes, und es lag nahe, dass er sie schon überschritten haben würde, ehe sie bei ihm eintraf!«

»Aber sie hatte wenigstens alles getan. War es nicht einzigartig, dass der Ritter sie und ihren Gesang so innig liebte? Bestimmt konnte am Sterbebett einer dem anderen ein kostbarer Trost sein. Das Mädchen konnte Abschied nehmen, auch von ihren Träumen. Das hat ihr sicherlich Kraft für das Leben an der Seite des tauben Mannes gegeben.«

Bolverk schaute sie nachdenklich an. »Aber es hat ihr den Tod gebracht. Wie viel schöner wäre es für sie gewesen, ein sorgenfreies Leben als Edelfrau führen zu können, zur Freude ihrer Eltern und ihres Gemahls.«

»Ist es nicht besser, nach einer guten Tat glücklich zu sterben und den Geliebten im Ahnenreich wiederzusehen, anstatt den langen Rest seines Lebens etwas Verlorenem nachzutrauern und dabei zu verwelken wie eine ausgerissene Blume? Sollten die Eltern nicht stolz sein auf die Gabe und den entschlossenen Mut ihrer Tochter?«

Lärka starrte auf den Punkt, wo sich der Weg vor ihnen im Braun und Grau der Baumstämme verlor. Ein bisschen wünschte sie sich, es möge dereinst in ihrer Macht stehen, etwas Besonderes für eine geliebte Person zu tun. Noch mehr wünschte sie sich, sie würde jemanden finden, den sie so lieben könnte wie das Mädchen den Ritter – auch wenn der Ausgang dieser Geschichte keineswegs glückverheißend war.

»Oh, wenn ich nur dabei gewesen wäre, die Räuber hätten nichts zu lachen gehabt«, sagte Bolverk. Dann murmelte er wieder »Balond, Balond« vor sich hin und fuhr grimmig fort: »Es wäre ihnen ergangen wie dem schwarzen Runolf!« Er schüttelte die Faust und sah gerade furchteinflößend genug aus, um ein kleines Kind in die Flucht zu schlagen. Lärka hatte noch nie vom schwarzen Runolf gehört, war aber neugierig auf eine neue Geschichte zum Zeitvertreib.

»Einmal, als ich aus Osgund kam und allein am Rande des Blutwaldes entlangfuhr – mögen mich alle guten Geister davor bewahren, dorthinein zu gehen –, lauerte mir der allerschlimmste Räuber des Nordens auf: Der schwarze Runolf und zwei seiner Gesellen. Runolf war der allergrößte Hüne, den Ihr Euch denken könnt, und hatte einen gezackten Dolch so lang wie mein Arm«, sagte er und streckte seinen rechten Arm kämpferisch vor, sodass sein Esel nervös die Ohren anlegte.

»Der Räuber lenkte seinen Gaul neben meinen Karren und hielt mir die Dolchspitze direkt unter die Nase. Seine beiden Spießgesellen versperrten mir den Weg und zielten mit dem Bogen auf mich. Also ergab ich mich und wollte den Geldsack packen. Aber da hatte sich der Beutel mit Pfefferpulver drin verheddert. Der Räuber knurrte ungeduldig, beugte sich herüber und zog an dem Geldsack. Und dann war es schon geschehen: Der Pfefferbeutel riss auf, und eine weiße Wolke flog dem schwarzen Runolf direkt unter die Nase. Der schnaufte einmal« – Lärka konnte nicht anders, als gleichfalls den Atem anzuhalten – »und noch mal, und dann kam das gewaltigste Niesen aus seinem Zinken, das Ihr Euch vorstellen könnt. Sein Gaul scheute und warf Runolf in hohem Bogen ab, sodass er hilflos an einem Ast hängen blieb.

Seine Räubergesellen griffen an. Ein Pfeil schwirrte durch die Luft« – der Arm des Quacksalbers schwirrte zum Missfallen seines Esels ebenfalls durch die Luft – »und schrammte das erschreckte Pferd von Runolf am Hintern. Es raste mit fliegender Mähne in den Blutwald und ward nie mehr gesehen. Der Pfeil flog weiter und bohrte sich dem am Baum zappelnden Runolf direkt in die Schulter. Aus Angst vor meinem nächsten Angriff machten sich die anderen beiden Halunken schneller davon als die Wiesel.« Bolverk hielt kurz inne, um Luft zu holen und mit triumphierendem Blick die Wirkung seiner Worte abzuwarten.

»Und Runolf?«, fragte Lärka interessiert.

»Der Ast, an dem er hing, brach ab. Dann war er tot, mausetot. Muss sich beim Sturz den Hals gebrochen haben. Das war das Ende vom schwarzen Runolf. Und wisst Ihr, was ich in seinen Taschen gefunden habe?«

»Ihr habt tatsächlich seine Taschen durchsucht?«, erwiderte Lärka ungläubig.

»Ich wollte nur nachsehen, ob er nicht vielleicht badernderweise meiner Hilfe bedürfe«, beteuerte der Bader und schaute sie treuherzig an.

»Nun, was genau habt Ihr gefunden?«

»Diese magische Alraune«, sagte Bolverk und zauberte nach kurzem Kramen aus dem Inneren seines Karrens eine handtellergroße Wurzel hervor, die aussah wie ein kleines, runzeliges Menschlein. »Schützt vor Blitzschlag, bösem Blick und heimtückischem Gift. Seit jenem Tag hat mich keines davon heimgesucht.«

Lärka fand die Geschichte unterhaltsam, auch wenn sie kein Wort davon glaubte. »Wohlan, tapferer Bader! Jetzt weiß ich wirklich, dass ich auf dieser Reise vor Raubgesindel und auch vor Blitzschlag und anderen Unbilden sicher bin. Habt herzlichen Dank für Euren Schutz.« Ihr Gegenüber fühlte sich sichtlich geschmeichelt und hob in gespielter Bescheidenheit beschwichtigend die Hände.

»Oh, ich bin ja nicht allein. Auch meine Dorinda hier« – er klatschte dem Esel auf das schlammverschmierte Hinterteil – »hat ein tapferes Herz. Ein anderes Mal hatten wir gerade unser Lager aufgeschlagen, als wir ein mächtiges Krachen im Unterholz hörten. Die gute Dorinda fing an, vor Angst so laut zu schreien, dass es sogar meine alten, tauben Ohren schmerzte. Da erschien aus dem Busch der riesigste Bär, den Ihr Euch vorstellen könnt. Er riss seinen Rachen so weit auf, dass ...«

Er hielt inne. Hatte Lärka eben noch amüsiert seinen Anekdoten gelauscht, sah sie jetzt auf einmal in einen dunklen Schlund. Ein düsteres Loch tat sich vor ihr auf und wurde größer und größer. Sie spürte, wie sie sich verlor. War diese Reise ein Traum, und in Wahrheit saß sie immer noch neben Maggai? Ihr Herz begann zu rasen, und die Schwärze griff nach ihr.

Von ferne hörte sie eine zaghafte Stimme: »Holde Maid! Was habt Ihr? Ist Euch nicht wohl?«

Ihr Pferd kam mit einem Ruck zum Stehen. »Guter Freund, Ihr solltet junge Frauen nicht mit Euren wilden Geschichten erschrecken. Ich bin sicher, sie würde lieber etwas über Jaspis die Edle hören. Ist es nicht so, Herrin Lärka?«

Es gelang ihr, sich von dem Dunkel abzuwenden. In einem Augenblick hatte sie sich und ihre Erinnerungen wieder eingefangen und gewahrte Arild, der ihre Stute am Zügel hielt.

»Was haltet Ihr mein Pferd fest?«, fauchte sie – und bereute sogleich ihren harschen Ton. Sie war wütend auf sich selbst, weil sich diese Schreckensbilder nicht verbannen ließen. Sie wollte die anderen nicht damit belasten. »Solche Geschichten jagen höchstens kleinen Kindern Angst ein!«, sagte sie und nahm die Zügel auf. Arild ließ das Zaumzeug fahren, zuckte mit den Schultern und ging, das Packpferd hinter sich herziehend, zurück an die Spitze der Gruppe.

Eine ganze Weile zogen sie schweigend weiter durch den Wald. Der Weg wurde eben und fiel dann sanft bergab, als sie die Kuppe eines Hügels überquert hatten. Als sie an einen Bachlauf in einem kleinen Tal kamen, konnten sie zwischen den Bäumen einige Rehe davonspringen sehen, ansonsten waren nur Vögel und Eichhörnchen ihre Begleiter. Sie tränkten die Pferde, füllten ihre Schläuche und setzten den Weg fort.

»Ihr wart schon einmal in Jaspis?«, wandte sich Lärka an Bolverk, nachdem sie Tiere und Karren sicher über den Bach gebracht hatten und auf der anderen Seite des Tales wieder emporstiegen. Als hätte er nur auf diese Frage gewartet, öffnete der Bader mit dankbarem Blick die Schleusen seiner Erzählflut.

»Oh, Jaspis, die Edelsteinglänzende! Das ist schon lange her. Aber wer sie einmal gesehen hat, kann sie nie wieder vergessen«, begann Bolverk schwärmerisch, und Lärka merkte, dass Jaspis nicht nur für sie ein Herzensthema war. Er erzählte von der Pracht der steinernen Stadt, von Marmor, von unzähligen Öllampen, die die nächtliche Stadt erhellten, von edelsteinverzierten Brunnen und lieblichen Gärten.

Lärka lauschte und gab sich ihren eigenen, kindlich verklärten Erinnerungen an Jaspis hin, das sie damals mit ihren Eltern besucht hatte. Der Pelzbuckel sprach so ergriffen, dass Lärka nicht umhinkam zu fragen: »Warum seid Ihr nicht dort geblieben?«

Bolverk dachte einen Moment nach und antwortete dann: »Ja, warum? Ich ... Ich weiß nicht. Hatte andere Geschäfte, glaube ich.« Ratlos nach seinen Erinnerungen suchend blickte er einen Moment vor sich hin. »Ich weiß nur noch, dass mein Weg mich durch einen Tunnel hinausführte. Davon gibt es unzählige unter der Stadt, es sind Kanäle. Manchmal werden die Straßen mit dem Wasser des Olivin gespült, der mitten durch die Stadt fließt. Der Unrat wird durch die unterirdischen Abflussrinnen aus der Stadt getragen. Eine äußerst geschickte Konstruktion und nützlich für die Verteidigung dazu. Sollten Angreifer die Stadt bedrohen, kann man die Kanäle fluten und hat alle Maulwürfe und Stollenbauer vom Hals«, erklärte er.

Der einfältige Ausdruck war aus seinem Gesicht gewichen. Vor seinem inneren Auge schienen Szenen aus Jaspis vorbeizufliegen. »Habe ich erwähnt, dass alle Häuser aus Stein sind? Sie brennen nicht – gleich, was ...«, er wirkte zerstreut und unterbrach sich. »Viele vornehme Familien wohnten dort. Jede hatte ihr Haus mit dem Familienstein geschmückt. Da gab es Häuser mit Jade-Vertäfelung, Palais mit obsidianumkränzten Fenstern, und andere mit Korund-, Granat- oder Beryll-Wappen an den Giebeln. Und erst die Bibliothek! Ein Meisterwerk, der Stolz des Königs! Ich weiß noch, wie ich damals die Pläne mit dem Steinkkkchh ...«

Er zischte missmutig und fasste sich mit einer ärgerlichen Bewegung an die Stirn, als ob ihn etwas gestochen hätte. Nach eingehender Betrachtung seiner Hand murmelte er: »*Balond vedi tudowis,* jaja.« Dann entspannte sich seine lebhaft gewordene Miene wieder zu kuhhaftem Frieden.

»... wie ich damals die Pläne mit dem Steinmetz anschauen konnte, den ich von seinem Kreuzschmerz kuriert hatte. Wenn Ihr einmal in Jaspis seid, müsst Ihr Euch diesen Prachtbau unbedingt ansehen«, sagte er. Dann tat er so, als müsse er seine Aufmerksamkeit der Eselin zuwenden und das Tier, das seit Stunden gleichmütig vor sich hin trottete, durch wiederholtes Schnalzen bei Laune halten.

Lärka war verblüfft und verärgert über das abrupte Ende dieser Unterhaltung und – besonders über denjenigen, der es herbeigeführt hatte: Aus einem Augenwinkel hatte sie gerade noch die verräterischen Enden des Schleuderriemens in Arilds rechter Hand verschwinden sehen. Bolverk musste es doch gemerkt haben, dass Arild etwas gegen seine Stirn geschleudert hatte. Warum stellte er den Wolkenkopf nicht zur Rede? Im Geiste fügte sie diesen Zwischenfall ihrer Sammlung von »Arilds Rätseln« hinzu.

Die Möglichkeit zu weiteren Gesprächen mit dem Pelzbuckel ergab sich nicht so schnell. Dornenhecken säumten den Weg, und ihre stachelbesetzten Ranken ragten so weit auf den Pfad, dass der Karren gerade hindurchpasste und sich alle anderen nur in einer Reihe hintereinander bewegen konnten. Am frühen Abend kamen sie an einer Lichtung vorüber, die allem Anschein nach schon des Öfteren als Rastplatz gedient hatte. Mehrere steinumkränzte Feuerplätze waren über die grasbewachsene Fläche verstreut, hier lag ein zerbrochenes Wagenrad, dort türmten sich Haufen von Unrat, und am Rande der Lichtung schauten die fahlen Knochen eines toten Tieres, eines Zugochsen vielleicht, zwischen den Grashalmen hervor.

Valgrim und Arild berieten sich kurz, und Lärka sah, wie Valgrim den Kopf schüttelte. Sie zogen weiter, bogen im letzten Licht des Tages vom Weg ab und erreichten nach kurzer Zeit eine unberührte kleine Lichtung, die den beiden Wanderern geeigneter schien. Unter dem dürren Laub gab es weiches Moos, und in der Umgebung hatte Lärka köstliche Steinpilze gesehen. Valgrim und Arild sammelten Holz, Bolverk spannte seinen Karren ab, und Jörn entlud und versorgte die Pferde. Nachdem Lärka ein paar herumliegende Wackersteine zu einem Kreis für das Feuer gelegt hatte, wurde sie von Bolverk mit »Das ist zu schwer für Euch, holde Maid, ich mache das schon« vertrieben und ging zu Jörn hinüber. Er brummte ihr einen Gruß zu und beschäftigte sich weiter mit dem Geschirr seines Pferdes.

Lärka schien es, als wäre er ihr in den letzten Tagen absichtlich aus dem Weg gegangen. Am ersten Abend hatte er seinen Strohsack am entgegengesetzten Ende der Waldbauernscheune auf den Boden geworfen, war stundenlang um das kleine Gehöft herumgestrichen und erst zurückgekehrt, als er sie schlafend wähnte. Jeder Aufbruch und jede Rast waren seitdem wortlos gewesen.

»Jörn, es tut mir so leid um Kori. Du musst deinen Bruder sehr vermissen«, versuchte sie unbeholfen, ihrem Vetter ein paar gute Worte zu geben. Jörn murmelte etwas, nahm die Lederriemen und lief zu einer Stelle, wo ein letzter Sonnenstrahl über die Lichtung strich, um das Zaumzeug dort eingehend zu prüfen. Lärka folgte ihm.

»Glaub mir: Wenn es nach mir gegangen wäre, hätten wir uns nicht auf die Reise machen müssen, sondern wären jetzt bei unseren Familien in Ribehof«, sagte sie.

»Ach ja?«, erwiderte er mit belegter Stimme und schaute sie zweifelnd an, bevor er sich wieder dem Zaumzeug zuwandte. »Tu nicht so! Deinetwegen, nur *deinetwegen* sind wir auf dieser Reise.«

»Jörn, was meinst du? Ich wäre lieber in Ribehof geblieben, nach allem, was passiert ist. Außerdem dachte ich, *du* würdest darauf brennen, einmal aus Ribehof herauszukommen.« Sie hielt kurz inne.

Jörns Schweigen hatte etwas Anklagendes. Er wandte ihr den Rücken zu und ging zurück zu den Pferden.

»Jörn!«, sagte sie bittend und lief ihm nach.

»Ja, ja. Ich hatte mich auf die Reise gefreut«, antwortete er schließlich. »Aber gehöre ich für die Trauerzeit nicht zuerst an den Hof meiner Eltern?«, fragte er unsicher und hängte das Zaumzeug an einen Ast.

»Deine beiden Brüder werden ihnen Trost und Stütze sein. Du hast doch wichtige Aufgaben für Vater zu erledigen, und deine Eltern hatten keine Einwände. Also, warum sagst du, sind wir meinetwegen auf dieser Reise? Das geschieht doch alles auf Geheiß meines Vaters.«

Jörn drehte nachdenklich am Siegelring mit dem Ribehofer Wappen, den er an einem Finger trug. Er wies ihn als Gesandten des Thans aus.

»Du hast wirklich keine Ahnung?«, fragte er und schaute sie ungläubig an. »Er hat nicht *uns* fortgeschickt, sondern *dich!*«

»Warum sollte er?«, erwiderte Lärka verärgert.

»Die Leute reden über Dämonen und so. Ich glaub das ja nicht, ist ziemlich übertrieben. Aber deinem Vater hat es nicht gefallen.«

»Was redest du da?«

»Oh, Trübnis! Wenn Kori doch ruhmreich im Kampf gestorben wäre«, seufzte Jörn, »aber von Dämonen besessen zu sein und als Spukgestalt in den Schauermärchen der Ammen zu enden ...« Jörn räusperte sich. »Seit das Bärenungeheuer direkt vor dir tot zusammengebrochen ist, anstatt dich zu zerreißen, gehen Gerüchte um. Du hättest Macht über Dämonen – genauso wie ... wie deine Mutter«, stieß er schließlich hervor und schaute sie von unten herauf an.

Lärka erinnerte sich an das Gerede, das sie auf dem Markt belauscht hatte, und an ihre letzte Unterhaltung mit Maggai. Auf einmal waren diese Hexengeschichten um ihre Mutter aufgetaucht. Und jetzt sollte sie auch eine Hexe sein? Es war doch nicht ihre Schuld, dass sie überlebt hatte! Mit Mühe konnte sie sich beherrschen.

»Und weiter?«, fragte sie so ruhig wie möglich.

»Über Audhild gab es bei unseren Leuten viele Geschichten, funkelnde und falsche. Aber irgendwie glaubten viele, sie könne Dämonen beschwören. Die Angst der Ribehofer vor einem Fluch aus Audhilds Mund war fast noch größer als der Respekt vor Oheim Orlyg« – hier schüttelte Lärka missbilligend den Kopf – »aber natürlich hat deine Mutter niemals jemanden verflucht«, fügte Jörn schnell hinzu. »Na ja, jetzt sagen die Leute, dass du den Dämon aus dem Bären vertrieben hast. Der ist dann in Kori gefahren und hat ihn von innen her aufgefressen. Die Augen, kein Weiß mehr! Koris Augen waren zum Schluss so schwarz wie die des Bären«, sagte Jörn und schauderte.

Lärka war empört. Ob sie wahrträumte oder nicht, spielte gar keine Rolle: Die Leute brauchten keinen wirklichen Anlass, sie erfanden einfach einen, um sich die Mäuler zu zerreißen.

»Ich soll mich also verstecken, damit niemand über mich redet?«, fragte Lärka gereizt.

»Das ist ein Grund. Aber da ist noch mehr: Ein Tross des Königs zieht durchs Land und wird auf der Durchreise nach Norden bei uns in Ribehof Halt machen. Stell dir vor, was passiert, wenn es heißt, die Tochter des Thans ist eine gefährliche Hex ... Geisterbeschwörerin. Klar, dass dein Vater dich lieber weit weg-schickt, um Ärger mit den Königlichen aus dem Weg zu gehen«, stellte Jörn fest und warf dem nächsten Pferd einen Strick um den Hals, um es anzubinden und das Zaumzeug abnehmen zu können.

Lärka holte tief Luft. Jörns Bericht über die Dämonenaustreibung würde für jeden sehr glaubhaft klingen. Aber war ihr Vater wirklich darauf aus, sie zu schützen? Vielleicht hatte er Angst, sie würde in die Fußstapfen ihrer Mutter treten, und wollte sie deshalb aus den Augen haben. Oder er wollte verhindern, dass ein galanter Adliger aus dem Gefolge des Königs ihr mit vollendeten Manieren den Hof machte und damit die geplante Verbindung mit dem Frenemunder Hirschtöter vereitelte. Ja, das schien wesentlich einleuchtender als die Dämonengeschichte, aber Jörn würde das nicht verstehen. Gleich, was er von dem Gerede in Ribehof hielt, sie verspürte Reserviertheit und Unmut bei ihm.

»Was glaubst *du* denn, woran Kori starb?«, fragte sie vorsichtig.

»Ich glaube nicht, dass du es warst, wirklich!«, sagte er eine Spur zu schnell. »Aber seine Augen, Lärka, wenn du sie gesehen hättest. Er war wirklich ... *besessen.*« Jörn zuckte hilflos mit den Schultern.

Doch Lärka wusste es besser. Einen Moment noch zögerte sie aus Unsicherheit, wie Jörn auf ihre Eröffnung reagieren würde. Sie wollte ihn trösten, Kori war schließlich sein großes Vorbild gewesen, sie würde es wagen. Wenn ich nur einen Teil meiner Geheimnisse mit Jörn teile, wird mir bestimmt leichter ums Herz, dachte sie. »Jörn, das stimmt nicht!«

»Wieso? Woher willst du das wissen?«

»Kori war nicht besessen. Im Gegenteil! Er war unbewohnt, ich würde sogar sagen: Entseelt!«

Jörn schaute sie an, als sei sie ebenfalls entseelt oder jedenfalls nahe daran, von ihrem Verstand verlassen zu werden.

»Ich muss dir etwas erzählen«, sagte sie und zog ihn am Arm noch weiter weg von den anderen, die in der hereinbrechenden Dunkelheit um das Lagerfeuer saßen.

»Versprich mir, dass du es für dich behältst, ja? Ich wollte es eigentlich niemandem sagen, aber du sollst wissen, dass Kori nicht besessen war, damit du nicht so traurig bist. Du darfst es nicht weitererzählen, versprochen?«

»Was soll die Heimlichtuerei?«, sagte Jörn unwillig. Doch er merkte, dass es ihr wichtig war. »Meinetwegen, großes Ehrenwort. Dann pack mal dein Geheimnis aus.«

»In der Nacht nach der Feier meines Ehrentages war ich draußen im Hof«, begann sie.

»Seit wann gehst du nachts spazieren?«

»Ich konnte nicht schlafen, nach allem, was passiert ist. Manchmal trösten mich die Sterne, und es war eine herrlich klare Nacht.« Sie schilderte, wie sie die Ankunft des vermeintlichen Sternes gesehen hatte, der von einem schwarzen Vogel getragen wurde und der das kleine blaue Licht in Koris Schattengestalt scheinbar mit in den Himmel genommen hatte. Jörn hörte mit ungläubiger Miene zu. Schließlich sagte sie: »Siehst du, das Himmelslicht hat Koris Seele zu den Ahnen mitgenommen. Er war nicht besessen. Seine Seele ist bei den Ahnen, und sein Leib ist auch dorthin gegangen.«

»Das hast du *gesehen?*«, fragte Jörn.

Lärka nickte.

»Dann kannst du *doch* Dämonen beschwören oder sie zumindest sehen. Was außer einem Todesdämon soll Koris Seele mitgenommen haben?«, fragte Jörn, runzelte die Stirn und rückte ein Stück von ihr ab.

Lärka spürte sein Misstrauen wie einen Stich. Wie konnte sie nur annehmen, die Hexenangst von Orlyg, Fregar und Asa habe nicht auf ihn abgefärbt.

»Ich habe nichts beschworen«, wehrte sie ab. »Gewiss hättest du das Gleiche gesehen, wenn du dabei gewesen wärst! Wenn ich

Geister beschwören könnte, hätte ich sie schon längst dem Seltenfröhlich auf den Hals gehetzt!«

Sie glaubte, im dämmrigen Dunkel den Anflug eines Lächelns zu bemerken, denn auch Jörn konnte den grimmigen Vogt nicht leiden. Doch gleich war er wieder ernst: »Was hat das Ganze zu bedeuten? Lass uns Arild und Valgrim fragen, die ...«

»Nein! Du hast es versprochen!«

»Aber Lärka, das ist zu wichtig. Bitte!«, sagte Jörn eindringlich und packte sie am Arm, um sie zu den anderen zu ziehen. »Die beiden haben schon die merkwürdigsten Dinge gesehen, sie könnten wissen, was dahintersteckt.«

»Hab ich dir doch gesagt: Das Himmelslicht hat die Seele mitgenommen und ist verschwunden. Das war alles.«

»Wo kommen dieses Licht und der seltsame Vogel her? Was ist, wenn sie wiederkommen? Wie sollen wir uns oder unsere Leute schützen?«

Lärka dachte an ihren Vater, Oheim Fregar und die anderen. Würde es helfen, wenn sie etwas von ihrem Geheimnis preisgab? Sie hatte vor den Blicken der anderen Angst, die sich verändern würden, wenn sie erst einmal ihre Geschichte erzählt hatte – wie bei Jörn. Schließlich gab sie schweren Herzens ihre Gegenwehr auf und folgte ihrem Vetter ans Feuer, wo bereits Erbsen mit Speck in einem schwarzen eisernen Kessel vor sich hin kochten.

Die Männer aßen und hörten sich ihren Bericht erstaunt und schweigend an, zeigten aber nur wenig mehr Aufregung, als wenn sie einer Erzählung von Jörns letztem Jagdausflug gelauscht hätten.

Als sie geendet hatte, fragte Arild: »Wie wisst Ihr, dass der Stern – oder was immer es war – Koris Seele mitgenommen hat? Kann das blaue Licht in der Schattengestalt, die aus dem Haus kam, vielleicht etwas oder jemand anderes gewesen sein?«

Für einen Moment hatte Lärka die Bilder aus ihrem Wahrtraum wieder vor Augen. Wie sollte sie es nur erklären? »Es war Kori! Ich spürte für einen Moment seine Gegenwart, seine Tapferkeit und seinen Mut, bevor sein Licht zu den Sternen stieg. Jeder seiner Freunde hätte ihn sofort erkannt.«

Bolverk war ungewohnt sprachlos, vielleicht auch, weil er fortwährend große Stücke des leckeren Brotes vom Thanhof in den Mund stopfte, das zu den Erbsen gereicht wurde.

Valgrim nickte bedächtig. »Und was könnte das für ein Vogel gewesen sein, der das Licht zu tragen schien?«

»Ein Rabe oder eine Krähe vielleicht«, antwortete Lärka.

Valgrim schaute Arild an, aber der zuckte mit den Schultern und fragte: »Was habt Ihr noch gesehen in dieser Nacht?« Warum schien sein Blick so bohrend, seine Frage für sie mehr Bedeutung zu haben als für die anderen?

»Jede Kleinigkeit könnte eine Rolle spielen«, hakte Valgrim nach.

»Nichts, was dazu passen würde«, sagte sie vorsichtig. »Tut mir leid.«

»Habt Dank für Euren Bericht, Herrin Lärka«, sagte Valgrim. »Wir werden darüber beraten, auch mit anderen Kundigen.«

Sie erschrak. Wenn ihr Vater davon erführe ...

»Wir werden nicht erwähnen, wer uns das erzählt hat«, fügte Valgrim feinfühlig hinzu und warf Bolverk einen mahnenden Blick zu. »Lasst uns nun ruhen. Jörn, du hast die erste Wache, dann ich und danach Arild im Morgengrauen.«

Die Wolken bedeckten den Mond und machten die Nacht tiefschwarz wie satte Torferde. Lärka hatte seit dem Markttag immer ein Licht im Zimmer gehabt und war jetzt nah ans Feuer gerückt, das die ganze Nacht brannte. Bolverk hatte ihr fürsorglich einige seiner Decken angeboten, die sie aber dankend ablehnte, weil der zerschlissene Stoff schon anderen vielbeinigen Plagegeistern als Wohnstatt zu dienen schien. Obwohl sie unglaublich müde war, lag Lärka lange wach. So schlief sie erst weit nach Mitternacht ein, und die Schwärze der Nacht kroch in ihre Träume: Sie war wieder auf dem Markt. Sie umklammerte das kleine Messer und den Stock, sah hinter sich Maggai. Wir schaffen es, dachte sie. Dann drehte sie sich um, und da war der düstere Schlund. Halte durch, Maggai, ich beschwöre den Dämon. Ich habe die Macht – wie Mutter.

Die Düsternis zog an ihr, trank gierig ihre glücklichen Erinnerungen und Hoffnungen und erfüllte sie mit Grauen, bis der letzte Tropfen Mut verflogen war. Blaue Irrlichter tauchten auf und umtanzten Lärka. Mit schrillen Stimmen riefen sie: »Hexe! Hexe! Hexe!« Sie wollte sich die Ohren zuhalten, aber das Schreien hatte seinen Weg schon in ihren Kopf gefunden. »Komm zu uns! Mache dich auf die Reise! Wir wissen, dass du es kannst. Hexe! Hexe!« In das Gekreische hinein mischte sich ein entsetzter Schrei.

Lärka erwachte durch ihre eigene Stimme und blickte in die besorgten Gesichter ihrer Gefährten. Mühsam versuchte sie, die Traumgespinste abzuschütteln. Arild schwenkte irgendetwas unter ihrer Nase, und plötzlich war der graue Morgen nicht mehr so dunkel. Die aufgehende Sonne warf warme Strahlen auf das Lager, und Lärka konnte den tröstenden Morgengesang der Vögel hören. Sie setzte sich auf, atmete tief durch und roch den Duft blühenden Ginsters.

»Geht's dir gut, Lärka?«, hörte sie Jörn besorgt fragen.

»Ich träumte, der schwarze Runolf würde unser Lager überfallen. Aber es ist vorbei«, versuchte sie, die anderen zu beruhigen. Es half, sich an der überraschten Miene von Bolverk zu ergötzen, der ihr gerade Wasser zu trinken anbieten wollte.

»Was haltet ihr von einem guten Frühstück, junge Herrin?«, fragte Valgrim freundlich. »Ich habe ein paar Vogeleier gefunden. Sie geben eine herrliche Abwechslung zur Gerstengrütze.«

Das herzhafte Essen ließ Lärka die Schatten der Nacht vergessen. Bald waren sie wieder unterwegs. Sie kehrten auf den Handelspfad zurück, der sich nun über bewaldete Hügelketten wand, die sich östlich vom Graufjörder Marschland erstreckten. Am Mittag, als Jörn sich eine von Bolverks Räubergeschichten anhörte, lenkte Arild seine Schritte neben Lärkas Pferd.

»Sind Eure düsteren Traumgesichter verflogen?«, fragte er vorsichtig.

»Durch Euer Zauberpulver lösten sie sich in Sonnenschein und Vogelgesang auf.«

»Sie werden wiederkommen. Aber irgendwann werden sie ihren Schrecken verlieren und verblassen. Lasst Euch nicht davon verschlingen.«

»Danke für Eure guten Worte«, sagte sie. *Und danke für die Rettung auf dem Markt*, fügte sie im Stillen hinzu. Sie zweifelte daran, dass sie sich je für seine Tat am Markttag erkenntlich zeigen konnte. Vielleicht konnte sie ihren Vater bewegen, Arild neue Gewänder oder gar ein Pferd zu überlassen. Der Wanderer hatte den sicheren Tod von ihr abgewendet – auch wenn sie ihm dafür nicht danken konnte, nicht danken durfte. Einer plötzlichen Eingebung folgend fragte sie: »Was genau ist ein Düsterschlund?«

Arild blieb so abrupt stehen, dass das Packpferd, das er am Zügel führte, beinahe auf ihn aufgelaufen wäre. »Woher wisst Ihr …«

»Maggai stammelte dieses Wort, bevor sie aus Angst vor dem Untier starb«, beeilte sich Lärka zu erklären.

»Ich will Euch keine weiteren Schreckensträume schicken.« Arild schüttelte den Kopf.

»Die Erinnerung wäre weniger schrecklich, wenn das Ungeheuer nicht so geheimnisvoll für mich wäre«, sagte sie. Dann hielt sie das kleine Gefäß mit dem Pulver hoch, das er ihr geschenkt hatte. »Ich bin bereit, es zu hören.«

»Also gut.« Arild nahm seinen gleichmäßigen Schritt wieder auf. Nach einigem Nachdenken sprach er zögernd, jedes Wort mit Bedacht wählend. »Es heißt, sie stammen von den Silberbären der nördlichen Berge ab, den größten Bären, die der Erdkreis je gesehen hat. Diese Tiere waren stark und mutig, doch sie hatten nichts Dämonisches an sich, außer dass es keinem Jäger je gelungen sein soll, einen Silberbären zu erlegen. Eines Tages geschah etwas Ungewöhnliches. Der Stamm der Agyar, tapfere Jäger, auf deren Gebiet die Bären lebten, hatte durch große List und Jagdkunst Uzumati, die große Bärenmutter, gefangen. Die Jäger wollten sie dem bösen Berg Grimhorn als Opfer darbringen, der nach der Kraft alles Lebendigen giert. Sie ketteten sie an einen Felsen und schnitten ihr als Opfergabe das Herz heraus. Als die Jäger nach vielen Tagen wiederkamen und das nächste Opfertier bringen wollten, fanden sie die Bärin zahm und scheinbar unversehrt am Felsen. Die Agyar glaubten an ein Friedensgeschenk des Berges und nahmen die Bärin im Festzug mit in ihr Dorf.

Doch Grimhorn hatte das Tier verflucht. Nach sechs Monaten gebar es zwei Junge. Beide hatten schwarze Augen und wurden viel größer als ihre Mutter. Eines Tages flohen sie aus dem Dorf der Agyar, nicht ohne vorher vielen Jägern und Dorfbewohnern ein schreckliches Ende bereitet zu haben. Uzumati und ihre Kinder sind die Urahnen der Düsterschlünde. So sagen es die Legenden. Aber glaubt mir, bis zu diesem unglücklichen Tag habe ich von niemandem gehört, der einen wahrhaftigen Düsterschlund auch nur von weitem gesehen hat und es überlebte.«

»Sind es Tiere oder Dämonen?«, wollte Lärka wissen.

»Wer kann das sagen?« Arild zog die Schultern hoch. »Aber vielleicht wollt Ihr mir davon erzählen, wie es war, als Ihr dem Düsterschlund so nah wart?«

Sie zögerte einen Moment, aber sie dachte daran, dass sie ihm aus Dankbarkeit keine Bitte so leicht abschlagen könnte. Sie klammerte sich an dem kleinen Tonkrug fest und sprach von der Furcht erregenden Größe des Tieres und der Schwärze des Bärenrachens, dessen Schrecken sie gelähmt hatte. Arild hörte gebannt zu, er hatte sogar vergessen, ab und zu in die Wolken zu schauen.

»Ich kann verstehen, dass das böse Träume schickt«, sagte er, nachdem sie geendet hatte. »Ich kann mir auch vorstellen, dass die Welt danach anders aussieht und man seltsame Dinge wahrnimmt, die vorher nicht da waren. Ist es nicht so?«

»Ja!«, sagte sie. Ihm konnte sie alles erzählen. Er wusste, dass sie den Bären nicht verhext hatte. »Ja, wie Ihr es sagt! Plötzlich ...«

Plötzlich wird jedes Dunkel zu einem Abgrund, der das ganze Blickfeld umschließt und die Welt verblassen lässt. Man fühlt sich, als würde er gleich einer reißenden Bestie das Innerste, die Gedanken und Erinnerungen mitsamt dem Herzen in großen Stücken herausbeißen. Neblige Gestalten strecken ihre Arme aus, um alles tiefer in den Schlund hineinzuziehen. Man möchte nicht mehr denken, nicht mehr fühlen, nur noch flüchten und sich selbst verlassen, diesen Ort, der sich mit Grauen gefüllt hat.

So etwas Ähnliches hatte Lärka sagen wollen. Doch sie zögerte. Sie erinnerte sich an Arilds Wissensdurst darüber, was die Opfer des Düsterschlundes gesehen hatten. In seiner Geschichte über Uzumati hatte er das Wort »Wahnsinn« tunlichst vermieden, und jetzt wollte er wissen, ob sie plötzlich Seltsamkeiten sah! Sie hatte keine Lust, zum Gegenstand seiner heilkundlerischen Beobachtungen zu werden, und schloss mit den Worten: »... plötzlich macht mir alles Dunkle Angst. Es erinnert mich.«

»Ihr wisst auf geheimnisvolle Art mehr über Koris Schicksal als alle, die an seinem Krankenlager waren«, sagte Arild und schaute Lärka forschend an.

»Ihr hättet das auch gesehen, wenn Ihr in jener Nacht auf dem Hof gewesen wärt«, antwortete sie. Sie fragte sich, ob nicht eine seherische Gabe, sondern die Nachwirkung der Bärenattacke der Grund für ihren Traum gewesen war. Vielleicht war er deshalb nicht wiedergekommen. Aber welchen Ursprungs dieser Traum auch war: Was sie beobachtet hatte, war bestimmt keine Ausgeburt des Wahnsinns gewesen.

Bevor Arild weiterfragen konnte, ergriff Lärka wieder das Wort. »Sagt mir: Wie ist der Bär gestorben? Hat ihn jemand beschworen und behext? Er fiel um, wie von Geisterhand geschlagen. Was berichten die Legenden darüber, wie man so ein Untier töten kann?«

»Ich weiß es auch nicht«, sagte er zu ihrer Enttäuschung. »Die alten Sagen schweigen darüber, wie ein Düsterschlund zu erlegen sei. Ich habe jedenfalls noch keinen gejagt.« Nichts an ihm verriet, dass er log. »Der Fluch des Grimhorns ist mächtiger als jede Beschwörungsformel, die Menschen kennen«, fuhr er fort. »Aber wenn sich ein Düsterschlund seine Bärennatur bewahrt hat, dann könnte er einem gut gezielten mächtigen Speer zum Opfer fallen«, schloss er.

»Was würdet Ihr tun, wenn Ihr selbst von einem Düsterschlund angegriffen würdet?«, fragte Lärka.

Eine Zeit lang schaute Arild ernst vor sich hin, ohne eine Antwort zu geben. Plötzlich lächelte er sie an und zeigte auf Lärkas Gefäß mit dem Ioani-Staub. »Ich würde ihm die Düsterkeit austreiben und ihn zu meinem Haustier machen.«

Lärka lächelte zurück. Wenn *er* ihr nicht die volle Wahrheit sagte, so würde auch *sie* nichts weiter preisgeben. Sie beschloss, die Erinnerungen an den Düsterschlund tief in ihrem Inneren zu verbergen und sich und anderen keinen Blick mehr dorthin zu gestatten. Arild schloss das Gespräch mit ein paar höflichen Floskeln, verstummte dann und begann wieder durch die Zweige hindurch in die Wolken zu spähen. Schließlich nickte er ihr freundlich zu und ging wieder an die Spitze der Gruppe.

Gegen Abend hieß Arild die Gruppe mit einer Handbewegung anhalten. Er hatte etwas entdeckt und rief Valgrim zu sich. Sie gingen zu einer mächtigen Linde, die etwa einen Steinwurf vom Weg entfernt inmitten der Eichen und Buchen stand. Sie umrundeten den Baum und berieten sich. Dann winkte Valgrim die anderen heran und ließ sie das Abendlager dort aufschlagen. Während die Männer wie gewohnt Feuerholz zusammentrugen und die Pferde versorgten, lief Lärka zu der Linde, an deren Stamm sie etwas Seltsames bemerkt hatte.

»Sie hinterlassen sich Botschaften auf diese Weise«, sagte Jörn, der mit einem Bündel Reisig unter dem Arm neben sie getreten war. »Hat Arild mir mal gezeigt.«

Verdorrte, fahle Grashalme, sich windend, kreuzend, verzweigend, ohne Anfang und ohne Ende, waren ineinander gesteckt zu einem endlosen Band und kunstvoll mit Dornen an der Baumrinde fixiert.

»Was ist das? Was sagt die Botschaft?«, fragte Lärka.

»Es ist eine Art Schrift, aber keine, die ich lesen kann«, erwiderte Jörn.

Sie kehrten zum Feuerplatz zurück, als plötzlich zwei Männer auftauchten, die in Kleidung und Gebaren Valgrim und Arild ähnelten – offensichtlich die Verfasser der Botschaft an der Linde. Sie hatten dieselben dunklen Haare und graugrünen Mäntel wie Arild und Valgrim. Am Gürtel trugen sie wie diese ein Schwert und Pfeilköcher und Langbogen über der Schulter. Sie nahmen die Bogen ab und senkten die Spitzen ihrer Waffen, sodass sie vor Valgrim und Arild den Boden berührten. Dabei verbeugten sie sich leicht, was mit einem Kopfnicken erwidert wurde. Der Ältere der beiden ging zu Arild und klopfte dem sichtlich erfreuten jungen Mann auf die Schulter. Die Männer wechselten einige leise Worte und kamen dann zum Feuer.

Bolverk hob die Hand: »Seid gegrüßt, ihr besten Bogenschützen von ganz Jaduin. Ich kann es kaum erwarten, von euren neuesten Heldentaten zu hören, und wenn ihr erst von meinen ...«

»Daryn und Olvir sind gute Freunde, die hier zu treffen wir erwartet haben«, wandte sich Valgrim an Jörn und Lärka, Bolverks Redestrom unterbrechend, während die beiden Genannten dem Pelzbuckel freundlich zunickten. »Sie warten schon eine kleine Weile auf uns und haben den Lagerplatz ausgespäht.«

Die beiden Männer verbeugten sich nun vor Lärka und Jörn. Der groß gewachsene Olvir, dessen Bewegungen auf den ersten Blick behäbig wirkten, war der Jüngere von beiden und mochte kaum älter als Arild sein. Unter dem Umhang trug er einen Kittel aus hellem Leder. In seinem Gürtel steckten neben dem Schwert auch zwei kurze Dolche, deren Griffe silbrig schimmerten. Der etwas kleinere Daryn hatte nicht ganz Valgrims Alter. Seine Bewegungen waren lebhaft, seine Augen wachsam, sein Körper sehnig.

Um den Hals trug er an einem Lederriemen ein rundes Steinamulett. Vor einem dunklen Hintergrund hob sich darauf die weiße Gestalt eines Adlers im Anflug auf seine Beute ab. Doch statt der Beute hatte er etwas in seinen Krallen, das wie ein Bündel Pfeile aussah.

»Jörn, Fregars Sohn, und Lärka, Tochter des Thans von Ribehof«, sagte Jörn, deutete auf sich und Lärka und verneigte sich seinerseits. Olvir und Daryn legten ihre Bündel ans Lagerfeuer und holten zur Begeisterung aller zwei frisch erlegte Hasen daraus hervor. Den Großteil der abendlichen Unterhaltung bestritt Bolverk mit abenteuerlichen Geschichten – Lärka war dankbar, dass diesmal keine Untiere darin vorkamen –, bis sich die vier grau bemantelten Wanderer entschuldigten, sich abseits vom Feuer niederließen und dort ihre eigenen, leisen Gespräche führten. Lärka nahm an diesem Abend eine Prise Ioani-Staub und schlief zum ersten Mal seit Tagen wieder ruhig und friedlich.

Am nächsten Tag führte sie der Weg sanft bergab, wo er sich den Auen des Frenflusses näherte. Daryn hatte sich zu Arild gesellt, und die beiden waren bald in eine lebhafte Unterhaltung vertieft. Als die Gruppe am späten Vormittag die Stelle erreichte, wo eine Fähre die Reisenden über den Frenfluss brachte, erwartete sie eine unliebsame Überraschung. Das Frühjahrshochwasser hatte die Fähre fortgeschwemmt. Selbst der Fährmann, der eine armselige Hütte am südlichen Ufer des Flusses bewohnt hatte, war, wie er erzählte, samt seiner Familie nur mit knapper Not entkommen und hauste nun in einem dürftigen Unterstand unter freiem Himmel.

So gab es die Wahl, zwei Tage flussabwärts nach Frenemund zu gehen und dort überzusetzen, oder etwas mehr als einen halben Tag flussaufwärts zu wandern, um dort eine Furt zu finden. Die Männer entschieden sich für den kürzeren Weg zur Furt und folgten dem Flusslauf ostwärts durch die Auen, die mit Weiden und

Erlen bestanden waren. Gegen Abend erreichten sie schließlich eine Stelle, an der der Frenfluss nur noch ein Bach zu nennen war. Ein Wall aus Steinen, Schlamm und Zweigen hatte sich wie ein Staudamm quer zum Flussbett gelegt, aus dem nur ein kleines Rinnsal floss, sodass die Gruppe es ohne Mühe überqueren konnte. Lärka und die Männer schlugen am anderen Ufer ihr Nachtlager auf. Am nächsten Tag würden sie dem schmalen Pfad am Flussufer folgen, der flussabwärts zur Handelsstraße führte.

Als Lärka am nächsten Morgen erwachte, ging sie zum Wasser, um sich mit dem klaren, kalten Nass Gesicht und Hände zu erfrischen. Arild war bereits auf den Beinen und schlenderte in der Nähe des Dammes durch den Kies. Hin und wieder bückte er sich, hob Steine auf, wog sie prüfend in der Hand und ließ sie über das Wasser springen. Dann hatte er wohl einen sehr schönen Stein gefunden, denn er hielt inne und betrachtete ihn eingehend.

Nachdem Lärka Gesicht und Hände ausgiebig gewaschen hatte, machte sie sich auf den Rückweg zum Lagerplatz. Sie hatte das schlammige Ufer gerade erklommen, als sie zuerst ein tiefes Summen und dann einen Schreckensruf hörte. Sie sah Jörn, der heftig in Richtung des Flussbettes gestikulierte und schrie: »Der Damm! Lauf! Lauf weg!«

Lärka begann zu laufen. Aber Jörn hatte nicht sie gemeint. Als sie einen Blick zurück zum Fluss warf, sah sie Arild mit dem Rücken zum Damm stehen. Er schien Jörn nicht zu hören und auch das rasch steigende Wasser nicht zu bemerken. Er starrte reglos auf seine rechte Hand, mit der er etwas fest umschloss.

Aus dem Rinnsal, das unter dem Damm hervorquoll, war ein munterer Sprudel geworden, der die Kiesel des Dammes mühelos beiseiteschob. In kürzester Zeit war das Rinnsal zu einer Flut angeschwollen. Hilflos sahen Lärka und die herbeigeeilten Männer, wie eine braune Woge aus Schlamm und Kieseln auf Arild zuraste. In einem Moment stand ihm die Flut bis zu den Knien, im nächsten Augenblick hatte sie ihn umgerissen. Sie sahen ihn – die Arme emporgeworfen vom Aufprall der Wasserwand – in der schäumenden Gischt versinken.

Nach Augenblicken des Entsetzens war Valgrim der Erste, der aus seiner Erstarrung erwachte. Er gab knappe Anweisungen. Sofort waren Daryn und Olvir auf zwei ungesattelte Pferde gesprungen und jagten stromabwärts. Jörn, Bolverk und Lärka sollten das Lager abbrechen, langsam folgen und dabei beide Ufer gründlich absuchen. Valgrim erbat sich Jörns Pferd und verließ sie, ohne sich um den Protest des Jungen zu kümmern, den es sehr verdross, mit der Nachhut hinterherbummeln zu müssen.

Lärka, Jörn und Bolverk hatten kaum alles in Packtaschen auf dem Eselskarren verstaut, als ein strömender Regen einsetzte, der die Lage noch verschlimmerte. Jörn beeilte sich, am Rande des Kiesbettes mit der Suche zu beginnen. Doch seine Rufe wurden bald durch das Brausen des anschwellenden Flusses und das Rauschen des Regens übertönt. Noch viel weniger werden wir die Hilferufe eines Ertrinkenden hören, dachte Lärka verzweifelt.

Bolverk trat ihr großzügig seinen Platz unter der Plane des Karrens ab und führte seinen Esel am Halfter den engen Pfad entlang, während Jörn direkt am Flussufer entlangkletterte. Die Zeit schien sich endlos zu dehnen, mit jedem Augenblick, der verstrich, nahm ihre Hoffnung ab, Arild retten zu können.

Sie quälten sich durch den Regen, und mehr als einmal blieb Bolverks Karren im dunklen Morast des Ufergrundes stecken, sodass Jörn immer wieder seine Suche unterbrechen musste und schimpfend mit Bolverk den Karren anschob, während Lärka die Eselin antrieb. Sie suchten bis zur frühen Dämmerung – vergeblich. Schließlich kamen die Reiter, einer nach dem anderen, mit hängenden Köpfen zurück. Keine Spur von Arild – noch nicht einmal einen Fetzen seiner Kleidung hatten sie finden können.

Alle waren durchnässt, erschöpft und hungrig. Mechanisch schlugen sie das Lager dort auf, wo sie gerade waren, suchten nach

Brennholz und tränkten die müden Pferde. Endlich ließ der Regen nach, und Bolverk gelang es, ein Feuer anzuzünden. Er braute einen Eintopf aus den Resten des Hasenbratens und etwas Getreide. »Wenn wir ihn finden, braucht er was Warmes. Aber jetzt braucht ihr erst einmal was«, sagte er und fügte den Inhalt verschiedener Beutel der Brühe hinzu.

Die Wolken verzogen sich, und im letzten Licht des Tages sahen sie, wie der Fluss allmählich ruhiger wurde. Valgrim hatte sich mit Olvir abseits gesetzt. Ab und zu war ein Murmeln von den Männern zu hören, die bedächtig – für Lärkas Geschmack zu bedächtig – ihre Abendmahlzeit schlürften. Daryn hingegen hatte nur wenige Bissen zu sich genommen und strich am Flussufer hin und her.

»Warum suchen sie nicht auch weiter?«, sprach Jörn aus, was Lärka dachte. »Haben sie ihn schon aufgegeben? Er kann doch nicht verschwunden sein.« Mit einer heftigen Bewegung stand er auf und stapfte entschlossen zu den Graubemäntelten. »Wir müssen etwas tun!«, rief er erregt. »Lasst uns mit Fackeln am Flussufer entlanggehen. Jetzt wo der Regen nicht mehr herunterrauscht, hören wir ihn vielleicht rufen. Los, machen wir uns auf!«

»Jörn, bist du sicher, dass ihr beide Ufer auf dem Weg bis hierher gut abgesucht habt?«, fragte Valgrim den Jungen.

»Ich habe unter jeden Stein, jeden Busch und jeden Überhang geschaut. Wir sind kaum zwei Meilen weit gekommen, schätze ich.«

»Wir werden trotzdem noch einmal alles abgehen. Daryn flussaufwärts, ich flussabwärts.«

»Ich komme mit, ich will auch etwas tun!«, protestierte Jörn.

»Sichere das Lager mit Bolverk, damit Olvir mit uns suchen kann. Lärka bleibt hier am Feuer. Wenn Arild laufen kann, wird er zum Lager finden.« Valgrims Ton brachte jeden Widerstand zum Schweigen.

Daryn war zwischenzeitlich aus ihrem Blickfeld verschwunden und tauchte gerade mit einigen armstarken Ästen wieder auf. In den unergründlichen Tiefen von Bolverks Karren waren schnell ein paar Lumpen und Pech gefunden, um Fackeln zu fertigen. Wenige Augenblicke später entfernten sich die Männer vom Lager. Lärka hörte noch eine Weile ihre langgezogenen Rufe, unterbrochen von Stille in der Hoffnung auf eine Antwort. Beklommen blieb sie mit Bolverk am Lagerfeuer sitzen, während Jörn sich unruhig am Flussufer herumtrieb. Die krummen Erlen um sie herum schienen mit ihren bizarr geformten Ästen ratlos hierhin und dorthin zu deuten.

Das Feuer warf flackernde Schatten auf die roten Zweige der Hartriegelbüsche, vor denen Bolverk saß, und Lärka meinte, Arild zwischen den Sträuchern hervortreten zu sehen. Wenn sie nur bei der Suche helfen könnte! Sie dachte an die Ereignisse der letzten Tage und daran, was Arild, der heimatlose Wanderer, für sie getan hatte. Er hatte viel gewagt, um ihr Leben zu retten. Er hatte seine Heldentat mit Heimlichkeit verborgen, ohne sich ihrer Dankbarkeit oder der ihres Vaters zu versichern. Sein Geschenk hatte ihre Albträume gelindert, und er schien – neben Valgrim – der Einzige, der nicht in Misstrauen oder gar Furcht vor ihren angeblichen Hexenkünsten verfiel. Und sie hatte für das alles nicht die geringste Spur von Anerkennung und kaum Freundlichkeit gezeigt. Jetzt gab es wohl nie mehr Gelegenheit dazu.

»Ist so ein guter Junge, könnt Ihr mir glauben. Mehr als man sieht, mehr als man sieht«, murmelte Bolverk in ihre Gedanken hinein. »Hat mir mehr als einmal in der Not beigestanden. So besessen davon, Menschen zu helfen. Ich kannte ihn schon, als er noch klein war, damals, als wir in … Ist lange her, er würde nicht wollen, dass ich drüber rede. *Balond vedi kiragyn.* Guter Junge …« Dann verstummte der Pelzbuckel, und sie starrten trübsinnig in die Flammen.

Nach einer Weile begann Lärka zu frösteln. Der Regen hatte nicht nur die Reisenden selbst, sondern auch große Teile ihres Gepäcks gründlich durchnässt. Selbst am Lagerfeuer waren ihre Sachen in der klammen Abendluft noch nicht getrocknet. Lärka prüfte den Teil ihrer Taschen, den sie besonders sorgfältig gepackt hatte. Vorsichtig löste sie eine mehrfach in Leder eingeschlagene Rolle und fischte das einzig trocken gebliebene Kleidungsstück heraus: Ein gutes Gewand für gemütliche Abende in den Langhäusern von Stormhavn oder Osgund. Sie zog sich zurück, wechselte die Kleider und rollte sich neben dem Feuer zur Nachtruhe ein. Sie lag lange wach, lauschte den Geräuschen der Nacht und wartete vergebens darauf, dass ein Freudenruf von einem der Suchenden das Knacken des Feuers übertönen würde. Irgendwann forderten die Anstrengungen des Tages ihren Tribut, und Lärka schlief ein.

Das Nächste, was sie wahrnahm, waren ein kühler Hauch und blaue Schatten. Sie war umgeben von blau glimmenden Schemen, die Umgebung war seltsam verschwommen und durchsichtig zugleich, und sie selbst von einer gedankenhaften Leichtigkeit. Sie sah das Schimmern jedes Geschöpfes um sich herum wie kleine blaue Kerzenflammen. Kein Baum und kein Fels konnten etwas vor ihr verbergen. Sie brauchte einen Moment, bis ihr schlagartig klar wurde, dass sie wieder einen Wahrtraum hatte. Angstvoll wandte sie sich um, als erwarte sie, die nebeligen kreischenden Gestalten aus ihrem letzten Albtraum zu sehen, die sie aus ihrem Dasein hatten fortzerren wollen. Fieberhaft dachte sie nach, wie sie wohl in die Wachwelt zurückkommen könnte. Doch alles war ruhig und friedlich. Lärka entspannte sich etwas und fühlte sich befreit von der Müdigkeit und Verletzbarkeit ihres Körpers, ungehindert von den blickdichten Laubgeflechten und Geröllhaufen und von der Dunkelheit der Nacht.

Mit einem Mal wusste sie, was zu tun war – klar wie das blanke Mondlicht lag es vor ihr. Sie musste es wagen und im Traum verharren, um ihre Macht zum Wohle eines anderen zu nutzen. Ihr Schauen wurde ein Suchen, wurde zum Wunsch, den Schemen des Adlers zu finden. Wenn er irgendwo am Leben war, würde sie ihn finden. Sie schaute sich um und gewahrte die Gestalt eines schlafenden Bibers. Seltsam, irgendwie hätte sie eher vermutet, bei Bolverk auf ein Wollschwein zu treffen. In der Nähe ihres Lagerplatzes war keine Spur von Arild, also machte sie sich auf. Rasch dachte sie sich in Richtung des Flusses. Da sah sie den vertrauten würdevollen Steinbock. Valgrim kehrte zum Lager zurück. Neben ihm tauchte der Schemen eines bedächtigen Dachses auf, der Lärka an Olvir denken ließ. Niedergeschlagenheit umgab die Männer. Da kam der dritte Sucher dazu, ein Luchs. Seine Bedrücktheit verband sich nahtlos mit der Traurigkeit der anderen. Und wie beim ersten Wahrtraum nahm Lärka die Gedanken wahr, die in einer Unterhaltung zwischen den dreien hin und her flogen.

»Soll das das Ende unserer Hoffnungen sein? Er hat einen Herz-der-Berge-Stein gefunden, da bin ich mir sicher«, sagte Olvir. »Aber jetzt bleibt nichts mehr. Wir werden zerstreut. Wir sollten in den Norden zurückgehen und die Drachenberge aufgeben.«

»Wie können wir alles diesem unrechtmäßigen König Hakon in Jaspis überlassen?«, fragte Valgrim scharf. »Wir könnten warten, bis ein Neuer hervortritt, der die Königsgabe hat, über die Herzen der Berge zu herrschen. Es ist nicht immer der Sohn!«

»Habt ihr Arild schon ins Totenreich geschickt, dass die Hoffnung so schnell sinkt oder gar zu einem anderen fliegt?«, fragte Daryn grimmig.

»Ihr wisst, dass er mir mehr ist als meine Söhne«, erwiderte Valgrim und erbebte. »Aber die Bestimmung und die Tradition sind größer als der Einzelne. Daran müssen wir denken.«

Für Lärka gab es jetzt Wichtigeres, als zu warten, bis sich ihr der Sinn des Wortwechsels enthüllte. Wenn Arild irgendwo verschüttet und noch ein Funke Leben in ihm war, würde sie ihn finden – ganz gleich wo. Ziellos dachte sie sich durch den Wald und wurde an jeden Ort getragen. Aber so war sie kaum schneller als die Reiter und vor allem nicht erfolgreicher. Wohin nur sollte sie sich wenden? Sie konnte ja nicht alle Flusskiesel der Reihe nach absuchen. Irgendwann würde sie wieder aufwachen, und wenn sie ihn bis dahin nicht gefunden hatte, würde auch diese Hoffnung zunichte. Warum hatten die anderen keine Spur von ihm gefunden? Ob er für immer auf dem Grund des Flusses ruhte? Oder einfach viel weiter fortgerissen worden war, als selbst die Reiter gekommen waren? Lag er irgendwo bewusstlos, unfähig, um Hilfe zu rufen?

Als diese Grübeleien Arilds Bild vor ihr inneres Auge riefen, kam ihr ein Gedanke: Arild sollte sie führen. Wenn sie sich an einen Ort denken konnte, warum nicht zu einer Person? Sie dachte mit aller Kraft an Arild, wie er weggespült wurde und – war beim Damm. Nein, das war es nicht. Als Nächstes dachte sie an Arilds Adlergestalt, die sie in ihrem ersten Traum gesehen hatte. Da hob es sie hinweg, und sie fand sich an einer Stelle wieder, an der sie am Nachmittag vorbeigekommen waren. Eine Gruppe von Bäumen stand auf einer kleinen Landzunge, die in den Fluss hineinragte. An der flussaufwärts gewandten Seite hatte sich Gestrüpp verfangen. Und durch das Buschwerk hindurch gewahrte sie die vertraute Adlergestalt!

Jubelnden Dank sandte sie an die unbekannte Macht, die ihr den Wahrtraum geschickt hatte. Wenn sein Schemen hier war, konnte es nur bedeuten, dass er lebte! Sie wollte näher heran, doch mit einem Mal schien sie am Boden festgewachsen. Ärgerlich nahm sie einige Anläufe. Obwohl sie sich rückwärts und seitwärts bewegen konnte, kam sie keine Handbreit vorwärts. Schließlich gab sie auf. Jetzt konzentrierte sie sich auf Arilds Gestalt. Der Adler bewegte sich mühsam und schimmerte nur schwach. Er wandte ihr seinen Kopf zu. Dann schien er sie zu bemerken, denn plötzlich stieß er einen Klagelaut aus und versuchte verzweifelt, sich zu befreien. Lärka konnte nicht mehr tun, als ihm wortlosen Trost zu schicken. Gleich, gleich!, dachte sie. Noch eine Winzigkeit Geduld, Ihr seid gefunden! Sie prägte sich alles ein und dachte sich zurück zum Lager.

Ich muss aufwachen!, hämmerte es in ihrem Kopf. Wach auf, Lärka, und erinnere dich!

Mit einem Mal fuhr sie von ihrem Lager hoch und war hellwach. Diesmal fiel ihr sofort jede Einzelheit des Traumes wieder ein. Die Erinnerungen waren klar und ohne Zweifel. Doch was jetzt? Valgrim erzählen, dass sie einen Wahrtraum hatte? Oder lieber Jörn mit einer neuen Hexengeschichte verwirren? Sie entschied sich für Letzteres. Valgrim würde nach außen hin vielleicht weniger Aufhebens darum machen, aber bei Jörn war sie sich sicherer, dass er nichts davon ihrem Vater erzählte, gleich, was er selbst darüber dachte. Hier ging es um Leben und Tod! Sie schlich bangen Herzens zu ihrem Vetter hinüber und rüttelte ihn heftig. Verschlafen richtete er sich halb auf.

»Was ... was ist los? Habt ihr ihn gef ...«

»Pssst! Leise!«, flüsterte sie, froh, dass sich der wachhabende Bolverk gerade für einen Moment in die Büsche geschlagen hatte. »Komm mit! Ich weiß, wo er ist.«

Jörn war sofort auf den Füßen. »Du?«, keuchte er und starrte sie hellwach und ungläubig an. »Wie kann das ... Sei's drum, wenn wir ihn nur finden. Lass uns schnell die anderen wecken, damit wir ihn retten können.«

»Neeeiiin, das geht nicht!«, zischte sie und zog Jörn vom Lager weg. »Bitte! Nur du darfst mit.«

»Was soll das, Lärka? Schon wieder so eine Geheimnistuerei! Sag bloß, ein Dämon hat es dir geflüstert! Oder hast du das zweite Gesicht?« Jörn hatte wieder diesen misstrauischen Blick, der ihr gar nicht behagte.

»Schschht, leise! Frag nicht viel, und komm!«, drängte sie.

Die Wolkendecke war aufgerissen, und ein fahler Mond gab genug Licht, um den Weg am Fluss entlang zu finden. Sie hasteten vorwärts und kamen schließlich dorthin, wo Lärka im Traum stehen geblieben war. Von den Füßen statt von Gedanken hierhergetragen zu werden, war wesentlich unangenehmer. Büsche zerkratzten Hände und Beine, und mit den Füßen waren sie schon knöcheltief im Uferschlamm versunken. Suchend schauten sie sich um. Lärka zitterte vor Anspannung. Durch ein Loch in den Wolken beschien der Mond das Ufer der Landzunge genau an der Stelle, die sie sich gemerkt hatte.

»Da, Jörn! Da muss es sein, bei dem hellen Fleck. Wahrscheinlich haben wir Arild unter dem Gestrüpp übersehen.«

»Lärka, wie konntest du ihn da finden? Und noch in der finsteren Nacht? Das kann ich dir nicht glauben! Wenn das einer deiner Streiche ist und mich dort eine Kröte anspringt, das würde ich dir nie …«

»Keine Zeit für Erklärungen, vertrau mir einfach. Schau dort unter dem Gebüsch nach. Ich gehe zurück und wecke die anderen. Du musst erzählen, *du* hättest ihn gefunden. Du sagst, dass du nicht schlafen konntest und heimlich weitergesucht hast, wenn wir kommen, ja?«

Jörn schaute sie mit einer Mischung aus Ehrfurcht und Unverständnis an.

Sie wand sich. »Tu es für Arild! Und schweige für mich!«

»Also gut«, gab er einmal mehr nach. »Aber das wirst du mir noch erklären müssen, denn wenn wir dereinst verheiratet sind, musst du mir eine gefügige …«

»Danke!«, hauchte sie, ohne das Ende seiner Rede abzuwarten, wandte sich um und rannte zum Lagerplatz zurück.

»Arild! Arild!«, hörte sie Jörn rufen. »Sag doch was!«

Heftig atmend kam sie zurück und weckte die anderen mit der freudigen Nachricht, Jörn habe Arild gefunden. Sie habe ihren Vetter rufen hören. Im Nu waren alle auf den Beinen.

Lärkas Herz hämmerte, und das Blut rauschte ihr in den Ohren – und das nicht nur vom schnellen Lauf. Arild war gefunden. Sie hatte es gewagt, sie war unversehrt aus dem Traum zurückgekehrt, und sie hatte ihre Gabe genutzt, um ihn zu retten. Sie konnte kaum fassen, was ihr da gelungen war. Aufgeregt wartete sie am Lager. Kurze Zeit später trugen die Männer Arild herbei und legten ihn ans Feuer. Er war bei Bewusstsein, doch er war aschfahl, hatte überall Verletzungen und zitterte vor Kälte. Warme Decken und Bolverks Suppe wurden für ihn bereitet.

Für Jörn gab es nicht enden wollendes Lob. Daryn sprach bewundernd davon, dass Jörn sich große Ehre erworben habe, was den Jungen mehr als einmal verlegen und ärgerlich zu Lärka schielen ließ.

Als die Wärme in Arilds Glieder zurückkehrte, berichtete er mit matter Stimme, wie es ihm ergangen war. Nachdem die braunen Fluten ihn fortgerissen hatten, fand er sich bald unter Treibholz eingeklemmt wieder – unfähig, sich zu befreien. Nach der ersten Flutwelle des Dammbruches ebbte der Wasserstrom ab, und zu seinem Entsetzen konnte er spüren, wie das Holz ebenfalls sank und drohte, ihn zu erdrücken. Doch da öffnete der Himmel seine Schleusen und ließ den Fluss anschwellen. Stunden vergingen in der beklemmenden Enge des Gefängnisses im eiskalten Nass, das Wasser stieg langsam. Einmal hatte er geglaubt, Jörn von weitem rufen zu hören, doch die Enge nahm ihm den Atem, und das Tosen des Flusses übertönte mühelos seine Stimme. Irgendwann schwanden ihm die Sinne. Es war finster, als er wieder erwachte. Er glaubte sich dem Ende nahe, denn er spürte, wie die Waldgeister ihn riefen.

An dieser Stelle des Berichts schaute Lärka angestrengt vor sich auf den Boden. Der Adler hatte ihre Schattengegenwart bemerkt. Konnte Arild ahnen, wer der Waldgeist war? Aber da war der Gerettete schon am Ende seiner Erzählung angelangt und berichtete, wie plötzlich Jörn bei ihm war, Äste beiseiteriss und die anderen zu Hilfe rief.

Valgrim mahnte nun zur Ruhe für den geschwächten Arild, und die Retter zogen sich zurück, um sich ihrerseits von den Strapazen der Suche zu erholen. Als Lärka auf ihre Decke sank, spürte sie einen harten Gegenstand am Saum ihres Kleides. Fast hatte sie es vergessen: Vor ihrem Aufbruch in Ribehof hatte sie die Silberkette, das Vermächtnis ihrer Mutter, kurz entschlossen in das Festkleid eingenäht und die beiden Pergamentstücke in einem gewachsten Lederstück in ihrem Bündel trocken verstaut. Ihr Vater hatte von einem Familienerbstück Audhilds gesprochen, und Lärka hegte die vage Hoffnung, dass ihre Tante Rutlindis vielleicht etwas über das Schmuckstück wissen könnte und in der Lage wäre, die Pergamentbögen für Lärka zu entziffern. Das schien ihr besser, als Jörn oder gar ihren Vater zu bitten, das Schriftstück für sie zu lesen. Sie klopfte Schlammreste vom Saum ihres Gewandes und vergewisserte sich, dass die Naht und der Schmuck von der Kletterei am Flussufer nicht beschädigt waren. Dann schlüpfte sie in die am Lagerfeuer getrockneten Gewänder und verstaute das Kleid mit dem wertvollen Vermächtnis wieder trocken und sicher mit ihrem anderen Gepäck.

Das Letzte, was Lärka vor einem längeren, traumlosen Schlummer im ersten Licht der Morgensonne wahrnahm, versetzte sie in mildes Erstaunen. Obwohl es in der Morgendämmerung völlig windstill war, eilten alle Wolken schneller als der Wind nach Norden. Ein seltsames Schauspiel, denn typischerweise genossen die Küstenländer einen stetigen Nordwestwind, der alles vor sich her nach Südosten trieb. Ob der Wolkenkopf das auch merkwürdig findet?, fragte sie sich und gähnte. Ein Blick in seine Richtung gab ihr Recht: Verständnislos starrte Arild den dahinfliegenden Wolken nach und sah sehr beunruhigt aus.

Kapitel 4

Der Berg Grimhorn merkte auf. Er hatte etwas ärgerlich Vertrautes gespürt. Es war nur ein Funke – kaum mehr, als wenn sich ein Spatz an seinem Gipfel den Schnabel gerieben hätte. Er musste sich geirrt haben, denn der Diener hatte sein Versprechen längst erfüllt. Aber die Kraft war unverwechselbar.

Bevor Grimhorn beginnen konnte, darüber nachzusinnen, wurde seine Aufmerksamkeit abgelenkt. Die Wolken kamen von überall her, um ihm zu huldigen, mehr und größere als je zuvor.

Die Wolkenhüter hatten sie nie geschickt, solange sie den Steinkönig hinter sich wussten.

Grimhorn vergaß das Ärgernis, genoss den Triumph und ließ es sich nicht nehmen, einige Wolken zu zerpflücken und in seinem staubigen Atem zu baden.

Nach kurzem Schlummer erwachte Lärka und blinzelte in die Sonne, deren warme Strahlen Dampfschwaden aus der immer noch feuchten Erde steigen ließen. Die Wolken hatten ihr seltsames Verhalten aufgegeben. Die wenigen, die am blauen Frühlingshimmel verblieben waren, strömten wieder gewohnt träge in südöstliche Richtung. Vielleicht habe ich mir das nur eingebildet, dachte Lärka. Die Nacht war schließlich lang und anstrengend gewesen.

Sie richtete sich auf, dachte an die Ereignisse der vergangenen Nacht, und ein wunderbares Gefühl der Zufriedenheit durchströmte sie: Sie besaß eine außergewöhnliche Macht, eine Macht, die nach Ansicht vieler Menschen wohl ans Dämonische grenzte. Aber sie hatte sie gemeistert, und sie hoffte, es würde gelingen, diese Fähigkeit zum Wohle anderer einzusetzen, so wie ihre Mutter es getan hatte. Es blieb nur die Ungewissheit, wie sie die Wahrträume heraufbeschwören konnte. Immerhin war der vorherige gekommen, als Lärka ihn brauchte. Vielleicht würde sie die Träume ja bald nach Belieben herbeirufen können. Sie fühlte sich wie eine Auserwählte, und sie kam sich großartig dabei vor. Mit stolz erhobenem Haupt ließ sie ihre Blicke über das Lager schweifen.

Sie hatten die Nacht unter großen Weiden verbracht, deren Zweige bis in das ruhig dahinströmende Wasser herabhingen. Sie hörte das Rauschen des Flusses, Vogelrufe und Bolverk, der in seinem Karren kramte. Etwas abseits saß Jörn bei Olvir und ließ sich zeigen, wie man aus dem Holz des Schneebaumstrauches Pfeile machte. Arild schlief, bewacht von Valgrim und Daryn, etwas abseits von den anderen. Lärka stand auf, ordnete ihre Kleider und wollte zum Fluss gehen, um Wasser zu holen. Doch Bolverk war mit ungewohnter Behändigkeit aus seinem Karren geklettert und stürzte zum Wasserkübel.

»Holde Maid, nehmt doch Platz. Lasst mich das machen.« Er lief die wenigen Schritte zum Fluss, füllte den Kübel und brachte ihn zum Feuer zurück, das Lärka inzwischen mit frischem Reisig versehen hatte. »Aber Herrin, das ist doch keine Arbeit für Euch«, sagte er vorwurfsvoll, holte den Sack mit Gerste von den Vorräten und begann, den unvermeidlichen Getreidebrei zum Frühstück zu kochen.

Lärka saß müßig am Feuer und konnte sehen, wie Arild sich regte und die anderen drei Graumäntel sofort bei ihm waren. Der junge Mann richtete sich mit mühsamen Bewegungen halb auf. Jörn schlenderte ebenfalls zu Arild und erkundigte sich nach dessen Befinden. Dann kam er zu Lärka und Bolverk an die Feuerstelle und bat um etwas Wasser und Brei für den Patienten. Bolverk packte den Topf und eilte gleich selbst hinüber, sodass Jörn nichts anderes übrig blieb, als mit dem Wasserschlauch hinterherzutrotten. Als der Bader zurückkam, brummte er: »Braucht 'ne Stärkung, der Gute, alles was reingeht.« Er fischte einen zweiten Topf aus seinem Karren und begann, neuen Brei anzurühren, während Arild unter Beobachtung von Valgrim, Daryn und Olvir sein Frühstück einnahm.

»Habt Ihr auch bemerkt, dass die Wolken in der Morgendämmerung so seltsam unterwegs waren?«, fragte Lärka, nur um sich die Zeit zu vertreiben.

»Hhm, manchmal scheinen sie sich nicht um den Wind zu scheren und haben ihre eigenen, heimlichen Wege. Man erzählt, dass König Feodras der Kühne, der einst über Jaduin herrschte, die Wolken herbeirufen konnte«, sagte Bolverk und schaute mit zusammengekniffenen Augen in den Himmel. »Als er den Drachen unter dem Berg, das furchtbarste Biest, das Ihr Euch vorstellen könnt, besiegte, waren Regen und Sturm, Blitz und Donner seine Helfer«, fügte er mit dramatischen Gesten hinzu. Dann lächelte er Lärka freundlich an. »Man sagt sogar, dass er für seine wunderschöne Gemahlin die Wolken vertreiben und den Sonnenschein herbeizaubern konnte, wenn er wollte.«

Lärka wollte ihn gerade bitten, die Geschichte von Feodras zu erzählen, da kam Jörn zurück. »Wollen mich nicht dabeihaben, weil sie was besprechen müssen. Und jetzt reden sie auch noch in ihrer eigenen Sprache«, sagte er mürrisch und ging zu den Pferden, um sie zu versorgen.

Tatsächlich konnte Lärka hören, wie sich die Männer leise in einer singenden Sprache unterhielten. Valgrim, Daryn und Olvir saßen Arild gegenüber. Valgrim sagte etwas zu Arild und klang sehr feierlich. Arilds Antwort schien Valgrim zu erstaunen.

»Eieiei, das hätte ich nicht von dem Jungen erwartet«, sagte Bolverk vor sich hin.

»Versteht Ihr etwa, was sie sagen?«, fragte Lärka. Bolverk sah ertappt aus. Aber dann setzte er eine stolze Miene auf. »Als wandernder Bader kommt man weit herum. Da ist es nützlich, die Sprachen des Reiches zu können. Ich kenne alle, die Ihr Euch ausdenken könnt.«

»Oh, jetzt übertreibt Ihr aber!«, sagte Lärka herausfordernd.

»Ich verstehe genau, was sie sagen!« Bolverk fühlte sich an seiner Bader-Ehre gepackt.

»Über was reden sie denn?«, säuselte Lärka.

»Sie wollen, dass Arild König ist«, sagte Bolverk und machte ein wichtiges Gesicht dazu.

»König von was?«, fragte Lärka halb ungläubig, halb belustigt. Es musste sich zweifellos um ein Missverständnis des Sprachenkünstlers handeln. »Vielleicht König der heimatlosen Wanderer oder König der herumziehenden Wolken?« Sie war sicher, dass Arild die ernstgemeinten Übersetzungsversuche des Pelzbuckels genauso belächelt hätte wie sie.

Bolverk blickte sie verständnislos an.

»Wie kommen sie darauf, dass Arild ein König sein soll? Ist das ein Spiel?«

»Nein, er hat doch den Stein gefunden.«

»Welchen Stein? Einen sagenhaften Edelstein vielleicht?«

»Na, *den Stein!*«, sagte Bolverk und schaute sie an, als wäre sie der einzige Mensch auf der Welt, der ihn nicht verstehen könnte. Jetzt unterbrachen die Männer ihr Gespräch und schauten zu ihnen hinüber. Bolverk bückte sich rasch über den Topf und rührte bemüht arglos im Getreidebrei. Valgrim und Arild sprachen weiter. Ihr Ton wurde schärfer, obwohl sie versuchten, leise zu reden.

»Worüber streiten sie sich denn?«, bohrte Lärka weiter, als sie sich wieder unbeobachtet glaubte.

»Arild will nicht. Er sagt, das gebe nur Ärger. Aber Valgrim will es unbedingt«, sagte Bolverk leise und lauschte konzentriert weiter.

»Das verstehe ich nicht«, sagte Lärka. »Wenn ich Königin sein sollte, würde ich sofort auf mein Schloss reisen und Audienzen und glänzende Feste geben.« Und bei sich dachte sie: Ich würde keinen Tag versäumen und alle grünen Weiber der Küstenstädte an den Hof einladen.

»König sein ist nicht so einfach. Es ist eine Bürde!«, sagte Bolverk empört.

Lärka senkte den Kopf, beschämt ob ihrer einfältigen Mädchenträume, und musste unwillkürlich an ihren Vater denken. Von mehr als einer Ratssitzung war er mit neuen Sorgenfalten im Antlitz zurückgekehrt.

Das Gespräch der Männer wurde nun wieder ruhiger, der Streit schien beigelegt.

»Ah, jetzt haben sie sich wohl geeinigt. Wird Arild nun König?«, spielte Lärka das Theater weiter. »Dann müssen wir ihm hier und jetzt unsere Ehre erweisen und Lehenstreue schwören!«

»Das muss warten, bis er gekrönt wird. Sie haben sich nur geeinigt, dass wir erst einmal die Reise fortsetzen und ...«

Die Männer hatten ihre Unterhaltung beendet, und Valgrim stand auf. »Ich glaube, ich sollte nichts mehr sagen«, zischte Bolverk und sprach dann mit lauter Stimme: »Wenn Ihr jetzt noch etwas Liebstöckel an den Brei gebt, ist er angenehmer im Magen.«

Lärka wusste nicht, ob Bolverk die Wahrheit gesagt oder – wie so oft – maßlos übertrieben hatte. Vielleicht hatte er auch etwas falsch verstanden. In jedem Falle verbargen diese Wanderer absonderliche Geheimnisse, in die sie wohl niemanden einweihen wollten. Das bestärkte Lärka in ihrem Entschluss, über ihre Wahrträume nicht mit Valgrim oder Arild zu sprechen – selbst wenn deren Wissen ihr helfen könnte, zu verstehen, was mit ihr geschah.

Valgrim rief das Lager zum Aufbruch, und Bolverk beeilte sich, einige Weidenruten aufzuladen, die er von den Bäumen am Ufer geschnitten hatte, um sie in der nächsten Siedlung an die Korbflechter zu verkaufen. Alle packten ihre Bündel, und die Männer schirrten die Pferde an. Arild war noch geschwächt und hatte sich den rechten Knöchel verletzt. Bolverk bot ihm großzügig einen Platz in seinem Karren an, aber der junge Mann schien wenig erpicht darauf, sich auf den Kutschbock zu ducken und durchschütteln zu lassen. Deshalb war er umso dankbarer, als Jörn ihm für die nächsten Tage sein Pferd überließ. Valgrim und Daryn bildeten nun die Spitze des kleinen Zuges, Jörn ging mit Olvir am Schluss. Bis zum Mittag blieben sie auf dem schmalen, von Weiden und Erlen gesäumten Pfad entlang des Frenflusses. An der Fährstelle hielten sie Rast und bogen dann nach Norden ab. So kamen sie wieder auf den Handelspfad, der bald den Wald verließ und durch spärlich bewachsenes Heideland führte.

Die meisten Wolken hatten sich verzogen, und das Wetter hielt, sehr zu Lärkas Freude. Sie verdrängte für eine Weile den unliebsamen Zweck der Reise und erfreute sich an Ginster und Heidekraut, die die Landschaft mit gelben und rosa Tupfen überzogen und einen lieblichen Geruch verströmten. In der Ferne konnten sie zu ihrer Linken ab und zu einen Ausblick auf das dunkelblaue Meer erhaschen. Lärka war froh, nicht neben Jörn reiten zu müssen. Er schien sich sowieso lieber mit den Graubemäntelten zu unterhalten. Nachdem sie am Morgen kaum miteinander gesprochen hatten, hatte ihr Vetter sie bei der Mittagsrast unter einem Vorwand beiseitegebeten und zur Rede gestellt.

»Lärka, wie hast du Arild gefunden, ohne zu suchen? Warum schickst du mich vor und bringst mich in diese peinliche Situation unverdienten Ruhmes? Bis du mir nicht alles erklärst, habe ich nichts mit dir zu bereden.« Er hatte sie herausfordernd angeschaut. Da ihr keine Antwort eingefallen war, hatte sie seinen Blick mit hilflosem Schweigen beantwortet. Daraufhin hatte er sich brüsk abgewandt und kein unnötiges Wort mehr mit ihr gewechselt. Sie würde sich etwas ausdenken müssen, das stand fest. Aber bis dahin nahm sie mit Bolverks Anekdoten vorlieb, die der Pelzbuckel ihr mit Hingabe vortrug – natürlich nur die ohne Bären.

Arild saß die ganze Zeit schweigend und in nachdenklicher Schwermütigkeit im Sattel, als schien ihn eine unsichtbare Last zu drücken. Er verschwendete keine Aufmerksamkeit darauf, sein Pferd zu lenken, das von allein in der Gruppe mittrottete. Die Geschehnisse am Fluss haben ihm mehr zugesetzt, als anfänglich zu erkennen war, dachte Lärka. Arild tat ihr leid, auch wenn sie den Grund für seine Niedergeschlagenheit nicht kannte. Sie schuldete ihm ihr Leben, und jetzt hatte sie ihm das Leben gerettet. Diese Tatsache schien ihr wie ein unsichtbares Band zwischen ihnen und wie eine Verpflichtung, ihm auch in Zukunft beizustehen, wenn sie es vermochte. Sie hätte ihn lieber wohlauf und frohen Gemüts gesehen – oder wenigstens in seiner gewohnten verträumten Weise in die Wolken schauend. Aber einstweilen machte er den Eindruck, als wolle er von niemandem gestört werden.

Die Gruppe lagerte am Abend inmitten eines Wacholderhains. Valgrim schien das offene Land nervös zu machen. Er hatte sie trotz hereinbrechender Dunkelheit nicht eher halten lassen, bis sie den Hain erreicht hatten. Außerdem teilte er gleich zwei Männer für jede Wache ein. »Wenn wir im freien Land lagern, sind wir weithin sichtbar. Nicht alle Menschen, die an der Küste entlangreisen, sind friedliche Kaufleute«, sagte er, als Lärka ihn nach dem Grund für seine Vorsicht fragte. Doch die sternenklare Nacht verlief ruhig, und so setzten sie am nächsten Tag ihre Reise ungestört fort.

Der Weg war eben und breit genug, dass zwei Pferde nebeneinander laufen konnten. Lärka hielt die Gelegenheit für günstig, fasste sich ein Herz und lenkte ihre Stute neben Arilds Pferd. Sie wollte ihn auf andere Gedanken bringen und fragte sich, ob sie ihm bei dieser Gelegenheit wohl etwas über den erregten Wortwechsel zwischen ihm und Valgrim entlocken könnte. Und wenn nicht, so würde sie versuchen, etwas mehr über die Kräuterkunde zu erfahren.

»Alle sind froh, Euch wieder auf dem Wege der Besserung zu sehen«, begann sie.

»Danke, aber es könnte besser sein«, sagte er knapp.

»Es schien gestern Streit gegeben zu haben«, fuhr Lärka fort, in diesem Ereignis den Grund seiner trüben Stimmung vermutend. »Es geht mich zwar nichts an, aber ich hoffe, es war nicht wegen Eures Unglücks am Fluss. Das hätte doch jedem von uns passieren können«, versuchte sie zu trösten.

»Mein Oheim wollte, dass ich drei Tage raste. Aber das ist nicht nötig.«

Lärka wartete auf mehr, aber Arild ritt schweigend weiter. Seine Erklärung klang nicht sehr überzeugend.

»Bolverk sagte, es sei um einen Stein gegangen, den Ihr gefunden hättet«, versuchte sie mit ihrem Halbwissen weiterzukommen. »Der muss ja etwas Besonderes sein. Darf ich ihn einmal sehen?«

Arild schien für einen Moment überrascht, dann setzte er wieder eine gleichgültige Miene auf. »Ach! Bolverk hat den Übersetzer gespielt? Tut mir leid. Es gibt nichts, was ich Euch zeigen kann. Das muss er sich ausgedacht haben.« Arild zuckte mit den Schultern. »Er ist ein Meister des Geschichtenerzählens, wie Ihr selbst wisst. Bestimmt hat er Euch versichert, dass er alle Sprachen des Reiches kennt. Dabei hat er die eigene Muttersprache schon fast vergessen – bis auf die paar Wörter, die er ständig vor sich hinmurmelt. Der Gute hat eben eine Schwäche für Euch und würde alles erzählen, um Eure Aufmerksamkeit zu gewinnen.«

Einen kleinen Augenblick hielten sich die Zweifel an Arilds Worten und ihr Wissen um Bolverks Fabulierkunst die Waage, dann gab Lärka auf und tat die Königsgeschichte enttäuscht ins Reich der Fantasie ab. Sie schämte sich ein bisschen, weil sie es beinahe geglaubt hatte.

»Wie habt Ihr ihn kennen gelernt?«, fragte sie. »Er passt gar nicht zu Euren anderen Begleitern.«

»Ich kenne ihn schon, seit ich ein Kind war. Wenn man dieselben Wege hat, passt man aufeinander auf und wächst zusammen. Er ist ein guter Gefährte auf Reisen, auch wenn es nicht so scheint.«

»Wohin führt Euch Eure Reise?«

»Wenn wir Euch nach Osgund gebracht haben, ziehen wir weiter nach Norden«, sagte Arild vage.

»In Eure Heimat?«

»Nein, meine Heimat ist Jaduin. Ist die Befragung jetzt beendet?«, setzte Arild ungeduldig hinzu.

Sie spürte, wie ihr die Schamesröte ins Gesicht stieg, und schwieg einen Moment betreten. Schnell suchte sie nach einem anderen Thema. »Ich habe mich noch nicht angemessen für Eure überaus freundlichen Geschenke zu meinem Ehrentag bedanken können. Sie bedeuten mir sehr viel.« Sie sah, wie seine Augen für einen Moment erfreut aufblitzten.

»Oh, das«, sagte er, als sei es nicht der Rede wert, lächelte scheu und schwieg dann wieder.

»Nach meiner Rückkehr werde ich sie in einer speziellen Ecke meines Kräutergartens einpflanzen – oder dessen, was unter Ingas

Pflege davon übrig bleibt«, seufzte Lärka in gespielter Verzweiflung.

»Mögen sie wachsen und gedeihen«, war alles, was Arild dazu sagte.

Es war mühselig, aber Lärka wollte nicht so leicht aufgeben. Sie hatte große Lust, seine Dankbarkeit einzufordern, indem sie ihm die Wahrheit über seine Rettung enthüllte. Doch solange er seine Heldentat verschwieg, würde sie das ebenfalls tun. So fuhr sie fort: »Die Samen der Königskerze, deren Blüten bei Halsschmerzen helfen, habe ich erkannt. Doch sagt mir, welche Gewächse werden aus den anderen beiden Knollen sprießen?«

»Das eine ist Mädesüß. Pflanzt sie in feuchten Grund. Macht aus den Blättern und den weißgelben Blüten einen Teeaufguss, und gebt ihn zur Linderung bei Fieber und Schmerzen. Das andere ist eine Galgantwurzel. Pflanzt sie in lockere Erde. Wenn man die geernteten Wurzeln reibt, gibt es einen scharfen Saft, der bei hitzigem Magen und bei Appetitlosigkeit hilft. Er ist auch hilfreich bei Herznot und als Breiumschlag bei juckender Räudigkeit der Haut. Mit diesen Mitteln könnt ihr eine Menge kurieren«, erklärte Arild.

»Habt Ihr auch schon Schlüsselblumen angewendet?«, wollte Lärka wissen und dachte an ihre Mutter.

»Davon würde ich an Eurer Stelle die Finger lassen«, sagte er und schüttelte kaum merklich den Kopf.

»Oder Bilsenkraut?«, fragte Lärka. Bei ihrer Mutter hatte sie etwas von den besonderen Ernteritualen mitbekommen und war sich sicher, dass es eine wichtige Medizin war.

Arild sog hörbar die Luft ein und sagte nur: »Nein, auch dafür müsstet Ihr mehr wissen.«

»Erklärt es mir!«

»Das ist nicht so einfach.«

Wann würde das endlich aufhören? Sie kam sich wieder vor wie in Ribehof, wo alle sie wie ein kleines Kind behandelten. »Ich kann es lernen. Ich weiß schon eine Menge. Mutter hat mir damals sogar gezeigt, wie man mit der schwarzen Nieswurz Krankheiten austreibt«, sagte sie herausfordernd und streckte ihren Rücken durch, um zu verbergen, dass sie ein klein wenig übertrieb. Die Menge und Zubereitung der Medizin hatte sie vergessen, aber die Worte der Mutter waren ihr noch deutlich im Gedächtnis: »Es ist ein heikles Kraut, meine Tochter. Eine falsche Mischung kann tödlich sein.«

Arild schaute sie nachdenklich an. »Ihr seid Eurer Mutter sehr ähnlich«, sagte er freundlich. Diesen Satz hatte sie von ihrer Tante schon oft gehört, aber nie hatte er aus Asas Mund so geklungen wie eben: wie ein Kompliment.

»Ihr habt sie gekannt?«, fragte sie und erinnerte sich an das belauschte Gespräch zwischen Valgrim und Arild in Ribehof.

»Eine ungewöhnliche Frau, in vielerlei Hinsicht«, sagte Arild und bedachte sie mit einem tiefgründigen Blick, als würde er auch in ihr etwas Außergewöhnliches sehen. Sie war einen Moment verwirrt, aber nur, weil sie das Gefühl, einfach angenommen und verstanden zu sein, schon so lange nicht mehr verspürt hatte.

»Ich kam als kleiner Junge mit meinem Oheim nach Ribehof«, sprach er weiter. »Es war eine schlimme Reise gewesen. Ich war krank, und Eure Mutter hat mir mit großem Einsatz und unter Anwendung aller Kunst geholfen. Ich denke, sie hat mir damals das Leben gerettet.«

Lärka dachte an Maggais Erzählung, wie Audhild das Kind von Freunden durch ihre Gabe der Ahnenreise geheilt hatte. Jetzt hatte auch sie selbst Zugang zu dieser Macht. Sie fühlte sich ihrer Mutter nahe wie nie zuvor.

»Ich war lange nicht bei Sinnen«, fuhr Arild fort, »aber stellt Euch vor: Das Erste, was ich nach dem Aufwachen erfuhr, war, dass es ein Fest gab und Frau Audhild köstliche Speisen hatte bereiten lassen. Es gab ein Fest, weil Ihr ein paar Wochen zuvor geboren worden wart.« Die Spur eines Lächelns huschte über sein Gesicht und verzauberte den Augenblick. Für einen Moment schloss sie im Stillen Frieden mit Arild und all seinen Geheimnissen und strahlte ihn an.

»Sicher habt Ihr auch das Talent Eurer Mutter. Vigdis von Ribehof hätte in Euch eine gelehrige Schülerin«, bemerkte Arild. Lärka fühlte sich geschmeichelt. Wie gut er sie doch verstand. Wenn nur ihr Vater genauso denken würde oder gar ihr zukünftiger Gemahl.

»Ich habe mir mehr als einmal gewünscht, bei ihr in die Lehre zu gehen. Aber eher wird mein Pferd zaubern lernen, als dass das geschieht«, seufzte sie.

»Euer Vater ist nicht gut auf die grünen Weiber und ihre Künste zu sprechen, nicht wahr?«

»Auf die grünen Weiber und auf die Bader.« Lärka sah aus den Augenwinkeln, wie Bolverk, der wieder auf seinem Karren lag, hastig die Zügel losließ, die Augen zukniff und sich schlafend stellte. »Es ist Euch also nicht entgangen?«

»Nein. Er war nicht entzückt über unser Geschenk. Wir mussten versprechen, Euch auf der Reise nicht in geheimen Kräuterkünsten zu unterrichten«, sagte Arild und hob die Hand wie zum Schwur.

Natürlich, dachte Lärka, natürlich hat Vater nichts ausgelassen, um die lebensgefährliche Heilkunde von mir fernzuhalten. Aber Arild schien weder die Anordnungen sonderlich ernst zu nehmen noch den Zorn des Thans zu fürchten. Hier war ein Kundiger, und sie könnte sehr viel von ihm lernen.

»Dann habt Ihr vorhin Euer Versprechen gebrochen, als ihr mir über Mädesüß und Galgant erzählt habt?«, fragte sie scherzend.

»Nein. Die kennt jeder Bader, die sind doch nicht sonderlich geheim«, sagte Arild und zwinkerte. Lärka war irritiert.

»Aber Bilsenkraut und Schlüsselblume sind geheim, nicht wahr? Darf ich deswegen nichts über sie erfahren?«, fragte sie drängend und versuchte, ihre Unsicherheit hinter einer angriffslustigen Fassade zu verbergen.

»Nein, nicht deswegen. Diese Pflanzen sind nur etwas für Wissende. Als Euer Vater uns Anweisungen für die Reise mitgab, meinte er sicherlich ...«

»Was hat er Euch denn noch aufgetragen?«, unterbrach Lärka ihn verdrossen. »Mein Pferd am Karren des Baders anzubinden und mich in jedem Dorf in eine Kammer mit Riegel zu stecken, damit ich nicht verloren gehe?«

So sah also die Wirklichkeit aus: So freundlich Arild auch tat, er würde ohne Zweifel Orlygs Befehlen folgen. Sie fragte sich, wie hoch der Lohn war, den ihr Vater ihm und seinem Oheim dafür gegeben hatte. Wahrscheinlich hatten sie das Zubrot nur zu gern angenommen, um sich das karge Wanderleben zu erleichtern.

»Alles, was zu Eurem Schutz dient und was nötig ist, um Euch sicher nach Osgund zu bringen. So haben wir es Eurem Vater versprochen«, sagte Arild merklich kühler.

»Jetzt seid Ihr also meine Bewacher. Wie konnte ich nur annehmen, Vater hätte mich für einen Moment oder gar für die ganze Reise ohne Aufsicht gelassen. Es würde mich nicht wundern, wenn am Ende des Weges noch eine andere Überraschung meines Vaters auf mich wartet.« Sie sah ihn herausfordernd an und wartete darauf, dass er von Barung und von Orlygs Hochzeitsplänen erzählte, um die er zweifellos wusste. Doch Arild schwieg. Verstimmt zügelte sie ihr Pferd und ließ sich zurückfallen. Arild folgte ihr nicht.

Am Mittag passierten sie ein windiges Hochplateau, von dem der Blick weit auf das Meer und über die umliegende Gegend ging. Im Süden wand sich wie ein grünes Band der baumgesäumte Frenfluss, und im Norden schimmerten in unwirklichem Grau die fernen Schatten der Zehn Brüder, der Bergkette, die Stormhavn im Süden von Osgund im Norden trennte. In der Mitte des zum Meer hin abfallenden, mit niedrigem Buschwerk bewachsenen Plateaus kamen sie zu einem steinernen Quader, der über mannshoch zwischen zwei uralten, windschiefen Eichenbäumen aufragte. Ein kleiner, in groben Schiefer gefasster Brunnen entsprang an dieser Stelle, die Valgrim als Rastplatz auserkoren hatte.

Lärka ging zu der grauen Steinplatte. Szenen waren in den Stein gemeißelt, die die Geschichte eines Krieges erzählten. Bärtige Männer mit langen, hinter einem Ohr geknoteten Haaren und nacktem Oberkörper kämpften mit kurzen Schwertern gegen andere Männer mit kurzem Haar und gepanzerten Hemden. Die Langhaarigen trugen kleine Kugeln an ihren Gürteln, die Lärka nicht deuten konnte. Auf den Bildern am oberen Rand standen sich die Feinde gegenüber. In der Mitte waren die Langhaarigen zwischen Bäumen zu sehen, der Wald umringt von den Gepanzerten. Das Seltsame daran war, dass sich die Figuren der Langhaarigen im Wald aufzulösen schienen. Man sah hier ein halbes Gesicht, aber keinen Körper, dort einen Arm mit Schwert hinter einem Baum hervorragen und an anderer Stelle nur einen Umriss. Die nächste Szene zeigte die Langhaarigen seltsam gekrümmt am Waldboden liegen, während ihre Feinde in geschlossener Formation in den Wald vorrückten. Auf dem untersten Bild war dargestellt, wie die Gepanzerten ihre am Boden liegenden Gegner förmlich abschlachteten. Ströme von Blut ergossen sich aus den Leibern der Getöteten auf den Waldboden.

Die Vorderseite der Steinplatte war umrahmt von einer Inschrift in Zeichen, wie Lärka sie auch in Ribehof gesehen hatte. Während sie sich in die Bilder vertiefte, stand auf einmal Bolverk neben ihr.

»In Vorzeiten verlief hier eine Grenze zwischen den Geestleuten im Süden und den wilden Gorunnen im Norden«, erklärte er beflissen. »Das waren die blutrünstigsten Wilden, die Ihr Euch vorstellen könnt. Sie liefen laut schreiend und über und über mit Blut beschmiert in die Schlacht. Ihren Gegnern schnitten sie – ob tot oder lebendig – die Köpfe ab und nahmen sie als Siegestrophäen mit nach Hause.« Bolverk zeigte auf die Kugeln am Gürtel einer Gorunnenfigur, über deren Bedeutung Lärka eben noch gerätselt hatte, und das junge Mädchen schauderte.

»Als die Gorunnen aufsässig wurden und ihre Raubzüge in den Süden zur Plage, zogen die Geestleute unter Than Marobrad gegen sie aus«, fuhr Bolverk fort. »Die Gorunnen nannten sich Kinder der Bäume und versteckten sich vor der Überzahl der Angreifer in einem Wald. Die Geestmänner belagerten diesen Wald irgendwo zwischen hier und Osgund und stellten die Feinde in einer ruhmreichen Schlacht. Es heißt, Marobrad ließ das Bildnis aufstellen, um allen davon zu künden und um die wenigen Gorunnen, die es überlebten, zu warnen.«

»Ist es das, was dort am Rand in Schriftzeichen steht?«, fragte Lärka und beneidete wieder einmal alle, die des Lesens kundig waren.

»Das sind die Runen des Geestlandes«, hörte sie Arilds Stimme hinter sich. Er las vor: *»Marobrad, Than des Geestlandes, hochgerühmter Kämpfer, ließ in Stein hauen die Geschichte des großen Sieges. Den Geestkriegern zum Ruhme und den Gorunnenmännern als ewige Warnung. Kehrt um, und hütet Euch vor der Schärfe unserer Schwerter.«*

Versunken betrachteten sie noch eine Weile die in Stein gemeißelten Zeugnisse der Geschichte. Lärka hatte schon vom heldenhaften Than Marobrad und seinem Kampf gegen wilde Völker gehört. Im harten Wind der Küste vor diesem Steinmal zu stehen, das vor Hunderten Jahren vielleicht gar von Marobrad selbst hierhergebracht worden war, erfüllte sie mit Ehrfurcht. Vor dem Hintergrund dieser Geschichte schienen ihre eigenen Anliegen für einen Augenblick unbedeutend.

Ob sie nun verheiratet wurde und mit wem, ob sie auserwählt war, eine Gabe zu besitzen oder nicht, sie würde niemals den Lauf der Geschichte so beeinflussen wie Marobrad. Konnte es ihrem Vater nicht gleichgültig sein, wen sie heiratete? Wen würde es kümmern, wenn sie versuchte, ihr eigenes kleines Glück zu finden? Seit ihrem Aufbruch vom Frenfluss war in ihr die Ansicht gereift, dass Barung ihrer nicht würdig war. Als Gemahlin eines Mannes, der grüne Weiber ablehnte und vielleicht gar verfolgte, würde sie das Erbe ihrer Mutter nicht antreten können. Vielleicht gab es noch andere Unverheiratete, die Orlyg würdig und ihr selbst liebenswert erschienen und die ihre Fähigkeiten dulden oder gar gutheißen würden.

Sie spürte die Wärme im Rücken, wo Arilds groß gewachsene Gestalt den rauen Wind von ihr abhielt. Einen Moment lang hing sie einem Gedanken nach, der gar nicht so unerfreulich war: Abgesehen davon, dass sie sich über seine Geheimniskrämerei ärgerte, hatte Arild einige der Eigenschaften, die sie sich für ihren Gemahl wünschte: freundlich, gutherzig, ein Beschützer und sogar ein Wissender. Er würde ihr gewiss erlauben, die Kräuterkunde zu erlernen und ihre Gaben einzusetzen. Und waren sie einander nicht auf besondere Weise verbunden, weil sie sich gegenseitig vor dem Tod bewahrt hatten?

Aber dann schüttelte sie den Kopf. Orlyg würde sie nie unter Stand verheiraten, und Arild hatte sicherlich seine eigenen Pläne und würde sich nicht gegen die Vorhaben ihres Vaters stellen. Während sie weiter gedankenverloren vor dem Steinmal stand, wandte Arild sich um und ging zurück zum Brunnen. Eine Böe traf Lärkas Rücken und ließ sie frösteln. Es blieb ihr nur zu hoffen, dass sie auf der Reise jemanden kennen lernen würde, den *sie* ihrem Vater als Gemahl vorschlagen könnte – wenn schon keinen Adligen aus Jaspis, so doch einen Vornehmen aus den Küstenstädten. Jörn wäre bestimmt auf ihrer Seite, wenn er von ihrem Anliegen erführe. Sie müsste sich nur wieder mit ihm versöhnen. Unwillkürlich richtete sie sich gerade auf und beschloss, sich den Fragen ihres Vetters zu stellen – aber möglichst, ohne ihr Geheimnis preiszugeben. Sosehr sie Jörn schätzte, so war er doch der Sohn von Asa und Fregar, die genauso wie Orlyg allem zutiefst misstrauten, was den Hauch von Hexenkunst an sich hatte. Ihre Gabe musste für ihn etwas Erschreckendes haben, davon war sie überzeugt.

Nach der Mittagsrast führte Lärka ihr Pferd am Zügel – ein bisschen Bewegung würde ihr guttun – und gab Jörn durch Blicke zu verstehen, dass er an ihrer Seite laufen möge. Der Wind fegte unvermindert über die baumlose, felsige Hochebene, sodass sie nahe beieinander gehen mussten, um sich unterhalten zu können.

»Jörn, bist du mir wirklich böse?«, begann sie.

Jörn schwieg lange genug, um sie das ganze Ausmaß seiner Verstimmung spüren zu lassen. Schließlich seufzte er. »Ach, Lärka, ich weiß gar nicht mehr, was ich von dir denken soll. Du bist so seltsam geworden.«

»Nein, ich bin immer noch deine Lieblingsbase und du mein Lieblingsvetter.«

»Du weißt genau, was ich meine. Erst die Sache mit dem Bären, dann siehst du etwas bei Kori, schließlich weißt du, wo Arild zu suchen ist. Und du machst aus allem so ein Geheimnis. Was soll ich davon halten? Gute Freunde sollten einander vertrauen«, sagte er und kickte einen Stein mit dem Fuß vor sich her.

»Ich weiß nicht, wie ich es dir erklären soll.«

»Na, red einfach. Ich habe ja auch keine Geheimnisse vor dir!«

»Ach nein?«

»Was denn? Frag mich doch!«

»Welche Geheimaufträge hat dir mein Vater mitgegeben, über die du nicht mit mir reden darfst?«

»Nein, doch nicht solche Fragen!« Jörn schaute sie empört an und hob abwehrend die Hände.

»Genau *solche* Fragen. Willst du es mir nicht sagen?«, beharrte Lärka.

»Darüber darf ich mit niemandem reden, Befehl des Thans!« Jörn sah sie flehend an.

»Dein Geheimnis gegen meins«, verlangte sie und war sich schon Jörns Einlenken sicher, bevor er den Mund aufmachte.

»Also gut ...«, setzte er an.

»Du zuerst!«, unterbrach sie ihn schnell. Jörn stöhnte.

»Du bist grausamer als ein Troll«, lamentierte er, »aber wie du willst. Nur musst *du* mir diesmal versprechen, dass du es niemandem weitererzählst.«

Sofort hatte Lärka die Hand gehoben und flüsterte verschwörerisch: »Ich gelobe es!«

»Es ist so«, begann er, »der König will Waffenmetall im Norden jenseits der Forstberge abbauen lassen. Das Land gehört weder dem König noch den Küstenstädten, aber der König wird es beanspruchen. Es könnte nützlich sein, bei diesem Unterfangen mitzumachen, sagte Oheim Orlyg. Er hat dem König angeboten, Ribehof zum Ausgangshafen für die Fahrten entlang der Küste zu machen. Schiffe würden mit Material und Verpflegung nach Norden fahren und mit dem Metall beladen zurückkommen. Vom Fjord aus können sie sogar den Ribälven hinaufrudern und dann die Lasten mit Eseln bis nach Jaspis schaffen. Ich werde die Dorfthane von Stormhavn und Osgund darüber informieren, dass der Zug des Königs bei ihnen rasten wird. Außerdem werde ich sie im Auftrag deines Vaters um Unterstützung für den König fragen. Wenn die Leute im unwirtlichen Norden arbeiten, werden sie Getreide, Milch und Fleisch aus dem Geestland brauchen. Unsere Küstenfahrer können mit ihren Schiffen einfach und sicher zwischen den Bergleuten und Ribehof pendeln, und der König wird alle Schiffe in Dienst nehmen wollen, die er finden kann. Denn die Zeit drängt: Im Spätjahr friert der Pass nach Norden wieder zu – und zwar für die nächsten zwanzig Jahre. Orlyg hat mir auch Briefe an die Dorfthane mitgegeben, worin er die Einzelheiten erklärt. Dein Vater will die Königlichen selbst empfangen und wird bis zu ihrer Ankunft in Ribehof bleiben. Dann wird er uns nachreisen, um selbst mit den Dorfthanen über sein Vorhaben zu sprechen. In Osgund treffen wir uns.«

»Was soll daran so geheim sein?«, fragte Lärka und war ein bisschen enttäuscht. Boote, Esel und Ortskundige für den König zu organisieren, das hörte sich nicht sehr aufregend an.

»Das weiß ich auch nicht.« Jörn zuckte mit den Schultern. »Aber dein Vater hat mir deutlich zu verstehen gegeben, dass ich nur mit den Dorfthanen darüber reden darf und dass die Briefe nur in die Hände von Than Fasolt von Stormhavn und deinem

Oheim Grenjad gehören und ansonsten verbrannt werden sollen.«

Grenjad war mit Lärkas Tante Rutlindis verheiratet und seit einiger Zeit Dorfthan von Osgund. Lärka wusste sich keinen Reim auf die Vorhaben ihres Vaters zu machen und schwieg.

»Siehst du, Orlygs Geheimaufträge haben nichts mit dir zu tun«, sagte Jörn, »aber *deine* Heimlichtuerei hat mich in eine peinliche Lage gebracht.«

»Wenn mein Geheimnis geholfen hat, Arild zu finden, und sonst niemandem schadet – außer dass ich von dir etwas Deckung brauche –, ist es doch nicht so schlimm.«

»Jetzt bist du dran. Was hat es mit all dem auf sich?«

»Nenn es Hexerei, wenn du willst. Ich kann es nicht genau erklären, ich sehe im Traum eben ...«, Lärka suchte nach einem passenden Wort, »... Dinge.« Jörn musterte sie kritisch wie ein strenger Richter, der mit den Erklärungen seiner Gefangenen nicht zufrieden war. »Durch Wände und alles hindurch«, fügte sie hinzu, »ohne, dass ich selbst gesehen werde. An meinem siebzehnten Ehrentag geschah es zum ersten Mal. Ich weiß nicht, woher es kommt oder wann. Es passiert einfach manchmal, wenn ich schlafe. Und was ich gesehen habe, weißt du ja.«

Jörn schwieg verblüfft.

Sie lächelte unsicher. »Willst du jetzt zu Vater gehen und ihm sagen, er soll mich so lange die Latrinen reinigen lassen, bis ich alles erzähle?«

»Blödsinn, nein!«, sagte Jörn unschlüssig, ob er sich mit dem, was sie preisgegeben hatte, begnügen sollte.

»Können wir wieder Freunde sein?«, fragte sie eindringlich.

»Mmh«, brummte er nachdenklich. »Du wendest deine Hexenkunst sicher nicht bei mir an, auch wenn wir einmal verheiratet sein sollten?«

»Niemals, solange du nicht im Wald verloren gehst!«, sagte Lärka, und Jörn konnte sich ein Grinsen nicht verkneifen.

Gegen Abend erreichten sie den Saum des Waldes, der bis an die Felsküste reichte und die Heidelandschaft ablöste. Valgrim schien sich zu entspannen, denn als sie ihr Abendlager im Schutz der Bäume aufschlugen, teilte er nur je eine Wache ein.

Nach dem Aufbruch am nächsten Morgen begann Lärka bald, die weiten Ausblicke der vergangenen Tage zu vermissen. Der Wald war dicht, und teilweise standen die Kiefern, Fichten und Tannen so eng beieinander, dass sie links und rechts des Weges nur in dunkle Gänge blickte. Lärka ertappte sich dabei, wie sie immer öfter nach oben schaute, um durch das hellgrüne Dach des Waldes ein paar Ausblicke auf den Himmel zu erhaschen. Jetzt hat mich der Wolkenkopf schon angesteckt, dachte sie belustigt. Das trockene Wetter blieb ihnen treu, sodass sie gut vorankamen. Der Weg verzweigte sich des Öfteren, doch nirgends gab es Wegmarken. Lärka konnte nur hoffen, dass Valgrim noch wusste, wo sie waren. Nach der Mittagsrast an einem kleinen klaren Bachlauf brachen Daryn und Olvir nicht mit ihnen auf, sondern blieben am Lagerplatz zurück.

»Wir sind nicht mehr weit von Stormhavn«, sagte Valgrim zu Lärka und Jörn. »Daryn und Olvir gehen nicht in die Dörfer und Städte. Wir werden sie auf der Weiterreise wiedertreffen.«

»Sie haben Wildschweinspuren gefunden und werden eine prächtige Jagd haben, während uns einstweilen der Magen knurrt«, seufzte Bolverk.

Sie zogen weiter durch den Wald, der, nun von Buchen und Birken durchzogen, lichter wurde. Sie waren noch nicht weit gekommen, da hob Valgrim an der Spitze des Zuges plötzlich die Hand. Sie hielten, und Arild lenkte sein Pferd sofort zu seinem Oheim. Er zog einen Pfeil aus dem Köcher und legte ihn ein. Den Bogen mit dem eingelegten Pfeil hielt er in der Linken und die Zügel in der Rechten, bereit, bei Gefahr loszupreschen. Valgrim hatte seinen Mantel beiseitegeschlagen und seine Hand an den Schwertgriff gelegt. Mit einer weiteren Geste gebot Valgrim ihnen Schweigen.

Lärka spähte nach vorne. Sie konnte eine Bewegung vor ihnen zwischen den Bäumen ausmachen. Während sie sich unruhig nach den anderen umschaute und überlegte, ob sie hinter einem Baumstamm Deckung suchen sollte, sah sie plötzlich, was die Wachsamkeit von Valgrim erregt hatte. Zwischen den Bäumen kam ein einzelner junger Mann daher. Irgendetwas an ihm schien seltsam. Er wankte in einiger Entfernung an ihnen vorüber und schien sie nicht zu bemerken. Valgrim rief ihn an, aber er reagierte nicht. Arild flüsterte seinem Oheim etwas zu, und da konnte auch Lärka es sehen: Die Augen des Mannes, der mit marionettenhaften Bewegungen an ihnen vorbeistakste, starrten ins Leere.

Unwillkürlich ließ Lärka ihr Pferd zurückweichen. Sie hatten sich kaum von der Überraschung erholt, als ein zweiter Mann zu ihrer Rechten an ihnen vorüberwankte. Arild trieb sein Pferd an und wollte den Männern nachsetzen, doch Valgrim rief ihn zurück. Sie berieten sich leise.

Dann wandte sich Valgrim zu den anderen. »Ich werde zu Daryn und Olvir zurückkehren und mit ihnen herausfinden, wohin die Männer wollen. Vielleicht bringt uns das weiter. Nach allem, was man erkennen kann, ist es dasselbe wie bei Kori. Ihre Spuren sind breit wie ein Pflug und leicht zu verfolgen. Wenn sie schwächer werden und nicht mehr weiterkönnen, fangen wir sie ein und kommen nach Stormhavn. Ihr geht nach Stormhavn und berichtet Dorfthan Fasolt. In ein oder zwei Tagen bin ich wieder bei euch. Lasst mich das Packpferd mitnehmen.« Sie verteilten die Last des Packpferdes eilig auf die anderen beiden Pferde und auf Bolverks Karren, der murrend die am Frenfluss gesammelten Weidenrutenbündel ablud. Dann verschwand Valgrim zwischen den Bäumen.

Arild winkte Lärka, Jörn und Bolverk zu sich und richtete das Wort an sie. »Wir werden zwei oder drei Nächte in Stormhavn bleiben. Dann ziehen wir weiter. Dorfthan Fasolt ist ein Verbündeter und treuer Untergebener von Orlyg, nicht wahr, Jörn?«

»Ja, mein Oheim hat mir einige Dinge für ihn aufgetragen. Ich freue mich schon auf das Gastmahl, das es gewiss uns zu Ehren geben wird. Der Stormhavner Met ist bis nach Ribehof berühmt.«

»Fasolts Gastfreundschaft auch«, erwiderte Arild. »Er wird beleidigt sein, wenn wir nicht mindestens zehn Nächte unter seinem Dach wohnen. Aber wir haben schon einige Zeit verloren und sollten nicht zu lange bleiben. Und noch eines: Hütet euch vor Trond, Fasolts Sohn. Es heißt, dass er sich mit seinem Vater nicht sonderlich gut versteht. Trond hat einige Jahre in Jaspis gelebt, und wir sollten allem misstrauen, was zu lange unter dem Einfluss von König Hakon gestanden hat.«

Lärka sah, wie Jörn und Bolverk wissend nickten, und tat dies ebenfalls, obwohl sie keine Ahnung hatte, warum ein Aufenthalt am Königshof Anlass zu Misstrauen geben sollte.

Jetzt wandte sich Arild an Jörn, und seine Stimme nahm einen feierlichen Tonfall an. »Valgrim und ich haben euch durch den Wald geführt. In Stormhavn bist du unser Anführer. Valgrim und ich sind schließlich nur eure Eskorte«, sagte er und warf Lärka einen Seitenblick zu. »Hier ist dein Pferd, Fregarssohn. Reite du voran«, sagte Arild und gab dem überraschten Jörn die Zügel in die Hand. Er schärfte ihm noch einige Verhaltensregeln, den Than und seinen Sohn betreffend, ein und kletterte dann zu Bolverk auf den Kutschbock. Jörn strahlte Arild dankbar an und platzte fast vor Stolz, als er auf sein Pferd stieg, sich an die Spitze der kleinen Gruppe setzte und das Zeichen zum Aufbruch gab.

Als sie den Wald verließen, bot sich ihnen ein atemberaubender Anblick. Vor ihnen lag Stormhavn mit seiner Palisadeneinfriedung, umgeben von frühlingsgrünen Getreidefeldern, die mit grauen Mauern aus aufgeschichteten Steinen unterteilt waren. Weithin war das wild flatternde Banner mit dem Blauen Marlin – einem Schwertfisch – auf weißem Grund am Osttor der Siedlung zu sehen. Dahinter lag grau und schwer die See. Ungeschützt von den Bäumen konnten sie den kräftigen Wind spüren, der Schaumkronen auf die Wogen trieb und den Salzgeruch bis zu ihnen trug. Im Norden hoben sich vor dem blaugrauen Himmel nun deutlicher die Gebirgskette der Zehn Brüder ab, hinter denen Osgund lag. Weiße Wolkenfetzen hielten sich auf halber Höhe an den dunklen Bergen fest. Der Anblick war so überwältigend, dass alle unwillkürlich einen Moment angehalten hatten.

Lärka hoffte inständig, dass die Häuser vor ihnen nicht nur lebende Tote bargen. Seit fast einem Dutzend Jahren war dies ihr erster Besuch in einer Siedlung außerhalb Ribehofs. Sie wischte energisch alle Ängste und trüben Gedanken beiseite und gab sich der Vorfreude auf den festlichen Empfang hin, den man ihnen als Gesandte des Küstenthans sicherlich bereiten würde.

Ihr Weg durchquerte nun die Felder und führte sie zum Osttor, das von zwei Speerträgern mit Schild und Lederpanzer bewacht wurde. Jörn sprach kurz mit einem der Wachhabenden. Als der Mann Jörns Siegelring sah, brachte er sie persönlich zum Hof des Dorfthans.

Sie näherten sich dem Anwesen und bemerkten rege Bautätigkeit. Steine und Balken wurden in das Innere der hölzernen Umfriedung gebracht. Von drinnen waren geschäftiges Treiben und das Hämmern von Zimmerleuten und Steinmetzen zu hören. Ein Mosaikleger hatte begonnen, im Scheitel des Torbogens das Marlin-Wappen aus farbigen Steinen zu formen. Sie lenkten Pferde und den Karren durch das Tor der Umfriedung und hielten dann auf Geheiß der Wache an.

Sie sahen, dass ein neues, steinernes Langhaus entstanden war, das doppelt so hoch wie die Häuser aufragte, die Lärka kannte. An seiner Vorderseite legten zwei ältere Männer mit staubgrauen Haaren letzte Hand an ein Mosaik mit Bildern einer Eberjagd und Kampfszenen, die Lärka an das steinerne Mal erinnerten. An anderen Stellen im Thanhof waren die Handwerker daran, die Häuser aus Holz und Reisig abzureißen und an ihrer Stelle gemauerte Wände hochzuziehen. Alles roch nach Lehm, Mörtel und frisch gehobeltem Holz. Lärka sah, wie Bolverk und Arild mit emporgezogenen Augenbrauen Blicke tauschten.

Der Bader begann umherzuspazieren und musterte dabei jede

Ecke und jeden Winkel so akribisch, als suche er sie nach Ungeziefer ab. Während er hierhin und dorthin schlenderte und so tat, als würde er alles inspizieren, sah Lärka, dass die beiden alten Mosaikleger in ihrer Arbeit innehielten und Bolverk unverhohlen anstarrten. Sie tuschelten aufgeregt miteinander und schauten immer wieder fassungslos zum Bader hin. Der Kleinere der beiden schien zu Bolverk hingehen zu wollen, doch der andere hielt ihn zurück und wies ihn zurecht. Lärka fragte sich, ob Bolverk die beiden wohl einmal kuriert – oder schlimmer noch – erfolglos behandelt hatte und was ihnen wohl von dieser Seite her drohen würde. Doch die Männer setzten ihre Arbeit fort und begnügten sich damit, ab und zu lange Blicke auf Bolverk zu werfen. Der war gerade in die Betrachtung einer Mauerritze vertieft und hatte das Ganze nicht zur Kenntnis genommen.

Mittlerweile hatte der Wachsoldat den Hausherrn herbeigeholt. Sie wurden von einem gutaussehenden jungen Mann mit kupferbraunem Haar, kurzgeschorenem Vollbart und stolzem Gebaren empfangen. Er trug nicht die kurzen Kittel und geschnürten Hosen der Geestleute, sondern ein knielanges, bortenbesetztes Hemd aus feinem blauen Stoff, zusammengehalten von einem Ledergürtel, dazu eng anliegende Beinlinge und halbhohe Stiefel aus Leder. Als er seine Hand zum Gruß hob, konnte sie am Ringfinger seiner rechten Hand einen Ring mit einem auffälligen Stein glitzern sehen.

»Seid willkommen. Ich bin Trond, Than von Stormhavn.«

»Danke für Euer Willkommen«, sagte Jörn mit einer Verbeugung und versuchte seine Überraschung zu verbergen. »Wir bringen Grüße von Than Orlyg für den Dorfthan von Stormhavn«, fuhr er fort und zeigte Orlygs Siegelring. »Ich bin Jörn, Fregars Sohn, Orlygs Neffe. Ich habe Nachrichten für Euch vom Than der Küstenstädte, die wir später besprechen können. Das ist Lärka, Orlygs Tochter.« Trond deutete eine Verbeugung an und musterte Lärka so offen mit abschätzenden Blicken, dass ihr abwechselnd heiß und kalt wurde.

»Wie geht es Eurem Vater?«, fragte Jörn, und Lärka konnte sehen, wie Arild den jungen Than scharf beobachtete.

»Er ist zu den Ahnen gegangen, letzten Neumond«, sagte Trond, ohne eine Miene zu verziehen. Das war kaum drei Wochen her.

»Möge seine Reise leicht sein«, murmelten Lärka und Jörn, wie es der Brauch forderte.

»Danke. Kommt herein, und seid meine Gäste«, sagte Trond. Er nahm Lärka die Zügel aus der Hand und warf sie mit einer nachlässigen Bewegung zu Arild, ohne ihn eines Blickes zu würdigen. Dann lud er Jörn und Lärka mit einer galanten Armbewegung in das Steinhaus ein. Arild nahm die Pferde und humpelte neben Bolverk zum Stall.

Sie betraten den großen Saal des Langhauses. Die Wände zierten gewebte und gestickte Wandbehänge, die die furchtlosen Stormhavner Seefahrer in ihren hölzernen Langbooten inmitten hoher Wellen und umgeben von Fischen und Seeungetier zeigten. Zwischen den Wandbehängen gab es kleine Sockel, auf denen Öllampen standen. Von der hohen Holzdecke hing ein riesiges eisernes Rad an einer Kette, darauf waren unzählige Kerzen angebracht.

Während Lärka sich beeindruckt umsah, gesellte sich eine Frau mit fröhlichem Wesen zu ihnen, deren Ähnlichkeit mit Trond verriet, dass sie zur Familie gehörte. Sie hatte dieselben rotbraunen Haare, die in einem langen Zopf an ihrem Rücken herunterhingen. Sie war ungefähr so groß wie Lärka, etwas kräftiger und mochte gut und gern mehr als zwanzig Sommer gesehen haben. Sie trug das gewöhnliche Hemdkleid und die Lederschürze der Geestfrauen und keinen Schmuck. Offenbar hatte sie für die Besucher ihre Arbeit unterbrochen. Das schien sie nicht zu verdrießen, denn ihr herzförmiger Mund lächelte so ausdauernd, als hätte sie in ihrem ganzen Leben noch keine dunkle Stunde erlebt.

Die Frau wandte sich an Lärka und sagte: »Willkommen. Ich bin Idona, Tronds Schwester. Ich mache hier die Arbeit, bis mein Bruder endlich geruht, sich eine Gemahlin zu wählen.« Sie strahlte, als wäre es das reine Vergnügen für sie. »Ihr werdet in meinem Gemach wohnen, bitte folgt mir.«

Während Trond eine Unterhaltung mit Jörn begann, geleitete sie Lärka ans andere Ende des Saales. Durch eine eisenbeschlagene Tür kamen sie, vorbei am Hinterausgang, zu einer hölzernen Treppe, die in das obere Stockwerk führte. Lärka erinnerte sich vage daran, als Kind in Jaspis ein Haus mit zwei Stockwerken gesehen zu haben, und staunte, diese Bauweise hier zu finden. Sie stiegen hinauf, liefen durch einen Gang und kamen zu einer geräumigen Kammer, in deren Mitte ein großes, mit einem braunen Filzüberzug bedecktes Holzbett stand sowie mehrere Truhen und eine Bronzescheibe, die Idona als Spiegel diente. Ein Kaminfeuer vertrieb die heraufziehende Kühle der Abendluft, die durch ein Fenster in die Kammer drang.

Idona hieß eine Magd, das Gepäck zu holen und Wasser für ein Bad anzuheizen. »Mein Bruder wird sicherlich allerlei Köstlichkeiten bereiten lassen für heute Abend. Wir wollten die Einweihung des neuen Hauses feiern, und nun wird unsere bescheidene Unterkunft sogar durch Eure Anwesenheit geehrt. Sicher wird es Musik geben. Es ist herrlich, wieder einmal Gäste zu haben nach dem langen Winter. Ihr könnt Euch erfrischen. Ich habe noch etwas zu tun und komme später wieder.«

Lärka genoss das wärmende und reinigende Bad und war in Gedanken schon beim abendlichen Mahl. Musik und Köstlichkeiten erwarteten sie und ein eleganter Gastgeber, der – gleich, was Arild über ihn sagte – bestimmt eine angenehme Gesellschaft sein würde. Orlyg und Asa waren weit weg, und Arild würde nicht wagen, sie vor den Gastgebern zu bevormunden. Es versprach, ein wunderbarer Abend zu werden.

Als sie ihr grünes Festgewand mit den gestickten Ribehofer Bäumen angelegt hatte, betrat Idona wieder die Kammer. Sie hatte ein dunkelrotes Kleid mit weit geschnittenen Ärmeln und einem großen Ausschnitt an, das ihre Formen deutlich betonte. Lärka hatte so etwas noch nie gesehen.

»Hhm«, brummte Idona und musterte die erstaunte Lärka. »Also grün. Ein edles Gewand, das Ihr da habt, aber sehr altmodisch. Lasst mich Euch etwas zeigen.« Sie kramte in einer Truhe und zog etwas Dunkelgrünes aus fließendem Samt hervor. »Trond hat es mir vor kurzem aus Jaspis mitgebracht, aber er hatte mich leider etwas schlanker in Erinnerung, als ich tatsächlich bin«, sagte sie und kicherte. »Das müsste Euch wunderbar stehen, und Euren Gürtel könnt Ihr auch darauf tragen. Probiert es an.«

Lärka war so überrascht, dass sie ohne zu zögern gehorchte. Das Samtkleid war viel enger geschnitten als die Gewänder, die sie kannte. Wie das von Idona hatte es weite Ärmel, deren Enden fast bis auf den Boden hingen, und war am Hals tief ausgeschnitten. Idona schloss es mit Bändern und Knöpfen an der Seite und an der Schulter und nickte zufrieden.

»Viel besser, findet Ihr nicht auch?«, sagte sie und schob Lärka, die sich unsicher bewegte, vor den Bronzespiegel. Lärka fühlte sich in dem enganliegenden Kleid fast nackt.

»Ich kann mich ja kaum bewegen«, sagte sie und drehte sich mit vorsichtigen Bewegungen, um sich im Spiegel zu betrachten.

»Ihr sollt ja auch nicht arbeiten, sondern nur elegant herumwandeln und zu Tische sitzen«, erwiderte Idona belustigt. »Das Arbeiten und das Tragen der rückständigen Hemdkleider könnt Ihr für heute Abend den Mägden überlassen. Habt Ihr Euren Schmuck dabei?«

Lärka wollte verneinen, denn natürlich war es undenkbar, den reichen Goldschmuck einer Geestfrau auf eine Reise mitzunehmen. Da fiel ihr etwas ein. Sie drehte sich um, tat so, als nestele sie an ihrem Reisebündel herum, und zog dabei die Silberkette aus dem Saum ihres eigenen Kleides. »Hier!«

»Wunderbar! Wie ungewöhnlich«, sagte Idona, nahm Lärka die Kette ehrfurchtsvoll aus der Hand und legte sie ihr vorsichtig um. »Jetzt die Haare.«

Idona löste den Zopf, mit dem Lärka ihre Haare wie gewohnt gebändigt hatte, holte eine Bürste und striegelte Lärkas Haar eigenhändig, bis es glänzte. Dann verschwand sie kurz und kam mit einem Band wieder, das sie um Lärkas Stirn wand. »Jetzt fehlt nur noch eines«, sagte sie und zauberte ein paar Tiegel und Töpfe hervor.

»Aber das geht nicht«, sagte Lärka, die zwischen Abscheu und Bewunderung schwankte.

»Was soll daran falsch sein?«, fragte Idona aufgekratzt, rieb Lärka die Lippen mit Fett und die Wangenknochen mit einer zartrosa Paste ein.

»Wie sehe ich denn aus? Ihr macht ja eine Gauklerin aus mir!«

»Nein. Eine Frau!«, stellte Idona fest, gab ihr einen Tropfen Lavendelöl auf die Haare und lächelte zufrieden.

Es war Abend geworden, aber von Dunkelheit keine Spur. Unzählige Öllampen erhellten das Langhaus und den Innenhof des Anwesens, wie Lärka bei einem Blick aus dem Fenster sehen konnte. Sie stiegen die Holztreppe hinunter und gingen durch die eisenbeschlagene Zwischentür in die Halle. Hier waren mittlerweile die Tische in der typischen Hufeisenform aufgestellt, mit geschnitzten Stühlen für den herrschaftlichen Tisch an der Stirnseite und Bänken für die anderen Gäste an den längsseitigen Tischen. Die Reaktion der Anwesenden zeigte Lärka, dass Idona ein Wunder vollbracht haben musste: Jörn starrte sie an, und auch Arilds Aufmerksamkeit schien ganz ihr zu gehören. Trond erhob sich und strahlte, als er ihr den Sitz neben ihm an der Stirnseite anbot.

Stolz und aufrecht wie eine Prinzessin schritt Lärka an die Tafel, nahm Platz und ließ ihren Blick huldvoll umherschweifen. Jörn saß zur Linken des Thans, und Idona ließ sich an Lärkas rechter Seite nieder. Am nächsten Seitentisch, bei den gemeinen Leuten, saßen Arild und Bolverk in ihren staubigen Kleidern, wie gerade hereingeweht.

Trond ließ eine Fülle köstlicher Speisen auftischen. Da gab es Fisch, Hirsch, Kohl und Brot. Zu Lärkas Überraschung wurde am Tisch des Dorfthans von edlem Silbergeschirr getafelt. Auf den seitlichen Tischen fanden sich Bretter für die Speisen, die sich jeweils mehrere Gäste teilten, und tönerne Trinkbecher. Neben den obligatorischen Messern gab es an allen Plätzen sogar noch anderes Esswerkzeug. Lärka musste einen Moment in ihren Erinnerungen suchen, bis sie wieder wusste, was es war: dreizackige Gabeln, mit denen man statt mit den Fingern die Speisen aufnehmen und in den Mund schieben konnte.

Sie schaute zu ihren Reisegefährten. Aber wie erwartet benutzten Jörn, Arild und Bolverk die Gabeln nicht, sondern aßen der Gewohnheit folgend mit Messer und Händen. Sie fühlte sich mit einem Mal wie eine Barbarin. Verstohlen beobachtete sie Idona beim Gebrauch der Gabel und ahmte sie so gut wie möglich nach. Trotz der Gabeln gab es Tischschalen mit Wasser für die Hände und Leintücher zum Abtrocknen. Diese Ausstattung steht eher einem König zu als einem Dorfthan, einem Vasallen meines Vaters, dachte Lärka staunend.

Das Starkbier und der zu Recht von Jörn gerühmte Stormhavner Met flossen in Strömen. Das salzige Fleisch machte durstig, und Idona sorgte gut gelaunt dafür, dass Lärkas Kelch immer voll war.

»Erzählt mir von Eurer Reise«, sagte sie.

Lärka berichtete von den Beschwerlichkeiten unterwegs, von dem Umweg an die Furt und erwähnte Arilds Unglück am Fluss.

»Ah, ich habe schon von dem pelzigen Mann gehört«, sagte Idona, »wie heldenhaft er nach seinem jungen Freund gesucht und wie er ihn todesmutig aus den Fluten gerettet hat.«

Lärka verzichtete darauf, Bolverks Lügengeschichte durch eine von ihr ebenfalls frei erfundene Fassung zu ersetzen. Sie beließ es dabei, zustimmend zu nicken und ihren anhaltenden Durst mit noch mehr Met zu bekämpfen. Aus den Augenwinkeln konnte sie sehen, wie Trond sich von einer Magd nachschenken ließ und der jungen Frau etwas ins Ohr flüsterte. Die Magd warf lachend den Kopf zurück und drohte ihm spielerisch mit dem Finger. Als er nach ihr greifen wollte, wich sie ihm geschickt aus, kicherte und ging weiter.

»Sagt mir ...«, begann Idona neben ihr, und Lärka wandte sich wieder ihrer Gastgeberin zu. »Allein unterwegs mit drei Männern ... verhalten die sich auch alle ziemlich?«

»Natürlich, was denkt Ihr denn!«

»Ich habe Augen im Kopf und sehe zumindest zwei junge Männer, denen vorhin bei Eurem Erscheinen fast die Augen aus dem Kopf gefallen sind. Der eine«, sie machte eine Kopfbewegung in Richtung Jörn und senkte die Stimme, »ist noch ein bisschen jung. Aber der andere ist im richtigen Alter. Etwas zerlumpt, aber von geradem Wuchs, und schöne Augen hat er dazu. Findet Ihr nicht auch?«

Lärka trank einen Schluck Met, schaute zu Arild hinüber, und ihr schien es, als könne sie ihn mit Idonas Augen sehen. Wenn er Euch auf eine gewisse Art anschaut, glaubt Ihr, in seinen Augen versinken zu können, wollte sie sagen. Aber sie biss sich auf die Lippen und meinte nur: »Wenn Ihr es sagt.«

Idona seufzte. »Hat er schon unter Eurer Kammer gesungen?«

»Wie bitte? Aber nein, das ist ...«, Lärka überlegte einen Moment, »... undenkbar.«

»Dann dürfte es Euch nicht kümmern, wenn ich Euren Hauptmann ein wenig unterhalte. Erzählt mir von ihm, damit ich ihn nicht langweile.«

»Ich glaube nicht, dass er Unterhaltung sucht«, sagte Lärka gedehnt. »Er schaut am liebsten in die Wolken.«

»Ah, ein Träumer. Das sind oft die romantischsten. Sie schauen in die Wolken und holen dann für ihre Liebste die Sterne vom Himmel. Welche Frau würde nicht alles tun, um die Liebe eines solchen Mannes zu gewinnen?«, sagte Idona etwas lauter als nötig.

»Er ist aber nicht sehr gesprächig«, stellte Lärka fest.

»Oh, solange er zuhören kann und nur ab und zu seinen Mund öffnet, um seiner Herzensdame Höflichkeiten zu sagen, ist das kein Fehler.«

Lärka runzelte die Brauen und überlegte, welche von Arilds

Vorzügen sie noch aufzählen konnte. »Er ist ein guter Schütze mit der Schleuder und ein schneller und ausdauernder Wanderer.«

»Das sind Eigenschaften, die einem Mann gut anstehen. Sie werden nur noch übertroffen von der Reiterei und dem Schwertkampf. Auch die wird er sicherlich beherrschen, nicht wahr? Und wenn er von seinen Kämpfen heimkommt, dann braucht er ein zünftiges Essen, wie nur wir Geestfrauen es zubereiten können, und eine warme Lagerstatt dazu«, sagte Idona mit einem breiten Lächeln. »Mein erster Mann – möge seine Reise leicht gewesen sein – war ungeschickt mit Waffen. Das war sein Tod.« Sie seufzte. »Er konnte nicht weiter sehen, als sein Arm lang war. Aber es hatte auch seine Vorteile, dass er nicht alles so genau mitbekam«, sagte sie kichernd und warf einen anzüglichen Blick in Arilds Richtung.

»Arild kennt sich ausgezeichnet mit Heiltränken aus. Er hat schon viele Krankheiten besiegt«, sagte Lärka stolz, hatte sie sich doch das Beste für den Schluss aufgehoben. Sie nahm genussvoll einen weiteren Schluck und befand, dass der Met mit jedem Zug besser schmeckte.

»Ooohh!«, sagte Idona bewundernd. »Schon allein die Liebe eines solchen Mannes müsste genug sein, um jede Frau zu kurieren. Und dazu versteht er sich auch noch auf solche Künste – wie wunderbar!« Dann schien ihr etwas einzufallen, und sie musterte Arild erneut. »Oh!«, sagte sie. Diesmal klang sie enttäuscht. »Jetzt wo Ihr es sagt, sehe ich es«, fuhr sie mit gesenkter Stimme fort. »Er hat so einen schmutzig graugrünen Mantel an und erinnert mich an den alten großen Mann, der jedes Jahr ein paar Mal bei unserem grünen Weib vorbeischaut. So ein abgerissener Quacksalber ist er? Und ich dachte, er sei einer Eurer tapferen Ritter ... Na ja, jetzt weiß ich, warum er für Euch nicht in Frage kommt.«

Lärka vergaß, dass sie vor nicht allzu langer Zeit ähnliche Gedanken gehegt hatte, und spürte Empörung in sich aufsteigen. Idona wusste gar nichts über Arild. Lärka würde ihrer Gastgeberin etwas mehr Respekt einflößen müssen, und sie wusste auch schon, wie. »Vielleicht ist er ja ein verborgener König?«, flüsterte Lärka mit hochgezogenen Augenbrauen. »Der Bader sagt, die anderen Graumäntel behandeln ihn so.« Idona sollte ruhig wissen, dass Arild etwas Besonderes war. Dass die Königsgeschichte reine Erfindung war, brauchte ja niemanden zu interessieren.

Tronds Schwester legte ihre angewiderte Miene ab und blickte erstaunt drein. »Ich habe eine Schwäche für Könige in Verkleidung. Was für ein König ist er?«, hauchte sie.

Lärka hätte beinahe aufgelacht. Wie leicht sich Idona doch täuschen ließ! Sie dachte an Bolverks Flunkereien und fantasierte weiter. »Ich würde sagen: Ein König von den Steinen.«

»Oh, wie interessant, ein Steinekönig. Das klingt so kraftvoll«, rief Idona entzückt aus. Aus den Augenwinkeln konnte Lärka sehen, wie Arild zusammenzuckte, als hätte er einen Peitschenhieb abbekommen. »Dann werde ich sofort versuchen, seine Gunst zu gewinnen. Mein Bruder wird mir die Zustimmung zu einer königlichen Verbindung nicht verweigern können.«

Das war nur ein Scherz, wollte Lärka ihrer Gastgeberin hinterherrufen. Zu spät. Idona war bereits aufgesprungen und steuerte auf Arild zu. Lärka sah zu ihm hinüber. Er schaute grabesfinster drein. Ich habe etwas zu Eurer Ehrenrettung getan, Ihr könntet ruhig dankbarer sein, dachte Lärka beleidigt. Irgendetwas schien falsch gelaufen zu sein, und Lärka hatte keine Ahnung, was es war.

Arild und Bolverk erhoben sich, als Idona zu ihnen trat. Sie nahm ohne Zögern Bolverks Platz ein, und Arild wandte sich ihr höflich zu, sodass er Lärka den Rücken zudrehte. Idona warf Lärka ein verschmitztes Zwinkern zu, bevor sie sich in ein lebhaftes Gespräch mit Arild vertiefte.

Lärka verstand nicht, was die beiden redeten, aber sie beobachtete, wie Arild interessiert Idonas Ausführungen lauschte, sogar ab und zu lachte und sie mit seinen Antworten erheiterte. Lärka ärgerte sich. Warum sollte Arild sich so glänzend mit einer Frau unterhalten, deren einziges Sinnen und Trachten auf Kleidermoden und Schminktiegel gerichtet zu sein schien und die ihn vorhin noch verspottet hat, dachte sie. Da wandte sich Trond, der sich die ganze Zeit mit Jörn unterhalten hatte, an sie und riss sie aus ihren Grübeleien.

»Ihr habt Idona von Eurer Reise erzählt. Ich hoffe, sie war angenehm.«

»Die Reiterei ist etwas beschwerlich, aber nichts im Vergleich zu den anderen Ereignissen. Wir hätten beinahe einen Mann in den Fluten verloren, mit Mühe haben wir ihn geborgen. Und vor der Stadt sind uns zwei vom Geist verlassene Männer über den Weg gelaufen. Das war ein fürchterlicher Anblick.«

»Euer Vetter hat es mir erzählt. Niemand wusste, wie man sie halten könnte. Zu unserer Schande muss ich gestehen, dass sich keiner freiwillig für einen Suchtrupp gemeldet hat, weil sie Angst vor bösen Dämonen haben.«

»Ein Teil unserer Eskorte sucht die Männer und wird sie bestimmt finden. Hat Jörn es nicht berichtet? Sein Bruder starb an demselben Leiden. Sie sterben immer.«

»Die beiden Besessenen werden vielleicht elend im Wald verrecken. Aber noch schlimmer ist es, dass sie sterben, ohne das Leuchten des Ribehofer Sterns gesehen zu haben«, sagte Trond und lächelte sie an.

Lärka brauchte einen Moment, bis sie merkte, dass sie gemeint war. Sie schlug die Augen nieder. »Ihr seid zu freundlich.«

»Ich sage nur, was alle hier denken. Ich glaube, Stormhavn muss auf einer unerreichbaren Insel liegen, dass der Ruhm Eurer Schönheit nicht bis hierher vorgedrungen ist.«

Lärka errötete und fühlte, wie Schmetterlinge in ihrem Bauch Frühlingstänze aufführten. Orlyg schickte sie bei Festlichkeiten mit Gästen des Öfteren weg und versteckte sie in Asas Haus.

»Nun, mein Vater ...«, setzte Lärka zu einer Erwiderung an.

»... ist ein mächtiger und weiser Mann«, ergänzte Trond. »Euer Vetter hat mir seine Grüße ausgerichtet und seine Geschäfte erledigt. Ich bin sicher, Orlyg hat Euch auf die Reise geschickt, damit die Dorfthane von der Lieblichkeit Eurer Erscheinung, vom Glanz Eurer Haare, vom Strahlen Eurer Augen und dem Versprechen Eurer Lippen geblendet werden und Euch reihenweise zu Füßen liegen. Dann kann er unter ihnen einen Bräutigam für Euch wählen.«

Diese Vorstellung gefiel Lärka wesentlich besser als die Aussicht auf die arrangierte Hochzeit. Sie überlegte, was ihr Vater wohl gesagt hätte, aber der Met verlangsamte alles, was sie hörte, sah, dachte und sprach. »Das könnte schon sein«, sagte sie schließlich.

»Dann nehme ich an«, fuhr Trond fort, »dass Euer Vater sich bei der Wahl von Euren Wünschen leiten lassen wird, nicht wahr?«

Ja, dachte Lärka, ich werde mir bei Vater Gehör verschaffen. Ich bin erwachsen, und ich habe eine Berufung. Ist es nicht meine Pflicht, meine Zukunft demgemäß zu gestalten? »Sicherlich, ich bin doch kein unmündiges Kind mehr.« Sie kicherte.

»Nein, das kann jeder sehen«, sagte Trond ebenfalls erheitert, hob den Kelch und trank ihr zu.

Sie erwiderte seine Geste, nahm einen Schluck und sah ihn über den Rand des Bechers lächelnd an.

»Wie wäre wohl ein Mann Eurer Wahl beschaffen?«, fragte Trond, rückte näher, als sich ziemte, und sah ihr etwas zu lange in die Augen.

Lärka spürte seine Wärme und roch ein Gemisch aus Met, Lederfett und Schweiß. Sie genoss die Aufmerksamkeit, die er ihr schenkte, und gab bereitwillig Auskunft. »Ein offener Mensch, der seiner Gemahlin in allem vertraut, natürlich mutig, großzügig, ein Edler mit Einfluss, der seine Liebste auf Händen trägt, ein kluger Herrscher ...«

»Danke! Niemand hätte mich besser beschreiben können«, unterbrach Trond sie mit samtener Stimme.

Lärka lächelte. Warum sollte Trond, dessen Freundlichkeit und Eleganz in den Küstenstädten seinesgleichen suchte, nicht auch dem Urteil ihres Vaters standhalten? Nach allem, was Lärka über Barung wusste, war Trond ihm weit überlegen. Ja, sie könnte ihrem Vater Trond als künftigen Gemahl vorschlagen.

Ihr Gespräch wurde unterbrochen, als ein dünner Mann mit fettigem schwarzem Haar an Trond herantrat und mit leiser hoher Stimme Unverständliches in sein Ohr sprach. Trond erhob sich und schenkte Lärka ein galantes Lächeln. »Entschuldigt mich einen Augenblick – ich werde Euch nicht zu lange allein lassen, denn das verdient Ihr nicht.« Dann ging er mit dem Mann hinaus. Lärka sah ihm nach und konnte es kaum erwarten, das äußerst anregende Gespräch fortzusetzen.

Plötzlich war Arild neben ihr und sprach sie leise an: »Ihr solltet Euch vorsehen. Unbedachte Worte können Dinge bewirken, die man später bereut.«

Ärgerlich sah sie ihn an. Sie brauchte jetzt keine Ratschläge. Er sollte verschwinden, bevor Trond wiederkam, sonst würde er ihren Plan vielleicht vereiteln. »Was meint Ihr?«, fragte sie ungehalten.

»Der Dorfthan ist ein schlauer und gefährlicher Mann, und Ihr seid ...«

»... eine erwachsene Frau!«, stellte Lärka fest.

»Gewiss«, sagte Arild leise. »Aber ermutigt ihn nicht noch weiter, er lässt schließlich jetzt schon alle Zurückhaltung vermissen!«

»Ach, und das würde meinem Vater nicht gefallen, nicht wahr? Reuen Euch die Höflichkeiten, die er mir sagt? Das konntet selbst Ihr, der Wachhund meines Vaters, nicht verhindern. Ich genieße es sehr, einmal mit einem Menschen zu sprechen, der in mir weder ein Kind noch eine Hexe sieht. Trond ist der zuvorkommendste und feinsinnigste Mensch, der mir je begegnet ist. Ihr könnt ja zu Idona zurückkehren. Ihr habt Euch doch so prächtig mit ihr unterhalten.«

»Ihr solltet auch zur Thanschwester nicht zu vertrauensselig sein. Was Ihr ihr erzählt habt, kann sich leicht gegen uns wenden.«

Lärka war Arilds ewige Geheimniskrämerei leid. Sie verstand wieder einmal nicht, wovon er sprach. Aber irgendwie war es ihr gleichgültig.

»Ihr habt ihr weismachen wollen, ich sei ein verborgener König«, sagte Arild vorwurfsvoll, als sie ihm nicht antwortete.

»Sie hat so geringschätzig über Euch geredet. Da darf man doch wohl ein wenig flunkern. War es nicht schön, von ihr mit mehr Ehrerbietung behandelt zu werden, als Ihr sonst gewohnt seid?« Sie war überzeugt, ihm einen Dienst erwiesen zu haben.

»Ich habe schon ganz andere Sachen zu hören bekommen, aber sie haben mich nicht umgebracht.«

»Na, dann wird es Euch auch nicht umbringen, wenn ich Euch heraufwürdige«, sagte Lärka trotzig.

»Das könnt Ihr nicht wissen. Der König in Jaspis wacht sehr eifersüchtig darauf, dass niemand – und sei es auch nur ein selbsternannter Tor – ihm seine Königswürde streitig macht. Ihr habt nicht die armen Männer baumeln sehen, die meinten, an der Herrschaft des Königs kratzen zu können.«

»Jaspis ist weit weg und sein König bestimmt mit anderen Dingen beschäftigt.« Gelassen winkte Lärka ab.

»Schaut Euch um, und Ihr werdet entdecken, dass Jaspis auch hier ist«, erwiderte Arild. Dann sah er sie eindringlich an. »Ihr solltet nicht mehr trinken, als Ihr vertragt.«

Das war unerhört. »Und Ihr solltet mir nicht mehr Befehle geben, als Euch zustehn«, fauchte Lärka ihn an. »Ihr mögt im Auftrag meines Vaters handeln, aber Ihr *seid* nicht mein Vater, sondern nur ein gedungener Söldner!«

Arild schaute sie an wie vor den Kopf gestoßen. Dann bemerkte er Trond, der gerade hereingekommen war, stieß einen gemurmelten Fluch aus und humpelte an seinen Tisch zurück.

Trond nahm schwungvoll seinen Platz ein und warf einen abschätzigen Blick auf Arild. »Ach, die aufmüpfigen Wachleute. Wenn Ihr Hilfe braucht, lasst es mich wissen. Ich kann ihn ein paar Tage mit den Hunden einsperren. Das wird ihn Respekt lehren.«

Lärka zuckte kaum merklich zusammen. Das würde sie ihrem Vater nicht erklären können, obwohl sie es Arild für den Bruchteil eines Augenblicks gegönnt hatte.

»Nein, nein«, wehrte sie rasch ab. »Er hat meines Vaters Vertrauen und meines auch. Trotzdem danke für Eure Unterstützung«, sagte sie.

»Sagt, wie lange wird Eure Gegenwart unser armseliges Dorf erleuchten?«, fragte Trond. Lärka überlegte kurz und sah sich nach Jörn um, nur um festzustellen, dass der mit der Hand am Metkrug eingeschlafen war.

»Ich denke für drei Tage. Dann sind wir gestärkt für die Weiterreise.«

»Das ist nicht Euer Ernst! So bald schon? Ihr müsst mindestens eine Woche bleiben, dann sind hier zu Ehren unseres Wappentieres das Marlin-Fest und der Markt. In dieser Zeit könnt Ihr die Reize Stormhavns besser kennen lernen.« Er schaute sie erwartungsvoll an, seine Augen funkelten.

»Und seinen Than ebenso«, sagte sie und blitzte übermütig mit den Augen. Lärka war sicher, dass er ihr die Welt zu Füßen legen würde, wenn sie ihn nur darum bat. Sie würde sich in der kommenden Nacht einen Wahrtraum herbeiwünschen und seine Welt kennen lernen, die vielleicht einmal die ihre sein könnte. Trond legte seine Rechte locker auf ihre Hand und senkte seine Stimme. »Das könnt Ihr schon früher haben.« Er warf ihr einen begehrlichen Blick zu. »Wie wäre es, wenn wir beide heute Nacht . . .«

»Entschuldigt, werter Than«, wurde er von Arild unterbrochen. Trond schaute ihn so unwirsch an, als würde er mit dem Gedanken spielen, ihn sofort an die Hunde zu verfüttern. Arild sprach unbeeindruckt weiter. »Die Anstrengungen der Reise haben den Fregarssohn und die Herrin ermüdet. Sie möchten jetzt die Schlafkammern aufsuchen. Wir werden morgen unsere Vorräte auffüllen und übermorgen wieder abreisen.«

Lärka ärgerte sich über die Einmischung. Das war ja genauso schlimm wie bei Asa. Sie war gar nicht müde, sondern fühlte sich äußerst leicht und heiter und wartete begierig darauf, dass die Musik endlich zu spielen anfinge.

»Das ist nicht deine Entscheidung, Wachmann!«, hörte sie Trond mit dumpfer Stimme knurren.

»Wie Recht Ihr habt, Than Trond.« Auch Arild hörte sich mit einem Mal dumpf an. »Es ist die Weisung von Orlyg, seine Tochter innerhalb von zehn Tagen wohlbehalten nach Osgund zu bringen, sodass ich fürchte, wir müssen auf das Vergnügen des Marlin-Festes verzichten.«

Trond schaute zunächst zu Jörn, der immer noch schnarchte, dann zu Lärka, die ihn benebelt anlächelte. »Ein paar Tage hin oder her – wie soll Orlyg davon erfahren?«

Lärka nickte zustimmend und wartete gespannt auf Arilds Reaktion.

Trond aber griff an seinen Gürtel, holte drei Goldstücke aus einem kleinen Lederbeutel und hielt sie Arild hin. »Hier, das ist mehr, als du jemals in deinem Leben sehen wirst. Nimm das, schweige und verstelle nicht Dingen den Weg, die du nicht verstehst.«

Arild starrte ihn an. »Verbreitet man in Jaspis neben der Baumeisterkunst seit Neuestem auch, wie man Uneinigkeit sät? Den Küstenstädten stünde Einmütigkeit besser an als Respektlosigkeit gegenüber den Anordnungen ihres obersten Thans. Der Einzige, dem die Zwietracht nutzen würde, ist der König.«

Trond zog scharf die Luft ein. Seine Stimme klang gefährlich kalt. »Der König weiß, wer seine Freunde sind. Er will die Einigkeit der Küstenstädte genauso wie ich. Hüte deine Zunge, sonst ist sie bei Sonnenaufgang ein Stück kürzer.« Er griff zum Dolch, als wolle er seine Worte untermauern.

Arild schien ungerührt. »Ich werde Eure Worte vergessen und davon ausgehen, dass Eure Loyalität Than Orlyg gehört, so wie es bei Eurem Vater war. Ich vertraue darauf, dass Ihr die Herrin Lärka mit dem ihr gebührenden Respekt behandelt.« An Lärka gewandt fügte er hinzu: »Herrin, erlaubt, dass ich im Stall nach den Pferden sehe.« Dann verbeugte er sich steif, sagte etwas zu Idona, die an den Tisch getreten war, und hinkte hinaus. Idona schaute ihm enttäuscht nach, wollte etwas zu ihrem Bruder sagen, doch nachdem sie dessen bittere Miene gewahrte, schwieg sie verständnislos.

Trond schob seinen Dolch übertrieben heftig zurück und setzte sich missmutig. Er winkte nach mehr Met.

Endlich begann die Musik zu spielen. Aber bei Lärka zeigte der Met schließlich Wirkung. Bilder und Töne begannen, in Lärkas Sinnen zu verschwimmen, und alles drehte sich. Trond sprach sie an und redete vom Tanzen. Sie gab ihm erfreut Antwort und wunderte sich, dass neben ihr jemand mit ihrer Stimme Unverständliches zu lallen schien. Sie wandte den Kopf und fühlte sich schwindelig. Plötzlich stand ihr der Sinn nicht mehr nach Tanzen. Ihr war speiübel.

Trond schaute sie prüfend an und winkte Idona zu sich. Er sprach kurz mit seiner Schwester, die sich umgehend an Lärka wandte. »Ich glaube, die Reise hat Euch wirklich ermüdet. Erlaubt, dass ich Euch in das Schlafgemach begleite.«

Mühsam wankte Lärka die wenigen Schritte durch die Tür zur Treppe und erklomm nur mit größter Anstrengung und Idonas tatkräftiger Unterstützung die scheinbar wild schwankenden Stufen. Sie stolperte bis zur Kammer, sank bleiern auf ihr Lager und war auch schon eingedämmert.

Die Ruhe währte nicht lange, denn um Lärka herum erschienen mit einem Mal wieder die vertrauten blauen Lichter. Ihr Wunsch nach einem Wahrtraum hatte sich erfüllt, und sie wollte zu Trond schweben und mehr über ihn erfahren. Aber die Ahnen hatten sich gegen sie verschworen. Sie konnte sich nicht dahin denken, wohin sie wollte. Alles klebte wie ein zäher Brei. Jede Bewegung fiel ihr schwer, als steckten ihre Glieder in einer klebrigen Masse fest, wie bei den Vögeln, die unvorsichtigerweise in der Pechgrube der Bootsbauer landeten.

Sie wurde wütend und begann, alles und jeden auszuschimpfen. Sie hörte sich zetern darüber, wie ungerecht es sei, einer Auserwählten wie ihr die Freiheit zu nehmen und sie schwer bewacht wie eine Verbrecherin bis an den Ort zu führen, wo man ihr die Fesseln der Ehe anlegen würde. Sie verfluchte die Macht, die es ihr jetzt verweigerte, sich im Traum zu Trond zu begeben. Plötzlich gab es einen Ruck, und sie war an vielen Orten zur gleichen Zeit und sah und hörte Dinge, die sich in keinen erkennbaren Fluss einordnen ließen. Die Traumbilder wurden zu einem heillos verstrickten Durcheinander aus vielen bunten Fäden. Unmöglich zu sagen, in welcher Reihenfolge was passierte. Unmöglich zu sagen, ob sie träumte oder wachte. So schnell wie die Bilder kamen, so schnell verschwanden sie auch wieder aus ihrem Gedächtnis in den Tiefen des Vergessens, kaum dass sie sie gesehen hatte. Sie kreiste um das bunte Knäuel, schneller und schneller, bis ihr schwindelig wurde. Sie hörte das Echo ihrer keifenden Stimme, dann hatte sie das Gefühl, sich zu übergeben, und erwachte.

Lärka wusste, dass sie einen Wahrtraum gehabt hatte, aber von seinem Inhalt waren nur noch Gedankenfetzen ohne Bedeutung geblieben. Es war Nacht, aber es war nicht finster. Zwei Öllampen erhellten das Gemach. Von unten drang das Gemurmel einiger unermüdlicher Zecher aus dem großen Saal. Lärka bemerkte, dass sie noch in ihren Festgewändern steckte. Das Oberteil des Kleides, das Idona ihr gegeben hatte, war seltsam nass und roch fürchterlich. Sie musste sich im Schlaf übergeben haben. Angeekelt setzte sie sich auf, nur um zu erleben, dass sich die Kammer um sie drehte. Mit fahrigen Handgriffen löste sie so schnell wie möglich alle Knöpfe und Bänder ihres Kleides oder riss sie einfach mit groben Bewegungen ab. Dann zerrte sie sich das Kleid vom Leib. Ihr war immer noch übel. In Ribehof gab es einen Kübel mit Deckel in ihrer Kammer, aber hier hatte sie etwas Derartiges nicht gesehen.

Lärka warf sich grimmig entschlossen ihr knielanges Hemd

und eine braune Filzdecke über und verließ die Kammer schwankenden Schrittes. Sie würde sich aus dem Hinterausgang schleichen und dort bleiben, bis es ihr besser ging. Sicher würde ihr auch die frische Luft guttun.

Doch sie hatte die Treppe vergessen, die mit einem Mal vor ihr auftauchte und in ihrem Zustand wie ein unüberwindbares Hindernis erschien. Sie stützte sich an der Wand ab und blickte die Stufen hinab, die immerhin von einer Öllampe beleuchtet wurden, wenn auch nur spärlich. Dann tat sie einen Schritt auf die erste Stufe, doch wieder schwankte, schlingerte und bockte die Treppe schlimmer als ein Schiff im Sturm. Lärka taumelte die Stufen bis zu Hälfte hinab, dann verlor sie ihr Gleichgewicht vollends. Ihre Halt suchenden Hände griffen ins Leere, und mit Gepolter stürzte sie hinunter. Hart schlug sie auf der linken Seite auf.

Einen Moment blieb sie benommen liegen. Sie wollte fluchen, doch ihre Stimme gehorchte ihr nicht. Mit größter Vorsicht bewegte sie ihre Glieder. Außer einer pochend schmerzenden linken Gesichtshälfte schien noch alles heil. Sie überlegte, ob sie in dieser hochnotpeinlichen Situation um Hilfe rufen solle. Wahrscheinlich kam sowieso gleich jemand herbeigestürzt, um nach der Ursache für das Getöse zu forschen. Aber die Vorstellung, dass irgendwer sie, nur mit Hemd und Decke bekleidet, finden oder gar nach draußen führen würde, damit sie dort alles von sich geben konnte, ließ sie vor Scham erzittern. Sie hoffte inständig, ihr Sturz möge unentdeckt bleiben. Da hörte sie plötzlich leise Stimmen.

Schnell sah sie sich nach einem Versteck um. Unter der freischwebenden Holztreppe standen ein paar Fässer und Ballen. Auf allen vieren verkroch sie sich dahinter und warf sich ihre braune Decke über den Kopf. Nie hatte sie sich elender gefühlt. Ihr Kopf pochte, ihr Magen drehte sich fortwährend, und unter der Decke war es so stickig, dass sie fürchtete, sich jeden Moment erneut erbrechen zu müssen. Kalter Schweiß rann über ihr Gesicht, trotz der Decke fröstelte sie. Wenn nur die Sprecher rasch vorbeigingen. Dann würde sie durch den Hinterausgang neben der Treppe nach draußen kriechen, tun, was zu tun war, und versuchen, sich unauffällig in ihre Kammer zurückzuretten.

Männer kamen aus dem großen Saal, und ihre Stimmen wurden deutlicher. Sie erkannte Trond als einen der Sprecher, bei dem anderen mit der hohen Fistelstimme tippte sie auf den rabenartigen Mann, den sie am Abend bei Trond gesehen hatte.

»... stell dir nur vor, welch ein Fang. Wenn der König davon erfährt, wird er sehr zufrieden sein«, sagte Trond, und Stolz schwang in seiner Stimme mit. Lärka war sicher, dass er nur von ihr reden konnte. Unter anderen Umständen hätte sie sich geschmeichelt gefühlt, aber jetzt wäre sie am liebsten in der Erde versunken. Wenn er sie nur nicht so sehen würde.

»Der Fregarssohn erzählte, dass der Zug der Königlichen nach Norden keine vierzehn Tage mehr entfernt sei«, sprach Trond weiter. »Dein Weg ist also nicht zu weit. Es wird mir schon gelingen, die Ribehofer ein wenig bei uns aufzuhalten. Reite den Soldaten entgegen, und berichte, dass wir hier einen Mann haben, der etwas über den Steinkönig zu wissen scheint. Er ist ein Aufrührer, vielleicht sogar ihr Anführer, wenn Idona es richtig verstanden hat. Das wird Hakon sehr interessieren und mir eine süße Rache schenken, wenn der König mir den aufsässigen Hauptmann vom Leib schafft. Hakon wird es nicht schätzen, dass Orlyg hinter seinem Rücken Rebellen deckt. Und dann Orlygs lächerliche Ränke, mit unseren Schiffen und Führern die Bergleute des Königs zu unterstützen, damit er selbst Kontrolle über das wertvolle Waffenmetall erhalten kann. Der König ist auf Orlyg nicht angewiesen. Seine treuesten Gefolgsleute im Küstenland findet er in Stormhavn, nicht in Ribehof!«

Lärka würgte und stopfte sich aus Verzweiflung eine Ecke ihres Überwurfs in den Mund. Sie wagte nicht, sich auszumalen, was passierte, wenn die Männer sie entdeckten. Sie biss auf den Stofffetzen und versuchte, ein Schluchzen zu ersticken.

»Dafür wird König Hakon mir seinen Segen geben, wenn ich

Orlygs Tochter zum Weib nehme«, fuhr Trond selbstsicher fort. »Sie wird mir in den Augen der Geestleute die Legitimation als neuer Küstenthan schenken und die vielgepriesene Einigkeit des Küstenlandes wahren helfen. Ihr Liebreiz ist dazu noch eine schöne Dreingabe.« Sie lachten. »Und nun rasch! Ich habe ein schnelles Pferd ans Osttor bringen lassen, damit du unauffällig aufbrechen kannst.«

Lärka hörte, wie Schritte eines Mannes nach draußen eilten, während der andere in den großen Saal zurückkehrte.

Sie fühlte sich schrecklicher als im Angesicht des Düsterschlundes. Dort wäre ihr ein rasches Ende sicher gewesen. Hier war sie in einem endlosen Albtraum gefangen. Sie kroch auf allen vieren durch den Hinterausgang und erbrach sich in einer dunklen Ecke. Sie würgte, bis nichts mehr in ihr war. Ihr war sterbenselend, und sie sehnte sich danach, dass der Schmerz und die Übelkeit ein Ende nahmen. Sie konnte nur mit Mühe erfassen, was sie gerade gehört hatte: Ihre unbedachten Worte könnten Arild das Leben kosten, ihr Vater war das Ziel einer Verschwörung, die Trond mit dem König ausheckte, und sie eine Figur im Spiel der Mächte.

Lärka schämte sich so sehr für ihre Rolle darin und ihre Blindheit gegenüber dem Offensichtlichen, dass sie sich auf der Stelle den Tod wünschte. Sie kroch noch ein Stück weiter und blieb dann liegen. Irgendwann setzte sie sich auf, lehnte sich an die kühle Wand des Langhauses und atmete tief durch. Sie durfte nicht aufgeben. Sie musste die warnen, die ihr am Herzen lagen. Sie würde in die Kammer zurückkehren, sich ankleiden und sofort Jörn und Arild aufsuchen, um ihnen von den Geschehnissen zu berichten. Alles andere wäre ehrlos.

Lärka nahm alle Kraft zusammen und machte sich auf den Rückweg. Sie brauchte eine Ewigkeit, um an der Wand entlang die Treppe hinauf und zurück in ihre Kammer zu kommen, immer wieder gegen erneut aufkeimende Übelkeit ankämpfend. Immerhin kreuzte kein nächtlicher Zecher ihren Weg.

Im Gemach trat sie vor den Bronzespiegel, um ihre Verletzung zu begutachten. Im Halbdunkel sah sie, dass ihr Gesicht in eine totenbleiche und eine tiefrote Hälfte geteilt war, was sie an Bolverks Bericht über die schaurige Kriegsbemalung der Gorunnen erinnerte. Ihr Blick glitt weiter an ihr herunter und blieb an der Kette ihrer Mutter hängen, die sie immer noch trug. Mit einem Mal war ihr, als hätte sie den Kopf in einen Kübel kalten Wassers getaucht: die Kette! Das musste die Quelle der Wahrträume sein! Deshalb war sie ihrer Mutter so heilig gewesen. Deshalb waren die Träume gekommen, als sie die Kette an ihrem Ehrentag trug, als sie sie in der Nacht von Arilds Unglück am Fluss im Saum ihres Kleides hatte und als sie vorhin mit dem Schmuck eingeschlafen war. Es war also die Kraft dieses Amuletts gewesen und nicht ihre eigene, die sie in eine Seherin verwandelt hatte.

Enttäuschte Ernüchterung breitete sich in ihr aus, als ihr klar wurde, dass sie keine Auserwählte mit besonderen Gaben, sondern die unwürdige Trägerin eines magischen Schlüssels zur Zwischenwelt war. Mit Hilfe dieser Kette würden sogar Idona oder Bolverk zu nächtlichen Wahrträumern werden, dachte Lärka bitter. Sie selbst war nur zufällig Erbin dieses Schatzes. Käme er ihr abhanden, wäre sie wieder ein gewöhnliches Küstenmädchen, das besser dem Vater gehorchte, als auf dumme Gedanken zu kommen.

Diese Einsicht war mehr, als Lärka ertragen konnte. Sie nahm die Kette ab und stopfte sie zuunterst in ihr Bündel. Sie warf sich auf das Bett, brach in Tränen aus und versank schließlich völlig erschöpft in den Schlaf des Vergessens.

Nach vielen Stunden im wohligen dunklen Nichts spürte sie, wie jemand sie leicht an der Schulter berührte, und hörte eine Stimme voller Entsetzen: »Herrin Lärka, bei allen Sturmgeistern! Was ist denn mit Euch passiert? So wacht doch auf! Sagt doch etwas!«

In Lärkas Kopf brummten Armeen von Bienenvölkern und übertönten jeden klaren Gedanken. Sie versuchte, die Augen zu öffnen, aber die Helligkeit donnerte mit der Wucht von Schmiedehämmern in ihren Kopf. Beim nächsten Versuch gelang es ihr, das rechte Auge zu öffnen, doch auf der linken Seite blieb es dunkel. Sie wollte sagen, dass es ihr gutging, aber aus ihrem Mund kam nur ein tonloses Stöhnen. Sie kam sich vor, als habe sie genug Met für zehn Tage getrunken. Sie konnte das Entsetzen in Idonas Blick nicht deuten, doch dann erinnerte sie sich an ihren nächtlichen Sturz. Sie fasste sich an ihr linkes Auge und berührte mit ihren Fingern eine unförmige Schwellung und getrocknetes Blut. Der Schmerz im Gesicht ließ ihre Hand zurückfahren, und sie stöhnte auf.

»Bleibt liegen, Herrin, ich hole Hilfe«, sagte Idona rasch.

Lärka tastete ihr Gesicht vorsichtig weiter ab und fühlte, dass ihr Mund noch seine normale Form hatte und alle Zähne an ihrem Platz waren. *Es geht schon, gebt mir nur etwas Zeit*, wollte sie sagen, aber sie konnte kein Wort hervorbringen, noch nicht einmal ein Flüstern.

Es hatte ihr die Sprache verschlagen.

Kapitel 5

Die Zeiten, als noch ein Wolkenhüter bei ihm wohnte, waren längst verweht. Grimhorn hatte ihn nie wohlgelitten. Dieser lästige Parasit hatte sich angemaßt, die Wolken, die über Grimhorns erhabenem Gipfel schwebten, nach eigenem Belieben zu rufen und wegzuschicken. Nicht genug damit, hatte er die anderen Wolkenhüter angestachelt und sich mit ihnen gegen Grimhorn verschworen. Verbannung in die Darre war sein gerechtes Los für diesen Verrat.

Mit einem Schwung ging die Tür auf, und Jörn und Arild kamen hereingestürzt. Hätten sie auch noch die Schwerter gezogen, hätte man meinen können, sie setzten einem flüchtigen Feind nach. Bei Lärkas Anblick blieb Jörn wie angewurzelt in der Tür stehen, sodass Arild in seinem raschen Lauf gebremst wurde. Hinter ihnen folgte Idona, die rief: »... aber ich weiß es doch nicht!«

Lärka schielte die beiden aus ihrem rechten Auge an und hätte sich vor Scham am liebsten unter Kissen und Decken oder besser noch unter dem Holzgestell des Bettes verkrochen. Die drei kamen herein und blieben vor dem Bett stehen, das mitten im Raum stand.

»Was ist passiert?«, fragte Arild bestürzt.

Lärka schwieg ihn hilflos an.

»Sie kann es Euch nicht sagen. Sie spricht nicht mehr«, antwortete Idona für das Mädchen. »Das versuche ich Euch doch die ganze Zeit zu erklären!«

Arild schaute die Thanschwester ungläubig an. Sein Blick wanderte von Idona zu Lärka und zeigte echte Besorgnis.

»Ich habe sie am Abend selbst in die Kammer gebracht, wie Ihr mir gesagt hattet«, sagte Idona, und es klang wie eine Entschuldigung. Sie stellte einen Krug mit frischem Wasser auf eine Truhe an der Wand.

»Wer hat Euch das angetan?«, fragte Arild scharf und legte seine Hand an den Schwertgriff.

Lärka wäre gern noch tiefer versunken, hätte sich am liebsten wie eine Schabe unter die Dielen des Raumes verkrochen. Sie überlegte, ob sie nicht einfach die Augen schließen und sich tot stellen sollte, aber das würde auch nicht helfen. Sie atmete durch und setzte sich mühsam im Bett auf. Dann zeigte sie auf sich und machte mit den Händen eine rollende Bewegung über die Bettkante. Jörn lachte so laut auf, dass sie zusammenzuckte.

»Was ist?«, fuhr Arild ihn gereizt an.

»Sie ist im Suff aus dem Bett gefallen«, sagte Jörn und konnte vor Lachen kaum an sich halten. »Liebste Base, ich traue dir viel zu, aber das übersteigt selbst meine kühnsten Vorstellungen.« Er konnte seine Schadenfreude nur mit Mühe zügeln.

Arild schaute zu Lärka, die mit hochrotem Gesicht die Augen senkte. Als sie ein Nicken versuchte, war ihr, als würden riesige Felsbrocken in ihrem Kopf hin und her rollen und an Stirn und Schläfen prallen. Sie wollte vor Schmerz das Gesicht verziehen, aber das tat noch mehr weh. So hielt sie die Luft an und ließ ihre Miene zu einer Maske erstarren.

»Jörn, anstatt dich in Schadenfreude zu üben, solltest du lieber zu Bolverk gehen. Bitte ihn um mein Bündel, und bring es her. Ich will sehen, wie ich helfen kann«, sagte Arild.

Jörn machte eine beschwichtigende Geste. Er schob Lärka noch schnell ein Kissen in den Rücken und flüsterte ihr zu: »Die vornehmste Fürstentochter des Geestlandes geht zu Boden, das muss ich Bolverk erzählen. Der macht bestimmt eine Heldengeschichte daraus.« Dann trollte er sich.

Idona reichte Lärka einen Becher mit Wasser. »Ich werde etwas Heringslake besorgen. Das wird die Metgeister vertreiben.« Dann verließ sie ebenfalls die Kammer.

Lärka trank den Becher gierig in einem Zug. Sie wünschte ihrem Vetter die Pest an den Hals. Er hatte keine Ahnung. Ihr Durst war unerträglich und die Schmerzen schlimm. Aber das wurde für einen Moment bedeutungslos, wenn sie über den Verlust ihrer Stimme nachdachte. In den kühlen Wintern des Geestlandes hatte sie schon des Öfteren einen rauen Hals mit heiserer Stimme gehabt. Aber jetzt fühlte es sich an, als habe ihr Mund vergessen, wie es war zu sprechen. Es blieb ihr nur, sich Arilds Heilkunst anzuvertrauen und darauf zu hoffen, dass es vorüberginge – und zwar so bald wie möglich. Sie dachte an das Gespräch, das sie unfreiwillig belauscht hatte. Wie sollte sie Arild nur warnen? Sie hatte ihm durch unvorsichtige Worte gefährliche Verfolger beschert. Was, wenn Arild durch ihre Schuld die Gefangennahme oder gar Schlimmeres drohte? Das würde er ihr nie verzeihen. Sie verwünschte ihre Torheit und hätte alles daran gegeben, die Ereignisse ungeschehen zu machen. Sie war den Tränen nahe.

»Ihr müsst nicht verzweifeln. Es schmerzt jetzt, aber das geht bald vorbei«, versuchte Arild zu trösten. »Ihr seid sicherlich nicht der erste Mensch, dem so etwas passiert ist. Wenn Ihr erst genesen seid, könnt Ihr mit Jörn zusammen darüber lachen.«

Sicher nicht, dachte Lärka und krallte die Finger in stiller Agonie in die Bettdecke.

»Lasst mich einmal sehen«, sagte Arild und begutachtete die geschwollene Gesichtshälfte von allen Seiten.

»Erlaubt mir die Frage: Könnt Ihr nicht sprechen, oder wollt Ihr vielleicht nicht, jedenfalls nicht vor den anderen?« Lärka wusste nicht, worauf er hinauswollte.

»Wenn Euch Zähne fehlen, dann seid nicht beunruhigt. Das wird Eure Anmut nur unerheblich schmälern.« Er schaute sie erwartungsvoll an.

Sie öffnete den Mund, aber es kam nur ein heiseres Stöhnen heraus. Unglücklich schüttelte sie kaum merklich den Kopf, um die Felsbrocken im Inneren nicht wieder ins Rollen zu bringen.

»Schon gut«, sagte Arild und goss ihr Wasser ein, das sie dankbar hinunterstürzte. »Wo verspürt Ihr überall Schmerzen?«

Lärka deutete auf das Gesicht und auf ihre linke Hand. Das Knie, das sie sich nur leicht aufgeschrammt hatte, war nicht der Rede wert. Arild fasste ihre Hand vorsichtig an und bewegte sie hin und her. Sie zuckte nur einmal kurz zusammen, aber die meisten Bewegungen waren nicht schmerzhaft.

»Das sieht harmlos aus. Was ist mit Eurem Kopf?« Gehorsam drehte sie den Kopf hierhin und dorthin, wie er es verlangte. Er tastete behutsam ihren Hals ab. Sie schloss die Augen, um ihn nicht ansehen zu müssen. Eine seltsame Mischung aus Stallgeruch und Kräuterduft umwehte ihn. Sie spürte seine kühlen Finger und erinnerte sich, wie ihre Mutter sie nach einem Sturz von ihrem Pony in ähnlicher Weise behandelt hatte, und sie vergaß für einen Augenblick ihre peinliche Lage. Als Arild seine Untersuchung beendet hatte, öffnete sie die Augen und wartete darauf, dass er ein Zauberkraut hervorhole und ihr baldige Genesung versprach. Doch er schaute sie nur nachdenklich an.

»Ich kann nichts finden. Was denkt Ihr, wie Ihr die Stimme verloren habt? Idona hat nichts erzählt, aber habt Ihr etwa ausdauernd gesungen nach ...«, er räusperte sich, und ihm schien die Erinnerung an den gestrigen Abend sichtlich unangenehm, »... nachdem ich in den Stall ging?«

Sie verneinte stumm. Arild stand auf und ging in der Kammer auf und ab. Das Rätsel um ihre Sprachlosigkeit schien ihn umzutreiben, was ihre Ängste noch steigerte. Was, wenn es keine Heilung gab und sie für den Rest ihres Leben ohne Sprache bliebe? Ihre Albträume von einem Leben als Barungs Weib wurden um einen Schrecken reicher: Lärka sah sich als sprachloses Anhängsel, das sich widerspruchslos in die von ihrem Gemahl vorgegebene Ordnung fügte. Wenn ihr Vater von ihrem würdelosen Verhalten erfuhr, würde er die Verbindung mit Barung noch in diesem Sommer – sobald es genug Honig für den Hochzeitswein gab – besiegeln, um sich künftig nicht mehr um das Wohlverhalten seiner unverheirateten Tochter sorgen zu müssen.

Wie sollte sie in Frenemund die Kräuter studieren und anwenden, wenn sie nicht fragen konnte? Wie Botschaften durch einen treuen Diener an Vertraute schicken, wenn sie nichts sagen konnte? Die Bilder einer düsteren und trostlosen Zukunft kreisten in ihrem Kopf. Das einzige Licht, das ihr dort leuchtete, war die magische Macht der Wahrträume, die ihre Mutter ihr mit der

Kette geschenkt hatte. Daran würde sie festhalten, auch wenn sie nur eine gewöhnliche Sterbliche und nicht die Auserwählte war, als die sie sich einen Tag zuvor noch gefühlt hatte.

Irgendwann blieb Arild stehen. »Habt Ihr vielleicht aus Versehen etwas verschluckt?« Wieder verneinte sie stumm. »Nach einer Vergiftung sieht es auch nicht aus«, fügte er hinzu. Er starrte den Holzboden an und schüttelte unwillig den Kopf. Dann schaute er auf, bemerkte ihre erschreckten Augen und beeilte sich, ihr ein zuversichtliches »Keine Sorge, es wird schon wieder« zu schenken.

Obwohl sie an seinen Worten zweifelte, war sie durch seine hoffnungsvolle Art getröstet. Aber zugleich stürzte jedes seiner gut gemeinten Worte sie in tieferes Elend. Sie hatte seine Freundlichkeit nicht verdient, und sein Zuspruch häufte nur größere Schuldgefühle in ihr an.

»Es muss mit Eurem Sturz zu tun haben«, sagte er. »Vielleicht gibt es sich in ein paar Tagen. Vorläufig solltet Ihr liegen bleiben. Und dazu …«, Arild wandte sich um, als Jörn mit Arilds Tasche ins Zimmer kam. Arild nahm sie entgegen und breitete Teile des Inhalts auf dem Boden aus.

Jörn trat zu Lärka und reichte ihr mit einer Verbeugung einen Becher voll übel riechender Brühe. »Mit besten Wünschen von Idona. Wohl bekomm's! Ich habe in meinem Leben schon so viel davon getrunken, dass ich nicht weiß, ob ich Mensch oder Hering bin«, sagte er und sah mit einem breiten Grinsen zu, wie Lärka schicksalsergeben die Lake herunterwürgte. Hätte sie nicht in der Nacht schon alles von sich gegeben, sie hätte sich sofort wieder erbrochen.

Arild blickte nur kurz auf und beugte sich dann wieder über seine Kräuter. »Ich brauche noch etwas heißes Wasser für einen Aufguss und einige saubere Lappen für Umschläge.«

Jörn nahm seiner Base den Becher aus der Hand und drehte ihn um. Es kam kein Tropfen mehr heraus, was Jörn mit einem anerkennenden Blick belohnte. Dann ging er hinaus, um Arild das Gewünschte zu besorgen.

»Ich werde Eure Hand und Euer Gesicht mit Arnika-Tinktur behandeln, das kennt Ihr sicherlich selbst«, sagte Arild. Sie schaute ihn abwartend an, bereit, alles, was nötig war, über sich ergehen zu lassen.

»Bei der Stimme wird es schwieriger. Lasst sehen, wie gut Ihr die Kräuter kennt. Was würde einem grünen Weib einfallen?«

Lärkas Denken kreiste unablässig um die drohende Sprachlosigkeit und um den Verräter, der seinem Ziel immer näher kam, während sie zur Untätigkeit verdammt war. Mit großer Mühe schob sie die angstvollen Gedanken für einen Moment beiseite, um sich auf Arilds Frage zu besinnen. Die Lösung war einfach, sie durch Gesten darzustellen schwieriger. Sie fuhr mit der Hand flach durch die Luft, als würde sie etwas glatt streichen. Dann bewegte sie die Finger ihrer linken Hand wie wachsende Halme und ließ zwei Finger der anderen Hand auf der gedachten Fläche hin und her wandern.

Arild lächelte. »Das Ackermännchen, sehr gut! Der Tee tut dem Hals gut und sollte Eurer Stimme auf die Beine helfen.« Arild begann, die Kräuter aus seinen Vorräten zusammenzusuchen.

Lärka starrte auf die braune Filzdecke vor sich und verfiel wieder in Grübeleien. Sie wusste nicht mehr alle Einzelheiten vom Vorabend, aber das, woran sie sich erinnerte, waren keine Ruhmestaten. Sie hatte sich in Trond getäuscht. In ihrer Eitelkeit hatte sie sich von ihm unschickliche Höflichkeiten zuflüstern lassen, ihre Antworten musste er als Einladung verstanden haben. Dann waren da noch ihre harten Worte gegen Arild gewesen, ein unschöner Streit. Es hatte ihn sehr aufgeregt, dass sie Idona etwas vorgeflunkert hatte. Und trotzdem hatte Arild Tronds Unmut in Kauf genommen, als er sie vor den Zudringlichkeiten des Dorfthans hatte schützen wollen. Für Trond war es Anlass genug, Arild Verfolger auf den Hals zu hetzen. Nicht auszudenken, wenn sie ihn fangen und ihm Gewalt antun würden, und das nur wegen ihrer Torheit. Lärka schämte sich über die Maßen und verfluchte ihre Arglosigkeit. Sie musste einen Weg finden, Arild zu warnen.

Vielleicht konnte sie sich Jörn verständlich machen, und er würde es Arild vermitteln, ohne dass Trond oder Idona es mitbekamen. Dann müsste sie Arild nicht in die Augen sehen und miterleben, wie er sich voller Verachtung von ihr abwandte, wenn er erfuhr, dass sich seine Befürchtungen aufs Schlimmste erfüllten.

Als Lärka aufschaute, trafen ihre Augen die von Arild, der sie die ganze Zeit über gemustert zu haben schien. »Ich habe Euch gestern hart zur Rede gestellt«, sagte er, »das tut mir leid. Ihr wart nicht vorbereitet auf das, was Euch hier begegnen würde. Das habe ich unterschätzt. Ich hoffe, Ihr tragt es mir nicht nach.«

Sie schüttelte unglücklich den Kopf – etwas zu heftig, denn die Schmerzen wurden wieder stärker und ließen sie aufstöhnen. Wie konnte er nur so etwas sagen? *Sie* war es, die um Vergebung bitten musste. Und ihre Buße bestand darin, ihm hier und jetzt die Wahrheit zu eröffnen und zu hoffen, dass er sich in Sicherheit bringen konnte. Mochte er sie verachten, solange er lebte – wenn er nur entkäme.

»Was liegt Euch auf dem Herzen?«, wollte Arild wissen und sah sie fragend an. Der Blick seiner strahlenden grünen Augen durchdrang sie und schien ihr Innerstes zu durchleuchten. Wie in Trance bewegte sie ihre Hand und zeigte auf ihn.

»Ich?«, fragte er erstaunt.

Sie riss sich von seinem Anblick los, zwang sich, ihre Gedanken zu ordnen, und schüttelte ganz vorsichtig den Kopf. Dann hielt sie ihre Hände seitlich an die Schläfen wie eine Krone.

»Der König«, sagte er. »Ich und der König? Was meint Ihr?«

Sie deutete auf sich selbst.

»Ihr«, übersetzte Arild geduldig.

Sie machte mit der rechten Hand eine schnabelförmige Geste vor ihrem Mund.

»Ihr habt geredet, Ihr habt Geschichten über mich erzählt, gestern Abend. Ja.« Arild war sichtlich gespannt, was sie ihm sagen wollte.

Sie fühlte, wie ihr der Mut sank, aber ihr schlechtes Gewissen trieb sie unbarmherzig an. Sie deutete auf die Tür, machte eine weitere schnabelförmige Geste, dann Finger, die wegliefen, und wieder eine Krone. Er musste doch verstehen, dass Trond jemanden auf den Weg geschickt hatte, um diese Geschichte dem König selbst zu verraten.

Aber Arild schaute ihren raschen Gebärden nur verständnislos zu. »Ich fürchte, ich kann Euch nicht ganz folgen«, sagte er.

Für einen Moment hing beklommene Stille zwischen ihnen, als sie fieberhaft überlegte, wie sie sich verständlich machen konnte, und Arild vergeblich versuchte, sich einen Reim auf ihre Handzeichen zu machen. Unvermittelt erhellte sich seine Miene. »Könnt Ihr schreiben?«

Lärka schloss mit einem Seufzer die Augen und wollte das Gesicht in den Händen vergraben. Aber die Berührung ließ sie zurückzucken, und ihre Hände fielen ihr in den Schoß. Verzweifelt blieb sie unbeweglich sitzen, starrte auf die Hügel, wo sich die Decke über ihre Fußspitzen wölbte und überlegte, wie um alles in der Welt sie Arild einen Wink geben sollte.

Da erschien Jörn mit einem eisernen Topf voll heißen Wassers in der einen und zwei irdenen Schüsseln in der anderen Hand. Über dem Arm trug er ein paar Leinentücher. Auf Arilds Aufforderung hin wiederholte Lärka das Gestentheater, während Arild einen Tee und die Tinktur für die Umschläge bereitete. Aber da Jörn nichts von den fraglichen Vorgängen des Vorabends mitbekommen hatte, verstand er noch weniger als Arild.

Ihn schien etwas ganz anderes zu beschäftigen. Er wandte sich besorgt an Arild. »Wenn ich es richtig verstehe, hast du Trond gegen dich aufgebracht. Er wollte von mir alles über unsere Reisepläne hören und verlangte, dass ich dich noch heute für deine Unbotmäßigkeit bestrafe. Außerdem würden wir seine Gastfreundschaft schändlich beleidigen, wenn Lärka und ich nicht zum Marlin-Fest blieben.«

»Ich fürchte, deine Base hatte dieser Einladung bereits zugestimmt?«, fragte Arild und sah Lärka mit hochgezogenen Brauen an.

Sie konnte sich nicht genau erinnern, aber selbst wenn dem so war, durften sie auf keinen Fall unnötig lange bleiben. Sie mussten fliehen, um einen Vorsprung vor Arilds Verfolgern zu bekommen. Lärka gestikulierte abwehrend mit den Händen.

»Oh, sie scheint von der Vergnügungssucht kuriert«, sagte Jörn neckend. »Wie schade! Wenn die Thantochter es nicht anordnet, steht es nicht in unserer Macht, länger als die vom Than befohlenen zwei bis drei Nächte hierzubleiben.«

Lärka suchte das Bett vergeblich nach etwas ab, das sie nach ihrem Vetter hätte werfen können. Wann würde er endlich erwachsen werden?

Arild gab ihr Tee zu trinken und legte dann vorsichtig die mit Arnika getränkten Tücher auf die geschwollene Seite ihres Gesichts. »Wir sollten morgen aufbrechen oder zumindest, sobald es Lärkas Zustand erlaubt«, sagte er. »Komm, Jörn, lass uns in den Stall hinuntergehen und mit Bolverk besprechen, wie wir Trond besänftigen können. Lärka, Ihr braucht vor allem Ruhe. Idona wird nach Euch schauen«, sagte Arild, packte Jörn freundschaftlich an der Schulter und zog ihn aus der Kammer.

Allein mit sich selbst ließ Lärka im Geiste immer wieder die Geschehnisse des Vorabends an sich vorüberziehen. Sie hatte sich unsäglich aufgeführt und war wütend auf sich selbst. Sie würde nie mehr Met trinken – jedenfalls nicht mehr als zwei Becher. Sie würde nie mehr versuchen, Schmeicheleien aus einem Mann herauszulocken, und ihm Hoffnung auf mehr machen. Sie würde sich lieber auf die Zunge beißen, als zweifelhafte Geschichten zu verbreiten, deren Wahrheitsgehalt sie nicht selbst kannte. Und sie würde nie mehr etwas tun, das jemand anderen – einen lieben Freund – in Gefahr brachte.

Lärka starrte an die hölzerne Zimmerdecke und hörte das Lärmen der Handwerker. Die Hammerschläge der Steinmetze und Zimmerleute tönten in ihrem Kopf wie das Läuten mächtiger Glocken. Ab und zu trank sie einen Schluck Tee und versuchte zaghaft, etwas zu sagen, wünschte sie sich doch sehnlichst, ihre eigene Stimme wieder zu hören. Irgendwann schlief sie ein und erwachte erst wieder, als Idona die Kammer betrat.

»Wie geht es Euch?«, fragte die junge Frau und lächelte sie freundlich an. »Mein Bruder lässt Euch grüßen. Er war wirklich bestürzt, als er von Eurem Unglück hörte.«

Lärka bewegte sich vorsichtig. Die Kopfschmerzen waren weniger geworden, und der brummende Bienenschwarm hatte sich aus ihrem Kopf verzogen. Sie versuchte zu sprechen, doch erfolglos. Ihr blieben nur hilflose Gesten. Idona schaute sie mitfühlend an, stellte einen Teller Suppe auf die Truhe und gab ihr frischen Tee zu trinken.

Die Thanschwester hatte mittlerweile das Rätsel um den fehlenden Kübel in der Schlafkammer gelöst. Ein kleiner Erker mit einem Loch im Boden erfüllte hier den gleichen Zweck, sodass Lärka von weiterem Treppensteigen entbunden war.

Nachdem sie die Suppe getrunken hatte, legte Idona ihr neue Umschläge auf Wange und Schläfe. »Arild hat mir gezeigt, wie es geht«, sagte sie und lächelte stolz. »Es ist ganz nützlich, ein paar Hausmittel zu kennen. Ach, er weiß wirklich alles.« Ihr Blick war versonnen, und Lärka fragte sich, ob Idona wusste, was sie getan hatte, als sie ihrem Bruder von den Steinkönig-Flunkereien berichtet hatte.

Bevor Lärka ernsthaft darüber nachdenken konnte, was am Abend zuvor zwischen Arild und Idona vorgefallen war, kam eine Magd hereingelaufen und rief aufgeregt: »Denkt nur, man hat sie gefunden. Die beiden Besessenen! Der große Mann, der zu den Ribehofern gehört, hat sie zurückgebracht. Alle Menschen laufen zum Osttor. Kommt Herrin, das dürft Ihr nicht verpassen!«

»Entschuldigt, ich komme wieder, sobald ich kann, und erzähle Euch alles«, sagte Idona, hieß die Magd, die Schüsseln aufzuräumen, und ließ Lärka allein.

Valgrim! Wenn Arild es nicht vermocht hatte, so konnte vielleicht sein Oheim ihr helfen? Maggai hatte die beiden so hochgepriesen, dass Lärka nicht daran zweifelte, dass Valgrim etwas einfallen würde. Er hatte die Seelenlosen eingefangen. Ob er etwas Genaueres über die Krankheit erfahren hatte? Ihre Gedanken wanderten nach Ribehof zu ihrem Vater und Oheim Fregar und schickten ihnen stumme Grüße. Nachdem sie einige Zeit vergeblich auf Idonas Rückkehr gewartet hatte, schlief sie ein.

Als Lärka wieder erwachte, war es draußen schon dämmrig. In ihrer Kammer waren die Öllampen angezündet worden. Neben ihrem Bett saß eine Magd und flickte Kleider. Die Frau schaute auf und erhob sich flink. »Ah, Ihr seid wach! Ich hole die Herrin.«

Kaum war die Magd verschwunden, steckte Jörn seinen Kopf zur Tür herein. »Na, geht es dir besser? *Sag* schon!« Er lächelte schief.

Lärka schaute ihn ungnädig an und wünschte, er würde aufhören, sich auf ihre Kosten zu amüsieren.

»Du Ärmste. Aber rate, was passiert ist! Das wirst du kaum glauben«, sagte er aufgeregt.

»Valgrim ist mit den beiden Besess ... ähh ... Entseelten zurückgekommen. Der eine war schon tot, als er ihn fand, aber der andere ist wieder *gesund!* Er läuft und *spricht!*«, er grinste anzüglich. »Unfassbar. Und stell dir vor: Der Mann heißt Ulfgar und ist der Neffe von Ahern!«

Lärka erinnerte sich an den alten Ribehofer Pferdezüchter, den sie bei der Feier im Haus ihres Vaters gesehen hatte. Sie hatte gar nicht gewusst, dass er hier Verwandte hatte.

»Jetzt päppeln ihn Valgrim und Arild vollends wieder auf«, fuhr Jörn fort. »Er ist ja gegen Bäume und durch Dornen gelaufen. Gedarbt hat er auch lange genug, ist hungrig wie ein Rudel Wölfe. Sie reden mit ihm und wollen alles von ihm wissen.« Er hielt einen Moment inne und wurde ernst. »Lärka, wie hat er nur seine Seele wiederbekommen? Und warum konnten wir Kori nicht retten?« Sie schwiegen eine Weile, und Lärka drückte ihrem Vetter mitfühlend die Hand.

Als Idona hereinkam und einen Teller Brei als Abendessen brachte, stand Jörn auf und wandte sich zum Gehen. »Jetzt iss was, dass du wieder zu Kräften kommst. Ich muss dir noch mehr erzählen, aber das hat Zeit bis nach dem Abendessen«, sagte er und verließ die Kammer.

»Ihr habt wunderliche Begleiter«, plauderte Idona. »Der eine weiß alles über die Kräuter, und der andere kann wahrhaftige Dämonen austreiben.« Sie sammelte die Leintücher ein und schüttete die Reste der Tinktur in das Erkerloch. »Der große Mann hat Ulfgar seinen Geist zurückgegeben. Das wird ihm Wygards ewige Dankbarkeit sichern«, fuhr sie fort. »Wygard ist Ulfgars Vater. Er ist ein vornehmer Mann. Er war ein guter Freund unseres Vaters, aber Trond mochte ihn noch nie. Mein Bruder war lange fort in Jaspis. Jetzt denkt er, dass Wygard seine Abwesenheit nutzen wollte, um sich und seinen Söhnen die Thanwürde zu sichern. Aber ich schere mich nicht drum«, sagte sie mit einer wegwerfenden Handbewegung. »Die Mannsleute haben immer irgendwelche Händel miteinander, ohne dass wir etwas dagegen tun könnten. Und meistens kommt nichts Gutes dabei heraus.«

Kurze Zeit später kam Valgrim höchstpersönlich, um nach der Verletzten zu sehen. Idona staunte ihn ehrfürchtig an. Nachdem sie gegangen war, berichtete er, dass Arild sich jetzt vom Thanhof fernhalten würde, um Trond nicht unnötig gegen sich aufzubringen. Lärka spürte einen Stich des Bedauerns, aber gleichzeitig war sie beruhigt, Arild in sicherer Entfernung von Trond zu wissen.

Valgrim untersuchte und befragte sie in der gleichen Weise wie sein Neffe. Auf die Ereignisse des Vorabends ging er nur insofern ein, als sie mit ihrem Zustand zu tun haben konnten. Er nahm ein Öllämpchen, leuchtete in ihre Augen und hieß sie, dem Licht mit ihren Blicken zu folgen. Schließlich schüttelte er bedauernd den Kopf. »Ich habe der Behandlung, die Arild angesetzt hat, nichts hinzuzufügen. Wir bleiben bei Arnika, Ackermännchen und Primelwurz und hoffen auf eine schnelle Besserung. Ich wünsche Euch eine gute Nachtruhe.«

Als die Magd die Reste der Abendmahlzeit geholt hatte, kam Jörn hereingewieselt. »Lärka, das muss ich dir noch erzählen: Jetzt habe *ich* Arild gerettet, ich selbst!«, sagte Jörn stolz. »Trond war so wütend. Heute Mittag bat er mich um eine Unterredung. Er sagte, ich habe einen aufsässigen Hauptmann, der ihn beleidigt habe, und ich solle ihn zur Strafe mindestens einen halben Mondlauf im Kerker verbringen lassen. Das würde er als angemessene Genugtuung empfinden.« Jörn unterbrach seine Rede und ging zur Tür. Er spähte nach draußen und schloss die Tür dann hinter sich. Verschwörerisch dämpfte er seine Stimme. »Aber Arild hatte mich schon gewarnt. Also habe ich Trond gesagt, dass seine Erhabenheit doch nicht von den Äußerungen eines Wachmannes angekratzt werden könne. Im Namen Orlygs würde ich im Gegenzug gern zur kostspieligen Verschönerung des Thanhofes beitragen. Dann habe ich einige Goldstücke hervorgezaubert, die dein Vater mir für Notfälle mitgegeben hat.« Er schaute seine Base triumphierend an, und Lärka machte eine applaudierende Gebärde.

»Eigentlich hat Wygard auch etwas geholfen. Er ist der Vater des geretteten Mannes und der Schwager von Ahern«, fuhr Jörn fort. »Trond wollte mein Geschenk nicht annehmen und beharrte auf der Strafe.« Lärka war sofort klar, dass der Stormhavner unbedingt Zeit gewinnen wollte. »Aber in diesem Moment kam Wygard herein, der Valgrim mitbrachte und dessen Taten und die Heilkünste von Arild überschwänglich pries. Dann bot Wygard Valgrim und Arild seine Gastfreundschaft an, und Trond zog sich knurrend zurück. Er ist immer noch ziemlich wütend.«

Lärka überlegte, ob sie nun allein im Thanhof bleiben würde, aber Jörn schien ihre Gedanken zu erraten und beruhigte sie. »Keine Angst, ich lasse dich hier nicht allein! Ich gehe jetzt wieder in den Saal und werde mir etwas köstlichen Met gönnen. Dann trinke ich mit Trond einen Kelch auf deine Gesundheit – oder zwei, vielleicht hilft es.« Er grinste sie an und verschwand.

Seine Nachrichten brachten Lärka etwas Beruhigung. Dennoch verbrachte sie eine unruhige Nacht. Immer wenn sie sich im Schlaf auf die linke Seite drehte, wachte sie vom Schmerz getroffen auf. Irgendwann fand sie keinen Schlaf mehr und gab sich wieder den Grübeleien hin. Ob der Verlust ihrer Stimme mit dem Sturz oder gar mit der Wirkung der Kette zusammenhing? War das Wahrträumen doch gefährlich, und sie hatte bei den anderen beiden Malen nur Glück gehabt? Sie beschloss, die Kette nicht mehr zu benutzen – jedenfalls so lange, bis Rutlindis ihr mehr über das Familienerbstück erzählt hätte. Der Brief! Vielleicht enthielt er des Rätsels Lösung. Sie sehnte den Morgen herbei und brannte darauf, nach Osgund zu reisen und Rutlindis über das Schriftstück zu befragen.

Hungrig frühstückte Lärka die Gerstengrütze, die Idona schließlich im Morgengrauen hereinbrachte. Bald kam Valgrim und erkundigte sich nach ihrem Befinden. Abgesehen von ihrer Stimmlosigkeit fühlte sie sich besser, sie konnte auch das linke Auge wieder öffnen.

Valgrim bat Lärka aufzustehen, was sie gehorsam tat. Sie lief ein paar Schritte bis zum Fenster, warf einen Blick auf das geschäftige Treiben im Hof und wandte sich siegessicher zu Valgrim um. Doch schon bald überfiel sie ein leichter Schwindel, und sie musste sich wieder auf das Bett begeben. Zu ihrer Enttäuschung verkündete Valgrim, die Abreise um einen Tag zu verschieben, und verabschiedete sich. Trotzdem kleidete sie sich mit Idonas Hilfe an und setzte sich auf den Stuhl ans Fenster, um dem Fortgang der Bauarbeiten zuzusehen.

Als habe er darauf gewartet, dass sie sich von ihrem Lager erheben möge, kam kurz darauf Trond in ihre Kammer. Er setzte sich ihr gegenüber und gab, aus dem Fenster schauend, seiner Anteilnahme und seiner Hoffnung auf ihre baldige Genesung Ausdruck. Dann wiederholte er mit warmer Stimme seine Einladung zum Marlin-Fest und pries dessen Reize. Dieses eine Mal war sie dankbar, dass sie keine Stimme hatte. Statt einer ausweichenden Antwort schenkte sie ihrem Gastgeber nur einen unverbindlichen, freundlichen Blick.

Wenn Lärka nicht durch die Schmerzen immer wieder an den furchtbaren Abend des Festes erinnert worden wäre – sie hätte Tronds Verrat für einen bösen Traum und Trond selbst für den gastfreundlichsten Menschen des Küstenlandes gehalten. Aber jetzt verachtete sie ihn für seine Falschheit. Sie wunderte sich, wie sehr sich ihre Gefühle gewandelt hatten. Weder seine Anteilnahme noch seine erneute herzliche Einladung konnten sie dazu bringen, ihr Wohlwollen wieder aufleben zu lassen. Er hatte Arild verraten und würde nicht davor zurückschrecken, ihren Vater zu einem Machtkampf herauszufordern. Das war unverzeihlich!

Am Nachmittag kam Jörn hereingeschlendert. »Die anderen wohnen jetzt alle bei Wygard. Dann spazieren sie nicht mehr vor Tronds Nase herum. Ich glaube, er beruhigt sich langsam. Er erzählte, dass er dich besucht hat, und seine Augen leuchteten. Habe ich auf dem Fest etwas Wesentliches verpasst?«, fragte er sie neckend. »Wenn wir dereinst verheiratet sind, darfst du niemand anderem mehr schöne Augen machen«, sagte er mit spielerisch drohend erhobenem Finger. »Aber abgesehen vom Zwist mit Arild, der ein Missverständnis sein muss, ist Trond ein großartiger Kerl. Er hat mir gezeigt, was er am Thanhof alles umgebaut hat. Davon muss ich unbedingt Vater und Oheim Orlyg erzählen. Denkst du, du kannst mit mir spazieren gehen? Dann können wir uns etwas umsehen und unsere Freunde bei Wygard besuchen.«

Erfreut bejahte Lärka tonlos. Sie brannte darauf, ihr unfreiwilliges Gefängnis zu verlassen, sei es auch nur für einen kurzen Ausflug. Zuvorkommend bot Jörn seiner Base den Arm an, und sie hakte sich bei ihm unter. Langsam verließen sie das Zimmer, stiegen die Treppe hinunter und gingen zum hinteren Ausgang des Langhauses hinaus.

Während sie durch den Thanhof schlenderten, erläuterte ihr Jörn ausführlich, wo und wie ein neuer Brunnen gegraben und wie über dem Eingang der Umfriedung ein Fallgatter angebracht wurde. Bald ließen sie den Lärm des Thanhofes hinter sich und spazierten zum südlichen Ende der Siedlung. Der Wind zeigte, dass er nicht umsonst Namenspatron dieses Küstenortes war. Er pfiff über die Reetdächer wie am Tage ihrer Ankunft und hatte alle Wolken landeinwärts geblasen. Lärka empfand ihn als wunderbar kühl und erfrischend auf dem Gesicht. Sie gingen ein kurzes Stück und blieben vor einem mit Haselruten umgrenzten Anwesen mit Langhaus, Stall und Werkstatt stehen.

»... und dann habe ich ihn selbst herausgezogen, aus dem gefährlichsten Strudel, den Ihr Euch vorstellen könnt«, hörte Lärka eine wohl bekannte Stimme. Bolverk tauchte auf, begleitet von einem silberhaarigen Mann mit scharfen Zügen und wachsamen Augen. Der Mann trug einen dunkelblauen Kittel und darüber eine pelzbesetzte Weste, die vorne offen war und den Blick auf eine wunderbar gearbeitete, goldene Gürtelschnalle freigab, auf der sich ein Marlin stark und klar aus einem kunstvollen Geflecht von Wellen hervorhob. Der Mann hatte die Hände hinter dem Rücken verschränkt und hörte Bolverk gerade freundlich interessiert zu, als der die Ankömmlinge bemerkte.

»Holde Maid!«, rief der Bader aus und stürmte mit ausgebreiteten Armen auf Lärka zu. Das Mädchen befürchtete eine herzhafte Umarmung und wich zurück, aber der Pelzbuckel führte seine Hände vor ihr zusammen und blieb mit leuchtenden Augen vor ihr stehen. »Wie sehr erfreut es mein Herz, Euch wieder wohlauf zu sehen. O ja, Ihr tragt die Spuren einer heldenhaften Schlacht mit den Geistern des Met noch im Gesicht«, Lärka hörte, wie Jörn neben ihr prustete, und gab ihm einen herzhaften Rippenstoß, »aber unser Freund Wygard wird trotzdem in das Lob Eurer Anmut einstimmen müssen, jetzt, wo er Euch kennen lernt.«

»Willkommen in meinem Haus, Lärka von Ribehof«, sagte der Genannte und neigte leicht den Kopf. Lärka erwiderte seine Begrüßung stumm. »Meinen Namen kennt Ihr bereits. Ich bin froh, von Euren Begleitern schon mit allen Nachrichten aus Ribehof versorgt worden zu sein«, sagte er und schaute kurz zu Bolverk. »Ich habe von Eurem Sturz gehört und hoffe, es geht Euch besser. Kommt doch herein. Mein Weib wird uns etwas Köstliches anbieten.«

Sie folgten ihm in das größte der drei Häuser. Es war nicht so geräumig wie die Langhäuser der Thanhöfe, doch stand es ihnen in seinem Schmuck um nichts nach. Hirschgeweihe hingen neben Teppichen mit Jagdszenen an der einen Wand, die zahnbewehrten Mäuler riesiger Fische an der anderen, und die Waffen des Hausherrn lehnten ordentlich im hinteren Teil des Raumes an der Wand. Wygard führte sie zu einem wuchtigen Holztisch, auf dem je ein Krug mit Buttermilch und einer mit Met sowie einige Tonbecher standen.

»Wir sind so dankbar, dass Valgrim unseren ältesten Sohn zurückgebracht hat«, sagte Wygard und begann, Met in die Becher zu gießen. »Er war von schrecklichen Dämonen besessen, und wir dachten schon, wir sehen ihn nie wieder.«

»Er hatte sich mit Riesenkräften den Weg aus dem Hof gebahnt«, warf Wygards Frau ein, die mit einem Brett hinzugetreten war, auf dem frische Brotfladen und ein großes Käsestück lagen. »Wir hatten solche Angst, dass keiner wagte, sich ihm in den Weg zu stellen. Wie leicht hätten die Dämonen auch von uns Besitz ergreifen können.« Sie stellte das Brett auf den Tisch und streckte die gespreizten Hände von sich als Abwehr gegen böse Geister.

»Bei allen Sturmgeistern, wir glaubten an seinen sicheren Tod, und jetzt ist er uns wieder geschenkt worden«, sagte Wygard.

»Eure Begleiter vermögen Unglaubliches«, lobte seine Frau. »Gestern war Ulfgar noch vom Tode gezeichnet, und heute ist wieder so viel Leben in ihm, dass ich kaum mit dem Kochen nachkomme.« Sie strahlte, schnitt dicke Stücke vom Käselaib ab und bot sie zusammen mit Brotfladen ihren Gästen an.

Lärka, die das Kauen schmerzte, lehnte ab, nahm aber dankbar die dargereichte Buttermilch.

Angefeuert von Bolverk wollte Wygard zu weiteren Lobgesängen auf Valgrims Mut und Arilds heilende Kunst anheben, als die beiden hinter einem Vorhang am Ende des Raumes hervortraten. Ihnen folgte eine Frau, etwa in Valgrims Alter, die an ihrer Tracht unschwer als grünes Weib zu erkennen war. Sie ging zu Wygards Weib und unterhielt sich leise mit ihr.

Die beiden Männer begrüßten Lärka und zeigten sich erfreut, sie auf den Beinen zu sehen. Arild blickte kurz zu Valgrim, und als der zustimmend nickte, wandte er sich an Lärka. »Ihr habt sicherlich von Jörn und Wygard gehört, dass wir einen der Männer retten konnten.«

Sie nickte.

»Ihr selbst habt gesehen, wie es sich bei Kori zutrug. Bitte hört Euch Ulfgars Bericht an. Es könnte uns helfen, etwas über die Krankheit zu erfahren. Wollt Ihr?« Er sah sie fragend an.

Lärka war überrascht, dass Arild ausgerechnet sie um Hilfe bat. Sie glaubte kaum, ihm etwas erzählen zu können, was er nicht schon wusste. Trotzdem fühlte sie sich geschmeichelt. Sie nickte und folgte ihm durch den Vorhang zurück in eine Kammer, wo ein breitschultriger junger Mann auf seiner Lagerstatt saß und Getreidebrei aß.

Valgrim und das grüne Weib kamen hinter ihnen her. Der Raum duftete zart nach Ringelblumensalbe. Ulfgars zerschundenes Gesicht und seine zerkratzten Hände waren damit bestrichen. Der junge Mann hielt inne und schaute Lärka überrascht an.

»Oh, die holde Jungfer war doch nicht etwa auch ...?« Sein Blick wanderte von Lärka, die schon wieder schamrot anlief, fragend zu Arild.

»Nein, nein«, wehrte Arild ab. »Sie ist gestürzt und kann seitdem nicht sprechen. Sie stammt aus einer Familie von Heilern und hat den Kranken in Ribehof gesehen. Bitte erzählt ihr, an was Ihr Euch erinnert. Vielleicht fallen ihr noch Dinge auf, die uns entgangen sind.«

Ein Schemel wurde gereicht, auf dem Lärka sich niederließ und versuchte, so weise und würdevoll wie möglich auszusehen, während sie gespannt zuhörte.

»Wo soll ich nur anfangen? Eines Nachts, es war vor einigen Tagen. Da träumte ich einen seltsamen Traum. Ich kann mich noch genau erinnern. Mir war, als könne ich fliegen. Ich wurde von schwarzen Schwingen hoch emporgetragen und sah die Häuser unter mir – und die Menschen darinnen wie graue Schatten, in denen kleine blaue Seelen schimmerten.«

Lärka, die gerade einen großen Schluck Buttermilch genommen hatte, verschluckte sich und musste husten. Nachdem sie wieder zu Atem gekommen war, fuhr der junge Mann fort. »Ich war eine Weile geflogen und fühlte mich wunderbar leicht. Da schaute ich an mir herunter. Ich hatte keine Arme und Hände, keine Beine und Füße, kein Stück meines Leibes. Ich fühlte mich so unbedeckt wie ein Mann, der im Winter nur mit dem Wind bekleidet ist, und sehnte mich nach meinen Händen, die anpacken können, nach meinen Füßen, die sicher stehen, nach meinem Fleisch, in dem ich wohne. Aber ich flog weiter und weiter.«

»Zeigt uns noch einmal, wohin«, unterbrach Arild ihn. Ulfgar wies mit seinem Arm nach Südosten.

»Jaspis!«, sagte Valgrim mit Nachdruck.

»Es wurde Tag. Ich sah die Sonne wie eine blasse Scheibe durch Rauch aufgehen«, erzählte Ulfgar weiter. »Da kam ein Raubvogel auf mich zugestürzt. Er traf meine schwarzen Schwingen hart, und ich fiel tief. Dann wurde es dunkel um mich. Ich weiß nicht, wie viel Zeit verging. Ich konnte weder Sonne noch Mond sehen. Als ich wieder aufwachte, hatte ich meinen Körper wieder und lag mit dem Gesicht im Schlamm, mitten im Wald, und Valgrim, dem ich alles verdanke, fand mich dort«, schloss er seinen Bericht und schenkte seinem Retter einen warmen Blick.

Arild und Valgrim sahen Lärka erwartungsvoll an. Diese war heilfroh, dass sie seit ihrem Sturz gelernt hatte, ihr Gesicht zu einer Maske erstarren zu lassen. Sie war aufs Äußerste bestürzt.

Wie konnte es sein, dass ein Seelenloser etwas Ähnliches gesehen hatte wie sie in ihren Wahrträumen? Sie musterte Ulfgar eingehend, aber sie konnte nichts an ihm entdecken, das im Entferntesten ihrer Kette ähnelte.

Der Bericht des Kranken passte zu dem, was sie in Ribehof bei Kori beobachtet hatte: Die Seele wurde emporgetragen, und der Leib blieb zurück. War es vielleicht so, dass – wie sich die Seele dieses Mannes nach ihrem Leib gesehnt hatte – der Leib sich nach der Seele sehnte und ihr nachlief, durch alle Hindernisse hindurch?

Unzählige Fragen schossen Lärka durch den Kopf, und sie verwünschte einmal mehr ihre Sprachlosigkeit. Sie erinnerte sich plötzlich wieder an den dunklen Vogel, der Koris Lebenslicht davongetragen hatte. Und Ulfgar hatte gerade von schwarzen Schwingen berichtet, die ihn emporgetragen und auf die sich ein Raubvogel gestürzt hatte. Das konnte nur heißen, dass sich ein Jagdvogel durch eine glückliche Fügung genau den Raben als Beute ausgesucht hatte, der das Himmelslicht mit Ulfgars Seele bei sich trug!

Lärka stellte durch Gesten einen Vogel dar, der sich emporwand und abstürzte. Dann legte sie ihre Hände auf ihre Knie und senkte ihr Gesicht darüber, als wäre sie darauf gefallen. Als sie ihren Kopf wieder erhob, deutete sie auf die Stelle, wo der Vogel gelegen haben könnte, und tat, als würde sie suchen.

»Natürlich!«, rief Arild. »Die schwarzen Schwingen! Habt Ihr vielleicht einen toten Vogel oder seine Überreste an der Stelle gefunden, wo Ihr lagt?«

Während der junge Mann noch nachdachte, antwortete Valgrim. »Ich fand ihn auf schlammigem Grund, in dem manches versunken sein mag. Aber jetzt, wo du es sagst, fällt es mir ein. Als ich ihm aufhalf, war sein Gewand dreckbeschmiert. Vorne auf der Brust klebten Vogelfedern, schwarze Vogelfedern! Ich habe sie zusammen mit den Erdresten abgewischt.« Die Männer schauten Lärka gespannt an.

Sie war noch nicht zufrieden. Sie deutete erneut auf ihre Knie und machte eine suchende Geste. Valgrim und Ulfgar blickten sich an und schüttelten den Kopf. »Nein, uns ist sonst nichts Ungewöhnliches aufgefallen. Worauf wollt Ihr hinaus?«, fragte Valgrim.

Der Flügel bewies Lärka, dass es ein gewöhnlicher Vogel gewesen war und nicht etwa ein Wesen aus der Geisterwelt, der dieses Himmelslicht trug, mit dem sich die Seelen der Menschen verbanden, bevor er mit ihren blauen Seelenflammen davonflog.

In Lärkas dunkelsten Ahnungen hatte dieses Himmelslicht etwas mit ihrer Kette gemeinsam. Sie fing an, in Gebärden einen Vogel mit einem Licht um den Hals darzustellen, doch als sie in die verwirrten Mienen der anderen blickte, hob sie nur verzweifelt die Arme. Sie versuchte einen neuen Anlauf, doch dann ließ sie hilflos die Hände in den Schoß sinken. Sie war den Tränen nahe. Es ging einfach nicht.

»Ist schon gut«, beschwichtigte Arild, »wir sind neugierig auf Eure Meinung, aber wir werden abwarten können, bis Eure Stimme zurückkommt.«

Sie verabschiedeten sich von Ulfgar und überließen ihn dem grünen Weib, das sich daranmachte, seine Verbände zu erneuern.

Wygard war zwischenzeitlich hereingekommen und hatte schweigend zugehört. Nun begleitete er sie vor das Haus. Er stellte sich feierlich vor Valgrim auf. »Ihr habt mir meinen Sohn wiedergeschenkt. Das ist mit nichts aufzuwiegen, und trotzdem erdreiste ich mich, Euch als unwürdiges Geschenk eines meiner Pferde aus der Zucht meines Schwagers anzubieten.« An einem Eisenring an der Wand des Hauses war ein temperamentvoller brauner Hengst angebunden, dem ein Knecht gerade Zaumzeug anlegte.

Jörn pfiff bewundernd durch die Zähne. »Der sieht edler aus als die Pferde, die Trond im Stall stehen hat«, raunte er Lärka zu. »Ist gut und gern fünfzig Rinder wert.«

»Habt Dank«, sagte Valgrim. »Aber ein so wertvolles Geschenk können wir nicht annehmen. Wir sind nur unserer Berufung gefolgt«, wehrte er ab. »Außerdem könnte eine so vornehme Gabe die Missgunst des Dorfthans schüren.«

»Gute Herren, nehmt das Geschenk, und lasst diesen jungen Heißsporn doch vor sich hinbrausen. Sein Arm reicht nicht weiter als bis zu den Felsmauern seiner neuen Burg, die er so kunstvoll mit fremden Steinen schmückt. Wenn Ihr meinen Dank verschmäht, bringt Euch das größeres Unglück«, sagte Wygard und lächelte feinsinnig. Er musste Lärkas verwunderten Ausdruck bemerkt haben, denn er fuhr fort: »Bis Trond sich nicht durch seine Taten als unser Jarl erwiesen hat, als Anführer, den wir bei der Wahl am nächsten Sonnenwendtag bestätigen werden, sind wir ihm nicht mehr Respekt schuldig als er uns. Im Gegenteil – unser alter Dorfthan Fasolt starb so unerwartet rasch nach Tronds Rückkehr, dass es Gerüchte gibt, Trond habe etwas damit zu tun. Ich habe es Euren Begleitern schon gesagt: Wenn Trond einen falschen Schritt macht, wird er abgesetzt. Dafür sorge ich mit ein paar rechtschaffenen Sturmleuten. Wir sind immer noch freie Geestmänner. Was der ferne König in seinem Palast dazu sagt, interessiert uns nicht. Mag er seine Bergleute durch unser Dorf schicken, er muss uns doch unsere Wege lassen. Than Orlyg ist unser Fürst, und einen neuen Jarl – oder Dorfthan, wie Ihr dazu sagt – wählen wir uns selbst.«

Lärka war überrascht vom Selbstbewusstsein ihres neuen Verbündeten. Stück um Stück zerfiel die Fassade von Trond als einflussreichem und gutmächtigem Dorfthan. Sie würde froh sein, wenn sie seinem Hof endlich den Rücken kehren konnte.

Lärka fühlte sich auf einmal müde und bedeutete Jörn, er möge sie zurückbegleiten. Höflich bot er ihr wieder seinen Arm an, damit sie sich abstützen könnte. »Überflüssig zu erwähnen, dass Wygard im Fall von Tronds Rückzug der neue Jarl würde, ganz so, wie Trond es befürchtet«, sagte Jörn nachdenklich zu ihr, als sie außer Hörweite waren. »Ob ich Trond den Brief deines Vaters doch nicht hätte geben sollen?«

Am nächsten Tag war die Schwellung in Lärkas Gesicht nicht mehr so schmerzhaft, aber ihre Sprachlosigkeit hatte sich nicht im Geringsten gebessert. Trotzdem war Lärka fest entschlossen, an diesem Tag Stormhavn zu verlassen, um einen weiten Abstand zwischen sich und Arilds Verfolger zu bringen. Sie hatte großen Appetit und fühlte sich stark genug für die Weiterreise. Als Valgrim die Kammer betrat, um nach ihr zu sehen, wartete sie angekleidet und mit gepacktem Bündel auf ihn.

»Ich hätte mich gefreut, einen Morgengruß aus Eurem Munde zu hören«, sagte er, »doch Euch reisebereit zu sehen ist fast genauso gut.« Er nahm ihr Bündel, und sie gingen nach unten, um nach Jörn zu suchen. Sie fanden ihn auf dem Wehrgang, wo er sich sehr für die Bauweise der Schießscharten für Bogenschützen interessierte. Als sie die Holztreppe wieder hinunterstiegen, gesellte sich Idona zu ihnen. Die lederne Schürze über ihrem Hemdkleid klebte voller Honig.

»Ich sehe, es geht Euch besser. Immer noch keine Worte?«, fragte die Thanschwester. Als sie keine Antwort bekam, fuhr sie in ihrer fröhlichen Art fort: »Riecht ihr es? Der erste Frühlingshonig! Das gibt den besten Met für das Marlin-Fest.« Dann sah sie Valgrim und Jörn nach, die mit Bündeln beladen zum Stall gingen. »Oh, wie schade! Ihr wollt wirklich schon abreisen? Ich werde Euch sehr vermissen. Nehmt noch etwas vom Wangenrot mit. Wer weiß, bei wem Ihr Eure Anmut mal einsetzen wollt«, sagte sie verschmitzt und eilte fort, um das Besagte zu holen.

Als Valgrim und Jörn zum Stall kamen, flog die Tür auf, und heraus eilte eine Magd mit hochgerafftem Gewand und so weit geöffnetem Halsausschnitt, dass ihre nackten Brüste zu sehen waren. An ihrem Kleid und in ihren aufgelösten Haaren hingen Strohhalme, und sie kicherte, während sie über ihre Schulter zurückschauend in Richtung des Gesindehauses davoneilte. Hinter ihr kam Trond aus dem Stall, ebenfalls voller Strohhalme. Er ordnete seine Kleider. Valgrim beobachtete das Ganze ungerührt, aber Jörn konnte sich ein anzügliches Grinsen nicht verkneifen.

Ohne die beiden Männer an der Stallmauer zu bemerken, klopfte Trond das Stroh von seinem Kittel ab, schlang sich seinen Gürtel um und machte sich daran, die Arbeiten der Handwerker zu besehen, als sei nichts geschehen.

Lärka hatte nur eine dunkle Vorstellung davon, was die beiden im Stall getan hatten – Asa verlor sich bei diesem Thema immer in Andeutungen –, aber sie war sicher, dass es sich um etwas handelte, was sich eigentlich nur für Eheleute schickte.

Als Valgrim und Jörn mit den Pferden aus dem Stall kamen und sich zu Lärka gesellten, bemerkte Trond, dass seine Gäste zur Abreise rüsteten.

»Ihr bleibt also bei Eurem überhasteten Aufbruch. Wie bedauerlich«, sagte er und konnte seine Bitterkeit nicht verbergen. »Kommt doch auf Eurer Rückreise wieder vorbei, und genießt meine Gastfreundschaft ohne Hast. Bis zum Wiedersehen wünsche ich Gesundheit und allezeit leichte Wege.«

Nur Lärka wusste, dass der Reisewunsch aus seinem Mund den Gedanken in seinem Herzen Hohn sprach. Jörn erwiderte unbefangen die guten Wünsche des jungen Mannes und verabschiedete sich mit einem herzlichen Handschlag. Idona kam herbeigelaufen und drückte Lärka mit einem verschwörerischen Zwinkern ein kleines Bündel in die Hand, das unzweifelhaft die Waffen einer Frau enthielt. Lärka dankte ihr stumm und begab sich dann mit den anderen zu Wygards Hof.

Dort füllte ihnen Wygards Frau ihre Packtaschen mit Brotfladen, Käse und Hartwurst, und Wygard sorgte dafür, dass sich Getreidevorräte für mehr als eine Woche in Bolverks Karren stapelten.

»Das werdet Ihr in Osgund brauchen«, sagte er ernst. »Wir hatten hier in den letzten Jahren einige Hagelstürme, die Teile der Ernte verwüsteten und Häuser und Vieh schädigten. Aber die Osgunder haben schon mehr harte Winter hinter sich. Besonders der letzte war schlimm. Hungrige Bären haben das Wild verjagt, und um die Wintersonnenwende ist auch noch eine der vollgefüllten Vorratsscheunen abgebrannt, wie wir gehört haben. Die Osgunder werden Euch nicht viel anbieten können, also nehmt lieber von unseren Vorräten mit.« Sie dankten ihm herzlich und nahmen Abschied.

Vater und Sohn begleiteten die Gruppe bis zum Tor der Siedlung. »Möge die Straße uns wieder zusammenführen, und möge die Sonne Eure Wege stets bescheinen«, sagte Wygard und schaute ihnen lange nach.

Den ganzen Morgen schon war der Himmel, von Hochnebel bedeckt, eine einzige weiße Fläche, die die Sonnenstrahlen kaum zu durchdringen vermochte. Jetzt sahen sie die Sonne im Südosten gelegentlich als schwach leuchtenden weißen Kreis auftauchen. Die fernen Schreie der Möwen, die im immerwährenden Seewind segelten, begleiteten sie, als sie durch die Felder vorbei an windschiefen Bäumen den Weg zurückritten, den sie gekommen waren.

Valgrim hatte auf Bolverks Karren Platz genommen und ließ Arild, den der Knöchel immer noch schmerzte, auf dem braunen Hengst voranreiten, das Packpferd im Schlepptau. Jörn und Lärka ritten hinterdrein. Sie würden dem Weg durch den Wald folgen und an der Kreuzung wieder auf den Handelspfad nach Norden treffen. Der Handelsweg umging die Zehn Brüder auf ihrer Ostseite und führte dann küstenwärts auf Osgund zu.

Als sie an die Wegkreuzung zum Handelspfad kamen, tauchten sofort Daryn und Olvir zwischen den Bäumen auf, als ob sie auf sie gewartet hätten. Valgrim unterrichtete die beiden Männer bei der Mittagsrast über die Geschehnisse in Stormhavn. Sie waren mit Valgrim den beiden Seelenlosen gefolgt und hatten sie gemeinsam geborgen. Jetzt waren sie stolz und voll des Lobes über Wygards Geschenk.

Am frühen Abend hatte die Gruppe die Ausläufer der Zehn Brüder erreicht. Die Gipfel aus dunkelgrauem, verwittertem Schiefer ragten, bis auf Schneereste kahl, in große Höhen auf, und die Hänge waren nur in den unteren Regionen mit Bäumen bestanden.

Sie ritten noch ein Stück, bis Valgrim einen geeigneten Lagerplatz ausgemacht hatte. Zwischen den Baumspitzen hindurch konnten sie Ausblicke auf das Meer erhaschen. Der Nebel hatte sich am Mittag verzogen und in einige hauchdünne Wolkenbänder verwandelt. In der Dämmerung sahen sie, wie die Sonne blutrot durch die dunkelgrauen Wolkenfetzen hinabtauchte, um im Meer zu versinken.

Obwohl der Ritt sie ermüdet hatte, fühlte sich Lärka schon wesentlich besser. Kopfschmerzen und Schwindel waren nahezu verschwunden, und die Arnika-Umschläge hatten ihr Gesicht abschwellen lassen. Dass es noch nicht seine normale Farbe eingenommen hatte, sondern wie ein Regenbogen schillerte, konnte sie nur am mehr oder weniger breiten Grinsen von Jörn ablesen, der immer »Dass ich das noch erlebe« sagte, wenn er sie ansah.

Aber auch ihm blieb nicht verborgen, wie sehr die fortdauernde Sprachlosigkeit seine Base bedrückte. Um sie aufzumuntern, versuchte er ihr beim abendlichen Lager beizubringen, wie man mit drei Kieferzapfen jonglierte. Arild bat Lärka um Geduld, die Genesung brauche Zeit. Aber sie ahnte, dass er und Valgrim auch nicht weiterwussten.

Als Arild ihr am Abend den Kräutertee zubereitete, befragte er sie nochmals. »Gab es irgendetwas in jener unglücklichen Nacht, das mit Eurer Stimmlosigkeit zu tun haben könnte? Etwas, das wir bisher nicht beachtet haben?«

Lärka dachte nach und rief sich alles ins Gedächtnis, was sie noch von jenem Abend wusste. Den Met, die Gespräche, den nächtlichen Sturz und den Wahrtraum, der durch ihren Metgenuss zu einem wirbelnden Durcheinander geworden war. Sie war sich mit einem Mal sicher, dass sie schon *vor* dem Sturz von der

Treppe keine Stimme mehr gehabt hatte. Konnte es sein, dass sich die Zauberkraft der Kette gegen sie gekehrt hatte? Sie blickte auf und sah Arilds prüfende Augen auf sich gerichtet.

»Euch ist etwas eingefallen?«, fragte er.

Schnell schüttelte sie den Kopf. Obwohl er ihr sicherlich angemerkt hatte, dass sie etwas vor ihm verbarg, fragte er nicht weiter. Ob sie ihre Stimme im Traum verloren hatte? Ob sie dabei war, sich in eine seelenlose, wandernde Leiche zu verwandeln wie Kori? Vielleicht war ihre Sprachlosigkeit nur der Anfang, und sie begann, sich aufzulösen. Oder sie hatte etwas falsch gemacht, und wenn sie die Kette richtig anwandte, würde alles wieder gut werden. Lärka richtete ihre verzagte Hoffnung nun ganz auf Osgund, denn Tante Rutlindis musste doch etwas über das Familienerbstück wissen, was ihr weiterhalf. Lärka würde ihr den kostbaren und gefährlichen Schatz zeigen und sie bitten, den Brief vorzulesen, der immer noch gut verstaut zusammen mit der Kette im Gepäck mitreiste.

Am nächsten Tag löste sich der Frühnebel bald auf, und eine strahlende Sonne beschien ihren Weg. Lärka konnte den warmen Waldboden riechen, und um sie herum schwärmten allerlei Insekten aus, um die ersten Frühlingsblüten zu besuchen. Bald erreichten sie ein grasbewachsenes Plateau, von dem aus sie über die ganze Osgunder Ebene sehen konnten. Von den Feuerstellen Osgunds im Nordwesten stiegen in der Ferne dünne Rauchsäulen auf. Wie eine dunkelgraue Linie zog sich dahinter das Massiv der nördlichen Frostberge am äußersten Horizont dahin. Normalerweise war es wegen des Eises unüberwindbar. Auf dem Gipfel des mächtigsten unter den Frostbergen fingen Eisplatten die Sonnenstrahlen ein und blendeten sie mit goldenem Schein.

»Das ist der Hohe Goldfang«, sagte Bolverk. »Ist er nicht majestätisch?«

Lärka ließ ihren Blick weiterschweifen. Der Bergzug der Zehn

Brüder lag nun genau westlich von Ihnen. Rechts von ihnen erstreckten sich dichte Mischwälder ostwärts, so weit das Auge reichte. Der Himmel darüber war mit flauschigen Frühlingswolken und weichen, dünenhaft gewellten Wolkenbändern durchzogen. Das alles machte einen so friedlichen Eindruck, dass man den schlechten Nachrichten, die Wygard über Osgund wusste, gar nicht glauben mochte.

»Seht!«, sagte Bolverk und deutete nach links. »Das ist der Blutwald. Sieht aus wie ein harmloses Gehölz, nicht wahr?«

Lärkas Blick folgte seinem ausgestreckten Arm. Der Nordhang der Zehn Brüder mündete in einen dichten Buchenwald, der sich westwärts etwa einen Tagesritt bis an die Küste hinzog. Während die ersten Triebe an den Rändern des Waldes frühlingsgrün schimmerten, sah das Laubdach zur Mitte hin verfault und abgestorben aus, als ob an den dürren Zweigen nur dunkelbraune Blätter hängen würden.

»Er mag ungefährlich aussehen, aber das ist der düsterste Zauberwald, den Ihr Euch vorstellen könnt«, fuhr Bolverk mit dramatischen Gesten fort. »Man sagt, das sei einst der heilige Hain der Gorunnen gewesen. Ihre Hexenmeister haben ihn damals verflucht, um ihr Schlachtenglück zu wenden, als sie Than Marobrad unterlagen. Seitdem bringt er jedem den Tod, der ihn betritt.«

Lärka schauderte. Sie erinnerte sich an die Steinsäule. Bilder von Männern, die wehrlos am Waldboden liegend abgeschlachtet wurden, zogen an ihr vorbei. Sie war froh, dass der Weg in weitem Bogen um den Wald herum führte.

»Ach was, Spukgeschichten«, tönte Jörn. »Wahrscheinlich treibt dort ein Rudel Wölfe sein Unwesen. Wenn so wenige Menschen und Gespanne durchkommen, sind die immer auf einen guten Bissen aus.«

»Aber nein!«, widersprach Bolverk. »Jeder Osgunder wird Euch von Unglücklichen erzählen können, die hier zu allen Zeiten verloren gingen. Und es waren tapfere Leute dabei.« Er nickte heftig mit dem Kopf und schaute mit großen Augen misstrauisch über die Wipfel, als erwarte er, jeden Moment ein Ungeheuer aus den Baumkronen aufsteigen zu sehen.

»Auch ich habe diese Berichte gehört. Wer es vermeiden kann, sollte diesen Wald nicht betreten«, sagte Arild, der die Augen mit der Hand beschattete und ebenfalls über die Bäume spähte.

Während Jörn fortfuhr, den Pelzbuckel ausführlich über die Schrecken des Blutwaldes zu befragen, ließ Lärka versonnen ihre Blicke schweifen. Sie liebte es, die Formen der Frühlingswolken zu betrachten, die über das Küstenland hinwegzogen. Es erschienen prachtvolle Burgen, zinnenüberladene Schlösser, es segelten Windpferde und Wolkendrachen, es grüßten bauschige Riesen mit Knollennasen. In den Tagträumereien ihrer Kindheit war sie bei ihnen gewesen, federleicht und frei wie der Wind war sie aus Ribehof davongeflogen. Nichts war ihrem Blick aus der Höhe verborgen geblieben, und sie hatte die aufregendsten fremden Länder besucht, in denen sie wie eine Prinzessin – eine Wolkenprinzessin – aufgenommen worden war. Folgenreiche Feste und niederträchtige Gastgeber waren in diesen Träumereien nie vorgekommen.

Ein Geröllhang hatte eine Schneise durch den Wald gezogen, und der Weg führte sanft bergab zur Küstenebene entlang des Schotterfeldes, das sich in einem schmalen Streifen Grasland verlor. Nach einiger Zeit wurde der Weg noch schmaler, und der Wald rückte zu beiden Seiten dicht an sie heran. Lärka war noch nie in Osgund gewesen, und jetzt waren sie nur noch eineinhalb Tagesreisen davon entfernt. Sie freute sich darauf, den Ort zu sehen, wo ihre Mutter aufgewachsen war, und Geschichten von Audhild zu hören. Ihr Großvater war bereits vor vielen Jahren mit dem Schiff in einen Sturm geraten und darin umgekommen. Vor einigen Jahren war auch ihre Großmutter gestorben, wie sie von Maggai wusste. Ihren Oheim Tiernan, den Bruder ihrer Mutter, hatte sie nie kennen gelernt. Audhild hatte einmal erzählt, dass ihr jüngerer Bruder vor langer Zeit auf einer Reise verschollen und wahrscheinlich tot war.

Während Lärka sich noch ihre erste Begegnung mit Rutlindis ausmalte, hörten sie auf einmal rechts von sich im Gehölz ein ärgerliches Brummen. Panik stieg in Lärka auf, denn das musste ein Bär sein. Es raschelte im Gebüsch, und dann erklang ein wütendes Summen. Valgrim, der mit dem Packpferd am Zügel den Zug anführte, hielt an.

Unvermittelt brach wenige Schritte vor ihnen ein wenig Furcht erregender, junger brauner Bär mit honigtriefendem Maul aus dem Gebüsch, galoppierte über den Weg und verschwand links zwischen den Bäumen, ohne sie eines Blickes zu würdigen. Hinter ihm her surrten aufgebrachte Bienen. Valgrim duckte sich, das Packpferd aber scheute. Plötzlich wieherte es laut auf und galoppierte davon.

Hatte der Schreck über das plötzliche Auftauchen des Bären sie verlassen, so stieg jetzt eine andere Furcht in Lärka auf: Das Tier trug das Bündel mit ihrem Schatz. Sie durfte Kette und Brief auf keinen Fall verlieren!

Ohne lange nachzudenken, hieb sie ihrer Stute die Hacken in die Flanken und galoppierte hinterher, während der Rest der Gruppe vor dem Bienenschwarm Deckung suchte. Sie spürte einen Stich am Arm, aber das war ihr in diesem Augenblick gleichgültig. Sie musste das Packpferd einholen, bevor es im Wald verloren ging. Sie sah es vor sich auf dem Weg flüchten. Ihre Stute hart mit den Zügelenden antreibend, kam sie allmählich näher heran. Aber plötzlich stob ein Vogel auf, und das Pferd vor ihr brach nach links in den Wald aus. Lärka folgte ihm.

Da hörte sie jemanden rufen. Sie wandte den Kopf und sah, wie Arild in einiger Entfernung hinter ihr herjagte und ihr winkte anzuhalten. Auch sie hatte bemerkt, dass das fliehende Pferd direkt auf das dunkle Herz des Blutwaldes zusteuerte, aber sie hatte es ja fast eingeholt. Arilds Brauner war ein schneller Läufer, er würde bald zu ihrer Stute aufschließen. Wenn Arild sie erreichte und das Packpferd mit seiner wertvollen Last erst einmal spurlos im Wald verschwunden war, würde Arild ihr nicht gestatten, es zu suchen. Sie winkte ihrem Verfolger, er solle zurückbleiben. Wenn sie sich schon in Gefahr begab, so wollte sie niemanden mit hineinziehen.

Lärka sah das Packpferd vor sich, und ihr war, als würde es seinen Schritt verlangsamen. Aber kaum war sie auf Steinwurfweite herangekommen, scheute es erneut, schlug einen Haken und jagte weiter. Sie fluchte im Stillen und trieb ihre Stute vorwärts. Lange konnte es nicht mehr gehen. Ihr eigenes Pferd war schon schweißgetränkt, und sie schätzte, dass die Last des anderen Tieres wesentlich schwerer wog als ein Reiter. Jetzt war es hinter einer Kuppe verschwunden.

Als Lärka die Kuppe erreichte, hatte sie das Pferd aus den Augen verloren. Sie hielt an, um sich umzuschauen. Im Nu hatte Arild sie eingeholt.

Er zügelte sein Pferd hart und schimpfte atemlos: »Herrin! Habt Ihr mit dem Sturz nicht nur Eure Stimme, sondern auch Eure Vernunft verloren? Lasst doch das Pferd! Wir sollten nicht weiter in diesen Wald hineinreiten. Ich bin sicher, Ihr könnt die verlorenen Dinge in Osgund ersetzen. An Vorräten haben wir noch genug in Bolverks Karren. Kommt mit mir zurück!«

Sie zögerte.

»Dreht um! Wahrscheinlich kommt es von allein zurück zu den anderen Pferden gelaufen«, sagte Arild eindringlich und wendete sein Pferd.

Doch Lärka schüttelte energisch den Kopf und deutete auf sich und in die Richtung, in der sie das Pferd vermutete. Dann machte sie mit der Hand eine wegschiebende Bewegung und gab ihm zu verstehen, dass er umdrehen und sie allein weiterreiten lassen möge.

»Nein! Seid doch vernünftig! Das ist es nicht wert, sich dafür in Gefahr zu begeben.«

Wie soll er es auch verstehen?, dachte sie. Welches Schicksal lag vor ihr, wenn sie alles fahren ließe? Sie war sicher, sie würde es jeden Tag für den Rest ihres Lebens bereuen, wenn sie die Kette jetzt verloren gab. Sie wischte alle Ängste vor den unbekannten Gefahren des verwunschenen Waldes beiseite. Wenn dies ihr Tod sein sollte, so war das besser, als des Vermächtnisses ihrer Mutter beraubt für den Rest der Tage ein stummes Leben in Frenemund zu führen.

Als Arild sah, dass Lärka nicht einlenken wollte, trieb er den Braunen zu ihr hin und wollte nach den Zügeln ihrer Stute fassen. Aber sie ließ ihr Pferd zurückweichen, nahm einen ihrer ledernen Wasserschläuche und warf ihn nach Arild, so fest sie konnte. Er sollte ihr nicht folgen, sich nicht um ihretwillen in Gefahr begeben! Er duckte sich, aber der Schlauch streifte ihn hart an der Schulter, und er hielt sich nur mit Mühe im Sattel. Da hörten sie ein Wiehern.

Bevor Arild sich gefangen hatte, riss Lärka entschlossen ihr Pferd herum und jagte in die Richtung, aus der sie den Laut vernommen hatte. Sie erspähte das Packpferd erneut und würde es gleich eingeholt haben. Dann würden sie unbehelligt und über das Erlebnis lachend zu den anderen zurückkehren und Bolverk irgendwelche erfundenen Schauermärchen erzählen. Lärkas Pferd galoppierte mit Leichtigkeit zwischen den Stämmen hindurch und holte auf. Das Packpferd atmete schwer und war in einen müden Trab verfallen. Auf einmal strauchelte es, warf wiehernd seinen Kopf hoch und ging zu Boden. Nach wenigen Galoppsprüngen war Lärka bei ihm. Es schien über einen abgebrochenen Ast gestolpert zu sein und sich daran verletzt zu haben. Es war wieder aufgestanden, aber es blutete am rechten Vorderbein, das es klagend nach vorne streckte. Lärka stieg ab und griff vorsichtig nach den Zügeln. Mittlerweile war auch Arild herangeprescht.

»Ihr seid störrischer als Bolverks Esel und närrischer als ein Haufen Lemminge«, schimpfte er. Dann sah er, dass sich das Pferd verletzt hatte. »Oh, nein. Jetzt ist es lahm. Ihr hättet es besser laufen lassen!« Er nahm die Zügel, band sie an einen dürren Ast und betastete das Bein des Pferdes.

Auf dem Boden um sie herum lagen Teile des Gepäcks verstreut. Lärka sammelte hastig die Beutel, Bündel und Taschen ein und legte sie auf einen Haufen. Als sie ihr Reisebündel mit der sorgfältig verschnürten Kette und dem Brief in den Händen hielt, atmete sie auf. Sie befestigte es sogleich an ihrem Sattel und hatte nun zum ersten Mal die Muße, sich umzusehen. Zunächst dachte sie, die Dämmerung sei bereits hereingebrochen, weil es so seltsam dunkel war. Dann betrachtete sie sich die Bäume genauer. Ihre Rinde war braun wie der Rost an alten Schürhaken. An ihren Ästen sprossen keine grünen Blattknospen, sondern alte Blätter, die dunkelbraun verfärbt erschienen.

Lärka trat näher, berührte eines und zuckte angeekelt zurück. Die Blätter hatten die Farbe getrockneten Blutes, und ihre Oberfläche fühlte sich genauso an. Auf dem staubigen, harten Boden lag kaum Laub. Auch andere Pflanzen waren nicht zu sehen. Außer den alten Bäumen schien es hier weder junge Sprösslinge noch Pilze oder Flechten zu geben. Auch war es ungewohnt still um sie herum. Kein Vogelzwitschern, kein Blätterrauschen, noch nicht einmal das kleinste Knacken eines Astes war zu hören, nur Totenstille. Sie schaute Arild an. Auch er hatte es bemerkt.

»Der Blutwald. So hatte ich ihn mir nicht vorgestellt«, sagte er und musterte die Umgebung. »Wir sollten uns aufmachen und diesen Ort schnell verlassen. Ich glaube, das Pferd kann langsam laufen. Bis nach Osgund werden wir es noch bringen, dann kann es sich erholen.«

Arild hatte die Wunde des Tieres mit einem Stofffetzen umwickelt, durch den langsam Blut sickerte. Sie verteilten das Gepäck auf ihre beiden gesunden Pferde, saßen auf und ritten im Schritt in die Richtung, aus der sie gekommen waren. Ihre Spuren waren auf dem Boden nicht auszumachen, aber sie waren sich sicher, dass sie nur lange genug in eine Richtung zu reiten bräuchten, um am Berghang, am Meer oder am Handelspfad wieder herauszukommen. Es war unmöglich, sich zu verirren.

Sie ritten eine ganze Weile schweigend durch den Wald, als sie an eine Stelle kamen, an der der Boden aufgewühlt war. Arild stieg ab, prüfte die Spuren und hielt auf einmal einen Kamm mit einem Fischmotiv in der Hand, den Lärka unschwer als einen der ihren erkannte. Sie waren wieder an der Stelle, wo das Packpferd gestürzt war. Der Kamm musste aus einem Bündel gefallen sein.

»Das verstehe ich nicht«, sagte Arild. »Wir können doch nicht im Kreis geritten sein.« Zum ersten Mal sah er wirklich beunruhigt aus. Lärka fühlte sich schuldig an der unglücklichen Lage und warf ihm einen um Vergebung heischenden Blick zu. Er bemerkte ihn nicht, denn er schaute wieder einmal nach oben, Lärka wandte ihre Augen ebenfalls himmelwärts. Durch das dichte dunkle Blätterdach sahen sie nur wenige gleißend helle Himmelsflecken. Die Sonne oder gar die Gipfel der Zehn Brüder, die ihnen zur Orientierung hätten dienen können, waren nicht auszumachen.

»Da entlang«, sagte Arild nach einigem Nachdenken und ritt in eine andere Richtung. Verdrossen schweigend zog er das Packpferd hinter sich her, das langsamer und langsamer wurde, je länger sie unterwegs waren. Die Verletzung setzte ihm stärker zu, als es zunächst schien. Dämmerung breitete sich aus, die Sonne musste mittlerweile schon tief über dem Meer stehen. Lärka hoffte, sie würden bald den Saum des Waldes erreichen. Eine Nacht zwischen diesen seltsamen Bäumen zuzubringen war keine verlockende Aussicht. Sie ritten weiter, bis die Dunkelheit ein Fortkommen unmöglich machte.

Arild hielt an und blickte sich um. Der Wald sah überall gleich aus. Die Stelle, an der sie standen, unterschied sich in nichts von dem Gelände, durch das sie den ganzen Nachmittag hindurchgeritten waren. Nirgendwo war eine Lichtung oder gar das Ende des Waldes zu sehen. Es gab kein Gras für die Pferde, geschweige denn einen Bach, um die Tiere zu tränken und die eigenen Wasservorräte aufzufüllen.

»Es ist sinnlos, heute weiterzureiten. Wir sollten hier rasten«, sagte Arild, stieg ab und entlud die Pferde. Lärka wollte Holz für ein Lagerfeuer suchen, aber es lagen keine Zweige herum, nur ein paar kleine Steine und einige der harten, verkrusteten Blätter. Sie überlegte, ob sie mit dem Messer Äste von den Bäumen abschneiden sollte. Aber sie ekelte sich vor der Berührung und war außerdem überzeugt, dass das verkrustete Gehölz nicht brennen würde. Als sie Arild mit einer Handbewegung darauf hinwies, schüttelte er nur den Kopf. Sie begann, sich sehr unwohl zu fühlen. Wenn er ihr nur nicht gefolgt wäre. Sosehr seine Anwesenheit sie tröstete, sosehr hasste sie sich dafür, dass sie ihn an diesen unglückverheißenden Ort gebracht hatte. Würden auch sie nicht zurückkehren, sondern von unheimlichen Bestien des Nachts verschlungen werden?

»Habt keine Angst. Ich weiß Abhilfe«, sagte Arild in ihre Gedanken hinein. Verwundert wandte sie sich zu ihm um. »Ich hoffe, Ihr verratet mein kleines Kunststück nicht an Euren Vater – er könnte es für Hexerei halten.«

Lärka musste lächeln und schüttelte den Kopf. Gespannt sah sie, wie Arild aus seiner Tasche einen faustgroßen weißen Stein hervorholte. »Ein Mondstein der besonderen Art«, sagte er und benetzte ihn mit etwas Wasser. Der Stein begann, schwach weißlich zu leuchten. »Nicht gerade ein Lagerfeuer, aber so sitzen wir nicht ganz im Dunkeln.« Arild steckte sich den Stein in den Gürtel. Dann holte er aus seiner Tasche eine Holzschale heraus, die ihm normalerweise als Essnapf diente. Er füllte etwas Wasser aus dem Vorratsschlauch hinein und tränkte den Braunen und Lärkas Stute. Dann füllte er die Schale erneut und wandte sich dem Packpferd zu, das mit hängendem Kopf und zitternden Flanken dastand. Als es das Wasser witterte, schnappte es nach der Holzschale, aber Arild zog sie plötzlich zurück. Er sah das Pferd genauer an.

»Ich fürchte, es wird die Nacht nicht überleben, wenn es nicht ausgiebig saufen kann, um den Blutverlust auszugleichen. Aber so viel Wasser haben wir nicht dabei.« Er trank das Wasser aus der Holzschale selbst und zog sein Schwert, doch Lärka fasste ihn am

Arm und schüttelte den Kopf. Sie wollte das Tier nicht aufgeben. Bestimmt würden sie morgen früh aus dem Wald herausfinden und es versorgen können. Arild fügte sich.

Sie hielten ein stilles Mahl aus Brotfladen und Wasser und hörten das Packpferd hinter ihnen schnauben. Ab und zu wimmerte es. Irgendwann begann es zu zittern, dann legte es sich stöhnend auf die Seite.

»Ich werde seinem Leiden ein Ende machen«, sagte Arild und stand auf, um zu dem Pferd zu gehen. Doch plötzlich schreckte er zurück.

Lärka dachte zunächst, ihre Augen spielten ihr einen Streich, aber dann konnte auch sie es deutlich sehen. Kleine Wellen liefen über den ansonsten harten Boden, als hätte er sich in den Wasserspiegel eines Sees verwandelt, in dessen stiller Mitte wie auf einer Insel das Pferd lag. Ein leichter Wind kam auf, und als er durch die Blätter strich, klang es wie ein unheimliches Seufzen.

Ungläubig sahen sie, wie sich in einiger Entfernung von ihnen zwischen den Bäumen etwas bewegte. Dort schien ein Mensch auf dem Boden zu liegen. Seine Gestalt leuchtete fahlweiß wie ein unwirklicher Nebelhauch. Seine langen Haare hingen ihm wirr vom Kopf, das Gesicht war zu einer Fratze entstellt, und an der Seite seines nackten Oberkörpers klaffte eine große, blutende Wunde. Sie hörten sein dumpfes Stöhnen, als er starb, dann löste sich die Erscheinung auf.

Wie aus dem Nichts tauchten um sie herum die weißlichen Gestalten weiterer Männer auf, die sich im Todeskampf wanden. Ströme von Blut flossen aus unzähligen Wunden und versickerten im Waldboden.

Die Pferde wieherten ängstlich, als sich wieder und wieder dasselbe geisterhafte Geschehen vor ihnen abspielte. Arild sprach aus, was Lärka dachte: »Die letzte Schlacht zwischen den Gorunnen und den Geestleuten. Hier muss es gewesen sein.« Er wandte sich zu ihr, doch auf halbem Wege blieb sein Blick an etwas anderem hängen. Seine Augen wurden schreckensweit. Während sie gebannt auf die Geisterbilder geschaut hatten, waren um das Packpferd herum aus dem Boden armdicke braune Schlangen aufgetaucht, die sich suchend zu dem liegenden Tier vortasteten. Sie hatten keine Augen und keine Mäuler, ihre kopfartigen Enden hatten die Form von zugespitzten Pflöcken.

Entsetzt wichen Lärka und Arild zurück. Der Wald hatte begonnen, zu ächzen und zu knacken. Es erklang ein zorniges Blätterrauschen, und die Schlangen hielten inne. Lärka spürte ein tiefes Bedauern und große Verzweiflung. Es dauerte einen Moment, bis sie merkte, dass dies nicht ihre eigenen Gefühle waren. Wieder erhob sich ein Wind, der ein dumpfes Seufzen durch den Wald schickte, wie es kein lebendiges Wesen je hervorgebracht hatte, und die Schlangen bohrten sich mit einer entschlossenen Bewegung unter den Körper des Pferdes.

Das Tier hob den Kopf, schaute in Lärkas Richtung und schnaubte. Es versuchte aufzustehen, doch irgendetwas hielt es am Boden fest. Die beiden anderen Pferde schrien und versuchten wie von Sinnen, sich loszureißen. Die Bewegungen des wunden Tieres wurden zusehends matter, und schließlich gab es auf. Sein Kopf sank auf den Boden, sein Atem wurde flacher, und schließlich schloss es mit einem Seufzer die Augen. Erschreckt sahen Lärka und Arild, wie der Körper des Pferdes einfiel. Als sich nur noch die trockene Haut über das Gerippe spannte, zogen sich die braunen Schlangen mit feucht glänzenden Spitzen von dem Pferd zurück und verschwanden unter dem Waldboden, der wieder hart und trocken dalag wie zuvor.

Lärka wollte sich angstvoll an einen Baumstamm drücken – doch er roch fürchterlich. Der Stamm stank nach Blut, und im fahlen Licht von Arilds Mondstein konnten sie sehen, wie aus den Poren der Rinde einzelne schwarzbraune Tränen sickerten. Entgeistert starrten die beiden auf den Boden um sich herum, bereit, jederzeit davonzueilen, sollte nur die leiseste Wellenbewegung die Wiederkehr der Schlangen ankündigen.

Eine Weile warteten sie so, aber nichts geschah. Arild entspannte sich etwas und ging zu den beiden verängstigten Pferden, um sie zu beruhigen. »Vielleicht haben die Dämonen dieses Waldes gespürt, dass das Pferd am Ende seines Weges war. Wir sind es aber nicht«, sagte Arild, während er fortdauernd um sich spähte. »Ich werde Wache halten. Am besten, Ihr schlaft etwas.«

Sie hatte Angst davor, sich auf den Boden zu legen, und schüttelte den Kopf.

»Also gut, dann lasst uns gemeinsam wachen«, sagte Arild und breitete eine Decke aus.

Eine Weile saßen sie schweigend zusammen, die Augen angstvoll auf den Waldboden gerichtet. Arild befeuchtete den Mondstein von Zeit zu Zeit, damit er sein Leuchten nicht verlor. Aber es war, als würde er ein totes Bild bescheinen. Außer den Schweifen ihrer Pferde bewegte sich nichts. Nach einer Weile begann Arild, in seiner Tasche herumzukramen, und breitete einige Beutel auf der Decke aus.

»Ein sicheres Mittel gegen die Müdigkeit«, sagte er und wies mit der Hand darauf.

Lärka fragte mit einer Geste, welches davon sie schlucken solle.

»Nein, nein«, sagte Arild erheitert. »Ich werde Euch etwas in der Kräuterkunst unterrichten. Schließlich müsst Ihr Euch nach dem nächsten Festgelage in Osgund selbst helfen können.«

Der Wald schien nicht mehr ganz so dunkel, und die Zeit verstrich, ohne dass sie es merkte, als Arild sie an seinem Wissen teilhaben ließ, das er selbst als »Vermächtnis der grünen Weiber« bezeichnete. Begierig nahm Lärka alles in sich auf – sie hörte, sie roch, sie fühlte und sie schmeckte. Als er ihr den Inhalt seiner Tasche erklärt hatte, nannte er ihr einige Krankheiten und ließ sich zeigen, welches Kraut in welcher Menge und Zubereitung sie anwenden würde. Er war sehr zufrieden mit dem Ergebnis. »Hiermit seid Ihr schon ein hellgrünes Weib. Nun müsst Ihr nur noch sieben Jahre Kranke versorgen, und Euer Gewand nimmt von allein diese unverwechselbar dunkelgrüne Farbe an«, sagte er und lächelte.

Lärka wollte sein Lächeln erwidern, aber ihr gelang nur ein betrübter Blick. Ihre Hochzeit würde alles zunichte machen, wusste er das nicht? Sie deutete auf sich, tat, als nehme sie, wie bei der Hochzeit im Geestland üblich, den Ring vom Hochzeitsschwert ihres Bräutigams entgegen und stecke ihn sich an den Finger. Dann legte sie ihre Handgelenke übereinander, als seien sie gebunden.

Arild sah sie ernst an. »Ich bin sicher, dass Euer Vater einen guten Gemahl für Euch vorsieht.«

Aber sie schüttelte energisch den Kopf. Mit ihrem Arm ahmte sie die Frenemunder Seeschlange nach. Dann stand sie auf und lief wie ein klobiger, breitschultriger Hüne herum.

»Ihr kennt also die Wahl, die Euer Vater getroffen hat«, stellte Arild fest.

Sie nickte und verschränkte die Arme vor der Brust.

»Barung ist kein schlechter Kerl. Er ist ein guter Jäger und ein umsichtiger Seefahrer. Er ist Orlyg treu ergeben, was man nicht von jedem Dorfthan behaupten kann. Außerdem hat er ...« Arild unterbrach seine Rede, als er ihre grimmigen Blicke bemerkte. »Euer Vater hat doch schon Eure Zustimmung eingeholt?« Seine Selbstsicherheit schwand, als sie ihn mit fortwährender Feindseligkeit anstarrte. »Oder etwa nicht?«, fragte er vorsichtig.

Sie schüttelte den Kopf.

»Ich verstehe«, sagte Arild. Er verstand gar nichts. »Vertraut auf das gute Gespür Eures Vaters. Wenn Ihr Barung näher kennen gelernt habt, werdet Ihr ...«, er sah sie für einen Moment zweifelnd an und griff nach seinem Köcher, »... mit ihm eine gute Ehe führen«, schloss er wenig überzeugend.

Lärka verzog keine Miene, und so begann Arild, schweigend an einigen unfertigen Pfeilen herumzuschnitzen.

Mittlerweile hatte sich die Dunkelheit kaum merklich verändert. Die Morgendämmerung brach an, und es hatte die ganze Nacht über nicht die geringste Spur der schlangenhaften Dämonen gegeben. Lärka gähnte und spürte auf einmal, wie müde sie war. Sie wollte es wagen zu schlafen. Sie bedeutete Arild ihr Vorhaben und dass er sie wecken möge, wenn es ihm beliebte. Er ließ sie gewähren, und sie legte alle Decken, die sie im Gepäck finden konnte, übereinander. Sie glaubte nicht, dass dies ein wirklicher Schutz war, aber es beruhigte sie etwas. Dann legte sie sich hin und glitt in einen traumlosen Schlaf.

Ihr war, als habe sie gerade erst die Augen geschlossen, als Arild laut ihren Namen rief und sie heftig an der Schulter rüttelte. Dann wurde sie am Arm gepackt und hochgerissen. Sie war sofort hellwach, und was sie im ersten Licht des Tages sah, ließ ihr das Blut in den Adern gefrieren. Neben ihr stand Arild mit erhobenem Schwert. Er hatte den Mondstein in seinen Gürtel gesteckt, und das schwache Licht leuchtete auf ein Meer aus hässlichen, kopflosen Schlangen. Sie waren außer Reichweite von Arilds Schwert. Weiter weg zwischen den Bäumen wanden sich geisterhafte Gorunnengestalten im Todeskampf. Wieder wehte ein Hauch von Verzweiflung und Widerwillen durch den Wald.

Kaum stand Lärka auf den Füßen, verschwanden die Geisterbilder, die Schlangen hielten inne und zogen sich langsam unter den Waldboden zurück. Einige kleine Wellen liefen den Boden entlang und wurden schwächer, dann war die Erde wieder hart und ruhig wie vorher.

»Seid Ihr unversehrt?«, fragte Arild atemlos.

Sie nickte, deutete mit der Hand um sie herum und schaute ihn fragend an.

»Ihr wart kaum eingeschlafen, da ging es los. Es scheint, als würden sie nur darauf warten, dass ein Wesen sich zur Ruhe legt, sei es zum Sterben oder auch nur zum Schlafen.«

Als Lärka die Schlangen angestarrt hatte, war ihr ein Verdacht gekommen, den sie Arild jetzt in Gesten mitteilte.

Er wirkte überrascht. »Ihr meint, dass dies keine Dämonenschlangen sind, sondern Baumwurzeln?« Sie nickte und deutete auf einen Baumstamm, tat, als würden ihre Finger darüberstreichen und etwas von der schwarzbraunen Flüssigkeit abwischen. Sie zeigte auf ihre Finger.

»Die Bäume trinken das Blut der Schwachen«, sagte Arild und schauderte. »Es sieht so aus, als würden die Wurzelschlangen uns nichts tun, solange wir uns nicht hinlegen und ...«

Fassungslos sahen sie sich an. Die Erkenntnis, dass sie nicht eher zur Ruhe kommen konnten, bis sie aus dem Wald herausgefunden hatten, traf beide wie ein Schlag.

»Wir sollten keine Zeit verlieren«, sagte Arild knapp und war schon dabei, die Pferde aufzusatteln. Lärka trank einen Schluck Wasser – mehr hatte Arild ihnen für den Morgen nicht zugestanden – und aß ein paar Bissen Brot. Dann brachen sie auf.

Ab und zu konnten sie durch das dunkle Dach der Buchen einen Blick auf den eintönigen weißgrauen Himmel erhaschen. Aber es war unmöglich, den Stand der Sonne auszumachen. Auch ohne dass Arild etwas sagte, war Lärka klar, dass er genauso wenig wie sie wusste, wo sie waren und in welche Richtung sie sich wenden sollten.

Arild versuchte, in möglichst gerader Linie einer Richtung zu folgen. Nachdem sie eine Weile durch den Wald geritten waren, sahen sie in der braunen Eintönigkeit etwas Graues, das ein wenig aus dem Boden hervorragte. Vorsichtig näherten sie sich. Es war ein viereckig behauener Steinquader, der umgestürzt und halb im Boden eingesunken war.

Sie stiegen ab, um den mit dunkelbraunem Erdstaub bedeckten Stein in Augenschein zu nehmen. Der Staub auf der nach oben gewandten Seite des Quaders ließ sich mühelos wegwischen, und darunter entdeckten sie gemeißelte Bilder, die Lärka sofort an Marobrads Steinsäule denken ließen. Auch hier waren Szenen eines Kampfes zwischen den gepanzerten Geestleuten und den langhaarigen Gorunnen zu sehen. Wieder umstellten die Verfolger den Wald, in dem sich die Gorunnen verborgen hatten, aber dann nahm die Geschichte einen anderen Fortgang: Die Geestleute luden schwere Steine auf Ochsengespanne und fuhren sie zu einer sprudelnden Quelle. Im nächsten Bild war die Quelle mit

Steinen verschlossen, die Gorunnen ließen die Köpfe hängen, und die Bäume hatten die Hälfte ihrer Blätterpracht verloren. Die untere Bilderreihe glich denen von Marobrads Steinsäule und stellte das dar, was Lärka und Arild in den geisterhaften Erscheinungen gesehen hatten: Die Geestleute schlachteten die Gorunnen in einem Blutbad ab.

Lärka blickte zu Arild, der dasselbe zu denken schien. Es gab keinen Zweifel mehr: Dieser Wald war der Schauplatz der entscheidenden, grausigen Schlacht zwischen Geestleuten und Gorunnen gewesen. Offensichtlich hatten die Geestleute die Quelle verschlossen, die den Bach dieses Waldes speiste, um die Gorunnen aus ihrem Versteck zu treiben. Lärka erinnerte sich an die Aussicht vom Plateau: Die Gorunnenkrieger konnten weder nach Süden über die Zehn Brüder noch nach Westen ins Meer fliehen, wo die schnellen Schiffe der Küstenleute gewartet haben mussten. Aber warum hatten sie nicht des Nachts die Flucht in die Osgunder Feste gewagt und sich dort verschanzt, sondern waren lieber in ihrem Hain geblieben bis zum bitteren Ende? Hatten sie gehofft, dass er sie schützen oder gar retten würde? Hatte in letzter Verzweiflung ein mächtiger Druide einen bösen Fluch ausgesprochen, der den Wald in eine tödliche Falle verwandelt hatte, die nun auch sie zu verschlingen drohte?

Unwillkürlich schluckte Lärka. Sie konnte mehr mit den Verdurstenden mitfühlen, als ihr lieb war, klebte ihr die Zunge doch schon den ganzen Morgen trocken am Gaumen. Sie wagte nicht, den nächsten Schluck Wasser vor der Mittagsrast zu nehmen, wie Arild es bestimmt hatte.

»Sie haben die Quelle verschlossen und die Krieger ausgehungert. So sah also der Triumph des großen Marobrad aus«, sagte Arild abfällig.

Lärka deutete auf das Bild der Quelle und ließ ihre zwei Hände wie Pferde durch den Wald traben.

»Ja, vielleicht finden wir die Quelle, und es gibt dort etwas Wasser für uns.«

Lärkas Hände sprachen weiter.

»Ihr meint, wir sollen versuchen, sie zu öffnen?«

Lärka nickte und deutete mit einer ausholenden Bewegung um sich herum.

»Hhm«, brummte Arild. »Wenn dadurch der Bann gebrochen wird, könnte das unsere Rettung sein. Aber wir haben noch nicht einmal aus dem Wald herausgefunden, wie sollen wir da die Quelle finden?« Er dachte kurz nach. »Ich bin sicher, sie liegt am Berghang, aber ...«, er schaute sich suchend um, »... in welcher Richtung sind die Berge?«

Lärka versuchte ebenfalls, durch das Blätterdach irgendetwas zu erkennen, vergeblich.

Da deutete Arild auf etwas, das ihnen vorher nicht aufgefallen war. In kurzer Entfernung vom Steinquader zog sich eine kaum wahrnehmbare Rinne durch den Boden. »Ein Bachbett, schaut her!«, sagte Arild. »Wenn wir ihm folgen, kommen wir entweder zum Meer oder zu seinem Ursprung, also zur Quelle.« Hoffnungsvoll leuchteten seine Augen, als er zu seinem Pferd ging und aufsaß.

Sie machten sich auf den Weg und folgten eilig der ausgetrockneten Bachrinne durch das Labyrinth aus dunklen Stämmen.

Sie ritten bis zum Abend, als sie zu einer tiefen Mulde kamen, etwa zehn Mannslängen lang und ebenso breit. »Das muss ein Teich gewesen sein, den der Bach speiste«, sagte Arild.

Sie banden die Pferde an und umrundeten die Mulde, aber sosehr sie auch suchten, sie konnten keine Stelle finden, an der das Wasser vom Teich wieder abgeflossen war. »Selbst wenn die Quelle verschlossen war, so gab es für die Gorunnen hier noch Wasser für fast einen Mondlauf«, stellte Arild fest. Er stieg in die Mulde hinab und prüfte den Boden, doch auch hier war er hart und trocken, ohne jede Spur von Feuchtigkeit.

»Ich wünschte, wir hätten nur einen Kessel Wasser«, seufzte er, holte seinen Holznapf hervor und gab den Pferden ein paar Schlucke zu trinken. Die Tiere zeigten mittlerweile ernste Anzeichen von Erschöpfung. Sie hatten die letzten zwei Tage kaum zu fressen bekommen. Die krustigen Blätter, die Lärka ihnen mit spitzen Fingern hingelegt hatte, hatten sie verschmäht. Stattdessen schnappten sie gierig nach dem immer dünner werdenden Beutel mit den Brotfladen, wann immer er in ihre Reichweite kam.

Obwohl er es zu verbergen versuchte, bemerkte Lärka, dass Arild fortwährend dunkelgrüne Blätter kaute, die er unauffällig aus seiner Tasche holte. Abgesehen davon aß er kaum etwas. Sie konnte sich nicht erinnern, dass er ihr diese kleinen ovalen Blätter bei der Kräuterlehrstunde gezeigt hatte. Sie schienen eine hervorragende Mahlzeit zu sein, denn obwohl Arild seit zwei Tagen kein Auge zugemacht hatte, wurde er nicht müde. Auch jetzt zeigte er keine Spur von Abgeschlagenheit, während Lärka in einem fort gähnte und sich nichts sehnlicher wünschte, als sich irgendwo fallen zu lassen und viele Tage zu schlafen. Die Dunkelheit brach langsam herein, und Arild holte seinen Mondstein hervor.

»Lasst uns den Pferden etwas Ruhe gönnen und später zurück zum Steinquader laufen. Die Rinne wird uns den Weg weisen. Dann suchen wir nach dem anderen Ende des Bachbettes, das uns zu den Bergen oder zumindest zur Quelle führen muss, und wir sind schon so gut wie gerettet.«

Lärka deutete mit fragender Miene auf seinen verletzten Knöchel.

»Für ein Wettrennen taugt er noch nicht, aber ich spüre ihn kaum noch«, sagte Arild. »Wenn wir durch die Nacht wandern, sind wir wenigstens nicht in Gefahr, einzuschlafen.«

Lärka nickte stumm. Unschlüssig blieb sie stehen. Ihre Augenlider wurden schwer und wollten zufallen. Wenn sie sich jetzt hinsetzte, würde sie unweigerlich in den Schlaf fallen, ganz gleich, wie viel Angst sie davor hatte.

Arilds Blicke wanderten nachdenklich zwischen Lärka und den

Pferden hin und her. »Ihr scheint einen Spaziergang der Rast vorzuziehen«, stellte er fest. »Sollen wir besser gleich aufbrechen?«

Sie bewegten sich langsam durch die Nacht. Arild lief vorweg. Alle paar Schritte bückte er sich und hielt den Mondstein tief über den Boden, um nicht die Spur des Bachbettes zu verlieren. Lärka kam, die Pferde führend, hinter ihm her, ohne auf irgendetwas zu achten. Wenn das Licht des Mondsteins schwächer wurde, bat Arild sie um etwas Wasser. Lärka hatte jedes Zeitgefühl verloren und keine Ahnung, wie weit der Sonnenaufgang noch entfernt war, als sie eine kurze Rast einlegten. Arild trank nichts, und so sparte auch Lärka ihre Ration für den Morgen auf.

Schweigend schob er sich eines der kleinen grünen Blätter zwischen die Zähne und gab ihr dann etwas, das wie ein daumengroßes, uraltes Stück Hartwurst aussah. »Es ist nur Leder«, sagte er. »Kaut es. Es wird ein wenig gegen den Durst helfen.«

Zweifelnd schob Lärka das leicht faulig, salzig schmeckende Stück in den Mund und kaute angewidert darauf herum. Aber sonderbarerweise hatte Arild Recht. Trotz des unsäglichen Geschmacks spürte sie, wie sich Speichel in ihrem Mund sammelte und die Zunge nicht mehr so trocken war.

Sie liefen weiter und hielten ein mageres Frühstück in der Morgendämmerung. Als es hell genug war, saßen sie wieder auf. Arild hieß Lärka, sich am Pferd anzubinden, und tat dasselbe. »Wenn wir einnicken, dürfen wir nicht herunterfallen.«

Nach einem endlos scheinenden Ritt vorbei an den ewig gleichen, trist braunen Baumstämmen erreichten sie am späten Vormittag wieder den Steinquader. Lärka war ein wenig erleichtert. Wenigstens das war ihnen gelungen, ohne dass sie sich verirrt hatten. Arild stieg ab, lief um den grauen Quader herum und suchte den Boden ab. Dann fluchte er. Er atmete tief durch, bevor er sich um Haltung bemühte. »Es führt nur die *eine* Rinne vom Stein weg, und der sind wir gefolgt. Andere Spuren kann ich nicht erkennen.« Seine Augen waren glasig. Er sah sehr erschöpft aus. »Es tut mir leid«, sagte er, und eine Spur von Verzweiflung huschte über sein Gesicht.

Sein Blick, hinter dem gerade der letzte Hoffnungsfunke zu verglimmen schien, traf Lärka mitten ins Herz. War dies das Ende des Weges? Er hatte sie retten wollen. Nun hatte sie ihn mit ins Unglück gerissen, und das alles wegen der Jagd nach ihrer Kette. In Audhilds Händen hatte das Schmuckstück einst Arilds Leben gerettet, und jetzt war es der Grund, warum er sich in tödlicher Bedrängnis befand. Bei all dem hatte er nicht *ein* vorwurfsvolles Wort für sie gehabt. In ihrer Verzweiflung hoffte Lärka irrwitzigerweise, Jörn würde angeritten kommen und lachend erklären, alles sei ein Scherz. Oder Valgrim würde mit Daryn und Olvir aus dem Nichts auftauchen und ihnen den Rückweg zeigen. Doch sie beide waren ganz auf sich allein gestellt, und einem von ihnen schwand gerade der Mut.

Lärka schaute zu Arild hinüber, wie er fortfuhr, den Boden nach Spuren abzusuchen. Wenn sie irgendetwas tun konnte, um für ihn zur Rettung zu werden, würde sie sogar ihr wertloses, unbedeutendes Leben darangeben. Sie war machtlos und unmaßgeblich – aber die Kette war es nicht. Die Macht des silbernen Schmuckes schien das Einzige, was ihnen jetzt noch einen Ausweg bescheren konnte. Wenn ich nur irgendwo ein wenig schlafen könnte, ohne von den unheimlichen Wurzeln aufgefressen zu werden, dachte Lärka, könnte ich in Gedankenschnelle den Wald durcheilen und die Quelle oder den Weg nach draußen suchen.

Sie fragte sich, welches Opfer der Wahrtraum dieses Mal von ihr fordern würde. Vielleicht ihr Augenlicht? Oder würde ihre Seele gar davonfliegen und Arild mit einem lebenden Leichnam allein zurücklassen? Sie schauderte, aber dann fiel die Angst von ihr ab. Jeder Rettungsversuch, koste er was er wolle, war besser, als sich widerstandslos in ihr Schicksal zu fügen und Arild tatenlos beim Verschmachten zuzusehen. Sie hatte nichts zu verlieren.

Lärka streckte unwillkürlich ihren Rücken durch und ging zu

Arild. Sie deutete auf den Stein und legte beide Hände an den Kopf. Arild nickte.

»Ja, vielleicht könnten wir darauf etwas schlafen, ohne dass es die Bäume bemerken. Wir werden sonst nicht mehr lange durchhalten. Wollt Ihr es versuchen? Wenn sich die Wurzeln zeigen, wecke ich Euch sofort.«

Sie bedachte ihn mit einem abwägenden Blick. Sein Atem ging flach, und in dem blassen Gesicht wirkten die rotgeränderten Augen unnatürlich groß. Das Schwarz der Pupillen verdrängte fast völlig das sonst so strahlende Grün aus seinem Blick.

Beiläufig griff er in seine Tasche und holte zwei Blätter heraus, die er sich in den Mund steckte. »Ich schlafe schon nicht ein«, versicherte er ihr kauend, lehnte sich mit dem Rücken an den Stein und nestelte an seinem Bündel herum.

Lärka besorgte sich eine Decke aus ihrem Gepäck und holte dabei unauffällig die Kette hervor. Sie legte sie an und zog ihr Kleid am Kragen enger zusammen, um sie zu verbergen. Unnötig, ihm davon zu erzählen. Wenn sie den Wahrtraum überlebte, würde sie ihr Geheimnis für sich bewahren. Wenn nicht, so sollte niemand anderes durch die Magie der Kette umkommen müssen. Sie legte sich auf den harten Stein, und er fühlte sich so angenehm an wie ein Bett aus Gänsefedern. Müde, wie sie war, schlief sie sogleich ein.

Lärka wartete auf die Schatten und die blauen Irrlichter des Wahrtraumes, doch es blieb enttäuschend dunkel. Stattdessen hörte sie eine keifende Stimme, die in einem fort die Ungerechtigkeit der Welt verwünschte und alle Menschen beschimpfte, die solches geschehen ließen. Die unsichtbare Sprecherin verlangte zeternd, dass man sie endlich von diesem Unrecht befreie und ihr einen Weg ebne. Lärka war überrascht und verärgert und wünschte sich nur, die selbstsüchtige Rede möge ein Ende finden, als sie merkte, dass es ihre eigene Stimme war. Im selben Moment tauchte das Knäuel aus bunten Bildern wieder auf, von dem sie in jener unseligen Nacht in Stormhavn geträumt hatte. Einen Moment war sie verwirrt und hoffte, der Weg durch den Blutwald sei nur ein Schreckensbild aus diesem Knäuel gewesen. Aber da löste es sich auf, ihre Stimme verklang wie ein Echo aus der Vergangenheit, und es trat eine schwarze Stille ein.

Langsam nahm die Dunkelheit Gestalt an, und sie konnte schwach den Schatten des Waldes erkennen. Aber dieser Wald war nicht tot und leer. Auf den Ästen der Bäume saßen unzählige blaue Irrlichter und schienen auf irgendetwas zu warten.

Sie hörte einen seltsam getragenen Gesang im Dunkeln. Obwohl er aus Worten in einer fremden Sprache bestand, konnte Lärka sie verstehen. Es war ein kurzes Lied, das sich ohne Unterlass wiederholte, gesungen von kräftigen Stimmen voller Verehrung und Hingabe.

Nementona! Heiliger Hain aus Weltenbäumen,
schenkt uns das Leben durch euer Träumen,
von euren grünen Zweigen am Himmelszelt
steigen wir Baumgeborenen in die Welt.
Eure Arme sollen Sprossen der Leiter werden,
die zu den Göttern steigt, wenn wir sterben.
Ewig seid ihr und hoch erhaben,
unsere Bestimmung, unser Leben, unsere Gabe.
Nementona! Heiliger Hain aus Weltenbäumen.

Zwischen den Bäumen trat eine würdevolle Schemengestalt hervor, die die Form eines Hirsches hatte. Der Hirsch ging genau auf Lärka zu und richtete mit tiefer Stimme das Wort an sie. »Sei gegrüßt, Tochter Ardoinnas. Endlich naht Erlösung. Drei Dinge sind nötig: Höre die Geschichte, bringe das Leben zurück, und schenke Vergebung, so wirst du zur Befreiung für die Bäume und ihre Kinder.«

Lärka war verwirrt und hatte nicht die geringste Ahnung, was das bedeuten sollte. Ob der Hirsch sie mit jemand anderem verwechselte? Er erzählte der staunend lauschenden Lärka die Geschichte der letzten Schlacht im Blutwald, aus seinen Worten entsprangen Bilder, als wären die Krieger von Marobrads Säule lebendig geworden. Lärka sah große Gruppen von Gorunnen – kräftige Männer mit nacktem Oberkörper und mit gebleichten, eigenartig geknoteten Haaren – um einen Teich lagern, an dessen Rändern Schilfgras und Sumpfdotterblumen wuchsen und über dessen klarem Wasser die Mücken im sommerlichen Sonnenlicht tanzten. Das musste die Mulde sein, die Arild und sie am Vortag gefunden hatten. Der Wald versorgte die Männer mit allem, was sie brauchten. Es gab Wild, Beeren und Wurzeln zu essen, Reisig für das Feuer und Wasser in Hülle und Fülle. Der Wald war ihr Dach bei Regen und Sonne, und jetzt war er ihr Schutz, denn der Feind fürchtete sich davor, ihren heiligen Hain zu betreten.

Jeden Tag legten sie die Hände an die Stämme und brachten den Bäumen ihre Dankgebete und Gesänge dar, angeführt von einem dunkelgrün gewandeten Druiden mit dem stolzen Gang eines Hirsches. Es wäre eine friedliche Erinnerung gewesen, lehnten nicht an jedem Baum Schwerter, Speere und Schilde – und wäre da nicht etwas anderes, das Lärka das Blut in den Adern gefrieren ließ: Am Rande des Lagers steckten in einer Reihe lange Kriegslanzen im Waldboden. Auf ihren Spitzen prangten die abgetrennten Köpfe getöteter Geestkrieger, deren blutverschmierte Fratzen Lärka deutlicher erkennen konnte, als ihr lieb war. Unwillkürlich suchte sie nach vertrauten Zügen von Ribehofer Kämpfern unter den Geköpften, bevor sie sich erinnerte, dass sich diese Geschehnisse viele hundert Jahre zuvor abgespielt hatten.

Aber noch hatte sie nicht alles gesehen. Im Geäst des den Lanzen am nächsten stehenden Baumes schaukelten braune Kugeln. Als ein plötzlicher Windstoß die Kugeln bewegte, erkannte Lärka, dass es sich um eingetrocknete Menschenköpfe mit zugenähten Augen, Nasen und Mündern handelte, die mit den Haaren an die Zweige gebunden waren. Sie spürte unaussprechlichen Ekel in sich aufsteigen und wollte sich mit Grausen abwenden, doch der Hirschschatten erzählte weiter und beschwor neue Bilder herauf. Von einem Tag auf den anderen versiegte der Bach. Mit wachsender Unruhe sahen die Gorunnen, wie der Waldboden in der Sommerhitze austrocknete und sich der Spiegel ihres Teiches Tag um Tag senkte, bis nur noch ein Schlammloch übrig war. Das Wild verließ den Wald, und die Farne und Gräser verdörrten.

Die Männer harrten aus, hatte es doch schon früher Trockenheit gegeben, ohne dass ihr heiliger und ewiger Wald Schaden genommen hätte. Sie gruben die Teichmulde tiefer aus, jagten die Frösche im Schlamm und tranken das brackige Wasser. Sie ärgerten den Feind mit plötzlichen Überfällen, bei denen sie halb nackt, mit Blut von Tieren und Gefallenen beschmiert und wie von Sinnen schreiend angriffen und die Gegner durch ihre grimmige Furchtlosigkeit überwältigten. So gelang es, ihre kärglicher werdende Kost ab und zu mit den Vorräten der Besiegten zu bereichern.

Sie verspotteten die mit Blindheit geschlagenen Geestleute, die die Gorunnenkrieger erst bemerkten, wenn es schon zu spät war. Immer neue Köpfe, die meisten mit frischem Blut bespritzt, die Augen verdreht und die Gesichter vom Todeskampf verzerrt, zierten die Lanzen der wilden Barbaren. Doch der Geestkrieger waren viele, und sie zogen nicht ab.

Bald ließen die alten Buchen ihre Zweige hängen und die ersten dürren Blätter zu Boden fallen. Die Baumgeborenen, wie die Gorunnen sich selbst nannten, spürten, wie ihr Schutz und Hort darbte, und entbrannten in heiligem Zorn über diesen nie gekannten Frevel. Späher verließen das Versteck in alle Richtungen. Als sie zurückkamen, war das Wasserloch vollständig versiegt und die Vorräte der Waldkinder zur Neige gegangen.

So zogen sie zum Berghang, zur Quelle. Doch sie kamen dort nicht an, denn auf halber Höhe wurden sie von den Geestleuten abgefangen, die sich in den verdurstenden, halb blattlosen Wald vorgewagt hatten. Die Gorunnen leisteten allen zornigen Widerstand, zu dem ihre entkräfteten Leiber fähig waren – aber es war vergebens. Die Scharen der Baumgeborenen ließen im Herzen des Waldes ihr Leben. Keiner entkam. Die Feinde zogen siegreich ab und ließen die Geschlagenen, ob noch lebend oder tot, auf dem Schlachtfeld liegen. Ströme von Blut versickerten im Boden.

Da geschah etwas Seltsames: Die vertrockneten Bäume rings um den Kampfplatz wurden von neuem Leben durchzogen. Aber je stärker sie wurden, desto dunkler und schwerer wurden Rinde und Blätter. So groß war der Durst der Bäume, dass ihre Wurzeln wie Schlangen aus dem Boden krochen und darum rangen, welche als Erste ihren Durst am Blut der Gefallenen stillen konnte. Schließlich begannen sie sogar, sich in die Leiber der sterbenden Gorunnen zu versenken, damit kein Tropfen Blut verloren gehe. Der Hain verschlang seine Schutzbefohlenen, und als er seine grausige Mahlzeit beendet hatte, war kein Grün mehr in ihm. Die Zeit blieb stehen, und alles Leben, alle Büsche und Pflanzen, die treu geblieben waren, verdorrten und verschwanden aus dem Wald, der erstarrte im Entsetzen über seinen Verrat an den Baumgeborenen. Nicht Regenwasser war von nun an der Lebensquell der durstigen Bäume, sondern das Blut eines jeden Wesens – sei es Eber, Dachs oder Mensch –, das sich in den Wald verirrte und es an Wachsamkeit fehlen ließ.

Die Bilder verblassten, und Lärka war wieder bei dem hirschförmigen Schemen. Sie war immer noch überwältigt von der Wildheit der blutrünstigen Gorunnen und ihrem schrecklichen Ende an dem Ort, wo sie sich unbesiegbar glaubten. Nun hörte sie wieder die unsichtbaren Sänger, die endlos das Lied über den Hain aus Weltenbäumen wiederholten. Die heilige Verehrung der Singenden für die Pflanzen des Waldes und die Erhabenheit ihrer Verse schienen Lärka ein sonderbarer Gegensatz zu der grausamen Kampfesweise der Männer.

Da zog etwas anderes Lärkas Aufmerksamkeit auf sich. Geschwächt hingen dem Adlerschatten die Flügel an beiden Seiten herunter, und doch erwehrte er sich eines unsichtbaren Feindes mit beiden Klauen. Sie konnte spüren, in welcher Verfassung ihr Begleiter war, und erschrak. Sie hörte, wie der Adler nach ihr rief. Sie musste aufwachen und Arild in der Gefahr beistehen!

»Bleib!«, donnerte der Hirsch so heftig, dass sie zusammenzuckte und sich furchtsam wieder dem Schemen des Druiden, der ihr im Hirsch erschienen war, zuwandte. »Harre aus«, befahl er, »magische Träume müssen zu Ende geträumt werden, sonst wenden sie sich gegen uns!«

Lärka hörte Arilds drängende Rufe, aber sie wusste, dass der Druide Recht hatte. Also lauschte sie seinen Worten. »Du hast die Geschichte vom Untergang unseres Volkes gehört. Nun gib dem Heiligen Hain, unserem Hort, sein Leben zurück. Zuerst tränke ihn mit seinem wahren Lebenssaft, damit er den Blutdurst vergisst. Dann singe ihm von Erinnerung und Vergebung. Das wird sein Trost sein, und er wird seine Arme wie früher in den Himmel strecken. Dann können wir endlich zu unseren Ahnen aufsteigen.« Der Hirsch drehte seinen Kopf zu den unzähligen blauen Lichtern, die immer noch in den Zweigen verharrten, und wandte sich dann wieder an Lärka. »Willst du das tun?«

»Wie soll ich zur Quelle kommen?«, hörte sie sich fragen, und es war, als hätte sie die Stimme einer Fremden vernommen, so entfernt war die Ähnlichkeit mit ihrem zeternden Geschrei am Anfang ihres Traumes.

»Ich weise dir den Weg.«

»Dann will ich es versuchen«, sagte sie in der Hoffnung, dass damit der Fluch gebrochen würde und Arild und sie entkommen konnten.

»So geh nun, wandle auf den Spuren deiner waldweisen Ahnen, und habe Teil an ihrer Macht«, hörte sie den Hirsch, und es klang wie ein Segen. Damit war der Traum zu Ende.

Ihr Erwachen war plötzlich, und ihr Rücken schmerzte von der ungewohnt harten Lagerstatt. Arild saß mit angezogenen Beinen bei ihr auf dem Steinquader. Seine Rechte hatte er am Griff seines Schwertes, das neben ihm auf dem Stein lag. Wachsam beobachtete er die Wurzelschlangen, die ihre hässlichen Köpfe um sie herum erhoben hatten. Als er ihr Erwachen bemerkte, atmete er auf. »Herrin Lärka, endlich! Schaut, die Wurzeln! Zuerst kamen sie herbeigekrochen, und sogar der Stein schien sie nicht aufzuhalten. Als sie die Kanten des Quaders erklommen, habe ich mit aller Kraft versucht, Euch zu wecken. Aber Ihr wart wie tot. Dann hielten die Wurzelenden auf einmal inne und zogen sich ohne erkennbaren Grund vom Stein zurück. Seitdem lungern sie einfach so herum.«

Lärka schaute sich um und spürte beim Anblick der Schlangen keine Angst mehr, sondern Mitleid für die so unheilvoll veränderten Baumgeister. Trotz aller schrecklichen Bilder hatte sie der Traum wundersam erfrischt und zuversichtlich gemacht. Die Lage schien ihr auf einmal weniger bedrohlich, nun, da sie wusste, was zu tun war.

Sie stand auf und legte Arild, der sie überrascht anschaute, die Hand auf die Schulter. Dann hob sie den Kopf und sang stockend die fremden Worte: »*Nementona! Heiliger Hain aus Weltenbäumen …*« Die Schlangen zogen sich langsam zurück und verschwanden im Boden.

Arild starrte sie entgeistert an. »Ihr könnt wieder sprechen! Vielmehr: Ihr singt in der Gorunnensprache! Was ist geschehen, was bedeutet das?«

»Es gibt einen Ausweg. Wir müssen zur Quelle reiten«, hörte sich Lärka mit fester Stimme sagen.

»Ich habe vorhin endlich die andere Seite der Bachrinne entdeckt. Außerdem zeigt mir der Stand der Sonne, dass die Berge in dieser Richtung liegen«, sagte Arild müde und deutete mit der Hand nach links. »Aber vorher müssen wir …«, er zögerte und schaute sie unsicher an. »Wir sollten eines der Pferde schlachten zu unserer eigenen Stärkung. Sie sind ein wertvoller Besitz, aber wenn wir es nicht tun, sind wir verdarbt, ehe wir die Quelle gefunden haben.«

»Nein, wartet«, sagte sie. War das neu entdeckte Bachbett das Zeichen, das der Waldweise ihr hatte geben wollen? Sie schaute sich suchend um. Zu ihrer Rechten, beinahe außerhalb ihres Gesichtsfeldes, gab es eine kleine Bewegung. Sie wandte den Kopf und sah den Schatten eines Hirsches zwischen den Bäumen verschwinden.

»Da entlang!«, rief sie aufgeregt. »Habt Ihr den Hirsch gesehen?«

»Ich weiß nicht, was Ihr meint«, sagte Arild und starrte angestrengt in die Richtung, in die sie zeigte. »Herrin Lärka, wir haben lange nicht geschlafen, und Essen und Trinken sind knapp geworden. Da spielen uns die ausgezehrten Sinne einen Streich und gaukeln uns Dinge vor, die wir herbeisehnen. Kommt mit zum Bachbett, und seht selbst. Das ist ein verlässlicher Wegweiser.«

»Ich hatte einen Traum. Die Geister der Toten saßen in den Zweigen der Bäume, und der Hüter des Waldes sagte, wir sollen seinem Hain das Leben zurückgeben. Das kann nur heißen, dass wir die Quelle öffnen müssen. Der Waldweise wird uns den Weg zeigen. Ich habe seinen Schatten zwischen den Bäumen gesehen!«

Arild schaute sie zweifelnd an. »So nehmt doch Vernunft an«, drängte er. »Wenn wir jetzt den Stein verlassen und Schattengespinsten folgen, die Euch die müden Sinne vortäuschen, dann verlaufen wir uns und finden nicht die Quelle, sondern nur den Tod.«

Sie ging mit ihm zur Bachrinne und besah sie. Der Boden war leicht abschüssig, wenn man der Rinne vom Stein weg folgte. Sie wunderte sich, wie Arild das Offensichtliche entgangen sein konnte. »Seht doch, dieses Bachbett kann nicht vom Ursprung kommen. Es liegt bergabwärts. Es muss noch einen anderen Zufluss geben, der diese beiden Rinnen speiste«, sagte sie.

Arild bückte sich tief und musterte die trockene Furche. Unschlüssig lief er ein Stück an ihr entlang. »Doch, das muss der Zufluss sein. Es ist unser einziger Anhaltspunkt«, beharrte er.

Aber Lärka war sich ihrer Sache sicher. »Ihr seid im ganzen

Land herumgewandert, und ich kann mich schon gar nicht mehr erinnern, wann ich vor unserer Reise das letzte Mal auch nur einen Fuß vor Ribehofs Tore gesetzt habe. Außerdem war mein Verhalten in Stormhavn nicht gerade ein Zeugnis großer Klugheit. Dennoch bitte ich um Euer Vertrauen«, sagte sie.

Arild brummte nur und sah sie kopfschüttelnd an.

Fieberhaft überlegte Lärka, wie sie ihn dazu bringen konnte, ihr zu folgen. »Ich bitte Euch um Audhilds willen«, sagte sie schließlich. Er senkte den Blick und schüttelte abermals den Kopf, aber Lärka sprach unbeirrt weiter. »Sie hatte eine besondere Gabe, das wisst Ihr selbst. Sie hat sie mir geschenkt, und diese Gabe hat mir den Weg gezeigt.«

Er hob die Augen und bedachte sie mit einem Blick, als sähe er eine Fremde.

Lärka bemerkte, dass seine Hände leicht zitterten, als er mit sich rang. »Um Audhilds willen«, sagte er schließlich, »lasst es uns versuchen.«

Sie saßen auf und lenkten die Pferde dorthin, wo Lärka den Hirsch hatte springen sehen. Immer, wenn sie unschlüssig wurde und glaubte, sie seien wieder daran, sich zu verirren, erspähte sie den Hirschschatten weit vor sich im Wald. Nach einer Weile entspannte sie sich in der Gewissheit, dass sie Wegweisung bekommen würde, wenn sie sie brauchte.

Sie waren einige Zeit geritten, als Lärka sah, wie Arild im Sattel hin und her wankte. »Es muss Euch bekümmern, die Wolken nicht sehen zu können«, begann sie, um ihn am Einschlafen zu hindern.

Er wandte sich langsam zu ihr um. »Haben Euch das etwa auch die Waldgeister geflüstert?«, fragte er matt.

»Nein. Es genügt, Euch eine Weile zu beobachten«, sagte sie mit einem warmen Lächeln. »Wollt Ihr mir sagen, was Ihr dort oben immer seht?«

Er schwieg, sodass Lärka schon dachte, er würde nicht antworten. Doch dann sagte er: »Ich sehe das Wetter kommen. Ob es

Regen gibt oder Trockenheit, Hitze oder Frost. Ob es einen frühen Winter gibt oder einen nassen Herbst.«

»Das sieht Tante Asa auch«, sagte Lärka, »aber sie schaut noch nicht einmal halb so gebannt auf die weißen Wanderer wie Ihr.«

Arild legte den Kopf in den Nacken, als hoffte er, eine Wolke zu erspähen. Aber durch das düsterbraune Laubdach über ihnen schimmerten nur vereinzelte Flecken des klaren blauen Frühlingshimmels. So starrte er wieder vor sich hin und murmelte: »Die Wolken machen den Himmel lebendig. Ich sehe, wo sie geboren wurden, ob im Meer, von einem See, an einer Küste oder an einem Berghang. Sie zeigen Dinge, über die sie hinweggezogen sind: eine Flut, ein Feuer, wunderliche Tiere, fliehendes Wild, einen Sturm, eine große Stadt. Und sie zeigen mir den Weg ...«, er hielt inne und seufzte. »Jedenfalls tun sie das, wenn ich sie sehen kann. Unter freiem Himmel, wenn es weder Pfad noch Wasserlauf als Anhaltspunkte gibt, folge ich den großen Himmelsflüssen, die mich niemals fehlgeleitet haben. Aber bei alldem dürfen wir uns nicht allein von den einzelnen Wolken und ihren wunderlichen Formen ablenken lassen. Das Geheimnis liegt in der Veränderung.«

Arild hielt kurz inne und wischte sich Schweiß von der Stirn. Gedankenlos griff er in seine Tasche, wohl um weitere Blätter herauszuholen, aber seine Finger fanden nicht, wonach sie suchten. Er hustete und fuhr fort. »Lösen sie sich auf, oder werden sie größer? Breiten sie sich aus, oder ballen sie sich zusammen, ziehen sie schneller oder verharren sie, bleiben sie bei ihresgleichen oder gesellen sie sich zu anderen Wolken? Das alles ist schwer zu erklären, aber es hat eine Bedeutung für mich. Manchmal ...«, er schien abzuwägen, wie weit er gehen konnte, »... erkenne ich in ihnen meine eigenen Gedanken und Vorahnungen. Ich sehe ein Wolkengespinst und weiß, dass die Zeit für eine Entscheidung gekommen ist oder dass Unheil droht.«

»Haben Euch die Wolken auch hiervor gewarnt?«, wollte Lärka wissen.

»Hinterher sind die Zeichen leichter zu deuten«, sagte Arild. »Ich sah vor einigen Tagen zwei einsame graue Wolkenfetzen unter dem roten Abendhimmel hintereinander herjagen. Während die blutrote Wolkenfront drohte, sie zu verschlingen, wurde der größere Wolkenfetzen kleiner, und der Kleinere nahm an Größe zu. Ich glaube, ich verstehe jetzt einen Teil von dem, was ich sah.«

»Was passierte dann?«

»Die Sonne ging unter«, sagte Arild und schaute wieder nach oben, wo das Licht des Tages schwächer wurde.

»Die Wolken sagen Euch in einem fort die Zukunft voraus?«

»Nein. Ganz oft sehe ich einfach gar nichts«, er zuckte mit den Schultern. »Dann widme ich mich etwas dem Geschehen um mich herum«, er sah sie an und versuchte zu lächeln, »und bei der nächsten Gelegenheit begebe ich mich wieder auf die Suche nach einer Wolke, die mir etwas zu erzählen hat.«

»Dann seid Ihr mir nachgeritten, weil Ihr es in den Wolken gesehen habt? Aber ich wollte, dass Ihr umkehrt und mir nicht in die Gefahr folgt!«

»Ich glaube, das ist mein Fluch«, sagte er und schüttelte den Kopf. »Ich kann einfach nicht anders als helfen, wenn ich einen Menschen in sein Unglück rennen sehe.«

Er sann einen Moment nach. »Warum wart Ihr so versessen darauf, das Packpferd einzuholen?«

Sie wollte gerade zu einer Ausrede ansetzen, als sie durch die Bäume im Dämmerlicht des frühen Abends den Fuß einer grauen Felswand aufragen sah.

»Dort!«, rief sie, aufgeregt mit dem Finger deutend. »Das muss der Hang der Zehn Brüder sein. Wir haben es geschafft!« Die Pferde schienen etwas zu wittern, denn sie drängten vorwärts.

Binnen kurzer Zeit traten sie aus dem Wald heraus und gelangten nach wenigen Schritten an einen Hang, an dem sich viele Felsen übereinandertürmten.

»Wohin jetzt?«, fragte Arild.

»Ich weiß es nicht, es *muss* hier sein.« Sie sah sich suchend um, doch der Hirsch blieb verschwunden.

Auch Arild schaute sich um. Die Pferde blähten die Nüstern und tänzelten unruhig hin und her. »Die Pferde wittern anscheinend Wasser«, beobachtete er. »Aber ich kann nichts erkennen, es ist zu dunkel. Immerhin können wir hier erst einmal schlafen und neue Kräfte sammeln, dank Eurer Klarsicht«, sagte er. »Der Boden ist steinig und hart – zu hart, als dass die Wurzeln ihn durchdringen könnten.« Er stieg ab, führte sein Pferd unter einen Felsüberhang und schlang die Zügel um eine Felsnase. Dann kam er zurück. Er ließ sich dort, wo er war, erschöpft auf den Boden sinken, lehnte sich mit dem Rücken an einen großen Felsen und schloss für einen Moment die Augen.

Arild war mittlerweile seit drei Tagen ohne Schlaf, wenn Lärka richtig gezählt hatte. Sie führte ihr Pferd ebenfalls unter den Überhang, band es an und lud die Bündel ab. Als sie wieder zu Arild zurückkehrte, war er bereits eingeschlafen.

Es schmerzte sie, ihn so ausgezehrt zu sehen. Sie waren ihrer Rettung so nahe, auch wenn Lärka völlig unklar war, was sie jetzt tun sollte. Sie hatte sich kaum neben ihn gesetzt, da erklang in die Stille hinein wieder das ärgerliche Blätterrascheln. Schon sah Lärka Geistergestalten im Todeskampf, und kurz darauf erhoben sich braune Schlangen aus dem Waldboden und schoben sich in ihre Richtung. Offensichtlich waren sie zu nahe an den Bäumen.

Lärka bedauerte, Arild wecken zu müssen, und berührte ihn sanft an der Schulter. Aber diesmal war er es, der nicht aufwachte. Sie rief seinen Namen, sie schrie und schüttelte ihn, doch er schlief wie tot. Sie schaute sich um. Dann griff sie Arild unter die Arme und versuchte, ihn weiter vom Waldrand wegzuzerren. Die Angst um ihn schien ihre Kräfte zu verdoppeln, denn obwohl er von großer Gestalt war, vermochte sie ihn ein Stück weit zu ziehen. Doch die Wurzelschlangen folgten ihnen unbeirrt.

Lärka legte den Schlafenden vorsichtig auf die Seite und riss ihm das Schwert vom Gürtel. Dann hastete sie auf die braunen Schlangen zu und hackte auf sie ein. Das Schwert war lang und schwer. Sie führte es mit beiden Händen und hatte große Mühe, die Hiebe gezielt zu setzen. Ein oder zwei braune Enden hatte sie getroffen, aber die anderen ließen sich nicht davon beeindrucken und schlängelten sich unaufhaltsam auf Arild zu. Es waren einfach zu viele.

Verbissen schlug Lärka rückwärts schreitend nach den Wurzelenden, die ihr zu nahe kamen. Endlich hielten die Schlangen inne. Lärka stand mit erhobenem Schwert still und wagte kaum zu atmen. Die Wurzeln schienen ihre volle Ausbreitung erreicht zu haben und nicht weiter von den Bäumen wegzukönnen. Sie verharrten wartend und wanden sich träge. Auf dem Boden vor Lärkas Füßen lagen die abgehackten Wurzelstücke, die sich nun mit einem hässlichen Zischen in verdorrte schwarze Wurzelstöcke verwandelten.

Das Schwert in den Händen setzte sie sich neben Arild und bewachte grimmig entschlossen den Schlaf ihres Begleiters. Die Dunkelheit brach herein, und die Schlangen waren weder näher gekommen noch zurückgewichen. Lärka nahm den Mondstein aus Arilds Gürtel und ging zu seinem Pferd, um Wasser zu holen. Als sie den Schlauch in der Hand hatte, stutzte sie. Es kam kein Tropfen mehr heraus; das Leder war so hart getrocknet, als sei es bereits seit zwei Tagen leer. Sie schaute zu Arilds eingefallener Gestalt und erinnerte sich, dass sie ihn zum Schluss nicht mehr hatte trinken sehen. Er schien Wasser und auch Brot für sie und die Pferde aufgespart zu haben. Sie empfand eine Mischung aus schlechtem Gewissen und trotzigem Zorn. Er sollte sich nicht für sie opfern, das hatte sie nicht verdient! Er sollte leben!

Sie stapfte Verwünschungen murmelnd zu ihrem Pferd, holte den Lederschlauch, der gerade noch einen Schluck enthielt und setzte sich mit Schwert, Mondstein und Wasserschlauch neben Arild, um Nachtwache zu halten. Von einem sternenübersäten Himmel schien der Mond auf sie herab, und die Baumschlangen, die aus dem Wald herausragten, warfen gespenstische Schatten auf den felsigen Grund. Die Nacht war endlos und schweigsam, bis auf vereinzelte Klagelaute der Pferde, die sich nach dem nahen

Wasser sehnten. Lärka dachte über alles nach, was sie im Traum gesehen hatte, und fragte sich, ob es ihr wohl gelingen würde, den Wunsch des Druiden zu erfüllen.

Als endlich der Morgen dämmerte, regte sich Arild neben ihr. Sofort verschwanden die Wurzelenden im Dunkel des Waldbodens. Arild öffnete die Augen. »Keine Schlangen?«, fragte er heiser. Sie schüttelte den Kopf, um ihn nicht zu beunruhigen. Mühsam setzte er sich auf, reckte die steifen Glieder und fasste sich stöhnend an die Stirn. Als er das Schwert und den Mondstein neben sich liegen sah, stutze er. Sein Blick wanderte weiter und bemerkte die verdorrten Wurzelenden. Er wandte sich zu Lärka, und Anerkennung leuchtete aus seinen müden Augen. Sie reichte ihm den Wasserschlauch. Er hob seine Hand, als wolle er ablehnen, doch als sie ihm unnachgiebig den ledernen Beutel unter die Nase hielt, gab er nach und leerte das Wasser in einem Zug.

»Danke«, sagte er einfach.

Lärka hatte sich so sehr ans Schweigen gewöhnt, dass sie statt einer Antwort nur mit den Schultern zuckte. Sie schuldete ihm mehr als das.

Im Licht des frühen Morgens, das ihnen wie der Schimmer einer neuen Hoffnung schien, betrachteten sie den Berghang genauer. Da sahen sie, dass sich weit über ihnen am Felshang in einem etwa drei Mannslängen breiten Spalt einige große Steinbrocken verkeilt hatten. Wenn sie ganz still waren, vermeinten sie ein fernes Rauschen zu hören.

»Der Bach. Sie haben ihn umgelenkt. Er muss unter den Felsen hindurch in eine andere Richtung fließen. Seht, die Pferde wittern ihn doch.« Ihre beiden Tiere standen mit geblähten Nüstern bei den Felsen und starrten sehnsüchtig den Berg hinauf, von wo das Rauschen ertönte.

»Aber wie sollen wir die Quelle unter all den Steinen finden und freilegen? Das ist doch hoffnungslos«, sagte Lärka.

Arild musste dasselbe denken, denn er stierte den Steinhang an und maß ihn mit Blicken, als ob er abschätze, wie weit seine Kraft reichen würde. »Lasst mich etwas versuchen. Wenn es gelingt und uns Rettung bringt, müsst Ihr mir aber etwas versprechen.« Sie nickte bereitwillig. »Was jetzt geschehen wird, hat keines lebenden Menschen Auge je gesehen. Mag es Euch noch so wundersam vorkommen, es darf nie ein Wort darüber Eure Lippen verlassen. Zu niemandem.« Er schaute sie eindringlich an.

Lärka gedachte all ihrer Fehltritte. »Ich habe genug Unvorsichtiges von mir gegeben, dass es für den Rest meines Lebens genügt. Ich gelobe, Euer Geheimnis zu wahren.«

Arild nickte zufrieden. »Nur Valgrim allein sollt Ihr berichten, für den Fall ...«, er zögerte kurz, »... für den Fall, dass ich es nicht schaffe.«

Verstört blickte sie ihn an, aber er hatte sich schon abgewandt, führte sein Pferd seitwärts von dem Felsspalt weg, ein Stück in den Wald hinein und bedeutete ihr, dasselbe zu tun. Dann holte er etwas aus seiner Tasche und umschloss es mit der rechten Hand. Er hieß sie, unter den Bäumen zu warten, stellte sich an den Felshang in einiger Entfernung von der verschlossenen Quelle auf und hob die geballte Faust empor. Plötzlich hörte Lärka ein tiefes Summen. Sofort erkannte sie das Geräusch wieder: Es war derselbe Ton, den sie am Damm des Frenflusses gehört hatte, bevor Arild fortgespült wurde.

Arilds Faust zitterte, und sein Blick war starr auf den Felshang gerichtet. Mit einem Mal schien der Felshang zu beben. Steine rumpelten den Berg hinab und schlugen in Lärkas Nähe auf dem Boden auf. Erst ein einzelner, dann noch einer, dann bewegten sich immer mehr. Es erhob sich ein gewaltiges Getöse, und ungläubig sah Lärka Felsen wie von einer riesigen Hand gestoßen den Hang hinabpoltern und in den Wald hineinfliegen. Sie suchte Deckung hinter einem Baumstamm und hörte die Pferde ängstlich wiehern. Verzagt hielt sie sich die Ohren zu, doch schon nach kurzem brach der tiefe Summton ab.

Vorsichtig wagte sie sich hinter dem Stamm hervor und sah, wie Arild zu Boden sank. Sie warf einen kurzen Blick zum Hang, um zu sehen, ob von dort noch weitere Steine geflogen kämen. Doch stattdessen hörte sie ein feines Rauschen: Wasser schob sich sanft zwischen den Felsen hindurch, ein kleiner Wasserfall ergoss sich in eine Mulde am Fuße des Felshanges.

Lärka stürzte zu Arild. Er lag schweißüberströmt auf dem Rücken, seine Augen waren starr nach oben gerichtet. Für einen schrecklichen Moment dachte sie, er sei tot. »Nein!«, schrie sie verzweifelt und fiel neben ihm auf die Knie. »Nicht jetzt! Ihr habt es doch geschafft!« Sie schaute ihn ehrfürchtig an und wagte nicht, ihn zu berühren. Sie fragte sich, ob er wirklich ein Mensch war. Seine Macht jedenfalls war nicht die eines Sterblichen.

Arilds Augen schlossen und öffneten sich wieder. Seine röchelnde Stimme klang erschreckend schwach. »Alles dreht sich. Wasser ...«

Lärka hastete mit dem leeren Wasserschlauch zur Mulde, füllte das rettende kühle Nass hinein und gab Arild zu trinken. Er schloss erneut die Augen und krallte seine linke Hand in den Boden, als würde er sich am Erdboden festhalten wollen. Mit einem Mal war es Lärka, als würde die Erde erzittern – gleich einem Echo auf die Steinlawine. Doch so schnell das Beben gekommen war, so schnell ging es auch wieder vorbei.

Lärka blieb neben Arild sitzen und gab ihm von dem Wasser, so oft er danach verlangte. Als sein erster Durst gestillt war, entspannte er sich und atmete ruhiger. Lärka schaute sich um. Die Pferde waren inzwischen zum Wasser gestürmt, um dort zu saufen. Überrascht gewahrte sie, dass aus dem immer größer werdenden Teich am Fuße des Wasserfalls gleich drei Bäche entsprangen, die in verschiedenen Richtungen in den Tiefen des Waldes verschwanden. Doch das Wasser floss in den Rinnen wie über harten Waldboden. Nichts versickerte, und die braunen Bäume starrten sie immer noch abweisend an.

Lärka versuchte, sich die Worte des Waldweisen ins Gedächtnis zu rufen. Der Lebenssaft floss wieder, aber was hatte er nur mit Erinnerung und Vergebung gemeint? Vor ihrem inneren Auge tauchten die Gorunnen auf, wie sie dem Wald mit ihrem Gesang Dank und Verehrung darbrachten.

Das Lied!, schoss es ihr durch den Kopf. Der Wald muss es hören, um sich zu erinnern, wie es früher war, und um zu wissen, dass ihm vergeben ist.

Sie lief zu einem mächtigen Baum am Saum des Waldes, überwand ihren Ekel vor dem Gestank der Rinde und legte beide Hände an den schmierigen dunklen Stamm. Eine Geestfrau stimmt in die mystischen Gesänge des erbitterten Feindes ein und rettet dessen verlorene Seelen, dachte sie befremdet und zweifelte plötzlich daran, dass sie vollbringen konnte, wozu der Druide sie ausersehen hatte.

Aber dann sang sie die alten Worte, und sie spürte die Macht, die sie mit einem Mal durchströmte. »*Nementona! Heiliger Hain aus Weltenbäumen ...*«

Als Lärka das Lied wieder und wieder erklingen ließ, durchfuhr ein Seufzen den Wald. Er ächzte und knarrte, und Lärka fühlte, wie unter ihren Händen die hässliche, braune Rinde abplatzte und der kühle graue Stamm der altehrwürdigen Buche zum Vorschein kam. Der ganze Wald war voller seltsamer Geräusche, als sich die Stämme der Bäume zurückverwandelten. Ein sanfter Regen setzte ein. Er benetzte die Blätter, und sie sah den Wald rostrote Tränen weinen. Das Braun verschwand, als ob ein düsterer Vorhang beiseitegeschoben würde. Lebendiges Grün breitete sich um Lärka herum aus und sprang von Baum zu Baum, von Zweig zu Zweig und von Blatt zu Blatt. Statt des dürren Raschelns war bald das mächtige Rauschen des uralten Waldes zu vernehmen, und die Sonnenstrahlen tanzten durch das Blätterdach.

Lärka spürte den Jubel von tausend befreiten Seelen. Der Wald verlor seine Bitterkeit und begann zu erstarken zu dem mächtigen Hort des Lebens, der er einstmals gewesen war. Lärka sang das Lied ein letztes Mal mit frohem Herzen und hatte auf einmal das

Gefühl, dass etwas aus den Tiefen des geheilten Waldes zu ihr zurückströmte. Der heilige Hain der Gorunnen schien zu ihr zu sprechen. Sie öffnete Sinne und Geist und spürte die Gegenwart uralten Wissens über das Wesen der Pflanzen. Ihr Herz wurde weit, und ihre Seele nahm alles gierig in sich auf, was der Wald ihr gab. Was sie empfing, waren keine Erklärungen und Lehren, es war die Offenbarung von Gewissheiten.

Vor ihrem geistigen Auge tauchten Pflanzen auf und tanzten einen Reigen, so, wie sie über den Jahreslauf hinweg wuchsen und erblühten. Lärka nahm die Pflanzen wahr und *wusste* plötzlich, wie sie wirkten. Hier eine Blüte von der Form eines Auges, da Blätter wie ein Herz und ein herzerfrischender Duft, und dort Stängel wie ein Rückgrat.

Eine nie gekannte Euphorie und frische Kraft durchströmten Lärka, und sie fühlte sich wie eine Schatzsucherin, die nach langer Anstrengung und vielen Wirrungen die ersehnte Kostbarkeit endlich in Händen hält. Lange verharrte sie so. Sie sandte einen stummen Dank an den Waldweisen und die Geister des Hains und weidete sich am Anblick des genesenden Waldes. Mit jedem Augenblick kehrte etwas von der würdevollen Erhabenheit des Waldes zurück, bis schließlich auch der Erdboden in einen prachtvollen grünen Teppich gekleidet dalag.

Lärka lief glückstrahlend zu Arild. »Seht, er verwandelt sich!« Aber als sie ihn sah, erschrak sie. Er hatte die Augen geschlossen, ächzte vor Schmerz und hielt sich die rechte Hand. Sie sah, dass mitten auf der Handfläche ein großes, blutendes Brandmal erschienen war. Seine mächtige Gabe schien einen hohen Preis zu fordern. Arilds junges Gesicht war qualverzerrt, und er wirkte so verletzlich. Sie konnte den Kummer bei seinem Anblick kaum ertragen und ließ sich neben ihm auf den Boden gleiten. Die übermächtige Anspannung der letzten Tage wich tiefer Erschöpfung. Sie vergrub den Kopf in ihren Hände und weinte bitterlich.

Da spürte sie, wie er sie sachte an der Schulter berührte. »Vergießt keine Tränen mehr. Der Wald hat ja jetzt genug Wasser«, flüsterte er heiser.

Lärka lächelte ihn unter Tränen an und besann sich auf das, was Arild jetzt am nötigsten brauchte. Sie gab ihm erneut zu trinken und half ihm zu dem kleinen Teich am Fuße des Wasserfalles, um seine Hand im eiskalten Wasser zu kühlen. Dann lief sie zum Waldrand und entdeckte mit großer Freude mitten im neu erblühten Grün einige Spitzwegerichpflanzen. Als sie zu Arild zurückkehrte, war er, mitten auf den Felsen liegend, vor Erschöpfung eingeschlafen. Lärka zerkaute einige der Wegerichblätter, strich den wundheilenden Brei über Arilds verbrannte Handfläche und verband sie mit einem Stofffetzen, den sie von ihrem Untergewand abgerissen hatte.

Aufatmend breitete sie ihr Lager neben dem Schlafenden aus und spürte mit einem Mal, wie erschöpft sie war. Sie legte sich hin, betrachtete den jungen Mann und musste an Bolverks Worte über einen besonderen Stein und einen verborgenen König denken. Vage ahnte sie, dass die Flunkereien des Baders mehr Wahrheit enthielten, als Arild hatte zugeben wollen. Nicht ein heimatloser junger Wanderer lag dort, sondern ein mächtiger Fürst, den sie beinahe in den Tod geführt hatte. Ihr Herz wurde weit und wollte zerspringen, als sie ihn ansah, aber gleichzeitig war sie von wehmütiger Schwere umfangen.

Die Sonne schien durch das hellgrüne Blätterdach und tauchte alles in einen zartgoldenen Schein. Lärka wünschte sich, die Zeit möge stehen bleiben. Es war so friedlich. Hier waren nur sie beide, und der Wald war ihr prächtiger Palast, in dem sie für immer mit Arild bleiben könnte. Sie hätten alles, was sie brauchten, und sie beide wären ihrem Schicksal entflohen. Aber sie war sich nicht sicher, ob Arild mehr als eine Schutzbefohlene in ihr sah. Und sie ahnte, dass er anderes vorhatte, als sich mit einem Küstenmädchen im Wald zu verstecken. Sicher würde er sich seiner Berufung stellen und nicht davonlaufen.

Ihre Finger spielten mit dem kühlen Silber der Kette. Sie nahm sie ab und verwahrte sie sorgsam in ihrem Bündel. Folge den Spuren deiner waldweisen Ahnen, hatte der Druide zum Abschied gesagt. Ihre Mutter hatte ihre Gabe zum Wohle der Menschen eingesetzt. Und sie hatte sie ihrer Tochter zusammen mit einer Botschaft vermacht. Drängender denn je verspürte Lärka den Wunsch, den Inhalt des Briefes zu kennen. Sie schüttelte alle Zweifel ab und erkannte in ruhiger Gefasstheit, was sie tun musste. Rutlindis würde ihr über den Brief erzählen. Vielleicht gab es in Osgund auch Hinweise auf die geheimnisvolle Ardoinna, als deren Tochter sie der Schatten des Hirsches begrüßt hatte. Lärka würde mit ihrem Vater reden und ihn bitten, von der Hochzeit mit Barung Abstand zu nehmen. Lange genug hatte sie geschwiegen. Sie spürte, wie ihr dieser Entschluss Ruhe gab. Und doch war da ein klammes Gefühl: Sie musste Arild von seinen Verfolgern erzählen – von allem, was sie in jener Nacht aus Tronds Mund gehört hatte –, sobald er wieder erwachte. Im Herzen war ihr bang vor diesem Moment und seinen Folgen.

Kapitel 6

Grimhorn erbebte. Wer hatte es gewagt? Niemand als die Berge allein durften die Felsen zwingen, sie bewegen und zermalmen. Jeder Erdhafte, auch der, den sie den Steinkönig nannten, war nur Staub, den der nächste Windstoß verwehte. Aber der Berg hatte die eine unverwechselbare Kraft genau gespürt, die jenseits der Frostberge erwacht war. Ungeheuerlich, dass dieser Unwürdige die uralten Gesteine aus dem Schoß der Welt anzurühren gewagt hatte. Es war also noch nicht vorbei. Tiefer Hass brodelte in dem grauen Riesen auf und ließ ihn alle steinische Gemessenheit ablegen. Die Wolkenhüter hatten ihr Spiel mit ihm getrieben und die Vorzeichen verschleiert. Jetzt würde es keine Gnade mehr geben. Sein Groll verwandelte sich in boshafte Vorfreude, als Grimhorn an seine Rache dachte. Sein Diener würde den verhassten Erdhaften finden. Die Kraft des Steinkönigs war nahe wie selten zuvor, und der Berg streckte sich nach ihrem Ursprung aus.

Als Lärka erwachte, war es früher Abend. Neben sich hörte sie Arilds flache Atemzüge und weiter entfernt das gleichmäßige Rauschen des Wasserfalls. Arild wälzte sich unruhig im Schlaf. Er war immer noch beängstigend blass, kalter Schweiß stand auf seiner Stirn. Sie breitete den Umhang wieder über ihn, der auf die Seite gerutscht war. Hungrig griff sie zum Brotbeutel, doch der enthielt nur noch einen kläglichen Rest, und sie war sicher, dass Arild die Stärkung dringender brauchte. Also stand sie auf, kramte ihr Messer heraus und ging in den Wald, um nach etwas Essbarem zu suchen. Vorbei an den grasenden Pferden lief sie staunend über Moose, Gräser und Sprösslinge, die dort mit großer Kraft hervorschossen, wo einen Tag zuvor nur steinharte braune Erde gewesen war. Sie rupfte einige Löwenzahnblätter, nahm etwas Spitzwegerich für Arilds Hand und fand schließlich sogar eine Pastinake, deren dünne Wurzel sie ausgrub. Sie wusch alles im klaren Wasser des kleinen Teiches. Als sie zu Arild zurückkehrte, war er erwacht und hatte den glasigen Blick in das endlose Blau des Himmels gerichtet.

»Wie geht es Euch?«, fragte sie.

»Besser«, flüsterte er mühsam. Er versuchte, sich aufzurichten, doch er zitterte so stark, dass es ihm nicht gelang.

Lärka holte die letzten Brotstücke aus dem Beutel und bot sie Arild an, aber er lehnte ab.

»Ihr müsst etwas essen«, beharrte sie.

Doch Arild schüttelte den Kopf, schob das Brot weg und würgte.

»Hat Euch ein Fieber befallen?«, fragte Lärka besorgt.

»Nein, es ist das Rauschkraut«, antwortete er. »Es hat seinen Zweck erfüllt, aber jetzt muss es meinen Körper verlassen. Noch eine Nacht, und es wird vorbei sein.« Lärka erinnerte sich an die kleinen runden Blätter, die er unentwegt gekaut hatte und die sie für nahrhafte Wegzehrung gehalten hatte. Dabei hatte das Kraut nur Müdigkeit, Hunger und Durst von ihm ferngehalten. Erst jetzt wurde ihr bewusst, was er auf sich genommen hatte, um Wasser und Nahrung für sie aufzusparen. Sie war dankbar und fühlte sich geehrt, dass Arild das für sie getan hatte, war aber zugleich beschämt darüber, ihn überhaupt erst in diese Lage gebracht zu haben.

Arild stützte sich langsam auf seinen rechten Arm und schaute suchend auf dem Boden umher. Noch bevor Lärka fragen konnte, was er vermisse, griff er nach einem schwarzbraunen kantigen Stein, der in seiner Nähe lag, und ließ ihn wortlos in seiner Gürteltasche verschwinden. Er trank noch einige Schlucke, dann rollte er sich zur Seite und schloss erschöpft die Augen.

Lärka ging zum Teich, um den Wasserschlauch nachzufüllen. Als sie ihr Spiegelbild im Wasser erblickte, bemerkte sie, dass sie über und über mit dunklem Staub bedeckt war. Sie vergewisserte sich mit einem prüfenden Blick, dass Arild schon tief eingeschlafen war, dann legte sie ihre Kleider ab, klopfte sie aus und genoss ein erfrischendes Bad, das ihr den Schmutz von Haut und Haaren wusch. Als sie ihre Kleider wieder übergestreift hatte, überlegte sie, ob sie ihre Haare offen tragen und sie so kämmen sollte, wie Idona es ihr gezeigt hatte. Die Haare hatten wie der seidene Schleier einer Prinzessin um ihren Kopf gelegen. Arild hatte es anscheinend gefallen, sie erinnerte sich noch gut an seine bewundernden Blicke.

Aber schließlich entschied sie sich mit einem Seufzer für die praktischere Haartracht, flocht mit großer Sorgfalt zwei lange Zöpfe und legte sie wie gewohnt um den Kopf. Dergestalt erfrischt zog es Lärka wieder in den Wald, der sein Grün so einladend vor ihr ausbreitete. Sie spazierte ein Stück am mittleren der drei Bachläufe entlang und erfreute sich an den gelben Blüten des Scharbockskrautes und der weiß-gelben Pracht der Windröschen. Übermütig pflückte sie einige Blumen und schmückte ihr Haar damit. Sie summte das Waldlied der Gorunnen vor sich hin und begann, Engelwurz und Wegerich, Huflattich und Bärlauch und viele andere Pflanzen zu ernten, deren Macht sie erkannte, auch wenn sie ihre Namen nicht wusste.

Als es dunkel wurde, beendete Lärka widerwillig ihr Werk und kehrte zum Lagerplatz an der Felswand zurück. Stolz betrachtete sie im Schein des Mondsteins den Grundstock ihrer eigenen Kräutersammlung, den ersten Schritt ihrer Verwandlung in ein grünes Weib. Denn das war ihre Berufung. Nie war sie sich dessen sicherer gewesen als hier und jetzt. Ihre Mutter war auf diesem Weg gewandelt. Audhilds Geschenk, die magische Kette, war die Einladung an ihre Tochter, ihr nachzufolgen, und Lärka würde genau das tun. Der Hirschschatten, der Druide des wilden Gorunnenvolkes, hatte Lärka aufgefordert, ihren weisen Ahnen zu folgen, und der Wald hatte sich ihr geschenkt. Größere Gunst ist wohl nie einem grünen Weib zuteil geworden, dachte Lärka. Es konnte nicht falsch sein. Es gab keine Ängste mehr, die sie zurückhielten oder Zweifel in ihr Herz säten. Sie fühlte sich stark und frei und würde diese Freiheit, ihren Weg selbst zu bestimmen, auch ihrem Vater abringen. Wenn noch ein Funken Liebe zu Audhild in seinem Herzen war, würde er seine Tochter verstehen.

Nachdem sie sich um die Pferde gekümmert hatte, legte sie sich zur Ruhe. Ihre Gedanken wanderten über den Waldesrand hinaus. Bestimmt kommen Jörn und Valgrim vor Sorge fast um, dachte sie und freute sich auf das Wiedersehen, das die Freunde von ihrer Verzweiflung erlösen würde. Aber über den Strahlen der Wiedersehensfreude lag wie ein dunkler Schatten die Pflicht, Arild von den Folgen ihres unglückseligen Verhaltens in Stormhavn zu berichten. Sie grübelte lange, mit welchen Worten sie von den Verfolgern erzählen sollte und wie tief sie in seiner Achtung sinken würde, bis sie schließlich ermattet einschlief.

Ein leises, schüchternes Vogelzwitschern weckte Lärka am nächsten Morgen aus einem tiefen und erholsamen Schlaf. Der Platz neben ihr war leer, der Brotbeutel auch. Arild saß am Rande des Teiches auf einem Felsen und war dabei, seine verletzte Hand zu versorgen. Die glitzernden Tropfen in seinem dunklen Haarschopf ließen darauf schließen, dass auch er ein erfrischendes Bad genommen hatte. Seine Kleidung hatte er offenbar gleich mitgebadet, denn sie hing durchnässt an seinem Körper. Als er Lärka erblickte, griff er neben sich nach der Pastinakenwurzel, hob sie hoch und biss herzhaft hinein. Lärka war erleichtert, ihn wieder bei Kräften zu sehen, und lachte befreit auf. Dann erhob sie sich, zupfte ihr Kleid zurecht und ging zum Wasser.

»Es tut mir leid, dass Ihr sie roh essen müsst«, sagte sie entschuldigend und deutete auf die Wurzel. Sie wünschte, sie hätte mehr Essbares gefunden.

»So schmecken sie mir am besten«, entgegnete Arild. »Ich habe einen solchen Hunger, ich könnte ein Pferd verschlingen.« Lärka spähte mit gespielter Sorge nach den Tieren. »Keine Angst«, beschwichtigte er, »ich nehme vorerst mit Pflanzen vorlieb.« Er biss ein großes Stück ab. »Es stärkt ungemein und hat eine verblüffende Wirkung«, sagte er kauend und hob die Augenbrauen. »Man meint, man könnte die Götter des Waldes erblicken.«

Lärka wandte sich um und erwartete halb, zwischen den Stämmen den Schatten eines Hirsches springen zu sehen. Aber da war nichts zu erkennen.

»Was seht Ihr denn?«, fragte sie befangen.

»Eine strahlende Frühjahrsgöttin«, sagte er, schaute ihr lächelnd in die Augen und deutete auf ihre Haare. Lärka fasste mit den Händen an ihren Kopf und spürte die vertrockneten Blumen, die sie am Vorabend in ihre Flechten hineingesteckt hatte. Sie musste wie ein Heuhaufen aussehen. Ihre Wangen begannen zu glühen. Sie wandte sich ab, lief zum Waldrand und zupfte sich hastig die verwelkten Blüten aus den Haaren. Dann strich sie ihr Kleid glatt und drehte sich um. Arild war ihr gefolgt.

»Was habt Ihr denn? Mir hat es gefallen«, stellte er fest und begann, mit der unverletzten linken Hand einige Zweige abzubrechen und auf einen Stoß zu werfen. »Mein Oheim wartet schon viel zu lange auf gute Kunde, ich werde ein Feuer machen«, erklärte er und suchte nach etwas, das besser brennen würde als die saftigen Zweige der frisch erstarkten Bäume. Als er nichts fand, holte er schließlich eine Hand voll getrockneter Heilkräuter aus seiner Tasche, bedachte sie mit einem bedauernden Blick und legte sie auf die Zweige.

Lärka nahm den Feuerstein, schlug Funken und entfachte das Feuer. Es qualmte fürchterlich, und sie wich hustend zurück.

Arild hingegen schien ausgesprochen zufrieden. Er kramte erneut etwas aus seiner Tasche. »Jetzt Farbe hinein, und Valgrim wird wissen, dass es uns gutgeht!« Er streute ein paar getrocknete dunkelgelbe Blütenblätter in die Flammen. Sofort verfärbte sich der Rauch gelb. Arild nickte erfreut und schaute den aufsteigenden Schwaden nach, wie sie sich über die Baumwipfel erhoben und weit oben am windstillen Himmel auflösten.

Rasch sattelten sie die Pferde und machten sich auf den Weg zur Küste. Lärka wollte darüber nachsinnen, wie sie ihre Beichte beginnen sollte. Doch immer wieder wanderten ihre Gedanken zum Geschehen vom Vortag zurück, als Arilds gewaltige Kraft die Felsbrocken vom Berg weggeschleudert hatte. Er hatte bislang kein Wort über dieses unbegreifliche Geschehen verloren und verhielt sich, als sei nichts passiert. Ob es diese Macht war, die König Hakon kannte und fürchtete? Wurde ihr Begleiter deshalb verfolgt? Sie rang gerade mit dem Wunsch, ihn danach zu fragen, als er das Wort an sie richtete. »Euer Traum hat uns gerettet«, sagte er.

»Nein«, wehrte sie ab. »*Eure* geheimnisvolle Kraft hat die Quelle freigelegt.« Sie hatte eine Macht gesehen, die nicht von dieser Welt war. Wenn sie daran dachte, empfand sie eine tiefe Ehrfurcht, und Arild kam ihr sehr fremd vor.

»Wenn wir nicht zur Quelle gelangt wären, hätte mein Können uns nicht aus dem Wald geführt. Ohne Euren magischen Gesang, der den Wald geweckt hat, wären wir doch noch seine Opfer geworden. Nein, es war Euer Verdienst«, sagte er.

»Ich verdiene kein Lob. Es war mein Leichtsinn, der uns hineingeführt hat.«

»Warum seid Ihr so hartnäckig hinter dem Packpferd hergejagt?«, fragte er.

Für einen Moment überlegte sie, ob sie ihm von der Kette erzählen und den Brief zeigen sollte. Aber dann entschied sie anders. Sie wollte zuerst selbst wissen, was darin stand, um mehr über ihre Gabe zu lernen. Doch eine Lüge, auch wenn es eine Notlüge wäre, kam nicht in Frage, dafür hatten sie zu viel gemeinsam durchgestanden. So antwortete sie schlicht: »Ich möchte es nicht sagen.«

»Ein Geheimnis, hm«, brummte Arild.

»Mit einem Geheimnis ist es wie mit dem Ei eines seltenen Tieres«, begann Lärka. »Will man das Geheimnis dessen erkunden, was sich im Inneren verbirgt, muss man die schützende Schale zerbrechen. Also öffnet man das Ei, und im selben Moment ist alles zerstört. Nichts kann mehr daraus erwachsen.« Sie hoffte das Geheimnis ihrer Kette so lange schützen zu können, bis sie es selbst ganz ergründet hätte. Sicher würde ihr Vater ihr die Kette sofort abnehmen, wenn er von deren besonderer Wirkung erfuhr.

»Nur wenn ich warte, wenn ich das Ei behüte und bewahre, dann sehe ich das Wunder – etwas Neues, das im Stillen gereift ist, bevor es sich im Licht des Tages zeigt«, schloss sie.

Eine Weile ritten sie schweigend nebeneinanderher, dann ergriff Arild das Wort. »Manchmal muss man kämpfen oder lügen, um sein Geheimnis zu schützen. Dann ist es gut, man findet Freunde und Vertraute, die einem helfen und trotz der offenen Fragen und der Ungewissheit geduldig ausharren.«

Sie ließen das Echo dieser Worte in ihrem Inneren nachhallen; beide hingen ihren Gedanken nach. Lärka wusste, sie musste jetzt die nicht so wunderbaren Geheimnisse aus Stormhavn ans Licht bringen, damit diese nicht zu einem tödlichem Verhängnis heranreiften.

»Ich muss Euch etwas berichten, nämlich was sich in der Nacht nach dem Fest in Stormhavn zugetragen hat«, begann sie.

Arild zügelte sein Pferd und sah sie ernst und mit beunruhigender Eindringlichkeit an. Auch Lärka hielt ihr Pferd an.

»Ich ... in der Nacht ... mir war ...«, sie stammelte und alle Worte, die sie sich mühsam zurechtgelegt hatte, überschlugen sich in ihrem Kopf.

»Euer Sturz, da steckte doch etwas anderes dahinter?«, fragte Arild scharf.

Sie war sicher, dass er ihretwegen zornig war. Sie senkte schuldbewusst den Blick und nickte.

»Wenn Trond Euch *das* angetan hat«, fuhr er auf, »reite ich sofort zurück und werde ihn ...«

»Nein«, rief sie schnell. Arild durfte keinesfalls umkehren und seinen Verfolgern in die Arme reiten. »Nein«, bekräftigte sie nochmals und wedelte abwehrend mit der Hand. »So war es nicht!« Fieberhaft suchte sie nach Worten, während ihre Finger durch die Mähne ihrer Stute strichen.

»So erzählt doch«, bat Arild. »Ihr braucht Euch nicht zu fürchten, ich traue Trond jede Niederträchtigkeit zu, und wenn Ihr deren Opfer geworden seid, so braucht Euch das nicht zu beschämen.«

»Doch. Ich muss mich schämen, weil ich Euren Rat missachtet habe. Tronds Schmeicheleien waren mir angenehmer als Eure Warnungen vor seiner Falschheit. Es tut mir leid, dass Ihr seine Rache fürchten müsst, weil Ihr Euch um meinetwillen gegen ihn gestellt habt.«

»Wie Ihr gesehen habt, reicht sein Arm nicht sehr weit. Wir haben Stormhavn unbehelligt verlassen«, erwiderte Arild.

»Ich fürchte, er holt gerade erst zum Racheschlag aus«, sagte sie. Dann nahm sie allen Mut zusammen und berichtete, wie sie mitten in der Nacht aufgewacht, die Treppe hinuntergefallen und unfreiwillige Zeugin von Tronds verräterischen Plänen geworden war, die ihren Anfang in Lärkas unüberlegtem Geflunker über den »König von den Steinen« gehabt hatten.

»In der ganzen Zeit, die wir in diesem Wald verloren haben, sind Euch Verfolger auf den Fersen – und ich trage die Schuld daran! Ich weiß nicht, wie ich das je wiedergutmachen kann«, schloss Lärka und wartete mit gesenktem Haupt auf den Schuldspruch.

Nach endlos scheinenden Augenblicken sprach Arild. »Valgrim hat den eiligen Reiter im Wald gesehen, wie er auf der Handelsstraße davonjagte. Wir haben schon eine Hinterlist vermutet, aber es ist gut, das jetzt unstreitig zu wissen.«

Lärka hob den Blick, um Arilds Stimmung aus seinem Gesicht abzulesen. Aber er hatte sein Antlitz nach oben gewandt, wohl um die Wolken zu befragen.

Als er sich wieder zu ihr drehte, war seine Stimme frei von Unmut. »Es war nicht allein Eure Arglosigkeit, die die Dinge in Gang brachte. Viel größer ist Tronds Untreue.« Er schien ihre Verzagtheit zu bemerken, denn er fuhr fort: »Jetzt schaut mich nicht so an. Ich hätte ihn nicht unüberlegt reizen dürfen. Und ich hätte Euch besser vorbereiten sollen. Ihr seid noch jung. Ich glaube, Tronds Arglist war Euch eine Lehre.« Lärka nickte. »Außerdem habt Ihr mir ein unglaubliches Versteck beschert: Wenn wir niemandem vom Wunder im Blutwald verraten, wird es Jahre dauern, bis sich wieder ein Mensch hineinwagt. Wer würde hier suchen? Dieser Wald wird eine Zuflucht und vielleicht eines Tages die Rettung sein für mich und alle, die mit mir von König Hakon verfolgt werden«, sagte er.

»Niemand wird davon erfahren, ich verspreche es.« Eine schwere Last fiel Lärka vom Herzen, als sie erkannte, dass ihr längst vergeben war und die Ereignisse von Stormhavn nicht zwischen ihnen standen.

»Bis die Verfolger in Osgund ankommen, sind wir bereits über die Frostberge hinweg, selbst wenn sie ausdauernde Pferde haben.

Dorthin wird uns so schnell niemand folgen, und sie werden die Suche aufgeben. Euch werden sie nichts anhaben können.« Arild schnalzte und ließ sein Pferd weitergehen.

»Aber mein Vater!«, rief Lärka und trieb ihre Stute an. »Er weiß nichts von Tronds Intrigen! Wie können wir ihn …«

»Seid beruhigt. Wygard hat unauffällig einen Boten auf den Weg geschickt, der Euren Vater vor Trond warnen wird. Auch ohne von seinem Verrat zu wissen, haben Tronds Respektlosigkeit gegenüber den Anordnungen Eures Vaters und das, was Wygard über das unerwartet rasche Ableben von Fasolt erzählte, genug Anlass gegeben, an seiner Rechtschaffenheit und seiner Treue zum Küstenthan zu zweifeln.«

»Was, wenn die Leute des Königs meinen Vater belangen wollen, weil er mit Euch in Verbindung steht?«

Arild schnaubte verächtlich. »Das wird ihn nicht anfechten. Euer Vater hat sich schon in größerer Bedrängnis zu helfen gewusst. Er ist ein kluger Mann.« Arild dachte einen Moment nach. »Worüber hat Trond noch geredet?«

»Er sprach von Ränken meines Vaters gegen den König. Es ging um Schiffe und Führer für Bergleute des Königs. Und … er wollte mich, gleich ob mit oder ohne meine Zustimmung, zum Weibe nehmen und sich gegen meinen Vater erheben, um selbst zum Than der Küstenstädte zu werden. Er war sich des Wohlwollens und der Unterstützung des Königs dabei sehr sicher.«

»Der Dornbusch streckt seine Ranken nach der Küste«, sagte Arild, mehr zu sich selbst, als an sie gewandt. »Und von Jaspis kommt Unheil über das Land.«

»Euer Oheim schien Ähnliches zu denken, als Ulfgar berichtete, wohin seine Seele geflogen war.« Sie erinnerte sich daran, wie sie in Stormhavn den auf wundersame Weise Geretteten befragt hatten.

»Ja, es wird nötig, dass mein Oheim und ich selbst nach Jaspis gehen, um nachzuforschen, was dort vorgeht. Aber das muss warten.«

»Ulfgar wurde von einem Raben davongetragen – wie Kori. Koris Vogel hatte ein helles Licht um den Hals hängen. Und dieses Licht nahm die blaue Seelenflamme auf.« Lärkas Hand wanderte zu ihrem Hals, hielt aber inne, als sie gewahr wurde, dass sie ihre Kette wieder im Bündel verstaut hatte. »Wisst Ihr, ob Euer Oheim nicht irgendetwas auf dem Waldboden gefunden hat, von dem das Licht ausgehen könnte?«, fragte sie. Sie musste herausfinden, ob es wirklich einen Zusammenhang zwischen dem Licht, das die Seelen holte, und ihrer Kette gab. Sie wollte jedoch nicht glauben, ihre Kette würde die Krankheit des Seelenverlusts herbeirufen. Schließlich hatte es schon vorher Seelenlose an Orten gegeben, an denen sie nie gewesen war.

»Wir werden ihn fragen, sobald wir in Osgund sind. Ob es hilft, in den Dörfern nächtliche Wachen aufzustellen, die auf alle Raben über den Dächern schießen?«, sinnierte Arild. »Wir sollten heute Abend in Osgund sein«, sagte er energisch und spornte sein Pferd an.

Lärka nahm ebenfalls die Zügel auf und trieb ihre Stute vorwärts, doch das Pferd scheute plötzlich. Vor den Hufen des Tieres glitzerte etwas.

»Wartet«, rief sie, zügelte ihre Stute und stieg ab. Sie bückte sich und fasste nach einem Stück silbrig schimmernden Metalls. Es war fast vollständig im Boden eingesunken.

Arild bückte sich zur Fundstelle hinab und schob vorsichtig Erde beiseite. Kurze Zeit später hatte er einen halb verwesten Schädel freigelegt, neben dem ein schmuckverzierter Dolchknauf aus dem Boden ragte. Arild grub ein Stück weiter, und knöcherne Finger mit ledernen Hautfetzen erschienen, die den Dolchgriff umklammerten. Lärka hörte ein grässliches Knacken, als Arild der toten Hand den Dolch entwand.

»Hier, Ihr habt den Dolch gefunden. Er steht Euch zu«, sagte er, wischte den Dolch mit dem Zipfel seines Umhangs ab und reichte Lärka die Waffe.

»Möge seine Reise leicht gewesen sein«, sagte sie auf den Schädel starrend und fragte sich, ob es sich um einen Gefallenen aus der Schlacht oder ein Opfer des blutgierigen Waldes handelte. Sie betrachtete die gut erhaltene Waffe genau. Die Klinge war ohne Scharten und der Griff mit kunstvoll geflochtenen Bändern verziert. In der Mitte des Griffes war ein Geestmann zu sehen, der in der einen Hand ein Schwert und in der anderen den abgeschlagenen Kopf eines getöteten Feindes am langen Haarschopf hielt. Schaudernd erinnerte sich Lärka an die Fratzen, die sie in ihrem Wahrtraum auf den Lanzenspitzen der Gorunnenkrieger hatte stecken sehen. Die Geestleute hatten anscheinend die blutigen Bräuche ihrer barbarischen Feinde übernommen. Lärka steckte den Dolch in die Verschnürung des Bündels, das ihr Pferd hinter dem Sattel trug, und sie setzten ihren Weg fort.

Arild schien in Gedanken versunken, daher war Lärka überrascht, als er plötzlich das Wort an sie richtete. »Am Gorunnenstein habt Ihr von Audhilds Gabe gesprochen. Einst hat Eure Mutter mir das Leben gerettet, jetzt Ihr. Die Frauen Eurer Familie scheinen zu Besonderem berufen.«

Lärka genoss das unerwartete Lob. Aber sie gedachte auch der Trauer, die der rätselhafte Tod ihrer Mutter in ihr und ihres Vaters Herz getragen hatte.

»Meiner Mutter war ein früher Tod beschieden. Ich glaube, es hatte etwas mit dem zu tun, was Ihr als unsere Berufung seht«, erwiderte sie. »Manchmal wünschte ich, meine Mutter hätte sich davon abgewandt, als noch Zeit war. Dann wäre sie vielleicht noch am Leben.«

»Wer eine Berufung erfährt, wird nicht glücklich, wenn er ihr nicht folgt. Das Leben wird ruhelos und ohne inneren Frieden. Der Weg mag Opfer fordern. Aber wohl dem, der mutig seine schützende Behausung verlässt und dem Ruf der Vorbestimmung folgt ...«

»Oder dem eines anderen, der mehr sieht als man selbst«, warf Lärka ein und dachte an ihre Traumbegegnung mit dem Waldweisen.

»Den Ruf der höchsten Macht erfahren nur wenige. Er ist eine mächtige Bestimmung. Aber was andere Menschen als unsere Aufgabe sehen, ist oft nur das, was der Erfüllung ihrer eigenen Wünsche und Pläne dient«, erwiderte Arild.

»Für Asa ist es meine Berufung, die Frau des zukünftigen Küstenthans zu werden. Für mich ist es nur eine Last.«

»Es ist leicht für andere, die Pflichten, die uns durch Geburt und Herkunft auferlegt wurden, als unsere Bestimmung und gute Tradition auszugeben. Als ich ein Kind war, sagte mir eine kluge Frau, die selbst die Pflichten ihrer Herkunft würdevoll auf sich nahm: ›Alles tun zu können, was du willst, das mag dir als höchstes Glück erscheinen. Doch das wahre Glück ist, das zu wollen, was du tust.‹«

»Dann bleibt nichts anderes, als sich in sein Schicksal zu ergeben und die Freude im Hinnehmen statt im Weg seiner Bestimmung zu suchen?«, fragte Lärka zweifelnd. »Wenn ich ...«, sie stockte, weil sie diesen Gedanken für sich bereits beiseitegeschoben hatte, »wenn ich vermählt wäre, wäre mir der Weg zur Kräuterkunst sicher verschlossen. Es gäbe einiges – nicht zuletzt wohl auch mein Gemahl selbst –, was sich mir in den Weg stellen würde. Es bleibt ein friedloses Dasein und das ewige Warten auf eine Änderung«, sagte sie und dachte an die letzten Jahre in Ribehof, die genau so verlaufen waren. Dann kam ihr ein Gedanke, und Lärka sah ihre Mutter plötzlich in einem anderen Licht. War Audhild etwa von Orlyg daran gehindert worden, dem Ruf der Vorbestimmung zu folgen? War ihre Verzweiflung so groß gewesen, dass sie den Freitod gesucht hatte? Lärka schüttelte traurig den Kopf. Wenn es so gewesen wäre, warum hatte sie, die Tochter, nicht die schmerzliche Leere in Audhilds Dasein füllen können? Hatte sie ihre Mutter nicht über alles geliebt?

»Nein, wir sollen unser Leben einfach nicht ergeben hinnehmen«, entgegnete Arild. »Die Worte bedeuten einerseits: Tue, was du willst, und nicht, was du sollst. Auf der anderen Seite haben wir durch unsere Gaben oder durch unseren Platz im Leben eine

Verpflichtung, die es uns nicht gestattet, nur nach unserem eigenen Wohl zu fragen. Eure Heirat ist nicht das Ende des Lebens. Barung wird Euch auf Händen tragen und Euch sicherlich alle Freiheiten gewähren«, sagte er.

Lärkas Stimmung schlug augenblicklich um. Warum spielte Arild den Fürsprecher für die Vorhaben ihres Vaters, obwohl er ihre Meinung dazu doch kannte? Warum pries er Barung an und sprach über ihre Vermählung, als sei sie eine Gewissheit? Sie hatte geglaubt, sein Verhalten in Stormhavn und seine Fürsorge für sie im Blutwald würden ehrlicher und tiefer Zuneigung entspringen und ihn vielleicht sogar dazu bringen, bei ihrem Vater um ihre Hand anzuhalten. Sie musste sich eingestehen, dass sie sich getäuscht haben könnte. Sie wusste gar nichts über Arild und seine Gefühle. Ein Teil ihres Herzens hatte darauf gehofft, dass auch Arild das unsichtbare Band gegenseitiger Anziehung spürte, das überstandene Schrecken und wortloses Verstehen in ihre Seelen gewebt hatte. Doch ihr Verstand bedeutete ihr, dass dies alles nichts zu bedeuten habe, dass Arild seine eigenen Wege gehen würde.

»Für die, die einem Berufenen nahestehen, gilt es, zu vertrauen, Geduld zu haben und auch das zuzulassen, was man nicht versteht«, fuhr Arild fort.

Lärka schüttelte aufgewühlt den Kopf. Der frühe Tod ihrer Mutter war immer noch ein großes, ärgerliches Rätsel. Alles in Lärka sträubte sich, ihn anzunehmen und als Teil von Audhilds Berufung zu sehen. Aber er war eine Warnung. Auch sie konnte nie sicher sein, was ihre Begabung und die Macht der Kette noch alles mit sich bringen würden. Sie würde sich besser von allen fernhalten, für die ihre Gabe eine Belastung sein konnte – von ihrer Familie und einem geliebten Mann, obwohl: Arild schien ihre Gefühle ohnehin nicht zu erwidern.

»Nein«, widersprach sie deshalb heftig. »Es ist besser, ein Berufener bleibt allein und widmet sich ganz seinem Weg, anstatt die Seinen irgendwann unglücklich zurücklassen zu müssen.« In dem Moment, als sie es gesagt hatte, erschrak sie über ihre harten Worte.

»Ja, vielleicht«, sagte Arild zögerlich. Er sah betroffen aus.

»Was ... was habt Ihr?«, fragte sie.

»Eingesehen, wie Recht Ihr habt«, sagte er nur. Er verfiel wieder in seine verschlossene, schweigsame Art, und die Vertrautheit der letzten Tage war mit einem Mal verflogen.

Am Nachmittag ließen sie die letzten Bäume hinter sich. Zur Linken brandete das Meer an die felsige Küste, und vor ihnen lagen die grünen Felder von Osgund. Doch schnell war ihr Blick von dem gefangen, was sich am Himmel über der See abspielte: Wie zwei mächtige Lindwürmer von unglaublicher Breite bewegten sich an dem blauen Himmel zwei Wolkenbänder von Süden und Westen über ihre Köpfe hinweg nach Nordosten, um sich genau bei dem Hohen Goldfang zu einem Wolkenstrom zu vereinen, der den ganzen nördlichen Himmel bedeckte. In der Ferne zuckten Blitze, es schien weit im Norden einen großen Gewittersturm zu geben. Rechts und links der gewaltigen Wolkenbänder jagten, einer Eskorte gleich, unzählige tief liegende Wolkenfetzen dahin. Lärka konnte sich nicht erinnern, etwas Derartiges schon einmal gesehen zu haben.

»Was bedeutet das?«, fragte sie Arild, der ebenso gebannt den Wolken nachschaute.

»Ich würde sagen, jemand hat sie gerufen. Es sieht aus, als würden sie in einen Kampf ziehen. Aber ich irre mich wahrscheinlich. Es ist zu abwegig. Trotzdem frage ich mich, was wohl dort im Norden vor sich geht.«

Während sie noch vom Anblick des seltsamen Himmelsschauspiels gefesselt waren, hörten sie einen aufgeregten Ruf. Ein Junge, der auf den zartgrünen Feldern vor Osgund seine Ziegen geweidet hatte, rannte – als er Lärka und Arild entdeckt hatte – geschwind davon. Er lief an einem fast mannshohen Wall aus lose aufgeschütteten grauen Steinen entlang, der eine Gruppe von etwa fünfzig Häusern umgab. Die Siedlung lag an einer kleinen

Bucht, in der ein gutes Dutzend Boote verschiedener Größe vor sich hindümpelten. Lärka meinte sogar, zwei Drachenschiffe zu erkennen, mit denen die Männer bei Handels- oder Kriegsfahrten an der Küste entlang bis weit in den Süden segelten. In der Mitte des Ortes war ein viereckiger, halb verfallener Turm aus Holz zu sehen, dessen Spitze wie ein verfaulter Baumstumpf über den Dächern emporragte. An der Stelle, wo der Handelsweg auf den Wall traf, verschwand der Junge durch ein großes, zweiflügeliges Tor, das von zwei Holztürmen flankiert wurde. Auf jedem der Torflügel prangte ein achtspeichiges Rad, über dem eine hölzerne, gelb angemalte Sonne strahlte. Osgund!

Sosehr Lärka sich freute, Jörn wiederzusehen und endlich zu ihrer Tante Rutlindis zu gelangen, so nahm sie doch mit Bedauern Abschied von der Zweisamkeit mit Arild und von dem Wald, in dem ihr so Wundersames geschenkt worden war. Unwillkürlich streckte sie den Rücken durch und nahm sich vor, von keiner ihrer Entscheidungen abzurücken, die sie im Blutwald für sich gefällt hatte, und keinen Fingerbreit ihrer Freiheit an ihren Vater oder irgendjemand anderen abzutreten.

Schon strömten Menschen durch das Tor und eilten ihnen entgegen. Zu ihrer Freude erkannten sie Valgrims mächtige Gestalt, neben ihm Bolverk und Jörn.

»Valgrim hat es gesagt! Aber ich wollte es nicht glauben, bis ich euch selbst sehe. Bei den Ahnen meiner Ahnen! Arild, wo wart ihr nur? Auf einmal wart ihr weg, und wir haben gesucht und gesucht und ...« Jörn hatte Lärka und Arild als Erster erreicht.

»Ich freue mich auch, liebster Vetter«, unterbrach Lärka seinen Redestrom und weidete sich an seiner Überraschung.

»Aber ... du sprichst! Bei meinen Ahnen, was ist euch denn widerfahren?« Er lief mit staunend aufgerissenen Augen neben ihnen her und schien es kaum erwarten zu können, sie vom Pferd reißen und den ganzen Bericht aus ihnen herausfragen zu können.

»Arild hat magische Kräfte eingesetzt und mir die Stimme wiedergegeben«, sagte Lärka gespielt geheimnisvoll zu ihrem Vetter. Jörn schaute verunsichert von einem zum anderen, und als Arild nur mit den Schultern zuckte, fügte Lärka hinzu: »Nein, das war ein Scherz. Ich habe brav die Kräuter geschluckt, und die Zeit hat das ihre gewirkt.«

Die Erklärung schien Jörn zufriedenzustellen, denn er begann seinerseits aufgeregt zu erzählen. »Wir haben eure Spuren verfolgt, bis sie vom Weg abzweigten. Dann sind Valgrim, Daryn und Olvir hinterher. Valgrim drohte, mich an Bolverks Karren anzubinden, falls ich allein suchen würde. Aber ich wollte dich finden, ich hatte wirklich Angst um dich!« Geistesabwesend legte er eine Hand an die Zügel ihres Pferdes, als wolle er verhindern, dass es woanders hinlief als nach Osgund. »Um Arild natürlich auch«, ergänzte er. »Ich dachte, Valgrim merkt es nicht, wenn ich mich nachts aufmache und auch suche. Ich war ganz vorsichtig. Aber Daryn hat mich gesehen. Ich kann dir sagen, so unbehaglich angebunden habe ich in den nächsten Nächten kein Auge mehr zugetan.«

Lärka schüttelte mit einem milden Lächeln den Kopf und erfreute sich an Jörns Unbekümmertheit.

»Daryn und Olvir sind in der Nähe des Waldes geblieben, während Valgrim, Bolverk und ich nach Osgund weiterreisten, nachdem von euch keine Spur zu sehen war. Ich bin die ganze Zeit am Wall herumgelaufen, um als Erster zu wissen, ob du kommst.« Jörn ließ die Zügel los und fuhr sich mit der Hand durch die Haare. »Dann habe ich irgendwann gelben Rauch aufsteigen sehen. Als ich es Valgrim meldete, war der ganz aus dem Häuschen und sagte, ihr würdet bald auftauchen. Und dann hat doch der Ziegenhirte euch zuerst gesehen.« Jörn klatschte mit gespieltem Ärger in die Hände, aber gleichzeitig strahlte er über das ganze Gesicht seine Wiedersehensfreude zu ihnen hinauf.

Noch bevor sie am Tor angelangt waren, eilte ihnen Bolverk mit ausgebreiteten Armen entgegen. »Oh, willkommen, willkommen! Meine Beglückung ist größer, als ihr euch vorstellen könnt, und wird nur noch übertroffen von der Vorfreude darauf, dass ihr mir jedes eurer Abenteuer aufs Genaueste berichtet.« Er rieb seine Hände abwechselnd an den Wangen und aneinander. »Wir hatten schon die schlimmsten Befürchtungen, aber warum nur? *Balond ketkedik, tudowis tud.* Keine Dämonen und kein Räubergesindel können euch etwas anhaben, ihr Heldenpaar.« Sie gelangten ans Tor, während er mit seinen Lobpreisungen auf ihre Unerschrockenheit fortfuhr.

Arild stieg ab. Valgrim musterte ihn stumm, nur Lärka konnte sehen, wie eine große Last von Valgrims Schultern abfiel, als er seinen Neffen umarmte. Arild sprach einige leise Worte zu ihm. Darauf warf Valgrim den beiden Ankömmlingen einen überraschten Blick zu.

Arild wurde unterbrochen, als ein Mann hervortrat, der mit ihren Freunden zum Tor gekommen war. Er hatte eine kräftige Statur, weißblondes, halblanges Haar und einen ebenso hellen Vollbart. Er trug trotz des frischen Windes keinen Mantel, sondern lediglich einen derben Wollkittel mit Kapuze, dessen leuchtendes Rot in starkem Kontrast zu seiner weiten, kräftig blauen Hose stand. Er trat zu Lärka und Arild hin und hob die Hand. Als er den Mund zum Willkommensgruß öffnete, sah Lärka, dass ihm ein Eckzahn fehlte, was ihm ein etwas verwegenes Aussehen gab. Seine Stimme war tief und wohl tönend.

»Auch ich freue mich, dass Ihr wiedergefunden seid. Ich bin Grenjad. Kommt und seid meine Gäste. Mein Weib Rutlindis wird froh sein, Euch zu sehen, Lärka von Ribehof.« Lärka spähte suchend nach den Frauen, die ihre Gesichter aus dem Tor streckten, aber keines kam ihr bekannt vor. Ihre Tante Rutlindis schien nicht mit ihrem Mann Grenjad zum Empfang gekommen zu sein.

Gleich einem Festzug bewegten sich die beiden Neuankömmlinge mit ihren Begleitern auf den von neugierigen Menschen gesäumten Wegen durch Osgund. Lärka sah viele ausgezehrte Gesichter und kaum alte Leute. Auch waren nicht wenige Häuser am Weg leer und verlassen. Die harten Winter, von denen Wygard erzählt hatte, hatten Opfer gefordert.

Plötzlich stutzte Lärka. Sie glaubte, die Geister der Toten gesehen zu haben. In der gaffenden Menge gab es junge Männer, die ihre langen, gebleichten Haare nach Art der Gorunnen geknotet hatten. Unwillkürlich lenkte sie ihr Pferd etwas weg von ihnen, denn halb erwartete sie, grausige Schrumpfköpfe an den Stricken um ihre Taillen baumeln zu sehen. Sind das die Nachkommen jener Unmenschen, die einst auch meine Vorfahren geköpft und aufgespießt haben?, fragte sich Lärka. Man hätte meinen können, Gestalten von Marobrads Säule seien zum Leben erstanden, so wenig unterschieden sich diese Männer von den Bildern auf dem Steinmal. Lärka hoffte, dass Grenjads Hof weit genug weg von den sicherlich dunklen Verschlägen dieser Wilden mit ihrem blutigen Kriegskult war.

Als sie einen zweiten Blick in Richtung der Langhaarigen wagte, änderte sich ihr Eindruck jedoch. Wie Schatten eines vergangenen Zeitalters, unbewaffnet, dabei viel zu jung und mit scheuen Blicken gaben die Männer nicht grimmige, sondern eher traurige Gestalten ab. Sie strahlten nicht im Entferntesten die Furchtlosigkeit, Wildheit und Würde der Krieger aus, die einst durch den heiligen Wald gezogen waren.

Während Lärka dermaßen nachdachte, waren die den Gorunnen ähnelnden Männer schon ihrem Blick entschwunden; andere Menschen standen links und rechts des Weges. Ein paar Frauen winkten freundlich, aber die meisten Leute starrten sie nur an oder zeigten gar auf sie. Mit einem Mal fiel ihr ein Mann auf, der einen langen Bart trug und aufgeregt auf sie deutete. Seine Augen blickten düster. Sein Gebaren beunruhigte sie, und sie nahm sich vor, Arild oder Rutlindis später nach ihm zu fragen.

Schließlich erreichten sie Grenjads Anwesen. Ähnlich zu dem von Wygard befanden sich ein Langhaus, ein Stall nebst Gesindehaus und Schmiede in einem von Haselruten eingezäunten Hof. Auch zwei Vorratsscheunen standen dabei, von denen eine offensichtlich neu erbaut war, denn das Holz war noch hell, und sein frischer Duft lag in der Luft. Ein Knecht kümmerte sich um die

Pferde. Grenjad, der ihnen den Hunger und Durst ansehen musste, führte sie ohne Umwege ins Haus. Als Lärka den großen Hauptraum des Langhauses betrat, hielt sie überrascht inne und schaute sich um. Alle Wände, jede freie Stelle, mit Ausnahme der kohlegeschwärzten Steine rund um den Kamin, war mit bunten Mustern bemalt. Bäume und Blüten, gehörnte Untiere und riesige Schlangen, kunstvolle Knoten und Spiralen, bunte Vögel und bewaffnete Krieger zogen sich in kräftigem Rot, Blau, Gelb, Grün und Orange an den Wänden entlang. Selbst die Balken, die die Holzdecke trugen, waren mit farbenfrohen Blättergirlanden verziert, als fürchteten sich die Schöpfer dieser Meisterwerke vor jedem leeren Fleck. Lärka kam sich vor wie in einem fantastischen Garten und konnte sich kaum sattsehen. Da fiel ihr Auge auf eine Girlande am mittleren Dachbalken, die aus lauter Triskeln derselben Form wie Lärkas silberner Anhänger bestand. Das kann nur heißen, dass mein Schmuck, den Vater ein »Familienerbstück« nannte, tatsächlich einen Bezug zu Osgund hat, dachte sie erregt.

»Die Kunst unserer Vorfahren«, sagte Grenjad, der Lärkas Staunen bemerkt hatte. »Jedes Symbol erzählt seine eigene Geschichte. Es sind lange Geschichten, deshalb stillt zuerst Euren Hunger, bevor Ihr auf den Gedanken kommt, sie alle hören zu wollen.«

»Nicht alle«, sagte Lärka, »aber was bedeutet dieses Zeichen?«, fragte sie und deutete auf die Triskeln.

»Die drei Arme, die aus der Mitte entspringen, symbolisieren die göttliche Dreiheit aller Dinge: Geburt, Leben und Tod. Vergangenheit, Gegenwart und Zukunft. Wasser, Erde und Himmel. Und jetzt mögt Ihr die Dreiheit von Brot, Stockfisch und Dickmilch genießen«, sagte er lächelnd und führte sie am Kamin vorbei, der auch als Kochstelle diente. Er bedeutete ihnen, auf Bänken am großen Holztisch Platz zu nehmen, wo ebendiese Speisen für sie angerichtet waren. Lärka war froh, dass Bolverk unterstützt von Jörn zu einer ausführlichen Schilderung der dramatischen

Suche ansetzte und Arild und ihr das Sprechen ersparte. Nie hatte eine so einfache Mahlzeit besser gemundet.

Lärka musste immer wieder die bunten Verzierungen ansehen und versuchte fieberhaft, aber vergeblich, sich einen Reim darauf zu machen, welchen Zusammenhang es zwischen den Ornamenten der Deckenbalken und der Gestaltung ihrer Kette geben mochte. Rutlindis muss es wissen!, dachte sie und war enttäuscht, dass sie ihre Tante noch immer nicht hatte begrüßen können. Sie musterte jede Frau, die den Raum betrat, sehr genau. Aber keine war dabei, deren Gesicht vertraute Züge gehabt hätte.

»Lärka, Ihr mögt Rutlindis vermissen«, sagte Grenjad. »Sie ist sehr krank und konnte Euch nicht selbst empfangen.«

»Was hat sie? Kann ich mit ihr sprechen?«, fragte Lärka besorgt.

»Es geht ihr nicht gut. Sie hat ihr Kind verloren und seitdem Leibschmerzen, die ich nicht zu kurieren vermochte«, sagte Valgrim ernst. Lärka schaute ihn entsetzt an und ließ den Brotfladen sinken, von dem sie gerade hatte abbeißen wollen.

»Warum habt Ihr das nicht gleich gesagt?«, rief Lärka, wieder an Grenjad gewandt, und sprang auf.

»Ihr habt einiges hinter Euch und bedürft selbst der Schonung. Ich wollte nicht gleich mit schlechten Nachrichten auf Euch eindringen. Aber ich bin sicher, es wird ihr ein Trost sein, Euch zu sehen und die Kammer mit Euch zu teilen.«

Grenjad wies mit der Hand zum hinteren Ende des Raumes, wo ein mit Stoff verhangener Durchgang durch eine Weidenwand zu einer großen Schlafkammer führte.

Lärka legte den Brotfladen aus der Hand, nahm ihr Bündel und ging hinter die Weidenwand. Als sie die Frau erblickte, die auf der Lagerstatt lag und versuchte, sich aufzusetzen, erschrak sie. Die Blässe in dem eingefallenen Gesicht voller Sommersprossen, das hellbraune Haar, die dunkelblauen Augen, die sie unter schweren Lidern hervor freundlich anblickten – für einen kurzen Moment wähnte sich Lärka zurückversetzt an den Tag vor zehn Jahren, als sie am Sterbebett ihrer Mutter stand. Die Ähnlichkeit war so groß, dass Lärka von einer panischen Angst ergriffen wurde, auch ihre Tante könnte vor ihren Augen sterben.

Aber dann fasste sie sich. Valgrim und Arild, die bedeutendsten Heiler, die sie kannte, waren anwesend, und sie selbst war auch nicht mehr das machtlose Mädchen, das nichts tun konnte, als dem Sterben tatenlos zuzusehen.

»Tante, ich bringe Grüße von Orlyg. Er wünscht Osgund, seinem Dorfthan und dir ein fruchtbares Jahr«, sagte Lärka und verbeugte sich leicht.

»Meine liebe Schwestertochter, ich hatte solche Angst um dich! Wie sehr habe ich mich danach gesehnt, dich zu sehen. Jetzt fühlt mein Herz wieder etwas Freude«, sagte Rutlindis matt und lud ihre Nichte mit einer Armbewegung ein, an ihrem Bett Platz zu nehmen.

»Oh, Tante, ich habe von deinem Unglück gehört, es tut mir so leid. Möge die Krankheit bald von dir weichen!«

Lärka trat näher und sah neben dem Bett einen abgedeckten Kübel, der einen üblen Gestank verströmte. Sie nahm die Hand der Tante in die ihre und drückte sie innig, unfähig zu sagen, was ihr Herz bewegte.

Rutlindis forderte sie auf, alles zu erzählen, was ihr auf der Reise nach Osgund widerfahren war. Als Lärka ihren Bericht beendet hatte, bat Rutlindis: »Reich mir von dem Tee, den Valgrim gebraut hat«, und wies auf die Truhe an der Wand, auf der ein Tonbecher stand. »Und einen Schluck von dem Johannisbeerwein aus der Kanne gleich daneben. Der soll mir zur Stärkung dienen.«

Lärka gewahrte eine wunderliche metallene Kanne, in der sich das Kerzenlicht silbern spiegelte. Der Deckel war wie ein katzenhaftes Raubtier gemacht, dessen Schwanz den Henkel formte. Das Raubtier hatte einen Menschenkopf mit einer wilden Mähne, und am Schwanzende, das um die Kanne gewunden war, trug es eine stachelige Kugel. Das Gefäß selbst war mit merkwürdigen Bäumen, Menschen in fremdartigen Gewändern und mit Tieren verziert, die Lärka noch nie gesehen hatte.

»Wie wunderbar!«, sagte sie und hielt die Kanne hoch.

»Die hat Grenjad mir von seiner letzten Reise mitgebracht«, antwortete Rutlindis stolz. Lärka goss den Becher voller Tee, dessen Pfefferminzaroma den Geruch des Krankenlagers etwas überdeckte. Sie gab einen Schuss des fruchtig duftenden Johannisbeerweins dazu und reichte das Gebräu ihrer Tante.

»Seit wann geht es dir schlecht?«, fragte Lärka.

»Seit etwa fünf Tagen«, sagte Rutlindis, nippte am Becher und ließ sich wieder zurücksinken. »Vor fünf Tagen hatte ich heftige Leibschmerzen, und am Abend hatte ich eine Fehlgeburt. Schon die zweite in den letzten zwei Jahren. Ich hatte gerade erst geahnt, dass ich wieder guter Hoffnung war«, seufzte Rutlindis. »Beim ersten Mal war ich schneller wieder auf den Beinen. Aber diesmal ... außer etwas Tee und ein wenig Brei am Morgen kann ich gar nichts bei mir behalten. Ich muss doch bald aufstehen und mich um den Hof ...« Rutlindis wurde von einem heftigen Würgen erfasst und konnte sich gerade noch über den Kübel beugen, von dem Lärka schnell den Deckel wegzog. Dann lehnte sie sich erschöpft zurück und schloss die Augen.

»Ruh dich aus, Tante. Ich komme später wieder«, murmelte Lärka, stellte den Becher zurück und verließ bedrückt die Kammer.

Im Hauptraum war niemand mehr außer Jörn. Lärka ließ sich auf die Bank fallen und aß langsam ein großes Stück Brot mit Schmalz. Auf Lärkas Frage, wohin die anderen gegangen seien, antwortete Jörn, dass Valgrim und Bolverk ihr Lager im Stall aufgeschlagen hätten und Arild sich dort zur Ruhe gelegt habe.

Als Lärka in den großen Raum zurückgekehrt war, hatte Jörn eilig etwas hinter seinem Rücken versteckt. Jetzt hub er an: »Liebste Base.« Er räusperte sich. »Als du verschwunden warst, musste ich immer an dich denken. Ich habe mich seit Stormhavn immer über deinen Sturz lustig gemacht. Als du – als ihr – nicht mehr aus dem Wald zurückgekehrt seid, habe ich jeden Tag bereut, dass ich dich so geplagt habe. Deshalb möchte ich dir etwas geben, ein Versöhnungsgeschenk.« Jörn zauberte hinter seinem Rücken etwas hervor, das er vor Lärka auf den Tisch legte. Es war ein hölzerner Kamm, in dessen gewachster Oberfläche sich das Herdfeuer spiegelte.

»Habe ich selbst für dich gemacht«, sagte Jörn stolz und schaute sie erwartungsvoll an. Lärka nahm das Geschenk und betrachtete die Schnitzereien am breiten Ende des Kammes. Umrankt von Blumen war dort eine langhaarige Frau zu sehen, die Blitze auf einen Bären schleuderte.

»Oh, Jörn, danke! Ich wusste gar nicht, welch ein Künstler in dir steckt! Den werde ich in Ehren halten«, sagte sie und drehte und wendete den Kamm in ihren Händen.

»Damit du dein Haar öfter so tragen kannst wie in Stormhavn.«

Irrte sie, oder war da ein schwärmerischer Ausdruck in seinem Blick, den sie vorher noch nie gesehen hatte? Was ging hier vor? Hastig leerte sie ihren Teller.

»Lärka, jetzt erzähl endlich, was ihr erlebt habt. Arild hat mich mit wenigen Worten abgespeist, aber jetzt kannst du mir doch ...«

»Tut mir leid Jörn, ich bin müde«, sagte sie und gähnte. »Erlaube, dass ich mich ein wenig ausruhe. Wir haben später noch Zeit für alles.« Einer plötzlichen Eingebung folgend fügte sie hinzu: »Es kann sein, dass ich zum Abendessen gar nicht erscheine, sondern mich gleich zur Nachtruhe begebe. Bitte sage den anderen, dass sie mich auf keinen Fall wecken sollen, ja?«

»Wie du willst«, murmelte Jörn enttäuscht.

Lärka nahm den Kamm, schenkte Jörn nochmals ein dankbares Lächeln und kehrte eilig in Rutlindis' Kammer zurück, wo ihr ein schmales Bett an der Wand als Lagerstatt diente. Grenjad würde während ihrer Anwesenheit im großen Saal des Langhauses schlafen, wo auch Jörns Nachtlager war. Rutlindis warf sich unruhig im Bett hin und her. In Lärka keimte wieder die Angst auf, ihre Tante und damit das allerletzte Band zu ihrer Mutter würde diese Welt bald verlassen. Das durfte nicht geschehen! Wenn Valgrim bisher nichts vermocht hatte, dann gab es nur einen Weg: Es war an ihr, ihre Kräfte zu versuchen.

Maggai hatte erzählt, wie Audhild Schwerkranke mit Hilfe der Ahnenreise geheilt hatte, und sie hatte keinen Zweifel, dass ihre Mutter dazu stets einen Wahrtraum heraufbeschworen und dort etwas Entscheidendes erfahren oder gar bewirkt hatte. Lärka holte ihre Kette aus dem Gepäck und flehte Audhild um Hilfe bei ihrem Unterfangen an. Sie legte sich nieder und nahm sich vor, sich nicht in die Gefahr langer Rundgänge zu begeben. Rutlindis' Heilung war ihr einziges Anliegen.

Der Schlaf umfing Lärka schnell. Fast war es, als beträte sie ein vertrautes Heim, als der kühle Hauch und die blauen Irrlichter sie von Neuem umgaben. Mit Mühe unterdrückte sie alle Gedanken an Arild und richtete ihre ganze Sorge auf Rutlindis. Sie sah den Schemen einer matten Häsin im großen Bett in der Kammer ruhen. Im Inneren des Schattens war Unruhe. Lärka betrachtete die Gestalt ihrer Tante für eine Weile, aber sie konnte beim besten Willen nichts finden, was ihr als Hinweis dienen konnte. Suchend ließ sie ihren Traumblick schweifen. Da blieb ihre Aufmerksamkeit an einer kleinen, schwarzen Wolke in der Ecke der Kammer hängen. Zu ihrem Erstaunen veränderte die Wolke in einem fort ihre Form und wurde schließlich zu einem reißenden Raubtier, gleich einer großen Katze. Lärka wich erschrocken zurück und versuchte sich zu erinnern, warum ihr das Raubtier bekannt vorkam. Die Katze mit der Mähne tat einen gewaltigen Sprung zum Hasen hin und versenkte Klauen und Zähne in dessen Bauch. Der Hase wand sich in Qualen. Dann verwandelte sich das Tier wieder in eine Wolke und verschmolz mit dem Schatten des Hasen. Schlagartig fiel Lärka ein, wo sie das Tier gesehen hatte – es war der Schmuck von Rutlindis' Weinkanne. Das konnte nur eines heißen: Die Krankheit rührte von diesem Gefäß her. Lärka wusste, was sie wissen wollte. So dachte sie sich zu ihrem Lager zurück und wartete darauf, aufzuwachen.

Als Lärka die Augen öffnete, sah sie den Widerschein der Fackeln und Kerzen aus dem großen Raum an der Decke über sich leuchten. Zaghaft räusperte sie sich, richtete sich vorsichtig auf und war sehr erleichtert, dass alles an ihr unversehrt schien. Schnell zog sie ihr Überkleid an, ergriff die Kanne und eilte in den großen Saal. Dort saßen Grenjad, ihre Gefährten und drei halbwüchsige Kinder, ein Mädchen von vielleicht vierzehn Jahren und zwei Jungen, etwa zwölf und sieben Jahre alt, am Tisch – vor sich dampfenden Erbsenbrei, Brotfladen und metallbeschlagene Trinkhörner mit Dünnbier. Die Männer bemerkten sie sofort, als sie schwungvoll hinter dem Vorhang hervortrat.

»Lärka, kommt, esst mit uns zu Abend«, lud Grenjad sie ein. »Moryn, Owyn, rutscht zur Seite«, wies er die zwei Jungen an, die Lärka am hellen Haar unschwer als seine Söhne erkannte.

Lärka wollte ihn sofort mit Fragen bestürmen, doch sie zögerte. Was wäre, wenn jemand aus Rutlindis' Umfeld, vielleicht sogar ihr eigener Mann, die Kanne vergiftet hätte? Die letzten Tage hatten sie gelehrt, dass Vorsicht eine weise Ratgeberin war. Unschlüssig blieb sie stehen und suchte Arilds Blick. Flehend schaute sie ihn an und hoffte, er könne ihre Gedanken erraten.

»Oheim, habt Ihr etwas dagegen, wenn ich auch einmal nach der Kranken sehe?«, fragte Arild unvermittelt und stand auf, sein Essen stehen lassend.

»Warum so eilig? Iss doch erst fertig«, entgegnete Valgrim.

»Ich glaube, es würde die Herrin Lärka beruhigen«, sagte Arild und ging zu Lärka, die sich eilig umdrehte und wieder in der Kammer verschwand.

»Danke«, sagte sie leise, als Arild hinter ihr unter dem Vorhang auftauchte.

»Ihr habt etwas gefunden, das mein Oheim übersehen hat?«, fragte Arild mit ebenso leiser Stimme.

»Woher wisst Ihr das?«

»Ihr habt wieder diesen Blick, wie nach eurem Erwachen im Blutwald, als ob Euch eine Offenbarung zuteil geworden wäre.«

Lärka war heilfroh, dass das Dämmerlicht der Kammer verbarg, wie sie errötete.

»Die Kanne«, sagte sie und hielt das Gefäß vor sich, »es muss etwas mit der Kanne zu tun haben.«

»Ihr denkt, man hat sie vergiftet?«

»Ich weiß nicht, wer so etwas tun könnte. Ich wollte zuerst Euren Rat hören, bevor ...«, sie senkte den Blick, »bevor ich wieder zu einer Unvorsichtigkeit ansetze. Es könnte ja sein, dass Grenjad etwas damit zu tun hat. Er hat ihr die Kanne geschenkt.«

»Ausgeschlossen.« Arild schüttelte den Kopf. »Grenjad ist ein achtbarer und vertrauenswürdiger Mann. Er liebt sein Weib über alles«, sagte er und griff nach der Kanne.

Ihre Hände trafen sich wie zufällig. Lärka erstarrte in der Bewegung und vergaß zu atmen. Die ganze Welt zog sich dort zusammen, wo Arilds Hände die ihren berührten. Alles andere hatte aufgehört zu sein. Arild schien genauso gefangen in diesem Moment der Nähe. Die Zeit stand still, als sie einander gegenüber verharrten und stumme Blicke tauschten – bis das Stöhnen der Kranken den Zauber brach. Lärka schlug die Augen nieder und zog ihre Hände zurück. Arild holte tief Luft, wandte sich wortlos um und ging vor ihr her zurück zu den anderen.

Lärka fühlte sich, als sei sie von einer Wolke Ioani-Staub umgeben. Für einen Moment war alles ängstliche Fragen danach, ob Arild ihre Gefühle erwiderte, verstummt. Ohne zu wissen wie, schwebte sie gleichsam in den großen Raum und ließ sich neben Jörn auf der Bank nieder.

Arild wandte sich an Grenjad. »Dieses Gefäß«, Arild hielt die Kanne mit der unversehrten linken Hand ins Licht, und nur Lärka fiel auf, dass er kaum merklich zitterte, »woher habt Ihr das?«

»Ich habe es letztes Jahr bei einer Handelsfahrt nach Symara erstanden.«

»Oh«, fiel Bolverk ein, »das muss eine echte Jarun-al-Adra-Karaffe sein, seht doch die Palmen und den Manticor-Löwen aus

Symaras Wüsten, die schlimmste Bestie, die Ihr Euch vorstellen könnt.«

»Ich hatte sie eine Zeit lang vergessen, sie lagerte bei den Booten in einem verschlossenen Fass«, fuhr Grenjad fort. »Doch vor einem Mondlauf fiel sie mir wieder in die Hände, und ich habe mein Weib damit zum Frühjahrsfest überrascht. Was ist damit? Hausen böse Geister in der Kanne?«, fragte er besorgt und schaute misstrauisch auf das Stück.

Arild reichte die Kanne Valgrim, der sie eingehend betrachtete.

»Was hat Euer Weib daraus getrunken?«, fragte Arild weiter.

»Fast alles. Sie war so entzückt davon, dass sie sie stets benutzte und alles Mögliche hineinfüllte. Das mag Buttermilch gewesen sein oder Wasser, aber auch Dünnbier und Johannisbeerwein.«

Valgrim leerte den Inhalt der Kanne aus dem Fenster, ging zu einer Fackel und hielt das Gefäß nahe daran, um es in Augenschein zu nehmen. Er nahm sein Messer und kratzte an der Innenseite herum. Dann schien er gefunden zu haben, wonach er suchte.

»Kupfer!«

»Was meint Ihr?«, fragte Grenjad. Erregt stand er auf und lief zu Valgrim hin, riss ihm die Kanne aus der Hand und besah sie im Schein der Fackel selbst.

»Ein böses Metall, wenn man zu viel davon bekommt«, warf Bolverk ein, der ebenfalls hinzugetreten war. »Alles, was man zu sich nimmt, kommt sofort wieder heraus, am einen oder am anderen Ende.«

»Der Johannisbeerwein hat das Kupfer geweckt, das Euer Weib vergiftete«, sagte Valgrim. »Wenn sie nichts mehr aus der Kanne trinkt, wird es ihr schnell besser gehen.«

Einen Moment lang hielt Grenjad das verhängnisvolle Gefäß mit spitzen Fingern vor sich. Dann ging er zum Herdfeuer, hob es mit einem Wutschrei über seinen Kopf und schleuderte es in die Flammen, dass die Funken stoben.

Valgrim folgte ihm zur Kochstelle. Bolverk hatte schon einen kleinen Kessel zur Hand und stellte sich an Valgrims Seite, um ihm bei der Zubereitung eines neuen Heiltrankes über die Schulter zu schauen.

Lärka saß mit glühenden Wangen am Tisch. Freude und Stolz tanzten in ihrem Inneren. Sie wusste, dass sie das Richtige getan hatte und ihre Tante nun gesund würde.

»Du hast das entdeckt, nicht wahr?«, sagte Jörn leise zu ihr. »Ich wundere mich, warum mich das nicht wundert.«

Lärka musste lächeln. Dann spürte sie ein anderes Augenpaar auf sich gerichtet und warf unter gesenkten Lidern einen schnellen Blick nach links, wo Arild wieder Platz genommen hatte. Er saß bei seiner angefangenen Abendmahlzeit und nickte ihr anerkennend zu. Seine Wertschätzung berauschte sie mehr als drei Kübel Met. Sie konnte nicht aufhören, fortwährend zu lächeln.

Sie fühlte sich ermutigt, ihre neuen Kräfte weiter zu versuchen. Sie dachte nach, welche Kräuter ihr zu Rutlindis' Leiden einfielen. Aber nichts geschah, in ihrem Kopf blieb es leer. Da beschwor sie vor ihrem inneren Auge das Bild von rotem Kupfer herauf und von der Schmiede in Ribehof, zu der sie manchmal zusammen mit Jörn die Pferde ihres Vaters geführt hatte. Und es sprang ihr das Unkraut entgegen, das dort um die Schmiede herum der Hitze, dem Kohlestaub und den Spritzern flüssigen Metalls trotzte. Sie sah eine Pflanze mit goldenen und eine andere mit himmelblauen Blüten, aber sie konnte sie nicht benennen. Getrocknet sahen diese Kräuter sicherlich anders aus. Lärka wandte sich an Arild. Er würde wissen, was sie gesehen hatte.

»Kennt Ihr eine Blume, die kaum Blätter an ihren harten Stängeln hat, aber Euch im Sommer aus hellblauen Augen anschaut?«

»Ihr meint die Wegwarte«, antwortete er, ohne zu zögern. »Eine gute Wahl! Ich bin sicher, Valgrim bereitet gerade einen Tee davon.«

»An einer Rute wachsen viele goldene Blüten. Blätter wie Speerspitzen stehen vereinzelt ab. Welche Pflanze ist das?«, wollte Lärka wissen.

»Die Goldrute. Wie kommt Ihr darauf, dass sie helfen könnte?«

»Sie ...« Nein, sie konnte ihm nicht erzählen, dass die Pflanzen zu ihr sprachen, deshalb sagte sie: »Sie erträgt so vieles, da wird sie Rutlindis auch stark machen gegen das Gift.«

»Wir geben sie für Wundheilung und bei Gicht. Aber Ihr habt Recht, sie könnte helfen, das Gift auszuleiten.« In Arild Blick lagen Überraschung und Bewunderung zugleich. »Lasst es uns versuchen.« Er stand auf und trat zu Valgrim und Bolverk ans Feuer. Er sagte etwas zu ihnen, und Lärka sah, wie die Männer sich nach ihr umdrehten. Arild redete weiter auf seinen Oheim ein. Noch ein nachdenklicher Blick von Valgrim, dann waren die Männer wieder über den Kessel gebeugt, hantierten mit Kräutern, hackten, zerrieben und brauten einen neuen Heiltrank für Rutlindis.

Lärka nahm ihren Blick nicht von Arild. Das Feuer umhüllte ihn mit einem warmen Schein und ließ seine Gestalt unwirklich erstrahlen. Fast meinte Lärka, in seinem Inneren den starken Adler zu sehen. Neben sich hörte sie Jörn sprechen, doch sie schenkte seinen Worten keine Beachtung. Dann spürte sie eine Berührung an der Schulter.

»Lärka, hörst du mir überhaupt zu?«, fragte ihr Vetter.

»Hm?«, meinte Lärka und riss sich widerwillig von Arilds Anblick los.

»Du weißt ja schon mehr als Maggai und Vigdis zusammen«, sagte Jörn bewundernd. »Wie kommt das? Hast du wieder *Dinge* gesehen, oder hat Arild dir das alles beigebr ...«

»Scht«, unterbrach Lärka ihren Vetter und horchte auf. Sie meinte zu hören, wie ihre Tante sich regte. »Lass uns später weiterreden«, sagte sie, sprang auf und hastete hinter den Vorhang zu der Kranken.

Ihre Tante war erwacht und wollte gerade wieder einen Schluck des verhängnisvollen Getränks nehmen. Lärka eilte hinzu, nahm ihr den Becher aus der Hand und leerte den letzten Rest in den Kübel.

»Das ist die falsche Medizin. Wir wissen jetzt, was dich plagt. Alles wird gut, Tante«, beruhigte sie die überraschte Rutlindis.

Der Vorhang bewegte sich, und Grenjad, Valgrim und Arild traten ein.

»Meine Liebste! Es tut mir so leid«, sagte Grenjad, setzte sich ans Bett und nahm Rutlindis' Hände in die seinen.

Lärka befand, dass ihre Anwesenheit hier nicht vonnöten war, und begab sich in den Saal, wo Jörn etwas verloren allein am Tisch zurückgeblieben war. Bolverk stand immer noch eifrig im Kessel rührend am Feuer, und die Kinder waren nach draußen gegangen. Sie hatte sich kaum gesetzt, da griff Jörn nach ihrer Hand. »Jetzt darfst du nicht noch mal wegrennen. Du musst endlich erzählen, wie ihr den schrecklichen Schrecken des Blutwaldes entronnen seid, von denen Bolverk die ganze Zeit faselt«, sagte er ungehalten.

»Du selbst hast doch behauptet, dass Arild und Valgrim im Blutwald wohnen«, entgegnete Lärka. »Wir haben Arilds Familie einen Besuch abgestattet, die köstlichsten Köstlichkeiten gegessen und getrunken und sind dann schweren Herzens wieder losgezogen, um uns dem Erbsenbrei und der Gerstengrütze Osgunds zu stellen.«

Jörn schaute sie verblüfft an. »Hör doch auf, solche Märchen zu erzählen«, sagte er ärgerlich. »Du redest schon wie Bolverk höchstpersönlich. Wenigstens von dir würde ich die Wahrheit erwarten. Ihr seht nicht gerade wohlgenährt und erfrischt aus.«

Also schilderte ihm Lärka die Fassung der Geschichte, auf die Arild und sie sich geeinigt hatten, damit ihrer beider Taten unentdeckt blieben und sie die Wandlung des Blutwaldes nicht preisgeben mussten. Sie begann zu erzählen, wie sie das Packpferd verletzt gefunden und getötet hatten und sich anschließend im Bemühen, den dunklen, unheimlichen Kern des Blutwaldes zu umgehen, verirrt hatten. Es fiel ihr schwer, ihre Erlebnisse nicht mit Jörn teilen zu dürfen, aber das war sie Arild schuldig, damit der Blutwald ein geheimer Zufluchtsort werden konnte.

»Als endlich die Sonne wieder schien, konnten wir uns an ihr orientieren und gelangten so zum Nordhang der Zehn Brüder.

Von da aus fanden wir leicht aus dem Wald heraus. Ja, so war es«, schloss sie ihren Bericht.

»Halt! Nicht so schnell. Du hast vergessen zu erzählen, wie Arild sich die Hand verletzt hat!«

»Das hat er sicher schon selbst getan«, sagte Lärka und zuckte mit den Schultern.

»Na ja, nicht viel. Auf dem Weg hast du ihn wohl über alle möglichen Kräuter ausgefragt, sodass du nun wie ein grünes Weib deiner Tante helfen kannst? Weißt du jetzt genauso viel wie Arild?«, wollte Jörn wissen.

»Und noch mehr«, warf Bolverk ein, der vom Feuer zurückgekehrt war und die Brotreste der anderen auf seinem Teller sammelte. »Arilds Augen leuchteten heller als die seiner Mutter, als er nach seiner Ankunft die Heilkünste der holden Maid über alles lobte. Und er weiß *genau*, worüber er spricht.« Der Bader strahlte Lärka an und schien so stolz auf sie, als sei sie seine eigene Tochter.

Lärka war so überrascht, von unerwarteter Seite von Arilds Wohlwollen zu hören, dass sie alle Beherrschung aufbieten musste, um ihre Gefühle nicht durch heftiges Erröten preiszugeben. Aus den Augenwinkeln bemerkte sie, wie Valgrim wieder in den Raum zurückgekehrt war und stutzte. Er warf dem hinter ihm stehenden Arild ein paar gemurmelte Worte in ihrer fremden Sprache zu, die ungewohnt barsch klangen. Dieser erwiderte nur ein Wort, das Lärka ebenfalls nicht verstand, und folgte seinem Oheim an den Tisch.

Auch Grenjad kehrte in den Saal zurück, setzte sich zu ihnen und strahlte vor Dankbarkeit. »Ihr habt mein Weib gerettet. Ich werde Euch auf ewig dankbar sein!«

Arild nestelte mit zusammengekniffenen Lippen an dem Verband an seiner Hand herum und hielt den Blick gesenkt, als fühle er sich nicht angesprochen. Dafür erwiderte Valgrim zu Lärkas Verwunderung: »Dann schließt diese junge Kräuterfrau mit ein, denn sie hat das Entscheidende gefunden.« Grenjad erhob sein

Trinkhorn auf Rutlindis' ewige Gesundheit, und die anderen folgten seinem Beispiel.

Aus der Dunkelheit des Hofes kam plötzlich das junge Mädchen zurück, das mit ihnen zu Abend gegessen hatte. Sie stellte sich, einen Korb mit Gerstenkörnern, Käse und Eiern in der Hand, gesenkten Hauptes neben Grenjad und wartete, bis er sie ansprach.

»Was hast du?«, fragte der Dorfthan.

»Vater, bitte lass Moryn oder Owyn mit mir zum Turm gehen. Es ist dunkel, und ich fürchte mich so vor der Frau.«

»Deine Brüder müssen das Vieh versorgen, Keelia. Du brauchst dich nicht zu fürchten, sie tut niemandem etwas. Deine Mutter wird bald wieder gesund sein, aber heute und morgen muss sie noch ruhen. So lange *musst* du gehen. Stell die Sachen genau dorthin, wo Mutter es gesagt hat. Wenn nur eines am falschen Platz liegt, gibt es ein Unglück.«

Das Mädchen seufzte und schlurfte hinaus.

Grenjad wandte sich wieder an seine Gäste. »Mein Weib verdankt Euch ihr Leben, und ich verdanke Euch gleichzeitig das Ende übler Nachrede – das hoffe ich wenigstens. Ihr wisst vielleicht, dass Osgund einen harten Winter hatte.«

»Wir hörten in Stormhavn davon«, sagte Valgrim, und die anderen nickten.

»Das Eis kam bis zu unseren Booten, sodass wir nicht zum Fischfang hinausfahren konnten«, fuhr Grenjad fort. »Dann geschah es zur Wintersonnenwende, dass eine unserer beiden Vorratsscheunen im Thanhof Feuer fing. Hier lagerten nicht nur *unsere* Vorräte, sondern auch die anderer Bauern, die keine große Scheune haben. Wir alle mussten unseren Gürtel enger schnallen und sind froh, dass wir jetzt wenigstens wieder fischen können. Wygard hat gut daran getan, Euch reichlich Vorräte mitzugeben.« Grenjad stand auf, legte ein neues Holzscheit ins Feuer und wandte sich wieder seinen Gästen zu. »Niemand weiß, wo das Feuer herkam. Einige sagten, ich hätte den Bawbachod verärgert, den Hausgeist des Thanhofes, und der hätte das Feuer gelegt. Aber es würde mich nicht wundern, wenn einem nächtlichen Dieb beim Versuch, seine eigenen Vorräte aufzubessern, die Fackel aus der Hand gefallen ist. Jedenfalls gab es übles Gerede, ich wolle das Übrige für teueres Entgelt verkaufen, um mich an diesem Unglück zu bereichern. Andere meinten, ich würde böse Flüche anziehen. Als Rutlindis krank wurde, glaubte ich fast selbst daran.« Er seufzte. »Wenigstens *das* Unglück ist nun abgewendet, den Ahnen sei Dank. Aber die Not hat einen Keil in unser Dorf getrieben. Die Geestleute feinden die wenigen noch hier lebenden Nachkömmlinge der Gorunnen an.«

Hier horchte Lärka auf. Sie hatte sich also doch nicht geirrt, was die langhaarigen Männer betraf, die sie bei ihrer Ankunft gesehen hatte.

»Nur den Gorunnennachkommen gelingt es immer wieder, auf unergründliche Weise aus den kargen Wäldern etwas Essbares hervorzuzaubern«, fuhr Grenjad fort, und Lärka dachte, dass dieses Geschick der Baumgeborenen von all ihren Traditionen wohl das nützlichste war.

»In diesem Winter fanden selbst die besten Jäger kaum Wild in den Wäldern«, erzählte Grenjad weiter. »Es heißt, riesige Bären seien vom Norden über die Frostberge gekommen. Sie gingen um und verschlängen in ihrem übermäßigen Hunger alles, was sie erreichen könnten.«

Lärka bekam eine Gänsehaut. Der schwarze Rußfleck über dem Kamin schien größer zu werden. Würde es nie aufhören? Der Ioani-Staub war in der Kammer und schien fast unerreichbar weit weg. Sie zwang sich, direkt in den warmen Schein des Kochfeuers zu schauen, und merkte, wie die Schwärze zurückwich und das Gefühl der Bedrohung nachließ. Sie seufzte erleichtert, und als sie ihre Aufmerksamkeit wieder der Tischgesellschaft zuwandte, traf sie ein scharf beobachtender Blick Arilds. Lärka las eine stumme Sorge in seinen Augen, und ihr Herz hätte nicht tiefer berührt sein können, selbst wenn er in diesem Moment an ihre

Seite gekommen wäre und den Arm um sie gelegt hätte, um die kalte Furcht zu vertreiben.

»Wir sind froh, dass sich keine dieser Bestien in unser Dorf verirrt hat«, hörte sie Grenjad weitersprechen. »Nur ihre Spuren waren im Wald zu sehen. Einige mutige Osgunder – Geestleute und Gorunnen – wagten sich sogar in den Blutwald, um zu jagen. Sie hatten nicht dasselbe Glück wie Ihr, denn keiner kehrte zurück.«

Lärka kam der Dolch wieder in den Sinn, den sie gefunden hatte. Sie eilte in die Kammer zu ihrem Bündel, holte die Waffe hervor und griff auch gleich nach dem Gefäß mit dem tröstenden Pulver, das sie unter ihren breiten Stoffgürtel schob. Dann kehrte sie zurück und gab Grenjad die Waffe mit den Worten: »Wir fanden im Blutwald einen Toten und daneben dies hier. Könnte es jemandem gehören, den Ihr vermisst?«

Grenjad starrte die Waffe an, dann schaute er mit todernstem Gesicht auf.

»Das wird Ärger geben. Dieser Dolch gehörte Roric, dem Ältesten von Reidars drei Söhnen. Als er im Blutwald verschwand, glaubten ohnehin alle an seinen sicheren Tod. Aber Reidar wird seine Wut über diesen großen Verlust leicht gegen den Überbringer der schlechten Gewissheit wenden.« Grenjad wog die Waffe unschlüssig in der Hand. Dann ging er zu einer Truhe und verwahrte sie darin. »Ich werde Euren Fund einstweilen verbergen. Ich will mich mit meinem Vetter Fridmund darüber beraten, wie wir Reidar begegnen. Dieser Mann sorgt für Unruhe im Dorf, seit er vor vier Sommern die Wahl zum Dorfthan gegen mich verloren hat. Er und sein Zwillingsbruder Roar sind es, die mich lauthals als Gorunnenfreund beschimpfen und darauf warten, dass mich ein ungünstiges Schicksal dafür bestraft.«

Während Grenjad mit Valgrim und Arild über den schweren Winter in Osgund redete, bemerkte Lärka, wie ihre Augen schwer wurden und große Müdigkeit sie überkam. Sie freute sich auf eine ruhige Nacht in einem warmen Bett ohne dämonische Bedrohung und zog sich bald hinter die Weidenwand zurück.

Am nächsten Morgen wurde Lärka von lauten Stimmen geweckt. »Wir wollen wiederhaben, was uns gehört.« – »Die Frau muss es gestohlen haben.« Empörte Ausrufe drangen vom großen Saal in die Schlafkammer herein.

Plötzlich trat Keelia in die Kammer. »Bist du schon auf?«, fragte sie schüchtern. »Dein Erscheinen wird gewünscht.«

Lärka erhob sich, kleidete sich in Windeseile an und ordnete ihre Haare. Sie warf einen Blick auf Rutlindis, die noch schlief. Zu Lärkas großer Freude war die Blässe verschwunden und Farbe ins Antlitz der Genesenden zurückgekehrt.

Als Lärka den Saal betrat, sah sie, wie Grenjad gerade versuchte, einen Mann zu beschwichtigen, der ihm wütend und mit der Hand am Schwertgriff gegenüberstand. Er mochte ein wenig jünger als Valgrim sein und war in Größe und Statur ihrem Vater ähnlich. Sandfarbene kurze Locken ragten unter einer Pelzmütze hervor. In seinem Gesicht prangte ein Schnauzbart unter einer Nase, die aussah, als sei sie schon mehrfach gebrochen gewesen. Sein blauer Kittel mit silber gewirkten Besätzen und der mit hellem Marderfell verzierte graue Umhang wirkten um einiges vornehmer als Grenjads derbe bunte Wollkleidung. Lärka erkannte in ihm sofort den Mann wieder, der sie bei ihrer Ankunft im Ort so düster gemustert hatte. Als sie seinen Begleiter bemerkte, stutzte sie. Obwohl seine Nase etwas gerader aus dem Gesicht ragte, glich er aufs Haar dem Wortführer. Er hatte die Arme vor der Brust verschränkt und starrte Grenjad ebenfalls feindselig an. Das mussten Reidar und sein Zwillingsbruder Roar sein.

Als Reidar, der Mann im blauen Kittel, Lärka erblickte, ging er einige Schritte auf sie zu und fuhr sie ohne Gruß an: »Gebt mir mein Eigentum zurück. Ich habe genau gesehen, was Ihr an Eurem Gürtel getragen habt, als Ihr durch das Dorf geritten seid. Wie kommt diese Waffe in Euren Besitz? Wisst Ihr überhaupt, was Ihr da habt? Das ist der Dolch von Marobrad dem Gorunnenbezwinger.« Er richtete sich auf, stemmte die Arme in die Seiten und reckte das Kinn vor. »Die Waffe meines Vorfahren.«

Dann entschied er, dass Lärka zu unwürdig war, als dass man das Wort an sie richte, und wandte sich erneut an Grenjad. »Sie mag Orlygs Tochter sein und Gast in deinem Hause«, sagte er und deutete mit dem ausgestreckten Arm auf sie. »Aber ein so schwerwiegender Diebstahl darf deswegen nicht ungesühnt bleiben.« Er schaute Grenjad herausfordernd an.

»Aber ich habe die Waffe bei einem Toten gefunden«, warf Lärka ein.

Ihr Gegenüber schenkte ihr einen abschätzigen Blick, bevor er mit drohendem Unterton erwiderte: »Das kann nicht sein. Mein Sohn Roric, der diese Waffe in Stolz und Ehren trug, ging in dem verfluchten Blutwald auf die Jagd und kehrte nicht zurück. Warum solltet Ihr unbeschadet von diesem Ort zurückkommen können, der dem tapfersten Kämpfer Osgunds den Tod brachte? Habt Ihr Zauberkräfte?« Wütend blickte er die junge Frau an. Dann erhellten sich seine Gesichtszüge auf bösartige Weise, als sei ihm etwas eingefallen. »Aber natürlich, Ihr seid schließlich die Tochter *Audhilds*.« Er spie den Namen ihrer Mutter förmlich aus. »Ich habe nie verstanden, warum Orlyg sich diese Gorunnenhexe zum Weib genommen hat.«

Lärka zuckte zusammen. Was hatte ihre Mutter mit den Gorunnen zu tun? War sie etwa auch einem Druiden begegnet? Lärka hoffte inständig, dass ihre Tante bald genesen und Licht in die ständig verworrener werdende Vergangenheit ihrer Mutter bringen möge.

Grenjad hatte mittlerweile die Waffe aus der Truhe geholt und hielt sie Reidar hin. Der riss sie dem Dorfthan aus der Hand, nahm sie in beide Hände wie ein kostbares Heiligtum und betrachtete das Zeugnis vom Tod seines Sohnes mit erschütterter Miene. Sein Bruder trat hinzu und legte Reidar tröstend die Hand auf die Schulter.

Da kamen Valgrim und Arild, gefolgt von Jörn, vom Hof herein. Die drei stellten sich stumm und mit abweisenden Mienen neben Lärka und Grenjad.

Aber Reidar hatte bekommen, was er wollte, und wandte sich zum Gehen. »Hexenbrut! Es wird Zeit, dass sie ausgemerzt wird!«, knurrte er und verließ mit seinem Bruder den Thanhof.

Lärka ließ sich auf die hölzerne Bank fallen und vergrub den Kopf in die Hände. Hätte sie den Dolch nur nicht mitgenommen! Seit ihrem Besuch in Stormhavn schien sie ein Ärgernis nach dem anderen magisch anzuziehen.

»Lass sie nur reden«, sagte Jörn, der sich neben sie gesetzt hatte, tröstend. »Du zauberst ihnen einfach die Stimme weg oder schickst ihnen einen anderen Fluch an den Hals, und sie werden von einer Furcht durchfahren, die aus den bellenden Hunden harmlose Hühnchen macht«, sagte er aufmunternd. Er klopfte ihr auf die Schulter, ging dann zu Moryn, der am Hauseingang auf ihn wartete, und folgte dem Jungen in den Stall, um nach den Pferden zu sehen.

»Wie ich befürchtet habe«, sagte Grenjad. »Reidar wendet alles gegen mich und wird nicht ruhen, bis er selbst an der Macht ist. Seit diesem unglücklichen Winter wächst die Zahl derjenigen, die gegen mich murren. Sie meinen, das Unglück verfolge mich und Reidar werde ihnen bessere Ernten und Jagdglück bescheren.« Seine Finger zogen nervös an seinem Bart.

»Wenn Orlyg hier eintrifft, muss er diesem Treiben Einhalt gebieten«, erwiderte Valgrim. Dann ging auch er wieder nach draußen. Arild, der die ganze Zeit stumm dabeigestanden hatte, warf Lärka einen unschlüssigen Blick zu und folgte schließlich seinem Oheim.

Lärka sah durch das Fenster, wie Arild und Valgrim in die Schmiede des Thanhofes gingen. Zwischen den Hammerschlägen war hin und wieder Bolverks Stimme von dort zu hören, der sicherlich wieder erfundene Schauergeschichten zum Besten gab. Der Schmied war Bolverks besonderer Freund. Lärka hatte bemerkt, dass der Pelzbuckel so oft wie möglich bei ihm weilte – wahrscheinlich, um sich über die besten Zangen zum Zähneziehen auszutauschen.

Keelia bot Gerstenbrei mit getrockneten Beeren zum Frühstück an, den Lärka dankend annahm. Allein am Tisch sitzend löffelte sie das Essen nachdenklich in sich hinein, während sie ihren Gedanken nachhing. Wahrscheinlich schärfte Arild in der Schmiede seine Waffen und versorgte sich mit neuen Pfeilspitzen. In den nächsten Tagen würde er mit seinem Oheim Osgund verlassen und nach Norden aufbrechen. Bei dem Gedanken daran, von Arild Abschied nehmen zu müssen, befiel Lärka eine tiefe Traurigkeit. Sie hoffte, er würde bald von seiner Reise zurückkehren, vielleicht während sie noch in Osgund weilte.

Ob Arild dann die Gelegenheit ergriff, vor ihren Vater zu treten? Lärka seufzte und schüttelte den Kopf. Er hatte sich ja noch nicht einmal ihr gegenüber erklärt. In den zurückliegenden Tagen hatte es genug Momente gegeben, in denen Lärka keine Zweifel an seiner Zuneigung hatte. So deutlich sprachen seine Gesten und Taten. Doch genauso oft war er verschlossen und rätselhaft oder äußerte sich über ihre Zukunft, als habe er nichts damit zu schaffen. An diesem Morgen hatte er noch kein einziges Wort mit ihr gewechselt, kein freundlicher Morgengruß war von ihm zu hören gewesen. Welche Vergangenheit verbarg er vor ihr, und was mochte wohl wirklich seine Bestimmung sein? Verhielt er sich deswegen so zwiespältig ihr gegenüber?

Der Abschied war in jedem Falle unausweichlich. Lärka hoffte inständig, vorher noch einmal mit Arild allein sprechen zu können, um mehr über seine Absichten herauszufinden. Und sie wollte ihm eine Freude machen, ein Zeichen ihrer Zuneigung überreichen. Sie hatte sich erinnert, wie er mit Bedauern seine Kräuter als Zunder genommen hatte, als sie im Wald nichts anderes Brennbares zur Hand gehabt hatten. Da war ihr ein Gedanke gekommen, dessen Umsetzung einem stillen Triumph gleichkam: In Ribehof wäre es unmöglich gewesen, doch hier in Osgund genoss sie alle Freiheiten. Sie würde niemanden um Erlaubnis fragen müssen oder gar auf Jörns Begleitung angewiesen sein, um den Thanhof zu verlassen. Sie würde Maggais Hütte aufsuchen.

Später am Morgen bat Lärka ihre Base Keelia, sie zu Maggais Haus zu führen. Das Mädchen willigte sofort ein, denn auf Rutlindis' Geheiß sollte sie dort die Hühner versorgen. Wie Lärka vermutet hatte, lag die Hütte der Alten am äußersten Ende der Siedlung zum Meer hin, direkt am Steinwall und etwas abseits von den anderen Häusern. Es war ein kleines Lehmhaus, kaum mehr als zwei Mannslängen lang und breit, mit einem einfachen Reetdach und winzigen Fenstern, die mit braunen Säcken gegen die Kälte verhängt waren. Rechter Hand, auf der dem Meer abgewandten Seite, gab es zu Lärkas Entzücken ein kleines Kräuterbeet. Daneben gackerten in einem mit Ruten eingegrenzten Stückchen Erde ein paar Hühner.

Während Keelia sich daranmachte, dem Federvieh Körner und frisches Wasser zu geben, betrat Lärka ehrfurchtsvoll die Kate ihrer alten Freundin. Es kam ihr vor, als würde sie etwas Ungeheuerliches unternehmen. Noch vor zehn Tagen hätte sie dergleichen nie gewagt, aus Furcht, ihr Vater könne davon erfahren und sie bestrafen. Aber jetzt war sie ein anderer Mensch: Sie war eine Frau, die ihrer Bestimmung folgte.

Lärka schaute sich in dem kleinen Raum um. Es herrschte ein unbeschreibliches Durcheinander, das wahrscheinlich nur der verstorbenen Bewohnerin als wohl durchdachte Ordnung erschienen sein mochte. Direkt neben dem Eingang standen zwei mit Brettern abgedeckte Fässer. Auf denen wiederum standen allerlei Tontöpfe und Tiegel, ein Mörser und etwas, das aussah wie getrocknete Frösche. Von den hölzernen Dachbalken hingen Kräuterbündel, gefüllte Hanfsäckchen und pralle Lederschläuche. Wenn diese Ansammlung nur aus den Kräutern bestand, die Maggai für ihren eigenen Bedarf hortete, dachte Lärka und schaute sich staunend um, wo hatte die Alte dann den Winter über die vielen Büschel und Bündel verwahrt, die sie auf dem Markt feilgeboten hatte?

Nachdem sie die dunklen Fetzen von den Fenstern gezogen hatte, erkannte Lärka die Feuerstelle in der Mitte des Raumes, über der an einem Dreibein ein großer Kessel hing. Darin mochte Maggai sowohl Nahrung als auch Tränke zubereitet haben, wenn Lärka die braunschwarze Schicht im Inneren des Kessels richtig deutete, der ein seltsames Gemisch aus verschiedensten lieblichen und strengen Gerüchen entströmte. Ein Korb mit Holzscheiten und ein anderer mit Haken und Kochlöffeln standen dabei. An einer Wand waren ein paar Wackersteine, die Maggai wohl vom nahen Steinwall geholt hatte, zu einer Art Tisch aufgeschichtet. Darauf lagen die Reste von Beeren, Pilzen und Häuflein dunkler Krümel. Rechts daneben waren das Bett, ein Kübel für Wasser und ein kleiner Hocker.

Lärka nahm sich Zeit. Sie betrachtete, betastete und beroch die Pflanzen und Substanzen und ließ zu, dass sie sich ihr mitteilten. Reiche Schätze hatte die alte Kräuterfrau in ihrer kargen Hütte versammelt. Als Keelia den Kopf zur Tür hineinstreckte, bat Lärka das Mädchen um etwas mehr Zeit und dass sie allein nach Hause gehen möge. Keelia blieb unschlüssig in der Tür stehen, und Lärka bemerkte, dass sie etwas auf dem Herzen hatte.

»Base, darf ich dich etwas fragen?«, begann sie scheu.

»Nur zu!«

»Wie du meine Mutter gesund gemacht hast, das war … Ich glaube, deine Künste können es mit denen von Maggai aufnehmen, sie war die beste Kräuterfrau, die ich kenne. Sie wollte mich diesen Sommer in die Lehre nehmen. Aber jetzt ist niemand mehr da. Würdest du – nur wenn es dich nicht belästigt …«

»Sprich nur, du brauchst nichts zu fürchten«, sagte Lärka. Sie glaubte zu wissen, was das Mädchen wollte. Es war genau das, von dem auch sie selbst geträumt hatte.

»Könntest du mir etwas über die Kräuterkunde beibringen? Von Mutter weiß ich schon ein wenig. Ich würde dir auch als deine Zofe dienen, solange du hier weilst, und ich würde dir …«

»Schon gut«, wehrte Lärka ab. »Mein Wissen reicht noch lange nicht aus, um aus dir ein grünes Weib zu machen. Aber ich werde dir gern zeigen, was ich weiß. Du brauchst mich dafür aber nicht zu bedienen. Sage mir nur eins: Weißt du wirklich, was es heißt, ein grünes Weib zu sein?«

»Na, alle Kräuter zu kennen und die Menschen zu kurieren«, sagte Keelia leichthin.

Lärka schaute sie abwartend an.

»Hm, ich weiß ja: Viele sehen die grünen Weiber nicht freundlich an«, fuhr Keelia fort, »aber das tun sie nur so lange, bis sie selbst von einer Krankheit niedergeworfen werden und die Kräuterfrau ihre einzige Hilfe ist.«

Lärka musste lächeln.

»Jetzt, wo Maggai nicht mehr da ist, muss doch jemand anders den Leuten hier helfen«, fügte das Mädchen mit großem Ernst hinzu.

»Lass mir heute noch Zeit, meine Dinge zu erledigen, morgen können wir beginnen«, sagte Lärka freundlich.

»Danke«, strahlte Keelia sie an und eilte hinaus.

Zurück blieb eine glückliche Lärka, die sich unsagbar darauf freute, Keelia etwas von dem weiterzugeben, was Asa und ihr Vater bis vor kurzem noch erfolgreich von ihr ferngehalten hatten.

Sie ließ sich auf dem Hocker neben dem Bett nieder und gedachte ihrer alten Freundin. »Du wirst von den Ahnen auf mich herabschauen und dir wünschen, dass deine Kräuter nicht umsonst vom Wind verweht werden, und so soll es sein«, murmelte Lärka. Nach einer Weile stand sie auf und fegte mit der Hand allen Unrat und Krümel unbekannter Herkunft von dem Steintisch. Sie begann, sorgsam Kräuter auszuwählen und sie ordentlich nebeneinander auf den Tisch zu legen. Als Geschenk für Arild wählte sie die Pflanzen, die man jetzt nicht ernten konnte, und solche, die selten und schwer zu finden waren oder deren fremdartiger Geruch Lärka verriet, dass sie im Geestland nicht vorkamen.

Sie war so in diese Tätigkeit vertieft, dass sie die Zeit vergaß und von Keelias erneutem Eintreffen überrascht wurde. Das

Mädchen sagte ihr, man würde mit der Mittagsmahlzeit warten. Lärka nahm sich vor, später am Tag wiederzukommen.

Sie waren gerade vor die Hütte getreten, als sie vor einem der nächsten Häuser Reidar stehen sah, der sich heftig gestikulierend mit Roar und einem jüngeren Mann unterhielt. Lärka versuchte, sich unauffällig vorbeizuschleichen, aber die Männer hatten sie schon bemerkt. Reidar würdigte sie keines Wortes. Aber er hatte bemerkt, woher sie kam, und sein Blick schleuderte gleichsam zornige Blitze in ihre Richtung.

Lärka war heilfroh, als sie den Thanhof erreichten, wo freudige Nachrichten auf sie und Keelia warteten: Rutlindis hatte sich so weit erholt, dass sie mit den anderen zu Tisch saß und etwas Grütze löffelte. Glücklich gesellte sich Lärka zu ihr und ließ sich ein ums andere Mal für ihre rettende Hilfe preisen.

Nach dem Essen setzten sich Lärka und ihre Tante auf eine Bank vor das Haus. Alle Wolken waren verschwunden, und die beiden Frauen genossen die wärmenden Strahlen der Frühlingssonne. Sie sahen Arild und Valgrim mit Grenjad in den Vorratshäusern verschwinden, offenbar um ihren Reiseproviant zusammenzustellen. Von der Schmiede tönten Hammerschläge und Zischen, als der Schmied die Hufeisen der Ribehofer Pferde richtete. Jörn stand dabei, hielt die Zügel der Tiere und blickte gelangweilt drein, obwohl Bolverk sein Bestes gab, um ihn und den Schmied zu unterhalten.

Rutlindis wandte sich an ihre Nichte und fragte, wie es in Ribehof gehe. Traurig hörte sie sich die Geschichte über Maggais Tod an. »Nun gibt es hier kein grünes Weib mehr«, sagte Rutlindis. »Ich fürchte, dann muss ich mit meinen spärlichen Kenntnissen helfen, wenn jemand krank wird.«

»Ich glaube, Keelia würde dir dabei gern über die Schulter schauen«, sagte Lärka.

»Ja, das wird sie«, sagte Rutlindis und lächelte. »Auch wenn sie noch nicht ermessen kann, was es heißt, ein grünes Weib zu sein. Aber von mir kann sie nicht viel lernen.«

»Gab es kein Mädchen, keine Frau, die von Maggai unterwiesen wurde?«, wollte Lärka wissen.

»Doch, Melva war ihre Schülerin für lange Zeit. Aber sie ist – wie soll man sagen? –, ihr ist die Vernunft abhanden gekommen, seit sie vor zwanzig Sommern vom Ringwall gefallen ist. Sie lebt im verfallenen Turm, und Maggai und ich ...«, Rutlindis seufzte, als sie an die Tote dachte, »... ich kümmere mich um sie, so gut es geht, weil deine Mutter uns darum gebeten hat. Nach Melva kam hier und da ein junges Mädchen. Aber deren Lehrzeit hatte ein Ende, sobald sie heirateten. So war es auch bei deiner Mutter, aber Maggai konnte ihr sowieso nicht mehr viel beibringen.«

Lärka hatte nur darauf gewartet, dass das Gespräch diese Richtung nahm. Sie brannte darauf, endlich alle ihre Fragen zu stellen.

»Tante, zu meinem siebzehnten Geburtstag hat mir Mutter etwas vermacht, was ihr immer sehr wichtig war. Vater sagte, es sei ein Erbstück von Mutters Familie. Es ist eine Kette mit einem silbernen Anhänger in Form eines Triskels, eines dreiarmigen Knotens, so wie sie die Dachbalken in eurem Haus schmücken. In seiner Mitte sitzt ein blauschwarzer Stein, in den ein Auge eingeritzt ist. Kennst du diesen Schmuck?«, fragte Lärka, aufs Äußerste gespannt.

»Nein, so etwas habe ich bei uns noch nie gesehen«, erwiderte Rutlindis. »Zeig mir die Kette doch einmal.«

»Sie ist in meinem Gepäck, ich hole sie später«, sagte Lärka enttäuscht und seufzte. »Ich habe noch so viele Fragen. In Ribehof gibt es niemanden, mit dem ich über Mutter reden kann.«

»Ich war noch ein Kind, als Audhild mit Orlyg ging, und an einiges kann ich mich nicht mehr erinnern. Aber was noch nicht vergessen ist, will ich dir erzählen.«

»Kurz bevor Maggai starb, wollte sie mir etwas über Mutter erzählen. Es hatte mit der Königin des Nordens zu tun, der Maggai begegnet sein muss. Was könnte das mit Mutter oder gar mit ihrem Tod zu tun gehabt haben?«

»Hm«, machte Rutlindis und schaute kurz auf den Boden. »Ich habe Audhild einmal davon reden hören, wie viel sie darum gäbe, dieser Königin zu begegnen. Aber mir haben Audhild und Maggai diese Geschichte nie erzählt.« Sie schüttelte den Kopf. »Es tut mir leid, aber ... hm ... Doch ja! Melva müsste es wissen. Als Maggais Schülerin müsste sie diese Geschichte kennen. Vielleicht erinnert sie sich. Lass uns morgen zu ihr gehen.«

Lärka hätte ihre Tante am liebsten sofort zum Turm gezogen, um mit Melva zu sprechen. Doch vorerst hieß es, sich in Geduld zu üben, denn Rutlindis musste wieder zu Kräften kommen. Und Lärka hatte ohnehin noch genug andere Fragen, um den ganzen Nachmittag auszufüllen.

»Tante, weißt du, wer Ardoinna war?«, fragte sie.

Rutlindis schaute ihre Nichte überrascht an, dann lächelte sie. »Ganz die Mutter, sie hat dir davon erzählt, nicht wahr? Ardoinna war für die Gorunnen die Hüterin des Waldes.«

»Mutter sagte einmal ›Tochter Ardoinnas‹ zu mir«, schwindelte Lärka, die sich fest vorgenommen hatte, niemandem von ihrer Druidenbegegnung im Blutwald zu erzählen.

Rutlindis hob überrascht die Augenbrauen. »Ist das wahr?«, fragte sie und schaute so eindringlich, dass Lärka nur mit Mühe dem Blick standhalten und ihren Kopf zu einem Nicken veranlassen konnte.

Rutlindis senkte ihre Stimme. »Verzeih mir, aber das kann sie nicht ernst gemeint haben. Wahrscheinlich wollte sie dir nur ein besonderes Lob aussprechen. Den Hoheitstitel ›Tochter Ardoinnas‹ trugen in Wirklichkeit nur ganz wenige Gorunnenfrauen. Es waren Hüterinnen des Wissens, die den Druiden der Gorunnen in der Kräuterkunst um nichts nachstanden und vor dem ganzen Volk denselben Status, dasselbe Ansehen und dieselbe Macht hatten wie die Druiden.«

Lärka war für einen Moment sprachlos. Der Druide hatte sie als seinesgleichen angesprochen. Wie konnte das sein?

»Stammen wir ... Waren unsere Vorfahren etwa Gorunnen?«,

fragte Lärka, und ihre Stimme war kaum mehr als ein Flüstern. Sie ahnte die Antwort, bevor ihre Tante sie gab.

»Ja«, antwortete Rutlindis schlicht und schaute ihre mit aufgerissenen Augen dasitzende Nichte verwundert an. »Hat Orlyg das denn niemals erwähnt? Ein Urahn unseres Vaters war einer der Anführer der im Blutwald erschlagenen Gorunnenkrieger, und unsere Mutter konnte dasselbe von sich behaupten.«

In Lärkas Geiste zogen die Traumgesichter des Blutwaldes erneut vorüber. Zwei der Männer, die sie dort kampfbereit und blutbeschmiert gesehen hatte, waren ihre Ahnen gewesen. Sie schauderte. Aber dann verwandelte sich ihre Empfindung. Sie erinnerte sich an die Ehrfurcht der Gorunnen vor den Bäumen und Gewächsen des Waldes, an ihren melodischen Gesang und wie würdevoll der Druide ihr im Traum begegnet war. Der tapfere Marobrad kam ihr auf einmal wie ein Schlächter vor und trug Reidars grimmige Fratze.

Das Gespräch mit ihrer Tante war für Lärka eine Offenbarung. Vieles erklärte sich ihr nun. Doch sie hatte noch mehr Fragen. »Denkst du, es gibt unter den Gorunnen noch jemanden, der die Macht eines Druiden hat?«, wollte sie wissen.

»Nein. Aber wenn es so wäre, wüssten wir es sofort, denn alle Gorunnen würden sich ihm unterstellen.«

»Gab es in unserer Familie noch andere Heilkundige?«, fragte Lärka vorsichtig weiter.

»Die Mutter unseres Vaters hatte eine große Begabung in der Kräuterkunst«, antwortete Rutlindis. »Sie war es, die Maggai alles lehrte. Schon möglich, dass sie diese Fähigkeiten in unserer Familie weitergegeben hat. Bei Audhild war es eigenartig. Schon als junges Mädchen pflückte sie mir oder Mutter manchmal die absonderlichsten Pflanzen und Blumen, wenn wir krank waren. Mutter sagte immer, sie will die Kranken damit trösten, aber Audhild wusste genau, was sie uns brachte. Doch ihr ganzes Können erblühte erst, als sie wiederkam. Sie rettete beim Herbstmarkt vor vielen, vielen Jahren sogar deinen Vater vor einer plötzlichen

Krankheit, die ihn beinahe das Leben gekostet hätte. Manche munkelten etwas über verdorbene Speise. Jedenfalls ging es glücklich aus, und kaum dass Orlyg gesund war, verlobten sich deine Eltern.«

»Wiederkam? Von Ribehof zurück, oder was meinst du?«, fragte Lärka.

»Oh, sie hat es dir nicht erzählt? Na ja, du warst ja noch ein Kind, als sie starb. Es ist so: Als sie etwa so alt war, wie du jetzt bist, ging sie in den Wald, um Kräuter zu suchen. Das war bei uns nichts Ungewöhnliches. Alle kennen sich aus, meiden die Bärenhöhlen und können sich gut vor Fremden verstecken. Aber in dieser Zeit trieb eine Räuberbande ihr Unwesen, und Audhild geriet in ihre Gewalt. Sie wollten viel Gold dafür haben, dass sie die Ehre deiner Mutter wahrten und sie unversehrt und als Jungfrau wieder freiließen.«

Lärka musste an den schwarzen Runolf denken. Die Vorstellung, was ihre Mutter bei rohen Gesellen seiner Art erlitten haben musste, erschreckte sie.

Rutlindis fuhr fort: »Sie schleppten Audhild bis zum Fuß der Frostberge mit sich, um unserem Suchtrupp zu entkommen, den Vater und unser Bruder Tiernan anführten. Reidar, damals einer der größten Krieger Osgunds, hatte gar eigene Männer aufgestellt und sagte herablassend, nur er als Marobrads Nachkomme wüsste, die Räuber zu finden und Audhild zu befreien.«

»Aber deine Mutter wurde von freundlichen Fremden gerettet«, erzählte Rutlindis weiter. »Bei ihrer Rettung erhielt sie wohl im Tumult einen Schlag auf den Kopf. Dadurch verlor sie ihr Gedächtnis und wusste eine Zeit lang nicht, wer sie war. So lebte sie fast einen Sommer bei diesen Leuten und kam zurück, als ihre Erinnerungen zurückgekehrt waren und im Herbst die Blätter von den Bäumen fielen.«

»Wer waren ihre Retter? Wo lebten sie?«, fragte Lärka aufgeregt.

»Audhild hat nicht viel über diese Zeit erzählt. Sie sagte nur, dass die Leute verborgen in den Bergen wohnten. Die einzige Erinnerung an diese Menschen war ein wunderbar geformtes Holzkästchen, mit Gold und edlen Steinen verziert, das Audhild mitgebracht hatte und ...«

»Oh, Tante! Mutters Kette lag in diesem Kästchen! Das bedeutet, sie hat vielleicht auch die Kette von dort mitgebracht!« In Lärkas Kopf überschlugen sich die Gedanken. Wenn die Kette kein Familienerbstück war, stammte sie vielleicht von demselben Ort wie die Schatulle? Von nördlich der Forstberge, gar von dort, wohin Arild und Valgrim unterwegs waren?

»Deine Mutter hat immer ein Geheimnis darum gemacht, wo genau die Menschen lebten, die es ihr geschenkt hatten. Ich weiß das, weil es einen großen Streit zwischen ihr und Tiernan darüber gab. Er war sicher, dass die Schatulle aus Kovanby war, der sagenhaften Stadt jenseits der Frostberge, wo er die verlorenen Schätze der Gorunnen vermutete. Er fühlte sich berufen, die Kostbarkeiten zu entdecken und nach Hause zu bringen. Ich glaube, er hasste die Verachtung, mit der Reidar und Roar auf unsere Familie und auf alle Gorunnen herabschauten. Obwohl Audhild nichts verriet, scharte Tiernan kurz darauf einige junge Männer um sich, die seine Verbitterung teilten, und zog kurzerhand davon. Wer nach Kovanby geht, kommt nicht zurück, heißt es. So gaben wir die Hoffnung auf, ihn je wiederzusehen, selbst wenn es ihm gelungen sein sollte, die eisigen Berge lebend zu überqueren. Er war kaum ein Jahr jünger als Audhild und hat sie immer vergöttert. Seit du da bist, muss ich öfter an ihn denken.« Rutlindis lächelte vor sich hin, als die Erinnerungen in ihr wach wurden. »Wenn Tiernan noch unter uns in Osgund weilte, würde Reidar es nicht wagen, solch aufsässige Reden zu schwingen, und die anderen Gorunnen würden erhobenen Hauptes durch das Dorf gehen.«

»Der Grimm dieses Mannes kann einem Angst machen. Hat er wirklich einen so abgrundtiefen Hass auf die Gorunnen? Die große Schlacht liegt doch mehr als ein Zeitalter zurück!«, sagte Lärka.

»Reidar ist eifernd, ehrgeizig und stolz«, erwiderte Rutlindis. »Er stammt in direkter Linie von Marobrad ab, und schon sein Vater hat getönt, dass das Geschlecht der Geestleute immer die Wacht über das Küstenland haben würde. Sie würden auf ewig dafür sorgen, dass kein Gorunne je wieder sein Haupt erheben und sich gegen einen Geestmann auflehnen würde. In etlichen Osgundern fließt noch Gorunnenblut. Das mag für Leute aus anderen Küstenstädten nichts bedeuten. Aber hier gibt es erstaunliche Gräben zwischen beiden Völkern. In guten Zeiten sind sie kaum spürbar. Aber in schweren Tagen, so wie jetzt, nach der Not des Winters, sind sie tief genug, um Freundschaften oder Eheverbindungen zwischen beiden Stämmen zur Seltenheit zu machen. Trotz seiner Verachtung für die Gorunnen im Allgemeinen hätte Reidar Audhild gern zum Weib gehabt, und die beiden Familien hatten wohl schon darüber gesprochen. Reidar wollte damit nicht etwa den Graben zwischen den beiden Völkern überwinden«, erzählte Rutlindis weiter, »sondern seine Eitelkeit befriedigen, denn Audhild wurde als die schönste Jungfrau des Dorfes gerühmt. Er sagte großspurig, dass er dafür sogar über ihr Gorunnenblut hinwegsehen würde.«

»Aber meine Mutter hat Orlyg geheiratet, und Reidar hasste sie dafür«, stellte Lärka fest. »Und jetzt hasst er mich.«

»Nicht nur dafür«, sagte Rutlindis. »Dein Vater verschmähte um Audhilds willen Reidars Schwester – eine Geestfrau, in deren Adern Marobrads Blut floss. Sie starb um die Zeit, zu der sich deine Eltern verlobt haben, und manche sagen, es sei aus Gram gewesen. Da wurde Reidar bitter und predigt seitdem von der Rückkehr der Gorunnenplage, beäugt alles misstrauisch, was dahingehend geschieht, und versucht, Grenjad bei jeder Gelegenheit zu schwächen. An vielen Thingversammlungen hat Reidar schon Stimmung gegen unsere Familie gemacht. Das Feuer im Winter kam ihm gerade recht«, seufzte Rutlindis. »Ich bin froh, dass du nun hier bist und auch dein Vater bald nach dem Rechten sehen wird«, sagte sie und drückte Lärka so ergriffen die Hand, dass diese fast vergaß, dass sie ihren Vater und die von ihr beschlossene Aussprache lieber noch in weiter Ferne wissen wollte.

Sie saßen noch eine Weile auf der Bank, jede ihren Gedanken nachhängend, und beobachteten, wie Arild und Valgrim Bündel aus Fellen und Decken in den Stall schleppten, die sie vor dem bitteren Frost der Berge schützen würden. Mittlerweile lag so viel Gepäck auf dem Hof, dass nach Lärkas Einschätzung zwei Pferde kaum reichen würden, es zu tragen.

Rutlindis erhob sich schließlich mühevoll. »Jetzt muss ich noch etwas ausruhen. Zeig mir die Kette, wenn wir heute Abend in der Kammer sind.«

Nachdem Rutlindis wieder ins Haus gegangen war, besserte Lärka auf der Bank vor dem Haus ihre Kleidung aus, wo sie durch die Reise Schaden genommen hatte. Sie musste immer wieder darüber nachdenken, was sie im Gespräch mit ihrer Tante alles erfahren hatte. Sie war eine Gorunnenfrau, wenigstens zur Hälfte. Eine fremdartige Vorstellung, wie sie fand, doch je öfter sie sie in ihrem Herzen bewegte, desto vertrauter schien ihr jenes alte Volk. Vielleicht hatte ihr Vater ja indirekt Recht, und die Kette stammte wirklich von ihren Vorfahren, nämlich aus der Gorunnenstadt Kovanby. Arild und Valgrim würden die Stadt vielleicht besuchen. Aber Lärka konnte sie nicht nach dem Ursprung der Kette fragen, denn sie wollte auf keinen Fall ihr Geheimnis preisgeben.

Als sie mit dem Nähen fertig war, beschloss sie, zu Maggais Kate zurückzukehren, um Arilds Geschenk weiter vorzubereiten. Sie nahm einen mit Tuch ausgeschlagenen Korb unter den Arm, spazierte los und genoss die Strahlen der kräftigen Sonne, die die Küste vom blauen Himmel herab beschien.

In der Hütte der Kräuerfrau angekommen, fuhr sie fort, Kräuter, Blüten, Pulver und Wurzeln auszuwählen, die sie Arild mit auf die Reise geben wollte. Schließlich legte sie alles in ein Tuch, knotete es zusammen und verstaute es im Korb. Als sie vor die Tür trat, sah sie sich sicherheitshalber um, ob Reidar in der Nähe wäre. Von ihm war nichts zu sehen, aber stattdessen gewahrte sie in einiger Entfernung eine vertraute Gestalt auf dem Steinwall: mit dem Rücken zu ihr in den wolkenlosen Himmel schauend.

Sie eilte die groben Stufen des Walls hinauf und trat von hinten an Arild heran. Der Himmel über ihnen war blank gefegt, doch nördlich der Frostberge war statt des Blaus des Himmels nur eine unnatürlich wirkende schwarzgraue Wolkenschicht zu sehen.

»Der Wall war wohl einst Teil eines großen Festungsrings«, sagte sie.

Ihre Anwesenheit schien Arild nicht im Mindesten zu überraschen. Er drehte sich nur kurz um und schaute dann wieder in Richtung Berge. »Die Gorunnen hatten Osgund ehemals mit einer mächtigen Mauer umgeben und den hohen Turm gebaut, dessen Reste Ihr in der Mitte des Dorfes seht. Sie sind ein unterschätztes Volk. Sie werden seit langem bedrängt, und trotzdem haben es ihre Feinde nicht vermocht, sie in den Untergang zu treiben.«

Arild schien einiges über die Vergangenheit Osgunds zu wissen. Lärka fragte sich, ob Arild ebenso gut über die Gorunnen und deren Druiden Bescheid wusste. »Aber heute sind sie versprengt und haben keinen Anführer, der sie hinter sich sammelt und ihnen eine Stimme verleiht, sonst würde Reidar nicht so unverhohlen gegen sie hetzen«, entgegnete sie und dachte an ihren unbekannten Oheim.

»Es soll vorkommen, dass ein Fürst verborgen lebt und erst hervortritt, wenn seine Zeit gekommen ist«, antwortete er.

Lärka warf ihm einen prüfenden Blick zu. Es kam ihr vor, als ob er ihr etwas über seinen eigenen Weg preisgeben wollte. Sie wartete, ob er noch ein wenig mehr verraten würde, doch er schwieg. »Gab es auch nördlich der Frostberge Gorunnen?«, fragte Lärka sodann, um mehr über ihre Ahnen zu erfahren.

»Es gibt sie noch. Hinter dem Pass soll Kovanby liegen, die letzte freie Gorunnenstadt, von der man nur in Sagen hört, weil die Berge und der Frost sie von der übrigen Welt abschneiden.«

»Was wird Euer Weg sein? Werdet Ihr Kovanby sehen?«, fragte

Lärka – teils freudig erregt bei dem Gedanken, er könnte ihr nach seiner Rückkehr über Kovanby berichten, teils besorgt, wenn sie an die Worte ihrer Tante von der »Stadt ohne Wiederkehr« dachte.

»Wir werden morgen aufbrechen. Aber wir haben durch die unerwarteten Begebenheiten auf unserem bisherigen Weg so viel Zeit verloren, dass wir eilen müssen. Kovanby wäre ein Umweg.« Lärka war erschrocken. Am kommenden Tag – so bald schon – würden sie Abschied nehmen müssen. Doch es war viel zu gefährlich für Arild, die Abreise noch länger zu verzögern. Die Soldaten des Königs konnten nicht mehr fern sein, und Tronds Bote hatte die Häscher gewiss schon auf Arilds Spur gesetzt.

»Darf ich Euch um einen Gefallen bitten?«, fragte sie scheu.

»Um jeden, den Eure Weisheit sich ausdenken kann«, antwortete Arild mit warmer Stimme.

»Meine Mutter hatte einen Bruder. Er hieß Tiernan und ist vor vielen Jahren in den Frostbergen verschwunden.«

»Ich fürchte, das wird er auch bleiben, denn nur zu bestimmten Zeiten, so wie in diesem Jahr, erlauben es die Berge, dass man sie überquert. Ansonsten tötet der Frost alles Leben dort oben«, sagte er und wies mit der Hand auf die weißen Gipfel.

»Wenn Ihr ihm begegnet, sagt ihm, dass man in Osgund auf ihn wartet.«

»Wenn er noch lebt, wird er in diesem Jahr den Rückweg wagen können. Falls er mir über den Weg läuft, werde ich ihn sicherlich erkennen. Dann werde ich ihm Eure Grüße überbringen und die Wünsche, dass er heimkehren möge.«

Lärka nickte dankbar.

Sie schwiegen eine Weile, und Lärka wünschte sich, dass Arild etwas sagen möge. Als er stumm blieb, begann sie zu sprechen. »Wann ...«, sie zögerte, als fürchtete sie sich vor der Antwort, »... wann werdet Ihr zurückkehren?«

Arild spähte unter zusammengezogenen Brauen weiter zu den Bergen und murmelte: »Mein Weg ist ungewiss. Selbst die Wolken enthüllen mir nichts darüber, was die kommende Zeit bringen wird.«

»Immerhin habt Ihr freundliches Wetter für Eure Reise. Keine Wolke wagt es, ihren Schatten auf Euren Weg zu werfen oder Euch Unglück zu verheißen.« Sie versuchte, unbekümmert zu klingen, aber es gelang ihr kaum, das Zittern in ihrer Stimme zu verbergen.

Arild antwortete nicht.

Nach einem langen Blick zum Himmel sagte er: »Ich mag es nicht, wenn sie mich allein lassen.«

Sie spürte seine Schwermut. Stimmte ihn der Abschied von ihr so traurig? Sie schluckte und nestelte nervös am Inhalt des Korbes herum. »Ich dachte, Ihr solltet mit allem versorgt sein, was Ihr im nördlichen Frost nicht findet.« Sie hielt ihm den Korb hin.

Überrascht schaute Arild hinein, nahm das ein oder andere heraus und besah es staunend. »Ihr seid ein Hort der Überraschungen. Das ist wunderbar! Woher habt Ihr ...« Er hielt inne, drehte sich um und spähte zu dem kleinen Lehmhäuschen hin. Sie sah ihn an und lächelte scheu. »Maggai«, sagten beide wie aus einem Munde.

»Danke, Herrin der Kräuter und des Waldes«, sagte er sanft, umfing sie mit den grünen Strahlen seiner Augen und hob die Hand, als wolle er sie berühren. Für einen winzigen Moment schien er ihr ganz unverstellt, und Lärka erkannte in seinen Augen alle Zweifel und Fragen nach der eigenen Bestimmung, die wie eine unsichtbare Mauer zwischen ihm und der Welt um ihn herum standen. Erst wenn er mit sich ganz im Reinen war, würde er diese Mauer einreißen und der Welt als der gegenübertreten, der er wirklich war. Lärka wünschte sich mehr als alles andere, dabei zu sein, wenn das geschah, und bedauerte zutiefst, dass sich ihre Wege nun trennten.

Der kurze Augenblick der Nähe schien Arild betreten zu machen. Er schlug die Augen nieder, ließ seine Hand sinken und fasste stattdessen nach dem Tuch, das er wieder über die Kräuter zog. »Mein Weg ist ungewiss«, er räusperte sich, »aber das sagte ich bereits.« Er fuhr sich mit der Hand nervös durch die Haare. »Ich weiß nicht, wann und ob wir jemals zurückkehren.«

»Osgund und Ribehof werden Euch immer freundlich empfangen«, sagte Lärka, die immer noch darauf hoffte, dass er ihr ein Wiedersehen versprach.

»Ich hoffe, Frenemund auch«, sagte er endlich.

»Wenn Ihr in Frenemund weilt, grüßt Barung von mir, und richtet ihm aus, dass ich das Grün der Kräuterfrau dem Rot und Blau seines Banners vorgezogen habe«, sagte Lärka heftig. Warum geht er davon aus, dass ich mich den Wünschen meines Vaters füge und Barung heirate?, fragte sie sich ärgerlich.

Arild schaute sie überrascht an. Dann schüttelte er langsam den Kopf und schnaufte missbilligend.

»Ihr seid stark, doch allein werdet Ihr das Opfer missgünstiger Umstürzler. Denkt an Tronds Pläne. Er würde Euch nur als Legitimation für seinen Herrschaftsanspruch benutzen oder gar durch Euer Verschwinden die Linie des Thanhauses beenden wollen. Denkt doch daran, wie es in den Küstenstädten zugeht. Sucht Euch einen guten Gem ...«, er stockte, als er ihren ungnädigen Blick bemerkte, »... oder einen starken Verbündeten, der seine Hand über Euch halten kann«, bat er eindringlich.

»Wenn es schlimm kommt, verstecke ich mich im Blutwald«, sagte sie leichthin. »Wenn Ihr dereinst hört, dass eine gefährliche Kräuterfrau dort ihr Unwesen treibt und alle Männer, die den Wald betreten, in grüne Weiber verwandelt, dann wisst Ihr, wer dahintersteckt. Ihr müsst Euch aber nicht fürchten, denn Ihr seid ja bereits ...«

»Verzaubert«, murmelte Arild und sah sie unverwandt an. Wieder wollte die Zeit stillstehen, und Lärka versank in seinem Blick. Doch dann drehte er sich rasch weg, trat einen Stein vom Wall herunter und starrte blicklos über Meer und Berge.

»... ein Meister der grünen Kunst«, schloss Lärka leise.

Sie standen still nebeneinander und lauschten dem Rauschen

des Windes und der Wellen, sahen den Flug der Möwen und die im klaren Licht scharf gezeichneten Flanken der Frostberge.

Dann wandte Arild sich unvermittelt wieder zu ihr. »Eurem Vater und ...«, er schaute kurz auf den Boden und suchte nach den passenden Worten, »... und anderen liegt viel daran, Euch in Sicherheit zu wissen. Es sind unruhige Zeiten, und Barung wird Euch schützen. Auch wenn es jetzt für Euch schwer zu verstehen ist, werdet Ihr irgendwann die Vorteile einer starken Verbindung schätzen ler ...«

»Hört auf!«, fauchte sie ihn wütend an. Warum ließ er nicht von ihr ab mit seinen Überredungsversuchen und hörte sich jetzt sogar an wie ihr Vater? »Wart Ihr es nicht, der den Ruf der inneren Stimme, den Ruf der wahren Bestimmung über alles pries?«, rief sie. »Und jetzt verlangt Ihr von mir, mich allein den Pflichten zu beugen? Ich bin mehr als ein Stück Küstenland!« Tränen der Wut schossen ihr in die Augen. »Ihr seid frei! Ihr habt ja keine Ahnung, wie das ist.«

Er wich zurück und schaute sie an, als habe sie ihn mit dem Schwert getroffen.

»Durch meine Herkunft bin ich so unerbittlich eingeengt wie das Vieh, das man zwischen den Hürden zum Schlachten treibt«, schrie sie. »Und Ihr habt nichts anderes zu tun, als wie ein Treiber den Stock zu schwingen?« Brüsk wandte sie sich zum Gehen. Sie hörte seine Schritte hinter sich, aber sie wandte sich nicht um.

Schweigend trafen sie so am Thanhof ein, wo Arild wortlos im Stall verschwand. Bolverk, der sie mit ausgebreiteten Armen und freudigem Lächeln hatte begrüßen wollen, ließ die Hände sinken und starrte Arild verständnislos nach.

»Oh, ihr Holden, gab es Streit?«, fragte er.

Lärka schüttelte nur traurig den Kopf und ging ins Haus. In der Kammer fand sie Rutlindis auf dem Bett sitzend.

»Lärka, Liebes, jetzt bin ich gestärkt und neugierig auf Audhilds Geschenk. Willst du es mir zeigen?«, sagte sie.

Lärka versuchte, eine heitere, unbefangene Miene aufzusetzen, und ging an ihr Gepäck. Sie holte die Kette heraus und legte sie Rutlindis in die Hände.

»Es gibt zwei Schriftstücke dazu«, sagte Lärka und suchte in ihrem Bündel danach. Ihre Neugierde darauf, was die geheimnisvollen Zeilen enthüllen könnten, verdrängte für eine Weile die Gedanken an ihren Streit mit Arild. Vorsichtig faltete sie die beiden Blätter auf und wollte sie ihrer Tante geben.

»Ich kann nicht lesen, tut mir leid«, sagte Rutlindis mit einem Kopfschütteln.

Lärka schaute sie ungläubig an.

»Grenjad kann lesen«, sagte Rutlindis und wollte aufstehen. »Lass uns …«

»Aber ich wollte es nur *dir* zeigen. Die Pergamente haben mit dem Kästchen und der Kette zu tun. Du hast selbst erzählt, wie wichtig Mutter das Geheimnis um die Schatulle war«, sagte Lärka und drückte ihre Tante sanft auf das Bett zurück.

Rutlindis dachte kurz nach. »Ich weiß, wer uns weiterhelfen kann«, sagte sie schließlich. »Melva! Es ist nicht alles verdreht in ihr. Sie wird den Brief lesen können. Du brauchst keine Sorge zu haben. Melva liest ihn vor und hat bald alles wieder vergessen. Bei ihr ist jedes Geheimnis sicher. Ich denke, morgen bin ich stark genug für einen Spaziergang zum Turm.«

Enttäuscht packte Lärka die Schriftstücke und ihre Kette weg und begleitete wenig später ihre Tante in die Halle. Sie hielten gemeinsam die Abendmahlzeit, die Keelia zubereitet hatte. Ihre Mutter lobte sie, aber ihre Brüder, Moryn und Owyn, neckten sie in einem fort, weil der Gerstenbrei eine seltsame Mischung aller Küchenkräuter enthielt, die in Maggais Beet um diese Jahreszeit zu finden waren.

Lärka war froh, dass sie nichts zur Unterhaltung beitragen musste. Auch Arild sagte kaum etwas, rührte missmutig in seinem Brei herum und schien keinen Appetit zu haben. Valgrim berichtete endlich von den seelenlosen Kranken in den anderen Küstenstädten und bat Grenjad, Wachen aufzustellen, die des Nachts die Rabenvögel vertrieben.

»Ich bin niemand, der überall Dämonen vermutet«, sagte Valgrim. »Aber es sieht fast so aus, als würde uns Jaspis diese Verderbnis schicken. Wenn wir nicht zuerst eine wichtigere Reise zu tun hätten, wären wir sicherlich schon auf dem Weg nach Jaspis, um in der Brutstätte des Übels, bei König Hakon, danach zu suchen.«

»Ich werde sehen, ob ich Männer finde, die zu einer Dämonenwache bereit sind. Viele halten alle Raben für Unglücksbringer und wagen daher nicht, auf sie zu zielen. Vorerst werde ich Moryn und Owyn abwechselnd auf Wache schicken.« Die Jungen sprangen jubelnd auf und rannten hinaus, um ihre Steinschleudern aus dem Stall zu holen.

Als Rutlindis sich für die Nacht verabschiedete, folgte Lärka ihr in die Kammer. Sie spürte Arilds Blick in ihrem Rücken, aber sie drehte sich nicht um. Mit flauem Gefühl im Bauch versuchte sie sich auszumalen, wie wohl der Abschied am kommenden Tag verlaufen würde. Angesichts dessen, dass sie ihn vielleicht nie wiedersehen würde, tat es ihr mit einem Mal leid, dass sie sich im Streit trennen sollten.

Lärka glitt in einen unruhigen Traum. Arild begegnete ihr mit einer steinernen Krone auf dem Haupt. Er war am ganzen Körper grau wie Schiefer bis auf das helle Leuchten aus seinen schimmernden grünen Augen. Er kam zu ihr und fasste sachte nach ihren Armen. In dem Moment, als er sie berührte, breitete sich das Grau auch über ihren Körper aus. Sie schreckte nicht zurück, sondern ließ es geschehen und wurde zu Stein wie er. Sein Griff ließ sie nicht los. Aus überirdisch grün flimmernden Augen blitzte er sie an, und sie spürte, wie Wärme durch seine Hände hindurchströmte, die sich in große Hitze verwandelte und sie beide aufheizte, bis sie zu glühen begannen. Die Hitze war so groß, dass die Steinhülle schließlich von ihr abschmolz und sie selbst wie ein leichter Hauch befreit davonschwebte. Aber unter sich sah sie mit Entsetzen, wie der steinerne König mit einem lauten Donnerschlag zerbarst und in einem rotglühenden Meer aus flüssigem Stein versank. Lärka wollte ihre Arme nach ihm ausstrecken und seinen Namen rufen, aber sie brachte nur ein hässliches Krächzen hervor, als sei sie ein Rabe.

Lärka erwachte und schreckte hoch. Der Schrei eines Raben über der Siedlung ließ sie aufhorchen. Alle Raben schliefen des Nachts still in den Bäumen, es sei denn, sie brachten Unglück über das Dorf! Sogleich wurde Lärka von unheilvollen Vorahnungen befallen: Würde es morgen den nächsten Seelenlosen geben? Schnell warf sie sich ihr Hemdkleid über und kletterte zum Fenster hinaus, um nicht durch den großen Saal eilen zu müssen, in dem Jörn und Grenjad schliefen.

Der Halbmond beschien friedlich das Dorf. Lärka schaute angestrengt über die Dächer. Sie ging durch den Hof, verließ die Umzäunung des Thanhofes und lief einmal um das Anwesen herum. Nur die dunkle Gestalt eines Speerträgers war zu sehen, der in dieser Nacht den Wachdienst hatte und sie misstrauisch beäugte. Nirgendwo über ihrem Kopf schwebte ein Vogel mit einem hellen Licht herum.

Schließlich huschte sie zu Grenjads Haus zurück, schlüpfte im Schatten des Hauses durch das Fenster in Rutlindis' Kammer zurück und legte sich wieder schlafen. Sie wagte nicht, die Männer zu wecken. Vielleicht war ihre Sorge ja unbegründet, und das, was über das Dorf gekommen war, hatte sich unverrichteter Dinge wieder davongemacht.

Als Lärka am Morgen erwachte, waren die Schreckensbilder der Nacht schon fast wieder vergessen. Rutlindis war gerade dabei, sich von Keelia ankleiden zu lassen. Lärka freute sich sehr, dass ihre Tante wieder zu Kräften kam. Als Rutlindis die Kammer verließ, fasste Keelia nach Lärkas Gewand, um sie ebenfalls anzukleiden. Doch Lärka wehrte ab, zwinkerte ihrer jungen Base zu und sagte freundlich: »Heute Mittag, nicht wahr?« Das junge Mädchen nickte glücklich und begann, die Kammer zu fegen. Rasch schlüpfte Lärka in ihre Kleider, ordnete die Haare und hing dem verwegenen Gedanken nach, ob sie nicht noch andere Mädchen und Frauen aus Osgund zu den Lehrstunden einladen sollte. Wenn Asa das wüsste!, dachte sie frohgemut.

Im großen Raum waren alle Schlaflager schon wieder verstaut, und eine Magd kehrte das Herdfeuer aus. Lärka atmete auf, verhieß der alltägliche Betrieb doch, dass hier niemand um seine Seele gekommen war. Sie trat in den Hof hinaus und hörte ein Wiehern vom Stall. Sie zögerte einen Moment und spürte, wie ihr Magen sich zusammenzog. Aber dann streckte sie ihren Rücken durch und ging hinüber, denn sie wollte nicht versäumen, Arild und Valgrim, die sie bei ihrem Pferd vermutete, Lebewohl zu sagen.

Als sie ins Halbdunkel des Stalles trat, sah sie den prachtvollen Braunen vorne angebunden. Daneben stand Jörn und strahlte wie ein frischgebackener Jagdkönig. Er klopfte dem Pferd auf den Hals und sagte: »Jaaa, mein Guter, heute werden wir einen schönen Ritt unternehmen.« Dann grinste er Lärka an. »Na, habe ich nicht ein edles Ross? Aus Junker Jörn wird bald Ritter Jörn, und *mein* Pferd hier wird mich siegreich durch jeden Kampf tragen.«

»Wieso *dein* Pferd?«, fragte Lärka verwirrt und schaute sich nach Valgrim und Arild um, die nirgends zu entdecken waren.

»Valgrim hat ihn mir zum Abschied geschenkt. Weil ich Arild am Frenfluss gerettet habe, sagte er. Sie können das Pferd nicht mit über die Berge nehmen und wissen nicht, wann sie zurückkehren.« Jörn schaute seine fassungslose Base prüfend an. »Du siehst aus, als würdest du ihn mir nicht gönnen. Na ja, eigentlich hast *du* schließlich Arild am Fluss gefunden. Weißt du was? Wir teilen uns das Pferd. Jeder darf es reiten. Und wenn wir dereinst verheiratet sind, kannst du es sowieso immer ...«

»Wir werden nie heiraten!«, fauchte Lärka ihren Vetter an.

»Aber, liebste Base, wir sind doch verlobt, seit wir uns als Kinder unter dem Mistelzweig geküsst haben«, sagte Jörn, und diesmal war es schwer auszumachen, ob er nur scherzte.

»Sind wir nicht! Sonst würde mich Vater nicht mit Barung verloben wollen. Aber ich werde niemals einen Mann nehmen, wenn ich es wenden kann«, spie sie.

»Was ist denn auf einmal?«, fragte Jörn entgeistert. »Ich weiß, dass Barung zu uns kommen und dir gefallen soll. Aber ich hatte gehofft, du würdest deinem Vater sagen, dass du dich schon anders entschieden hast.«

Lärka starrte ihn an. Genau das hatte sie vorgehabt – aber nicht etwa, weil sie Jörn zum Gemahl nehmen wollte –, und so sagte sie: »Wer will schon jemanden zum Weib zu haben, den alle für eine Hexe halten?«

Jörn schwieg betroffen.

Die Stille erlaubte Lärka, ihre Gedanken zu ordnen. *Er war weg.* Arilds Verschwinden traf Lärka seltsam unvorbereitet. Kein versöhnliches Lebewohl, keine Aussicht auf ein Wiedersehen – nur ein heimliches Davonstehlen in der Nacht. Das konnte nicht sein. Sie war wie betäubt, alles um sie herum war belanglos.

Sie bemerkte, dass sie Jörn immer noch wütend anfunkelte. Ihr Vetter war unter ihrem unbarmherzigen Blick sichtlich geschrumpft. Plötzlich wurde ihr bewusst, was sie ihm gerade angetan hatte, und sie bereute ihre gedankenlose Offenheit auf der Stelle. Sie hatte ihrer beider Spiel, die Neckerei aus den Kindertagen, das Band der scheinbaren Verlobung zwischen ihnen, zerstört. Es schien, als läge ein Ozean aus Scherben zwischen ihnen. Es würde keine unbeschwerten Scherze über die Zeit mehr geben, wenn sie »dereinst verheiratet wären«. Er würde sich eine andere »gefügige Ehefrau« suchen müssen.

»Entschuldige, Jörn«, sagte sie und griff nach seinen Händen. »Vater hat bisher immer seine Pläne durchgesetzt, du kennst ihn ja«, versuchte sie zu retten, was zu retten war.

Doch Jörn erwiderte nichts und zog seine Hände zurück.

»Ich werde mich nicht fügen«, sagte Lärka. »Ich will mich überhaupt nicht binden, sondern meinen eigenen Weg gehen, auch wenn der noch ungewiss ist.« Sie bemerkte, dass sie genauso sprach wie Arild, und stockte. Hatte auch er ihr zu verstehen geben wollen, dass er nicht mehr als Freundschaft für sie empfand und sie keine Hoffnung auf Liebe hegen sollte? Der Gedanke peinigte sie wie ein giftiger Stachel.

Jörn ging zur Stallwand und hob dort etwas auf. Er reichte ihr ein stoffumwickeltes Bündel. »Hat Arild für dich dagelassen.« Dann stand er mit hängenden Armen und Schultern da und betrachtete seine Schuhspitzen, während Lärka den Stoff aufwickelte. Ein faustgroßer, weißlicher Stein kam zum Vorschein. Lärkas Herz begann, heftig zu schlagen. Das war Arilds Mondstein! Nein, es war eine Hälfte von Arilds Mondstein. Er war längs mitten entzweigespalten. Auf der Innenseite war das Weiß von bläulichen Spuren durchzogen.

»Er hat gesagt, du sollst dich nicht ärgern lassen oder so«, sagte Jörn. »Und trotz aller Ungewissheit würde sich manches unverhofft zusammenfügen. Weiß auch nicht, was er damit gemeint hat.«

Lärka schaute den halben Mondstein aufgewühlt an, und ihr Herz begann zu singen. Das war Arilds Versprechen zurückzukehren. Dann würden die beiden Teile des Mondsteins – und seine Besitzer – wieder zusammenfinden. Sie drückte den Stein an ihre Brust und schwor sich, dass der Besitzer der anderen Hälfte für immer in ihrem Herzen wohnen und es mit diesem Geschenk erleuchten würde. Sie würde dieses Andenken ihrer Liebe jeden Tag ansehen und sich wünschen, dass die beiden Hälften schon bald wieder vereint wären.

»Danke, Jörn«, sagte sie, den Tränen nahe, ging zu ihm hin und umarmte ihn heftig. Ihr Vetter war ganz befangen ob dieses unerwarteten Gefühlsausbruches und blieb regungslos stehen. Lärka wollte gerade scherzhaft fragen, wo denn nun *seine* Stimme geblieben sei, als sie draußen auf dem Hof einen Tumult hörte.

»Wo ist die Gorunnenhexe?«, donnerte es. Das war Reidar.

Lärka zuckte zusammen, verbarg den Mondstein unter ihrem Gewand und huschte zur Stalltür, um vorsichtig hinauszuspähen. Sie sah, dass mit Reidar eine Menge Menschen gekommen waren, von denen einige Dreschflegel trugen und andere mit Mistgabeln bewaffnet waren. Roar, der seinen Bruder sonst immer begleitete, war nicht unter ihnen.

»Was ist da los?«, fragte Jörn und schob Lärka ungeschickt vor, im Bemühen, selbst hinaus auf den Hof zu kommen.

Sofort erspähte Reidar die junge Frau. Er kam mit gezückter Waffe herbeigelaufen, baute sich vor Lärka auf und hielt ihr die Spitze seines Schwertes unter das Kinn.

»Gebt es zu, Dämonenbrut. *Ihr* habt sie verflucht«, dröhnte er. Die Leute aus seinem Gefolge starrten sie unverhohlen feindselig an. Lärka schüttelte nur den Kopf. Eine Ahnung stieg in ihr auf, dass der nächtliche Vogel doch kein harmloser Rabe gewesen war, und ihre Lippen formten ein tonloses Nein.

»Das muss ein Irrtum sein. Lärka würde nie jemanden mit einem Fluch verwünschen!«, rief Jörn. Er legte seinen Arm vor Lärka und stellte sich vor sie.

»Was geht hier vor?«, hörten sie nun Grenjads tiefe Bassstimme. Er eilte herbei und blieb, gänzlich unbewaffnet, vor Reidar stehen.

»Meinen Bruder und seinen Sohn hat der Geist verlassen. Sie liegen wie tot auf ihrem Lager.«

»Wie kommst du darauf, dass meine Nichte etwas damit zu tun hat?«

»Sie ist eine Hexe und die Tochter einer Hexe.«

»Nein«, rief Lärka verzagt, aber niemand schien sie zu hören.

»Ich habe sie gestern selbst in der Hütte der Kräuterbeschwörerin gesehen, wie sie sich Zutaten für ihren Verwünschungszauber holte«, wetterte Reidar weiter. »Dann hat sie sich in der Nacht in einen Raben verwandelt und ist dreimal über unser Haus geflogen. Wir hörten ihr heiseres Schreien!«

Lärka sah, wie Keelia, die in die Tür des Langhauses getreten war, erschreckt die Augen aufriss und die Hand vor den Mund schlug.

»Aber die beiden sind am Leben, hast du gesagt«, versuchte Grenjad zu beschwichtigen.

»Sie tragen den Tod schon im Angesicht, glaube mir.«

Da kam Bolverk aus der Schmiede herbei und erhob zur Verwunderung aller das Wort. »Guter Herr, schaut den Daniederliegenden in die Augen. Wenn sie schwarz sind, so wisst Ihr, dass sie Opfer einer dämonischen Krankheit wurden, die keineswegs etwas mit dieser holden Maid zu tun hat. Sie ist das unschuldigste Wesen, das Ihr Euch vorstellen könnt.«

Verblüfft starrte Reidar den untersetzten Bader an, unschlüssig, ob er ihn ernst nehmen oder mit einer Armbewegung beiseitefegen solle. »Ihr müsst wissen, dass wir dieselbe Krankheit schon in Ribehof, gar bei dem Bruder unseres geschätzten Junker Jörn, und in Stormhavn angetroffen haben. Dort wurde einer der Kranken wieder vollständig geheilt, und diese kundige Maid hier hatte einen großen Anteil daran.«

»Dann kommt mit, und kuriert die beiden auf der Stelle«, forderte Reidar und winkte Lärka ungeduldig mit seinem Schwert.

Lärka verwünschte den Bader, der alles verdrehte und die Lage noch schwieriger machte, als sie ohnehin schon war.

»Das kann niemand«, sagte sie verzweifelt. »Ein Dämon hat ihnen die Seele geraubt. In ein oder zwei Tagen werden die Männer aufstehen und – wenn Ihr sie nicht festbindet – im Wald verschwinden, um ihren Seelen nachzulaufen. Einem einzigen Mann ist es bisher gelungen, den todbringenden Geist zu überwinden und gesund zurückzukehren. Alle anderen starben.«

Jörn und Bolverk nickten, um Lärkas Bericht zu bekräftigten.

Doch Reidar stieß mit dem Schwert drohend in Lärkas Richtung. »*Ihr* seid der Dämon! *Ihr* habt dem Mann in Ribehof den Tod gebracht! Euer Vater schickte Euch weg, um Ribehof von diesem Fluch zu befreien. Dann habt Ihr Euer schauerliches Werk in Stormhavn fortgesetzt, aus verdrehten Gründen, die nur *Ihr* kennt.«

Jörn warf Lärka über die Schulter einen entsetzten Blick zu, aber die einzige Unschuldsbeteuerung, die sie zustande brachte, war ein fassungsloses Kopfschütteln. Dabei war sie sich gar nicht sicher, ob dieser Mann wirklich so Unrecht hatte. Seit Stormhavn hatte sie Angst, sie – oder besser gesagt, ihre Kette – könnte etwas mit der grauenvollen Krankheit zu tun haben. Die Anklage des aufgebrachten Reidar war wie Salz in ihre Wunden.

»Ihr wolltet mir Schaden zufügen, weil ihr Gorunnenpack eure Niederlage nie verwunden habt. Allein mein magisches Amulett mit dem Knochen des mächtigen Marobrad hat mich geschützt«, sagte er und hielt ein Schmuckstück hoch, das er am Hals trug. »So konntet Ihr Euren Hexenzauber nur auf meine beiden Verwandten schleudern. Ihr verdient den Tod, und Euer buckliger Gehilfe und der Ribehofer Spion werden Euch nicht schützen!«, schrie er und deutete auf Bolverk und Jörn. Die Menge rückte bedrohlich näher.

»Reidar, halte ein!«, rief Grenjad. »Sie ist immerhin Orlygs Tochter. Der Küstenthan selbst wird bald hier sein. Dann kannst du die Angelegenheit mit ihm regeln.«

»Orlyg wird froh sein, wenn das Hexenblut in seiner Familie endlich ausgemerzt ist. Hat er nicht den Bann gegen alle Hexen verhängt, nachdem seine Frau ihn verlassen hat?«

»Aber so warte doch zu, Reidar. Roar und Kodran leben ja, vielleicht sind sie nur in einen tiefen Schlaf gefallen.«

»Solange sie leben, wird auch die Frau leben. Wenn sie sterben, ist das der Beweis ihrer Schuld. Legt sie in Banden!«, rief er zwei Männern zu, die umgehend hervortraten und die entgeisterte Lärka an den Armen wegzerrten.

»Halt!«, rief Jörn und wollte dazwischengehen.

»Die beiden auch!«, befahl Reidar und deutete auf Jörn und Bolverk. »Zum Turm!« Sofort hatte die Menge die drei Gefangenen eingeschlossen, und bereitwillige Schergen machten sich daran, ihnen die Hände zu fesseln.

»Nein!«, schrie Lärka und versuchte verzweifelt, sich zu wehren. Den beiden Seelenlosen war der Tod sicher. Hier war kein Valgrim, der mit seinen Gefährten die Männer im Wald einfangen würde. Sie spürte Panik aufsteigen, aber sie besaß noch genug Geistesgegenwart, um sich für ihre Begleiter zu verwenden. »Sie haben damit gar nichts zu tun! Lasst sie gehen!«, rief sie Reidar entgegen.

»Warten wir es ab«, erwiderte dieser kalt und ließ mit einer Armbewegung die Meute aufbrechen.

»Reidar, du treibst es zu weit. Es ist genug jetzt«, war Grenjads dröhnende Stimme zu vernehmen. Die Menschen blieben einen Moment stehen und wandten sich um. Lärka konnte sehen, wie Reidar sich drohend vor ihrem Oheim aufbaute.

»Was willst du? Deine Herrschaft hat genug Unglück über Osgund gebracht. Die Ernten sind schlecht, die Winter hart, und dein Weib bringt nur noch den Tod zur Welt. Das Erscheinen dieser Hexe hier setzt allem die Krone auf. Wir werden sie und alles Böse aus dem Dorf tilgen, und wenn du dich einmischst, werden wir dein Weib gleich mitnehmen. Vielleicht ist sie ja auch eine Gorunnenhexe wie ihre Schwester und ihre Nichte!«

Einige der Männer rückten drohend gegen Grenjads Anwesen vor. Grenjad tat einige Schritte rückwärts und schüttelte die geballte Faust. »Das wirst du noch bereuen!«, rief er, aber er und seine Männer wagten nicht, die überzähligen Gegner in einen Kampf zu verwickeln.

Die Menge schob und zerrte Lärka, Jörn und Bolverk nun zu dem großen Turm in der Mitte der Siedlung. Lärka sah, wie Grenjad wütend und hilflos im Thanhof zurückblieb. Sie schaute sich angsterfüllt um, aber sie konnte niemanden in der Menge entdecken, der ihr bekannt vorkam. Die freundliche Aufnahme in Grenjads Haus hatte sie darüber hinweggetäuscht, dass dies die Heimat ihrer Mutter sein mochte, aber nicht die ihre. »Holt Holz für den Scheiterhaufen«, hörte sie eine raue Stimme grölen. »Sie soll brennen, dann ist Osgund wieder frei!«, rief jemand anders. Kalter Schweiß stand Lärka auf der Stirn.

Jörn trat um sich und wehrte sich wie ein Wahnsinniger gegen die Übermacht. Vergebens. Die Volksmenge näherte sich dem Turm, der halb verrottet über die Dächer der anderen Häuser hinausragte. Lärka konnte die Feuchtigkeit in den Steinen und dem Holz des alten Bauwerks riechen. Der Eingang war zwei Mannslängen über dem Boden, wo das steinerne Fundament endete. Darüber erhob sich der Turm aus altem, teilweise fauligem Holz noch zwei Stockwerke in die Höhe. Neben dem Eingang gab es winzige Öffnungen, durch die kaum ein Kind gepasst hätte, weiter oben größere Fenster.

Mit Schrecken sah Lärka, wie Übereifrige am Fuße des Steinfundamentes Holz auftürmten. Sie begann zu zittern. Ihr Kopf war mit einem Male leer bis auf zwei Gedanken, die gleich verlorenen Schmetterlingen in der Dunkelheit herumflatterten: Sie dachte an ihre Mutter und fragte sich, ob sie wohl stolz gewesen wäre auf das, was ihre Tochter in den letzten Tagen vollbracht hatte. Und sie dachte an Arild, bereute ihren Streit und schwor, sie würde ihn noch lieben, wenn sie längst bei den Ahnen war. Lärka starrte in die nebeligen Wolken im Norden, aus denen die majestätischen Gipfel der Frostberge wie mystische Inseln herausragten. Irgendwo dort war Arild und hatte ihr Herz mitgenommen. Sie war eigentlich gar nicht mehr hier. Die grimmigen Gesichter entschwanden ihrem Blick, und sie harrte mit unwirklicher Gelassenheit der Dinge, die jetzt geschehen würden.

Schließlich kam die Menge vor dem Turm zum Stehen, und Reidar rief mit gebieterischer Stimme: »Das soll ihr Gefängnis sein, bis mein Bruder und sein Sohn wieder aufstehen oder sterben. Bringt sie hinauf in den Turm!«

Lärkas Sinne kehrten zurück, und ihre Knie wurden weich. Es gab Aufschub! Es gab mehr Zeit! Zeit, um auf Rettung zu hoffen! Zwei Männer erklommen die Leiter zum Eingangsloch und zogen die Gefangenen am Seil empor, während unter ihnen eifrige Hände schoben. Sie kamen in einen dunklen rechteckigen Raum, mehr als zwei Mannslängen breit und kaum halb so lang. Der

Raum war mit Stroh ausgestreut und wurde vom Tageslicht, das durch eine der winzigen Öffnungen fiel, nur spärlich erhellt. Lärkas Augen hatten sich kaum an die Dunkelheit gewöhnt, da wurde die Leiter eingeholt und in einem dunklen Loch am linken Rand des hölzernen Bodens versenkt. »Dahin mit dir, du Hexe«, rief einer der Schergen und band Lärka an einem der Pfosten fest, die die oberen Stockwerke stützten. Jörn und Bolverk wurden die Fesseln gelöst, dann wurde Bolverk durch das Loch die Leiter hinunter in ein tieferes Stockwerk gedrängt. Sie hörten einen dumpfen, empörten Schrei, als er unten ankam.

Jörn schaute mit schreckensweiten Augen in das Loch hinunter und dann zu Lärka. Die Männer packten ihn, um ihn ebenfalls nach unten zu schieben. Er warf Lärka einen letzten Blick zu. »Mich kümmert es nicht, ob du eine Hexe bist oder nicht!«, rief er. »Ich heirate dich trotzdem!« Dann wurde auch er von den grimmigen Männern hinabgeworfen.

»Du wirst höchstens den Tod heiraten, Weib, und zur Hochzeit wird dein Scheiterhaufen als Freudenfeuer brennen!«, sagte einer der Männer hämisch und versetzte Lärka einen Tritt, sodass sie zu Boden fiel. Dann verschwanden die beiden Männer mitsamt der Leiter aus dem Turm.

Lärka blieb ächzend liegen. Die Erinnerung an den vorherigen Tag mit all seinen Wendungen und Überraschungen zog in schnellen Bildern an ihr vorüber. Ich war frei für einen Tag, und es war wundervoll, dachte sie. Aber wer würde ihnen jetzt helfen, wenn sogar Grenjad die Waffen streckte? Wenn Arild nur da wäre! Ob er aus irgendeinem Grund noch einmal zurückkäme? Nein, sie brauchte sich nichts vorzumachen. Wenn ihnen nicht selbst die Flucht gelänge, lag ihre einzige Hoffnung darin, dass Orlyg bald nach Osgund kam. Sie hoffte, Grenjad würde genauso denken und einen Eilboten losschicken. Reidar mochte noch so selbstgerecht auf seiner Anklage beharren – wenn der Küstenthan erst einmal da wäre, würde er ihn in die Schranken weisen, sich vor seine Tochter stellen und sie von jedem Verdacht freisprechen.

Warten wir es ab, Marobrads Schandfleck, dachte Lärka grimmig. Sie rappelte sich auf und kroch so nah an das Loch heran, wie es ihre Fesseln erlaubten. Ihm entströmte ein fauliger Geruch, als würde das ganze Dorf diese Grube als Latrine benutzen. Von unten drang leises Wimmern herauf. »O nein! *Balond, balond!* Ich sollte doch aufpassen, hat der König gesagt. Nicht schon wieder ...«, jammerte der Bader.

»Jörn, Bolverk! Wie geht es euch?«, rief Lärka leise, aus Angst, Reidars Männer könnten zurückkommen.

»Bolverk hat sich den Fuß verrenkt und ist etwas durcheinander. Ich bin unversehrt – bis auf meine arme Nase. Der Gestank ist entsetzlich«, rief Jörn und gab Laute des Abscheus von sich. »Hast du nicht etwas von Arilds Zauberstaub dabei?«, wollte er wissen. Lärka fragte sich, warum er wohl mehr Angst vor dem Gestank als vor dem Scheiterhaufen zu haben schien, und wollte ihn gerade zurechtweisen, da hörte sie Schritte.

Eine Frau kam aus dem Halbdunkel auf sie zu. Sie mochte einige Jahre älter als Rutlindis sein. Die graubraunen Haare hingen ihr wirr ins Gesicht, und sie hatte einen schiefen Hals, sodass es ein wenig so aussah, als würde sie einem unsichtbaren Gesprächspartner lauschen. Melva!, schoss es Lärka durch den Kopf.

Die Frau sah Lärka erschrocken an. »Die Leiter ist nicht da. Habt Ihr sie weggenommen?«

Lärka versicherte ihr, dass sie das nicht getan habe.

Da kam die Frau näher heran und musterte Lärka genau. Ein Strahlen erschien auf ihren Zügen. »Bist du es, Audhild? Ich bin so froh, dich wohlauf zu sehen. Ich hatte einen schrecklichen Traum, weißt du? Dass Räuber dich im Wald gefangen haben. War wohl nur ein Traum.«

»Nein, ich bin Lärka aus Ribehof, Audhilds Tochter.«

»Oh, wunderbare Audhild, warst so lange weg, wir dachten schon, die Räuber hätten dich geschlachtet. Aber jetzt bist du wieder da, zu Melva gekommen, Schwester im Geist.« Damit verschwand die Frau durch eine Öffnung am rechten Ende der Rückwand, die

Lärka zunächst nicht bemerkt hatte. Die Tür führte zu einem zweiten Raum, den Melva zu bewohnen schien.

Lärka blieb verblüfft zurück. Dann rief sie der Frau nach: »Habt Ihr ein Messer? Könnt Ihr mir die Fesseln zerschneiden?«

Melva stand so plötzlich wieder vor ihr, dass Lärka erschrak. Die Frau sah Lärka beunruhigt an.

»War es doch kein Traum? Haben sie dir noch nicht einmal die Fesseln abgenommen, die bösen Räuber? Hier«, sagte sie. Sie hatte ein riesiges Messer in der Hand und begann, im Halbdunkel an den Stricken herumzusäbeln.

Lärka bog furchtsam den Kopf zurück, um nicht von der heftig hin und her fahrenden Klinge getroffen zu werden. Schließlich lösten sich die Fesseln. Lärka atmete auf.

»Ich bin Lärka, Audhilds Tochter!«, versuchte sie erneut zu erklären.

Melva senkte den Kopf und kam ganz dicht heran, sodass Lärka den Gestank wahrnahm, der ihrem Mund entströmte. »Eieiei, wie soll das gehen, dass Audhild eine Tochter hat, die kaum jünger ist als sie selbst? Willst du wieder Scherze mit mir treiben? Jaja. Ich koche uns etwas. Hafer und Gerste. Du siehst ja ganz mager aus«, sagte sie und wackelte zurück in den zweiten Raum. Dort klapperte sie eine ganze Weile mit Geschirr und brummte vor sich hin.

»Wer spricht da mit dir?«, wollte Jörn von unten wissen.

»Sie heißt Melva und wohnt hier. Tante Rutlindis sagte, sie sei nicht ganz richtig im Kopf.«

»Frag sie, ob sie eine Leiter hat.«

»Wohl kaum, sonst hätte sie nicht wissen wollen, warum ich die Leiter weggenommen habe, aber lass mich schauen.« Lärka stand auf und suchte die Wände ab. Da hörte sie wieder Schritte und sah, wie Melva aus ihrer Kammer kam und – ohne sie zu bemerken – zur Eingangstür tapste. Sie schaute hinaus und stieß einen Klagelaut aus, als sie bemerkte, dass die Leiter draußen fehlte.

»Dann eben nicht. Muss ja dazu nicht rausgehen«, murmelte sie. Sie begann, ihr Unterkleid und Obergewand hochzuziehen und wollte sich gerade mit eindeutiger Absicht an den Rand des Loches im Boden hocken, als Lärka einschritt.

»Halt! Nein!«, rief sie und packte Melva am Arm. »Da unten sind meine Freunde!«

Die Frau erschrak, als hätte sie einen bösen Geist gesehen, und sprang auf. Dann schaute sie auf die Eingangstür und wieder zu Lärka. »Die Leiter ist nicht da. Habt Ihr sie weggenommen?«

Lärka war so überrascht, dass sie keine Antwort wusste. Melva musste vergessen haben, dass sie gerade eben noch darüber gesprochen hatten.

Da musterte Melva sie genauer, und ein Lächeln des Wiedererkennens huschte über ihr Gesicht. »Bist du es, Audhild?«, fragte sie. »Ich bin froh, dich zu sehen. Ich hatte einen schrecklichen Traum, weißt du?«

Kapitel 7

Die Wolkenhüter hatten es gewagt, ihn täuschen zu wollen. Aber nicht ungesühnt sollte diese Tat bleiben. Lange schon hatte Grimhorn gegrollt, weil ihn der Hohe Goldfang weit überragte und dessen sonnenumglänzter Hüter Helaku der Liebling der Wolken war. Jetzt würde dieser Hochmütige sich schon bald wünschen, er hätte seine Treue nicht dem Falschen versprochen. Grimhorn hatte sein Hinscheiden beschlossen. Der Berg weidete sich am blanken Entsetzen des Wolkenhüters, als der erkannte, was ihm bevorstand. Er würde nicht fliehen, denn er konnte nicht fliehen – jedenfalls nicht, ohne seinen Daseinszweck zu verraten.

Mochten ihm die Wolkenhüter der Zehn Brüder die zornigen Aatisch zu Hilfe schicken, die Grimhorn mit Hagel und Blitzen bestürmten. Mochten sie die Pathin anrufen, den Berg Grimhorn so dick zu umhüllen, dass er kaum noch etwas wahrnahm. Mochten sie all ihre Kräfte darauf richten, den teuren Bruder zu stärken, und ihre Hoffnung darauf werfen, dass der Steinkönig ihnen zu Hilfe kam. Grimhorn hatte viele Sommer Zeit, und der Weg des Wolkenhüters Helaku in die Darre war beschlossen. Die anderen wussten es, und Grimhorn ergötzte sich an ihrer Furcht.

»Ist es wahr, was mein Bruder Felor erzählt? Du willst die Königswürde nicht annehmen?« Theols Stimme klang dumpf durch den aufsteigenden Nebel, als Arild und sein Oheim Theol den Waldboden nach trockenem Brennholz absuchten. Arild und Valgrim hatten Theol und vier andere Feodriner, die mit ihnen die Reise zur Ahnin unternehmen würden, am Fuße der Frostberge getroffen und waren bis zum Abend bergan gewandert. »Beim Drachen unter dem Berg!«, brauste Theol auf, »lass das nicht ...«, er hielt inne und mäßigte sich. »Verzeih, mein König, ich meine nur ... es ist das Beste, die anderen wissen nichts davon, denn das kann doch nicht dein Ernst sein?«

»Es ist mein Ernst, und deshalb nenn mich nicht deinen König«, antwortete Arild ärgerlich und stellte den Fuß auf einen umgestürzten Baumstamm, um mit der Linken Äste abzureißen. »Felor«, sagte er gedehnt, denn er hatte sich so sehr an ihre falschen Namen gewöhnt, dass ihm Valgrims wahrer Name nicht so leicht über die Lippen kam, »hat dir sicher erzählt, warum.«

»Ehrlich gesagt: Ich habe die Worte meines Bruders nicht verstanden«, sagte Theol und vergaß für einen Augenblick das Holzsammeln. »Nur *eines* habe ich verstanden: Felor hat am Frenfluss gesehen, dass die Kraft der Steinkönige *dir* erschienen ist. Das macht *dich* zum Steinkönig. Diese Wahrheit ist unverrückbar, und wie du darüber denkst, wird nichts daran ändern.« Arild machte eine abwehrende Geste, doch sein Oheim fuhr fort. »Wir sind als Wanderheiler umhergezogen und den Menschen in unserem Reich nahe gewesen. Aber das Wichtigste dabei war, immer über die Lage in Jaduin und über Hakons Pläne im Bilde zu bleiben. Doch deshalb musst du es nicht zu deiner Lebensaufgabe machen, gegen das unvermeidliche Sterben anzukämpfen oder Krankheiten vertreiben zu wollen, die jeden früher oder später befallen!«

»Warum nicht? Ist es nicht besser, den Menschen dabei zu helfen, ihr hartes Tagewerk zu bestehen und den zahllosen Leiden zu trotzen, als von einem fernen, enthobenen Thron aus Völker gegeneinander aufzuhetzen?«, fragte Arild.

»Wenn du erst König bist, kannst du hunderte Wanderheiler ausbilden und durch das Reich schicken. Du hast nicht erlebt, wie die Steinkönige das Land einst lenkten, sonst würdest du wissen, was ein milder König für seine Untertanen vermag.«

»Aber ich habe anderes erlebt. Leere, niedergebrannte Häuser, die niemand mehr aufbauen wird; verwaiste Kinder, die hungrig und mit tränennassen Wangen ihre Arme jedem entgegenstrecken, der des Weges kommt; der Gestank des Todes über einer Stadt, die ein einziges Grab geworden ist.« Lautes Knacken begleitete Arilds Worte, als er die Äste mit zornigen Tritten in armlange Stücke zerbrach.

»Symara«, sagte Theol in leiser Erkenntnis. »Ihr wart dort, letzten Sommer.«

»Wegen Bolv…, ich meine Doberan. Wir dachten, es bringt seine Erinnerung zurück.«

»Nach so langer Zeit? Nein, dieses eine Mal hat er einen Trank erfunden, der dauerhaft Wirkung zeigt.«

»Immerhin ist er Hakons Folterkammern lebend entkommen, ohne die Geheimnisse von Jaspis preiszugeben. Das geht nur bei wirklich verwirrten Seelen, nicht bei solchen, die nur vorgeben, es zu sein.« Arild gedachte des treuen Gefährten, der allein es vermocht hatte, vor siebzehn Jahren alle Feodriner Familien auf geheimen Wegen aus Jaspis zu schleusen. Allerdings war Baumeister Doberan, oder Bolverk, wie er sich jetzt nannte, zum Schluss selbst von Hakons Soldaten gefangen worden. In den Verliesen von Burg Drachenkrone war er gefoltert worden, wollte Hakon doch alles über die Geheimgänge und Verteidigungsanlagen von Jaspis wissen. Ein selbst gebrauter Trank hatte ihn die Schmerzen nicht spüren lassen. Doberan war mit dem Leben davongekommen, doch um welchen Preis! Der Trank hatte ihm die Sinne verwirrt. Getreue der Feodriner, die Jaspis nach der Flucht der adligen Familien beobachteten, hatten ihn Wochen später im Wald vor der Stadt gefunden, wo er sich von Wurzeln und Würmern ernährte, und hatten ihn zu den Geflüchteten in Sicherheit gebracht.

»Hat irgendetwas aus seiner Heimat seine Erinnerungen, sein altes Wesen neu entfacht?«

»Er erkannte die heiligen Hallen wieder und nahm einige alte Gewohnheiten wieder auf. Aber sein früheres Wesen und sein Scharfsinn schlummern irgendwo tief in ihm oder sind gar für immer verschüttet.« Arild seufzte. »Und als wir uns auf den Rückweg machen wollten, gerieten wir mitten in den Aufstand.«

Symara war vor vielen Jahren von Hakons Soldaten besetzt worden. Der König hatte im Lauf der Zeit immer mehr Truppen geschickt, Geiseln aus vornehmen symaranischen Familien an seinen Hof geholt und den gesamten Handelsverkehr der südlichen Passage unter seine direkte Kontrolle gebracht. Als er im letzten Jahr Umsturzplänen auf der Spur zu sein glaubte, hatte er den Hohen Rat Symaras mit Gewalt aufgelöst, die Würdenträger nackt durch die Straßen getrieben und den Sitz des Rates – die heiligen Hallen der Weisheit – in einen Trümmerhaufen verwandelt. Daraufhin war der lang angestaute Volkszorn endgültig übergekocht, und Symara hatte sich gegen seine Besatzer erhoben. Hakons Antwort war rasch und blutig gewesen. Arild, Valgrim und Bolverk, die genau zu dieser Zeit bei dem Vizekanzler des Rates weilten, hatten sich nur mit knapper Not in ein Versteck retten können, während ihr Gastgeber gefangen genommen worden war.

»Wir wären im letzten Jahr den blutigen Kriegswirren im

Süden nicht entkommen, wenn der Vizekanzler und seine Familie sich nicht für uns geopfert hätten«, erzählte Arild weiter. »Sie wurden von Hakons Häschern mitgenommen, was nur ihren sicheren Tod bedeuten kann. Seitdem hat niemand mehr etwas von ihnen gehört. Dann ließ Hakon die Grenzen schließen, und wir saßen vier Monate in Symara fest. Jeden Tag Tote, Hass, Flammen, verzweifelte Gegenwehr gegen einen übermächtigen Feind. Jeden Tag Gräber graben, Männer, Frauen und Kinder beerdigen. Frauen und Mädchen wurden von den Söldnern Hakons reihenweise verschleppt – du kannst dir denken, welches Los sie erwartet hat. Alle Freunde, die wir dort fanden, hatten große Verluste in ihren Familien zu beklagen«, sagte Arild bitter. Er war froh gewesen, dass er zusammen mit Valgrim wenigstens einige Menschenleben hatte retten können.

»Genau deswegen musst du auf den Thron, Ethandras.«

Arild zuckte kurz zusammen ob der ungewohnten Anrede mit seinem wahren Namen.

»All das wird ein Ende haben, wenn die Herrschaft der Steinkönige wiederhergestellt ist. Versteh das doch!«, fuhr sein Oheim Theol eindringlich fort.

»Nein, *du* verstehst nicht«, erwiderte Arild und warf mit einer ärgerlichen Bewegung einen Ast auf den Haufen gesammelten Holzes. »All das wird erst recht wieder geschehen – und zwar hundertfach –, wenn ich mein Erbe beanspruche. Ich will nicht auf dem Weg zum Thron über die Leichen meiner Freunde und Verwandten steigen müssen!«

»Du bist unsere letzte Hoffnung, Ethandras. Wir haben so lange gewartet. Wir werden unser Leben gern darangeben, Jaduin seinem rechtmäßigen König zurückzugeben.«

»Der Blutpreis für diese Krone ist zu hoch!«, entgegnete Arild. »Die Königsgabe in mir war so lange verborgen, dass ich mich frage, ob wirklich ich es bin, dem sie zuteil werden sollte.« Seit seiner Kindheit hatte Valgrim ihn auf die Rolle als König vorbereitet, ihn die alten Gesänge und Gedichte gelehrt und ihm die Traditionen ihres Volkes erklärt. Doch die Königsgabe war nicht an ihm offenbar geworden, selbst als er zum Mann heranreifte. Seltsamerweise hatte er es mit Erleichterung wahrgenommen und gern alle Gedanken an den Thron beiseitegeschoben – bis zur Nacht am Frenfluss. Eingesperrt in seinem nassen Gefängnis, gepeinigt von Beklemmung und Platzangst, hatte er Gelegenheit gehabt, über die Folgen seines Fundes am Fluss nachzusinnen, des kantigen schwarzbraunen Steins, mit dem er ungewollt den Damm zum Einsturz gebracht hatte. Und er war zu einem anderen Schluss gekommen als seine Gefährten. Arild war sicher, dass Hakon erbittert seine Ansprüche verteidigen würde. Er dachte an Trond und Reidar und sah voraus, dass das Auftauchen von König Jendros Erbe und seine Ansprüche auf den Thron in einen Bürgerkrieg münden würden, der Jaduin zerreißen und sein Gesicht für immer verändern würde.

»Lieber ein Leben im Verborgenen, wo ich für viele Menschen ohne Umwege Gutes bewirken kann«, sagte Arild.

Theol schüttelte den Kopf. »Dieses Leben ist vorbei. Die Gabe hat sich gezeigt! Noch dazu ist die Tarnung aufgedeckt, und Hakons Bluthunde sind uns auf den Fersen. Wir werden Hakon entgegentreten, denn jetzt kommt unsere Zeit wieder. Du hast noch nicht erlebt, wie mächtig die Gabe der Steinkönige sein kann. Sie wird uns den Sieg fast kampflos bringen.«

»Wie?«, fragte Arild ungläubig und streckte Theol seine verbundene rechte Hand hin. »Soll ich Jaspis samt Palast und falschem König unter einer Steinlawine begraben und mich dann zum einhändigen Herrscher eines großen Felsenfriedhofs erklären?«

Theol hielt inne, im einen Arm einen Stoß Brennholz, in der anderen Hand einen Prügel, den er gerade aufgelesen hatte. Er holte mehrmals Luft, als wolle er etwas Bedeutendes erwidern, doch dann stieß er nur einen Seufzer aus. »Für viele Fürsten im Reich war der Steinkönig mit seiner besonderen Kraft ein Symbol für ein Leben ohne Bedrückung. Es genügte, dass es ihn gab. Vor langer Zeit hat Feodras das Land vom Drachen unter dem Berg befreit und zur Blüte gebracht, von da an waren die Steinkönige Garanten für Reichtum und Frieden. So kann es wieder sein.«

»Das Reich könnte blühen wie eh und je, wenn ihr Jaspis vor siebzehn Jahren nicht aufgegeben hättet!« Arild war es langsam leid, dass ihm jene die Bürde der Rückeroberung auferlegen wollten, die einst voreilig aus Jaspis geflohen waren und seine Mutter Calisa und seinen Halbbruder Harold ihrem Schicksal überlassen hatten.

»Es war damals die einzige Möglichkeit!« Theol seufzte. »Ich dachte, deine Heimat liegt dir mehr am Herzen.«

»Heimat«, sagte Arild und schnaubte. »Wir haben uns wie die Hasen versteckt und so oft unsere Zuflucht gewechselt, dass ich mich kaum erinnere, wo ich meine Tanten und Vettern gerade suchen muss. Ich bin sicher, es geht den anderen genauso.«

Orte und Plätze waren ihm unwichtig. Mit keinem von ihnen verband ihn mehr als ein flüchtiger Aufenthalt. Selbst Jaspis mit seinem Palast war nur noch ein ferner Schatten in seinen Erinnerungen. Arild dachte an die Wälder nördlich des Wolfshag, die den Feodrinern Zuflucht geboten hatten; an seine Tanten und Valgrims Enkel Piarras, Sohn des Etor, einen Jungen von dreizehn Jahren, der Arilds Lieblingsneffe war – und das nicht nur, weil Arild den ganzen Tag mit dem Knaben auf einer Bergkuppe sitzen und in die Wolken schauen konnte. Und er dachte an den Blutwald und wunderte sich, wie sehr sich sein Leben im letzten Mondlauf verändert hatte. Bis vor kurzem war er der Meinung gewesen, er habe sich an die Einsamkeit gewöhnt, die die ständige Wanderschaft und das Leben im Verborgenen mit sich brachten. Bis vor kurzem hatte er nie einen Gedanken daran verschwendet, wie er einer Frau eine Heimat geben könnte.

»Meine Heimat ist bei den Menschen«, sagte Arild schließlich.

»Ich wünschte, ich wäre so sicher, wie Felor es ist, dass du es noch einsehen und das Erbe antreten wirst«, sagte Theol resigniert und bückte sich nach einem Stück Holz.

Arild schüttelte nur den Kopf.

»Felor wird die Ahnin dazu befragen«, fuhr Theol versöhnlich fort, als schien ihn diese Aussicht zu beruhigen. »Wenn wir sie aufsuchen, sind wir an ihren Ratschluss gebunden, so sagt es unsere Tradition«, sagte er und fügte hinzu: »Ja, so sei es«, als erwarte er, dass allein der Hinweis auf diese Autorität seinen Neffen zum demütigen Einlenken bewegen könne.

»Umso besser«, erwiderte Arild. »Wenn sie so weise und friedvoll ist, wie ich hörte, dann wird sie meine Entscheidung gutheißen, und Valgrim, ich meine Felor, wird von seinen Plänen ablassen müssen.«

Theol richtete sich auf und starrte Arild entgeistert an. »Aber das wäre das Ende der Steinkönige, unseres Volkes und unserer Tradition!«

»Die Überlieferungen und Gebräuche unserer Vorfahren sind wunderbar und ehrenwert. Und wenn sie die Größe besitzen, uns bewahrenswert zu erscheinen, werden sie in uns und unseren Nachkommen fortleben, auch wenn unser Volk Jaduin verlassen müsste, um neu zu erblühen.«

»Du verrätst deine Ahnen!«, stieß Theol empört aus, »und das Erbe aller Steinkönige vor dir. Wie kannst du nur so störrisch und respektlos …«

Der Rest drang nicht mehr an Arilds Ohr, denn er hatte genug Holz gesammelt, sich abgewandt und sich auf den Rückweg zum Lager gemacht.

Wenig später erreichte Arild ihren Rastplatz, den sie in einem Hochtal, kaum größer als eine Mulde, aufgeschlagen hatten. Als er dort ankam, hielten die anderen Männer in ihrem Tun inne, erhoben sich und erwiesen Arild stumm ihre Referenz. Arild tat, als bemerke er es nicht, legte das Holzbündel ab und begann, Äste und Reisig in dem Steinkreis aufzuschichten, den einer der Männer gelegt hatte. Bald tanzten kleine Flammen zwischen den Steinen. In der kühlen Feuchte, die sich am Abend in die Mulde gesenkt hatte, war das Feuer angenehm wärmend. Olvir kochte Gerstengrütze und achtete sorgsam darauf, nicht mehr Getreide zu verwenden, als die Tagesration zuließ.

Arild und Valgrim hatten sich in Osgund mit reichlich Fellen für alle eingedeckt, die unerlässlich sein würden für eine Überquerung der Frostberge – selbst zu Zeiten, da der Pass am Tristjoch passierbar war. Ebenso führten sie alle verbliebenen Vorräte an frischer Nahrung, die Wygard ihnen in Stormhavn gegeben hatte, mit sich. So waren sie schwer bepackt aufgebrochen.

Nordöstlich von Osgund, dort wo der Aufstieg zum Pass begann, hatten sich Theol und sein ältester Sohn Damaen, Valgrims Sohn Etor sowie Keril und Machaon, zwei Feodriner Ritter, eingefunden. Da eine solch große Gruppe von Graumänteln überall Aufsehen erregt hätte, waren sie den Siedlungen ferngeblieben, hatten sich abseits des Handelsweges mit Daryn und Olvir getroffen und bei dem verabredeten Lagerplatz auf Valgrim und Arild gewartet. Als die beiden schließlich mit ihren dicken Bündeln eingetroffen waren, hatten die Männer bereits von dem Vorfall am Frenfluss, dem Zeugnis der Königsgabe, gehört. Sie alle hatten Arild mit stürmischen Hochrufen als den neuen König begrüßt und nicht zugelassen, dass er es ihnen verwehrte. Selbst Etor und Damaen, die für Arild immer wie große Brüder gewesen waren, stimmten mit ein, die freundlich neckende Art, die sie sonst ihrem jüngeren Vetter entgegengebracht hatten, wich unbeholfen steifer Förmlichkeit, was Arild irritierte.

Valgrim, der diesen Weg vor zwanzig Jahren bereits mit dem letzten Steinkönig, seinem Bruder Jendro, gegangen war, hatte ihnen gesagt, dass bis zur Ahnin am Eisberg noch etwa zwölf Tagesmärsche über den Bergkamm und durch öde Steppe vor ihnen lagen. Bis dahin gab es keine Möglichkeit, sich mit neuen Vorräten zu versorgen oder zusätzliche Ausrüstung zu beschaffen. Also waren Getreide und Käse, Fisch und Brotfladen, Schmalz und Met genau eingeteilt.

Bald löffelten alle den dampfenden Brei aus ihren Schüsseln.

Am abendlichen Feuer fertigten sie Pfeile aus den Osgunder Pfeilspitzen. Etor berichtete die letzten Neuigkeiten von seinem Sohn Piarras und den anderen Enkeln Valgrims. Valgrim und Arild erzählten ihrerseits von den Geschehnissen in den Küstenstädten. Schließlich bezogen die Wachen ihre Posten, und alle anderen hüllten sich in Felldecken, um im Schlaf Kraft für die bevorstehende Überquerung des Passes zu schöpfen.

Irgendwann in der Nacht wurde Arild von Daryn geweckt, damit er mit ihm zusammen die nächste Wache übernähme. Er schälte sich aus den Lammfellen, die ihm als Schlafsack auf dem frostkalten Boden dienten, stand auf und klaubte Felle und Waffen zusammen. Gemeinsam kletterten sie mit ihren Mondsteinen in der Hand zum Rand des kleinen Hochtals empor und gelangten auf den Hügelkamm. Etwa hundert Schritte links von der Stelle, an der der Weg von Osgund den Hang empor zum Pass führte, traten die Bäume zurück, und man hatte einen weiten Blick über das Tal. Tief liegende Wolken hatten sich über die Osgunder Ebene gesenkt, und nur die Gipfel der Zehn Brüder ragten aus dem fahlen Dunstmeer. Der Atem der Männer kam im Schein der Mondsteine in weißen Wolken aus ihren Mündern. Ihre Schritte waren das einzige Geräusch in der ansonsten stillen Nacht.

Daryn verschwand nach rechts, um sich am Weg zu postieren. Die Verfolger, vor denen Lärka gewarnt hatte, mussten nach Arilds Einschätzung noch einige Tagesreisen entfernt sein, doch Wachsamkeit war nie ein Fehler. Arild suchte sich einen Platz unter einer Kiefer nahe am Abhang, von dem aus er den Weg überblicken und die Aussicht auf das Wolkenmeer genießen konnte, das der Mond so großzügig beschien. Versonnen schaute er in die Wolken, die sich wie eine Decke über den Blutwald, Osgund und alle, die darinnen waren, gelegt hatten. Vermochte sein Blick sie auch nicht zu durchdringen, seine Erinnerungen an das, was darunterlag, waren dafür umso lebendiger.

Wann hatte es begonnen? War es, als er Zeuge wurde, wie sie in Ribehof mit dem Mut einer Kriegerin dem Untier die Stirn bot, um die alte Maggai zu schützen? Oder in Stormhavn, wo sie sich unvermutet in eine attraktive Frau verwandelt hatte, die ihr heiteres Lächeln an den Falschen verschenkte – was ihn fast noch mehr aufgebracht hatte als ihr unabsichtlicher Verrat. Die Eifersucht hatte ihn alle Vorsicht gegenüber Trond vergessen lassen. Oder war es im Blutwald gewesen, wo jeder andere vor Angst wahnsinnig geworden wäre und sie besonnen geblieben war und ein Wunder vollbracht hatte? Als Arild darüber nachsann, wusste er es plötzlich ganz genau: Als er auf dem Markt in Ribehof einer Seelenverwandten begegnet war, die die Kräuterkunst und das Wohl der Menschen genauso leidenschaftlich verfolgte wie er. Da hatte sie ihn sogleich in ihren Bann gezogen. Und wenig später war er durch ihre Anmut, ihre unverstellte Offenheit und ihre tiefgründige Stärke endgültig verzaubert worden.

Er seufzte. Er war froh, dass sie aus Osgund aufgebrochen waren, als fast alle noch schliefen. Ihre Abreise war so verstohlen gewesen wie eine Flucht. Aber ihr zum Abschied in die Augen sehen zu müssen wäre um vieles schmerzlicher gewesen. Er dachte an die Berührung ihrer Hände, als sie zu gleicher Zeit Rutlindis' Kanne hielten. Er hatte nie zuvor eine so vertraute Nähe gespürt wie in diesem Moment, eine Verbindung ohne Fragen, einen Gleichklang des Innersten zweier Menschen.

Danach hatte er unablässig überlegt, wie er ihr helfen könnte, ihr Schicksal selbst zu bestimmen und der Hochzeit mit Barung aus dem Wege zu gehen. Sie schien die Verbindung nicht zu begrüßen, und auch er wünschte insgeheim, dass sie frei bliebe für jemand anderen – für ihn. Dabei war es undenkbar, völlig undenkbar. Für einen Moment war er im Sturm unerwarteter Gefühle blind gewesen für das, was vor ihm lag: ein unstetes Leben als heimlicher Wanderer oder eine gefährliche Herausforderung des Schicksals, sollte er doch sein Erbe als Steinkönig antreten.

Dann hatte ihm Valgrims Eingreifen in Grenjads Haus die

Augen geöffnet. Der Oheim hatte ihn, als Bolverk von Arilds leuchtenden Augen sprach, da er Lärka lobte, plötzlich in ihrer Sprache gefragt, ob sich im Blutwald etwas zwischen ihm und seiner Schutzbefohlenen ereignet hätte, das Orlyg als Verletzung von Lärkas Ehre ansehen könnte und das die Pläne des Thans ändern würde. Arild hatte entschieden verneint. Auch er hatte keinen Zweifel daran, dass Lärka sich würde mit dem Frenemunder verloben müssen, denn die von Orlyg vorgesehene Verbindung war das Beste für das Gleichgewicht der Kräfte im ansonsten zerstrittenen Küstenland.

Wieder klangen ihm die Worte seines Oheims in den Ohren, als sie in Grenjads Stall unter sich waren: »Es liegt ein steiniger und schwerer Weg vor uns. Kein Weg für ein Weib. Und am Ende steht der Thron mit Pflichten, *die du nur mit einer Feodrinerin bewältigen kannst.* Ribehofs Verbindung mit Frenemund hingegen muss das Geestland stärken. Das werden wir bitter nötig haben, wenn es zum Kampf mit Hakon kommt.« Arild hatte wortlos Strohhalme von seiner Tasche gepickt. »Wenn du nicht immer in die Wolken schauen, sondern deinen Blick auf das richten würdest, was vor dir liegt, hättest du bemerkt, dass die Zeit im Blutwald an ihrem Herz gerührt hat«, hatte Valgrim weiter gepredigt. »Ich an deiner Stelle würde die Thantochter nicht mit Freundlichkeiten irremachen, die falsche Gedanken in ihr wecken. In ihr fließt kein Feodriner Blut! Es ist besser, klar und eindeutig zu sein und allen vergeblichen Hoffnungen ein Ende zu setzen. In zwei Tagen ist es vorbei, so oder so«, hatte Valgrim geschlossen und ihre baldige Abreise gemeint.

Sein Verstand sagte Arild, dass sein Oheim Recht hatte. Seine Zukunft war so ungewiss, dass er sie mit keiner Frau teilen konnte. Hatte Lärka nicht dasselbe gesagt? Dann ist es besser, wenn ein Berufener allein bleibt … Ihre Worte hatten ihn unvermutet ins Herz getroffen, als er gerade angefangen hatte, von einem Leben mit ihr zu träumen.

Nach der Rüge seines Oheims war er Lärka aus dem Weg gegangen. Er hatte es zumindest versucht, denn als sie am Mittag des nächsten Tages aus dem Thanhof spazierte, hatte er nicht widerstehen können, ihr zu folgen – um sie vor Übergriffen von Reidar und Roar zu schützen, wie er bei sich selbst dachte. Aber dann war sie zu ihm auf den Wall gekommen. Als sie so beieinanderstanden und miteinander sprachen, war ihm, als sei er nach einer langen Suche am Ziel, als sei er nach Hause gekommen. Ihr in aller Offenheit in die Augen sehen zu können und doch alle Geheimnisse unausgesprochen zu lassen, das Entzücken über die entdeckten wilden Kräuter zu teilen, gemeinsam dem Flug der Wolken zuzusehen und zu ahnen, dass sich die Himmelswanderer den Sterblichen mitteilen wollten – das alles war so köstlich, dass es die unvermeidliche Trennung, einen Abschied wohl für immer, umso bitterer machte.

Er wollte nicht gehen, ohne sie in Sicherheit zu wissen. Deshalb und weil er Barungs Treue und Zuverlässigkeit kannte, hatte er darauf gedrungen, dass sie sich in den Schutz einer Ehe mit dem Frenemunder begab. Der Streit, ihr wütendes Aufbegehren gegen die Bevormundung und die Art, wie sie ihm den Spiegel vorgehalten hatte, hatten ihn mitten ins Herz getroffen. Aber wenn die Brücken zwischen ihnen abgebrochen waren, würde es ihr umso leichter fallen, ihn zu vergessen. Schweren Herzens hatte er keinen Versuch zur Versöhnung mehr unternommen. Und die wortlose Abreise am nächsten Morgen hatte ein deutliches Zeichen sein sollen, um ihr zu zeigen, dass es keinen gemeinsamen Weg für sie beide gab. Wenn er nur nicht in einem Moment der Schwäche seinen Mondstein geteilt und ihr eine Hälfte hinterlassen hätte. Wie hatte er sich nur dazu hinreißen lassen können? Er verachtete sich für diese Torheit. Er hatte es bereut, sie so enttäuscht zu haben und ihre Wünsche bei sich als die eines unwissenden Mädchens abgetan zu haben. Er hatte gehofft, sie mit seinem Geschenk zu versöhnen und sie nicht im Groll zurückzulassen. Erst jetzt wurde ihm bewusst, wie verhängnisvoll sein Geschenk sein konnte, wenn Lärka sich deswegen unerfüllbaren Hoffnungen hingab.

In seiner letzten Nacht in Osgund, als er schlaflos im Stall bei dem Braunen gelegen hatte, hatte er Schritte gehört und sie im Hof im Mondlicht gesehen, wie sie in den Himmel schaute. Nur die Wolken wussten, was sie dort gesucht hatte! Es hatte ihm schier das Herz zerrissen, sie in Osgund lassen zu müssen. Arild hoffte, dass Grenjad sie schützen und die beiden grimmigen Brüder in Schach halten konnte – wenigstens so lange, bis Orlyg nach Osgund kam. Wenn er selbst aus dem Norden zurückkam, würde sein Weg ohne Verzug direkt nach Jaspis führen – ob nun auf der Suche nach der unheilvollen Krankheit, die Hakon geschickt haben musste, oder um gegen Hakon in den Kampf zu ziehen. Ob er sie je wiedersehen würde? Wenn, dann war sie womöglich – gegen ihren Willen – die Braut eines anderen.

Er schaute in das mondbeschienene Wolkenmeer und wünschte sich wieder und wieder, er möge ihr Gesicht dort sehen. Doch die weißen Gespinste, in denen er den ganzen Tag über nach Hinweisen auf Lärkas Wohlergehen gesucht hatte, hatten ihm nur wirre Dinge gezeigt: die Rachen geifernder Hunde, die unangenehme Erinnerungen in ihm weckten, und lodernde Flammen, die ihn sehr verwirrten.

Die Wolken stiegen höher und ließen feinen Nebel zwischen den Bäumen den Hang emporkriechen. Als der Mond seinen Zenit überschritten hatte, gewahrte Arild Daryns Schatten zu seiner Rechten. Er erhob sich, klemmte sein Fell unter den Arm und machte sich daran, mit seinem Gefährten zurück zum Lager zu gehen. Da hörte er etwas, das seinen Schritt stocken ließ. Seine Nackenhaare sträubten sich: Hundegebell klang aus dem Tal zu ihnen herauf. Nicht das Gekläffe der Köter aus Osgund, sondern das tiefe Bellen großer Wolfshunde. Wie vor den Kopf geschlagen blieb Arild stehen und starrte in den Nebel unter ihnen. Während er in den Tiefen seiner Kindheit, von der ein kleines Stück fehlte, nach eben diesen verlorenen Erinnerungen suchte, hatte sich Daryn zu ihm umgedreht und wandte seinen Blick ebenfalls talwärts.

»So nah schon«, flüsterte Arild fröstelnd.

»Lass es Hagbart sein, und er wird unsere Klingen spüren«, knurrte Daryn und legte die Hand an den Schwertgriff. Dann wandte er sich zu Arild. »Diesmal wird es anders sein«, sagte er und sah Arild mit leuchtenden Augen an. »Niemand kann den Steinkönig bezwingen.«

Arild konnte nur wortlos nicken. Er wünschte sich im Stillen, er wäre so siegessicher wie Daryn. Sie kletterten eilig durch die kühle Feuchte des Nebels zu ihrem Lager hinab. Arild war unbehaglich zumute. Die Hunde, die Hast, der Nebel, all das war eng verbunden mit den schrecklichsten Stunden einer fernen Vergangenheit. Die Erinnerungen daran waren hinter einem dunklen Vorhang verborgen. Aber das Hundegebell hatte an dem Schleier gezerrt. Immer noch blieb die Vergangenheit unscharf. Es war unmöglich, die Bilder hervorzuholen und sich ihrer zu entledigen. Stattdessen trug er sie zentnerschwer zusammen mit einem klammen Gefühl in sich herum.

Niemand wusste genau, was damals vor siebzehn Jahren im Moor geschehen war. Er war von seinem Oheim getrennt worden, und alles, woran er sich erinnerte, waren das Hundegebell, der Nebel über feuchter schwarzer Erde und die unaussprechliche Todesangst, die ihn blaue Sterne sehen ließ. Sein Oheim hatte ihn irgendwann ohnmächtig und von Fieber befallen am Rande des Moores gefunden. Niemand, auch er selbst nicht, wusste, wie er dorthin gekommen war. Die Verfolger hatten aufgegeben, nachdem sie durch Arilds Mantel und die entstellten Leichen der beiden Muirans getäuscht worden waren, denen man Valgrims und Daryns Gewänder angezogen hatte. Dann waren die Flüchtenden nach Ribehof geeilt und hatten Schutz bei Orlyg gefunden. Es war Audhild gewesen, die Arild mit großer Heilkunst ins Leben zurückholte. Wie ungewöhnlich ihre Kräfte gewesen sein mussten, ahnte Arild erst, seit er Zeuge von Lärkas Wirken geworden war. Seit damals hatten sie ihre Feodriner Namen abgelegt – sein Oheim Felor nannte sich fortan Valgrim und Ethandras wurde Arild gerufen – und waren als Wanderer unerkannt unterwegs gewesen.

Arild und Daryn erreichten den Lagerplatz, weckten die anderen Männer, und sie berieten sich. Sie beschlossen, im Schein des Mondes und ihrer Mondsteine so weit wie möglich voranzukommen, um in die Sicherheit der Brockensteige zu gelangen, die nur noch einen halben Tagesweg entfernt war. Sie würden so lange wandern, bis der Weg steil und eng würde, und ihm trotz der Dunkelheit folgen. Kein Reiter konnte die Steige erklimmen, und dort wäre jeder Verfolger, der versuchte, sie von unterhalb anzugreifen, weithin sichtbar und deutlich unterlegen. Dort wäre es ein Leichtes, eine Steinlawine auf ihre Jäger herabzustürzen.

Sie hatten kaum ihre Bündel zusammengerafft, da hörten sie wieder Hundegebell. Arild fuhr mit der Rechten unwillkürlich zum Schwert. Nur kurz hatte er sich am Tage an den Waffenübungen der anderen beteiligen können. Seine Wunde an der Hand schmerzte, wenn er die schwere Waffe mit festem Griff hielt und über seinem Kopf schwang. Er würde auf Pfeil und Bogen vertrauen müssen und hoffen, dass es nicht zum Nahkampf käme.

Kurze Zeit später glitt ein Zug aus schwach leuchtenden Mondsteinen durch den nächtlichen Wald mit seinen schwarzen Fichten und winterkahlen Lärchen, als die Männer in einer Reihe hintereinander herliefen. Nach einer Weile veränderte sich die Dunkelheit, und ein fernes Schimmern kündete vom nahenden Sonnenaufgang. Das Grau des Morgens verwandelte sich nach und nach in eine weißliche Dämmerung im heraufziehenden Nebel, und die Männer beschleunigten ihre Schritte. Hellgrau hingen die Wolken über den Baumwipfeln und senkten sich in den Wald herab. Schneeflecken waren zwischen den feucht dunklen Baumstämmen zu sehen. Schmelzwasser machte aus dem Boden braungrauen Matsch, und immer wieder rutschten ihre Füße aus, als sie keuchend weiter emporstiegen.

Sie wähnten sich nicht mehr allzu weit von der Brockensteige entfernt, da ließ ein tiefes Knurren sie innehalten. Angestrengt horchten die Männer in den inzwischen dichten Nebel. Ein Grollen, dann ein Bellen, jetzt war es ganz nah. Jeder wusste, was zu tun war. Um nicht von dem schweren Gepäck behindert zu werden, warfen sie alles außer ihren Wandertaschen kurzerhand in eine Grube bei einem umgestürzten Baum und deckten es mit Zweigen und Geröll zu. In Dreiergruppen wollten sie in verschiedene Richtungen verschwinden, um die Hunde in die Irre zu führen.

Da trat Daryn zu Arild, verneigte sich kurz vor ihm und berührte mit der Schwertspitze den Boden vor Arilds Füßen. »Für Jaduin: ewige Blüte und Freiheit! Für meinen König: mein Schwert und mein Leben!«, sagte er leise. Vor vielen Jahren war dies die Formel gewesen, mit der Daryn als Feodriner Ritter König Jendro die Treue geschworen hatte.

Arild wollte die Arme heben, wollte sagen: »Nein, ich bin nicht der König. Ich bin derselbe, der ich immer war, euer Gefährte. Aus keinem anderen Grund kämpfen wir füreinander.« Doch Daryns Geste war so voller Stolz und Hingabe, dass Arild ob dieser Huldigung ganz befangen dastand. Bevor er etwas dagegen tun konnte, folgten die anderen Männer Daryns Zeichen der Ehrerbietung. Dann verschwanden sie zwischen den Bäumen.

Arild lief mit Etor und Daryn schnellen Schrittes bergan. Das Hundegebell wurde lauter, und schon hörten sie hinter sich das Klirren von Pferdegeschirr, das Schnauben der Tiere und die verhaltenen Rufe der Jäger. Die drei begannen zu rennen. Die Bäume wurden spärlicher, aber durch den Nebel war nicht zu erkennen, wie weit sie noch von dem steinigen Abhang der Brockensteige entfernt waren. Als die Geräusche immer näher kamen, wussten sie, dass es kein Entkommen gab.

Kurz entschlossen blieben sie bei einem steilen Absatz stehen, schlugen mannshohe Bäumchen mit wenigen Schwerthieben ab und schichteten sie zwischen zwei größeren Stämmen oberhalb des Absatzes zu einer notdürftigen Wehr auf. Dahinter kniend, Pfeil und Bogen im Anschlag, erwarteten sie den Feind.

Sie hörten von unten das geifernde Hecheln, noch bevor sie die großen schwarzen Schatten sahen. Daryns Bogensehne surrte, und fast im selben Moment fiel der erste Wolfshund. Arild zielte auf den zweiten, der im Sprung getroffen vor der Wehr sterbend zusammenbrach. Daryn hatte bereits den nächsten Pfeil auf der Sehne, als sie den Schatten eines Reiters sahen, der in diesem Moment das Schicksal seiner Hunde entdeckte. Panisch riss der Mann sein Pferd herum, doch schon traf Etors Pfeil seine Schulter. Der Reiter stieß einen Schrei aus und warnte damit seine Begleiter. Doch die Hunde hetzten unbeirrt weiter auf die drei Feodriner zu. Mittlerweile lagen schon vier tote Tiere auf dem Platz vor der Wehr, und noch immer war unablässiges Bellen zu hören, durchmischt mit gebrüllten Befehlen – die Hundeführer versuchten, die verbleibenden Tiere zurückzurufen.

Für eine Weile blieb der Nebel vor ihnen gestaltlos. Plötzlich bohrte sich neben Arild ein mit Macht geschleuderter Speer in den Baumstamm. Gleich darauf sahen sie unter sich mehrere Männer, die sich mit Lanzen und gespannten Bogen vorsichtig näherten.

»Die Hunde sind an der Leine«, zischte Arild, »jetzt werden sie uns ablenken und umgehen.«

»Nicht, wenn du sie mit der Königsgabe zermalmst«, sagte Etor.

»Siege für uns!«, rief er kämpferisch, und auch Daryns Augen blitzten ob des erwarteten Triumphes.

»Aber ... das geht nicht. Ich kann nicht ...«, stammelte Arild, während er sich suchend umsah. Eine Brandwunde hätte er in Kauf genommen, aber viel größer war seine Furcht, er könnte durch Ungeschick im Umgang mit der Kraft unwillentlich seine Gefährten töten. Etor und Daryn sahen ihn erwartungsvoll an. »Weg hier! Dann haben wir einen Vorsprung, bevor sie etwas merken!«, raunte Arild und missachtete die enttäuschten Mienen der beiden anderen Feodriner.

Sie schossen weitere Pfeile auf die Angreifer ab und gingen dabei gebückt, sich nach allen Seiten umschauend, rückwärts.

Ihre Füße suchten vorsichtig tastend Halt auf dem nassen, rutschigen Boden, während sie sich weiter bergauf bewegten. Es gab jetzt keine Bäume mehr, die Deckung bieten würden, nur noch knorrige, hüfthohe Kiefern.

Unvermittelt erschienen aus dem Weiß schräg unter ihnen dunkle Gestalten. Sie erkannten fünf Männer in königlicher Rüstung, die mit gezückten Schwertern auf sie zustürmten. Mit leisem Sirren flogen die Schwerter der Feodriner aus ihren Scheiden und reckten sich den Soldaten entgegen. Sie bildeten Rücken an Rücken einen Verteidigungskreis und behaupteten sich trotz der Unterzahl. Tapfer fochten sie, und Arild sah zwei Männer von Etors Hand fallen. Er selbst wehrte die Schläge nur mühsam ab, seine schmerzende Rechte konnte das Schwert kaum halten, sodass er es mit beiden Händen führen musste. Immer, wenn seine Bedrängnis zu groß wurde, drehten Daryn und Etor ihre Stellung und deckten Arild.

Plötzlich glitt Arild auf dem rutschigen Boden aus und stürzte an seinem verdutzten Gegner vorbei bergab. Vergeblich suchte seine Linke Halt, während die Rechte das Schwert umklammerte. Da wurde sein Sturz jäh von etwas Stacheligem gebremst. Er schaute sich verwundert um und fand sich von den gefällten Bäumen abgefangen, hinter denen sie sich noch kurz zuvor verschanzt hatten. Vorsichtig richtete er sich auf. In dem dichten Nebel hatte er die anderen aus dem Blick verloren. Er konnte nur gedämpfte Kampfgeräusche, das Klirren von Schwertern und einzelne Rufe hören, ob von Freund oder Feind, war nicht zu unterscheiden. Mit gezücktem Schwert und sich nach allen Seiten umsehend lief er vorsichtig, sich wie ein Blinder vorantastend, in die Richtung, in der er seine Gefährten vermutete.

Um ihn herum war nur weißes, gleichmäßig diffuses Licht. Es gab kein Vorne und kein Hinten, und das Oben ließ sich nur deshalb erahnen, weil er den Waldboden unter seinen Fußsohlen spürte. Es war wie damals. Er war im Nebel verloren, allein und von unsichtbaren Häschern umgeben, die ihn von allen Seiten anspringen konnten. Er hielt sein Schwert umklammert und spürte eine Beklemmung, die aus den Tiefen seines Inneren empordrängte und gegen die er machtlos war.

Da stürmte von rechts der große Schatten eines Angreifers heran, und ehe Arild sich versah, stürzte ein Hüne mit erhobener Streitaxt auf ihn zu. Die Klinge krachte herunter, und nur im letzten Augenblick konnte Arild sie mit dem eigenen Schwert ablenken. Er taumelte unter der Wucht des Schlages rückwärts, seine Schwerthand fühlte sich taub an. Der Krieger stürmte erneut heran, die Axt zum Schlag bereit, doch dann hielt er mitten in der Bewegung inne.

»Das Prinzlein!«, hörte Arild eine spöttische Stimme, die ihm vage vertraut vorkam. »Hat die Küstenkrähe es doch richtig verstanden. Wenn ich es nicht mit eigenen Augen sähe, würde ich jeden einen Lügner nennen, der mir sagt, dass Ihr am Leben seid. Aber die Ähnlichkeit verrät Euch. Wie Ihr dem Moor entkommen seid, mögen die Ahnen wissen, aber *mir* entkommt Ihr diesmal nicht«, sagte der Ritter hämisch, während er mit langsamen Schritten auf Arild zukam.

Nicht viele Erinnerungen waren dem jungen Feodriner geblieben von den Jahren am Hof in Jaspis. Aber den Angreifer mit dem schwarzen Vollbart und der Scharte quer über der Nase würde er selbst dann erkennen, wenn der Mann mitten in einem großen Heer stünde: Es war Hagbart, der grimmige Dornenritter, die rechte Hand Hakons.

Ohne eine Antwort abzuwarten, drängte Hagbart auf Arild ein. Hart rangen sie miteinander und kreuzten im trüben Licht des frühen Tages die Waffen. Nur mit Mühe konnte Arild standhalten. Bald spürte er, wie er unter den mächtigen Hieben seines Gegners erlahmte. Mit einer schwachen Bewegung hob er im Zurückweichen den Arm, doch Hagbart trieb ihn weiter vor sich her, bis Arild schließlich an einem Baumstamm zum Stehen kam, einem schwarzen Pfahl im Nebelmeer.

Sein Kopf summte von der Anstrengung, seine Hand bestand

nur noch aus pochendendem Schmerz. Es würde nicht mehr lange gehen. Hagbart hob die Axt mit triumphierender Miene. »Das hätte ich schon viel früher tun sollen!«

In dem Moment, als er zuschlagen wollte, tauchte Daryn aus dem weißen Nichts auf und lenkte mit einer kühnen Bewegung den Streich ab.

»Vortrefflich!«, rief Hagbart, »jetzt kann ich zwei von euch mit einem Schlag ausmerzen!« Er wechselte die Axt in die Linke und zog mit der Rechten sein Schwert aus der Scheide. Dann stürmte er vor und ließ beidhändig Hiebe auf die Männer niedersausen. Obwohl Daryn und Arild ihn ebenfalls hart bedrängten, konnten sie ihn nicht niederringen. Im Gegenteil, Hagbart hielt ohne Zeichen von Schwäche stand und rief mit lauter Stimme nach Verstärkung.

»Lauf!«, keuchte Daryn, als sie die Schatten der königlichen Soldaten im Nebel auftauchen sahen. Während Arild bergauf stolperte, stieß Daryn mit dem Schwert nach Hagbart und wandte sich ebenfalls zur Flucht vor der drohenden Übermacht. Doch sie kamen nicht weit. Plötzlich ging alles blitzschnell. Daryn stöhnte und strauchelte. Ein Speer steckte in seinem Oberschenkel. Verzweifelt versuchte der wackere Kämpfer, ihn herauszuziehen. Als er bemerkte, dass Arild sich umgewandt hatte und ihm zu Hilfe eilen wollte, hob er abwehrend die Hand. »Flieh, sonst war alles umsonst!«, rief er. »Für meinen König: mein Schwert und mein ...« Sein letztes Wort erstickte in einem Gurgeln, als Hagbarts Schwert von hinten durch seine Kehle fuhr. Daryns Augen brachen. Er kippte vornüber, als der Dornenritter ihm den Fuß in den Rücken setzte, um das Schwert herauszuziehen.

»Für meinen König«, ahmte Hagbart spöttisch die Worte des sterbenden Daryn nach. Dann fuhr er mit schneidender Stimme fort: »Mein Schwert und Euren Kopf! Und die Köpfe Eurer Gefährten gleich dazu!«

Blinde Wut befiel Arild. Gab es denn keinen Ausweg aus diesem Wahnsinn? Würde es nur aufhören, wenn er tot war oder

Hagbart? Mit aller Kraft, die ihm verblieben war, wandte er sich Hagbart zu und hieb auf den Hünen ein, doch der wehrte die Schläge fast beiläufig ab und drängte ihn rückwärts. Er schien den bevorstehenden Triumph für sich allein haben zu wollen, denn mit einer Geste bedeutete er seinen Soldaten, auf Abstand zu bleiben. Nach wenigen Schritten spürte Arild, wie er mit dem Rücken an einen großen kühlen, glatten Stein stieß. Ein kurzer Blick über die Schulter, und er erkannte, dass er in eine mannshohe nebelgraue Felsnische geraten war. Hagbart war direkt vor ihm, die Flanken des Felsens versperrten Arild den Weg nach links und rechts. Der Kampfesrausch war mit einem Schlag vorbei. Arild stand schwer atmend mit hängenden Armen da und spürte, wie erschöpft er war.

Hinter Hagbart tauchten die Soldaten auf und starrten den jungen Mann neugierig an. Hagbart baute sich breitbeinig auf, wog die Axt locker in der Linken und hielt Arild mit der Rechten das Schwert unter das Kinn. »Nun, wer hilft Euch diesmal? Irgendeine Zauberei, von der Eure Vorfahren dem leichtgläubigen Volk erzählt haben? Lasst sehen!«

Arild versuchte matt, mit seinem Schwert Hagbarts Klinge beiseitezuschieben, während seine andere Hand in seiner kleinen Wandertasche nach dem Stein vom Frenfluss suchte.

»›Lebend oder tot!‹, hat Hakon befohlen«, rief Hagbart triumphierend und hob die Axt zum tödlichen Schlag. Arilds Finger umschlossen den kleinen kantigen Stein und ballten sich zur Faust. »Diesmal«, sagte Hagbart, »diesmal möchte ich sicher sein, und nichts ist sicherer als der ...«

Das Ende des Satzes konnte Arild nicht hören. Er taumelte, und es war ihm, als schlössen sich die Flanken des Felsens, an dem er lehnte, um ihn und fingen ihn gleich bergenden Armen auf. Wie aus der Ferne waren der überraschte Ruf des Dornenritters und das klirrende Geräusch zu hören, als dessen Waffe auf Stein traf.

Arild fühlte sich schwindelig und rang nach Atem in der dünn gewordenen Luft. Er ließ seinen Stein fahren, aber der Fels, an dem er mit der freien Hand Halt suchte, zerfloss unter seiner Berührung zu einer feuchten, kühlen Schwade, deren Grau um ihn herumwaberte und ihm die Sicht nahm. Er schwankte und blickte sich nervös um. Er hatte keine Ahnung, wo er war. Von Hagbart gab es keine Spur.

Da wurden vor ihm langsam helle Umrisse sichtbar. Arild blinzelte ungläubig, als die lichtesten Teile des Nebels sich langsam zu einer menschlichen Gestalt formten, deren blendendes Weiß sich halb vom dunkleren Nebel abhob und halb mit ihm verschwamm. Die Erscheinung sah aus wie aus Felsen, Wolken und Sternen geboren: Ein Mann mit steingrau schimmernden Beinkleidern und Stiefeln schien direkt aus dem Boden emporgewachsen zu sein, obwohl er ihn gar nicht berührte. Sein Wams leuchtete in einem Augenblick wie blendend weißer Nebeldunst, im nächsten Moment wie frisch gefallener Schnee. Aus den Ärmeln seines Hemdes ragten hell schimmernde Hände hervor, und um seinen Hals funkelte eine Kette aus silbernen, fünfzackigen Sternen. Glatte silberne Haare rahmten das bartlose, fast knabenhafte Gesicht voller Ruhe und Tiefe ein, das so hell wie der frische Morgenhimmel war. Unzählige winzige blaue Funkenlichter umgaben die Gestalt und bedeckten den Boden, sodass es aussah, als würde sie auf dem Sternenhimmel stehen.

Die Erscheinung stand gelassen, fast reglos vor Arild und schaute ihn aus Augen an, in denen die Weite des Himmels schimmerte. Arilds Hand mit dem gezückten Schwert sank langsam herab. Es gab ein wunderbares altes Lied der Feodriner, das mit klingenden Worten von der überwältigenden Schönheit der Wolkenfürsten erzählte, bei deren Anblick man den Atem der Wolken und den Herzschlag der Berge hört und die grenzenlose Freiheit des Himmels fühlt. Doch die Wirklichkeit übertraf alle wohlgesetzten Worte so weit, wie der Himmel über der Erde war.

Arild war gebannt. Er sah in den Augen des Wolkenfürsten in

einem Augenblick Wolken entstehen und vergehen, segelnd über den Himmel treiben, sich wirbelnd verbinden zu einer weißen, undurchdringlichen Decke aus Wollflaum, sich alsbald verdunkeln zu grauen, schweren Vorhängen und wieder aufreißen, um das Strahlen des blauen Himmels zu enthüllen. Der Edle schaute Arild forschend an mit einem Blick, der den Geretteten wie ein kühler Luftstrom von innen her durchfuhr.

»Ssssssss«, hörte Arild und sah, wie der Wolkenfürst in unendlicher Langsamkeit die Hand bewegte. Nach einiger Zeit veränderte sich der Ton: »Aaaahhhhhh«, strömte es jetzt, und es schien, als würde der andere etwas sagen wollen. Seine Hand bewegte sich eine Winzigkeit weiter und streckte sich nach Arild aus. »Aaeeiiiiiihhhh ...«, tönte es aus dem Munde des Wolkenfürsten, und er berührte Arild am Arm.

In diesem Moment begann sich die Welt um sie herum so schnell zu drehen, dass es Arild erneut schwindeln ließ. Der Nebel wurde am Boden dichter, wallte auf und erhob sich gleich weißen Wänden um sie herum bis hoch über ihre Köpfe. Dann senkte er sich erneut zu ihren Füßen, um wie die Wogen des Meeres gegen den Berghang zu branden.

Unsicher schaute Arild sich um, da strömten die Worte der blendenden Gestalt zu ihm wie eine sanfte Melodie, die der Wind von weit herträgt: »... gegrüßt, Wolkenfreund!«, hörte Arild. »Willkommen auf meinen Höhen. Lange warst du nicht hier. Doch wir wussten, dass du uns in der Zeit der Bedrängnis zu Hilfe eilen würdest. Der Berg ist erwacht.«

Lärka kratzte sich, bis sie blutete. Dann hielt sie inne und schlug sich die Hände vors Gesicht. Im Stroh hausten die Flöhe, und die würden ihr noch mehr als einen Stich beibringen. Aber das war nichts gegen das Schicksal, das sie erwartete. Die beiden seelenlosen Männer würden sterben, wenn nicht ein Wunder geschah. Sosehr sie sich nach Hoffnung sehnte, so wenig Grund gab es dafür. Nur ihr Vater Orlyg konnte sie noch vor dem Scheiterhaufen bewahren, doch Lärka wusste, er würde nicht innerhalb der zwei oder drei Tage, die die Kranken noch am Leben wären, erscheinen.

Tränen der Verzweiflung schossen ihr in die Augen. Sie wünschte sich auf einmal in die Geborgenheit des gleichförmigen Tagesablaufes am Hof ihres Vaters zurück. Asas Maßregelungen erschienen ihr gar nicht mehr so unerträglich. Wenn ich doch nie aus Ribehof fortgegangen wäre, dachte sie. Aber dann gedachte sie der letzten Tage, ihre Gedanken wanderten zu Arild, und sie wusste, dass sie diese Zeit niemals würde missen mögen. Sie hatte das Gefühl, als habe ihr Leben gerade erst begonnen, und jetzt sollte es so grausam enden.

Arild! Wie Recht hatte er doch gehabt. Ohne einen mächtigen Beschützer war sie nicht mehr als ein Spielball zwischen machthungrigen Männern. Selbst Grenjad hatte Reidar nicht aufhalten können. Sie waren also auf sich allein gestellt: ein verwirrter Bader, eine Wahnsinnige, ein Ritter, der noch grün hinter den Ohren war, und sie, eine Hexe ohne Zauberamulett.

Lärka wischte sich mit einem Ärmel über ihr Gesicht, stand auf und lugte aus dem lächerlich kleinen Fenster in den grauen Abendhimmel, unter dem es früh dunkelte. Der Tag war in bedrückend ereignisloser Langsamkeit verlaufen, wenn man von den grotesken Begegnungen mit Melva einmal absah. Gelangweilt saßen zwei Wachen unten vor dem Turm und vertrieben sich die Zeit mit Würfelspielen. Niemand war vorbeigekommen, es gab keine Nachricht von Grenjad, und auch Arild und Valgrim waren nicht zurückgekehrt. Am Nachmittag hatte Lärka Rufe gehört und das Bellen vieler Hunde, das war alles.

Unter ihr hatten Jörn und Bolverk jetzt einen der Kienspäne entzündet, die Lärka aus Melvas Stube mitgenommen hatte. Lärka hatte den staunenden Gefährten zunächst Arilds Mondstein gegeben, doch war es ja nur eine Hälfte, und sein Schein reichte kaum weiter als eine Handbreit in die Finsternis des Verlieses. Hinter der Holzwand hörte Lärka das Rumoren und Gebrabbel der verwirrten Frau.

Melva kam hinter der Wand hervor, den Kopf leicht schief auf die Seite gelegt, musterte sie und sagte mit einem überglücklichen Lächeln, als seien ihr hundert Steine vom Herzen gefallen: »Bist du es, Audhild?«

So ging es immer, wenn Melva sie für mehr als ein paar Augenblicke nicht gesehen hatte. Nachdem Lärka den ganzen Tag über fast ein dutzend Mal vergeblich versucht hatte, Melva zu erklären, wer sie war, hatte sie aufgegeben und den einfacheren Weg gewählt.

»Ja, ich bin es.«

»Ich freue mich, dass ich dich wohlauf sehe. Ich hatte einen schrecklichen Traum – es muss ein Traum gewesen sein, denn du bist ja hier! In dem Traum haben Räuber dich im Wald gefangen, und ich hatte solche Angst, dass sie dich schlachten!«

»Aber nein, ich bin doch hier.«

»Ja, das bist du!«, sagte Melva und nahm Lärkas Hände in die ihren. »Was führt dich her?«

»Glaubst du mir das? Reidar hat mich hier eingesperrt und die Leiter draußen weggeräumt.« Lärka hatte den Tag über genug Anläufe unternommen, um nun zu wissen, dass diese Antwort die beste von allen war.

Melva machte wie jedes Mal auch jetzt ein ungläubiges Gesicht und zwinkerte Lärka dann schelmisch zu. »Er macht bestimmt nur einen Scherz und will uns beide ärgern. Aber hab keine Angst, ich helfe dir . . . Lass mich nur machen.« Dann nickte sie und trottete zurück an ihre Feuerstelle, wo das Abendessen köchelte.

Lärka hörte gerade noch, wie Jörn von unten murmelte: »Glückwunsch, das war mal ein schneller Durchgang«, dann folgte sie Melva schnell genug, um nicht eine erneute Runde der freudigen »ersten« Begegnung durchlaufen zu müssen.

Am Mittag hatte sie Melva um Kienspäne, Bretter aus der Holzwand und Stroh gebeten, um die missliche Lage ihrer Gefährten in dem unteren Geschoss wenigstens etwas zu lindern. Außerdem hatte sie Melvas Behausung in Augenschein genommen, allerdings nur, um festzustellen, dass die kärgliche Einrichtung lediglich aus einer gemauerten Feuerstelle mit Dreibein und Kessel, einem Hocker, einigen Gefäßen, mehreren Bergen getrockneter Kräuter und einer Lagerstatt aus Stroh bestand – wenn man von dem großen Haufen Unrat in einer Ecke einmal absah. Immerhin konnten sie sich aus Melvas Vorräten an Essen und Wasser bedienen und würden nicht verschmachten. Aber Reidars Leute waren gründlich genug gewesen, jegliche Steighilfen, seien es ein starkes Seil oder gar eine Leiter, aus dem Turm zu entfernen, sodass die beiden Männer in ihrem schmutzigen, tief liegenden Verlies ausharren mussten. Immer wenn Melva sich über die Luke im Boden hocken wollte, lenkte Lärka sie zu einer Ecke, wo sie ein Brett durch ein kleines Loch in der Wand geschoben hatte, das allen Unrat ablaufen ließ.

Jörn hatte mittlerweile, ein Brett als Schaufel gebrauchend, einen Winkel des Fußbodens gesäubert, mit Stroh ausgelegt und ein Lager bereitet. Darauf saß Bolverk, der seit der Gefangennahme von großer Niedergeschlagenheit befallen war, starrte auf den Mondstein in seinen Händen und stieß in einem fort Klagen aus. »O nein, was können wir nur tun? *Tudowis tud,* aber ich nicht, *Balond, Balond.*« – »Der König sagte doch, ich soll gut auf sie aufpassen. Der König hat es befohlen, dann muss ich folgen! Jetzt wird sie den Schurken in die Hände fallen, und die werden sie umbringen. Das darf nicht wieder passieren! Welch ein Unglück!« Dazu redete er vieles in seiner eigenen Sprache, sodass Jörn und Lärka kaum wussten, wie sie ihm helfen könnten.

Lärka ließ sich gar von Bolverks Niedergeschlagenheit anstecken. Die nackte Angst hatte sie befallen und lag ihr wie ein schwerer Klumpen im Magen. Sie hatte den ganzen Tag nichts gegessen, und mehr als einmal hatten ihre Knie gezittert, wenn ihr Blick aus dem Eingangsloch auf das aufgeschichtete Holz vor dem Turm gefallen war. Jörn hingegen sprach ihr Mut zu. Er war sicher, dass Grenjad schon bald erscheinen, sie befreien und sich alles zum Guten wenden würde.

Gerade war das Klagen des Baders besonders laut zu hören, und Lärka huschte aus Melvas Kammer in den Vorraum, um nach ihren Gefährten zu sehen.

»Wir müssen etwas tun«, sagte Jörn mit gedämpfter Stimme. »Bolverks Gejammer ist schlimmer als der Gestank hier unten.«

»Wenn ich nur etwas von Arilds Zauberstaub hätte«, erwiderte Lärka ebenso leise. Sie war sicher, das würde dem Bader guttun. Und ihr würde es guttun, ihre Kette bei sich zu wissen, mit der sie sich schon einmal aus einer ausweglosen Lage hatte retten können.

»Davon würde ich auch nehmen«, seufzte Jörn. »Aber vorerst wäre ich für etwas Werg dankbar, um mir wenigstens die Ohren zuzustopfen.«

Melva hatte aufgehört, im Getreidebrei zu rühren, den sie für das Abendessen bereitete, kam zu Lärka geschlurft und spähte in das Loch im Boden hinab, das von der Flamme des Kienspans, den Jörn in der Hand hielt, in flackerndes Licht getaucht war.

»Wo kommt denn das Licht her? Besuchen uns etwa die Elfen?«, fragte Melva und reckte ihren Hals. »Jeden Abend stelle ich eine Schale Milch an die Türe, dass sie etwas zu trinken haben, wenn sie herumstreifen. Aber dass ich sie einmal selbst sehe, hätte ich mir nie träumen lassen.« Da gab es unten eine Bewegung, und Jörn erschien im Licht, um seinerseits nach oben zu starren.

»Audhild, wer ist das?«, fragte Melva verschreckt.

»Das sind Freunde. Sie sind auch gefangen«, erwiderte Lärka.

Melva machte ein verdutztes Gesicht. Lärka zuckte teilnahmslos mit den Schultern, während unten erneut Bolverks *»Balond, Balond!«* ertönte.

Melva schaute angestrengt in das Loch. »Die Fremden da kenne ich nicht. Gehören sie etwa zum Gefolge des jungen Than? Ich dachte, der sei schon längst wieder abgereist.«

»Welcher Than?«, entgegnete Lärka.

»Na, der aus Ribehof, so ein junger, hübscher Kerl mit sandfarbenen Haaren.«

»Du meinst Than Orlyg?«, fragte Lärka zweifelnd.

»Ja, genau, so heißt er!«

Die verwirrte Frau starrte einen Moment vor sich auf den Boden und schaute Lärka dann wieder nachdenklich an. »Der Traum, er war so echt! Du gingst in den Wald und wurdest wirklich von Räubern verschleppt! Oh, Audhild, geh nicht allein, wenn du das nächste Mal Kräuter suchst. Versprichst du es?«

»Aber ja«, beschwichtigte Lärka, nahm Melva am Arm und schob sie zurück in die Kammer. Dort nahm sie eine Holzschüssel, die bei der Feuerstelle auf dem Boden lag, wischte sie mit ihrem Gewand aus, schöpfte von dem Brei hinein und wollte die Kammer verlassen, um Jörn und Bolverk etwas zu bringen.

»Audhild, wo gehst du hin? Wir können doch hier essen.«

»Aber das ist doch für meine beiden Gef...«, ein Blick in Melvas Augen ließ Lärka innehalten, »für die hungrigen Elfen, die heute Nacht herumziehen.«

Melvas Miene erhellte sich, und sie nickte verständnisvoll. Sie nahm den Kessel vom Feuer, stellte ihn vor den Hocker und begann, mit dem großen Holzlöffel direkt aus dem Topf zu essen, wobei ihre zottigen Haare fast in den Brei tauchten. Lärka schlenderte unauffällig zum Vorraum und ließ die Holzschüssel vorsichtig in Jörns Hände fallen. Dann legte sie sich in der Dunkelheit auf das Stroh neben dem Eingang. Melva hatte ihre Anwesenheit schon wieder vergessen und bereitete nebenan ihr Nachtlager. Von unten hörte Lärka die gedämpfte Stimme von Bolverk, der den entnervten Jörn in einem fort beschwor, dass man holde Maiden auf keinen Fall allein ohne Schutz lassen dürfe und dass Jörn, wenn er je eine Braut wählen würde, ihr am besten alle Speerträger des Thans als ständige Garde zur Begleitung geben solle.

Lärka glaubte, kaum geschlafen zu haben, als sie aus einem unruhigen Schlummer erwachte. Es war noch dunkel, aber vereinzelt konnte man schon die Vögel hören. Da war jedoch noch etwas.

»Pst! Psssst!«, hörte sie irgendwo neben sich. »Lärka, Jörn! Ist da jemand?«, zischte eine Flüsterstimme.

Sofort sprang sie auf, lief zu dem kleinen Fenster gegenüber dem Eingang und schaute hinaus – direkt in die Augen von Moryn.

»Wie kommst du denn hier hoch?«

»Ich heiße nicht umsonst ›die Eidechse‹«, flüsterte der Junge. Lärka sah jetzt seine Finger, wie sie sich am Fenstersims festkrallten, der gut drei Mannslängen über dem Boden liegen musste. »Vater schickt mich. Ich soll sagen: Roar und sein Sohn Kodran liegen noch immer in ihrem Haus.«

»Kümmert sich deine Mutter um sie, so wie Bolverk es gesagt hat? Sie muss die Kranken unbedingt festbinden.«

»Sie durfte sie einmal besuchen und hat Roars Frau gesagt, was sie machen soll. Ich soll noch sagen: Vater kann nichts gegen Reidar tun. Aber er hat einen Boten zu Than Orlyg geschickt. Und ich soll fragen, ob ihr irgendwas braucht.«

»O ja, eine Leiter, Seile und einen Fluchtplan«, sagte Lärka bitter.

Moryn schaute sie fragend an.

Lärka überlegte kurz. »Deine Mutter soll dir die Kette von Audhild mitgeben. Rutlindis weiß, was ich meine. Und den kleinen Tonkrug aus meinem Bündel.«

»Gut, aber ich weiß nicht, ob ich vor Sonnenaufgang noch mal kommen kann.«

»Gestern Mittag gab es Lärm im Dorf und Hundegebell. Was ging da vor sich?«, fragte Lärka.

»Es kamen Fremde, Leute des Königs. Ein Ritter mit kohlschwarzem Bart und einer hässlichen Narbe quer übers Gesicht führte sie an. Vater wollte ihn um Hilfe gegen Reidar bitten, aber dann hat er es gelassen, denn der Ritter erkundigte sich nach den Graumänteln.«

Lärka erschrak. »Was geschah dann?«

»Vater sagte, dass die beiden Wanderer schon lange weg seien und wir nicht wüssten, wohin sie gegangen seien. Es waren mehrere Männer mit vielen großen Hunden. Der Ritter hat auch Reidar besucht, aber niemand weiß, worüber sie gesprochen haben«, sagte Moryn und bog den Kopf zurück, um nach links und rechts zu spähen. »Ich muss jetzt gehen, sonst sieht mich noch die Wache.« Kein Geräusch verriet, wie sich Moryn lautlos im Dunkeln davonstahl.

Lärka legte sich wieder hin, starrte blicklos ins Dunkel und ließ ihre Gedanken schweifen. Ihre Verzweiflung und Anspannung ließen sie stumme Tränen weinen.

Sie musste irgendwann eingeschlafen sein, denn als sie die Augen wieder aufschlug, strahlte Tageslicht durch eines der kleinen Fenster. Melva hielt den Kopf schräg und schaute sie in der ihr eigenen Weise aus fragenden Augen an. »Audhild? Bist du es? Was machst du hier?«

Lärka erwiderte wie gewohnt, dass Reidar sie hier eingesperrt hätte, worauf Melva prompt ihre Hilfe versprach und anschließend – das Hilfsangebot sogleich wieder vergessend – die Stube mit einem Reisigbündel auskehrte.

Als Lärka ihren beiden Gefährten von Moryns Besuch erzählte und seinen Bericht über die Kranken und über den schwarzbärtigen Ritter wiederholte, wurde Bolverks Jammern lauter. »O weh, *argulo*, der Schwarze! Wir hätten ihn verbannen sollen! Jetzt wird er sie jagen und nicht ruhen, bis er ihre Köpfe zurückbringt! *Balond tanaskatlan!* Weh uns!«

Lärka zuckte zusammen. Bitte nicht!, flehte sie innerlich.

Jörn versuchte das Wimmern zu übertönen. »Grenjad wird uns wohl nicht helfen«, stellte er fest. »Aber dein Vater wird herbei*fliegen*, wenn er das hört.«

»Er wird es nicht schaffen«, sagte Lärka tonlos. »Bis er davon erfährt, die Schiffe klargemacht hat und die Küste hinaufgesegelt ist, vergehen leicht sechs oder sieben Tage.«

»Doch! Bei günstigem Wind ist man in wenigen Tagen hier hochgesegelt. Er wird kommen, bevor es den beiden Seelenlosen auch nur einfällt, davonzuspazieren.«

»Aber Arild wird es nicht retten«, murmelte Lärka vor sich hin. Sie schloss verzagt die Augen. Ihre Gedanken kreisten um Arilds Schicksal und ihr eigenes und kamen weder zur Ruhe noch zu einem Ziel.

»He, Lärka, wach auf!«, hörte sie Jörns Stimme aus der Ferne.

»Ich hab nicht geschlafen«, nuschelte sie und schlug die Augen auf.

»Wir verhungern hier fast. Hättest du vielleicht die Gnade, ein paar Krümel von deinem Tisch fallen zu lassen?«

»Wie kannst du nur immerzu ans Essen denken?«, fauchte Lärka wütend.

»Na hör mal! Der Brei gestern Abend war nicht gerade üppig«, entgegnete Jörn verdrossen.

»Na gut«, brummte sie und schlurfte zu Melva.

Die hatte sich mit dem Rücken zu ihr vor dem Fenster sitzend in ein Buch vertieft. Lärka hatte einen solch schweren, in Leder gebundenen Haufen Pergament erst einmal in ihrem Leben gesehen: vor vielen Jahren, auf einem Gang über den Ribehofer Markt mit ihrer Mutter. Im Geestland wurden alle Überlieferungen, Lieder und Gedichte abends am Feuer erzählt und von den Kindern auswendig gelernt. Leise schlich Lärka hin und her, bis sie den beiden Männern alles Nötige gebracht hatte. Dann blieb sie unschlüssig stehen. Melva hatte das Buch für einen Moment zur Seite gelegt und stierte sie nun überrascht an. Lärka löste sich aus der Starre und gesellte sich zu Melva unter dem Vorwand, sie besuchen zu wollen. Nachdem sie die übliche Rede über Traum und Räuber ausgetauscht hatten, fragte Lärka: »Was ist das für ein Buch?«

»Tu nicht so. Du kennst doch Maggais Kräuterbuch! Ich soll es studieren, bis sie vom Frühjahrsmarkt in Ribehof zurück ist, hat sie gesagt. Und ich will sie nicht enttäuschen.«

Lärka war, als setze ihr Herz für einen Moment aus. Ein *Buch* über die Kräuterheilkunde! Der Dicke nach zu schließen, musste es umfangreiche Ausführungen enthalten, und der Umstand, dass Maggai eine Schülerin darin studieren ließ, sprach dafür, dass wichtige Geheimnisse der grünen Kunst auf den Blättern verzeichnet waren.

»Willst du mir daraus vorlesen?«, fragte Lärka und spähte staunend auf die vergilbten Seiten, auf denen sich rätselhafte Zeichen neben den Zeichnungen von Pflanzen tummelten. Ihre erbärmliche Lage war für einen Moment fast vergessen.

»Bei jeder anderen würde mir Maggai das verbieten, aber duuu …«, Melva hob die Augenbrauen, »… bist ja ihr Liebling.« Melva wandte sich ohne ein weiteres Wort dem Buch zu und begann dort, wo sie gerade den Finger hatte, schwerfällig vorzulesen. Es war eine Anleitung zur Behandlung von Beingeschwüren mit Beifuß-Honig-Kompressen und Brennnesselsaft. Melva las bis zum späten Mittag. Dann begann sie, den Rest des Getreidebreis vom Vortag aufzuwärmen.

Plötzlich hörten sie, wie die Leiter am Eingang angestellt wurde. Keelias Gestalt erschien, das Mädchen grüßte sie schüchtern.

»Rutlindis, bist du aber gewachsen«, sagte Melva. »Wie schnell die Zeit vergeht. Komm doch herein!«

»Aber ich darf nicht! Ich darf nur den Korb abgeben«, sagte Keelia und schaute sich unsicher um. Lärka lief zu dem Mädchen hin und griff nach dem Henkel.

»Ich bringe Grüße von meinem Bruder«, sagte Keelia, da ertönte schon von unten eine raue Stimme: »Genug! Runter mit dir!« Ein Wächter rüttelte an der Leiter, und Keelia musste sich festhalten, um nicht herunterzufallen. Schnell fasste Lärka nach den Leiterenden, und das Mädchen stieg rasch die Sprossen hinab.

»Wollte sie nicht hereinkommen?«, fragte Melva.

»Nein, sie muss noch … ähm … etwas für Mutter besorgen«, flunkerte Lärka.

Die Frau brummte und wackelte zurück in die Kammer.

Lärka steckte den Kopf aus der Tür, schaute nach unten und sah mit Verwunderung, wie Keelia, beladen mit einem schweren Wasserkübel, die Leiter wieder emporkletterte.

»Sie haben Angst vor deinem bösen Blick. Deshalb muss ich alles bringen«, sagte das Mädchen. Lärka nahm den Kübel, und Keelia kletterte eilig hinunter, während die Wachen grölten und wieder an der Leiter rüttelten.

Als Lärka mit Kübel und Korb zu Melva trat, zeigte diese erfreut auf den Kessel mit dem dampfenden Brei, den sie zuvor erwärmt hatte. »Sieh! Die Elfen waren da und haben gekocht!« Dann schaute sie auf den Korb in Lärkas Hand, der mit Zwiebeln, Getreidesäckchen, Eiern, zwei Äpfeln, einem Tiegel mit Schmalz und einer Holzschale mit Butter gefüllt war.

»Elfen«, wiederholte Lärka tonlos. Sie erwog schon gar nicht mehr, Melva irgendetwas zu erklären.

»Ah! Habe ich mir gleich gedacht, dass *sie* dir das Geschenk gegeben haben«, sagte Melva, nahm Lärka den Korb ab und stellte ihn in eine Ecke.

»Hast du sie etwa gesehen? Die Elfen versorgen mich so gut! Immer sind meine Fässer und Eimer voll, nie fehlt es mir an etwas, und mein Essen kochen sie auch. Komm, iss mit mir!«

Nach dem Mittagessen gönnte sich Melva einen Mittagsschlaf, der es Lärka erlaubte, Jörn und Bolverk zu versorgen und sich den Inhalt des Korbes näher anzusehen. Sie nahm alle Speisen heraus und fand zuunterst den kleinen Tonkrug, den sie erbeten hatte. Die Kette fand sie nicht. Sie hob den Korb hoch und schaute die Unterseite an, konnte aber nichts Auffälliges bemerken. Als sie erneut das Innere des Korbes durchsuchte, kam ihr ein Gedanke. Kurz entschlossen öffnete sie die Fibel, die ihr Gewand hielt, stellte die Nadel auf und stach in den Boden des Korbes. An diesem war eine Bastmatte befestigt, die sich einfach heraushebeln ließ. Darunter kam tatsächlich ihre Silberkette zum Vorschein. Sie presste den Schmuck dankbar an ihre Brust. Jetzt konnte sie auf ihre Weise nach einem Ausweg suchen. Schnell legte sie sich die Kette um und verbarg sie unter den Aufschlägen ihres Kleides, als fürchtete sie, jemand könnte sie ihr wieder entreißen.

Lärka nahm den kleinen Tonkrug, beugte sich über das Loch im Boden und schwenkte das Gefäß über Jörns Kopf.

»Hier ist Hilfe für Bolverk. Lass es uns versuchen.« Jörn fing das Gefäß auf, öffnete es und hielt es Bolverk unter die Nase, aber nicht, ohne vorher selbst noch einen kräftigen Atemzug genommen zu haben. Das Jammern verstummte.

»Bei den lieblichen Mauern von Jaspis«, konnte sie Bolverk auf einmal vernehmen. »Ich bin im Garten von Burg Drachenkrone. Da, der Teich und der Riese! *Hamzaah!*«, seufzte er entrückt.

»Ich glaube, es hilft«, raunte Jörn, während Bolverk begann, vor sich hinzusummen.

Gegen Abend hatte Jörn zum fünften Male zum Staub gegriffen, um des Baders Gemüt zu erhellen. Aber dessen Rede wurde immer wirrer, jetzt sah er eine grünäugige Feenkönigin in einem verzauberten Edelsteinpalast. Jörn hatte große Mühe, ihn zu beruhigen. Wenn die Wirkung des Pulvers nachließ, war außer einem wimmernden Gestammel in seiner fremden Sprache nichts mehr von Bolverk zu hören.

Melva hatte kleine warme Brotfladen mit Butter zum Abendessen bereitet, von denen Lärka die meisten unter ihrem Oberkleid verbarg, anstatt sie zu essen, um sie Jörn und Bolverk zu reichen.

Bei Anbruch der Dunkelheit verabschiedete sie sich von Melva. Sie tat, als gehe sie, und legte sich voller Erwartung im Vorraum schlafen.

Als Lärka die Welt der Schemen und Schatten betrat, sah sie unter sich Bolverks Biberschemen und neben ihm Jörn, einen unruhig tänzelnden Otter. Lärka ließ den Blick weiterschweifen und erkannte in der Nähe ein Murmeltier, das sich rastlos hin und her wandte. Das musste Melva sein. Ansonsten sah sie keine Schemen mit flackernden blauen Lichtern im Turm. Lärka, die auf den Geist des Druiden oder freundlich gesonnene Gorunnen gehofft hatte, war ratlos. Sie dachte sich vor den Turm. Die zwei grauen Schemen der Wächter schwebten herum. Ohne zu verweilen, dachte sie an Rutlindis' und Grenjads herrlich verziertes Haus. Aber anstatt bei ihrer Tante fand sie sich in einiger Entfernung vom Turm inmitten von Häusern voller ruhender Gestalten wieder.

Wie damals am Fluss gab es eine unsichtbare Kraft, die sie am Weiterkommen hinderte. Lärka war betrübt. Sie ließ Gedanken und Traumblicke ziellos schweifen, doch es gab nichts, was Hilfe oder einen Ausweg versprach. In der Ferne gewahrte sie lautlose Blitze, die vom Gipfel des Hohen Goldfang ausgehend über den Bergen aufflammten. Sie hoffte inständig, dass dies kein weiteres Unheil für Arild bedeuten möge, und kehrte niedergeschlagen zum Turm zurück. Als sie bei den Schemen der zwei Wachen anlangte, konnte sie nicht vermeiden, Fetzen ihres Gesprächs zu bemerken. Im Schatten des einen Wachmanns tauchte eine Frau mit wirrem Haar und bösartig verzerrtem Gesicht auf, deren spindeldürre lange Finger Blitze schleuderten. In der Antwort des anderen saß die Frau auf einem lodernden Holzstapel und warf grässlich schreiend die Arme empor. Es dauerte einen Moment, bis Lärka erkannte, von wem da die Rede war. *Nein! Das bin ich nicht! Ich bin keine Hexe!*, wollte sie die Wachen anschreien, doch im letzten Moment hielt sie sich zurück.

So schwebte sie verdrossen an den Wachen vorbei und nahm sich vor, auf weitere Rundgänge zu verzichten. Jetzt sah sie die Schemen von Jörn und Bolverk unter sich. Vom Biberschatten stiegen die Bilder einer Geschichte auf, die ihr bekannt vorkam. Da war ein junges Mädchen mit wunderbarem Gesang und ein Ritter, dem sie innig zugetan war. Die Eltern sprachen auf das Mädchen ein, das folgsam nickte und verschwand. Dann wandten sich die Eltern um. Lärka erkannte den Vater und hätte vor Überraschung beinahe laut seinen Namen ausgerufen: Dies war eindeutig Bolverk, wesentlich jünger und mit mehr Haaren auf dem Haupt, aber die Ähnlichkeit war unverkennbar. Er trug ein fremdartiges weißes Wollgewand, und sein Gebaren war würdevoll. Während sie sich von ihrer Überraschung erholte, hatte die Erzählung den dramatischen Höhepunkt erreicht, an dem das Mädchen von gesichtslosen Räubern erschlagen wurde. Lärka war betroffen. Die Geschichte, die Bolverk ihr auf der Reise erzählt hatte, war seine eigene gewesen, und es war seine Tochter, die auf so tragische Weise ihr Leben verloren hatte.

Während die Bilder der Erzählung vorbeitanzten, ruhte der Biberschatten regungslos und schlief. Er zuckte nur in den Momenten zusammen, wenn der Vater in der Geschichte sich selbst einen Narren schalt. Das war verwunderlich. Alle Tierschemen, die Lärka in ihren Wahrträumen bislang gesehen hatte, waren stets wach gewesen, selbst wenn die Menschen geschlafen hatten. Ob sie den Biberschatten wecken musste, um Bolverk zu helfen? Oder würde sie alles nur schlimmer machen?

Sie würde es wagen. Bolverk schien ohnehin von Sinnen, und sie selbst war dem Scheiterhaufen geweiht. Gleich was passierte, es konnte nicht schlimmer für jeden von ihnen kommen. Lärka schwebte so nah an den Biberschatten heran, wie es ging, und hauchte: »Bolverk! Wacht auf! Erwachet! Schlaft nicht länger!« Einer Eingebung folgend fügte sie hinzu: »Euer König braucht Euch!«

Da regte sich der Biberschemen und blinzelte, als würde grelle Sonne in das Verlies fallen. Lärka wich zurück und verfolgte staunend, wie das Tier sich träge bewegte. Es schaute sich panisch um. Doch bald schien es sich zu entspannen und wurde munterer. Lärka wollte die Wirkung ihres Bemühens unverstellt erleben und wünschte sich zu erwachen.

Bald darauf schlug Lärka die Augen auf, kroch zu der Bodenluke und hörte den Bader sprechen.

»... jetzt ist alles viel klarer«, sagte Bolverk mit veränderter, tieferer Stimme. »Aber an vieles kann ich mich nicht recht erinnern. Vermutlich ist das besser für mich, aber für Euch, junger Freund, heißt es, dass Ihr meiner Erinnerung an einigen Stellen aufhelfen müsst. Wir sind also hier gefangen.«

»Ja. Wenn Roar und sein Sohn an der Krankheit sterben, wird Reidar über uns zu Gericht sitzen«, sagte Jörn. »Aber seid getrost, denn mein Oheim, Than Orlyg aus Ribehof, ist auf dem Weg hierher und wird uns gewiss retten.«

Lärka beugte sich über die Luke. Sie sah, wie Bolverk sich einen neuen Kienspan anzündete, ihn über seinen Kopf hielt und begann, murmelnd und brummelnd an den Mauern des Verlieses entlangzuschreiten.

»Was macht er da?«, fragte Lärka leise.

»Keine Ahnung. Er ist irgendwie verändert – als wäre er ein anderer Mensch, besonnener und klüger«, flüsterte Jörn. »Und er hat aufgehört zu jammern, auf einmal, einfach so.«

Beide beobachteten den Bader, wie er mit gemessenen Schritten, die nichts mehr von der wuselnden Hast zeigten, die er sonst an sich hatte, umherschritt. Als er wieder bei Jörn ankam, folgte er dessen Blick, hob den brennenden Span in die Höhe und musterte Lärka.

»Es ist ernst, aber nicht hoffnungslos. Diese Mauern sind kein Kunstwerk, doch alt und ehrwürdig und nicht so leicht zu erschüttern. Die Fenster gerade in der rechten Höhe, die Steine fast fugenlos aufeinandergesetzt. Ein ideales Verlies. Da hilft nur graben. Wir brauchen Lampen, Schaufeln, Bretter und Klingen«, sagte er an Lärka gewandt, als erwarte er, sie könne das Gewünschte herbeizaubern.

»Aber Talglampen gibt es nur am Thanhof, und Melva hat nirgends etwas Spitzeres als einen Holzlöffel«, erwiderte sie und hoffte im Stillen, Moryn könnte etwas davon besorgen.

»Irgendein Metallstück tut es auch. Damit kann ich vielleicht einzelne Steine lockern und herausziehen. Ansonsten bleibt uns nur, einen Tunnel zu graben, aber das dauert seine Zeit.« Er schaute Lärka und Jörn erwartungsvoll an.

»Einen Tunnel! Ein Durchbruch, ja, natürlich!«, sagte Jörn eine Spur zu laut.

Bolverk zupfte ihn unwillig am Arm und legte den Finger an die Lippen, um ihn zur Stille zu ermahnen.

»Wir brauchen nicht auf Orlyg zu warten, sondern graben uns einfach frei, wie die Maulwürfe«, fuhr Jörn gedämpft fort, »und dann verstecken wir uns in ...«, Lärka hätte beinahe den Blutwald vorgeschlagen, aber sie biss sich auf die Zunge und Jörn schloss: »... bei Grenjad. So lange, bis Orlyg kommt. Ich habe ja gesagt, dass alles gut wird!«

»Jetzt ist es zu dunkel, und die Wachen würden vielleicht etwas merken. Aber hier ist eine meiner Gewandfibeln«, sagte Lärka, löste die Nadel vom Gewand und reichte sie Jörn hinunter. »Gleich morgen früh schaue ich, was ich von Melva bekommen kann«, flüsterte sie, obwohl sie kaum Hoffnung hatte, etwas Brauchbares zu finden. Sie wünschte den beiden eine gute Nacht, nahm ihre Kette ab und versteckte sie im Stroh. Ich werde mit meinen Träumen nichts weiter tun können, dachte sie. So begab sie sich in einen traumlosen Schlaf.

Als Lärka am Morgen erwachte, hörte sie, wie Bolverk ihrem Vetter leise Abhandlungen über den Bau von Wehrtürmen, die verschiedenen Arten von Fundamenten und die richtige Zusammensetzung des Mörtels hielt. Bolverk war ein anderer geworden, und Lärka konnte nur staunen. Nachdem sie den beiden einen guten Morgen gewünscht hatte, konnte sie der Versuchung nicht widerstehen, ihrer Neugierde nachzugeben.

»Bolverk, erlaubt, dass ich etwas frage«, begann sie leise. »Gestern noch war hier ein jammernder Bader, aber ich habe den Eindruck, der ist nicht mehr da. Wer seid Ihr?«

Ein Lächeln huschte über Bolverks Gesicht. »Das zu beantworten bräuchte so lange, dass an Flucht nicht mehr zu denken wäre. Aber eines werdet Ihr verstehen, werte Herrin: Wer sich verändern kann, wenn die Umstände es nötig machen, lebt länger. Wer wie versteinert tatenlos herumsitzt, ist schon so gut wie tot.« Eine leichte Neigung des Kopfes und sein Blick machten deutlich, dass von ihm nicht mehr zu erfahren sein würde.

»Erfreut, Euch kennen zu lernen«, antwortete Lärka. Dies muss der wahre Bolverk sein, dachte sie, der treue Gefährte von Arild und Valgrim. In ihr keimte eine zarte Hoffnung. Wenn sie nur etwas Werkzeug fände, dann würden sie vielleicht entkommen. Endlich ließ sie sich von Jörns Zuversicht anstecken. Mit leichterem Herzen ging sie zu Melva, gab wieder vor, auf einen kleinen Besuch vorbeigekommen zu sein, und besorgte ein Frühstück »für die Elfen«, was Melva mit einem verschwörerischen Zwinkern hinnahm.

Als wenig später Keelia kam, stellte sie den Korb hin und sagte nur: »Nichts Neues«, bevor sie von den groben Wachen fast von der Leiter gestoßen wurde. Lärka rief ihr Grüße an Moryn nach und hoffte, der Junge würde diese Nacht wiederkommen. Melva vertiefte sich nach dem Frühstück in die immer gleiche Stelle von Maggais Buch und gab Lärka Gelegenheit, die Kammer zu durchforsten. Die junge Frau näherte sich entschlossen dem Haufen aus Unrat und zusammengekehrtem Stroh in der dunklen Ecke und fing an, darin herumzuwühlen. Zunächst fand sie einige Tierknochen und Eierschalen, Tonscherben und Stofffetzen. Dann fassten ihre Finger an kühles Metall. Verwundert hielt Lärka einen kleinen runden Bronzespiegel in die Höhe, dessen Spiegelfläche trüb und angelaufen war. Zum Graben würde er nicht taugen, aber vielleicht konnte er Melva verleiten, ihre Haartracht zu ordnen. Lärka zupfte Stroh und Fischgräten von dem Spiegel ab, legte ihn beiseite und wühlte weiter in der Hoffnung auf andere Schätze.

Zwischen Halmen und verklebten Flocken von Schafswolle fand sie einen Holzlöffel mit abgebrochenem Stiel, eine verbogene Ahle und schließlich einen knöchernen Kamm, an dem fast alle Zinken fehlten. Sie hatte beinahe alles durchsucht, als ihr ein anderer metallener Gegenstand in die Hände fiel, der sie innerlich jubeln ließ: eine Schere für die Schafschur. Die breiten Schneiden des zangenförmigen Werkzeuges ließen sich so nebeneinander bringen, dass es ein leidliches Grabwerkzeug abgab. Sie sammelte ihre Schätze auf und reichte sie den beiden Männern ins Verlies hinab.

»Wenn wir damit einen Tunnel graben sollen, sind wir bis zur Sonnenwende noch nicht fertig!«, stöhnte Jörn.

»Oh, Ihr wisst nicht, was zwei rechte Männer an einem Tag vermögen«, erwiderte Bolverk. »Immerhin können wir uns damit Bretter anspitzen und mit ihnen die Erde lockern.«

Während Jörn und Bolverk sich leise ans Werk machten, schlenderte Lärka zu Melva zurück und versuchte, sie dazu zu bewegen, einige Seiten zu überspringen, um andere Rezepturen kennen zu lernen. Aber Melva wich kein bisschen von ihrem gewohnten Tageslauf ab. Da nahm Lärka den Bronzespiegel und einen der Stofffetzen von dem Abfallhaufen, tat etwas Asche, Fett und Sand auf das Metall und setzte sich in den Vorraum, wo sie mit langsam kreisenden Bewegungen begann, den Spiegel zu polieren. Durch einen Spalt in der Eingangstür konnte sie die Berge sehen. Während ihre Hände das Metall bearbeiteten, wanderten ihre Gedanken wieder zu dem, was ihr bevorstand. Zwei Tage, seit Arild gegangen war, zwei Tage, seit der Rabe die Seelen geholt hatte. Nicht mehr lange, und die Männer würden aufstehen. Und dann? Würde Reidar es wirklich wagen, Hand an sie, die Tochter des Thans, zu legen? Würde Grenjad genug Männer um sich scharen können, um Reidar die Stirn zu bieten? Oder würde ihr Vater rechtzeitig eintreffen und Reidar für die falschen Anklagen und die würdelose Behandlung seiner Tochter bestrafen? Nur in bangen Momenten kam ihr der Gedanke, selbst ihr Vater könnte sie für eine Hexe halten. Er hatte noch keine Frau auf den Scheiterhaufen geschickt, aber als Hexe verurteilt würde Lärka den Rest ihres Lebens auf dem winzigen Felsen Ribesand vor Ribehofs Küste zubringen müssen – zusammen mit einer Hand voll anderer unglücklicher Frauen in der Verbannung und von nichts als Fisch, Wasser und Fladenbrot leben.

In ihrer Verzweiflung verfluchte Lärka ihren Vater, sein Unwissen und seinen Bann, der Reidar als Rechtfertigung für sein ungeheuerliches Tun diente. Ihr Vater hatte die Kräfte, die einst Audhild in den Tod schickten, durch dieses Gesetz niederhalten wollen. Nun würde er damit seine eigene Tochter treffen. Lärka versuchte sich damit zu trösten, dass auf diese Weise wenigstens Jörn und Bolverk nicht belangt würden. Und außerdem hatten sie jetzt ohnehin einen Fluchtplan. Doch sie fand keinen Trost in diesen Gedanken. Wenn sie durch den Eingang nach draußen auf das Holz starrte, das Reidars Leute zwei Tage zuvor für sie aufgeschichtet hatten, durchfuhr jedes Mal eine kalte Angst bohrend wie ein Schwert ihren Leib. Dann umklammerte sie Arilds kleinen Tonkrug und atmete tief durch. Sie heftete ihren Blick in die Wolken und bildete sich ein, Arild würde gerade in diesem Augenblick dasselbe tun.

Irgendwann hatte Lärka alle Asche und allen Sand auf beiden Seiten des Spiegels zerrieben. Während die glatte Seite matt glänzte und Lärka bereits die Umrisse ihres Gesichtes darin erahnen konnte, sah sie, dass die Rückseite mit Schmuckmotiven der Gorunnen, nämlich einem Triskel, Fischen und Pflanzen verziert war. Sie wischte den Spiegel abschließend mit Stroh ab und polierte ihn danach mit dem Saum ihres Obergewandes, bis er glänzte. Unter sich hörte sie Bolverk und Jörn kratzen und flüstern. Als sie die beiden nach den Fortschritten fragte, erwiderte Jörn keuchend: »Das ist anstrengender, als du dir vorstellst. Da können wir ja gleich mit den Fingernägeln graben.«

»Das wiederum wäre anstrengender, als *Ihr* es Euch vorstellen könnt«, erwiderte Bolverk trocken und fuhr mit seinem Werk fort.

Der Tag verging, ohne dass neue Nachrichten von Keelia oder Grenjad eintrafen. Als Lärka am Abend für die beiden Männer Wasser und Essen besorgte und dafür wieder eine der gewohnt bizarren Begegnungen mit Melva hatte, legte sie den Bronzespiegel heimlich auf den Herd, damit Melva ihn als »Geschenk der Elfen« dort finden würde.

Sie versorgte die beiden Männer mit Kienspänen und guten Worten und legte sich auf ihr Lager.

In der Nacht kam Moryn. Er brachte keine Neuigkeiten, versprach aber, etwas zu besorgen, das sie zum Graben benutzen könnten. Lärka fand keinen Schlaf und lauschte dem leisen Scharren unter ihr. Sie dachte an die Geschehnisse dieses Tages und wunderte sich wieder, wie Bolverk sich verändert hatte, seit sie im Wahrtraum zu seinem Schemen gesprochen hatte. Plötzlich durchzuckte sie ein Gedanke. Ob sie auch Melva helfen konnte? Kurz entschlossen fischte Lärka ihre Kette aus dem Stroh und legte sie um. Nachdem sie ihre Grübeleien beiseitegeschoben und schließlich Ruhe gefunden hatte, sah sie bald die bekannten blauen Schemen auftauchen. Unter sich der Biber und neben ihm der Otter, die bläulich leuchtend aus den Schemen der schlafenden Männer hervorschimmerten. Sie strich noch eine Weile ziellos um den Turm und die Umgebung, ohne etwas Hilfreiches zu bemerken. Dann schwebte sie zu Melvas Kammer.

Im Inneren der ruhelosen, emsig den Herd putzenden Frau konnte Lärka ein seltsames Schauspiel erkennen. Ein Murmeltier drehte sich fortwährend im Kreis, als wolle es den eigenen Schwanz fangen. Dabei torkelte es und rang um sein Gleichgewicht, besonders wenn es aufhören wollte, sich zu drehen. Nur durch eine ruckartige Bewegung und das Fortsetzen der Jagd konnte es sich jedes Mal vor dem Umkippen bewahren. Was immer das bedeutete, es schien dem Murmeltier nicht gutzutun. Lärka versuchte das Tier im Traum zu berühren und über sein Fell zu streichen, um es zu beruhigen.

Das Murmeltier schien die Berührung wahrzunehmen. Es

setzte sich auf die Hinterbeine, schaute aufgeregt nach allen Seiten und begann unvermutet, laute Warnrufe auszustoßen, die Lärka in den Ohren gellten. Lärka spürte voller Panik, wie die Wachwelt an ihr zerrte und der Traum ihr entglitt. Eilig dachte sie sich auf ihr Lager zurück. Kaum erwacht, stürmte sie in die Turmkammer, in der Melva laut jammernd saß.

Als Melva Lärka im fahlen Licht des Morgens erblickte, stieß sie einen gellenden Schreckensschrei aus, der Lärka durch Mark und Bein fuhr. Mit ausgestreckten Armen hob Melva abwehrend die Hände. »Oh, Audhilds Geist! Vergib mir, dass ich dich in den Wald schickte, wo die Räuber dich erschlugen! Ich weiß jetzt, es war kein Traum! Vergib mir, vergib mir! Mach, dass die Todesbotin weggeht, ich will noch nicht sterben!«

Lärka schaute sich rasch um. Aber außer Melva selbst sah sie niemanden, der wie die Todesbotin aussah – nach dem Volksglauben eine geisterhafte Frau mit weißem Gewand, wallenden Haaren und eingefallenem Gesicht.

Melva deutete mit zitterndem Finger auf den Bronzespiegel, der auf dem Boden lag, während sie mit der anderen Hand ihr Gesicht bedeckte. »Da! Da ist die Todesverkünderin, sie hat mich aus dem Zauberspiegel angelacht!«

»Aber Melva, das ist doch dein Spiegelbild!«

»Bist du verrückt? Das ist eine alte Geisterfrau, nicht ich. Ich habe kaum mehr als zwanzig Sommer erlebt, aber die da – o weh!« Sie schlug die Hände vor das Gesicht, neigte den Kopf nach unten und weinte bitterlich.

Lärka blieb betroffen stehen, bis ihr einfiel, was ihr selbst in dunklen Stunden geholfen hatte. Sie holte den Ioani-Staub, öffnete den kleinen Krug direkt unter Melvas Nase und schüttelte ihn einmal, sodass eine kräftige Prise herausstob. Die Wirkung war verblüffend.

»Ohhh, sieh nur die Kornblumen! Heute muss das Sommerfest sein. Komm Audhild, lass uns feiern, und Roar wird mit mir allein tanzen«, sagte Melva und begann sich zu drehen.

Aus Eiche, Ginster und Mädesüß
der Zauberer ein schönes Mädchen erblühen ließ.
Die Maienbraut tanzte einen Sommer lang,
und Blüten neigten sich bei ihrer Stimme Klang.
Oh, kommt ihr Elfen!

So sang Melva, und ihr Gesicht zeigte überirdische Verzückung. Sie tanzte schneller und schneller, und Lärka betrachtete erstaunt ihre Eleganz, während ihre Schritte die Frau mehr als einmal in beunruhigende Nähe der noch glimmenden Kochstelle trugen. Melva drehte sich lange Zeit im Kreise. Irgendwann wurden ihre Bewegungen ruhiger, und sie wiegte sich mit erhobenen Armen hin und her, von einem Fuß auf den anderen tretend.

Da hörte Lärka draußen aufgeregte Stimmen. Sie lief zum Eingang und sah gerade noch, wie eine Menschenmenge im Licht des Morgens in Richtung des Osttors lief. Sie schauderte.

»Was ist los?«, fragte Jörn, den der Lärm geweckt hatte.

»Wie weit seid ihr mit dem Tunnel?«, erwiderte Lärka tonlos.

»Schon armtief, wir haben in der Nacht gegraben, bis wir fast im Loch eingeschlafen sind. Warum?«

»Grabt schneller! Der seelenlose Roar und sein Sohn Kodran haben sich von ihrem Lager erhoben und verlassen gerade das Dorf.«

Wenig später versammelten sich aufgebrachte Dorfbewohner vor dem Turm. »Hexe!«, riefen sie Lärka zu. »Du lockst sie in den Blutwald, um den Dämonen ein Opfer zu bringen!«

Jörn fluchte erneut. »Bei den Ahnen und den Ahnen aller Ahnen! Warum gerade dahin?«, schimpfte er. »Wenn sie woanders hinliefen, könnte man sie fangen, und wir hätten noch Zeit. Aber in den verfluchten Wald wird niemand gehen. Orlyg wird es nicht rechtzeitig schaffen!«

Statt weiterer Worte waren unter ihr nur mehr das Scharren der Grabwerkzeuge und das Keuchen von Jörn und Bolverk zu hören.

Lärka sah, wie die Menschen noch mehr Äste und Zweige auf den Holzhaufen warfen. In ihrer Fantasie konnte sie die Flammen sehen und hatte den Geruch von Verbranntem schon in der Nase. Ein Trugbild narrt meine Sinne!, versuchte sie sich zu beruhigen, aber die Eindrücke gingen ihr so nahe, dass sie am ganzen Körper zu zittern begann.

Geistesabwesend drehte sie sich um und erstarrte: Mitten im Raum wiegte sich Melva mit geschlossenen Augen. Sie war vollständig in Rauch eingehüllt. Ihr Kleid und ihre Haare hatten Feuer gefangen.

Arild stand in sprachloser Verwunderung dem Wolkenfürsten von Angesicht zu Angesicht gegenüber, während über ihnen die Sonne unwirklich schnell ihrem Tageslauf folgte und die Wolken über den Himmel tanzend die unglaublichsten Geschichten erzählten. Die Worte des Wolkenfürsten hatte er nur halb wahrgenommen, denn als er sich von der ersten Überraschung erholt hatte, waren seine Gedanken sofort wieder bei seinen Gefährten und ihren Verfolgern.

»Wo ist der Ritter? Was ist geschehen?«, fragte Arild erregt.

»Er kann uns nicht sehen, sondern nur einen steinalten, unbeweglichen Felsbrocken. Wir sind zu langsam für ihn«, hauchte sein Gegenüber.

»Habt Dank, edler Retter«, sagte Arild und neigte den Kopf. Er atmete immer noch schwer, und das Gefühl, die Luft um ihn herum sei zu dünn, wollte nicht weichen. »Aber verzeiht. Ich habe keine Zeit für Höflichkeiten. Meine Begleiter sind in Bedrängnis.« Arild ließ seine Blicke suchend über den felsigen Berghang bis zum Waldrand unter ihnen schweifen. Aber er sah weder Freund noch Feind.

»Lass doch die anderen Erdhaften«, sagte der Wolkenfürst und schüttelte den Kopf. Ein beständiger Regen aus lichtblauen Funken umgab ihn und begleitete jede seiner Bewegungen. »Sie sind nur aus Staub gemacht, und wenn sie vergehen, bleibt nichts als Staub.«

»Aber ich ...«

»Du bist die Kraft, die nicht vergeht, und du bist zur rechten Zeit gekommen. Das allein ist wichtig. Sonst kümmert uns nichts, was unter den Wolken vorgeht.«

»Doch *mich* kümmert es! Sagt, wie ich Euch danken kann, dann lasst mich ziehen und den Meinen helfen. Sie sind mir so lieb wie Brüder, *das* allein ist wichtig.«

Der Wolkenfürst schaute Arild prüfend an. »Brüder«, sagte er und berührte mit der Hand seine Sternenkette. Sie strahlte so hell, dass Arild sich abwenden musste, um nicht geblendet zu werden. Schließlich senkte der Wolkenfürst die Hand. »Deinen Dank brauchen wir nicht. Wir haben deinen Eid.«

Arild verstand nicht, was die wundersame Gestalt damit meinte. Aber wenn sie keine Dankesbezeugung forderte, würde er jetzt gleich zu seinen Gefährten eilen. Er lief bergab in die Richtung, wo er Etor zuletzt gesehen hatte. Da stockte sein Fuß. Direkt vor ihm lag Daryns lebloser Körper inmitten einer braunroten Lache. Der Ritter, der Arilds Beschützer seit Kindertagen gewesen war, hatte ein letztes Mal das Leben seines Schützlings bewahrt und dafür teuer bezahlt. Erschüttert sank Arild neben dem Toten auf die Knie. Warum hatte der Wolkenfürst nicht auch ihn gerettet? Arild drehte Daryn auf den Rücken und berührte dessen Brustkorb mit der flachen Hand, als hoffte er, noch eine Spur von Leben im Körper seines Freundes zu finden.

Da gewahrte er neben sich eine blaue, durchsichtige Erscheinung. Arild schreckte hoch und wich ein paar Schritte zurück. Im ersten Moment dachte er, ein anderer Wolkenfürst sei aufgetaucht. Doch als sich der blaue Schemen bewegte, erkannte Arild einen Luchs, der Seltsames tat. Das schimmernde Tier rieb seine Wange an dem Toten, dann lief es mit stolzem Gang zu Arild, blieb direkt vor ihm stehen und starrte ihm unverwandt in die Augen. Arild meinte, sein eigenes Spiegelbild in den großen

Augen des Tieres zu sehen, doch er erblickte sich so, wie er sich noch nie selbst betrachtet hatte: als selbstbewussten, starken König mit der Krone der Feodriner, dessen Antlitz Würde und Gewissheit ausstrahlte. Kaum hatte sich Arild von der Überraschung erholt, da wandte sich der Luchs ab, sprang mit geschmeidiger Kraft den Berghang hinauf und löste sich vor Arilds Augen in Nichts auf.

Arild starrte noch einen Moment auf den kahlen felsigen Hang. Er hegte keinen Zweifel daran, dass der Luchs Daryns Geist gewesen war.

»Leb wohl, guter Freund. Dein Tod soll nicht vergebens gewesen sein«, murmelte er dann. Er beugte sich über den Toten und nahm ihm die Waffen ab und das Steinamulett mit dem weißen Adler, dem Daryn immer seine unglaubliche Treffsicherheit mit Pfeil und Bogen zugeschrieben hatte. »Um deinen Leib kümmern wir uns später. Jetzt gilt es, den Lebenden zu helfen.«

Arild wandte sich um und lief weiter schnellen Schrittes bergab, doch plötzlich stellte ihm sich jäh der Wolkenfürst in den Weg. »Leg ab deine Hast. Nebelwände haben die Kämpfenden längst getrennt und ihnen einen Schleier über die Augen gelegt.«

»Aber der Nebel hat sich verzogen, und die Sicht ist wieder klar!«

»Ich habe den Sterblichen, der es wagte, sein Schwert gegen dich zu erheben, mit dem Glanz der Sterne geblendet. Davon wird er sich nicht so rasch erholen, und seine Augen werden deine Spur nicht finden. In meinem Reich bist du in Sicherheit und deine Brüder mit dir, um deinetwillen.«

Arild hielt inne und schaute sich um. Keiner seiner Gefährten war zu sehen. Aber an der Stelle, wo er eben noch Daryns Leiche gesehen hatte, gewahrte er einen länglichen Steinhügel, über dessen nordwärts gewandtes Kopfende sich ein zerbrechlicher Bogen aus kunstvoll aneinandergeschichteten, flachen Steinplatten spannte. In der Feodriner Tradition war das das Tor, durch das die Seele des Toten in die Welt der Ahnen reisen konnte. Nur seine

Gefährten konnten das getan haben. Aber wie hatten sie den Bogen so blitzschnell aufgeschichtet, zumal noch, ohne dass Arild jemanden gesehen hatte? Unschlüssig blieb er stehen. Jetzt, wo die tödliche Bedrohung vorüber war und die Anspannung des Kampfes von ihm abfiel, wurde er sich bewusst, wie unwirklich seine Lage war. Immer noch segelten die Wolken schneller, als er es je für möglich gehalten hätte, über ihn hinweg. »Bin ich tot?«, fragte er, »bin ich in der Zwischenwelt gefangen?«

»Die Kraft vergeht nicht«, antwortete der andere geheimnisvoll.

Arild musterte sein Gegenüber und konnte sich dem Zauber der strahlenden Erscheinung nicht entziehen. Das war also einer der Wolkenhüter, mit denen Feodras einst den Bund geschlossen hatte. Und jetzt hatte dieser ihn in sein Reich mitgenommen, an die Grenze zur Wolkenwelt. Hier war nun der sagenhafte Ort, von dem Arild schon oft geträumt hatte.

»Wer seid Ihr?«, fragte Arild ehrfurchtsvoll.

»Derselbe, der ich bin, seit du das erste Mal deinen Fuß auf meine Höhen gesetzt hast.«

Arild war verwirrt. Er war sicher, noch nie an diesem Ort gewesen zu sein. »Es tut mir leid, ich kann mich nicht erinnern. Habt Ihr einen Namen?«

»Ich bin Niyol vom Tristjoch«, antwortete der Wolkenfürst. Das Echo seines Namens wurde von den Flanken des Berges aufgenommen, und gleich einer Antwort ertönte ein uralter Ton tief aus dem Inneren des Gesteins. Sie standen still und lauschten der Stimme des Berges, bis der Ton verebbte.

»Es enttäuscht mich, dass dein Gedächtnis so kurz ist«, sagte Niyol. Leichter Unmut kräuselte die Melodie seiner Rede.

»Ich mag Euren Namen nicht wissen und wann ich hier war, aber ich werde nicht vergessen, dass Ihr mir geholfen habt«, sagte Arild. »Ich stehe in Eurer Schuld.«

Wieder schüttelte der Edle leicht den Kopf. »Der Berg ist erwacht«, kam als kühler Hauch an Arilds Ohr, und Niyol schaute ihn erwartungsvoll an. »Meine Brüder sehen voller Sorge nach Norden. Der Berg Grimhorn ist zornig. Jeder konnte deine Kraft spüren, die starke, die es nur einmal gibt. Wie sollte es ihm da verborgen bleiben? Grimhorn ist mächtig geworden, und er verändert sich auf unheimliche Weise. Wir harren darauf, dass du deines Eides gedenkst. Vollbringe, was du uns vor vielen Sommern versprochen hast, als wir dir den Herz-der-Berge-Stein und die Wolken dir ihre Freundschaft gaben.«

Während Niyol diese rätselhaften Worte sprach, hatte Arild ihn unverwandt angestarrt. Der kühle Hauch, das Gefühl der atemlosen Beklemmung durchsetzt mit Todesangst, die blauen Funken und das helle Leuchten – all das kam ihm schmerzlich vertraut vor. Und mit einem Mal glitt der Vorhang beiseite, und die Kindheitserinnerungen trafen Arild mit unvermuteter Wucht. Er war ein hilfloser, verängstigter Knabe. Er versank im schwarzen, kalten Moor, das ihn mit seinen feuchten Fängen hinabzog. Der Schlamm stand ihm bis zum Kinn, und er spürte, wie sein Mund volllief. Er schrie nach seiner Mutter mit letzter Kraft, und kurz bevor er das Bewusstsein verlor, sah er eine silbrig-weiß leuchtende Gestalt in einem blauen Funkenregen aus dem Nebel erscheinen und spürte, wie Arme ihn emporhoben und vom Ort des Grauens hinwegtrugen. Für ihn war das bislang immer nur ein Kindertraum gewesen, ein mühsamer Versuch, die quälenden Momente in Todesangst durch die erdachten Bilder von einer guten Fee zu verbannen, die ihn nach Jaspis in die Wolken über den heimatlichen Königspalast enthoben hatte – bis zu diesem Augenblick.

»*Ihr* habt mich gerettet, damals im Nebelmoor«, sagte Arild zu dem Wolkenhüter, atemlos ob dieser Erkenntnis.

»Nein«, antwortete Niyol. »Meine Brüder und ich wohnen auf den Berggipfeln.« Arild begann, an seinem Verstand zu zweifeln, als ihm diese Erwiderung das Stückchen neu gewonnene Wahrheit wieder zu entreißen drohte.

»Aber unsere Schwestern hüten die Flussauen und Moore«,

fuhr Niyol fort. »Chumani hat dich vor dem Tod bewahrt, damals im Nebelmoor, und in den Wolken und Nebeln verborgen, damit die große Kraft uns jetzt beistehen kann.«

»Aber ich verstehe nicht – am Frenfluss und im Blutwald hätte ich beinahe mein Leben verloren, und keiner Eurer Brüder und Schwestern hat mir dort beigestanden.«

»Nur die ganz großen Wasser und die wolkenverhangenen höchsten Berggipfel sind unsere Heimat. Wir wurden geschaffen als Hüter dieser Orte. Warum sollten wir sie verlassen?« Niyol schüttelte den Kopf, und blaue Funken tanzten um ihn herum. »Aber wir waren dennoch treu: Am Frenfluss haben wir dir die Wolken gerufen, und sie haben das ihre getan – sie ließen das Wasser steigen. Und über dem Blutwald haben sie nach dir gesucht.«

»Ihr seid die Herrscher über die Wolken?«, fragte Arild. Eine vage Ahnung stieg in ihm auf, dass er den Antworten auf viele Fragen, die er schon seit seiner Kindheit in sich trug, ganz nahe war.

»Niemand beherrscht sie«, sagte Niyol und schaute den Wolken nach, die über das Firmament dahinflogen. »Sie werden von der Ahnin Wasser ins Dasein gerufen. Die Ebenen, Berge, Wälder und großen Gewässer formen sie, und der Wind trägt sie, wie es ihnen beliebt. Aber wir lieben sie und können sie rufen. Und wenn es ihnen gefällt, folgen sie unserem Ruf.« Auch Arild hatte den Blick nach oben gewandt und schaute in die Weite des Himmels.

»Sie zeigen mir, was geschehen wird, manchmal jedenfalls«, sagte er, und alles in ihm wartete auf etwas, ohne genau zu wissen, was es war.

»Ja, eine der Wolkenfamilien. Aber das weißt du selbst, denn du liebst die Wolken, wie wir es tun, und deshalb wird unsere Hoffnung auf deine Hilfe nicht vergeblich sein«, erwiderte Niyol, ohne den Blick zu senken.

»Familien?«, fragte Arild.

Niyol drehte sich zu ihm und musterte ihn für einen kurzen

Augenblick unsicher. »Zu lange warst du nicht hier«, seufzte er nur, dann hob er die Augen wieder nach oben, wo sich die Wolken in unendlichen vielen Gestalten tummelten. Er wies mit dem Arm hinaus auf die See.

»Kiran«, hauchte er liebevoll, »die Zarten.« Arild sah verspielte weiße Schleier ihre Tänze am höchsten Himmel drehen, Bänder ziehen und wie Federn dahinschweben, so nah an der Sonne und so weit weg von allem, was sich unten am Boden abspielte. Dann senkte Niyol den Arm und zeigte auf die Nebelwogen, die weit unter ihnen durch die Bäume waberten. »Rahas, Hüter der Geheimnisse, Freund unserer Schwestern in den Tälern, bei den Flüssen und Mooren«, sagte Niyol. Während der Wolkenfürst sprach, veränderte sich sein Obergewand und glich den Familien, die er beim Namen nannte. Es wurde grau, als er den Arm nach Süden streckte. »Pathin, die traurigen Wanderer«, hörte Arild und sah den südlichen Himmel mit endlosem Grau überzogen, aus dem es unentschlossen herabnieselte. Dann deutete Niyol auf geballtes Grau und tief liegende dicke Wolkenfelder, die der Wind vor sich hertrieb. Ein kräftiger, wohltuender Schauer daraus erquickte Wälder und Felder, Mensch und Tier. »Udar, die Großzügigen.«

Doch Arilds Blick hatte schon etwas anderes in seinen Bann gezogen. Nah bei ihnen, zu ihrer Linken, bauschten sich unzählige Wolken zu wattigen Formen und Figuren, wurden zu Andeutungen von friedlichen Booten und grimmigen Fratzen, fliegenden Pferden und jagenden Hunden, zu Spiegelungen von Feuer und Kämpfen, von fliehenden Menschen und wilden Fabelwesen. Da waren sie, die Begleiter seiner Wanderungen, seiner Tage und seiner Träume. Sie, die ihm alles zeigten, die ihn warnten, Vorahnungen gaben und seine innersten Gedanken widerspiegelten.

»Aahhh, Snehin«, sagte Niyol schwärmerisch, »die Aufmerksamen.«

»Snehin«, murmelte Arild. Eine große Freude stieg in ihm auf, als er ihren Namen nannte, und es war, als würden die Aufmerksamen unter den Wolken für einen Moment innehalten, um ihn ebenfalls zu begrüßen.

»Ihr sagtet, das Land formt die Wolken, aber die Snehin sehen so viel mehr«, sagte Arild begeistert, ohne seine weißen Freunde aus den Augen zu lassen.

»Alle Wolken spüren die Kräfte von Orten und den Widerhall von Geschehnissen, und es verändert sie«, antwortete Niyol, »aber du hast Recht: Keine Familie gleicht den Snehin.«

Als Arild seinen Blick endlich lösen konnte, bemerkte er, dass der Wolkenfürst sich nach Nordosten gewandt hatte.

»Aatisch, die Ungestümen, die Hochmütigen – die Kämpfer«, sagte Niyol auf seltsam schwermütige Weise. Arild sah, wie grauschwarze Wolken sich drohend auftürmten und sich wie riesige Schlangen über den Himmel wanden. Blitze zuckten, und Donner grollte, als sie sich machtvoll aufbäumten und ihre Schleusen öffneten, um die Erde nach ihrem Belieben zu fluten.

»Sie stürmten so zornig und voller Gewalt nach Norden«, sagte er und erinnerte sich an die großen Wolkenbänder gleich Lindwürmern, die Lärka und er vor Osgund gesehen hatten.

»Wir haben sie zu Hilfe gerufen, denn der Berg Grimhorn will uns allen Gewalt antun, und sie bestürmen ihn tapfer. Aber ach«, seufzte der Wolkenfürst traurig, »die Wolken werden zerrieben und vergießen sich vergeblich. Grimhorn hat nun seine Fänge über die nördliche Ebene zu uns ausgestreckt. Mit schwarzem Staub aus seinen dunklen Tiefen vertreibt er die Wolken am Hohen Goldfang, bis die Quellen an dessen Flanken versiegen. Der böse Berg knechtet meinen Bruder Helaku und will ihn in die Darre zwingen. Ihn, unseren großen Bruder, der vor allen anderen auf den Höhen der Frostberge war, der mit uns in den Wolken spielte und für uns das Gold der Sonne einfing. Jeder von uns Geringeren würde sich für ihn opfern, aber wir vermögen nichts zu tun. Grimhorn hat ihn in seinen Fängen, und es ist nur noch eine Frage der Zeit, bis sein Wasser dahin ist. Die Wolken weinen, und die anderen Berge seufzen, während wir dem Sterben unseres Bruders zusehen müssen.« Das

Weiß von Niyols Gewand war aufgewühlt. Die unnahbare Erhabenheit des Wolkenfürsten war der Trauer eines Wesens gewichen, das das Nahen des Untergangs verspürte. Arild war tief berührt.

»Ihr seid sterblich?«, fragte er bestürzt.

»Wir werden geboren, wenn sich ein Berg über die Wolken erhebt, ein Fluss sich sein breites Bett bahnt oder die Feuchte ein Moor gebiert. Wir verlassen sie erst nach unzähligen Zeitaltern, wenn die Berge abgetragen sind von Wind und Wasser oder das Wasser nicht mehr fließt. Dann verschmelzen wir mit unserer Ahne, dem großen Wasser. Doch wenn ein Berg die Wolken und das Wasser verbannt und sich gegen seinen Hüter auflehnt, dann welkt dieser dahin. Und wenn Grimhorn seinen Hass über die Ebene schickt, so wird jeder Wolkenhüter elend vergehen, dessen Gipfel von Grimhorns Aufruhr erstürmt wird. Er verschmilzt nicht mit dem Wasser, sondern geht in die Darre, in die ewige Wüste, ohne Fluss, Bach, Wind und Wolken.« Der Wolkenfürst hob den Kopf, bewegte langsam die Arme, spitzte seine Lippen, und es ertönte ein Geräusch wie das leise Rauschen des Windes. Sofort zogen sich die Pathin über ihnen zusammen und nieselten feinen Sprühregen auf sie herab.

»Die hohe Macht hat uns als Windhauch erschaffen, aber wir können zum Sturm werden und Kräfte aufbieten, von denen kein Erdhafter eine Vorstellung hat«, sagte Niyol, und sein Obergewand war so trist grau wie die Wolken um sie herum. »Doch wenn sich einer unserer Schützlinge gegen uns auflehnt und die Wolken vertreibt, gibt es keine Rettung. Wir können nicht gegen die, über die wir ewig wachen sollen, kämpfen. Wir müssen bleiben, im Guten und im Schlechten. So hat Grimhorn unseren Bruder Pajakok, seinen eigenen Hüter, vor langer Zeit in die Darre geschickt. Jetzt wird mit Helaku vom Hohen Goldfang dasselbe geschehen.« Niyol schwieg für einen Moment. Er kam Arild auf einmal sehr menschlich vor. Gern hätte der junge Feodriner die Trauer des Wolkenwesens gelindert und sich ihm helfend an die Seite gestellt. Aber was konnte ein Mensch ausrichten, wenn Naturgewalten gegeneinander tobten? Da wandte Niyol sich zu ihm und sagte beschwörend: »Steh uns bei, bevor die Wolken verschwinden und der Himmel tot und wolkenleer wird, bevor die Gipfel veröden und die Täler verwaisen.«

»Aber wie ...«

»Gedenke deines Eides! Hast du etwa vergessen, was du gelobt hast?«

»Ihr habt meine Erinnerung schon in einigen Teilen erneuert«, sagte Arild vorsichtig, während er sich fragte, ob noch andere Ereignisse seiner Vergangenheit dem Vergessen anheimgefallen waren. »Sagt mir den Eid.«

Der Wolkenfürst trat ganz nah an Arild heran. »So waren deine Worte: ›Ich, Feodras, Sohn der Solona und des Urian, nehme an den mächtigen Stein, das Geschenk der Wolkenfürsten, das mir helfen wird, ein Reich bei den Drachenbergen zu gründen. Ebenso nehme ich an die Freundschaft der Wolken, die meinem Reich ewige Blüte schenken werden. Ich gelobe, dass mein Blut gegen den bösen Berg Grimhorn ziehen wird, wenn er dereinst erwacht.‹« Niyol sah Arild aus seinen unergründlich weiten Augen an, während die Wolken um sie herum wogten. »Und der Berg ist nun erwacht.«

Diesmal verstand Arild. Es enthüllte sich ihm in diesem Augenblick und gab ihm eine Ahnung von seiner Bestimmung. Er war ein Nachkomme Feodras', und für den uralten Wolkenfürsten – für den die letzten Jahrhunderte so rasch wie ein Jahrzehnt vergangen sein mussten – war er Feodras persönlich, weil dieselbe Kraft in ihm wohnte, dasselbe Blut in ihm floss. Diese Kraft war Teil des alten Bundes, der Jaduin ewige Blüte, milde Winter und fruchtbare Sommer gebracht hatte. Das Königslied, das von den Silberzwergen erzählte, kündete nicht den wahren Grund. Es war der Bund mit den Wolkenfürsten, der die Steinkönige mit dem Instrument der Macht versehen hatte: dem Herz-der-Berge-Stein. Genauso wichtig war, was das Lied gar nicht erwähnte:

die Freundschaft der Wolken, die die Regentschaft der Steinkönige mit einem blühenden Land gesegnet und Missernten, Frost und Hagel mit all ihrem Leid von Jaduin ferngehalten hatten – jedenfalls solange ein Steinkönig auf dem Thron Jaduins gesessen hatte. Und nun war es an Arild, die Schuld vieler Generationen zu begleichen – für ein Königreich, das nicht mehr das seine war.

»Was kann ich tun, was noch nicht einmal Eure wundersamen Mächte vollbringen können?«, fragte Arild zweifelnd. Ein leiser Verdacht hatte ihn beschlichen, was der Wolkenfürst von ihm fordern würde. Er merkte, wie sich alles in ihm sträubte und das Pochen unter dem Verband an seiner rechten Hand unerträglich wurde.

»Gebrauche den Herz-der-Berge-Stein. Nur in deinen Händen vermag er, die Felsen zu erschüttern und die Berge zu bewegen.«

»Nur in meinen Händen ...«, murmelte Arild und schaute verstört auf seine verbundene Rechte. Er holte den kantigen schwarzbraunen Stein, den er im Bett des Frenflusses entdeckt hatte, aus dem Beutel an seinem Gürtel und hielt ihn hoch. »Dieser wird nicht genügen, nicht wahr?«

»Splitter des Einen, des Großen, sind über das Land verstreut. Aber nur sein Kern, aus dem Innersten allen Gesteins, im ersten aller Berge geboren, gibt dir die Macht, gegen den bösen Berg Grimhorn zu kämpfen und ihn zu bezwingen. Nein, du musst den großen Herz-der-Berge-Stein benutzen, den wir dir einst geschenkt haben.« Es war, wie Arild befürchtet hatte: Um den Eid zu erfüllen, brauchte er den mächtigen Herz-der-Berge-Stein, den sein Oheim ihm kurz vor ihrer Flucht vor siebzehn Jahren im Höhlenlabyrinth von Burg Drachenkrone gezeigt hatte.

So gern Arild helfen wollte, er würde es nicht können. Auch aus einem anderen Grund. »Eher wird der Stein mich bezwingen«, sagte Arild, wickelte den Verband auf und hob den Arm, sodass Niyol seine rechte Handfläche sehen konnte. Seit jenem Morgen im Blutwald, als er die Quelle freigelegt hatte, wusste er, dass die Feodriner Königsgabe nicht nur Macht, sondern auch Schmerz bedeutete. Und seitdem hatte ihn ein Gedanke beschäftigt, sooft er den kleinen kantigen Stein sah: Wenn dieses kleine Stück solches mit den Felsen vermochte und solches mit dem Steinkönig tat, was würde dann das große Herz der Berge bewirken? Der Stein im Kopf des Riesen war für ihn immer nur eine Waffe gewesen, die er ablehnte, weil sie kein Leben bewahren, sondern Tod und Zerstörung bringen würde. Jetzt verstand er, dass sie von den Wolkenfürsten niemals für den Kampf gegen Menschen gedacht gewesen war, sondern als letzte Rettung vor einem viel mächtigeren Feind.

»Die Zeit hat wohl vieles zugedeckt, aber du musst dich doch erinnern!«, beschwor ihn Niyol. »Nie darfst du das Herz der Berge berühren, wenn deine Kraft hindurchfließt. Sonst wird es dich verbrennen. So war es nicht gemeint, als ich dich hieß, *dein* Herz mit dem Herz der Berge zu verschmelzen. Bestehst du denn nur aus Fleisch und Blut, dass du nicht weißt, deinen Geist zu gebrauchen? Der Geist ist mächtiger als die Kraft deiner Hände, denke daran!«

»Vielleicht ist Euch entgangen, was sich unter den Wolken getan hat? Der große Herz-der-Berge-Stein liegt im Garten der Burg, die der König im fernen Jaspis beherrscht.«

»*Du* bist der König.«

»Aber ich bin nicht ...«, setzte Arild an. »Der Steinkönig ist tot und ...«, Arild fehlten die Worte. Der Herz-der-Berge-Stein war für ihn unerreichbar. Doch der Wolkenfürst schien seine Worte nicht zu hören.

»Bring den Stein zu Grimhorn, kämpfe gegen den Berg, und erfülle den Eid.«

»Was, wenn es nicht gelingt?«

»Was wird sein, wenn die Wolken, die segnenden Hände der höchsten Macht, nicht mehr über das Land gebreitet sind? Was wird sein, wenn wir von unseren Höhen verschwinden, wenn keine Bäche mehr aus dem Gestein entspringen und auch die Wolken kein Himmelswasser mehr über das Land tragen? Wer wird dann noch wohnen auf den leeren Höhen, in den kahlen Felsen, den vertrockneten Meeren und den versteinerten Tälern?«

Die Zeit um sie herum schien stillzustehen. Wolken, Berge, Wind und Sonne hatten innegehalten und warteten. Sie warteten auf eine Antwort, die nur er, Arild, der Steinkönig, geben konnte. Der Thron in Jaspis war unwichtig, der Zwist zwischen Königen und Völkern bedeutungslos im Strom der Zeit. Mochten sie sich streiten um die Vorherrschaft auf einem Stück Land, die einige Jahrzehnte währen und dann wieder vergehen würde. Mochten die Sieger Banner hissen auf ihrem Fleckchen Erde und mit dem Volk nach ihrem Gutdünken umspringen. Und seine eigene Rolle im Ringen um das Königreich, mochte er heldenhaft kämpfen oder sich verstecken, war mit einem Male genauso belanglos. Seine Liebe zu Lärka war stark und ungebrochen, doch sie musste zurückstehen vor dieser Verantwortung. Entscheidend war letzten Endes, ob alles Lebendige – Mensch, Tier und Pflanze – weiterleben könnte oder ob die Welt gleichsam austrocknen und versteinern würde. Hier war das wahre Erbe der Steinkönige: Das Versprechen, die ganze Kraft aufzubieten und sich schützend gegen den Berg zu stellen, der alles Leben vernichten wollte. Niemals würde Grimhorn seinen grausigen Triumph erleben dürfen, solange es einen Steinkönig gab, der ihn daran hindern konnte.

Endlich erkannte Arild sein Erbe und verleugnete es nicht länger. »Ich werde meine ganze Kraft einsetzen, den Eid zu erfüllen. Eure Treue soll nicht umsonst gewesen sein.«

Da erstrahlte Niyols Antlitz. Er breitete seine Arme aus, und ein zart schillernder Regenbogen erschien auf seinem Gewand. Dann sang er seine Freude heraus, eine Melodie der Hoffnung schallte über die Hänge.

Lange stand Arild neben Niyol, hörte zu und ließ das Lied in seinem Inneren nachklingen. Er ahnte, dass er alles würde einsetzen müssen, um sich als Steinkönig würdig zu erweisen und den Eid zu erfüllen. Schaudernd überlegte er, wie viele Leben es allein kosten mochte, bis er Jaspis zurückerobert hätte, um den Stein zu bergen. »Lasst mich nur einen Weg finden, zum großen Herz-der-Berge-Stein zu gelangen«, sagte er.

Statt einer Antwort tat der Wolkenfürst eine Handbewegung, und aus dem wallenden Nebel seines Gewandes hatte er einen Stein von der Größe zweier Fäuste hervorgeholt. Arild erkannte seine Art sofort an den vielen Kanten und der narbigen schwarzbraunen Oberfläche. Ein schwach tiefrotes Glimmen verriet die ihm innewohnende Kraft.

»Möge dieser dein Helfer sein, bis du vor dem Einen, dem Großen stehst. Führt dein Weg nach Norden, wirst du ihn brauchen, falls Grimhorn scine Fänge nach dir ausstreckt.«

Arild nahm den Stein und wog ihn in der Linken.

»Er fühlt sich warm an«, sagte er überrascht.

»Die Berge sind in Aufruhr, und ihr Herz spürt den Sturm kommen«, antwortete Niyol.

»Wo ist Grimhorns Reich?«, fragte Arild und sah sich um. Niyol wies nach Nordosten, wo die dunklen Wolken sich ballten.

»Seine Höhen sind voll toten Gesteins. Er duldet kein Leben bei sich und seinen Vasallen. Du wirst die kahlen, abweisenden Höhen, über denen die Wolken erbittert kämpfen, sofort erkennen. Noch hält Helaku aus und bindet die böse Kraft am Hohen Goldfang. Doch ehe das Eis den Pass fünfmal freigegeben hat, wird Grimhorn sich alles Land untertan gemacht haben.«

Bevor Arild etwas erwidern konnte, sprach Niyol weiter. »Was du gesehen und gehört hast, ist allein für dich bestimmt. Die anderen Erdhaften werden es nicht verstehen, denn sie *können* es nicht verstehen. Und denke daran: Wir haben dich so oft bewahrt, dass mehr als eines deiner Leben uns gehört. Bist du nahe den Höhen, so rufe uns und wir erscheinen, oh, Steinkönig, Herrscher über Felsen und Berge.«

Niyol verbeugte sich, doch Arild stand einfach da, zu keiner Erwiderung fähig. Da hob der Wolkenfürst die Arme und umgab sie beide mit einem nebeligen Schleier. Wieder fühlte sich Arild schwindelig und rang nach Luft.

Als der Nebel sich verzogen hatte, stand Arild allein auf dem Hang. Er sah sich verblüfft um. Niyol war verschwunden, und es war unmöglich zu sagen, ob er sich im Nebel oder in einem der Felsen am grauen Hang verborgen hatte. Verwundert bemerkte Arild, dass sich die Sonne bereits über den Horizont gesenkt hatte. Er hätte schwören können, dass ihre Begegnung noch nicht einmal bis zur Mittagsstunde gedauert hatte, doch jetzt nahte schon der Abend.

Plötzlich hörte er jemanden seinen Namen rufen. Als er sich umdrehte, sah er, wie Etor, Valgrim, Theol und Keril auf ihn zustürmten. Er brauchte einen Moment, um sich zu fangen.

»Ethandras! Hier sind wir!«, schrie Etor, der aus einer Wunde am linken Arm blutete.

»Heil unserem König! Jaduin! Ewige Blüte und Freiheit!«, brüllten Keril und Theol und schwangen ihre Schwerter.

»Bist du unversehrt?«, fragte Valgrim seinen Neffen.

»Mir geht es gut, aber wo sind die anderen? Was ist geschehen?«

»Das war ein denkwürdiger Kampf!«, sagte Etor. »Doch plötzlich warst du verschwunden und damit jede Hoffnung auf ... Rettung. Da ballte sich der Nebel dichter, als ich es je gesehen habe, und urplötzlich waren Freund und Feind verschluckt. Getrennt voneinander konnte niemand angreifen oder fliehen. Jeder irrte umher und war froh, wenn er einen Felsen oder Baum als Halt in dem weißen Meer fand. So sind wir fast bis Mittag herumgelaufen. Aber auch als es aufklarte, brauchten wir eine ganze Weile, um einander zu finden. Und dann fehltest du und ...«, Etor warf einen unsicheren Blick zu Valgrim.

»Daryn, ich weiß«, sagte Arild traurig, holte den steinernen Anhänger des toten Freundes aus seiner Tasche und hielt ihn hoch. »Er hat mein Leben mit dem seinen beschützt.«

»Wir haben ihn dort begraben«, sagte Theol und deutete auf den Steinhügel. Einige Schritte daneben saß Damaen, der zu ihnen heraufwinkte.

»Dann suchten wir bergauf und bergab nach dir ...«

»Aber ich war die ganze Zeit hier«› sagte Arild. Die anderen sahen ihn fragend an, und Arild konnte nur vermuten, dass der Wolkenfürst die Sinne der Feinde und seiner Gefährten gleichermaßen genarrt hatte.

»Ich denke es jedenfalls, aber wahrscheinlich hat der Nebel auch mir einen Streich gespielt«, versuchte er zu erklären. »Wie ist unsere Lage?«

»Damaen ist verwundet und kann nicht laufen«, sagte Valgrim. »Hakons Leute haben unsere Vorräte entdeckt. Sie haben mitgenommen, was sic brauchcn konnten, und den Rest zerrissen die Hunde. Es ist nicht viel übrig, was uns noch nutzen kann. Die Soldaten sind seither nicht wieder aufgetaucht. Machaon und Olvir versuchen, sie auszuspähen.«

Arild schaute an Valgrim vorbei in die Wolken. Hinter dem Grau der Pathin sah er Stücke blauen Himmels, und dahinter segelten Gestalten dahin, deren Sprache deutlicher geworden war, als Arild es je für möglich gehalten hätte. Was er aus den Formen der Snehin las, beruhigte ihn. »Ich denke, Hagbart ist verwundet und kann seine Leute für eine Weile nicht führen. Sie werden rasten oder zurück nach Osgund gehen, um sich neu aufzustellen. Damit gewinnen wir Zeit.«

»Woher willst du das wissen?«, fragte Valgrim zweifelnd. »Wir haben keinen von ihnen nach dem Kampf zu Gesicht bekommen. Hast du sie etwa gesehen?«

Arild wollte ihm von der Begegnung mit Niyol, dem Edlen, erzählen, von den Familien der Wolken und dem Eid des Feodras.

Doch bevor er das erste Wort aussprechen konnte, fasste sein Oheim ihn am Arm. »Was ist mit dir?«

»Was soll sein? Lass mich weiterreden«, sagte Arild ungeduldig. »Ein Wolkenfürst ...«

»Ethandras! Beim Drachen unter dem Berg, geht es dir gut?« Arild sah in die sorgenvollen Augen seines Oheims. Die anderen

Gefährten, die um ihn versammelt waren, schauten ihn an, als hätten sie einen Geist gesehen.

»Wieso unterbrichst du mich in einem fort?«, fragte Arild unwirsch.

»Weil du wie zu Stein erstarrt dastehst, ganz fahl im Gesicht wirst und unverständliche Töne von dir gibst.«

»Das stimmt doch nicht. Warum verstehst du nicht, was ich sage?« Im gleichen Augenblick fiel ihm ein, was der Wolkenfürst gesagt hatte: »Sie werden es nicht verstehen.«

»Lass es mich noch einmal versuchen, und sag mir, was vor sich geht«, bat Arild seinen verwunderten Oheim. Diese Worte schienen für seinen Oheim verständlich zu sein, denn er nickte zustimmend.

»Niyol ...«, begann Arild, und schon hatte ihn Valgrim wieder am Arm gefasst und unterbrochen.

»Ich sage dir, was geschieht: Du stehst da wie ein Eiszapfen und außer ›nnnn‹ und ›iiih‹ habe ich soeben nichts von dir vernommen.«

Arild fasste seinen Oheim am Arm und versuchte wieder, etwas über den Wolkenfürsten zu erzählen, aber diesmal wollten die Worte erst gar nicht aus seinem Mund kommen.

Valgrim schaute seinen Neffen verständnislos an.

»Verzeih. Was mir widerfahren ist, scheint wirklich unaussprechlich«, sagte Arild, »aber lass es mich aufschreiben.« Er nahm einen länglichen Steinkeil, wischte den Boden glatt und begann, hastig mit dem spitzen Ende des Steins zu kratzen.

Mitten im Werk packte Valgrim ihn an der Schulter und schüttelte ihn ungeduldig. »Wenn du hier schon wieder wie festgewachsen herumsitzt, kommen wir nie über den Pass. Ich weiß nicht, was für ein Zauber dich befallen hat, aber ich hoffe, dass er nachlässt, wenn wir die Berge hinter uns lassen. Möge die Steinkönigkraft zu dir zurückkehren, um uns beizustehen, wenn wir das nächste Mal angegriffen werden.«

Arild blickte auf sein Werk und bemerkte entsetzt, dass statt der

Worte, die er meinte geschrieben zu haben, nur der Umriss einer Wolke auf dem Boden zu sehen war.

»Er hat es gesagt«, bemerkte Arild fassungslos.

»Wer? Was?«

»Das kann niemand verstehen.« Arild gab es auf und warf den Keil mit einer ärgerlichen Handbewegung beiseite. Er spürte die zweifelnden Blicke der anderen in seinem Rücken, als er zu Daryns Grab hinabging. Er nahm einen Stein und legte ihn an das Kopfende. »Danke, treuer Freud«, sagte er leise und schloss für einen Moment die Augen.

Da hörte er die aufgeregten Stimmen seiner Gefährten und sah eine Bewegung am Waldesrand – Machaon und Olvir kehrten zurück. Groß war ihre Freude, als sie Arild wohlauf vorfanden. Sie berichteten, dass Hagbarts Soldaten sich kopflos wie ein Haufen Hühner um ihren halb blinden Anführer scharten, der mit rot verquollenen Augen wütende Befehle brüllte. Olvir erzählte, dass die Männer sich weigerten, die Verfolgung wieder aufzunehmen, weil sie Angst vor den »Hexenkünsten des Rebellenführers« hätten, der vor ihren Augen durch einen Felsen gegangen und verschwunden war. Alle Augen wanderten zu Arild, aber der zuckte nur mit den Schultern.

»Mir scheint, dass du außer der Macht über die Steine noch über andere wertvolle Gaben verfügst«, sagte Valgrim mit hochgezogenen Augenbrauen zu seinem Neffen.

Sie klaubten rasch ihre Waffen und das Wenige auf, was sie hatten retten können, und stiegen in der Abenddämmerung weiter empor zur Brockensteige. Unzählige Bäche sprangen an den Flanken der Berge hinab. Gespeist vom tauenden Schnee vieler Jahre füllten sie die Luft mit unaufhörlichem Plätschern, Tropfen und Rinnen. Abwechselnd trugen zwei der Männer den verwundeten Damaen.

Arilds Gedanken kreisten unablässig um seine Begegnung mit dem Wolkenfürsten und die Aufgabe, die nun vor ihm lag. »Ehe das Eis den Pass fünfmal freigegeben hat, wird Grimhorn sich alles

Land untertan gemacht haben«, hatte Niyol gesagt. Es war also von einem Zeitraum von gut einhundert Jahren die Rede. Wenn Arild scheitern würde, so hätten lediglich noch drei Generationen von Steinkönigen nach ihm die Möglichkeit, den Kampf aufzunehmen. Seine Söhne jedoch würden nur mit der Königsgabe geboren werden, wenn er mit einer Feodrinerin Nachkommen hätte. Der endgültige Abschied von seinen Träumen über eine ferne Zukunft mit Lärka war fast noch bitterer als seine Ratlosigkeit, was seine eigene Zukunft betraf. Wie sollte er etwa ohne verlustreichen Kampf an den großen Herz-der-Berge-Stein kommen, bevor das Eis den Weg über den Pass wieder für die nächsten zwanzig Jahre versperrte? Und selbst wenn er es schaffte, den Stein zurückzuerobern, wie sollte er gegen einen Berg kämpfen? Würden sie Felsen gegeneinander schleudern, bis einer von ihnen zerschmettert war? Welch ein ungleicher Kampf! Ob Feodras die volle Bedeutung des Eides ermessen hatte, als er ihn geschworen hatte?

Arild lenkte seine Schritte neben Valgrim. »Erzähl mir von Feodras«, bat er seinen Oheim. Valgrim kam dieser Aufforderung nur zu gern nach, und Arild wusste, dass der Stolz in der Stimme seines Oheims nicht nur durch die ruhmreiche Vergangenheit, sondern vielmehr durch die Hoffnung auf eine glanzvolle Zukunft angefacht war.

Seit Arild ein kleiner Junge war, kannte er die Lieder und Gedichte über den kühnen Begründer Jaduins auswendig. Dennoch schien es ihm nun, als hörte er zum ersten Mal, wie Feodras aus dem Norden zu den drei Bergen kam, an deren Fuße heute Jaspis lag und die damals die Heimat eines Furcht erregenden Drachen waren. Als Valgrim erzählte, wie Feodras von den Silberzwergen den Herz-der-Berge-Stein bekommen hatte, damit er den Drachen unter dem Berg besiegen und Jaspis und die Dynastie der Steinkönige gründen konnte, ahnte Arild, warum diese Überlieferung nicht mit den Worten des Wolkenfürsten übereinstimmte: Die wahren Überbringer des Steins wollten verborgen bleiben. Nach seinen fruchtlosen Versuchen, von dem Wolkenfürsten zu berichten, fragte er sich, wie es überhaupt möglich gewesen war, dass ein Hinweis auf den Eid an die Wolkenhüter in das Königslied und ein Abbild eines Wolkenfürsten auf das Obsidian-Tor im Garten der Burg Drachenkrone gelangt waren.

»Worin bestand der Bund, den Feodras geschlossen hatte? Im Lied heißt es, er sei ›eines langen Friedens guter Grund‹.« Arild hätte viel darum gegeben zu erfahren, was sich damals wirklich zwischen Feodras und den Wolkenfürsten zugetragen hatte.

»Er soll mächtigen Geistern einen Dienst erwiesen haben, von dem die Legenden nichts mehr wissen. Zum Dank haben die Himmlischen die Böden unseres Reiches mit Fruchtbarkeit und unsere Flüsse mit Fischen gesegnet, heißt es. Das alles ist vor einem Zeitalter geschehen, und niemand ist seither je einem Himmelswesen begegnet. Aber wir werden uns hoffentlich bald wieder daran freuen dürfen, dass der Segen der Wolkenfürsten bis heute wirkt, wenn wir erst Hakon vertrieben haben und wieder ein Steinkönig auf dem Jadethron sitzt«, sagte Valgrim aufgekratzt und klopfte Arild auf die Schulter.

»Das ist doch nebensächlich«, knurrte Arild, aber Valgrim tat so, als habe er es nicht gehört.

Die Männer stiegen unbehelligt an der felsigen Flanke des Tristjoches empor, bis die Nacht hereinbrach. Als Valgrim geendet hatte, waren sie endlich am Fuße der Brockensteige angelangt. Sie blieben stehen und sahen im Mondschein nach oben über ein riesiges Geröllfeld aus großen und kleinen Felsen, das wie ein steinerner Wasserfall aussah. Rechts davon schauten zwischen letzten Schneeresten Grasbüschel hervor, und krüppelige, kniehohe Kiefernbüsche schmiegten sich an den Steinhang. Sie lagerten auf dem blanken Schotter der Brockensteige. Kein Feuer brannte, als die Männer schweigend die harten Brotfladen kauten und mit ein paar Schlucken Wasser herunterspülten. Niemand war nach Gesprächen und Geschichtenerzählen zumute. Alle wussten, dass der Kampf im Nebel erst der Anfang gewesen war und dass damit eine Wendung begonnen hatte, die ihr Leben unaufhaltsam verändern würde. Und alle bis auf einen sahen in diesen Ereignissen nur das Vorspiel für eine großartige Zeitenwende, die die Rückkehr des Steinkönigs auf den Thron in Jaspis bedeuten würde.

Die milde Wärme des Tages war beißendem Nachtfrost gewichen. Zu mehreren in die wenigen Felle gepackt, die nicht mitsamt den Vorräten verloren gegangen waren, schliefen die einen dicht aneinandergedrängt, während die Wachen unter dem klaren Sternenhimmel frierend nach den Verfolgern spähten. Arild hatte auf Bitten seiner Gefährten hin am bergabwärts gewandten Teil des Lagers seinen Schlafplatz gewählt. Dort ruhte er, umgeben von Felsen und Steinen, die groß genug waren, um sie – jedenfalls erwarteten das seine Begleiter – mit seiner Kraft in eine tödliche Lawine zu verwandeln, sollten die Verfolger erneut auftauchen. Doch die Macht des großen Steins, den Niyol ihm geschenkt hatte, zu versuchen, fehlte ihm der Mut, obwohl er jetzt keine Verbrennungen mehr fürchtete. Um sie herum waren genug Felsen, um jeden Fehler todbringend für sie alle werden zu lassen.

Trotz seiner großen Erschöpfung fand Arild keinen Schlaf. Die Ereignisse des vergangenen Tages gingen ihm unaufhörlich durch den Kopf. Irgendwann stand er auf, lief ein paar Schritte vom Lager weg, ließ sich dort nieder und murmelte vor sich hin, um zu sehen, ob nicht der Bann von ihm abgefallen war, der ihn daran hinderte, von den Wolkenfürsten zu erzählen. Doch als er schon kurz danach die Morgendämmerung anbrechen sah, hatte er Gewissheit, dass ihn jedes Wort über den Wolkenfürsten in den seltsamen Zustand der Langsamkeit versetzte, in den ihm kein anderer zu folgen vermochte. Er hielt inne und spürte den leichten Schwindel, der ihn auch befallen hatte, als er die Wolkenwelt betreten und verlassen hatte.

Plötzlich hörte Arild ganz in der Nähe Etor sprechen, der ihn übersehen haben musste.

»... worauf wartet er? Vater, hast *du* gesehen, wie er mit seiner Kraft die Steine bewegte?«

Arild blieb reglos liegen. Für einen Augenblick rang er mit sich, ob er sich erheben und zeigen sollte, doch dann blieb er, wo er war.

»Am Frenfluss ist der Damm eingestürzt, als er nur einen kleinen Stein in der Hand hatte«, antwortete der andere, und Arild erkannte Valgrims Stimme. »Und hast du nicht selbst die Brandwunde in seiner Hand gesehen, die er sich im Blutwald zugezogen hat, als er die Quelle unter den Felsen freilegte?«

»Aber er hat nichts unternommen, als wir angegriffen wurden. Stattdessen ist er in irgendein Versteck verschwunden, während wir kämpften und Daryn starb. Hat ihn etwa die Furcht befallen? Erst als alles vorbei war, ist er wieder unversehrt erschienen«, sagte Etor, und der Verdruss in seiner Stimme war unüberhörbar. »Als du ihn danach fragtest, hat er sich gebärdet, als wäre sein Geist fortgegangen. Das ist mehr als seltsam, so kenne ich ihn gar nicht. Bist du sicher, dass nicht ein Dämon in ihn gefahren ist, als er im Blutwald war?«

»Es muss etwas anderes sein.«

»Aber was? Die anderen zweifeln schon an ihm und kommen auf den Gedanken, die Gabe habe ihn wieder verlassen und sei damit für immer aus unserem Geschlecht verschwunden. Sonst hätte er sie doch eingesetzt, um uns zu schützen! Kannst du ihn nicht bitten, uns seine Kraft zu zeigen? Das würde allen neuen Mut geben!«

»Nein, nicht ohne Bedrohung!«, sagte Valgrim entschieden. »Der Herz-der-Berge-Stein und die Macht der Steinkönige bedeuten große Verantwortung. Sie dient nicht als Schauspiel. Gerade du solltest wissen, dass er damit niemals leichtfertig umgehen wird.«

Etor brummte etwas Unverständliches als Antwort und schwieg eine Weile. »Ich frage mich, was die Ahnin uns sagen wird.«

»Sie wird in sein Herz schauen und mir zustimmen: Wir sollten ihm Zeit geben. Es sind nicht allein die Krone und die Gabe, die aus ihm einen König machen.«

»Wenn du meinst«, sagte Etor. Dann stand er auf, ging zurück zu den anderen und rollte sich ein, um noch ein Weilchen zu schlafen.

Als Valgrim sich erhoben hatte, um auf dem Hang Wache haltend hin und her zu gehen, schlich Arild sich zurück zu seinem Schlaflager. Durchgefroren rieb er sich die klammen Hände. Er setzte sich allein zwischen die Felsbrocken und zog das Fell um sich, das ihm die Gefährten aufgenötigt hatten. Er war verärgert. Was hatte ihn nur dazu gebracht, sich wie ein Übeltäter mit schlechtem Gewissen zu verstecken, als sein Vetter und sein Oheim über ihn sprachen? Er dachte an ihre Rede und spürte Zorn in sich aufsteigen. Gaben sie ihm etwa die Schuld an Daryns Tod? Sie wussten zu wenig über den Herz-der-Berge-Stein und nichts über seine Vorbehalte, ihn einzusetzen – aus Sorge um das Wohl derer, die sich dann in der Nähe aufhielten. Und keiner konnte verstehen, dass nicht einfach nur der Jadethron auf ihn wartete, sondern eine größere Aufgabe. Er seufzte tief. Arild war sicher, dabei würde ihm am Ende niemand helfen können.

Noch bevor die Sonne in den wolkengefleckten Himmel über den östlichen Frostbergen emporgestiegen war, waren alle auf den Beinen und setzten ihren Marsch fort. Bald waren kein Busch und kein Halm mehr zu sehen. Grüngraue Flechten krochen an wenigen Stellen über die vom Frost zermürbten Steine. Am späten Vormittag passierten sie einen Weg aus Geröllschutt. Ab da hörten auch Moose und Flechten auf, und es gab nur nackten Stein, nach zwanzig Jahren unter dem Eispanzer zum ersten Mal von Sonnenstrahlen erwärmt.

Sie wanderten unbehelligt weiter und betraten harschigen Schnee, den die Frühjahrssonne noch nicht hatte vertreiben können. Die Spuren ihrer Schritte waren dort zu ihrem Verdruss nur allzu gut zu sehen. Sie gingen hintereinander, jeder in den Fußstapfen des Vordermannes, und hofften, die Abdrücke würden bei anhaltendem Tauwetter rasch verschwinden.

Schließlich erreichten sie die Passhöhe am Tristjoch, die von Nebel umgeben war, der sich in den Gipfeln fing. Der Blick nach Norden war durch eine Wand aus dunkelgrauem Dunst versperrt. Am Rande des tiefen Einschnittes in die Bergkette waren die steinernen Ruinen einer kleinen Behausung zu sehen. Sie mochte in früheren eisfreien Zeiten als Wachstation gedient haben. Ob gegen Feinde aus dem Norden oder aus dem Süden war nicht auszumachen. An einer Stelle, von wo aus sie den Südhang gut überblicken konnten, machten sie Rast und berieten sich. Ohne Nahrung, Fellumhänge und zusätzliche Wasserschläuche würden sie den Weg durch die Nördlichen Öden nicht schaffen. Sie wussten, dass die karge Ebene nicht viel Essbares für sie bereithielt.

Valgrim sprach das Offensichtliche aus: »Wir müssen nach Kovanby und können nur hoffen, dass dort noch Menschen leben und wir das Nötigste gegen unsere Edelsteine eintauschen können. Wenn wir umkehren, werden wir Hakons Schergen in die Arme laufen.«

Und wenn wir nicht umkehren, werden wir einem anderen Feind begegnen, da der Weg uns durch Grimhorns Reich führen wird, dachte Arild und seufzte. Aber er behielt seine Befürchtungen für sich, denn seine Gefährten würden es nicht verstehen.

Kapitel 8

Warum frohlockten die Wolkenhüter, und Helaku wehrte sich mit neuer Kraft? Die Törichten, die die Zeit der Vergeltung gekommen wähnten, waren blind für das, was vor ihnen lag. Vor vielen Sommern waren sie Pajakoks Einflüsterungen gefolgt, hatten den Berg verraten und einen Sterblichen zum König der Steine gemacht, damit er Grimhorn Einhalt gebiete. Und jetzt huldigten sie diesem Staubgeborenen erneut und glaubten in ihrem Dünkel, er werde siegen. Der Steinkönig war nahe, aber ihr Sieg weiter weg denn je. Grimhorn streckte seine Fänge aus, schneller, heftiger als je zuvor. Er schickte seine Macht durch Wolken und Land und durchdrang alles Leben auf der Suche nach dem einen Verhassten. Würde der Steinkönig den Herz-der-Berge-Stein hier, in Grimhorns Land, sprechen lassen, würde der Berg ihn finden und zerschmettern.

Arild warf einen langen Blick in Richtung Osgund, wo er ein Stück seines Herzens zurückgelassen hatte, und einen langen Blick nach vorn über den Berghang: dem Schauplatz der Ereignisse, die sein Leben endgültig verändern würden. Als sie von ihrer Rast aufbrachen, trat er nur widerstrebend in die Nebelschwaden am Scheitel des Passes. Der Schnee knirschte unter seinen Füßen, die er vor Kälte kaum noch spürte. Am Morgen hatte er einen Schwan aus Wolkengespinsten über den Himmel bei Osgund ziehen sehen, die Schwingen wild flatternd ausgebreitet, den langen Hals zurückgebogen und den Schnabel geöffnet, wie zu einem verzweifelten Hilfeschrei. Beunruhigt hatte er an Lärka denken müssen, die er bei sich immer »Schwanenfrau« nannte, wie das Fabelwesen, das einer alten Sage nach zwischen Wasser und Ufer lebte und den Menschen das Wissen über die heilenden Kräuter geschenkt hatte.

Er nickte abwesend, als die Männer sich entschieden, nach Kovanby zu gehen. Während seine Gedanken bei Lärka weilten, kreisten die Gespräche der anderen um die geheimnisumwitterte Stadt.

»Ob es dort wirklich die sagenhaften Schätze der Gorunnen gibt? Dann werden unsere Edelsteine nicht viel wert sein«, sagte Theol.

»Die ›Stadt ohne Wiederkehr‹ muss entweder unbewohnt oder außergewöhnlich reich sein. Vielleicht verlässt deshalb niemand freiwillig diesen Ort, selbst in den eisfreien Zeiten«, sagte Etor.

»In früheren Jahren«, ergriff Valgrim das Wort, »gab es längere Zeiträume, in denen der Übergang am Tristjoch passierbar war, und die Frostjahre dazwischen waren wenige. Es gab regen Handel und weiter im Westen an der Küste, hinter dem Nordhang der Frostberge, gab es sogar einen Hafen, Ijselbug mit Namen, wenn ich mich recht entsinne. Einige der kunstvoll geschmiedeten goldenen Schätze in Jaspis sollen angeblich von Kovanbyer Goldschmieden stammen. Es heißt sogar, Feodras der Kühne habe eine Zeit lang in Kovanby gewohnt. Aber schon zu König Jayrs Zeiten gab es kaum noch Reisende in den Norden, denn das Eis kam häufiger und blieb immer länger, und ab da geriet die Stadt in Vergessenheit. Es mag Leute gegeben haben, die sich nach Kovanby aufmachten, aber niemand kam zurück, um zu berichten, ob sich dort wirklich noch das Gold der Gorunnen befindet. Als wir vor zwanzig Jahren mit König Jendro die Ahnin besuchten, mieden wir die Stadt, weil wir glaubten, sie sei verlassen und alle Reisenden, die dorthin aufgebrochen waren, seien im unwirtlichen Norden verloren gegangen.«

»Wir müssen es trotzdem versuchen«, sagte Etor. »Die Stadt ist unsere einzige Rettung.«

Ein kalter Wind traf sie unvermutet, als sie den Scheitel am Tristjoch überschritten und sich an den Abstieg machten. Sie stiegen durch eine dunkelgraue Wolkenschicht am steilen Nordhang hinab. Kühle, feuchte Luft drang in ihre Lungen und schickte sich zusammen mit den eiskalten Böen an, noch den letzten Rest der Wärme aus ihren Leibern zu verdrängen. Arild musste husten und war froh, als sie den Dunst hinter sich ließen und die weite, in den verschiedensten Brauntönen gefärbte Ebene der Nördlichen Öden vor sich sahen. Linker Hand zog sich wie eine von schwarzem Blut durchflossene Ader ein Strom nach Westen, der von dem schmelzenden Schnee der Forstberge gespeist wurde. Ansonsten sah das Land von hier oben wasserlos und öde aus. Der Himmel über ihnen war bis zum nördlichen Horizont von einem abweisenden dunkelgrauen Schleier verhüllt, durch den der Sonnenkreis kaum stärker als der nächtliche Mond hindurchschimmerte.

Immer wieder spähte Arild prüfend in die Ferne. Die eintönig aschgraue Schicht schien ihm seltsam fremd. Das waren nicht die Pathin. Arild glaubte, dass Niyol ihm diese Familie nicht vorgestellt hatte. Nur hier und da segelten weiß leuchtende Snehin wie kleine, verlorene Nussschalen in einem bedrohlich dunklen Meer dahin. Etwas Ungewohntes ging von diesen zerpflückten weißen Wolkenflocken aus, von ihrer Art, sich zu bewegen und zu verändern: Furcht.

Schweigend und den Atem in nebligen Fahnen ausstoßend stiegen sie über ein Schneefeld, das sich weit bergab zog und von ebenso schmutzig grauer Farbe war wie der Himmel über ihnen.

Dort unten also liegt mein Vater irgendwo unter den Felsen begraben, die ihn eigentlich hätten schützen sollen, dachte Arild. Als er zwölf geworden war, hatte Valgrim ihm erzählt, wo und wie Jendro gestorben war. Der Steinkönig hatte zur letzten eisfreien Zeit mit einer Gruppe von Verwandten und Feodriner Edelleuten die Ahnin aufgesucht und einige Wochen im Frühjahr dort verbracht. Sie waren auf dem Rückweg gewesen, als sie die Fährte eines stattlichen Bären aufspürten. Mit ihnen war auch der Bruder von Valgrims Weib, ein leidenschaftlicher Jäger, der mit einem anderen Edelmann der Bärenfährte bis zu einer felsigen Anhöhe folgte. Die zwei Männer erkletterten den Felsen und verschwanden aus dem Blickfeld der Gruppe. Doch schon kurz darauf hörten die anderen ihre Schreie und wussten, dass sie in Gefahr waren. Jendro und sein älterer Bruder Valgrim, der Steinwächter, der damals noch Felor genannt wurde, eilten ihnen zu Hilfe. Sie trafen auf einen riesigen Bären, in dessen Körper etliche Pfeile steckten. Das Tier stand vor einem Höhleneingang und drängte die beiden Männer, die all ihre Pfeile verschossen hatten und mit gezogenem Schwert dastanden, in die Höhle hinein.

Jendro und Valgrim setzten ihre Schleudern ein, doch der Bär schien die Geschosse kaum zu bemerken. Da befahl Jendro seinem Bruder, auf dem Absatz vor der Höhle zu warten, und näherte sich allein dem Eingang. Jendro trug ein kleines Bruchstück des Herz-der-Berge-Steins bei sich, etwas größer als Arilds Kiesel. Er trat hinter den Bären – doch plötzlich löste sich eine Lawine. Sie begrub Jendro und den Bären unter sich. Die Höhle war eingestürzt, ihr Eingang verschüttet.

Valgrim eilte herzu und rief nach Jendro und den Gefährten, aber es gab kein Lebenszeichen mehr von den Männern. Und die Felsen waren zu groß und schwer, als dass die anderen sie ohne die Kraft des Steinkönigs hätten bewegen können. Sieben Tage warteten die Feodriner, und sieben Mal umliefen sie den Felsen. Dann wussten sie, dass Jendro und die anderen beiden Männer tot waren. Sie hielten die Trauerriten ab und machten sich voller Gram auf den Weg zurück nach Jaspis. Zwanzig Jahre waren seitdem vergangen, und Valgrim hatte Arild versprochen, ihn an dem Felsen vorbeizuführen, wo sich das Unglück ereignet hatte.

Vor sich bemerkte Arild nun Olvir, der aufgeregt nach Osten zeigte. Dort, im dunklen Wald am Fuße der Frostberge, war eine Rauchsäule zu sehen. Das musste Kovanby sein, das Lebenszeichen aus der Stadt gab ihnen Hoffnung. Sie ließen das Schneefeld hinter sich und erreichten einen kahlen, felsigen Steilhang, von dem kein Pferd oder Esel hätte hinabklettern können. Hier und da leuchteten ihnen fahlweiße Knochen von Menschen entgegen, die bei dem Versuch, den Pass in der Frostzeit zu überqueren, ein bitteres Ende gefunden hatten. Einmal sahen sie die Leiche eines Mannes aus dem Schnee ragen, die durch den Frost fast unverwest geblieben war. Arild musste unwillkürlich an Lärkas verschollenen Oheim denken, doch gab es neben den Dingen, die ein Wanderer gewöhnlich mit sich führte, keine besonderen Zeichen oder Gegenstände, aus denen man etwas über Herkunft oder Stand des Toten hätte erfahren können.

Mit äußerster Vorsicht setzten die Männer ihre Schritte, um an den steilen Stellen nicht abzustürzen. Nur unter größten Mühen und mit vorsichtigem Abseilen gelang es, mit Damaen auf der Trage den schwierigen Abstieg zu bewältigen. Weit oberhalb der ersten Bäume, die sich unten am Hang vereinzelt in die Felsen krallten, passierten sie einen alten Wachturm. Er lag inmitten eines viereckigen, steinumfriedeten Platzes, an dem einst Unterstände und Behausungen gewesen sein mochten. Hier zweigte die Spur eines Pfades ab, der sich ostwärts im Schatten der Frostberge bergab schlängelte, in der Ferne im Wald verschwand und direkt nach Kovanby führen musste.

Zu ihrer Rechten erhob sich majestätisch der mächtigste der Frostberge: der Hohe Goldfang. Die Bergspitze war mit schmutzigem Schnee bedeckt und von aschgrauen Wolken umgeben – es schien, als versuche der Berg vergeblich, seine Gipfelkrone über die dunkelgrauen Schwaden emporzuheben, die von Nordosten unaufhörlich heranwallten. Vom Südosten strömten die Udar heran und taten alles, um die Aschewolken mit Regen und Schnee hinwegzuspülen. Und beharrlich zogen die Aatisch nach Nordosten, wo unter zornig schwarzem Himmel in der Ferne die Blitze zuckten. Ein Kampf gewaltiger Kräfte war im Gange, von dem die Sterblichen nichts ahnten. Nur Arild war sich der Dramatik des Geschehens bewusst. Er dachte an den Wolkenhüter Helaku, der dort am Hohen Goldfang in höchster Not war.

»Das Unwetter wird an der Bergspitze hängen bleiben und nicht ins Tal herüberziehen. Kein Grund zur Sorge also«, sagte Theol, der Arilds Blick zum Gipfel gefolgt war. Arild nickte wortlos.

Sie hatten das steilste Stück des Abstieges hinter sich und sahen erste Spuren von kümmerlichen Pflanzen den Boden bedecken, da gesellte sich Etor zu Arild ans Ende der Gruppe. Arild dachte an die Unterhaltung zwischen Etor und Valgrim, die er belauscht hatte. Er wartete befangen, dass sein Vetter das Wort ergreifen würde. Als dieser schwieg, flüchtete Arild sich in einen Austausch über Kovanbyer Legenden. Schließlich lenkte Etor das Gespräch in andere Bahnen.

»Ethandras, ich muss etwas wissen.« Auf Arilds Nicken hin fuhr Etor fort: »Was ist passiert, nachdem du beim Kampf im Nebel verschwunden bist?«

Arild erzählte von dem Kampf mit Hagbart bis zu dem Zeitpunkt, als der schwarze Ritter ihn in die Enge getrieben hatte. »Danach weiß ich nichts mehr. Ein Wunder hat mich gerettet, wie damals im Moor.« Arild zuckte mit den Schultern und hoffte, dass diese Antwort seinen Vetter zufriedenstellen würde.

»Du stehst unter dem Schutz der Himmlischen, das muss es sein!«, sagte Etor nachdenklich und fügte mit feierlicher Stimme hinzu: »Du bist wirklich der Steinkönig!«

Um eine Antwort verlegen murmelte Arild nur etwas vor sich hin. Die Ehrfurcht seines Vetters rührte ihn.

»Du hattest schon fast nicht mehr daran geglaubt, nicht wahr?«, fragte Etor unvermittelt und warf Arild einen unsicheren Blick zu.

Arild blieb überrascht stehen und nickte.

»Mein Vater hat dich jahrelang unterwiesen und alles gelehrt, was es zu wissen gilt«, fuhr Etor fort. »Aber wie es ist, wenn sich die Gabe offenbart, darauf kann einen nichts vorbereiten.« Er legte Arild die Hand auf die Schulter und zog ihn weiter.

»Wahr gesprochen«, erwiderte Arild.

»Du bist nicht der Einzige, der in die Nachfolge König Jendros eingewiesen wurde«, sagte Etor mit leiser Stimme. »Mein Vater hat mich alles über die Höhle unter dem Drachenberg, den Herz-der-Berge-Stein und die Initiation unserer Ritter gelehrt.«

Mittlerweile waren Arild und Etor ein Stück zurückgefallen. Die anderen Männer waren stehen geblieben und schauten sich nach den beiden Nachzüglern um. Etor winkte ihnen und schob Arild weiter.

»Das war kurz nach König Jendros Tod, als du noch viel zu jung warst, um die unmittelbare Nachfolge anzutreten«, fuhr Etor fort. »Wahrscheinlich hat mein Vater damals schon geahnt, dass wir bald darauf aus Jaspis fliehen mussten. Zu groß war die Gefahr, dass das Erbe verloren ginge, wenn nur er allein davon wüsste. Aber Vater hat meine Unterweisung verborgen, weil er ohnehin daran glaubte, dass *du* die Gabe hast. Es musste jemanden geben für den Fall, dass dir etwas passiert.«

Arild warf seinem Vetter einen prüfenden Blick zu. Nichts ließ erkennen, wie Etor darüber dachte. »Wenn es möglich wäre, würde ich die Krone liebend gern dir überlassen«, sagte Arild und versuchte ein Lächeln. Es war eine glatte Lüge. Jetzt, wo er wusste, was es mit dem Herz-der-Berge-Stein und Feodras' Eid auf sich hatte, wünschte er niemandem diese große Verantwortung, die für nichts anderes mehr im Leben des Steinkönigs Raum ließ. »Es würde deinen Vater mit Stolz erfüllen, dich an dem Platz zu sehen, der ihm selbst verwehrt blieb«, fügte Arild hinzu. Valgrim war der älteste der drei Brüder gewesen und zunächst davon ausgegangen, seines Vaters Nachfolger zu werden, bis der alte König gesprochen und am Totenbett seinen Segen auf den Jüngsten, Jendro, gelegt hatte.

Etor schaute seinen Vetter geradeheraus an. »Mag sein. Aber meinem Vater ist die Tradition heilig, das weißt du. Es geht ihm nur darum, dass Jaduin und das Geschlecht der Steinkönige fortbestehen.«

»Und *du?* Was denkst du?«, fragte Arild.

»Es ist, wie es ist. Niemand kann die Gabe lenken. Dennoch war es wichtig, vorbereitet zu sein«, sagte Etor.

Sie liefen eine Weile schweigend nebeneinander her.

»Ist es die Krone, die so schwer auf dir lastet oder Daryns Tod?«, fragte Etor unvermittelt. »Was ist los? Seit Piarras Unfall im letzten Jahr habe ich dich nicht mehr so nachdenklich gesehen.«

»Die letzten Tage haben viel für mich verändert. Ich brauche Zeit, mir über einiges klar zu werden.«

»Wenn ich deine sehnsuchtsvollen Blicke zurück nach Osgund und Felors spärliche Bemerkungen über deine Erlebnisse mit der Thantochter im Blutwald richtig deute, wärst du jetzt wohl lieber in Osgund bei einer jungen Frau anstatt mit uns auf dem Weg zu einer uralten Frau. Ist es das?«, fragte Etor.

Arild musste lächeln. Da war sie wieder, die Vertrautheit, die er so vermisst hatte. »Bin ich so leicht zu durchschauen? Diese Schwäche muss ich mir dringend abgewöhnen«, sagte er.

Etor erwiderte sein Lächeln. »Ich kann dir versichern, dass alle außer meinem Vater deine ernste Stimmung für das angemessen würdevolle Gebaren des Königs halten.«

»Orlygs Tochter ist außergewöhnlich«, sagte Arild nachdenklich. »Sie hat Begabungen, die ich bei keinem anderen grünen Weib gesehen habe.«

»Oh, ein grünes Weib!«, erwiderte Etor erleichtert. »Wenn sie auch den Liebreiz hat, den diese spröden Kräuterfrauen gemeinhin versprühen, dann bist du wohl kaum in Gefahr.«

»Hhm«, machte Arild. »Sie ist so lieblich und anmutig wie ein Schwan, aber das ist nur das Äußere. Dahinter besitzt sie Willensstärke und Unerschrockenheit. Wenn man mit ihr spricht, ist sie voller Leben und ...«

»Lass dich von deinem Herzen nicht auf Abwege leiten«, unterbrach Etor seinen Vetter und schaute ihn besorgt an. »Sie hat keinen Tropfen Feodriner Blut in den Adern.«

Arild erwiderte nichts. Etor würde es nicht verstehen.

»Wer weiß, ob du sie je wiedersiehst. Die Erinnerungen werden bald verschwinden und deine Sehnsucht auch«, setzte Etor nach.

Niemals!, dachte Arild und schüttelte unwillig den Kopf.

»Schon gut«, erwiderte sein Vetter beschwichtigend. »Warum solltest gerade du der erste Verliebte sein, der einen gut gemeinten Rat hören will?«

»Wie es auch kommen mag, ich würde alles daransetzen, sie sicher und glücklich zu wissen«, entgegnete Arild. »Ich mache mir große Sorgen. Da ist diese seltsame Krankheit, die die Bewohner der Küstenstädte befällt. Dein Vater und ich haben alles versucht, aber wir haben noch nicht einmal die Spur eines Verdachts, wie man sie bekämpfen könnte. Und Hagbart könnte zurück in Osgund sein. Hierin sehe ich eine größere Gefahr als in den beiden Störenfrieden Reidar und Roar, die ständig einen Anlass suchen, um Grenjad und seiner Sippe zu schaden. Wenn Hagbart von unserer Verbindung zu Orlyg erführe, würde er die Thantochter sofort als Geisel nehmen, um uns zur Rückkehr zu zwingen.«

»Ich nehme nicht an, dass du sie einfach so ihrem Schicksal überlassen hast?«, fragte Etor.

»Orlyg hat Grenjad um Schutz für sie gebeten. Doch ich habe erlebt, wie kurz Grenjads Arm geworden ist, und Doberan geheißen, auf sie aufzupassen. Aber in seinem Geisteszustand und selbst wenn er sich mit dem jungen Jörn verbündet, wird er gegen wirkliche Bedrohungen nicht viel tun können. Ich weiß, es ist töricht, aber am liebsten würde ich umkehren und selbst über sie wachen, bis ihr Vater in Osgund eintrifft«, sagte Arild.

Etor schüttelte den Kopf. »Wenn du bald als König zurückkehrst«, entgegnete er, »sorgst du dafür, dass sie mit einem liebenswerten und treuen Untertan eine Ehe eingeht, die das Küstenland stabilisiert und ihr kein Unbehagen bereitet. Sie wird sich fügen, in Frieden und Wohlstand leben und dir dankbar sein.«

»Ich glaube nicht, dass sie das so sähe«, erwiderte Arild.

»Wenn sie – wie du sagst – nicht gerade Stroh im Kopf hat, sollte sie auf ihre Vernunft hören. In manchen Angelegenheiten hat man keine Wahl. Das weißt du selbst am besten, denn du bist der Steinkönig, ob du es willst oder nicht.«

Ihr Gespräch endete, denn in diesem Moment erreichten sie einen kleinen Abhang voll losen Gerölls, den sie hintereinander gehend hinabsteigen mussten.

Arild war verstimmt, dass auch Etor seine Gefühle zu Lärka als kleine Schwärmerei abtat. Er musste an Lärka denken und was die Zukunft für sie bereithielt. Wenn sie nicht aus dem Geestland floh, hatte sie keine andere Wahl, als das Erbe des Küstenthans anzutreten und die Küstenländer durch eine Heirat mit einem mächtigen Verbündeten zu sichern. Oder gab es doch eine andere Möglichkeit? Was wäre, wenn einer von Fregars Söhnen der neue Küstenthan würde? Was wäre, wenn Lärka genug Güter besäße, um unabhängig zu leben und sich von einer Söldnertruppe schützen zu lassen? Dann wäre sie frei und würde tun und lassen können, was sie wollte. Obwohl dieses Gedankenspiel verwegen war, so war es doch nicht ganz abwegig. Arild hatte in Symara reiche

Händlerinnen kennen gelernt, die ein solch freies Leben führten. Mit einem Mal bereute er, dass er bei ihrer letzten Begegnung nichts anderes im Kopf gehabt hatte, als sie zu einer Verbindung mit Barung zu überreden. Hätten sie nicht vor den königlichen Spähern fliehen müssen, hätte er in Osgund bleiben, mit Orlyg reden und Lärka genug Edelsteine hinterlassen können, um über Jahre hinweg ihre Unabhängigkeit zu sichern. Er hätte ihr zwar nicht seine Liebe, aber ein selbstbestimmtes Leben schenken können.

Die Männer erreichten den Saum des Waldes am Nachmittag,und obwohl es keine Spur von ihren Verfolgern gab, atmeten alle auf, als sie Deckung unter den Bäumen fanden. Der Weg wurde flacher, und Damaen stieg von der Trage und bestand darauf, auf einen Stock gestützt weiterzugehen. Der Pfad zur Stadt war jetzt nicht mehr zu erkennen, aber in regelmäßigen Abständen gab es kleine Steinpyramiden, die den Weg nach Kovanby markierten. Bald sahen sie eine Lichtung vor sich, und Valgrim an der Spitze der Gruppe hieß sie stehen zu bleiben. In der Stille hörte Arild das Summen von Fliegen, es roch nach Blut. Geräuschlos suchten die Männer Deckung hinter Baumstämmen. Auf Valgrims Geheiß hin pirschte sich Keril zur Lichtung vor und spähte den Platz aus. Nach einiger Zeit richtete er sich auf und gab ein Zeichen, dass keine Gefahr drohe.

Sich vorsichtig umschauend betraten die Männer die Lichtung, auf der sich Seltsames ereignet haben musste. In der Mitte des grasbewachsenen Platzes stand ein etwa zwei Mannslängen hoher, pfahlartiger Baumstamm, von dem alle Zweige abgetrennt waren. Davor war ein großer Felsblock, der ganz und gar braun gefärbt war von getrocknetem Blut. Auch auf dem Gras darum herum waren große Mengen Blut vergossen worden. Arild schaute in die Richtung, aus der das Summen kam, und gewahrte zwei große braune Formen, die an den Ästen zweier Bäume hingen. Die Männer traten näher heran. Allem Anschein nach waren hier Pferde geopfert worden, deren Köpfe man abgetrennt und mit Seilen an die Äste gebunden hatte. Obwohl die Feodriner nicht wussten, welche Bedeutung das Opferritual haben mochte, so war es ihnen immerhin ein Zeichen, dass Menschen in der Nähe wohnten.

Ohne etwas anzurühren, setzten sie ihren Weg fort. Am frühen Abend, als der Nordhang des Tristjoch schon längst im Schatten lag, wurden die Bäume lichter, und sie sahen die Umrisse einer befestigten Siedlung vor sich auftauchen, die sich an den Fuß des Hohen Goldfang schmiegte. Nahe der Siedlung waren Löcher im Berg zu erkennen, die die Eingänge zu Stollen sein konnten. Kurz darauf standen sie in sprachloser Verwunderung vor der Pracht einer alten Gorunnenfeste. Gelb leuchteten die ganz mit Gold beschlagenen großen Flügeltore, vor denen sich eine schmale Holzbrücke über einen breiten Graben spannte. Auf den Toren war das Wappen von Kovanby zu erkennen: drei Türme auf einem Felsen und darüber ein Schwert, das einen Bergmannshammer kreuzte. Eine dicke Steinmauer, breit genug, dass ein Pferd darauf entlanglaufen konnte, war aus mörtellos aufeinander gefügten Steinen errichtet. Sie umschloss ein riesiges Gebiet, in dem nicht nur Häuser Platz fanden, sondern auch Felder und Weiden. Die Mauer selbst war nur durchbrochen von drei Holztürmen auf steinernem Fundament, derselben Art wie in Osgund: einer zu ihnen hin im Westen, direkt neben dem Tor, einer im Osten und einer hoch am Südhang des Hohen Goldfangs, von wo aus kein Feind unentdeckt bleiben konnte. Auch die Dächer der Türme waren ganz mit Gold bedeckt, und goldene Standarten zierten ihre Firste. Die stolze Feste musste uneinnehmbar sein, wenn tapfere Krieger ihre Mauern verteidigten.

»Das ist also die Stadt ohne Wiederkehr?«, sagte Theol.

Obwohl aus dem Inneren der Stadtmauer Hundegebell, das Gemecker von Ziegen und die Hammerschläge einer Schmiede drangen, waren die Türme verwaist, und es war keine Wache auf der Mauer oder an den Toren zu sehen.

»Etor und Olvir, ihr werdet hineingehen«, befahl Valgrim. »Seht euch um, findet heraus, ob Gefahr drohen könnte, und macht dem Than dieser Siedlung eure Aufwartung.«

»Die Stadt kann leicht zu einer Falle werden. Wenn Hagbarts Häscher vorbeikommen, dann pflücken sie uns wie reife Äpfel«, warf Arild ein.

»Daher sollten wir rasch das Nötigste erwerben und weiterreisen«, sagte Valgrim.

Gemeinsam gingen die Männer bis an den Graben, der die vertiefte Rinne eines natürlichen Bachlaufes war. Ein schmales Rinnsal aus trübem grauem Wasser kam vom Hohen Goldfang hinab, floss den Graben entlang und verschwand unterhalb der Feste im dunklen Wald. Keril tauchte seine Hand hinein, führte sie zum Mund und spuckte sogleich angewidert aus. Das Wasser war ungenießbar.

Ein Stück bergan sahen sie am Rand des Bachlaufes fast ein dutzend Kuhlen, in denen sich das Wasser fing. Sie gingen näher heran und sahen bronzene Pfannen aus dem Schlamm ragen. Sie trauten ihren Augen kaum, als ihnen überall Goldsteinchen aus dem Morast und in den Pfannen entgegenblitzten, genug, um damit einen Helm zu füllen! Merkwürdigerweise war auch hier keine Menschenseele zu sehen.

Die Feodriner liefen zurück zum Tor. Sie fanden es unverschlossen, und die beiden ausgewählten Kundschafter schlüpften rasch hindurch.

Wenn Etor und Olvir bis zum nächsten Morgen nicht zurückkehrten, würden die Gefährten davon ausgehen, dass ihnen etwas zugestoßen war. Valgrim schlug vor, im Schutz der Bäume eine kleine Glut zu entfachen. Die Männer wählten einen Lagerplatz, von wo aus sie das Tor im Auge behalten konnten, ohne selbst gesehen zu werden. Arild freute sich auf etwas Wärme nach dem Weg über den eisigen Pass. Ein umgefallener Baum lag in der Nähe ihres Lagerplatzes. Keril schwang sein Schwert, um Äste davon abzuschlagen. Doch zur Verblüffung aller sprang die Waffe mit einem hohen Klang von dem Holz ab, als habe sie einen Felsen getroffen. Arild trat hinzu, fasste an den Stamm und bemerkte, dass sich die Rinde hart und kalt wie Stein anfühlte. Das musste der jahrelange Frost des Nordens bewirkt haben, denn im Süden hatte er etwas Derartiges noch nie gesehen.

Als sie um das kleine Feuer aus einigen gesammelten Zweigen saßen, stand Machaon, der die Feste im Auge behalten hatte, auf und deutete auf die Siedlung. Eines der Stadttore war geöffnet worden. Eine vertraute Gestalt trat heraus und winkte ihnen: Etor. Die Männer beobachteten ihn eine Weile genau. Erst als sie sicher waren, keines ihrer geheimen Zeichen für Gefahr an ihm bemerkt zu haben, wagten sie sich aus der Deckung. Etor hob die Hand zum Gruß und wartete, bis die Männer bei ihm waren.

»Ein seltsamer Ort mit seltsamen Menschen«, berichtete er. »Aber warum das die Stadt ohne Wiederkehr sein soll, konnte ich nicht herausfinden. Wir haben den Than aufgesucht. Wir sind nicht gerade überschwänglich aufgenommen worden, ich weiß nicht, ob unser Anliegen Gehör findet.«

Voller Ehrfurcht und Argwohn zugleich traten die Männer nun durch das Stadttor. Vor ihnen erstreckte sich ein etwa hundert Schritte breiter, nach Norden hin abfallender Gürtel aus braunem Gras und Unkraut, zwischen dem vereinzelt die grünen Sprossen der ersten Frühlingszwiebeln hervorragten. Im Sommer mochten das die Felder sein, die die Bewohner mit frischem Gemüse versorgten. Jetzt waren dort nur einige Pferde, die träge vor sich hin dösten, und weiter unten am Hang weidete eine kleine Herde Ziegen.

Arild wandte sich um und besah sich den Turm neben dem Tor. Er war mächtiger als von außen zu sehen. Auf ebener Erde gab es keine Türen und nur ein winziges, vergittertes Fenster. Neben dem Turm führten steinerne Stufen auf den Wehrgang hinauf. So muss auch Osgunds Befestigung einst ausgesehen haben, dachte Arild bei sich. Er ließ seinen Blick weiterschweifen über Mauer und Toranlagen. Auf der Innenseite schienen die Tore aus bis zur

Schwärze gealtertem Holz zu bestehen. In unwirklichem Kontrast dazu stand das Leuchten des Goldes, das auf vielerlei Weise anstelle der sonst üblichen Metalle Eisen und Bronze verwendet worden war: Ein langes, gebogenes Horn aus reinem Gold, mit dem Wächter die Stadtbewohner bei Gefahr wecken konnten, lehnte an der rückwärtigen Wand des Turms. Einige lederbespannte Holzschilde – rot und blau bemalt und mit goldenen Schildbuckeln geschmückt – lagen daneben nebst Zaumzeug mit goldenen Stirnplatten. Sogar die Ringe, an denen man neben dem Tor die Pferde anbinden konnte, schimmerten golden. Einige Fuß davor stand ein Streitwagen: eine hölzerne Plattform mit zwei metallbeschlagenen Rädern, die halb im Boden versunken waren, und mit kunstvoll vergoldeten Seitenteilen, zwischen denen mittig eine Deichsel nach vorne ragte.

Doch keine Menschenseele war zu entdecken. Obwohl es mittlerweile bis in den letzten Winkel vorgedrungen sein musste, dass Fremde angekommen waren, waren die Wege wie ausgestorben. Eine merkwürdige Stille lag über der Siedlung. Sie durchquerten die Felder und erreichten die ersten Häuser. Dort, wo der Weg das letzte Feld verließ, stand eine Statue, deren goldene Pracht von einer Schicht aus braunschwarzem Staub bedeckt war. Als Arild die Figur erblickte, blieb er verwundert stehen. Ein bauschiges Obergewand über engen Beinkleidern, eine Kette aus Sternen und glatte, halblange Haare, die ein bartloses Gesicht umrahmten. Wäre da nicht ein Hirschgeweih, das aus dem Kopf ragte, hätte Arild die Statue für das Abbild eines Wolkenfürsten gehalten.

»Das muss einer ihrer Götter sein«, sagte Valgrim und deutete auf den Blitz, den die Figur in Händen hielt. »Ein sehr mächtiger, wahrscheinlich der Schutzpatron von Kovanby.«

Arild starrte unverwandt auf die Sternenkette und wollte gerade den Mund öffnen, um Valgrim zu widersprechen, als er schon die verlangsamenden Vorboten des nahenden Übergangs in die Welt der Wolkenfürsten fühlte. Er schaffte es gerade noch, sich zusammenzureißen, und folgte wortlos seinem Oheim, der schon den Weg durch die Siedlung eingeschlagen hatte. Sie liefen vorbei an schilfgedeckten Holzhäusern mit lehmverschmierten Flechtwänden, deren vergoldete Balken und mit bunten Ornamenten bemalte Giebel sie wie prächtige Paläste hätten aussehen lassen, wären nicht die Farben verblasst, die Dächer beschädigt und die Eingänge unverschlossen wie zahnlose Mäuler gewesen.

Da trat aus einem der Häuser ein Mann, kaum älter als Arild, mit hängenden Schultern und stumpfen Augen. Die Gefährten musterten ihn staunend. Durch den Staub, der sein Obergewand bedeckte, war die ursprünglich leuchtend rote Farbe des Stoffes zu erkennen. Darunter trug er bunte Hosen aus rot-blau kariertem Stoff. Das Auffälligste aber war sein Schmuck. Seinen Hals zierte ein astdicker goldener Ring mit allerlei Ornamenten. An seinen Oberarmen hoben sich gelb glänzende Spiralen von dem roten Gewand ab, seine Handgelenke waren mit goldenen Armreifen und seine Finger mit kunstvollen Ringen aus dem Edelmetall verziert. Der Mann bedachte die Feodriner mit einem gleichgültigen Blick, als wären Besucher nichts Ungewöhnliches in Kovanby. Hinkenden Schrittes schlurfte er an den verblüfften Männern vorbei zu einem Brunnen, der sich hangabwärts am Feldrand befand. Ab und zu hob er dabei die Füße, um über achtlos wie Unrat herumliegendes Goldgeschirr hinwegzusteigen.

»So sind alle Bewohner, die ich bisher gesehen habe«, bemerkte Etor, »so blass wie der Nebel am Tristjoch, behängt mit mehr Gold, als die Schatzkammern von Jaspis bergen, und mit einem Gemüt, als hätten sie ihr Leben lang keinen Tropfen Met gesehen. Ich frage mich, was mit den Menschen hier nicht stimmt.«

Sie folgten Etor durch die Siedlung und staunten darüber, wie viel Gold sich an den Häusern, an Hälsen und Armen der wenigen Bewohner befand, die teilnahmslos ihren Weg kreuzten und ihren Gruß unerwidert ließen. Schließlich erreichten sie den Platz vor einem großen, runden Haus. Eine mächtige, unbelaubte Eiche spannte ihre Äste über zwei erloschene Feuerstellen, an denen Pferdeleiber an Spießen steckten. Um die Feuerstellen standen und saßen goldgeschmückte Männer und Frauen in bunten, staubigen Kleidern und schienen ein Fest zu feiern. Aber dann fiel Arild auf, dass die Menschen nicht miteinander redeten und scherzten, dass keine gefüllten Krüge kreisten und dass niemand etwas von dem Fleisch zu essen schien.

Etor führte sie an den Menschen vorbei auf das Haus zu. Am Giebel prangte das in Gold gegossene Wappen Kovanbys. Nahe dem Eingang saßen mehrere goldbehelmte Krieger, deren Lanzen und Schilde nachlässig auf dem Boden lagen. Bei ihnen war Olvir, der jetzt aufsprang, den Gefährten entgegeneilte und sie willkommen hieß.

»Erwartet nicht, dass der Than euch vor Freude umarmt. Er hat einen Berater bei sich, der auch nicht vor Freundlichkeit überfließt. Aber wir können unser Begehren vortragen«, sagte er.

Arild folgte Valgrim in das Haus. Im rauchigen Inneren saßen zwei Männer auf pelzbehängten Stühlen und starrten in die glimmende Feuerstelle in der Mitte des Raumes, aus der kleine Rauchschlieren aufstiegen. Entlang der Wände waren mit Holzbalken und darüber gehängten Decken kleine Nischen errichtet, in denen sich die Schlafstatt, die Vorräte und die Waffen des Hausherrn befanden.

Außer den beiden Männern war niemand im Haus zu sehen. Der Jüngere trug eine weite grüne Hose und ein rostrotes Hemd, aus dessen kurzen Ärmeln bleich die mit blauen Spiralen und Bändern bemalten Arme ragten. In seinem ausgezehrten Gesicht prangte ein gewaltiger Schnurrbart, der wie die halblangen Haare von dunkelblonder Farbe war. Auch er war reich mit Gold an Hals und Armen geschmückt, und selbst seine Lederschuhe waren am Knöchel mit einem Goldband beschlagen. Der Ältere trug ein langes, wollenes Gewand, das weiß gewesen sein mochte, jetzt aber den Staub trug, der in dieser Stadt über allem zu liegen schien. Sein silbergrauer Bart hing ihm bis auf die Brust und gab ihm trotz des verhärmten Gesichts eine würdevolle Ausstrahlung.

Arild hatte von Druiden gehört, die den Herrschern der Gorunnen gleichgestellt waren und ihnen beratend beistanden. Dieser Mann musste einer von ihnen sein.

Arild und Valgrim traten an die Feuerstelle und räusperten sich.

Der Mann im roten Hemd, der allem Anschein nach der Than war, musterte sie missmutig. »Was wollt Ihr?«, fragte er in der Sprache der Geestländer, die er mit einem leichten Akzent sprach.

Als Arild die Gesichtszüge des Thans aus der Nähe musterte, kamen sie ihm seltsam vertraut vor. Ein Gedanke schoss ihm durch den Kopf, doch er beschloss, ihn vorerst noch für sich zu behalten. Mit einem Seitenblick bemerkte er, dass sein Oheim vergeblich versuchte, die vage bekannten Züge des Mannes mit einer Erkenntnis zu verbinden.

Nach dem Austausch von Förmlichkeiten, die von Seiten des Thans und seines schweigsamen Beraters sehr kurz ausfielen, trugen Valgrim und Arild mit wohlgesetzten Worten ihr Anliegen vor, Wegzehrung und warme Kleidung erwerben zu wollen.

Ihr Gegenüber schwieg unhöflich lange, bevor er antwortete. »Wir können Euch nichts geben.« Als Valgrim erstaunt die Augenbrauen hob und zu einer Erwiderung ansetzte, gebot ihm der Than mit einer Handbewegung zu schweigen und fuhr fort: »Kovanby ist die glanzvollste Stadt nördlich von Jaspis. Der Ruhm der tapferen Gorunnen wird bald wieder erstrahlen, die Sänger werden bis in alle Winkel des Reiches davon erzählen, und unsere Feinde werden erzittern. Doch jetzt müssen wir eine harte Zeit der Prüfung überstehen und teilen unsere Vorräte nicht mit Leuten, die nicht zu unserem Volk gehören. Wenn Ihr Euch etwas erarbeiten wollt, dann setzt die Felder entlang der West- und der Nordmauer instand, und Ihr werdet als Lohn etwas Essen erhalten.«

Arild hörte, wie sein Oheim scharf die Luft einsog. Was der Than verlangte, bedeutete gut und gern zwanzig Tagewerke.

»Gebietet die Sitte Eures Volkes, Euch Reisenden gegenüber ehrlos und geizig zu zeigen?«, erwiderte Valgrim gefasst, aber

Arild konnte spüren, wie er nur mühsam seinen Ärger unterdrückte.

»Niemand nennt einen Gorunnen ehrlos und geizig!«, fuhr der Than auf, und die Augen des Druiden verengten sich zu Schlitzen. »Ihr sagt, Ihr seid Edelmänner. Es gibt aber keine Edelleute, die in dieser Gegend reisen, nur verstreute Wegelagerer, die die Goldgier aus der Ebene hier hinauftreibt«, sagte der Than grimmig. »Und sucht Ihr Gold, so werden wir euch damit überhäufen, bis Ihr erstickt.«

»Euer Gold interessiert uns nicht«, versuchte es Valgrim, der sich unter Aufbietung aller Kräfte um einen höflichen Ton bemühte. »Wir brauchen nicht viel. Nur einige Wasserschläuche, ein paar Decken oder Felle und dazu etwas Proviant: Getreide, Milch, Käse, Nüsse. Wir werden Eure Gastfreundschaft nur eine Nacht in Anspruch nehmen, denn wir haben noch einen weiten Weg vor uns.«

Die beiden Gorunnen flüsterten miteinander.

»Einen weiten Weg?«, fragte der Than ungläubig. »Wohin wollt Ihr reisen? Im Norden – wo ihr wohl herkommen müsst, auch wenn Ihr es nicht zugebt – gibt es nichts als Steine. Im Westen ist das zugefrorene Meer, im Osten sind nur eisbedeckte Gipfel, und im Süden ist die unüberwindbare Mauer der Frostberge. Was ist wirklich Euer Wohin und Woher?«

»Wir kommen vom Süden, aus Osgund. Und wohin wir reisen, soll nicht Euer Geschäft sein«, stieß Valgrim zwischen den Zähnen hervor.

»Vom Süden?«, wiederholte der Than gedehnt, hob die Augenbrauen und tauschte überraschte Blicke mit dem Druiden. »Da müsstet Ihr schon durch den Berg gekrochen sein.«

»Aber wieso? Das Eis hat den Pass verlassen, und wir konnten ihn ohne Schwierigkeiten überqueren«, erwiderte Valgrim.

»Ihr lügt«, fuhr der Than sie an, und sein Zeigefinger stach nach ihnen, während er zornig weitersprach. »Ihr wisst genauso wie jeder Mann hier, dass der Zorn der Götter den Himmel auf die Berge herabdrückt. Dort ist für uns Sterbliche kein Durchkommen mehr! Wenn wir nicht die Gnade der Götter wiedererlangen, wird der Himmel bald über uns einstürzen!«

»Aber das sind doch nur Wolken«, sagte Arild erstaunt.

»Ihr wollt mich belehren?« Der Than funkelte sie an, lehnte sich nach vorne und stützte einen Arm auf die Lehne seines Stuhls, sodass er aussah wie ein Raubtier, das zum Sprung auf seine Beute ansetzt. »Bevor der Götter Ratschluss erging, uns diese Strafe zu schicken, habe ich genug Wolken gesehen, um zu wissen, dass dies keine normalen Wolken sind. Seit wann schicken sie uns schwarzen Regen? Seit wann verhüllt ihre immerwährende Düsternis die Sonne ohne Unterlass? Nein, der Himmel fällt auf uns herab, gerade so, als habe jemand die mächtigen Bäume, die ihn tragen, gefällt. Kein Mann geht mehr zum Pass. Der Himmel zermalmt jeden, der zu hoch hinaufsteigt. Also lügt nicht!«

»Aber wir kommen wirklich von dort!«, erwiderte Arild eindringlich und zeigte mit einer vagen Bewegung hinter sich. Der Druide heftete seine Augen auf Arild und schien durch ihn hindurchzustarren. Dann tuschelte er mit dem Than. Der lauschte dem Weißbärtigen mit wachsender Aufregung, während sie beide in Arilds Richtung blickten, und mit einem Mal erhellte sich seine Miene.

Die beiden Feodriner wandten sich um. Sie sahen über Arilds Kopf direkt am Türbalken ein riesiges Hirschgeweih hängen, unter dem eine bronzene Maske angebracht war, die eine Stammesgottheit darstellen mochte. Aber es war nicht zu erkennen, was den Mann erfreut haben konnte.

»Ja, gewiss kommt Ihr von oben. Warum habe ich das nicht gleich erkannt?«, rief der Than. »Die Antwort auf unser Flehen! Die Götter haben uns endlich ein Zeichen geschickt!«

»Niemand hat uns geschickt«, erwiderte Arild vorsichtig und beschloss, den Verdacht zu prüfen, der ihm beim Anblick des Thans gekommen war. Wenn er Recht hatte, dann würde sich das Gespräch zu ihren Gunsten wenden.

»Wir kommen von Osgund herüber und bringen Grüße von Eurer Schwester«, sagte er und beobachtete genau die Reaktion seines Gegenübers. Arild hatte trotz des Bartes vertraute Linien in dem Gesicht voller Sommersprossen erkannt und die Ähnlichkeit mit einem Antlitz, das er nie wieder vergessen würde. Auch wenn die jugendliche Erscheinung nicht zu den fast vierzig Sommern passte, die der Mann gesehen haben musste, wusste er: Der Than konnte kein anderer sein als Tiernan selbst, Lärkas verschollener Oheim. Er musste demnach genau in dem Jahr über die Frostberge gekommen sein, als der Pass das letzte Mal offen war.

Der Than runzelte die Stirn und warf Arild einen langen, abschätzenden Blick zu. »Audhild! Möge sie unter dem Schutz der Götter stehen, die Euch gesandt haben.«

»Aber uns hat niemand ge ...«

»Wir alle sind Werkzeuge der Himmlischen«, fiel ihnen der Druide mit belehrendem Ton ins Wort, »ob wir uns dessen gewahr sind oder nicht.«

»Sucht mich morgen nach Sonnenaufgang auf, und ich will Euch wissen lassen, wie ich entschieden habe«, sagte Tiernan und schien die Unterredung für beendet zu erachten.

Arild schaute fragend zu Valgrim. Der schüttelte den Kopf. Warten war gefährlich. Sie waren besser weit weg, bevor Hagbart sich erholt hatte und sich wieder an ihre Fersen heftete.

»Wir können nicht verweilen, sondern werden weiterreisen. Wir brauchen die Dinge jetzt und würden Euch reich entlohnen«, sagte Valgrim.

»Womit wohl?«, schnaubte Tiernan verächtlich.

»Wir wissen, Gold habt Ihr genug«, fuhr Valgrim fort, »aber was zierte Eure goldene Pracht besser als kostbare Edelsteine?« Er hatte einen kleinen Lederbeutel hervorgezogen, griff hinein und holte grün leuchtende Smaragde, rote Opale und schimmernde Diamanten hervor, die er in der ausgestreckten Hand dem Than darbot.

Tiernan erhob sich schwerfällig und tat einen Schritt nach

vorne, um die Juwelen anzusehen. Da verrutschten die Felle, die seinen Stuhl verhüllt hatten, und glitten zu Boden, ohne dass er es merkte. Arild und Valgrim sahen sich überrascht an. Pures Gold und prachtvolle Edelsteine leuchteten ihnen entgegen. Lehne und Seiten des goldenen Throns waren über und über mit den herrlichsten Edelsteinen bedeckt. Selbst im trüben Licht, das durch den Rauchabzug an der Decke ins Haus fiel, waren das tiefe Blau von Saphiren, das intensive Rot von Rubinen und bunt schillernde Opale zu erkennen.

»Wie ich bereits sagte, niemand kann uns etwas geben, das wir nicht schon haben«, sagte Tiernan abfällig ob ihrer überraschten Blicke. »Ihr seid hier im Gorunnenland. Wenn die Götter ihren Fluch erst von uns nehmen und uns das Blau des Himmels wieder leuchtet, wird auch das Land südlich der Berge erfahren, wie groß mein Volk ist.«

Tiernan zog die Felle wieder über seinen goldenen Thron und nahm darauf Platz. Dann schaute er gedankenverloren den Rauchschlieren nach, die langsam zum Rauchabzug emporstiegen. Er schien seine Besucher vergessen zu haben.

»Heute Nacht könnt Ihr im Haus des Connall wohnen«, sagte er schließlich. »Erscheint hier morgen nach Sonnenaufgang.« Er entließ sie mit einer knappen Handbewegung, wechselte ein paar unverständliche Worte mit seinem Berater und wandte sich wieder der Betrachtung des aufsteigenden Rauchs zu.

Verärgert ging Valgrim aus dem Haus. »Er muss dem Steinkönig die Ehre geben wie jeder Vasall, das ist er dir schuldig«, empörte er sich, als sie hinausgetreten waren. Mit kurzen Worten berichtete Arild den Wartenden vom Ergebnis der Unterredung. Dann fragten sie eine der Wachen nach dem Haus des Connall und hofften, dort etwas mehr Gastfreundschaft zu finden.

Auf dem Weg dorthin erzählte Arild seinem Oheim und den staunenden Gefährten das Wenige, was er von Lärka über Tiernan wusste. Bald kamen sie zu dem Haus an der östlichen Stadtmauer, wo sie nächtigen sollten. Sie riefen Connalls Namen, doch im Inneren regte sich nichts. Vor dem Nachbarhaus saß ein Greis auf einer Bank, die Hände auf einen Stock gestützt und mit dem Rücken an die hölzerne Hauswand gelehnt. Sie fragten ihn, wo Connall sei.

Der Mann wandte träge den Kopf, schaute sie ausdruckslos an und antwortete in einer kaum verständlichen Sprache, die wie ein urtümlicher Geestländer Dialekt klang. »Habe ihn lange nicht gesehen.« Er holte mehrmals Luft, bevor er weitersprach. »Das Haus muss leer sein.«

Valgrim ging mit den anderen in Connalls Haus, während Arild bei dem Alten stehen blieb. »Wo ist Connall hingegangen?«, bohrte er weiter und hoffte, der Greis würde ihn verstehen.

»Wollte in die Ebene fliehen, aber das ist zwecklos.«

»Wovor fliehen?«

Der Greis fixierte ihn eine Zeit lang schweigend, und Arild wiederholte seine Frage.

»Fremd hier?«, fragte der Mann mit brüchiger Stimme. Arild nickte, und der Mann fuhr fort, wobei er jeden Satz hinausseufzte und den Wortfetzen lange Pausen folgen ließ. »Der Himmel wird uns auf den Kopf fallen ... Weiß jeder Gorunne.« Mühsam hob der Mann den Kopf, bis seine Nase schräg himmelwärts zeigte. »Schon lange kein Stückchen Blau mehr am Himmel ... Alles so dunkel ... Regen kommt spärlich und ist so schwarz wie die Nacht ... Bald ist alles vorbei!«

»Warum geht Ihr nicht über den Pass nach Süden?«

»Ihr seid jung, wisst noch nichts ... Es ist sinnlos.«

»Aber der Weg nach Süden ist eisfrei in diesem Sommer«, sagte Arild.

»Sommer? Grauer Stein statt grauem Schnee ... Der Himmel liegt auf dem Pass ... Wird uns bald zermalmen ... Der Than muss Opfer bringen und warten, bis sich der Himmel hebt.« Die Nase des Mannes wandte sich nach Westen in Richtung Tristjoch.

Arild folgte seinem Blick, und tatsächlich sah es in der dunklen

Abenddämmerung so aus, als lege sich die graue Wolkendecke wie ein steinerner Deckel über den Pass.

»Welche Opfer?«, fragte Arild.

»Getreide, Gold, Stiere, Pferde«, der Mann seufzte tief, »dann Menschen! Seit einem Mondlauf keinen mehr ... Jetzt ist es schwärzer als zuvor ... Blut muss fließen.«

Arild starrte den Greis entsetzt an. Mit einem Mal beschlich ihn eine unangenehme Ahnung. Glaubte Tiernan, die Feodriner seien von den Göttern geschickt worden, damit er sie opfern könne, um den Fluch zu brechen? Sie mussten so schnell wie möglich aufbrechen!

Mittlerweile war es dunkel geworden. Die Dunkelheit schien umso drückender, als in kaum einem der Häuser ein Licht brannte. Fröstelnd zog Arild sich den Umhang um die Schultern.

»Es wird kühl. Wollt Ihr nicht hineingehen?«, sagte er zu dem Greis.

»Nein. Ich bleibe.«

Arild verabschiedete sich und begab sich rasch zu seinen Gefährten in das Haus von Connall. Die Männer mutmaßten gerade darüber, warum der Than sie wohl bis zum nächsten Tag mit seiner Entscheidung warten ließ. Sie hatten hin und her überlegt, aber keiner wusste, wie sie wenigstens das Nötigste von Tiernan bekommen konnten.

»Ich glaube nicht, dass uns der Dorfthan überhaupt gehen lässt«, sagte Arild und setzte sich zu den anderen in den Kreis, den sie um die Feuerstelle gebildet hatten. Die Männer schauten ihn überrascht an.

»Sie opfern Menschen! Kein Wunder, dass von hier niemand zurückkommt! Der alte Mann von nebenan erwähnte, dass Tiernan vor Menschenopfern nicht zurückschreckt, um die Gnade der Götter wiederzuerlangen – oder das, was er dafür hält.«

»Und du glaubst, er will uns als Nächste töten?«, fragte Valgrim. Für einen Moment waren die einzigen Geräusche im Raum das Atmen der Männer und das Knacken des Feuers.

»Nicht umsonst hat Tiernan uns das Haus angeboten, das am weitesten vom Westtor, unserem Tor zur Freiheit, entfernt ist«, sagte Arild schließlich.

»Dann müssen wir rasch handeln«, sagte Valgrim entschlossen. »Es scheint viele verlassene Häuser zu geben. Sobald der Morgen dämmert und das Licht es erlaubt, suchen wir in den leerstehenden Häusern nach Dingen, die wir brauchen können, und brechen auf, bevor Tiernan etwas bemerkt.«

»Sollen wir uns etwa wie feige Diebe herumschleichen und uns nehmen, was uns nicht gehört?«, fragte Theol ungläubig.

»Wer einen besseren Vorschlag hat, möge sich melden«, antwortete Valgrim. Als keiner das Wort ergriff, fuhr er fort: »Es ist zwar verwerflich, aber besser als eine offene Auseinandersetzung mit Tiernan und seinen Leuten.« Die Männer murmelten zustimmend.

»Was ist mit Damaen?«, fragte Arild. »Ohne ein Pferd für ihn werden wir langsamer vorankommen.«

»Wenn ich einen Stock habe, auf den ich mich stützen kann, wird es gehen«, sagte Damaen.

Sie aßen ein karges Mahl und sahen, was im Haus des Connall zu finden war. Außer einem löchrigen Fell, einem Kessel, einem leeren Fass und ein paar Pfeilspitzen war aller Hausrat verrottet oder nicht mehr vorhanden. Schließlich legten sie sich um die Glut herum auf dem gestampften Boden zur Ruhe und schliefen, während abwechselnd einer der Männer Wache hielt.

Machaon weckte seine Gefährten, als sich die Schwärze der Nacht kaum merklich zu lichten begann. Sie rafften ihre Sachen zusammen und verabredeten sich am westlichen Stadttor. Falls Tiernan dort Wachen postiert hätte, würden alle unauffällig zu Connalls Haus zurückkehren, um neue Pläne zu schmieden. Die Männer huschten hinaus und verschwanden in verschiedene Richtungen.

Arild verließ als Letzter das Haus. Er blieb noch einen Moment vor dem Eingang stehen. Mit dem Ärmel wischte er sich den Schweiß von der Stirn. Seit dem Abend war er von einer Hitze befallen, die langsam zunahm, sodass er vermutete, er habe sich beim Weg über die Berge erkältet. Er warf einen letzten Blick zum Nachbarhaus. Der alte Mann schien ihn nicht zu bemerken. Er saß da, als habe er die ganze Nacht über seinen Platz nicht verlassen. Aber Arild hatte keine Zeit zu verlieren und wandte sich nun hangaufwärts, um die Häuser entlang der östlichen Wehrmauer in Augenschein zu nehmen. Vorsichtig schlich er sich an das erste Haus heran. Er spähte in das düstere Innere und konnte im fahlen Licht des Morgens erkennen, dass niemand darin wohnte. Schnell schlüpfte er hinein, durchsuchte alles und kam mit Lederriemen und einem leeren Tonkrug als einziger Ausbeute wieder heraus. Das war nicht viel versprechend. Am nächsten Haus hörte er die gleichmäßigen Atemzüge der noch schlafenden Bewohner und schlich sich leise vorbei. So ging er von Haus zu Haus, durchsuchte die leerstehenden und mied die bewohnten. Schließlich kam er zu der Stelle, wo der Weg die Häuser verließ und sich durch die von verwelktem Gras überzogenen Felder zum Südtor hinschlängelte.

Da sah er auf dem Feld nahe des Tors eine junge Frau, die auf der Erde kniete und in ein Loch hinabschaute, das vor ihr im Boden gähnte. Ihre Hände spielten mit einem Stück Holz, und Arild vermeinte, ein Schluchzen zu hören. Als er den Korb neben der Frau gewahrte, aus dem einige dürre Kräuter ragten, fragte er sich, ob sie wohl ein grünes Weib war, dem jemand Gewalt angetan hatte. Voller Mitleid ging Arild zu ihr hin und erschrak, als er sah, dass ihre Wangen blutig gekratzt waren. Er grüßte die Frau freundlich und spähte in das Loch hinab. Es war etwa eine Armlänge breit und so tief, dass er den Boden nicht erkennen konnte. Arild fragte, was ihr fehle.

»Die Götter mögen uns beistehen«, sagte sie nur, und neue Tränen rannen über die zerkratzten Wangen. »Es soll nicht vergeblich sein, nur das kann mich trösten.« Sie hob die Augen zum Himmel.

Arild tat es ihr nach, aber dort war nur trostloses, dämmriges Grau, in dem der Blick keinen Halt fand.

»Ein Zeichen ist erschienen, aber wann wird der Fluch der Götter endlich von uns weichen?«, fragte die Frau. »Wir haben doch alles gegeben, alles, was wir lieben.« Sie schaute in das Loch, als ob sie etwas darin verloren hätte. Arild konnte nun erkennen, was sie in den Händen hielt: Es war ein kleines Pferd aus Holz, ein Kinderspielzeug.

»Die Gnade der Götter wird Euch wieder leuchten«, sagte er um Zuversicht bemüht. »Doch sagt mir, was ist in dieser Grube?«

Sie schaute ihn ausdruckslos an. »Gehört ihr zu den Fremden?«, fragte sie.

Arild nickte.

»Mein Herz habe ich verloren.« Sie warf das Holzpferdchen in die Grube. »Es liegt dort mit unserem toten Kind, unserem einzigen Sohn, den mein Mann den Göttern geweiht hat. Und heute wird es ein neues Opfer geben. Oh, wenn es doch nicht vergebens wäre!« Sie begann zu schluchzen. Ihre Fingernägel gruben sich in ihre zerschundenen Wangen und hinterließen neue rote Spuren.

Arild fasste sie sanft an den Handgelenken. »Ihr opfert eure Kinder?«, fragte er.

»Nur dieses. Es gab keine anderen«, sagte die Frau und schaute ihn aus tränennassen, rotgeränderten Augen an. »Mein Mann wird den Göttern alles geben, was er hat. Wenn es ihren Zorn besänftigte, würde auch er selbst mit Freuden sterben.«

»Aber … wie … was geschieht hier?«, fragte Arild.

Die Frau schüttelte traurig den Kopf. »Der Fluch der Götter. Ich hätte nie hierherkommen dürfen.«

»Seid Ihr mit Tiernan aus Osgund gekommen?«

»Nein. Als ich vor zehn Jahren aus unserem Gehöft dort im Westen kam«, die Frau wies mit dem Arm in Richtung der Küste, »waren die ursprünglichen Bewohner Kovanbys nur alte, stumpfsinnige Leute, die heute noch so vor ihren Häusern sitzen wie damals. Tiernan und seine Krieger, die erst ein paar Jahre in Kovanby gewohnt hatten, waren damals noch ganz anders und voller Leben. Aber jetzt sind sie schon genauso trübsinning und träge. Schaut Euch doch um. Niemand bebaut das Land, und wenn ich nicht einen kleinen Acker hätte und das wenige ausgezehrte Vieh weiden würde, hätten wir schon lange nichts mehr zu essen. Ich bin die Letzte, die hierherkam, und bestimmt werde auch ich bald so wie die Alten. Mir scheint, sie wollen nichts und brauchen nichts, sie leben schon gar nicht mehr! Sie sterben auch nicht, gerade so, als sei die Zeit stehen geblieben. Nur unser Kind – es war wie eine neue Hoffnung!« Sie schluchzte und beugte sich über das Loch, sodass Arild fürchtete, sie wolle sich hineinstürzen. »Und jetzt hat er es dahingegeben. Oh, Götter der Wälder und Berge, erhört unser Flehen!«

»Wollt Ihr Kovanby nicht verlassen?«, fragte Arild erschüttert.

»Wohin sollte ich gehen? Dahin, wo ich herkomme, kann ich nicht wieder zurück. Ich wurde fortgejagt und war froh, dass ich hier aufgenommen wurde«, antwortete sie. »Geht, wenn Ihr könnt. Für uns gibt es kein Entkommen. Der Pass ist versperrt.«

»Aber ...«, Arild sah in ihrem Blick, dass es unmöglich sein würde, ihren Sinn zu ändern. Bedrückt kehrte er zurück in die Siedlung. Nachdem er weitere Häuser flüchtig und ohne große Hoffnung auf Brauchbares durchsucht hatte, erreichte Arild unbehelligt das Westtor und fand seine Gefährten. Der Morgen dämmerte bereits. Alle bis auf Etor hatten sich eingefunden, aber ihre Gesichter waren ernst. Niemand hatte viel von dem gefunden, wonach sie suchten.

»Ich frage mich, ob die Leute hier Gold essen«, sagte Theol ärgerlich. »Außer Tonscherben und Goldgeschirr gab es nichts zu entdecken.«

»Ich habe einen Feuerstein, ein Schwert und ein Fell gefunden«, sagte Keril. »Die waren von einer dicken Dreckschicht bedeckt, als hätten sie dem Urgroßvater des Hausherrn gehört.«

Murmelnd zeigten die anderen ihre ebenfalls magere Ausbeute.

»Wir sollten nach Osgund zurückkehren«, sagte Theol.

»Nein«, erwiderte Valgrim. »Unser Weg führt zur Ahnin, darauf haben wir so lange gewartet.«

»Am besten, ich bleibe hier, dann kommt ihr schneller voran«, sagte Damaen. »Ihr holt bei der Ahnin Pferde und Vorräte und schickt mir jemanden.«

»Ich lasse dich nicht allein zurück. Ich bleibe bei dir«, sagte Theol und legte seinem Sohn die Hand auf die Schulter.

»Ich denke, wir alle sollten rasch aufbrechen«, sagte Arild und berichtete von der Begegnung mit der Frau vor dem Südtor.

»Eine Grube, hm, ich erinnere mich«, sagte Valgrim. »Ich hörte einst von Erdlöchern, die den Gorunnen als Opfergruben dienen. Und anderen, die unterirdische Lager sind. Warum ist mir das nicht früher eingefallen? Es muss versteckte Speicher geben. Dort bekommen wir, was wir brauchen. Wir durchsuchen die Siedlung nochmals und treffen uns wieder hier. Aber dann verlassen wir die Stadt, ob mit oder ohne Vorräte.«

Die Männer wollten sich gerade aufmachen, als Etor herbeikam.

»Ich habe etwas Seltsames entdeckt, in einem Haus dort drüben«, sagte er. »Es wohnt niemand dort, aber nahe der Feuerstelle sitzt ein aus Stein gemeißelter Mann. Es sieht aus, als würde er in das Feuer starren. Eine Arbeit von solcher Kunstfertigkeit habe ich noch nie gesehen. Ich frage mich, was es bedeuten könnte.«

»Was war sonst noch in dem Haus?«, fragte Valgrim, der unruhig auf der Stelle trat und immer wieder nervös in Richtung des Thanhauses spähte.

»Nichts Brauchbares«, antwortete Etor. »Als hätten die Bewohner ihr Haus verlassen und nur die Statue als Wächter zurückgelassen.«

»Wir haben keine Zeit für Kunstwerke«, sagte Valgrim und schaute prüfend nach Osten. Die Sonne war wahrscheinlich bereits aufgegangen, doch durch die graue Wolkendecke konnte er es nicht mit Sicherheit erkennen. »Lasst uns nach den verborgenen Vorratskammern suchen, ehe Tiernan entdeckt, was wir vorhaben.« Dann war er schon aufgebrochen.

Zögernd gingen die anderen davon, und Arild konnte hören, wie Theol »Da finden wir sowieso nichts« murmelte. Arild selbst war bei seinem Vetter Etor stehen geblieben.

»Großer Bruder«, sagte er und trat zu Etor, »ich möchte die Steinfigur sehen. Ich glaube, sie birgt ein Geheimnis.« Sie gingen zu einem der schilfgedeckten Häuser, das sich nahe der nördlichen Festungsmauer befand und traten ein. In der Feuerstelle in der Mitte des Raumes war statt Asche nur noch dunkle Erde, aus der ein paar zaghafte Grashalme sprossen. Hinter der Feuerstelle saß eine dunkle Gestalt reglos auf der Erde. Es war ein Mann mit langärmeligem Hemd, weiter Hose und Umhang. Alles an ihm war dunkel, unwirklich, aber bis in die Einzelheiten genau in den Stein gehauen: jedes Barthaar, die langen Zöpfe, die ihm links und rechts bis auf die Schulter hingen, die gewirkte Borte seines Umhanges und die Fibel, die seinen Umhang verschloss.

»Ich dachte zuerst, es sei ein Mensch. Aber als er nicht antwortete, habe ich ihn sachte angerührt. Da habe ich es gemerkt«, sagte Etor und klopfte der Figur mit den Knöcheln gegen die Wange. Arild trat hinzu und fuhr mit der Hand über Ärmel und Hände der Gestalt und fühlte den kühlen, glatten Stein. Seit er das erste Mal das Herz der Berge am Frenfluss in den Händen gehalten hatte, waren Steine für ihn nicht mehr leblos und kalt. Wenn er einen berührte, dann war es, als legte er seine Hand an ein schlafendes Tier, dessen zartes Atmen er gerade noch mit den Fingerkuppen ertasten konnte. Aber hier war es anders. Der Stein, aus dem die Statue gehauen war, war eigenschaftslos und von einem abweisenden Schweigen umgeben. Arild zog die Hand zurück und wischte sich unwillkürlich die Finger an seinem Mantel ab, als habe er Unrat berührt.

»Seltsam«, sagte er, »ein solches Gestein habe ich noch nie gesehen.«

»Es könnte Obsidian sein«, sagte Etor, »aber mit welchen Werkzeugen könnte ein Mann so etwas schaffen? Eine meisterhafte Steinmetzarbeit, fürwahr!«

»Keine Steinmetzarbeit, eher ...«, Arild hielt inne.

»Hhm?«, Etor schaute ihn erwartungsvoll an.

»Ach nichts«, sagte Arild. »Lass uns nach den Vorräten suchen, ehe das Tageslicht vollends erschienen ist.«

Als sie aus der Hütte traten, spürte Arild die Hitze in seinem Körper steigen und schlug sich die Ärmel seines Obergewandes um. Es musste eine Erkältung sein, aber wunderlicherweise blieben die anderen Anzeichen wie Müdigkeit oder Schmerzen im Kopf aus. Wenn ihn jetzt ein hohes Fieber niederstreckte, würden seine Gefährten auch ihn tragen müssen oder darauf warten, dass er sich erholte. Er war dankbar, dass Lindenblüten unter den Heilmitteln waren, die Lärka ihm gegeben hatte, und nahm sich vor, sobald wie möglich einen Trank zuzubereiten.

Etor verschwand nach links, und Arild hastete nach rechts, zum östlichen Ende der Siedlung. Allerdings suchte er nicht nach Essbarem, sondern nach der Bestätigung des grauenhaften Verdachts, der ihm beim Anblick der Statue gekommen war. Er musste an den Baumstamm denken, an dem ihre Schwerter abgesprungen waren, und an die anderen Menschen aus Kovanby mit ihren lahmen Gliedern und bleichen Gesichtern. Endlich kam er zu Connalls Haus und zu dem Greis, der immer noch vor seinem Haus hockte.

»Ihr werdet es nicht glauben«, rief Arild, »der Than hat im Süden blauen Himmel gesichtet und bricht eben gerade zu einer Reise über den Pass auf. Wollt Ihr es nicht sehen?«

Für einen Moment meinte Arild, seine List sei geglückt, denn der alte Mann schien einer plötzlichen Regung folgend aufspringen zu wollen. Doch sofort war es wieder vorüber, und der Greis antwortete nur: »Nein ... Vielleicht später.«

»Väterchen, Ihr habt die Mühe vieler Jahre in den Knochen. Lasst mich Euch aufhelfen«, sagte Arild und streckte seine Hand behutsam nach dem Arm des Mannes aus.

»Na, na«, sagte der Mann langsam, »das große Himmelsfeuer hab ich nicht selbst gesehen.«

»Natürlich nicht«, pflichtete ihm Arild bei. Der Greis musste den Feuerschweif meinen, der vor etwa vierhundert Jahren bei der Geburt Feodras' des Kühnen über den Nördlichen Öden vom Himmel gestürzt war. Es erstaunte Arild, der dies aus den Überlieferungen der Feodriner wusste, dass auch hier das Andenken daran lebendig war.

»Aber mein Großvater ... hat es als Junge gesehen ... wirklich wahr«, fügte der Greis hinzu.

Arild rechnete nach und stutzte. Der Mann musste entweder über dreihundert Jahre alt sein oder verwirrt im Geiste. Arild hielt Letzteres für das Wahrscheinlichste, andererseits klangen ihm die Worte der jungen Frau vom Feld in den Ohren: Sie sterben auch nicht, gerade so, als sei die Zeit stehen geblieben. Konnte es sein, dass die Leute, die schon immer in Kovanby gelebt hatten, ein märchenhaftes Alter besaßen – aber dafür auch mehr versteinerte als bewegliche Glieder? Schaudernd bot er dem Alten nochmals seine Hilfe an und wollte ihn zum Aufstehen bewegen.

»Nein«, sagte der Mann. »Jetzt nicht ... Noch etwas verschnaufen.«

Obwohl das Tageslicht schon fast seine volle Stärke erreicht hatte, sahen Finger und Gesicht des Alten von nahem seltsam farblos aus. Arild berührte beiläufig die Finger des Mannes und zog erschrocken die Hand zurück. Was er gefühlt hatte, ließ ihn bis ins Innerste erschaudern: Sie waren aus demselben kalten und leblosen Stein wie die Statue.

»Was ist mit Euren Händen?«, fragte Arild fassungslos. Es gelang ihm kaum, sein Entsetzen zu verbergen.

»Warum?«, fragte der Alte ungerührt und musterte seine Finger, ohne etwas anderes als seine Augen zu bewegen. »Ist wieder ein Furunkel am Daumen?«

»Nein, aber Eure Hände, sie ...«, begann Arild. Der Greis blickte ihn so gleichmütig an, dass Arild seine Worte im Halse stecken blieben. Konnte es sein, dass der Mann gar nicht merkte, was hier vor sich ging?

»Wir haben in einem Hause eine aus Stein gemeißelte Statue gefunden, die fast aussah, als sei ein Mann versteinert. Habt Ihr auch solche Statuen gesehen?«, fragte Arild.

»Weiß nicht«, sagte der Mann und hätte sicherlich mit den Schultern gezuckt, wenn er zu einer solchen Bewegung noch fähig gewesen wäre. »Kümmere mich nicht drum«, schloss er und schaute wieder ins ferne Nirgendwo.

Arild starrte auf das Haus des Mannes. Ob dort noch jemand wohnte? Er verabschiedete sich von dem Greis, tat, als ginge er davon, umrundete das Haus und gelangte hinter dem Rücken des Greises ungesehen hinein. Auf den ersten Blick sah es genauso unbewohnt aus wie das von Connall. Doch als sich seine Augen an das Dämmerlicht gewöhnt hatten, sah Arild auf der Lagerstatt eine schlafende Gestalt. Vorsichtig trat er hinzu. Die Gestalt atmete nicht, und als Arild sich darüber beugte, erkannte er eine Greisin, deren Züge und ganzer Körper versteinert waren. Verstört stürzte er hinaus.

»Eure Frau ...«, brach es aus ihm heraus, und er spürte die Hitze wieder steigen.

»Schläft ein bisschen ... Macht nachher Gerstenbrei ... oder auch nicht«, sagte der alte Mann gleichmütig.

Es war sinnlos, den Mann auf seinen Zustand anzusprechen oder ihn gar nach den Vorratskammern der Stadt zu fragen. Hier war eine böse Macht am Werk. Ein Fluch lag in der Tat über der Stadt.

Arild musste seine Gefährten warnen. Und er musste Tiernan dazu bringen, mit seinem Volk die Stadt zu verlassen. Im Angesicht dieses Grauens mussten die Waffen schweigen. Blutopfer würden hier nichts nutzen. Eilig hastete Arild am Rande der Siedlung entlang.

Als er um eine Hausecke bog und nun an der Stelle angekommen war, wo der Weg zum Nordtor abzweigte, sah er auf einmal drei Männer. Sie waren offenbar durch das Nordtor von der Ebene heraufgekommen und bei den ersten Häusern nach Westen abgebogen. Nun liefen sie vom Nordtor weg und waren ins Herz der Siedlung unterwegs. Ihren Kleidern und dem aufrechten, wachen Gebaren nach können sie unmöglich aus Kovanby sein, dachte Arild. Sie trugen helle Umhänge aus Wolle mit leuchtenden weißen Pelzkragen. In die Rücken der Mäntel waren kunstvolle Bilder gewebt: Schneeflocken, Sterne, Vögel, Kristalle – bei jedem der Männer auf eine eigene Weise. Arild fiel auf, dass die Säume ihrer Mäntel und ihre ledernen Stiefel nur wenige Schlammspuren zeigten und dass sie neben Pfeil und Bogen nur leichtes Gepäck trugen. Sie waren also entweder aus der Nähe oder mussten irgendwo Pferde haben.

Schnell verbarg Arild sich hinter einer Hausecke, während die Männer an ihm vorübergingen.

Seine Überraschung war grenzenlos, als er Sprachfetzen in der Sprache der Feodriner auffing. Die Männer redeten mit einem Akzent, den er noch nie gehört hatte. An jedem anderen Ort wäre er freudestrahlend zu ihnen hingegangen, doch hier wollte er zunächst erfahren, wen er da vor sich hatte. Leisen Schrittes schlich er ihnen nach und suchte Deckung hinter den Häusern, an denen der Weg entlangführte.

»Es scheint nicht so, als ob der König schon hier wäre«, sagte der Mann, der den mit Schneekristallen verzierten Mantel trug.

»Es scheint nicht so, als ob überhaupt jemand hier wäre«, erwiderte der zweite mit den Vogelmustern auf dem Umhang und wandte den Kopf suchend nach links und rechts.

»Es ist noch früh am Tag. Warten wir noch etwas, und wenn der Steinkönig nicht angekommen ist, gehen wir nach Osgund. Der König wird Osgund sicherlich einen Besuch abstatten, bevor er in den Norden reist. Wir können ihn wohl kaum verfehlen. Er wird ja nicht wie ein Dieb durch das Land schleichen«, sagte der erste.

Arild stutzte. Dann trat er hinter dem Haus hervor und räusperte sich.

»Möge das Licht der Weisheit Euren Tag bescheinen«, sagte er in der Feodriner Sprache, hob die rechte Hand empor und führte sie in einer flüssigen Bewegung nach unten, als würde er einen Sonnenstrahl in ihre Mitte einladen. Er sprach die Worte langsam und voller Respekt, denn es war das erste Mal in seinem Leben, dass er den Ilayin, den Gefolgsleuten der Ahnin, begegnete und ihre Grußformel gebrauchte.

Die Männer hatten sich schon beim ersten Wort umgedreht, starrten Arild für einen Moment überrascht an und kamen dann erfreut auf ihn zu. Alle drei Männer hatten pechschwarze Haare und hellgrüne Augen.

»Das Licht der Weisheit sei auch bei Euch!«, antwortete der Mann mit dem Schneekristallmantel, der etwa so alt wie Valgrim sein mochte und offenbar der Anführer war, und wiederholte Arilds Geste. »Ich bin Korydon, und Ihr müsst zu den Leuten des Steinkönigs gehören«, sagte er.

Arild nickte.

Korydon wies auf die beiden Männer neben sich, die etwa in Etors Alter waren. »Mit mir sind Stamitor und Hylas. Draußen vor dem Tor bewacht Kiriban unsere Pferde. Sagt uns, wo ist er, den wir sehnlichst erwarten?«

»König Jendro ist tot. Ich bin Ethandras, sein Sohn«, sagte Arild. »Jetzt ist nicht die Zeit, um alles zu erzählen, aber lasst mich kurz berichten.« Während er mit den drei Männern zum Westtor ging, sprach er mit knappen Worten vom Tod seines Vaters, der Vertreibung der Feodriner und von ihrem Leben im Verborgenen. Betroffen hörten die Männer zu. Die Nachrichten kamen für sie unerwartet. Durch den zugefrorenen Pass waren sie die letzten zwanzig Jahre von Jaduin und den Geschehnissen abgeschnitten gewesen und hatten keine Kunde über die Ereignisse dieser Zeit gehabt. Schließlich erzählte Arild ihnen von den Verfolgern und wie der Verlust der Vorräte die Feodriner nach Kovanby gebracht hatte.

»Der Than will uns nichts geben. Ein unheimlicher Fluch liegt über der Stadt. Wir müssen sofort von hier weg. Aber zuvor müssen wir uns noch das Nötigste beschaffen, damit wir auf dem Weg zur Ahnin nicht verschmachten.«

»Sorgt Euch nicht«, sagte Korydon. »Zwar haben wir nur wenig Vorräte mit, weil wir hofften, hier Dinge eintauschen zu können. Aber wir kennen alle Quellen und Teiche in der Ebene. Wenn wir unsere Vorräte sparsam einteilen und die Pferde Gepäck und den Verwundeten tragen, werden wir in sieben schnellen Tagesmärschen bei der Ahnin sein.«

Arild war erleichtert und drängte die Männer zur Eile, denn er wollte die guten Neuigkeiten so schnell wie möglich den Gefährten bringen. Einer Auseinandersetzung mit Tiernan konnten sie nun aus dem Wege gehen. Doch so willkommen die Fluchtmöglichkeit war, sosehr widerstrebte es ihm, Lärkas Oheim und die Menschen hier einfach ihrem Schicksal zu überlassen. Ich muss einen Weg finden, die Gorunnen zum Verlassen dieser Stadt zu bewegen, dachte er.

Schließlich gelangte die kleine Gruppe zum Westtor. Es war immer noch unbemannt, aber auch von den Feodrinern war nichts zu sehen. Ob Tiernan sie gefangen genommen hatte? Arild beriet sich mit den Ilayin, und sie beschlossen, einmal die Siedlung zu umrunden und dabei das Haus des verblendeten Thans auszuspähen.

Als sie an dem Haus vorüberkamen, in dem Etor den Versteinerten gefunden hatte, hörten sie von drinnen Valgrim, der seine Stimme unvorsichtig laut erhoben hatte.

»... muss dem Steinkönig huldigen und uns geben, was wir verlangen!«

Arild spürte die überraschten Blicke seiner drei Begleiter. Ohne ein Wort an sie ging er zum Haus und trat ein.

»Nein, wir sollten uns im Wald verstecken, während du und Olvir nach Osgund geht und das Fehlende holt«, sagte Theol, der seinen Neffen nicht bemerkt zu haben schien.

»Wozu verstecken? Wir brauchen den Than nicht zu fürchten. Er sollte lieber uns fürchten, denn er würde nicht wollen, dass eine Steinlawine seine stolze Stadt auslöscht, nicht wahr, Ethandras?«, sagte Etor und wandte sich Arild zu.

»Ich halte das nicht für klug«, setzte Theol an.

»Ich auch nicht«, unterbrach ihn Arild. »Wir sollten Kovanby sofort verlassen, denn ein Fluch liegt über der Stadt. Und unsere Rettung ist nahe.« Arild trat zur Seite, gab den Blick auf die drei Ilayin frei, die ihm inzwischen gefolgt waren, und nannte ihre Namen.

Hoch erfreut begrüßten die Feodriner die Neuankömmlinge, und ein reges Gespräch begann, als Valgrim in Korydon einen der Männer erkannte, den er bei seinem letzten Besuch vor zwanzig Jahren kennen gelernt hatte. Doch Arild unterbrach sie mahnend. »Lasst uns aufbrechen, Freunde! Ein Fluch wirkt hier, der die Menschen in Stein verwandelt!« Arild deutete auf den knienden Mann aus schwarzem Stein.

Die Gespräche verstummten, und die Gefährten schauten Arild ungläubig an, während Korydon und seine Männer hinzutraten und den steinernen Menschen eingehend betrachteten.

»Die Menschen hier sehen nicht gerade gesund und kräftig aus, aber das ist zu weit hergeholt«, erwiderte Valgrim.

»Nein, ist es nicht«, widersprach Arild. »Ich habe den Greis neben Connalls Haus besucht. Er kann nur noch seine Augen bewegen, der Rest seines Körpers ist schon blass und kalt. Und in seinem Haus liegt sein Weib, das im Schlaf versteinert ist.«

»Der Vater meiner Gemahlin hat achtzig Sommer gesehen, und ich sage dir, dass auch er sich kaum mehr aus seinem Stuhl erhebt«, fügte Theol hinzu.

Die anderen schwiegen betreten, und Arild wunderte sich, dass sie seine Erkenntnis so wenig berührte. Er befand, dass Eile geboten war, und drängte sie in befehlendem Ton: »Macht euch auf! Jetzt gleich, ehe Tiernan sich besinnen kann!« Er wandte sich zum Gehen, doch im Eingang stockte sein Schritt. Vor dem Haus hatten sich ein gutes Dutzend Krieger Tiernans eingefunden, deren Speere auf das Haus zeigten und deutlich machten, dass die Bewegungsfreiheit der Feodriner ein Ende hatte.

Die Soldaten entwaffneten alle Feodriner und führten sie zum Haus des Thans. Dort hatten sich so früh am Morgen mehr Männer und Frauen versammelt, als die Feodriner hier bisher zu Gesicht bekommen hatten.

Tiernan stand vor dem Eingang seines Hauses, hatte die Hände auf sein Schwert gestützt und blickte den Ankömmlingen entgegen. Sein Oberkörper unter dem wollenen Umhang war entblößt. Seine Augen waren glasig, aber voll wilder Angriffslust, als hätte ihn etwas aufgeweckt. Da bemerkte Arild den Duft von geräuchertem Hanf, der dem Thanhaus entströmte. Arild war überrascht, denn er hatte geglaubt, das Hanfkraut sei nur in Symara zu finden. Dort war es ein wichtiger Teil des Opferkultes, bei dem sich die Priester an seinem Räucherduft berauschten. Arild war aufs Höchste beunruhigt. Neben Tiernan saß der Druide auf einem pelzbehängten Stuhl. Sein schmutzig weißes Gewand war mit einem Seil gegürtet, in dem ein Messer und eine goldene Sichel steckten, sein Blick war so glasig und herausfordernd wie der des Thans.

»Was soll das bedeuten?«, fragte Valgrim, aber der Zorn in seiner Stimme war nur ein milder Abglanz dessen, was Arild erwartet hatte. Tiernan antwortete nicht, sondern sprach zu den Bewohnern Kovanbys, die sich unter der Eiche versammelt hatten.

»Freie Gorunnen! Als ich vor vielen Jahren in der stolzesten Stadt des Nordens ankam, da wusste ich, die Götter haben mich hierhergeschickt, um Kovanby zu neuem Ruhm zu führen. Sie haben ihren Segen gegeben und euch neue Kraft geschickt, als wir die Plage der Düsterschlünde abwehrten, die Befestigung unserer Stadt verstärkten und in einem neuen Schacht reiche Goldvorkommen fanden. Sie empfingen unseren Dank, wir haben ihnen geopfert und ihnen bei der heiligen Säule mit unseren Gesängen gehuldigt.« Tiernan hielt inne und schaute wie in Trance in die Runde.

Es gab vereinzelte Hochrufe von seinen Kriegern, doch die anderen Menschen schauten ihn nur aus blassen Gesichtern ergeben an und verharrten schweigend.

»Wir haben die Schätze unseres Volkes vor gierigen Wegelagerern und herumziehenden Rotten geschützt, bis zu diesem Jahr. Jetzt ist die Zeit der Ernte, die Zeit, über den Pass nach Süden zu gehen, die Gorunnenstädte in ihrem Glanze wiederauferstehen zu lassen. Wir werden uns mit all jenen, die uns verachteten und den Tod wünschten, im Kampf messen. Der Glanz unseres Goldes wird sie blenden, und dann werden wir ihre Köpfe abschlagen und an unseren Gürteln nach Hause tragen.«

Einige Krieger reckten die Faust empor und riefen: »Auf nach Süden!« Die greisen Leute aber schüttelten ungläubig den Kopf.

»Doch zuvor wollen uns die Götter prüfen. Erst wenn wir uns würdig erweisen, werden sie uns zu Ruhm und Größe führen.« Tiernan schaute zum Pass am Tristjoch, den er so sehnsüchtig zu überqueren wünschte.

Plötzlich hob der Druide die Hand und sprach mit dröhnender Stimme. »Die Götter haben uns schwarzen Regen geschickt und lassen den Himmel auf unsere Köpfe herabfallen. Aber wenn wir ihnen opfern, werden sie uns endlich den Pass öffnen und unseren Siegeszug segnen. Ihr seid Zeuge, dass der Than, den uns die Götter nach ihrer Gnade geschickt haben, bereit ist, ihnen alles zu weihen, was sie begehren. Jedes Jahr, seit der Himmel sich über uns schloss, haben wir zwölf Menschen aus unserer Mitte erwählt und sie den Göttern geopfert. Und doch haben wir keine Versöhnung gefunden. Auch die besten Pferde des Thans verschmähten sie.« Der Druide wies mit dem Arm auf die Pferdekadaver, die verkohlt und unberührt über den erloschenen Feuerstellen am Spieß hingen. »Sogar als er ihnen das Blut seines einzigen Sohnes darbrachte, schwiegen sie.«

Arild sah bitteren Stolz im Antlitz des Thans und ahnte, wessen Weib er am Südtor getroffen hatte.

»Aber jetzt haben sie ein Zeichen geschickt!«, rief der Druide, und seine Augen flackerten.

Arilds Blick wanderte auf die vom langen Gewand verborgenen Beine des Mannes, und nach wenigen Augenblicken schon wurde er den Verdacht nicht mehr los, dass der Druide sich genauso wenig erheben konnte wie der Greis neben Connalls Haus.

»Als dieser da«, rief der Druide und zeigte auf Arild, der ruckartig den Kopf hob, »im Haus des Thans weilte, schaute ich in die Zwischenwelt. Und da sah ich den Gott mit den strahlenden Augen und dem Hirschgeweih, auf den unser Stamm schwört, und er bedeutete mir, dass er diese Männer geschickt habe.«

Aller Augen wandten sich zu den Feodrinern, und die Menge begann zu murmeln. Valgrim wurde unruhig.

»Was wollt Ihr von uns? Ist es der Wille Eurer Götter, dass Ihr noch mehr Menschen abschlachtet?«, fuhr Valgrim ihn an.

»Nein. Die Götter haben ihren Plan vor mir verborgen. Doch Ihr seid gekommen, damit er offenbar werde.« Tiernan zog sein Schwert, ging auf Arild zu und befahl seinen Soldaten: »Die anderen sollen Platz machen.« Arild sah in die fassungslosen Gesichter seiner Gefährten, als sie zurückgedrängt wurden. Sie schienen zu überrascht, um sich zu wehren.

»Blut muss fließen, und ein Opfer muss sterben«, sagte der Druide mit feierlicher Stimme.

Tiernan nahm seinen Blick nicht von Arild. »Ein Opfer ...«, wiederholte er.

Arild wich instinktiv zurück und hörte die erschreckten Rufe seiner Gefährten. Auf eine Handbewegung des Thans hin brachte eine der Wachen Arilds Schwert und hielt es Arild hin.

»Ich bin der Than dieses Volkes, und meine Aufgabe ist es, dem Willen der Götter zu folgen. Wenn sie mich vor die letzte Prüfung stellen und das Blut des Thans kosten wollen, dann bin ich bereit dazu«, sagte er laut und stellte sich breitbeinig etwa drei Schritte von Arild entfernt auf. »Wir werden kämpfen bis zum Tod, und die Seele des Unterlegenen soll für uns bei den Göttern um Gnade flehen. Dann werden sie wissen, dass meine Treue auch den Tod nicht scheut, und das wird ihren Zorn besänftigen. Wenn nur der Fluch von uns genommen werde und mein Volk das Blau des Himmels wieder über sich sehe.« Tiernan rammte sein Schwert in den Boden. Dann legte er seinen Umhang und den Goldschmuck ab.

Arild machte keinerlei Anstalten, sich für den Kampf seines Mantels und der Tasche zu entledigen. Er starrte den Than an und wunderte sich, dass er in diesem Moment nur einen Gedanken hatte: Hier war der Mensch, den er für Lärka hatte finden sollen. Unter anderen Umständen hätte Tiernan auch der Beschützer sein können, den Arild sich für Lärka wünschte: ein mächtiger Beschützer mit einem Herz ohne Falschheit, der für das Wohl und Leben seiner Schutzbefohlenen bis zum Äußersten ging – und der nie um Lärkas Hand anhalten würde. Doch um sein eigenes Leben und das seiner Gefährten zu retten, würde Arild Tiernan töten müssen. Er erblickte in Tiernans Antlitz wieder die vertrauten Züge, und es war ihm, als würde Lärka ihn ansehen. Arild senkte für einen Moment die Augen, um sich zu sammeln. Der Kampf würde bitter werden. Als er wieder aufsah, gewahrte er den Soldaten, der ihm immer noch auffordernd sein Schwert hinhielt, und Tiernan, der gemessenen Schrittes auf ihn zukam.

»Ethandras, das Herz der Berge! Nutze es«, rief Theol mit überschlagender Stimme in ihrer Sprache in die Stille hinein.

Unwillkürlich fasste Arild nach seiner Tasche und zuckte zurück. Die Hitze des Herz-der-Berge-Steins war durch das Leder zu spüren. Dabei hatte Arild keinen Gedanken auf ihn gerichtet. Er erinnerte sich daran, wie Niyol ihm den Stein gegeben hatte, und hatte eine plötzliche Eingebung. Der Wolkenfürst hatte mehr als einmal die Wolken beschworen, um ihm zu helfen. Warum nicht jetzt? Vielleicht war wirklich nur etwas wolkenloser Himmel nötig, um Tiernan zu überzeugen und alle von hier fortzuführen. Der Kampf durfte nicht stattfinden!

»Halt«, sagte Arild entschlossen und hob die Hand. Tiernan hielt mitten im Schritt inne.

»Die Götter haben Euer Flehen erhört und wollen Euch Gnade schenken«, fuhr Arild mit feierlicher Stimme fort und schaute in die Runde der Umstehenden. »Um Eurer Treue und um der Menschen willen, die die Götter lieben.«

Alle Augen ruhten nun auf ihm, und er sah in den Gesichtern der Gefährten, dass sie Steinlawinen statt rätselhafter Worte von ihm erwartetet hatten. Er räusperte sich und fuhr fort: »Darum hört: Der Fluch soll gebrochen werden – morgen bei Sonnenaufgang.« Er wusste, es war gewagt. Aber für Niyol würde es ein Leichtes sein.

»Wie soll das geschehen?«, fragte Tiernan.

»Ich werde zu den Göttern gehen, die uns geschickt haben und ...«, Arild stockte. Fieberhaft überlegte er, was sich in den Ohren des Thans und seines Druiden überzeugend genug anhören würde, um Zeit und Gelegenheit für sein Vorhaben zu schaffen. »... und ich werde ihnen sagen, dass die größten Opfer bereits gebracht wurden und der Hochmut, für den die Götter Euch strafen wollten, von der Stadt gewichen ist. Wenn Ihr gelobt, diesen Ort, den die Götter auf immer entweiht haben, zu verlassen und Euch mit Eurem Volk auf den Weg in den Süden zu machen, werden sie den Himmel wieder hoch über Euch erheben und Euch den Pass öffnen.«

Ein Raunen ging durch die Menge, doch Tiernan musterte Arild abschätzend. »Auch wenn die Götter Eure Schritte hierhergelenkt haben, so seid Ihr doch ein Mensch«, sagte er misstrauisch.

»Und Ihr seid kein Druide, der mit den Himmlischen spricht«, sagte sein Berater mit scharfer Stimme, »aber Ihr dünkt Euch in Eurem Hochmut, den Göttern zu befehlen?«

»Würdet Ihr uns ziehen lassen und Euch in den Süden aufmachen, wenn es mir gelänge?«, fragte Arild.

»Was tust du?«, hörte er Valgrim zischen. Arild spürte die fassungslosen Blicke seiner Gefährten.

»Lasst mich zum Pass gehen und mit den Göttern sprechen. Ihr werdet sehen«, sagte Arild.

Tiernan schaute ihn nachdenklich an und schien abzuwägen. »Also gut!«, sagte er schließlich. »Aber Eure Gefährten bleiben hier. Einer von ihnen wird an Eurer statt kämpfen und siegen oder sterben, wenn die Götter Euch nicht erhören oder wenn Ihr gar nicht zurückkehrt«, sagte Tiernan und zog die Augenbrauen hoch. »Eine List kann der Vater des Sieges sein, auch wenn man dafür seine Freunde verraten müsste.« Dann wurde seine Stimme hart: »Die anderen werden das Schicksal Eures Kämpfers teilen, im Guten wie im Schlechten. Wählt einen, der für Euch einsteht.«

Arild wandte sich zu seinen Gefährten um. Er musterte jeden von ihnen und rang mit sich. Wieder spürte er, wie die Hitze in ihm zunahm und es ihm in der Kälte, hier am Nordhang der Frostberge, war wie an einem warmen Sommertag in Jaspis. Valgrim und Theol wussten mit der Waffe umzugehen, waren aber keine Krieger. Etor, Olvir und Keril waren furchtlose Kämpfer. Machaon war sicherlich der Erfahrenste und Kaltblütigste. Über die drei Ilayin wusste er nichts, doch zeugte deren leichte Bewaffnung mit Pfeil und Bogen nicht gerade davon, dass sie geübt im Nahkampf wären. Sie alle konnten nicht verstehen, was er vorhatte. Das erste Mal ahnte er, wie schwer die Königswürde auf ihm lasten konnte, und er hasste es, diese Entscheidung fällen zu müssen. Schließlich trat er näher zu seinen Gefährten.

»Wählt oder kämpft«, drängte Tiernan in seinem Rücken.

»Ethandras, jetzt ist die Zeit, deine Gabe einzusetzen. Ich weiß, was es dich kostet, aber du bist der König und musst handeln«, sagte Valgrim in ihrer Sprache.

»Und dann?«, fragte Arild. »Ich will weder euch noch die anderen Menschen hier unter Bergen von Steinen begraben. Es gibt noch einen anderen Weg. Vertrau mir.«

»Welcher wäre das?«, fragte Valgrim, aber Arild schüttelte nur stumm den Kopf.

»Wir sind zu allen Opfern bereit«, beschwor ihn Valgrim. »Du musst jetzt an dich denken! Wenn du erst König bist . . .«

»Dann bin ich auch der König dieser Leute hier«, unterbrach Arild seinen Oheim. »Es geht nicht darum, wie wir entkommen, sondern darum, den Fluch dieses Ortes zu brechen und die Menschen von hier wegzubringen.« Er versuchte, zuversichtlich und gefasst zu klingen, um seine Zweifel zu verbergen. Mit Niyols Hilfe etwas blauen Himmel zu schaffen mochte gelingen. Aber würde das auch Tiernan zum Fortgehen bewegen?

»Du musst hart sein! Denk nicht an uns wenige!«, sagte nun auch Etor. »Sei stark für Jaduin. Schleudere die Steine auf den Than und seine Leute.«

»Nein!«, entgegnete Arild. »Mein Herz ist noch nicht so verhärtet, als dass ich dies täte, wenn es noch einen anderen Ausweg gibt! Lasst mich zum Tristjoch gehen, und morgen sind wir frei. Ich weiß, was ich tue.«

»Aber was willst du denn dort? Warum willst du weggehen?«, fragte Theol.

Die Feodriner starrten Arild befremdet an.

Da trat Etor hervor und stellte sich vor Arild hin. »Geh und tue, was du vorhast. Ich werde für dich einstehen«, sagte er.

Noch ehe Arild widersprechen und Machaon benennen konnte, trat Tiernan herzu und packte Etor am Gewand. »Also dieser Mann.«

Arild murmelte in ihrer Sprache: »Danke, großer Bruder. Sorge dich nicht, Feodras selbst wacht über uns. Aber wenn es doch zum Kampf kommt, schone sein Leben, wenn du kannst.«

»Ich weiß, dass du alles tun wirst, was du vermagst, Bruder«, antwortete Etor und versuchte ein Lächeln. »Aber wenn dein Vorhaben nicht gelingt und es keinen Ausweg gibt, dann unterstehe dich, hierher zurückzukehren.«

Arild hörte, wie Theol seufzte. Dann wandte er sich an Tiernan. »Dies hier ist Etor, Felors Sohn. Er wird meinen Platz einnehmen.«

»So soll es sein«, sagte Tiernan. »Morgen bei Sonnenaufgang. Bis dahin sperrt sie in den Westturm«, wies er die Wachen an.

Arild nahm den Wasserschlauch, den Keril ihm hinhielt. Dann verabschiedete er sich und schritt davon.

Arild lief ohne Rast bis zum späten Nachmittag und erreichte die Ruine des Wachturms, die sie beim Abstieg am Tag zuvor passiert hatten. Schweißüberströmt setzte er sich auf die Steine, nahm einen Schluck Wasser und atmete tief durch. Der Frostwind, der ihnen auf dem Herweg so zugesetzt hatte, fühlte sich jetzt angenehm kühl auf seiner Stirn an.

Als Arild den Namen des Wolkenfürsten sprach, überkam ihn sofort der wohlbekannte Schwindel, der ihn nach Luft schnappen ließ. Er schaute über den Berghang und war erleichtert, als er am Hang die blau leuchtende Gestalt Niyols erkannte, die sich ihm näherte.

»Sei gegrüßt, Wolkenfreund«, sprach der Wolkenfürst.

»Seid gegrüßt, edler Niyol«, antwortete Arild und erhob sich. Er blieb einen Moment unschlüssig stehen. Die überirdisch strahlende Erscheinung erinnerte ihn daran, wie wenig sich der Wolkenfürst bei ihrer letzten Begegnung für das Schicksal der Feodriner interessiert hatte.

»Ich komme zu Euch mit der Bitte um Hilfe. Bevor ich zum großen Herz der Berge aufbreche, führt mein Weg nach Norden. Doch ein Fluch hält uns in der Stadt an Helakus Nordhang fest.«

»Grimhorn ist mächtig, und seine Kraft ist dort zu spüren. Hol den großen Herz-der-Berge-Stein, und wappne dich, bevor du Grimhorn entgegentrittst.«

»Aber ich kann nicht erst nach Jaduin reisen, denn …« Arild stockte. Er wusste, dass Niyol keine der Erklärungen, die er vorbringen wollte, verstehen würde.

»Wir wollen unsere erhabene Ahnin und die Menschen Kovanbys aus dem Reich Grimhorns wegführen, damit sie nicht in den großen Kampf hineingezogen werden«, sagte er und kam sich vor wie ein Kind, das sich mit unbeholfenen Lügen eine Gunst erschleichen will. »Die Hilfe, die ich erbitten möchte, ist für Euch ein Leichtes.«

»Dann sprich, König der Felsen und Steine.«

»Die grauen Wolken, die das Land überdecken – könntet Ihr

sie bitten, sich zurückzuziehen? Dann würde der Starrsinn von den Menschen in Kovanby weichen. Sie würden nach Süden gehen, und ich könnte in den Norden weiterreisen.«

»Was würdest du tun, wenn ich es nicht vermag?«, fragte Niyol.

Arild wurde unruhig. Konnte Niyol in sein Herz sehen? »Zurückeilen und für meine Gefährten kämpfen, auf Leben und Tod«, sagte er.

»Was siehst du, wenn du den Wolken zuschaust?«, fragte Niyol und wies mit der Hand nach Norden, während der blaue Funkenregen jede seiner Bewegungen umgab.

Arilds Blick folgte dieser Geste, und das erste Mal war es ihm ein Ärgernis, in die Wolken zu schauen. Er wurde ungeduldig. Warum hielt Niyol ihn hin? »Graues Einerlei, wie es die Pathin nicht trauriger schicken können.«

»Wahr und falsch, mein König. Wir spüren ihre Traurigkeit, aber es sind nicht Pathin. Diese Wolken gehören nicht zu den erhabenen Familien, sondern sie sind namenlose Fremde. Grimhorn muss sie geschickt haben. Mein Ruf erreicht sie nicht.«

»Ihr wollt sagen, dass sie Eurem Willen nicht folgen werden?«, fragte Arild beklommen.

Niyol nickte kaum merklich. »Alles, was Grimhorn über das Land schickt, ist düster und zerstörerisch«, sagte er. »Die Kraft alles Lebendigen zieht er an sich und lässt nichts zurück. Selbst diese Wolken, schau nur! Sie sind keine Lebensspender, sondern staubige Boten seines toten Reiches. Grimhorn verwandelt alles in Stein, was er erreichen kann.«

Arild brauchte einen Moment, bis er die volle Bedeutung dieser Worte ermessen hatte. Entsetzt dachte er an den Greis und die steinernen, statuenhaften Figuren in Kovanby. »So auch die Menschen«, murmelte er. Wenn er an die anderen Bewohner der Stadt dachte, dann wurde ihm klar, was der Versteinerung der Leiber voranging: Hoffnungslosigkeit und Starrsinn.

Mit einer beiläufigen Bewegung wischte Arild sich den Schweiß von der Stirn. Dann fasste er prüfend an seine Tasche.

Der Stein war immer noch heiß. »Warum glüht das Herz der Berge, obwohl ich es gar nicht gebrauche?«, wollte er von Niyol wissen.

»Je näher ihr Grimhorn kommt, du und der Stein, desto mehr Kraft und Hitze braucht ihr, um euch seinem Einfluss zu widersetzen. Aber nur du kannst ihm widerstehen. Alle anderen, die Grimhorn zu nahe kommen oder seinen düsteren Helfern, sind verloren. Seit er gespürt hat, wie du den Felsen befahlst, ist er zorniger als je zuvor und richtet alle Kraft wie entfesselt in deine Richtung«, sagte Niyol.

Arild war nicht sicher, welche Geschehnisse der Wolkenfürst meinte, für den viele Jahre wie ein Tag waren. Er musste mit einem Mal an seinen Vater denken, der damals in der Ebene die Steinlawine ausgelöst und den Tod gefunden hatte. War das vielleicht das Ereignis, auf das Niyol sich bezog, und nicht sein Erlebnis im Blutwald?

»War das zu der Zeit, als wir uns das letzte Mal begegnet sind?«, fragte Arild in der Hoffnung, Niyol habe vielleicht mit seinem Vater gesprochen.

»Nein, obwohl wir darauf warteten, dass du erscheinen würdest. Schließlich hast du uns das vor vielen hundert Sommern versprochen.«

Arild staunte. Alle Steinkönige waren auf ihrer Reise in den Norden über das Tristjoch gekommen. War es vielleicht so, dass außer ihm und Feodras noch nie jemand den Wolkenfürsten begegnet war?

»Es vergeht kein Tag, an dem Grimhorns Kraft nicht wächst und sich nicht ein Stück weiter ausstrecken würde«, fuhr Niyol fort. »Gierig zieht er alles an sich, und Land und Wolken haben ihm kaum etwas entgegenzuhalten.«

»Also nur wenn Grimhorns Kraft gebrochen ist, werden die schwarzen Wolken verschwinden, und er wird aufhören, das Land zu versteinern?«, fragte Arild entgeistert.

»So ist es«, war die Antwort des Wolkenfürsten.

Arild wandte den Kopf nach Nordosten, als hoffe er, Kovanby zu sehen. Als er den Blick von der strahlenden Gestalt Niyols abwandte, bemerkte er, dass die Sonne schon untergegangen war, und Verzweiflung begann nach ihm zu greifen. Die Bewohner Kovanbys und Tiernan waren verloren. Jetzt blieb ihm nur noch der Zweikampf mit Tiernan, um wenigstens für die Gefährten die Flucht zu erzwingen.

»Dann werde ich in die Stadt gehen und kämpfen, ob Ihr mir helft oder nicht!«

»Ich kann meine Höhe nicht verlassen. Du hast zwar den Splitter, den ich dir gab, aber er ist so klein, dass du aufgerieben wärst, bevor du dem unheilvollen Berg nur eine Scharte beigebracht hast. Ich rate dir, hol den großen Herz-der-Berge-Stein aus Jaduin. Dann kannst du Grimhorn begegnen.«

Traurig schüttelte Arild den Kopf. Mit schwerem Herzen dankte er dem Wolkenfürsten für seinen Rat und verabschiedete sich von ihm. Anstatt Kovanby leichterdings zu erlösen, war alles ausweglos geworden. Aber nicht der Hauch eines Zweifels lag über der Entscheidung, die Arild gerade gefällt hatte: Er würde tun, was seine Getreuen erwarteten, und Steine bewegen, um sie zu befreien.

Arild zog seinen halben Mondstein hervor, befeuchtete ihn mit einigen Tropfen aus seinem Wasserschlauch und machte sich auf den Rückweg nach Kovanby. Hinter ihm verblasste Niyols Gestalt. Arild konzentrierte sich auf das Hier und Jetzt. Wenn er in Niyols Welt blieb, würde die Nacht viel zu schnell verstreichen, und er würde zu spät kommen. Er spürte den Schwindel kaum, als er die stille Welt des Wolkenfürsten verließ. Gebückt, den Mondstein tief vor sich haltend, kletterte er den steilen Hang hinab. Mehr als einmal stürzte er und zog sich blutige Wunden zu. Irgendwann erreichte er den Wald. Der Weg war nun nicht mehr so steil, aber mehrmals kam er im dunklen Gehölz vom Weg ab. Als er bemerkte, dass er langsam die Umrisse des Waldes um sich herum sehen konnte, wich die Erleichterung, jetzt schneller voranzukommen, dem Entsetzen: Der Sonnenaufgang war gekommen, und ohne zum Himmel zu schauen, wusste er, dass sich die graue Wolkendecke keine Handbreit gehoben hatte.

Arild fühlte sich fiebriger denn je und legte sein Obergewand ab, aber selbst die frostige Morgenluft vermochte ihn nicht abzukühlen. Er begann zu rennen, so schnell er konnte. Als er seine müden Beine kaum noch spürte und jeder Atemzug schmerzte, sah er den goldenen Schimmer der Stadttore und des Westturms vor sich. Keuchend hetzte er über die Brücke hinweg, schlüpfte durch das Tor und betrat die Stadt. Niemand war zu sehen. Er wandte sich zum Turm, fand ihn unbewacht, und sein Herz sank. Waren seine Gefährten schon auf dem Weg zum Opferplatz? Er spürte den Stein in seiner Tasche glühen und wusste, dass die Zeit des Kampfes gekommen war.

Für einen Augenblick hatte Lärka die qualmende, sich drehende Melva für eine Geistererscheinung gehalten. Erst als die Flammen an der Tanzenden emporzüngelten und Melva zu schreien begann, hatte Lärka begriffen, dass es keine Vision war, was sie sah. Sie stürzte zu den beiden Wasserkübeln, die gut gefüllt in einer Ecke standen, und packte einen. Sie riss ihn mit aller Kraft hoch und stülpte ihn Melva über den Kopf. Ein Wasserschwall ergoss sich über die brennende Frau, mit einem dumpfen Geräusch prallte der Boden des hölzernen Eimers auf Melvas Schädel. Diese ruderte mit den Armen, suchte Halt an Lärkas Gewand und fiel hin. Lärka verlor das Gleichgewicht und ging ebenfalls zu Boden. Einen Augenblick später fanden sich beide Frauen auf dem Boden wieder. Melva lag mit durchnässten Kleidern mitten in einer Wasserlache. Ihr Kopf steckte in dem Holzeimer.

Lärka nahm den Eimer weg, packte Melva an der Schulter und rief sie beim Namen. Die Frau atmete, aber der schwere Kübel hatte ihr einen tüchtigen Schlag versetzt, sodass sie mit geschlossenen Augen reglos dalag. Lärka zog die Ohnmächtige, deren verkohlte Haare fürchterlich stanken, an die Wand zu ihrem Lager und hievte sie auf den Strohsack. Benommen ließ sie sich danebensinken und vergrub das Gesicht in den Händen. Was hatte sie nur angerichtet?

»Hexe! Verbrenn und nimm das Unglück, das du über Osgund gebracht hast, mit in den Tod!«, hörte sie erneut laute Stimmen von draußen. Lärka schaute vorsichtig hinaus und sah, wie einige Männer an den Turm herangetreten waren und zum Eingang hinaufblickten, aus dem der Qualm ins Freie entschwand. Die wilden Gesten der Männer sprachen eine deutliche Sprache.

Jetzt kommen sie und holen mich!, dachte Lärka entsetzt und wich zurück. Panisch sah sie sich nach einem Holzscheit um, mit dem sie jedem eins überziehen würde, der es wagte, den Kopf durch das Eingangsloch zu stecken.

»Lärka! Was ist los? Brennt der Turm?«, rief Jörn aus dem Untergeschoss.

»Noch nicht«, rief Lärka hinab. Sie hockte sich nahe an den Eingang, das Holzscheit griffbereit neben sich. Ihr Atem ging stoßweise. Jeden Moment konnte die Leiter angelegt werden, und Reidars Häscher würden erscheinen. Als etwas polternd gegen die hölzerne Turmwand schlug, zuckte sie zusammen und drückte sich instinktiv in eine Ecke.

»Was ist das?«, fragte Jörn. »Lärka, was ist da los?« Jetzt klang auch er ängstlich. Es gab weitere klopfende Geräusche, die sich fast wie ein Hagelschauer anhörten. Lärka steckte den Kopf kurz aus der Türöffnung und zog ihn mit einem Schmerzenslaut gleich wieder zurück. Ein Stein hatte ihre Stirn gestreift, und weitere flogen neben ihr durch den Eingang. Ein kleines Rinnsal aus warmem Blut lief ihr über die Stirn ins Auge. Sie wischte es mit einem Zipfel ihres Gewandes weg.

»Sie werfen mit Steinen«, rief Lärka verstört. Von draußen waren jetzt weitere Rufe zu hören. »Ins Feuer mit der Hexe und ihren Gesellen! Brennen sollen sie!«

Lärka lehnte sich zitternd mit dem Rücken an die Holzwand

und versuchte, sich zu beruhigen. Die Seelenlosen waren also zum Blutwald gelaufen. Es gab noch eine Möglichkeit, mehr Zeit zu gewinnen, nämlich das Versprechen, das sie Arild gegeben hatte, zu brechen und das Geheimnis des Blutwaldes preiszugeben. Dann könnten die Osgunder den beiden Kranken folgen und sie zurückholen. Ihr sank das Herz bei dem Gedanken, den Mann, den sie liebte, nun ein zweites Mal zu verraten.

»Wann ist der Tunnel endlich fertig?«, flüsterte sie verzweifelt.

»Bis morgen müssen wir noch graben. Schneller geht es nicht, sonst machen wir zu viel Lärm. Morgen Nacht können wir es wagen. Am Tag würden sie uns sofort entdecken, wenn wir auf der anderen Seite durchbrechen«, erwiderte Bolverk leise.

»So lange noch?«, rief Lärka eine Spur zu laut und hielt sich erschrocken die Hand vor den Mund. »Sie können jeden Moment kommen und mich holen!«, zischte sie.

»Das werden sie nicht, bevor Reidar seinen Bruder und Neffen für tot erklärt«, antwortete Bolverk. »Außerdem muss er das Urteil der Thingversammlung einholen, wenn er seine Blutrache vollstrecken will, sonst kommt er selbst in Schwierigkeiten. Wir aber brauchen für die Flucht den Schutz der Dunkelheit. Oder wollt Ihr am helllichten Tage durch das Dorf marschieren?«, fragte Bolverk.

Wenn es sein muss, wollte Lärka antworten, die Bolverks scheinbare Gelassenheit ganz und gar nicht teilen konnte. Sie hätte sich am liebsten sogleich in das Erdloch verkrochen, damit die Wächter sie nicht finden würden.

»Gibt es keine Möglichkeit, die Männer einzufangen und wieder ins Leben zurückzubringen?«, fragte Bolverk.

»Es ist hoffnungslos«, antwortete Lärka stumpf. »Ihre Seelen sind schon vor Tagen davongeflogen. Einen glücklichen Zufall wie in Stormhavn wird es hier nicht geben.« Das Hämmern der fliegenden Steine und die Rufe der Menge wurden schwächer. Irgendwann fiel Lärka auf, dass es draußen still geworden war. Da hörte sie Grenjads Stimme.

»Geht nach Hause, und spart euch eure Hetzrufe!«, donnerte er. »Roar und Kodran sind auf meinem Hof, und sie sind am Leben.«

»Du willst wohl einen Gegenzauber versuchen«, war Reidars schneidende Stimme zu vernehmen. Die Leute murmelten aufgeregt, doch Reidar verschaffte sich erneut Gehör: »Ich werde dich gewähren lassen – um Roars und Kodrans willen. Aber die Hexenbande wird ihre Strafe bekommen. Wenn Roar oder Kodran sterben, dann kann das nur den Tod bedeuten!«

»Tod! Tod!«, riefen die Leute wieder.

»Über das Schicksal der Frau hat allein das Thing zu entscheiden!«, rief Grenjad.

»Ich werde meine Blutrache bekommen. Hüte dich, denn es wird auch deine Sippe treffen«, erwiderte Reidar drohend.

Lärka schielte durch eine Ritze zwischen den Balken und sah, wie Reidar und seine Leute Grenjads Aufforderung widerwillig Folge leisteten und sich zerstreuten. Sie dankte im Stillen ihrem Oheim und ließ das Holzscheit los, das sie die ganze Zeit angestrengt umklammert hatte. Ein Aufschub, immerhin! Doch die Scheiterhaufen blieben aufgeschichtet und warteten auf ihre Opfer.

»Heja, jetzt bekommen wir Zeit für den Tunnelbau«, sagte Jörn hoffnungsvoll.

Lärka beneidete ihren Vetter um seine unbegründete, aber unverwüstliche Zuversicht. »In den nächsten ein oder zwei Tagen werden sie sterben«, antwortete sie düster.

»Es muss doch eine Heilung geben«, war Bolverk zu vernehmen.

»Ich wüsste nicht, welche«, entgegnete Lärka, »sogar Arild und Valgrim wussten nicht weiter.«

»Ja«, sagte Bolverk. »Ich habe erlebt, wie es Arild umtrieb, dass er gegen die rätselhafte Krankheit machtlos bleiben sollte. Er ist viel herumgekommen und hat bei der Heilkunst Findigkeit und Mut bewiesen, die ihresgleichen suchen. Er hat schon Dinge gewagt, die ich selbst nicht glauben würde, wenn ich sie nicht mit eigenen Augen gesehen hätte.«

»Erzählt mehr«, bat Lärka. Jedes Wort über Arild würde einen der hässlichen angsterfüllten Gedanken aus ihrem Kopf verbannen.

»Wir kamen im letzten Jahr von einer Reise«, begann der Bader. »Auf dem Rückweg von Sym ... – ach, unwichtig. Jedenfalls auf dem Rückweg trafen wir die Familie von Valgrim und Arild, die sich gerade bei Suedvall aufhielt.«

»Arilds Familie?«, fragte Lärka überrascht.

»Seine Eltern sind schon lange tot. Er ist bei Valgrim und dessen Weib aufgewachsen, das ist seine Familie.«

»Ach so«, murmelte Lärka verlegen.

»Er hat kein Weib, falls es das ist, was Ihr dachtet«, sagte Bolverk. Dann holte er den Mondstein aus einer Tasche seines Gewandes und hielt ihn Lärka hin. »Aber falls ich mich nicht sehr irre, gibt es wohl eine Auserwählte – wenn es nur andere Zeiten wären.«

Lärka griff hastig nach dem Mondstein und lehnte sich dann wieder zurück, damit Jörn und Bolverk nicht sehen konnten, wie sie errötete.

»Als wir ankamen, herrschte gerade große Aufregung«, fuhr Bolverk mit seinem Bericht fort. »Piarras, Arilds Lieblingsneffe, war vom Pferd gestürzt, genau auf den Kopf. Der Junge hatte fürchterliche Kopfschmerzen und musste sich erbrechen. Und plötzlich verließ ihn sein Geist. Er war auf seinem Lager dahingestreckt, sein Atem ging immer flacher, und niemand konnte ihn mehr aufwecken. Da nahm Arild eine Kerze, hob dem Knaben die Augenlider hoch, und was glaubt Ihr, was ich sah: Das eine Auge des Jungen war fast schwarz! Wie bei den Besessenen!«

»Aber Kori ist doch nicht vom Pferd gefallen!«, warf Jörn ein, »Roar und sein Sohn auch nicht.«

»Was hat Arild gemacht?«, fragte Lärka.

»Zunächst gar nichts. Er ging vor dem Haus auf und ab und

starrte dauernd in den Himmel, als wolle er den Beistand der Götter erflehen. Wenn ihn jemand ansprach, bekam er ein mürrisches Knurren als Antwort. Arild war so verdrießlich, wie ich ihn selten gesehen habe. Auf einmal fasste er sich, ging ins Haus und erklärte den entsetzten Eltern, was er vorhatte. Er wollte dem Knaben ein Loch in den Kopf bohren. Valgrim, immerhin der Großvater des Jungen, und der Vater waren außer sich und wollten es nicht zulassen. Aber Arild beschwor sie immer wieder, dass es die einzige Möglichkeit sei und er genau wisse, was er tue. Als der Junge immer siecher wurde, lenkten sie schließlich ein.

Arild nahm einen Feuerstein und schlug daraus eine scharfe Klinge. Dann schnitt er dem Jungen den Kopf auf und bohrte ihm ein Loch in den Schädel. Das mag sich einfach anhören, aber alle, die es sahen, dachten, der Junge sei nun erst recht dem Tode geweiht. Piarras Mutter lief schreiend davon, und der Vater, der den Kopf des Jungen hielt, rief in einem fort, Arild wisse nicht, was er tue, und er hätte nicht zustimmen sollen. Aber dann geschah das Wunder. Kaum hatte Arild sein Werk beendet und die Wunde mit einem Kräuterverband geschlossen, da atmete der Junge kräftiger und schlug bald darauf die Augen auf. Einige Tage später stand er auf, und als wir Suedvall verließen, war er schon fast wiederhergestellt. Ich habe Arild selten so erleichtert gesehen wie damals«, schloss Bolverk.

Lärka hatte so gebannt gelauscht, dass sie gar nicht bemerkt hatte, wie Melva aus ihrer Ohnmacht erwacht war. Sie stöhnte, lallte etwas Unverständliches und setzte sich auf. Sofort eilte Lärka zu ihr. Melva hatte die Augen aufgeschlagen und blinzelte.

»Das Feuer«, sagte sie und blickte sich hektisch um.

»Es ist gelöscht, alles ist gut«, sagte Lärka beschwichtigend. »Hast du große Schmerzen?«

»Es ist zum Aushalten, danke. Aber Audhild, bist du ... ?«

»Ja, ich bin es. Ich wollte dich besuchen und ...«, hub Lärka zu einer ihrer üblichen Erklärungen an, doch Melva ließ sie nicht ausreden.

»Bist du mir böse?«, fragte sie und wirkte unglücklich. »Es war kein Traum! Das weiß ich jetzt. Die Räuber hatten dich wirklich gefangen. Oh, ihr Ahnen! Ich danke allen Göttern und Waldgeistern dafür, dass du gesund zurückgekehrt bist! Sag, können wir je wieder Freundinnen sein?«

Überrascht bemerkte Lärka, dass Melva sich an etwas zu erinnern schien.

»Warum denn nicht?«, fragte sie.

»Du warst doch im Wald, weil *ich* dich darum gebeten hatte. Ich selbst finde nie die Stelle, wo die geheimen Kräuter wachsen. Und dann haben dich die Räuber entführt.«

»Aber *du* konntest doch nichts dafür«, sagte Lärka und konnte nicht verhindern, dass es ein bisschen wie eine Frage klang.

»Nein«, sagte Melva leise. »Nein, für die Räuber wohl nicht.« Sie hielt kurz inne, dann sah sie Lärka besorgt an. »Sag, haben sie dir auch nichts Böses getan?«, fragte sie.

»Oh, da waren freundliche Leute im Wald. Sie waren nicht von hier, aber sie haben mich befreit und ...«, sprach Lärka, doch Melva unterbrach sie wieder.

»Freundliche Leute? Waren sie etwa weit aus dem Norden? Vielleicht gar Gefolgsleute der Königin aus dem Norden? Oh, wie wundervoll!«, rief Melva begeistert.

Lärka horchte auf. Sie erinnerte sich, dass Maggai ihr etwas über diese Königin und den Tod ihrer Mutter hatte erzählen wollen, kurz bevor sie starb.

»Welcher Königin?«, fragte sie.

»Jetzt tu nicht so, als hättest du alles vergessen! Das ist doch deine Lieblingsgeschichte.«

»Ich bin gar nicht Audhild«, wagte Lärka einen neuen Versuch, Melva in die Wirklichkeit zurückzuholen. »Audhild ist tot, und die Todesverkünderin in dem Spiegel ...«

»Das ist Audhilds Geist!«, heulte Melva auf. »Sie ist gekommen, um sich zu rächen!« Sie stand ächzend auf, schaute sich aufgeregt um und wankte zum Eingangsloch. »Zu Hilfe!«, schrie sie aus Leibeskräften und lehnte sich nach draußen. »So helft mir doch! Die Geister der Ahnen wollen mich holen! Maggaaaaiiii!«

Lärka war hinter ihr hergeeilt und fasste sie am Arm, um sie zu beruhigen.

»Sie greifen nach mir! Seht ihr es nicht!«, heulte Melva. »Oh, Skuld, Göttin des Kommenden! Welches Schicksal hast du nur über mich beschlossen! So lass doch Gnade walten!« Dabei versuchte sie, sich mit aller Kraft Lärkas Griff zu entwinden. Während sie rangen, sah Lärka aus den Augenwinkeln, wie die Wachen und die wenigen Menschen, die noch vor dem Turm standen, voller Abscheu zu ihnen hinaufstarrten.

»Zündet doch den Turm an, dann sind wir sie alle auf einmal los!«, schrie ein Mann. Lärka zog mit ihrem ganzen Gewicht an Melva, um sie vor dem Sturz zu bewahren.

»Melva, ich bin's, Audhild!«, rief Lärka schließlich verzweifelt. »Ich habe die Todesverkünderin verbannt, alles ist gut! Melva, sieh mich an, ich bin's, ich lebe, schau doch!« Lärka schüttelte die schreiende Frau.

Melva wandte den Kopf und heftete ihre flackernden Augen auf die junge Frau. Noch nie war es Lärka so schwergefallen, ein unbeschwertes Lächeln auf ihr Gesicht zu zaubern.

»Sieh doch, es ist alles gut! Lass uns hineingehen«, sagte Lärka mit gespielter Fröhlichkeit und zog Melva in den Turm zurück.

»Aber warum hast du gesagt, dass du tot seist?«, fragte Melva und legte die Stirn in Falten.

»Ich? Hab ich gar nicht gesagt! Das Herdfeuer hat dich fast verbrannt, da hab ich dir einen Wasserkübel übergestülpt, und du hast einen tüchtigen Schlag auf den Kopf bekommen. Du musst einen schlechten Traum gehabt haben!«

Melva sah sich ängstlich um und schüttelte verwirrt den Kopf.

Lärka lächelte sie weiter an und führte sie in die Kammer. »Jetzt lass uns schauen, was die Flammen dir angetan haben. Ich will deine Wunden versorgen«, sagte sie.

Melva fasste sich an ihre Wunden. »Da braucht es wohl Huflattichsalbe«, sagte sie. »Ich habe ein paar Stängel da.« Sie deutete mit einer Handbewegung auf ein Bündel, das an der Wand hing. Dann ließ sie ihren Blick schweifen, ihr Arm sank herab, und sie wandte sich an Lärka. »Das ist nicht Maggais Hütte. Wo sind wir hier? Seltsam, ich meine, ich war schon mal hier. Es ist so fremd und vertraut zugleich ...« Ihre Augen wanderten unruhig hin und her.

Lärka fürchtete, Melva würde neuerlich in Angst und Wahnsinn verfallen, wenn sie erfuhr, wie es wirklich um sie stand. Es war besser, ihr alles schonend beizubringen, die Frage war nur, wann und wie. »Wir sind im alten Turm, wo du seit ... ähm ... kurzem wohnst, solange bis ... ähm ...«, Lärka lächelte nervös und machte eine unbestimmte Geste mit den Händen. Was sollte sie nur sagen? »... solange bis Maggai wieder da ist«, flunkerte sie kurzerhand und nickte Melva zu.

»Warum kann ich mich daran nicht mehr erinnern?«, fragte Melva.

Lärka würde ihr später von ihrem lange zurückliegenden Sturz vom Ringwall erzählen, aber jetzt musste es etwas Naheliegenderes sein. »Vielleicht wegen des Feuers? Dir wird bald wieder alles einfallen«, sagte sie und strich Melva beruhigend über den Arm. Dann stand sie auf und langte nach dem Kräuterbündel, auf das Melva gedeutet hatte. Sie erwärmte Butter und Wasser über der Glut und rührte, bis sich das Gemisch zu einer Salbe verband. Dann fügte sie zerstoßene Huflattichblüten hinzu. Sie säuberte Melvas Wunden und bestrich sie mit der Paste. Die Verwundete setzte sich stöhnend auf den Hocker an der Wand. Um sie abzulenken, gab Lärka ihr das Kräuterbuch und bat sie, daraus vorzulesen. Gehorsam begann Melva an der gewohnten Stelle und beruhigte sich darüber zusehends. Irgendwann wurde sie mit dem Lesen langsamer, und Lärka sah, wie ihr die Augen zufielen und sie an die Wand gelehnt einnickte. Während die Frau laut zu schnarchen begann, ging Lärka in den Vorraum.

»Wie weit seid ihr?«, fragte sie flüsternd durch die Luke.

»Eine Handbreit weiter als vorhin«, grummelte Jörn und schob Erde beiseite, die Bolverk nach oben grub. »Was war denn bei euch da oben los?«

»Ach, nicht so wichtig«, wehrte Lärka ab. Es war zu schwierig, Jörn alles zu erklären.

Jörn und Bolverk gruben verbissen und beinahe geräuschlos den ganzen Tag. Bolverks Gespür hatte ihn nicht getäuscht, denn er hatte tatsächlich eine Stelle gefunden, wo das Fundament des Turms nur armlang in den Boden reichte. Die beiden Männer hatten bereits ein Loch ausgehoben, das bis zum Fundament reichte, und waren jetzt dabei, sich unter den Steinen hindurchzuarbeiten. Lärka hatte vorgeschlagen, dass sie sich gefahrlos am Rande des Blutwaldes verstecken konnten, in den sich keiner der Osgunder hineintraute. Auf Jörns misstrauische Frage nach dem Fluch des Blutwaldes hatte sie versichert, dass dieser nur im Waldesinneren wirke und Arild und sie ja auch glücklich wieder entkommen seien.

Als Melva erwachte, klagte sie über Kopfschmerzen. Zu Lärkas Beunruhigung begann sie, ihre Vorräte zu sichten und vor sich hinzumurmeln, was alles zu besorgen sei. Lärka war alarmiert, denn wenn die Verwirrte versuchte, den Turm zu verlassen, würde das nur zu neuen Schwierigkeiten führen. Sie überlegte hastig hin und her und ersann eine Geschichte, nach der sie – als Audhild – von ihrer Mutter die Erlaubnis bekommen habe, einige Tage bei Melva zu bleiben, ihr zu helfen und sie mit allem Nötigen zu versehen. Erleichtert bemerkte Lärka, dass Melva ihre Geschichte glaubte. Sie schafften Ordnung, und sie aßen gemeinsam zu Abend. Lärka würgte lächelnd ein paar Löffel Grütze hinunter, die ihr in der ganzen Aufregung wie Lehmklumpen im Magen lagen. Nachdem Melva sich auf ihr Nachtlager begeben hatte, versorgte Lärka ihre Gefährten mit Essen und nahm ihren Platz unter dem kleinen Fenster ein.

Sie hatten einen weiteren Tag überlebt, was ihnen mehr Aussicht auf Rettung brachte. Lärka hoffte, dass Moryn im Schutze der Dunkelheit käme, und war zwischen der Hoffnung auf gute Nachrichten und ihrer Besorgnis um den Jungen hin und her gerissen. Doch Moryn enttäuschte sie nicht.

»Psst«, machte es mitten in der Nacht am Fenster, und Lärka, die sich die ganze Zeit schlaflos hin und her gewälzt hatte, war sofort zur Stelle.

»Was gibt es Neues?«, fragte sie ängstlich.

»Vater hat die beiden Männer gefangen, als sie schon fast im Blutwald waren. Jetzt sind sie bei uns. Mutter und Keelia pflegen sie.«

»Eure Hilfe bringt uns kostbare Zeit. Hoffentlich kommt mein Vater bald«, sagte Lärka.

»Noch etwas«, fuhr Moryn fort. »Ein paar Gefolgsleute des schwarzen Ritters sind wieder zurückgekehrt. Einer hat dem Schmied erzählt, sie hätten mit den Graumänteln gekämpft, die mit dir gekommen sind.«

»Wie ist es unseren Freunden ergangen?«

»Einen Mann hat der Ritter erschlagen«, begann Moryn.

Lärka schlug die Hand vor den Mund und unterdrückte mühsam einen Schreckenslaut. »Oh, nein!«

»Aber es war keiner ihrer Anführer, die konnten sie nicht fangen.«

Arild und Valgrim waren also entkommen. »Den Ahnen sei Dank«, hauchte Lärka. Doch ihr Herz war zugleich voller Trauer, denn das konnte nur bedeuten, dass Olvir oder Daryn tot waren.

»Ich hörte von einem gespenstischen Nebel, der alles eingehüllt habe«, erzählte Moryn weiter. »Und dann sei der Anführer der Rebellen in einem Felsen verschwunden. Zuvor habe er den schwarzen Hauptmann mit einem grellen Blitz geblendet.«

Nun war sich Lärka sicher, dass Arild und Valgrim ihre Verfolger irgendwie genarrt hatten und Arilds Kraft sie mit schützenden Felsen umgeben hatte. Obwohl sie sich sorgte, ob er verwundet worden war, trösteten sie diese Nachrichten. Sie gab Moryn Grüße an Rutlindis mit und die Botschaft, dass Melvas Verwirrung sich auflöse. Der Junge verschwand lautlos in der Dunkelheit.

Lärka war über die Neuigkeiten von Arild so aufgeregt, dass sie sofort zur Luke eilte und Jörn und Bolverk alles berichtete.

»Möge seine Reise leicht gewesen sein«, sagte Bolverk, als er von dem Gefallenen hörte. »Aber der Junge ist entkommen. Ja, so kenne ich ihn. Er ist eben etwas Besonderes.«

Während Jörn, der bis spät in die Nacht gegraben hatte, sich wieder hinlegte, machte Bolverk dort weiter, wo sein junger Helfer aufgehört hatte. Eine Weile noch hörte Lärka sein Schnaufen, dann schlief sie todmüde ein.

Als Lärka am anderen Morgen erwachte, lag sie einen Moment reglos da und lauschte. Alles war still, aber irgendetwas stimmte nicht. Mit einem Mal erzitterte die Erde, und Lärka sprang auf.

»Ein Erdbeben«, riefen die Wachen draußen. Wieder bebte der Boden unter ihren Füßen. Menschen kamen schreiend und nur halb bekleidet aus ihren Hütten gerannt. Unter sich hörte Lärka, wie Bolverk ihrem Vetter zurief: »Holt die Bretter! Drückt Euch an die Wand, und stellt die Bretter schräg vor Euch! So, hier, ich zeig es Euch!«

Sie wankte zum Eingangsloch und schaute hinaus. Es gab einen weiteren Erdstoß, und kleinere Nachbeben folgten. Eine Bohle von der Krone des Turms löste sich, schoss haarscharf an Lärkas Kopf vorüber und knallte auf den Boden. Einer der Wächter stand nahe am Turm und konnte sich gerade noch durch einen Sprung in Sicherheit bringen. Auch Lärka taumelte zurück und fiel direkt neben die Luke. »Aiiii«, tönte es hinter ihr, und Melva kam herangewackelt. »Der Donnerer wird uns mit seinem göttlichen Hammer zermalmen!«, rief sie, blieb am Eingang stehen und starrte ängstlich hinaus.

»Ob das Arild ist? Was für eine Kraft!«, hörte Lärka Bolverk zu sich selbst sagen und bemerkte verblüfft, dass sie in diesem Augenblick dasselbe gedacht hatte.

Arild stand, keuchend und völlig außer Atem von seinem wilden Lauf, neben dem unbewachten Westturm Kovanbys, den Tiernan als Verlies für seine Gefährten hatte nutzen wollen. Er rief ihre Namen mit heiserer Stimme.

»Was willst du hier?«, hörte er Valgrim, und das mürrische Gesicht seines Oheims erschien hinter dem vergitterten Fenster.

»Also ist Tiernan noch nicht gekommen?«, fragte Arild.

»Doch. Er hat Etor geholt«, antwortete Valgrim müde. »Warum bist du zurückgekommen? Geh doch, und rette wenigstens dich selbst. Verschwende keinen Gedanken an uns.«

Mit diesen Worten verschwand sein Oheim vom Fenster. Arild fluchte und eilte um den Turm herum. »Wo ist der verdammte Eingang?«, schrie er.

»Oben!«, rief eine andere Stimme. Das musste Korydon sein. »Wir sind die Stufen hinaufgeklettert, und dann haben sie uns mit einem Seil im Inneren des Turms auf den Boden hinabgelassen.«

Arild rannte die Treppe zum Wehrgang neben dem Turm hinauf. Weder Leiter noch Seil waren zu sehen. Einen Moment noch zögerte er, dann stand sein Entschluss fest. Er eilte wieder hinab und ging zu dem vergitterten Fenster.

»Geht alle an die rückwärtige Seite des Turms, und bergt eure Köpfe unter den Armen«, rief er seinen Gefährten zu.

Er trat ein Stück weg von der Mauer, öffnete seine Tasche und ließ das Herz der Berge vorsichtig vor sich auf den Boden gleiten. Gebrauche den Geist, hatte der Wolkenfürst gesagt. Arild streckte beide Hände vor und tat, als wolle er den heißen Stein umfassen. Doch ließ er genug Abstand, um sich nicht zu verbrennen. Er richtete alle Sinne auf den Herz-der-Berge-Stein – und da war sie. Dieselbe überraschende Offenbarung wie im Blutwald und doch viel umfassender. Es war, als könne er jeden Stein und Fels um sich herum spüren, ihre Jahre, ihr Wesen, ihre Oberfläche, ihre Härte. Er fühlte, wie lebendig sie waren und woher sie kamen: rieselnder Sand, glühende Lava, große Flüsse, die längst versickert waren.

Ein Prickeln überzog Arilds Haut. In seinen Ohren summte und rauschte es vom Knacken und Mahlen der Kiesel und Felsen, die sich aneinanderrieben. Arild richtete seine Kraft auf die Mauersteine unterhalb des Fensters. Er zog ganz sanft – mit einem winzigen Teil der Gewalt und Verzweiflung, die er im Blutwald zu den Felsen geschickt hatte –, damit er ja nicht das ganze Gemäuer zum Einsturz brächte. Und tatsächlich: Nur wenige Mauersteine lösten sich, und kurz darauf rollten ein paar Brocken zu ihm hin. Als sich der Staub lichtete, war ein Loch in der Wand zu sehen.

Arild atmete schwer. Er betastete seine Wangen mit der Handfläche, sie fühlten sich an wie die eines Fieberkranken. Es war, als würde nicht nur der Herz-der-Berge-Stein, sondern auch er selbst glühen. Arild lief zum Turm hin und fand die Männer unversehrt. In ihren Gesichtern stand staunende Ehrfurcht. Die Ilayin fielen auf die Knie und senkten die Häupter.

»Steht auf! Wir müssen Etor zu Hilfe eilen«, rief Arild. Zögernd durchschritten die Männer die Mauerlücke, blieben vor dem Turm stehen und schauten sich unschlüssig um.

»Es ist zu spät«, klagte Theol. »Der Kampf ist gewiss schon vorüber.«

»Wir haben ohnehin keine Waffen«, sagte Valgrim und zuckte ratlos mit den Schultern.

Arild starrte ihn entgeistert an. Wollte Valgrim etwa seinen Sohn im Stich lassen? Plötzlich hörte er den Klang von Schwertern, die sich kreuzten, und drehte sich um. Dort, wo die Häuser begannen, hatte sich neben dem goldenen Götzenbild eine große Gruppe von Menschen eingefunden und einen Kreis gebildet, unter ihnen auch Tiernans Krieger in goldglänzenden Rüstungen. Die Leute standen mit dem Rücken zum Westtor und schauten auf das Geschehen in der Mitte des Kreises. Das konnte nur eines heißen: Der Zweikampf war noch im Gange! Arild sah in die Gesichter seiner Gefährten. Mit stumpfen Augen stierten sie zum Kampfplatz hin und rührten sich nicht. Plötzlich wurde ihm klar, dass auch sie begannen, sich unter dem Fluch des bösen Berges zu verlieren. Er hatte kein Schwert, aber er hatte den Stein. Mit dem Stoff seines Mantels in den Händen nahm er den heißen Herz-der-Berge-Stein auf und rannte zu den Kämpfenden. Aus den Augenwinkeln sah er, dass die drei Ilayin ihm folgten. Sie waren erst eine Nacht in Kovanby und schienen den Einfluss des Berges noch nicht so stark zu spüren.

Als Arild auf Rufweite an die Menge herangekommen war, schrie er aus Leibeskräften. Da traten einige Männer und Frauen beiseite, der Ring öffnete sich und gab den Blick frei auf Tiernan und Etor. Die beiden Kämpfer senkten die Schwerter und starrten zu ihm hin. Etors Obergewand war zerfetzt, und beide Männer bluteten aus frischen Wunden. Etor schaute zum Tristjoch empor und dann wieder zu Arild und schüttelte den Kopf. Mit einer matten Geste wollte er seinen Vetter wegschicken. Doch Arild lief näher heran, legte den Stein vor sich auf den Weg und wandte sich an Tiernan.

»Halt!«, brüllte er. »Hört auf, unnötiges Blut zu vergießen. Sonst rufe ich den Zorn der Götter auf Euch herab, der fürchterlicher ist als ein paar dunkle Wolken.«

Nun schaute auch Tiernan zum Tristjoch, und seine Miene verfinsterte sich.

»Ihr habt nicht vermocht, den Himmel zu erheben, und wollt die Götter anrufen? Ich fürchte mich nicht!«, höhnte er. Seine Augen flackerten, und er griff das Schwert fester, um den Kampf fortzusetzen.

Statt einer Antwort streckte Arild die Hände zum Stein, und sofort waren seine Sinne erfüllt von der Kraft. Entschlossen wandte er sich in Richtung der Stadtmauer und zog deren Steine an sich. Mit großem Getöse stürzte ein Teil der Mauer ein, als sei sie von einem Rammbock getroffen. Vergessen war Niyols Warnung.

Der Stein summte ohrenbetäubend und war mittlerweile so heiß, dass sein Inneres rot leuchtete. Aus den Augenwinkeln sah Arild, wie die Gorunnen erschreckt auf die einstürzende Mauer starrten.

Grimmig wollte Arild sich nun an Tiernan wenden und ihn auffordern, den Kampf zu beenden, als er etwas Unvermutetes spürte: Der Boden unter seinen Füßen erzitterte, als würden Hunderte von Reitern herandonnern. Das Beben kündete vom nahenden Unheil wie der Wind, der vor dem Gewitter kommt. Die Steine um ihn herum waren noch dieselben, aber es war etwas darunter, das ihm eine Antwort sandte, etwas Uraltes, das tiefe Bosheit auf ihn lenkte.

Arild wandte sich nach Nordosten, von wo das Böse herzukommen schien, und wurde von Entsetzen gepackt: Gleich einer Woge voller Hass kam eine schwarze Sturmböe tief über den Boden der Ebene gefegt, die alles auf ihrer Bahn durchdrang und zu totem Stein werden ließ. Die Lebendigkeit der Felsen und aller Lebewesen wurde von ihr erstickt. Die Steine wurden kalt, vergaßen, woher sie kamen, und hörten auf, darüber zu erzählen. Das war Grimhorns Werk, so wie er auch den Fluch über Kovanby gelegt hatte. Doch jetzt antwortete der Berg mit einer noch schrecklicheren Gewalt.

Arild hatte Niyols Worte noch im Ohr. Ohne den großen Herz-der-Berge-Stein gab es weder Verteidigung noch Schutz vor Grimhorns Zorn. Es blieb nur die Flucht. Arild wollte die Hände vom Herz der Berge zurückziehen, doch etwas hielt ihn fest. Hylas stand direkt vor ihm und starrte ihn nur fassungslos an. Arild wollte ihn warnen, doch da war die Woge schon herangekommen. Ehe Arild begriff, was geschah, hatte sie Hylas erfasst, brandete über ihn hinweg und ließ ihn von einem Augenblick zum nächsten zu schwarzem Fels gefrieren.

Arild schrie und wollte die Arme nach dem Versteinerten ausstrecken, da hatte die Böe auch ihn erreicht. Er versuchte, sich aus ihrem Sog zu entwinden, aber immer höher stieg die Kälte an ihm empor. Schon spürte er seine Füße nicht mehr, er konnte kaum noch die Beine bewegen. Eine kalte Faust griff nach seiner Brust und nahm ihm fast den Atem. Wie ein Ertrinkender suchte er Halt und schlug wild um sich. Er spürte Schmerzen am Bein und am linken Unterarm, wo Grimhorns tödliche Kälte die Haut erfrieren ließ. Wo waren die Wolkenfürsten, wo war Hilfe? Die Erinnerungen an seine einstige Hilflosigkeit und Angst im Moor peinigten ihn. Aber er ließ nicht zu, dass sie ihn niederrangen. Er war heute ein anderer als das Kind von damals.

Arild sammelte all seine Kraft und ließ sie mit einer letzten Anstrengung durch den Herz-der-Berge-Stein fließen. Dieser fing an zu glühen wie nie zuvor, kleine Flammen tanzten an seiner Oberfläche. Arild bemerkte, wie feurige Hitze auch in ihm zu pulsieren begann und die schwarze Kälte von ihm abschmolz.

Doch Grimhorn ließ Woge um Woge auf ihn einstürzen, und Arild rang um sein Leben. Aus den Augenwinkeln sah er mit Bitterkeit, dass zwischen ihm und Grimhorns tödlichem Sturm nur noch steinerne Leichen standen. Die Überlebenden hatten sich rechts von ihm um das silberne Götterbild geschart, als würde es sie vor dem sicheren Tod bewahren. Und wirklich schien Grimhorn all seinen Hass auf ihn, den Steinkönig, zu richten. Die eisige, dunkle Böe wirbelte nur noch um ihn herum. Da gab es einen gewaltigen Wind, und als Arild den Kopf hob, sah er, dass sich der Himmel über ihm in einen Mahlstrom verwandelt hatte. Mit mächtigem Tosen ließ der Sturm Staub und Steinsplitter im Kreis wirbeln, die auf Arild einhagelten wie Geschosse aus tausend Schleudern. Arild krümmte sich und deckte sich mit seiner Kraft wie mit einem Schild. Der Herz-der-Berge-Stein sang mit lautem Summen und brannte inzwischen lichterloh. Arild glaubte, er selbst sei nahe daran, ebenfalls zu brennen, denn die Hitze in seinem Inneren war fast unerträglich. Sein Körper war zerschunden und müde, und es fiel ihm schwer, den immer neuen Wogen standzuhalten. Schon umspülte der schwarze Tod seine Beine und ließ sie erneut taub werden.

Arild bereute, sich so unvorbereitet mit einem viel zu kleinen

Stein auf den Kampf mit Grimhorn eingelassen zu haben. Doch jetzt war es für Reue zu spät. Das Schicksal dieser Menschen lag in seiner Hand, und mit grimmiger Entschlossenheit ging er weiter gegen den Berg an.

Plötzlich sah Arild blaue Funken auf den Gipfeln der Frostberge tanzen, und etwas Seltsames geschah: Die Hänge schienen zu erwachen und begannen, den summenden Gesang des Herz-der-Berge-Steins aufzunehmen. Wie ein Echo kam der Ton von den Bergen zurück und schwoll an, bis er jeden Winkel erfüllte. Überrascht spürte Arild, wie sich der eisige Griff Grimhorns lockerte und die Wogen des Wirbelsturms schwächer wurden. Er kam auch wieder zu Atem. Gleich einer unsichtbaren Wand hielt der Gesang der Berge die schwarzen Klauen Grimhorns auf. Arild sandte einen stillen Dank an die unerwarteten Helfer und wollte gerade seine Kräfte frisch bündeln, um sie gegen Grimhorn zu richten, als eine Stimme zu ihm sprach. »Du bist so nahe am Ziel deiner Wünsche. Gib jetzt nicht auf.«

Verwirrt wandte Arild sich um und suchte nach dem Sprecher. Aber es gab niemanden, der in seiner Nähe war.

Ja!, dachte Arild bei sich, gemeinsam mit den Geistern der Frostberge werde ich den bösen Berg besiegen. Dann ist der Eid des Feodras erfüllt.

Zu seiner Überraschung erschallte ein Hohngelächter in seinem Kopf. »Du Narr, dein Herz ist zu klein, um zu siegen. Aber gib mir, was ich will. Dann gehe ich zurück in mein Reich.«

Mühsam rang Arild darum, seinen Gedanken die Klarheit zurückzugeben. Spielten ihm seine erschöpften Sinne einen Streich und gaukelten ihm einen einfachen Ausweg vor? War es wirklich sein Feind, der zu ihm sprach?

»Was willst du?«, fragte Arild in Gedanken die unsichtbare Stimme.

»Deine Kraft«, war die Antwort.

Arild stutzte. »Aber die Kraft vergeht nicht, ich kann sie niemandem geben«, entgegnete er stumm.

»Das haben dir die Wolkenfürsten gesagt, sonst würde es ihren Verrat vereiteln, dessen Werkzeug du bist. Sie haben den Bergen ihr Herz entrissen und durch ihren Frevel Unheil über das Land gebracht. Aber du kannst es wenden. Lass dein Blut auf das Herz der Berge hinabtropfen, bis das Glühen des Steins erlischt. Dann wird deine Kraft zu ihrem Ursprung zurückkehren. Der Frieden, den die Wolkenfürsten gebrochen haben, wird wiederhergestellt, und ich werde das Land verschonen.«

Arild rührte sich nicht. Der Sturm hatte sich gelegt, und die Wogen des Hasses waren verschwunden. Selbst das Summen der Berge war schwächer geworden. Eine unwirkliche Stille lag über der Gegend. Verstört versuchte Arild zu ermessen, was die Stimme ihm eingeflüstert hatte. Hatten die Wolkenfürsten ihn etwa getäuscht? Hatte Niyol ihm wohlweislich verschwiegen, woher das Herz der Berge wirklich stammte und warum Grimhorn gegen die Wolkenfürsten zu Felde zog?

»Gib dem Land den Frieden zurück«, sagte die Stimme sanft.

Alles in Arild sträubte sich dagegen, zu tun, was die Stimme verlangte, aber hatte er denn eine andere Wahl? Er konnte den Kampf unmöglich gewinnen, und er wollte es auch nicht, solange er nicht wusste, wofür er kämpfte. Wenn er, der Steinkönig, seine Kraft hingab, würde Grimhorn Frieden schließen. Dann würde auch er selbst Frieden finden. Der Kampf um Jaspis würde nicht stattfinden, die Reise zur Ahnin war überflüssig, alles Lebende bliebe verschont vor Grimhorns Zorn, und er könnte schon morgen zu Lärka zurückkehren. Alles, was er ersehnte, war in greifbarer Nähe.

Arild sank neben dem Herz der Berge in die Knie. Seine Finger fuhren über den mit Felssplittern übersäten Boden und fanden einen scharfkantigen Stein. Er nahm ihn in die Rechte und legte die Kante an den linken Arm an. Doch er zögerte. Woher sollte er wissen, dass es nicht er selbst war, mit dem er dieses Zwiegespräch führte? Dass es wirklich Frieden geben würde? Aus den Augenwinkeln sah er die Überlebenden in Richtung der Berge deuten.

Schau zum Tristjoch, und sieh, dass ich dich nicht täusche, sagte die Stimme in seinem Kopf.

Wie in Trance wandte Arild den Kopf. Über dem Pass war der graue Schleier zurückgewichen, Sonnenstrahlen ließen die Schneereste weiß glitzern. Da fiel der letzte Zweifel von Arild ab, und er wusste, dass Grimhorn zu ihm sprach und ihm dieses Zeichen gegeben hatte.

Arild senkte den Kopf und schloss die Augen, bis sein Atem ruhiger ging. War es das Richtige? Er wünschte sich so sehr, dass der Berg von seinem Hass auf die Menschen ablassen würde. Und er fühlte sich der Bestimmung, mit seinen Gaben etwas für das Wohl der Menschen tun zu können, nahe wie nie zuvor. Als er die Augen wieder öffnete, blieb sein Blick an Hylas' schwarzer Gestalt hängen. Selbst durch das Herz der Berge, das ihn mit allem Gestein verband, konnte Arild nicht den kleinsten Funken Leben in dem Versteinerten erspüren.

Rasch wandte Arild sich um und suchte in der Wolkenlücke über dem Tristjoch nach den Snehin. Da waren sie, und sie zeigten ihm einen riesigen Bären, der drohend den Rachen aufriss. Arild verstand.

»Das Land verschonen und ihm Frieden geben!«, warf er Grimhorn entgegen. »Und was gibst du den Menschen? Du erschufst die Düsterschlünde, die ihnen Geist und Leben rauben, du versteinerst ihre Seelen und Körper, und deine Wogen tragen nichts als Tod und Verderben überallhin. Niemand, der das Leben liebt, könnte mit dir im Bunde sein!«

»Warum zweifelst du?«, hörte er Grimhorn in seinem Kopf fragen. »Der, der die Kraft vor dir trug und sie an dich weitergab, ist bei mir. Komm zu mir, und schließe auch du Frieden.«

Arilds Gedanken überschlugen sich. Hatte sein Vater etwa nicht sein Leben in der Bärenhöhle verloren, sondern war entkommen und zum Berg gegangen? Obwohl seine Vernunft ihn anschrie, dass König Jendro tot war, verlangte doch alles in Arild danach, seinem Vater einmal gegenübertreten zu können. Hatte Grimhorn den

Steinkönig etwa auf seine Seite ziehen können? Das alles ergab keinen Sinn. Es war eine weitere Lüge, die Grimhorns Bosheit entsprungen war!

»Der Frieden, den du schenkst, heißt Tod!«, hielt Arild dem Berg zornig entgegen. »Die Wolkenfürsten aber waren treu. Sie schenkten Leben spendenden Regen, milde Winter und nährten alles, was in den Tälern, Ebenen und Bergen ist. Sie sind meine wahren Verbündeten!« Arild richtete sich langsam auf und begann, den Herz-der-Berge-Stein erneut zum Summen zu bringen. Und die Hänge und Gipfel stimmten ein.

»Wenn du mich vernichtest, tötest du auch den, der bei mir ist!«, rief es in seinem Kopf, doch Arild verschloss sein Herz gegen den Schmerz, den ihm diese Worte bereiteten. Dies war seine Bestimmung: Er würde die Menschen hier vor dem Fluch des Berges bewahren, auch wenn es ihn alles kosten mochte. Mit grimmiger Wut und den gewaltigen Stimmen der Frostberge in seinem Rücken drängte er Grimhorns Kraft zurück. Er sah, wie Hylas' versteinerte Gestalt aufglühte und zu Asche zerfiel. Er spürte, wie die halb versteinerten Menschen im Dorf qualvoll verglühten, als die Front des gewaltigen Kampfes über sie hinwegzog. Ihre Todesschreie trafen Arilds Seele wie Schwerthiebe.

Elle um Elle gewann Arild an Boden. Alles in ihm bebte vor Anspannung, als er seine Kräfte durch jeden Felsen und zu jedem Berg um ihn herum schickte und sie mit Leben durchpulste. Doch es gelang ihm nicht, Grimhorns Zorn, der nun erneut über die nördliche Ebene fegte, zum Schweigen zu bringen. Wie ein Raubtier lauerten Grimhorns Fänge auf eine Schwäche des Gegners. Arild wusste, wenn es ihm nicht gelang, den Berg zu bannen, war seine eigene Niederlage nur noch eine Frage der Zeit – und davon hatte der Berg genug.

Während sie rangen, strich Arilds Kraft über das Gelände, und er spürte eine Linie, die sich von Nordwesten nach Südosten durch den Boden der Ebene zog. Diese Linie mochte ein Bachbett sein, eine Metallader, oder nur eine flache Rinne. Vielleicht konnten sie die anderen Menschen überhaupt nicht wahrnehmen. Und trotzdem war sie genau das, wonach Arild gesucht hatte. Er senkte seine Kraft hinein und war erstaunt, dass Grimhorns Zorneswogen in einiger Tiefe unter dem Erdboden kaum noch spürbar waren. Hier war seine Gelegenheit, und er wusste, wie er sie nutzen wollte.

Mit einer letzten, verzweifelten Anstrengung hieb Arild in Gedanken auf diese Linie ein und trieb sie gleichsam als Riss so tief in die Erde, wie er konnte. Der Boden unter seinen Füßen erzitterte, und Arild schwankte. Aber er hielt stand und schickte alle Kraft, die er noch hatte, durch das Herz der Berge in diesen Spalt. Es gab ein mächtiges Beben, und der Riss brach auf bis in die tiefsten Tiefen. Arild hörte die Menschen in seiner Nähe vor Angst schreien und sah, wie sie schwankten und hinfielen.

Doch plötzlich löste sich der würgende Griff des bösen Berges, als habe man einer Krake die Arme abgehauen. Noch konnte Arild fühlen, wie Grimhorn mit mächtigem Toben versuchte, die Erdspalte zu überwinden. Doch vergeblich. Das Land jenseits des Risses verwandelte sich für Arilds Sinne in ein schwarzes Meer. Und sosehr Grimhorn auch stürmte, er war dorthin verbannt.

Arild tat einen tiefen Atemzug und zog seine Hände vom Herz der Berge zurück. Er taumelte und sank zu Boden. Die Welt um ihn herum drehte sich in wildem Tanz. Arild schloss die Augen und wollte seine Finger in die Erde krallen. Doch seine Hände und Arme waren kraftlos und schmerzten, als habe er sie in kochendes Wasser getaucht. Sein Leib hingegen zitterte vor Kälte, denn die große Hitze des Kampfes war von ihm gewichen. Er fühlte sich so entkräftet, dass er glaubte, er könne ein ganzes Jahr schlafen, ohne einmal zu erwachen.

Jetzt wusste Arild: Sein Ziel war Jaspis, war der große Herz-der-Berge-Stein. An diesem Tag hatte Grimhorn eine Niederlage erlebt. Und wenn er – den allein aus allen Steinkönigen die Wolkenfürsten für Feodras selbst hielten – jetzt nicht den Kampf aufnehmen würde, gäbe es vielleicht niemanden mehr, der Grimhorn würde bezwingen können.

Neben sich hörte Arild Stöhnen und das Scharren von Füßen, als sich die Menschen wieder erhoben. Als er kurz die Augen öffnete, sah er, wie goldene Strahlen durch die graue Wolkendecke sickerten. Gleißendes Licht traf seine Augen, als hinter dem Gipfel des Hohen Goldfang die Sonne die Wolkenschicht durchbrach. Er vermeinte, eine prachtvolle blausilberne Gestalt an den Hängen des Goldfang tanzen zu sehen, doch bevor er sich ihr zuwenden konnte, schwanden ihm die Sinne, und er versank im Dunkel der Ohnmacht.

Die Erde bebte wieder und wieder. Ist das Arilds Werk, der mit seiner Kraft die Felsen erschüttert? Ist er gar in diesem Augenblick dabei, den Festungsring Osgunds niederzureißen, um uns zu retten?, fragte sich Lärka. Ihr Herz klopfte bis zum Hals, als sie sich ausmalte, wie Arild bei ihnen erscheinen und sie vor den Augen ihrer gedemütigten Häscher aus dem Turm führen würde.

Als die Erde sich für eine Weile beruhigt zu haben schien, lehnte sich Lärka so weit wie möglich aus dem Eingang, um zu sehen, was draußen vor sich ging.

Alle Osgunder waren auf den Beinen. Einige zeigten anklagend in Lärkas Richtung. Da gab es ein neuerliches Beben, heftiger als alle zuvor. Beinahe hätte Lärka den Halt verloren, doch diesmal war es Melva, die plötzlich neben ihr stand und sie festhielt. Hinter sich hörten sie es klirren, als Tongefäße umkippten oder von herunterfallenden eisernen Kochgerätschaften zerschlagen wurden.

Der Tumult draußen hatte jetzt seinen Höhepunkt erreicht. Eine Schweineherde war aus ihrer Umzäunung ausgebrochen und rannte wild quiekend zwischen den Häusern entlang. Von einem der Dächer am östlichen Rand der Siedlung stieg dichter Rauch auf. »Feuer!«-Schreie hallten durch das Dorf. Menschen lagen auf der Erde, wo sie gestürzt waren oder sich – die Hände schützend über den Kopf haltend – zu Boden geworfen hatten. Einige Menschen reckten die Arme zum Himmel und riefen die Götter an. Wieder andere begannen, ihre Habseligkeiten zusammenzuraffen, als wollten sie eilends die Flucht ergreifen.

Lärka erkannte bald, dass das Beben nicht daher rührte, das Arild versucht hatte, die Stadtmauer Osgunds niederzureißen. Sie schalt sich eine Närrin, die allzu oft ihre Wunschträume mit der Wirklichkeit verwechselte. Sie waren nach wie vor auf sich gestellt und konnten nur hoffen, dass Grenjad einen Weg fand, Reidar zu besänftigen, oder dass Orlyg bald eintreffen würde.

Wenn nur der Tunnel schon fertig wäre, dachte sie ernüchtert. In diesem Getümmel wäre es eine Kleinigkeit gewesen, unbehelligt zu entkommen.

Als offenbar war, dass die Erde sich beruhigt hatte, wagten sich die meisten Menschen in ihre Häuser zurück, um nachzusehen, was die Erdstöße angerichtet hatten, andere standen in kleinen Gruppen beisammen und sprachen aufgeregt miteinander. Das Feuer am Ostende der Siedlung schien gebannt, und die grauen Rauchwolken lösten sich langsam auf.

Jörn und Bolverk kamen unversehrt unter ihrem Bretterverschlag hervor. Bolverk begann sofort, Fundament und Erdloch auf Schäden hin zu untersuchen. Melva war, nachdem sie sich fürsorglich von Lärkas Unversehrtheit überzeugt hatte, in ihre Kammer gegangen und räumte dort auf.

Lärka aber dachte unentwegt an Arild. Denn sie war nach wie vor der Überzeugung, dass er dieses Beben verursacht hatte, wo auch immer er gerade weilte. Sie erinnerte sich daran, wie viel Kraft es ihn gekostet hatte, die Steine im Blutwald zu bewegen, und war vor Sorge außer sich. Wie es ihm wohl gerade erging? Er musste ernsthaft in Bedrängnis sein. Sie schaute zu den Frostbergen und wünschte sich nichts sehnlicher, als bei ihm zu sein.

Da hörte sie Jörn leise rufen. Lärka eilte zur Luke. »Das Beben hat ein paar Steine verschoben und einen Teil unserer Arbeit zunichte gemacht. Der Tunnel ist ganz schmal geworden«, flüsterte Jörn und wandte sich wieder dem Erdloch zu, um weiterzugraben.

Bolverk trat unter die Luke und schaute zu Lärka hinauf. »Jörn und Ihr könntet heute Nacht hindurchkriechen«, sagte er leise.

»Was ist mit Euch?«, fragte Lärka verunsichert.

Bolverk zuckte mit den Schultern. »Der Tunnel ist zu eng geworden. Außer Jörn oder Euch würde da niemand hindurchpassen«, sagte er. Dann wandte er sich um und schob mit ruhigen Bewegungen die Erdhaufen beiseite, die Jörn in dem Erdloch kauernd nach oben beförderte.

Lärka dachte fieberhaft nach. Reidar hatte Bolverk eigentlich nichts vorzuwerfen. Würde man aber ihre Flucht entdecken, ehe Bolverk und Melva sich ebenfalls in Sicherheit bringen konnten, könnte Reidar sich an ihren Fluchthelfern rächen. In ihr kämpfte die Angst vor dem Scheiterhaufen mit ihrem Gewissen, das ihr Selbstsucht und Feigheit vorhielt.

»Aber Ihr könnt doch nicht hierbleiben!«, flüstert Lärka schließlich.

»Ihr sollt *Euer* Leben retten!«, erwiderte Bolverk genauso leise. »Gegen *mich* hat Reidar nichts in der Hand.«

»Wie lange brauchen wir, bis wir alle hindurchpassen?«, hörte sie Jörn leise fragen.

»Hhm, vielleicht einen weiteren Tag«, raunte Bolverk.

Stumm wandte Lärka sich ab.

Da stand auf einmal Melva am Eingangsloch und beugte sich hinaus.

»Wo ist die Leiter?«, fragte sie.

»Sie … ähm … muss beim Beben umgekippt sein«, antwortete Lärka.

»Dann lass uns jemanden bitten, sie aufzustellen. Willst du nicht schauen, wie es deiner Familie geht? Und in Maggais Hütte muss ich Ordnung schaffen. Sie müsste ein paar getrocknete Ringelblumen dahaben, die meinen Brandwunden guttun würden. Außerdem gibt es vielleicht Verletzte, die unsere Hilfe brauchen, jetzt wo Maggai nicht da ist.«

Lärka erstarrte vor Schreck. Wie sollte sie Melva erklären, dass sie den Turm nicht verlassen konnten?

Unterdessen hatte sich Melva herumgedreht und fuhr fort: »Außerdem habe ich vorhin unter uns ein Kratzen und Murmeln gehört, als hätten wir Ratten im Turm.« Sie ging in ihre Kammer und kam mit einem Holzscheit in der Hand zurück. »Da will ich erst einmal nachsehen«, sagte sie und stapfte in Richtung der Luke.

»Melva, halt!«, rief Lärka so angsterfüllt, dass Melva auf der Stelle stehen blieb und sie überrascht ansah. »Ich muss dir einiges erzählen, über das, was passiert ist und woran du dich nicht erinnerst. Bitte bleib hier«, sagte Lärka und legte die Hände flehend aneinander. Fieberhaft überlegte sie, wie viel sie der anderen zumuten konnte. Was sollte sie ihr über Jörn und Bolverk erzählen? Dass sie zwei umherziehende Bauleute seien, die das Fundament des Turms ausbessern wollten? Nein, so würde es nicht gehen. Die *Wahrheit* musste enthüllt werden – aber behutsam. Melva schien sich nur an die Ereignisse zu erinnern, die sich bis zu dem Sommer zugetragen hatten, in dem Audhild entführt worden war. An das, was in den langen zwanzig Jahren seither geschehen war, hatte sie offenbar keine Erinnerung. Lärka wollte keinesfalls bewirken, dass Melva aus Schreck über die spurlos verschwundenen Lebensjahre in Wehgeschrei verfiel, das die Aufmerksamkeit der Wachen auf das Turminnere lenkte. Wenn die Wächter entdeckten, was im Untergeschoss bei Jörn und Bolverk vor sich ging, wären ihre Fluchtpläne vereitelt.

Lärka bat Melva, sich auf den Hocker zu setzen. Sie versorgte Melvas Wunden und erzählte, dass sie – zusammen mit zwei Männern aus Ribehof, deren Vergehen sie nicht genau kenne – von Reidar hier gefangen gehalten werde. Ihr Vater weile in Stormhavn, und ihre Mutter könne nichts gegen Reidar ausrichten.

Melva hielt das für einen schlechten Scherz, und Lärka konnte sie nur mühsam davon abhalten, von den Wachen ihre sofortige Freilassung zu verlangen. Lärka erklärte, Reidar werfe ihr zu Unrecht vor, sie habe seinen Schafen falsche Kräuter ins Futter getan und damit die halbe Herde eingehen lassen.

»Ich fürchte, im Moment kann niemand etwas tun, aber ich bin sicher, wenn mein Vater kommt – ich meine, von seiner Reise zurückkommt –, wird er etwas unternehmen«, schloss sie.

»Aber *ich* kann etwas für dich tun, Audhild, ich habe schließlich etwas gutzumachen. Ich werde Roar bitten, seinen Bruder wieder zur Vernunft zu bringen. Das schuldet er mir, und Reidar hört auf ihn. Seltsam, wie Zwillinge so verschieden sein können, nicht wahr?«

Lärka zuckte mit den Schultern. Für sie war jeder der beiden Brüder ein Ausbund an grimmiger Grobheit, ohne dass sie einen Unterschied hatte entdecken können. Sie fragte sich nur, was genau Roar Melva wohl schuldig sein mochte.

»Der eine aufbrausend und roh, der andere ähnlich von Gestalt, genauso ein Kämpfer, aber von solcher Freundlichkeit, wenn er mit mir spricht«, fuhr Melva fort und bekam glänzende Augen. »Am Sommertagsfest will er mit mir tanzen, hat er gesagt. Oh, Roar ist der Stolz von Osgund«, schwärmte sie, und die Vorfreude auf den Tanz zauberte ein zartes Rosa auf ihre blassen, schmutzigen Wangen.

»Ich glaube nicht, dass Reidar in dieser Angelegenheit auf seinen Bruder hören wird«, sagte Lärka.

»Lass es mich doch versuchen. Reidar will dir nur eine Lehre erteilen, aber in Wirklichkeit ist sein Herz für dich entbrannt! Stell dir nur vor, wie herrlich es wäre, wenn wir zwei die beiden Brüder heirateten. Dann wären wir endlich echte Schwestern.« Melva griff nach Lärkas Händen und drückte sie fest.

Doch Lärka brachte nicht mehr als ein angewidertes Gesicht zustande.

»Was ist los? Schlägt dein Herz nicht für Reidar?«, fragte Melva.

Lärka wand sich verlegen. Wie ihre Mutter wohl geantwortet hätte? War ihr Herz schon für Orlyg entbrannt, bevor sie entführt wurde? »Nein! Eher für jemand anderen«, sagte Lärka in der Hoffnung, die richtige Möglichkeit gewählt zu haben.

»Wer, wer ist es? Sag es mir!«

»Du kennst ihn nicht, er ist nicht von hier«, sagte Lärka ausweichend.

»Oh!« Melva war enttäuscht. »Ist er ein wackerer Kämpfer?«

Lärka nickte.

»Sein Herz gehört dir, da bin ich sicher. Ich weiß schon, wen du meinst«, sagte Melva und zwinkerte Lärka verschmitzt zu. »Ich habe doch gesehen, wie der junge Than aus Ribehof dich umworben hat, vorigen Neumond. Sag nicht, dass du sein glühendes Werben nicht erkannt hast! Reidar umkreiste euch wie ein eifersüchtiger Hengst. Aber dass er es deswegen wagt, so mit dir umzugehen ... Das wird er wiedergutmachen müssen, das werde ich Roar schon sagen.«

»Aber Roar ist – er ist ja gar nicht da«, flunkerte Lärka. »Er wollte nach Stormhavn und kommt erst in einigen Tagen wieder.«

»Hm«, machte Melva und setzte ein missvergnügtes Gesicht auf. »Na ja, die Leute werden schon zu uns kommen, wenn sie Hilfe brauchen für ihre gebrochenen Knochen und die Beulen an ihren Köpfen. Warte nur ab!«

Damit und mit der Feststellung, dass sich alles nach Roars Rückkehr zum Guten wenden würde, war für Melva die Sache vorerst erledigt.

Nach der Mittagsmahlzeit, bei der zum ersten Mal reichlich für Bolverk und Jörn mitgekocht wurde, fragte Lärka, ob Melva ihr aus dem Kräuterbuch vorlesen könne, doch sie wehrte ab. »Erzähl du mir doch lieber, wie du den Räubern entkommen bist«, bat Melva stattdessen.

Lärka setzte sich vor ihr auf die Erde und berichtete alles, was sie von Rutlindis wusste – ausgeschmückt mit ein paar Flunkereien dort, wo Rutlindis' Bericht Lücken gehabt hatte.

Wieder fragte Melva, ob ihre Retter vielleicht zur Königin des Nordens gehört hatten.

Lärka überlegte einen Moment, wie sie wohl Melva *ihr* Wissen über die Königin des Nordens entlocken könnte. »Ich habe dir doch erzählt, dass ich von den Räubern einen Schlag auf den Kopf bekommen und mein Gedächtnis verloren habe. Das hat mich sehr traurig gestimmt, denn auch die Geschichte über die Königin des Nordens ist mir entfallen. Ich weiß nur noch, dass ich es so gern mochte, wenn Maggai sie erzählte. Oh, wenn ich sie doch noch einmal hören könnte.« Lärka setzte ein schwermütiges Gesicht auf.

Sofort versuchte Melva, sie zu trösten. »Liebste Audhild, das ist schrecklich! Natürlich erzähle ich dir die Geschichte gern. Als Maggai noch jung war, da traf die Königin des Nordens den König von Jaduin in Osgund – Maggai sagte, man nannte sie Königin, obwohl sie nicht über irgendwelche Ländereien herrschte. Aber ihre Pracht und ihr Gefolge konnten es mit denen des Königs wohl aufnehmen. Sie trug einen Mantel aus weißem Zobel und darunter ein strahlend blaues Gewand. Ihre Haare waren schwarz, ihr Antlitz hell wie frisch gefallener Schnee und ihre Augen grün – jedenfalls schien es so, wenn man sie von weitem sah. Von nahem aber schimmerten ihre Augen mal heller und mal dunkler, und ihr Haar war bald rabenschwarz und dann wieder dunkelbraun, sodass man sie gar nicht genau beschreiben konnte.«

Lärka hatte vor Staunen den Atem angehalten. Diese Beschreibung passte genau auf die Frau, die sie in ihrem ersten Wahrtraum gesehen hatte, als Arild und Valgrim mit ihrem Vater über die Reise nach Norden sprachen. Sie hatten dort Verwandte besuchen wollen. Konnte es sein, dass Arild und Valgrim mit dieser Frau verwandt waren? Aber warum hatte die Frau in ihrem Traum, wenn nicht die Haar- und Augenfarbe, dann doch die Gesichtszüge ihrer Mutter gehabt? Lärka überkam plötzlich das Gefühl, dass das Geheimnis um ihre Mutter größer war, als sie und selbst ihr Vater jemals geahnt hatten. Doch Audhild hatte es wohl mit in ihr Grab genommen – es sei denn, die beiden Briefe würden etwas enthüllen! Sie würde Moryn bitten, sie zu bringen, damit Melva sie ihr vorlesen konnte! Aber ach, Rutlindis würde das Geheimfach nicht öffnen können, und das ganze Kästchen konnte Moryn schlecht in seinen Gewändern verbergen. Während Lärka in Gedanken versunken war, hatte Melva weitererzählt, und ihre Worte drangen jetzt wieder an Lärkas Ohr.

»... aber als ihr Blick Maggai zum ersten Mal streifte – und das war nur für einen kurzen Augenblick –, da fühlte Maggai sich getröstet und wusste selbst nicht warum. Alle Osgunder liefen zusammen und bewunderten die hohen Herrschaften. Der Than hatte für sie sogar sein Haus geräumt, und es gab jeden Tag ein frisch geschlachtetes Schwein. Als der König die Ratsversammlung mit seinen Thanen hielt, wurden alle Weiber Osgunds von der Gemahlin des Thans zusammengerufen und geheißen, sich ans Meeresufer zu begeben. Und dort saß sie, die Königin des Nordens, und erwartete die Frauen. Maggai dachte schon, sie wollte sich ein paar Dienerinnen auswählen. Aber dann machte sie etwas, das Maggai nie vergessen wird: Sie sprach mit den Frauen. Fragte nach ihren Sorgen und Nöten, tröstete diejenigen, die Kummer hatten, und gab allen guten Rat, die danach fragten. Sie sagte den Müttern, sie sollten Weisheit sammeln und sie ihren Töchtern weitergeben. Und sie riet schließlich allen, im Rauschen der Wogen, im Toben der Stürme, in den Stimmen der Tiere und im Schreien der Neugeborenen nach der Melodie des Lebens zu lauschen. Sie sei selbst stärker als das Kampfgebrüll der kriegerischen Männer. Wenn man sie einmal gehört habe, würde man sie nie vergessen, und das Leben wäre erfüllt mit Freude. Maggai sagt immer, sie glaubt, sie habe die Melodie des Lebens gehört, als die Königin zu ihr sprach. Seit damals hat sie die Kräuter mehr geliebt denn je und niemals bereut, das grüne Gewand angetan zu haben. Und das, obwohl wir so oft angefeindet werden. Du hast immer gesagt, wenn du wüsstest, wo diese Königin wohnt, würdest du sofort dahin aufbrechen, um ihr zu huldigen. Also sage mir: Hast du sie oder ihre Leute gesehen?«

Lärka hatte gebannt gelauscht und brauchte einen Moment, bis sie merkte, dass Melva auf ihre Antwort wartete.

»Nein«, sagte sie und hätte zu gern gewusst, wer die Retter ihrer Mutter gewesen waren. »Die Leute haben sie nicht erwähnt.«

Melva zuckte mit den Schultern und machte ein enttäuschtes Gesicht. Dann erhob sie sich ächzend von ihrem Hocker, holte das Kräuterbuch hervor und las Lärka daraus vor.

Am Abend verkündete Bolverk im Flüsterton, dass in der nächsten Nacht der Tunnel breit genug für alle wäre. Dann könnten sie einen Durchstoß auf der Westseite wagen und versuchen, zwischen den Häusern zu entkommen. Wenn die beiden Seelenlosen nur noch diesen einen Tag überlebten. Lärka wagte kaum zu hoffen. Sie war aufs Äußerste gespannt. Unentwegt fürchtete sie, Reidar würde an den Turm kommen, sie holen und die Strafe vollstrecken. Bei jedem unerwarteten Geräusch zuckte sie zusammen und starrte auf den Eingang. Bolverk, der sie durch die Luke beobachtet haben musste, drängte sie, mit Jörn schon diese Nacht aus dem Turm zu fliehen. Er und Melva würden dann später folgen. Doch sie entgegnete, dass sie lieber in der Gefahr mit ihm ausharren, als einen so treuen Freund Reidars Zorn überlassen würde.

Als sich die Nacht über Osgund gesenkt hatte und Moryn in der Dunkelheit ans Fenster kam, fragte Lärka ihn sofort nach dem Wohlergehen seiner Familie. Zu ihrer Erleichterung versicherte Moryn, dass ihnen nichts passiert sei und dass außer etwas zerbrochenem Tongeschirr alles schon wieder in Ordnung sei. Dann erzählte ihm Lärka, dass sie in der nächsten Nacht die Flucht wagen würden und wie sie zu finden seien, sobald Orlyg eintreffe: am Meeresufer entlang, bis dorthin, wo der Bachlauf aus dem Blutwald auf die Küste treffe und dann vier Steinwürfe weit in den Wald hinein.

Moryns Finger waren gerade von der Fensterkante verschwunden, da hörte Lärka den heiseren Ruf eines Mannes. »He da! Wer bist du? Komm runter, sonst kriegst du meine Lanze in den Hintern!«, rief eine der Wachen. »Osmar, schnell! Da ist eine kletternde Ratte! Halt! Halt ihn doch fest!«

Lärka hörte, wie die Wächter davonrannten und ihre Rufe leiser wurden. Ihr Herz schlug bis zum Hals. Sie durften Moryn nicht fangen! Nicht auszudenken, was sie mit dem Jungen tun würden! Lange Zeit lauschte sie angestrengt nach draußen. Irgendwann hörte sie die Wachen zurückkehren und fluchen. Ihr fiel ein Stein vom Herzen, als sie ihrem Gespräch entnahm, dass Moryn entkommen war.

Am nächsten Morgen wurde Melvas Geist zunehmend lebendiger. Lärka gab ausweichende Antworten auf ihre Fragen und sorgte dafür, dass die Frau nicht einmal in die Nähe des verräterischen Bronzespiegels kam. Sie schob die Dinge, die Melva seltsam vorkamen, auf die Lücken in ihrem Gedächtnis und tröstete sie damit, dass ihr alles wieder einfallen würde, wenn sie erst aus dem Turm herauskämen. Sie konnte jedoch nicht verhindern, dass Melva irgendwann an den Eingang trat und lauthals Roars unverzügliches Erscheinen von den Wachen forderte.

Aber die Wachen spuckten nur aus, warfen ein paar schlecht gezielte Steine nach Melva und riefen: »Geh in deinen Bau zurück, du verrückte Kröte!«

Fassungslos kam Melva zurück.

»Was soll das? Warum machen sie das?«, fragte sie mit schreckensweiten Augen.

»Die beiden Männer im Untergeschoss werden in dieser Nacht fliehen«, sagte Lärka, ohne auf Melvas Frage einzugehen, und erzählte von dem Tunnel. »Ich werde mit ihnen gehen. Reidar hat kein Recht, mich hier festzuhalten.«

»Wenn die da mich nicht hinauslassen, komme ich mit euch. Aber danach gehe ich zu Roar. Wenn er davon erfährt, wird er die Grobiane da draußen züchtigen. Alles wird sich zum Guten wenden.«

»Es tut mir leid, Melva, aber Roar ist in Wahrheit gar nicht verreist, sondern sehr krank und kann niemanden empfangen.« Lärka hatte beschlossen, dass es Zeit für die nächste vorsichtige Enthüllung war.

»Ach, deswegen hat er mich noch nicht besucht. Was hat er blo ...?« Melva brach mit einem Mal bestürzt ab. »Er hat doch nicht etwa von dem Wolfeisenhut genommen?« Sie schlug sich die Hand vor den Mund. Dann packte sie Lärka an beiden Armen. »Was hat er? Wie steht es um ihn?«, fragte sie angstvoll.

Lärka fragte sich, ob sie Melva überhaupt aus der Siedlung fortbewegen könnte, wenn sie ihr offenbarte, dass Roar dem Tode geweiht war.

»Ich ... ich weiß nicht genau. Aber das Beste wird sein, wir gehen heute Nacht zu einem Versteck. Dort bleiben wir ein paar Tage, bis Reidar sich beruhigt hat.« Und bis Vater aus Ribehof kommt, fügte sie im Stillen hinzu. »Dann können wir hierher zurückkehren. Rutl ... ähm ... ich meine, Mutter kümmert sich schon um Roar, solange Maggai weg ist.«

Melva widersprach noch etwas, aber schon bald hatte Lärka sie überzeugt, dass Reidars Zorn über die Flucht der Gefangenen auch sie treffen würde und dass es deshalb das Beste sei, wenn sie mit ihnen komme.

Da Keelia noch nicht erschienen war, befürchtete Lärka schon, die Wachen hätten ihnen das Essen gestrichen. Doch am Nachmittag hörte sie, wie Rutlindis mit lauter Stimme schimpfte, und stürzte zum Eingang. Was sie dort sah, traf sie im Innersten: Keelia stand mit dem Rücken an einem der Scheiterhaufen, und ein paar vorlaute Jungen stachen mit Stöcken nach ihr. Sie tänzelten um die völlig eingeschüchterte Keelia herum und schrien: »Brenne, Hexe!«

»Das ist kein Spiel!«, empörte sich Rutlindis. »Irik, Vidkunn! Wenn eure Eltern davon hören, gibt es die Rute für euch, das verspreche ich!« Rutlindis zog die Knaben an den Ohren beiseite und hob drohend die Hand. Die Jungen brachten sich feixend in

Sicherheit. Keelia war den Tränen nahe. Das alles ist meine Schuld, dachte Lärka wütend.

Unterdessen hatte Rutlindis ihre Tochter nach Hause geschickt und verlangte energisch, die Ribehofer und Melva wenigstens mit Wasser, Brot und Käse versorgen zu dürfen.

Die Wächter verhöhnten sie und sagten, die Gefangen würden nicht mehr lange genug leben, um all die Speisen zu verzehren. Dass die Wächter sich so ungeziemlich der Frau des Dorfthans gegenüber verhielten, zeugte von Reidars wachsendem Einfluss.

Wenn Vater hier wäre, würden sie das nicht wagen!, dachte Lärka zornig. Und wenn die Not im Winter nicht das Dorf gegen Grenjad aufgebracht hätte, würden sich Reidars Männer diese Dreistigkeit nicht erlauben. Sie seufzte.

Doch Rutlindis ließ sich nicht einschüchtern, und schließlich wurde ein spärlich gefüllter Korb, an dessen Inhalt sich die Männer offenbar bereits gütlich getan hatten, am Ende der Leiter hängend emporgereicht. Nach weiteren heftigen Worten von Rutlindis gab es auch einen Kübel mit frischem Wasser.

Dankbar winkte Lärka ihrer Tante zu. Diese hob die Hand und folgte ihrer Tochter nach Hause.

Am Abend war der Tunnel so gut wie fertig, Bolverk und Jörn blieb nur noch, in der Finsternis der Nacht den Durchstoß zu machen. Gemeinsam mit Melva packte Lärka Kienspäne, Feuerstein, Wundsalbe und die Reste ihrer Vorräte in vier Bündel. Wasser würden sie im Wald genug finden.

Lärka fand vor Aufregung über die bevorstehende Flucht keinen Schlaf. Begleitet von Melvas Schnarchen blätterte sie im Schein des Mondsteins in dem dicken Kräuterbuch. Aber leider hatte es viele Buchstaben und nur wenige Bilder.

Endlos schien die Zeit, bis die Wachen am Abend abgelöst wurden und die Dunkelheit sich völlig über Osgund gelegt hatte. Als Bolverk von unten flüsternd das Zeichen für den Aufbruch gab, spähte Lärka vorsichtig nach draußen. Die Nachtwachen vor dem Turm hatten wie üblich ein Feuer entzündet und spielten mit Würfeln. Lärka beugte sich über die Luke, gab Bolverk ein Zeichen und sah diesen in einer Ecke des Untergeschosses verschwinden. Jörn hielt einen brennenden Kienspan über das Erdloch, in das Bolverk gekrochen war. Kurz darauf kam Jörn an die Luke und nickte. Lärka spähte wieder nach den Wachen. Dann ließ sie die ängstliche Melva durch die Luke in Jörns Arme herunter, gab ihrem Vetter die gepackten Bündel und sprang selbst in das gemauerte Untergeschoss des Turms hinab.

»Was ist denn da drin?«, zischte Jörn und hielt Lärka das Bündel hin. »Was willst du denn mit dem Brett?«

»Das ist kein Brett, das ist ein Kräuterbuch!«, flüsterte Lärka zurück.

»Das behindert uns nur. Lass es hier, was willst du denn damit?«, sagte Jörn und wollte es aus dem Bündel ziehen.

»Nein, es ist wertvoll!«, widersprach Lärka und riss Jörn den Packen aus den Händen.

»Du bringst uns nur in Schwierigkeiten«, fauchte er und versuchte, ihr das Bündel wieder zu entwinden. Nach einem stummen, kurzen Ringkampf gab Lärka auf. Er hatte Recht, sie hatte ihm schließlich schon genug eingebrockt. Je weniger sie tragen mussten, desto besser. Nicht auszudenken, wenn es auf der Flucht verloren ginge! Sie einigten sich darauf, das Buch zu verscharren, und Jörn verschwand mit der Schafschere und dem Buch in einer Ecke. Lärka wandte sich jetzt an Melva. Nachdem sie der Frau im Flüsterton das heilige Versprechen abgenommen hatte, ihr in absoluter Stille zu folgen, legte sie sich auf den Bauch und kroch mit dem Kopf voran durch das Erdloch. Schon umgab sie tiefe Schwärze. Beklommen verharrte sie. Täuschte sie sich, oder waren da die schemenhaften Schatten, die ihr wie aus einem dunklen Schlund die Arme entgegenstreckten? Ihre Hände krallten sich in die feuchte, kühle Erde. Mühsam schob Lärka sich vorwärts. Plötzlich stieß ihr Kopf an ein Brett, das Bolverk als Stütze eingefügt haben musste. Die Klarheit des Schmerzes vertrieb die Spukgespinste aus ihrem Kopf. Sie kroch weiter voran. Da spürte sie, wie sie jemand am Handgelenk packte und hochzog. Erschrocken glaubte sie, ihre Flucht sei entdeckt worden, aber dann sah sie Bolverks Gesicht dicht vor sich und wie er den Finger an die Lippen legte.

Sie hatte sich kaum aus dem Loch herausgewunden und auf den Boden gleiten lassen, als sie aus dem Tunnel ein Keuchen und Rascheln hörten, als würde ein riesiger Dachs seinen Bau umgraben. Schnell beugte sich Lärka über das Loch. »Gut so, Melva. Gleich ist es geschafft!« Bolverk half der Frau heraus und hielt ihr vorsichtshalber die Hand vor den Mund. Kaum war Melva aus dem Loch gekommen, folgte ihr ein Bündel, und Jörns Kopf erschien. Jörn holte die anderen Bündel, stieg rasch aus dem Loch und schlich zur einen Ecke des Turmfundaments, um nach den Wachen zu spähen. Bolverk schüttete den Tunneleingang wieder zu, damit ihre Flucht nicht gleich entdeckt würde. Schnell huschten sie im spärlichen Licht, das aus dem Fenster eines nahen Hauses drang, davon.

In der Deckung der Häuser liefen sie weiter, bis sie an den südlichen Steinwall kamen. An dieser Stelle war der Wall nicht mehr als eine mannshohe Geröllhalde. Jörn löste sich aus der Gruppe und kletterte fast geräuschlos hinüber.

»Weiter«, flüsterte Bolverk, »jetzt die Frauen!«

Lärka bemerkte, wie Melva zögerte. »Ich sollte besser zu Roar ... «

»Nein!«, zischte Lärka energisch. »Komm mit uns! Maggai wird sehr ärgerlich werden, wenn du dich töricht anstellst.« Lärka ertastete vorsichtig die Steine und begann hinaufzuklettern. Auf halber Höhe drehte sie sich um. Dann packte sie Melva am Arm und zog sie nach oben. Nur Melvas Keuchen und das Klackern eines Steins waren zu hören. Alles andere wurde vom Rauschen des nahen Meeres übertönt. So erreichten die beiden Frauen gemeinsam den Kamm des kleinen Walls.

»Lass mich los«, flüsterte Melva ungeduldig und streifte Lärkas helfende Hand ab. Mit den Füßen voran versuchte sie, sich auf die andere Seite des Walls hinabgleiten zu lassen. Da gab es ein polterndes Geräusch, einen erstickten Schrei, und Melva stürzte samt einiger Steine den Wall hinab. Unten hörte man Jörn fluchen, der von herabfallenden Brocken getroffen worden war. Doch schlimmer war, dass Melva zu lautem Wehgeschrei anhub. »Au, mein Fuß! So eine alberne Sache! Hätte ich nur nicht mitgemacht!«

Irgendwo zwischen den Häusern schlug ein Hund an. Bolverk und Lärka kletterten so flink, wie es die Dunkelheit zuließ, hinab.

»Schscht! Wir müssen weiter! Melva, kannst du laufen?«, flüsterte Lärka. Doch Bolverk, der selbst noch wegen seines unsanften Falls im Turm humpelte, hatte schon Jörn herbeigeholt und hieß ihn, Melva unter die Arme zu greifen. Lärka ergriff die Bündel und lud sie sich auf den Rücken.

»He! Ist da wer?«, hörten sie hinter dem Steinwall einen Mann rufen.

Für einen Moment verharrten sie lautlos und wagten kaum zu atmen. Der Hund bellte wie von Sinnen, und die Stimmen anderer Männer kamen hinzu. Jörn und Bolverk stützten die humpelnde Melva, als sie begannen, über das Feld zu hasten, das das fahle Licht des Mondes beschien, der nur ab und zu hinter einem Wolkenschleier hervorkam. Obwohl die beiden Männer sie nahezu trugen, keuchte und japste die Verwundete wie der alte Blasebalg einer Schmiede.

Nicht lange, da hörten die Flüchtenden Hundegebell, das sich schnell näherte.

»Lärka, pack mit an«, rief Jörn. Lärka nahm seine Stelle ein und griff Melva unter die Arme. Jörn aber blieb stehen und wandte sich der Siedlung zu. »Es ist nur einer, den schaffe ich schon«, sagte er über die Schulter. »Macht, dass ihr weiterkommt.« Die Wolken gaben den Mond wieder frei, und Lärka sah, wie Jörn entschlossen, mit einem Wackerstein vom Wall in jeder Hand, auf den Hund wartete.

Bolverk nahm Lärka zwei der Bündel ab und trieb sie zur Eile an. Sie kletterten über die nächste Feldmauer und liefen auf den Blutwald zu. Hinter sich hörten sie wütendes Hundegebell und einen Schmerzenslaut, Kampfgeräusche, das Knurren des Hundes, Jörns Ächzen, ein lautes Aufjaulen. Dann wurde es still.

Lärka blieb stehen.

»Weiter«, zischte Bolverk.

»Nein! Wir müssen nach Jörn sehen!«, flüsterte sie. Der Hund hatte ihn vielleicht ernsthaft verletzt, und sie konnte ihn doch unmöglich seinem Schicksal überlassen.

»Wenn Ihr jetzt zurückgeht, verlieren wir uns in der Dunkelheit.«

Es ertönten laute Rufe, als Männer mit Fackeln auf dem Ringwall erschienen.

»Lasst uns zurückgehen«, jammerte Melva. »Wir sind doch keine Mörder, dass wir um unser Leben laufen müssten!«

»Geht zum Rand des Blutwaldes, dort wo er an das Meeresufer reicht«, sagte Lärka. »Da treffen wir uns im ersten Licht des Tages, wenn wir uns gleich verfehlen.« Sie hängte Bolverk eines der Bündel mit Vorräten um. Bolverk knurrte etwas Unverständliches und zog Melva mit sich.

Der Mond war gerade wieder hinter einer Wolke verschwunden, und Lärka wagte es nicht, den Mondstein hervorzuholen. Ihr blieb nichts anderes übrig, als in die Richtung zurückzuschleichen, aus der die Männer mit den Fackeln kamen. Irgendwo dort musste Jörn sein. Hoffentlich ist er bei Bewusstsein, flehte Lärka im Stillen.

Plötzlich packte jemand nach Lärkas Arm. Erschrocken schlug sie um sich.

»Bei allen Wölfen! Lärka!«, zischte Jörn und hielt sie fest.

»Jörn! Ist alles in Ordnung? Kannst du laufen?«

»Ja, sicher. Er hat mir einen Biss versetzt, der Köter. Aber das war sein letzter«, flüsterte er grimmig.

Hand in Hand liefen sie in Richtung Blutwald und gewannen schnell Abstand zu den Fackeln. Zu ihrer Erleichterung schienen die Osgunder keine Anstalten zu machen, die Verfolgung fortzusetzen. Offensichtlich hatten sie den toten Hund entdeckt und waren unschlüssig, wohin sie sich wenden sollten.

»Weiter«, zischte Jörn. »Wenn der Mond hinter den Wolken hervorkommt, sind wir so gut zu sehen wie am hellen Tage!«

Gerade als die fahle Scheibe hervortrat und die nächtliche Landschaft in ein milchiges Licht tauchte, erreichten sie den Saum des Waldes. Im Schatten der Bäume fanden sie Zuflucht vor dem verräterischen Mondlicht. Erleichtert ließ Lärka sich an einen Stamm sinken. Sie waren entkommen! Jörn sackte neben ihr auf die Erde und betastete sein Bein.

»Oh, Jörn, du warst so tapfer! *Du* hast uns gerettet! Danke«, sagte Lärka voller Anerkennung und legte ihm die Hand auf die Schulter.

»Und du bist zurückgekommen, um nach mir zu sehen«, erwiderte er leise. »Wenn du mir danken willst, dann mach mir im ersten Tageslicht einen heilenden Verband, damit meine Wunde nicht brandig wird. Und sei einfach eine gefügige Ehefrau, wenn wir dereinst vermählt sind.«

»Versprochen«, sagte Lärka und fügte in Gedanken hinzu: Jedenfalls, was den Verband angeht. Sie wollte die Freude angesichts ihrer geglückten Flucht nicht dadurch trüben, dass sie sich mit ihrem Vetter über Heiratspläne stritt.

»Und? Habe ich nicht einen großartigen Tunnel gegraben?«, fragte Jörn merklich lebhafter.

»Den besten, den ich mir denken kann«, ahmte sie die Sprechweise Bolverks nach.

»Dein Vater wird mir ewig dankbar sein, und meine Freunde werden vor Neid erblassen, wenn ich ihnen von meinen Heldentaten und dem Kampf mit dem Wolfsungeheuer erzähle.«

»Ich bin erst beruhigt, wenn Than Orlyg kommt und hier für Ordnung sorgt«, hörten sie plötzlich Bolverks Stimme von der

Seite. Auch er hatte mit Melva den Blutwald erreicht. »Jetzt legt Euch schlafen. Ich wache und werde Euch im Morgengrauen wecken.«

Zum ersten Mal seit Tagen fiel Lärka in einen tiefen, ruhigen Schlaf.

Der nächste Morgen begann mit einem friedlichen Sonnenaufgang. Lärka schaute zu den Frostbergen, wo der Hohe Goldfang das Sonnenlicht zurückwarf und kleine, hellgelbe Wölkchen von sanftem Wind getrieben nach Südosten segelten. Ohne sich mit einem Morgenmahl aufzuhalten, führte Lärka die Gruppe weiter bis zu der Stelle, wo der Bachlauf ins Meer mündete. Von dort aus liefen sie in den Blutwald hinein und kamen zu einer kleinen Lichtung, an deren Rand der Bach entlangplätscherte. Lärka wusch Jörns Bisswunde am Bein, die weit harmloser als befürchtet war, im klaren Wasser des Baches aus und verband sie mit Blutweiderich, den Melva in der Nähe des Wasserlaufes gepflückt hatte. Während die beiden Männer Pilze und Vogeleier suchten, machte Lärka sich daran, auch Melvas Wunden zu versorgen. Zu den Verbrennungen waren nach dem Sturz am Wall noch ein verstauchter Knöchel und eine Beule am Kopf hinzugekommen.

»Hättest du mich nur zu Roar gehen lassen«, jammerte Melva. »Ich weiß nicht, was törichter ist: ein Wörtchen mit Reidars Bruder zu reden oder sich im Stockdunkeln von Hunden gejagt fast den Hals zu brechen«, lamentierte Melva.

»Du kannst nicht mit Roar sprechen«, antwortete Lärka.

»Aber was fehlt ihm denn? Jetzt sag es mir doch«, wollte Melva wissen.

Lärka setzte sich neben sie. Die junge Frau wählte ihre Worte mit Bedacht. »Roar ist sehr krank. Sein Geist hat ihn schon verlassen, und bald wird er sterben.«

»Das muss der Wolfeisenhut gewesen sein«, sagte Melva verzweifelt. »Ich hätte ihm sagen müssen, wie man richtig damit umgeht! Oh, wenn ich nur geahnt hätte, wie viel Unglück es über ihn und über dich bringt! Alles ist meine Schuld!«

»Über mich?«

»Ja, wir haben die Pflanze doch zusammen gesucht. Du hast mir die Stelle gezeigt und ihn für mich gepflückt. Du wolltest noch im Wald bleiben, und ich ging allein zurück. Aber dann haben dich die Räuber gefangen.«

Lärka fand es nicht ungewöhnlich, dass ihre Mutter die Freundin beim Kräutersammeln begleitet hatte, aber etwas an der Geschichte war seltsam. »Der Wolfeisenhut ist doch pures Gift. Hast du Roar etwa davon gegeben?«, fragte sie.

Melva wirkte auf einmal verlegen.

Lärka stutzte. Irrte sie sich, oder sah sie Melva erröten?

»Ja«, antwortete Melva zögerlich. »Er hatte mich doch darum gebeten. Er tat ganz wichtig, wollte es alsbald und – na ja – in aller Heimlichkeit haben. Ich sagte, ich wüsste nicht, wo er wächst. Aber er wollte auf keinen Fall warten, bis Maggai zurück ist, und schlug vor, dass ich *dich* bitten sollte, es für mich zu suchen. Er hat mir versprochen, dafür mit mir am Sommertagsfest zu tanzen.« Melva seufzte.

»Wozu brauchte Roar Wolfeisenhut?«, fragte Lärka verwundert.

»Er wollte mit dem Gift Wolfsfallen einrichten, am Rande des Blutwaldes. Er ist wirklich mutig, nicht wahr?«

Lärka überlegte. So wie sie Reidar und Roar einschätzte, war es vorstellbar, dass die beiden mit dem Kraut nicht nur Wölfe hatten vergiften wollen. »Hat Roar denn einen Wolf damit erlegt?«

»Oh, ich weiß es nicht, und jetzt kann ich ihn nicht mehr fragen«, sagte Melva leise. Dann erstarrten ihre Gesichtszüge, und ihre Augen weiteten sich. »Warte! Aber ich bin ja schon hingegangen und wollte ihn fragen, und er sprach gerade mit Reidar und …« Melva hielt inne und schlug die Hand vor den Mund. »Oh, heilige Alraune! Wir müssen ihn warnen!«

»Wen?«

»Na, Orlyg! Roar will ... o nein.« Was immer es war, das Melva gerade wieder einfiel, es schien ihr große Furcht einzujagen.

»So rede doch!«, sagte Lärka eindringlich und fasste Melva sanft an den Händen.

Doch die schüttelte nur den Kopf und brach in Tränen aus. Zwischen den Schluchzern konnte Lärka nur mühsam ihre Worte vernehmen. »Jemand muss ihn angestiftet haben! Mein Roar! Er ist nicht so!«

»Melva! Wir können Orlyg immer noch warnen. So erzähle doch!« Lärka streichelte der anderen beruhigend die Hände.

Melva holte tief Luft und begann stockend zu reden. »Ich ... ich ging also zu Roars Haus. Ich wollte ihn bitten, mit Tiernan und deinem Vater nach dir zu suchen. Da hörte ich die beiden Brüder sprechen. Es ging um dich. Ich wollte nicht lauschen, wirklich! Ich wollte doch nur neugierig zuhören, wie sehr Reidar dich verehrt und dass er alles tun würde, dich aus der Gewalt der Räuber zu befreien. Also tat ich, als habe ich meine Kräuter fallen lassen, und sammelte sie bedächtig neben dem Fenster ein. Da hörte ich Reidar sagen, dass er dich für sich haben wolle. Er war so wütend, weil es im Dorf hieß, der Ribehofer wolle dich im nächsten Frühjahr zur Braut nehmen. Aber jetzt habe er endlich einen Weg gefunden, Orlyg aus deinem Sinn zu vertreiben. Vandil, das ist der Sohn einer Magd, würde ihm beim Herbstthing das Richtige einschenken. Er bedankte sich bei Roar, dass dieser ihm den Wolfeisenhut besorgt und nun das eine mit dem anderen verbunden habe.«

An dieser Stelle fiel Lärka ein, was Rutlindis erzählt hatte: dass Orlyg krank gewesen sei und Audhild ihn kuriert habe. Hatte Reidar etwa versucht, Orlyg zu vergiften? Das war ungeheuerlich!

»Und dann«, fuhr Melva fort und bedachte Lärka mit einem ängstlichen Blick, »dann sagte Reidar, dass er dich noch etwas bei den Räubern lassen würde, bevor er die heldenhafte Befreiung unternehme. Nach einigen Wochen bei den rauen Männern würde jeder dich für entehrt halten. Orlyg würde dich dann unmöglich zur Braut nehmen können, und du würdest zur Vernunft kommen. Reidar habe seine Rache, und es wäre ein Leichtes für ihn, dich zu seinem Weib zu machen.« Wieder brach Melva in Tränen aus. »Oh, Audhild, ich schäme mich, so unwissend eine solch gefährliche Pflanze in Reidars Hand gespielt zu haben und dich auch noch in die Gewalt der Räuber gegeben zu haben«, wimmerte sie.

Lärka sagte ihr tröstende Worte und bat sie, fortzufahren.

»Roar entgegnete empört, Gift sei die Waffe der Feiglinge, aber Reidar polterte, es sei auch die Waffe kluger Menschen. Wenn er Orlyg ruhmreich im Zweikampf töte, würde sich dein Herz wohl kaum ihm zuwenden. Dann wollte Roar wissen, ob man dem Räubergesindel denn vertrauen könne und dir auch kein Leid geschehe. Da ... da lachte Reidar und meinte, er würde sie reichlich entlohnen, da würden sie sich schon geziemend verhalten.«

Lärkas Erstaunen kannte keine Grenzen. Ihre Mutter war absichtlich in die Fänge gedungener Ehrloser gelockt worden, ihr Vater hatte vergiftet werden sollen. Um ein Haar hätte Reidar ihre Eltern auf dem Gewissen gehabt!

»Wie ging es weiter?«, wollte Lärka wissen.

Melva brauchte einen Moment, um sich die Geschehnisse wieder vor Augen zu führen. Dann erzählte sie weiter. »Als Reidar schließlich das Haus verließ, ging ich hinein und stellte Roar zur Rede. Ich sagte ihm, er müsse seinen Bruder sofort umstimmen! Er tat erstaunt und versicherte mir, er könne mir alles erklären, und ich solle ihm vertrauen. Er beschwor unsere Liebe, und bat mich, mit ihm an einen ruhigen Ort zu gehen. Wir gingen zum Ringwall, wo er mir viele schöne Worte sagte, und betrachteten den Sonnenuntergang. Aber ich konnte nicht verstehen, warum er Reidars Pläne nicht vereitelte. Wir stritten uns, denn ich verlangte, dass er dich sogleich befreien und anschließend das Giftkraut verbrennen möge. Ich sagte schreckliche Dinge, auch über seinen Bruder, weil ich sicher war, dass Roar von ihm angestiftet worden war zu Taten, die er im Grunde seines Herzens verabscheute. Doch Roar schien so verändert. Ich hatte fast Angst vor ihm.«

»Wie ging es weiter?«

»Das ist das Letzte, woran ich mich erinnere.«

»Ihr wart allein auf dem Ringwall?«, fragte Lärka, der ein schrecklicher Verdacht kam.

»Ja, am Ende der Siedlung, wo kaum noch Häuser stehen.«

»Melva, es war nicht das Feuer im Turm, bei dem du deine Erinnerungen verloren hast. In Wahrheit bist du vom Ringwall gefallen, und das hat deinen Geist verwirrt.« Hin und her gerissen zwischen ihrer Neugier, was damals wirklich geschehen war, und der Angst, Melva zu viel zuzumuten, überlegte sie, ob und wie sie Melva ihren furchtbaren Verdacht nahe bringen konnte. Nach diesem Bericht traute Lärka den Zwillingsbrüdern alles zu. Aber sollte sie der armen Frau wirklich schon gestehen, dass sich all dies bereits zwanzig Jahre zuvor ereignet hatte?

»Vom Ringwall gefallen«, wiederholte Melva tonlos und starrte Lärka an. »Vom Ringwall. Nein. Das kann er doch nicht ... er hat mich doch nicht ...« Melva verstummte und brach in Tränen aus. »Nein, das kann nicht sein, das hat er nicht ... So etwas würde er mir doch nicht ... Nein! Unmöglich!«, stieß Melva hervor.

Lange saß Lärka neben der weinenden Frau und fragte sich, ob diese späte Erkenntnis Melva nicht in ungeheure Gefahr brachte. Wenn Reidar herausbekam, dass es eine Zeugin seiner damaligen Schandtaten gab, würde er Melva zum Schweigen bringen wollen.

Jörn und Bolverk brachten Wasser, um die Unglückliche zu erfrischen, aber Melva ließ sich nicht beruhigen.

Als sie schließlich nach einer ganzen Weile zu weinen aufhörte, sagte Lärka: »Roar wird bald sterben. Und Reidars Untreue soll nicht ungestraft bleiben. Dafür wird Than Orlyg schon sorgen.«

Doch für Melva waren diese Worte kein Trost. Abseits von den anderen blieb sie trübsinnig im Gras sitzen, während Lärka zu Jörn und Bolverk ging, sich auf dem zarten Grün der Lichtung niederließ und berichtete, was sie gerade von Melva erfahren hatte. Irgendwann bemerkte Lärka, dass Melvas Augen auf ihr ruhten. Lärka erhob sich, ging zu ihr hin und setzte sich neben sie. Melva sah ihr unverwandt ins Gesicht. Dann nahm sie eine Strähne von Lärkas Haaren zwischen ihre Finger und musterte die junge Frau, als sähe sie sie zum ersten Mal.

»Wie lange?«, fragte sie. »Wie lange war mein Geist verwirrt?«

Lärka senkte den Blick und suchte nach Worten.

»Du bist nicht Audhild, das sehe ich jetzt«, sagte Melva heiser, »aber du bist ihr sehr ähnlich, fast wie eine Schwester oder eine ...«

Lärka hob die Augen und sah Melvas erschreckten Blick.

»... Tochter«, ergänzte Lärka leise. »Ich bin Lärka, Audhilds und Orlygs Tochter.«

Melva wich zurück, als habe sie eine Ohrfeige bekommen. Ihre Augen flackerten unruhig. »Bei allen Ahnen!«, stammelte sie fassungslos. Lärka wollte sie bei den Händen fassen, aber Melva zog sie zurück.

»Ja«, sagte Lärka langsam. »Es ist bald zwanzig Jahre her, dass meine Mutter verschwand und glücklich zurückkehrte.«

Melva schnappte nach Luft und fasste sich an die Brust, sodass Lärka glaubte, ihr Herz würde stehen bleiben. Doch dann richtete sich die andere schwerfällig auf und humpelte zum Bachlauf. Lärka folgte ihr.

»Das war keine Todesverkünderin, die ich im Spiegel gesehen habe, das war ich selbst«, hörte Lärka sie murmeln und sah, wie Melva versuchte, in einem ruhigeren Teil des Baches einen Blick auf ihr Spiegelbild zu werfen. »Eine alte Frau ... ich bin eine alte Frau!«, wimmerte sie. »Was ist das nur für ein böser Zauber!«

Nach einer Weile wandte sie sich zu Lärka um. »Wo sind sie denn alle? Wo sind Maggai, Audhild, Rutlindis und Tiernan?«

Lärka erzählte der Freundin ihrer Mutter alles, was sie wusste. Sie berichtete von Tiernans Verschwinden, Audhilds Hochzeit, von ihrem Leben in Ribehof und ihrem Tod. Melvas Traurigkeit vertiefte sich zusehends. Sie fragte nach den anderen Menschen, die vor zwanzig Jahren ihre Familie und ihre Nächsten waren. Lärka wollte ihr noch etwas Zeit geben, aber sie drängte darauf, alles zu erfahren. So berichtete Lärka über Osgund, Rutlindis und Grenjad, was sie wusste. Als sie die dramatischen Ereignisse beschrieb, die zu Maggais Tod geführt hatten, war Melva blasser als je zuvor.

»Audhild, Maggai, Roar – alle verloren. Jetzt bin ich allein«, murmelte sie, und Tränen rannen ihr über die verschmutzten Wangen.

»Reidar!«, rief sie dann, und ihr Gesicht verzog sich zu einer hasserfüllten Fratze. »*Er* steckt dahinter, *er* ist die Wurzel allen Übels, nicht mein guter Roar! Zwanzig Jahre hat er mir geraubt, und irgendwann wird er es büßen!« Sie schlug sich mit den Händen wie von Sinnen ins eigene Gesicht, sodass Lärka ihre Handgelenke ergriff, um sie davon abzuhalten. Lärka versuchte, sie zu trösten und ihr Mut zuzusprechen, es gebe doch noch Rutlindis und ihre Familie, die sie wie eine der ihren aufnehmen würden, aber nichts vermochte Melva zu beruhigen.

Den ganzen Tag über warteten sie vergeblich auf Nachrichten aus Osgund. Moryn erschien nicht, und Lärka machte sich Sorgen, er könne sich im Wald verlaufen haben. Beunruhigt ging sie am Bachlauf entlang bis zur Küste und hielt nach ihm Ausschau. Doch weder er noch jemand anderer war zu sehen. Auch der nächste Tag brachte keine Neuigkeiten.

Am Mittag des dritten Tages wurden sie von Jörn gerufen, der lautes Knacken im Unterholz gehört hatte. Alle sprangen auf und waren zur Flucht bereit. Doch es war Moryn, der zwischen den Bäumen hindurchhetzte. Lärka, die seine behände und lautlose Kletterei am Turm bewundert hatte, wusste, dass der Lärm, den er unachtsamerweise verbreitete, kein gutes Zeichen sein konnte. Schon war er bei ihnen, völlig außer Atem und ängstlich um sich blickend wie gejagtes Wild.

»Reidar!«, keuchte er. »Er will sich an Vater rächen«, stieß er hervor. »Ihr müsst kommen!«

Bestürzt vernahmen sie Moryns Bericht. Wegen des toten Hundes gab es Gerüchte im Dorf, die Dämonen des Blutwaldes seien des Nachts hervorgekommen. Der Hund habe sie vertrieben und seine Tapferkeit mit dem Leben bezahlt. Ihre Flucht war am nächsten Morgen entdeckt worden. Reidar hatte getobt und Männer auf die Suche geschickt, aber glücklicherweise würde sich niemand in den Blutwald wagen. Roar und Kodran, die die ganze Zeit über von Rutlindis in Grenjads Haus gepflegt worden waren, waren am Abend zuvor gestorben. Als Grenjad an diesem Morgen zu Reidar gegangen war, um ihm die traurige Nachricht zu überbringen, hatte dieser im Zorn nach Vergeltung geschrien. »Wenn diese Gorunnenhexe meint, sie könne uns ungestraft den Tod an den Hals hexen und mit dem Beben der Erde unsere Häuser zerstören, dann werde ich die Blutrache über ihre Anverwandten bringen, die ihr auch noch zur Flucht verholfen haben!«, hatte er gewütet und genug Verbitterte gefunden, die Grenjad für den Scheunenbrand und die darauf folgende Not des letzten Winters zur Rechenschaft ziehen wollten.

Moryn hatte die Ziegen vor den Mauern gehütet und durch einen Freund von dem Aufruhr in der Siedlung erfahren. Voller Angst war er weggerannt und auf der Suche nach Lärka den ganzen Morgen im Wald umhergeirrt.

»Ich habe solche Angst, dass er Vater und Owyn als Rache für Roars und Kodrans Tod umbringt«, sagte Moryn. »Was können wir nur tun?«

»Das wird er nicht wagen. Mein Vater würde bittere Rache nehmen«, sagte Lärka beschwichtigend.

»Bis er kommt, ist es vielleicht zu spät«, warf Jörn ein.

»Aber dem Gesetz des Küstenlandes muss doch auch er folgen. Nach allem, was Reidar getan hat, hat *er* die Strafe verdient und niemand anders«, beharrte Lärka.

Während Jörn und Bolverk den erschöpften Moryn mit Wasser

und Essbarem versorgten, nahm ein verwegener Plan in Lärkas Kopf Gestalt an. Sie ließ sich von Melva wiederholt alle Einzelheiten des belauschten Gesprächs erzählen. Was, wenn sie den Spieß umdrehen und Klage gegen Reidar führen würde? Konnte sie lange genug bestehen, bis ihr Vater käme? Sie hatte im Thanhof des Öfteren erlebt, wie ihr Vater zu Gericht saß, und wusste, dass jeder Angeklagte das Recht hatte, sich zu verteidigen. Bolverk und Grenjad hatten erwähnt, dass die Thingversammlung über Fälle wie den ihren entscheiden würde. Wenn das geschah, musste sich auch Reidar an die Form halten und sie anhören. Lärka würde Melvas Beschuldigungen, in die sie vollstes Vertrauen hatte, gegen ihn erheben. Dann würden die anderen Dorfbewohner erkennen, welcher Art Reidar war. Sie war nicht ohne Hoffnung, dass sie so die Verhandlung verlängern könnte, bis ihr Vater kam.

Wenn sie sich nicht stellte und ihre Feigheit dazu führte, dass Reidar die Familie ihrer Tante im Rausch der Blutrache auslöschte, würde sie sich das nie im Leben verzeihen können. Sie musste zurückkehren, auch wenn sie sich selbst damit in Gefahr brachte. Als sie alles gründlich erwogen hatte, ließ Lärka die anderen von ihrem Plan wissen.

»Ich werde gehen und mich stellen, unter der Bedingung, dass Reidar meine Familie verschont«, sagte sie entschlossen.

»Waaaas?«, rief Jörn und sah sie entgeistert an. »Sie werden dich sofort auf den Scheiterhaufen führen.«

»Das werden wir noch sehen. Sollten lieber Grenjad und Owyn wegen mir sterben?«, fragte Lärka. Sie wusste, dass Jörns Befürchtungen nicht unbegründet waren. Verbissen versuchte sie, die aufkeimende Angst zu verdrängen.

»Wenn Ihr geht, wird Reidar Euren Oheim trotzdem ans Messer liefern, das ist ihm zuzutrauen. Bleibt hier, bis Euer Vater kommt, ich bitte Euch«, beschwor Bolverk die junge Frau.

Aber Lärka schüttelte den Kopf.

Da zog Bolverk sie beiseite. »Ich habe von einer Person, der

Euer Wohlergehen außerordentlich am Herzen liegt, den Auftrag, Euch mit allem zu schützen, was ich vermag. Er würde nicht zulassen, dass Ihr geht. Bitte bleibt!«

Lärka schaute den Bader überrascht an. Dass Arild ihn mit ihrem Schutz betraut hatte, rührte sie zutiefst. Sie wünschte sich nicht zum ersten Mal sehnlichst, er wäre hier. »Würde er hinnehmen, dass eine ganze Familie getötet wird, um seine eigene Haut zu retten?«, fragte sie Bolverk leise.

Dieser sah sie aus traurigen Augen an, und zu Lärkas Überraschung nickte er. »Manchmal erfordert das Wohl des Volkes große Opfer ...«

»Ich bin ein solches Opfer nicht wert. Vielleicht hätte er nicht zugelassen, dass ich gehe«, flüsterte sie, »denn er wäre selbst gegangen, ungeachtet der Gefahren. Ist es nicht so?«

Bolverk senkte den Blick und erwiderte nichts.

Lärka wandte sich um und ging wieder zu den anderen. »Ich bin die Tochter des Küstenthans. Ich werde Gehör verlangen und Anklage gegen Reidar führen. Wenn die Osgunder hören, was er gegen Orlyg geplant und mit Audhild getan hat, wird sich die Stimmung gegen ihn wenden. Dann soll er eingesperrt werden, bis mein Vater kommt, um ihn zu richten. Es muss genug aufrechte Männer und Frauen in Osgund geben, die mich als Vertreterin des obersten Thans respektieren werden.«

Jörn schaute sie voller Bestürzung an.

»Da wäre ich mir nicht so sicher«, murmelte Bolverk hinter ihr, aber Lärka wollte es nicht hören.

»Ich werde zurückgehen, um Grenjad beizustehen. Ihr wartet hier, und Moryn bleibt bei euch in Sicherheit«, sagte sie mit einer Bestimmtheit, die sie überraschte. »Wenn sich die Dinge zum Guten wenden, werde ich sogleich jemanden schicken. Wenn nicht, so wartet, bis mein Vater in Osgund eintrifft. Dann wird sich alles klären.«

Brüsk raffte sie ihren Mantel zusammen, hob die Hand zum Abschied und lief am Bachlauf entlang in Richtung Küste.

Jörn rannte hinter ihr her. »Lass mich dich wenigstens bis zum Waldrand geleiten«, rief er.

»Nein«, wehrte sie ab. »Du wirst nur versuchen, mich umzustimmen, und ich habe Angst, dass du es schaffen könntest.« Mit diesen Worten eilte sie davon.

Kapitel 9

Alles hatte er aufgeboten, seinen Zorn, seine Kraft, sein Wissen über die Erdhaften: dass sie manchmal den seltsamen Schwingungen, die sein Diener »Gefühle« genannt hatte, eher erliegen konnten als einem gut geführten Schlag. Aber Grimhorn war einer unvermuteten Stärke begegnet, die sogar die Geister der anderen Berge geweckt und geeint hatte. Seine Überraschung und seine maßlose Enttäuschung über die Untreue der anderen Berge hatten ihn für einen Moment unaufmerksam werden lassen. Und der Steinkönig war findig genug gewesen, die Schwäche für sich zu nutzen. Er hatte Grimhorns Kraft Grenzen gesetzt, und dieser hatte sich zurückgezogen, um in den Tiefen seiner Felsen vor sich hin zu grollen und auf Rache zu sinnen.

»... und ihm soll die Hand abgeschnitten werden. Und für die Beleidigung eines freien Mannes soll er fünfzig Peitschenhiebe erhalten. So sagt es das Gesetz des Geestlandes«, trug eine weithin klingende Stimme vor.

Über hundert Männer, eingehüllt in ihre wollenen Umhänge und ohne Waffen, waren bei leichtem Nieselregen am Meeresufer zusammengekommen. Die Wellen unter dem bleigrauen Himmel überspülten einen schmalen Sandstrand und schlugen an das felsige, mit kurzem Gras bewachsene Land. In einem großen Rund, umgeben von sieben mehr als mannshohen Felsen, mit denen der Sage nach einst ein Riese ein grässliches Seeungeheuer vom Strand vertrieben hatte, hatten sich die freien Männer Osgunds zur Thingversammlung eingefunden. Der Platz lag in einiger Entfernung von der Osgunder Bucht, wo sich ein paar Frauen und Knechte aufhielten. Frauen waren nur geduldet, wenn sie – was äußerst selten geschah – etwas bezeugen sollten oder wenn sie selbst unter Anklage standen. Die Ereignisse der letzten Tage hatten dazu geführt, dass das Frühjahrsthing vorzeitig einberufen worden war.

Nachdem sich die Männer am Vormittag über andere Dinge beraten hatten, sollte am Mittag Recht gesprochen werden. Lärka war noch nie bei einem Thing dabei gewesen. Sie war zusammen mit einem Mann, der etwa doppelt so alt war wie sie und dessen Hände gebunden waren, in das Rund geführt worden. Er war des Diebstahls angeklagt, und die Versammlung war gerade dabei, ein

Urteil zu fällen. Als Nächstes wäre Reidar an der Reihe, der Vergeltung für den Tod seiner Verwandten forderte. Grenjad hatte offenbar bewirken können, dass es eine Befragung und eine Verhandlung vor dem Thing geben würde, wie das Gesetz es vorschrieb, und Lärkas Schicksal nicht allein von Reidars Willkür abhing.

Ihr wollener Mantel war völlig durchnässt. Der Wind hatte etliche Haarsträhnen aus ihren Zöpfen gelöst, die nun feucht in ihrem Gesicht klebten. Den verächtlichen Blicken der Männer zufolge empfanden die meisten sie wie einen Eindringling. Sie zitterte, und das nicht nur wegen des kühlen Windes, der ihr die feinen Regentropfen gegen Leib und Glieder trieb. In Kürze würde sich zeigen, ob das, was sie ersonnen hatte, ihr Leben rettete.

Lärka schaute zu Grenjad, der als Dorfthan die Versammlung leitete. Als sie in das Dorf zurückgekommen war, hatten die Wachen am Tor sie sofort zu Reidar und danach in den Turm gesperrt, wo sie die Nacht verbracht hatte. Und dieses Mal hatte Reidar Wachen an allen vier Seiten aufstellen lassen. Fast die ganze Nacht hatte Lärka damit verbracht, sich die Worte für ihre Anklage gegen ihn zurechtzulegen.

Seit sie am Mittag zur Versammlungsstätte geführt worden war, hatte sie mehrfach versucht einzuschätzen, wer wohl auf Grenjads und wer auf Reidars Seite sein würde. Ihr Oheim stand im nördlichen Abschnitt des Runds, mit dem Rücken zum größten der sieben Steine. In seiner Nähe waren der Schmied vom Thanhof und einige andere Männer versammelt, die Lärka bei Grenjad hatte aus- und eingehen sehen. Unweit davon standen junge Männer in auffallend farbigen Gewändern, die ihre Haare nach Art der Gorunnen über dem Ohr geknotet trugen. Im südlichen Teil des Runds hatte Reidar Stellung bezogen – inmitten einer größeren Gruppe von Männern, von denen einige recht eifrig dabei gewesen waren, als Lärka mit ihren Gefährten gefangen gesetzt worden war. Die Männer im Westen und im Osten des Runds wirkten eher unbeteiligt, jedenfalls schienen sie weder Grenjad noch Reidar nahezustehen.

Gerade wurde der Fall des Mannes verhandelt, der zusammen mit Lärka zur Ratsversammlung gebracht worden war. Seiner ärmlichen Kleidung nach war er ein Knecht. Ein Gorunne mit rot-grün kariertem Umhang und geknoteten Haaren schien der Herr dieses Knechtes zu sein und stand neben diesem. Ein kräftiger Mann mit braunrotem, wildem Bart hatte den Knecht angeklagt, ein Schaf seiner Herde gestohlen und als Ersatz für ein Tier genommen zu haben, das dem Knecht beim Schafehüten ins Meer gefallen und ertrunken sei. Dies habe er getan, damit seine Achtlosigkeit nicht bemerkt würde und er der Strafe durch seinen Herrn entgehe.

Der Knecht hatte entgegnet, es sei im Gegenteil so, dass der Sohn des Klägers, der in der Nähe ebenfalls Schafe gehütet hatte, aus Unachtsamkeit ein Schaf der eigenen Herde in den Felsklippen verloren habe. Nun wolle der Junge es ihm, einem einfachen Knecht, anhängen. Sein Weib könne alles bezeugen, hatte der Knecht beteuert.

Statt einer Antwort hatte der Kläger seine Armspange abgelegt, seine Haut mit dem Messer eingeritzt, bis ein wenig Blut hervorgequollen war, und bei den Göttern des Meeres und seiner Ehre geschworen, es habe sich genauso zugetragen, wie *sein* Sohn es berichtet habe.

In die darauf folgende Stille hatte Reidar herausfordernd gerufen, wenn jemand den Sohn des Klägers der Lüge bezichtige und einer Magd mehr Glauben schenke als dem mit Blut besiegelten Eid eines freien Geestmannes, so solle man sich doch am kommenden Tag mit dem Schwert treffen, um die Wahrheit im Kampf herauszufinden. Der Gorunne mit dem rot-grünen Umhang hatte den Kopf geschüttelt, seinem Knecht einen bedauernden Blick zugeworfen und aufgegeben.

Nun trug der Gesetzesredner in seinem monotonen Singsang gerade das Urteil vor: Er forderte vom Herrn des Knechtes drei

Unzen Silber als Preis für das Schaf. Außerdem beschied er, dass dem Knecht die Hand abgehackt würde für den Diebstahl und er fünfzig Peitschenhiebe erhalte für die Beleidigung eines freien Mannes durch seine falsche Anschuldigung. Der Verurteilte sackte wimmernd zusammen. Zwei Speerträger führten ihn ab, und der Kläger schickte einen seiner Knechte hinterher, der unweit der Thingstätte begann, die Strafe zu vollstrecken.

Die Schreie des Gepeinigten drangen Lärka durch Mark und Bein. Ihr war, als würden die Hiebe sie selbst treffen. Sie erwartete ein ähnliches Schicksal, wenn jemand ihre Beweise anzweifeln würde. Sie dachte an ihre einzige Zeugin, eine Frau, die alle für eine verwirrte Seele halten mussten, und ihr sank der Mut. Wenn sie nur vor dem Thing mit Grenjad hätte sprechen können! Ihr Oheim wüsste bestimmt, was zu tun war.

Jetzt trat Reidar in die Mitte. Sofort lag über der Versammlung eine gespannte Stille.

»Diese Frau dort ist eine Hexe!« Wie eine Lanze schoss Reidars Finger in Lärkas Richtung. »Allein dafür fordern die Gesetze des Küstenlandes eine harte Strafe!« Er hielt kurz inne, um seine Worte wirken zu lassen. »Und sie hat ihre Hexenkraft eingesetzt, um meinen Bruder Roar und meinen Neffen Kodran zu töten! Dafür fordere ich Vergeltung!« Reidar hob die geballte Faust. Die Männer neben ihm, unter denen auch seine Söhne und Neffen sein mussten, taten es ihm nach. Ihre grimmig verschlossenen Gesichter schienen die Anklage ihres Wortführers zu wiederholen.

»Ich will Rache! Hört den Blutpreis: Diese Frau und noch jemand aus ihrer Sippe sollen sterben. Dann ist der Blutrache Genüge getan«, rief Reidar.

Die Männer begannen, erregt untereinander zu sprechen, und Lärka zuckte zusammen. Sie hatte geglaubt, Reidar würde sich nur an ihr rächen wollen. Würde nun jemand aus Grenjads Familie sterben müssen oder gar einer ihrer Verwandten aus Ribehof? Ihr fielen mit einem Mal alle Blutfehden aus Ribehof ein, bei denen sich ganze Sippen gegenseitig umbrachten, und wie viel Mühe ihr Vater – den Berichten von Jörns Brüdern zufolge – an jedem Thingtag aufbieten musste, um durch Geldzahlungen zwischen verfeindeten Parteien die verhängnisvolle Spirale von Rache und Gegenschlag zu durchbrechen. Jetzt hörte Lärka die tiefe Stimme ihres Oheims, die das Gemurmel der anderen übertönte.

»Welche Beweise und welche Zeugen hast du?«, fragte er Reidar.

Reidar begann zu reden, und wie durch einen Schleier verfolgte Lärka ungläubig, wie er seine aberwitzigen Vorwürfe vortrug und diese als angebliche Zeugnisse ihrer Hexenkraft auslegte. Sie sei mit den Dämonen des Blutwaldes im Bunde und habe den Dolch seiner Ahnen gestohlen, rief er, zog Marobrads Dolch hervor und hob ihn in die Höhe. Nun kämen die Dämonen aus dem Wald sogar des Nachts auf die Osgunder Felder und hätten schon einen Hund getötet. Einige Männer in Reidars Nähe blitzten Lärka zornig an und murmelten Flüche, die der Seewind verwehte. Sie habe ein Erdbeben heraufbeschworen, um fliehen zu können, fuhr Reidar fort. Viele hätten gesehen, wie sie am Eingang des Turms gestanden, die Beschwörung vorgenommen und das Entsetzen der Flüchtenden eingehend beobachtet habe.

Lärka lauschte mit wachsender Bestürzung. Wollte Reidar denn jede Bewegung, jeden Atemzug, den sie tat, in ein Verbrechen verkehren? Warum nur? Und wie konnte nur *ein* Mann in diesem Rund seinen Worten glauben?

Reidar ereiferte sich weiter, sprach davon, dass der Todesfluch dort seine Opfer fordere, wo Lärka auftauche, und behauptete gar, sie sei eine Gestaltwandlerin. Wie ihre Mutter könne sie sich in einen Vogel verwandeln, und wer wisse, ob nicht Audhilds Schwester Rutlindis oder deren Tochter Keelia auch der Zauberei mächtig seien.

»Das ist doch nur Geschwätz alter Weiber!«, fuhr Grenjad zornig dazwischen.

»Wo Rauch ist, ist auch Feuer!«, entgegnete Reidar. »Seit Audhilds Tod werdet ihr viele Leute in Ribehof finden, die ihre Verwandlung beschwören würden. Und es sind genug ehrenwerte Geestkrieger darunter.«

Lärka starrte ihn ungläubig an. Sie hatte die Vogelgeschichte das erste Mal auf dem Ribehofer Markttag gehört, als der Mann mit den silberbeschnallten Schuhen sie dem Seilmacher erzählt hatte. Dass dieses Lügenmärchen aber im ganzen Geestland als wahre Begebenheit weitergegeben wurde und die Erinnerung an die heilenden Taten ihrer Mutter überstrahlte, erschütterte sie.

»Wo sind nun deine Zeugen?«, fragte Grenjad erneut. »Oder hast du die Verwandlung selbst gesehen?«

»Ich habe gesehen, wie sie das Zauberkraut aus der Hütte der alten Hexe holte«, tönte Reidar.

»Tu nicht so, als wäre die alte Maggai eine Hexe gewesen und hätte noch nie jemandem in deiner Sippe geholfen. Da waren dir ihre Künste immer recht!«, warf jemand ein, den Lärka zu den Unbeteiligten zählte. Einige Männer murmelten zustimmend. Reidar aber knurrte verächtlich und machte eine wegwerfende Handbewegung.

»Meinen Neffen hat sie sterben lassen«, rief ein Schwarzbärtiger neben ihm, »dafür hätte ich sie eigentlich vor das Thing ziehen müssen!«

»Genauso ist es!«, fiel Reidar ein. »Die grünen Weiber sind doch allesamt Hexen und Giftmischerinnen! Sie heilen, wenn sie wollen, und töten, wenn sie wollen.«

Lärka starrte Reidar unverwandt an, bis sich sein Bild aufzulösen begann. Die Nacht im Turm war für sie nahezu schlaflos gewesen, und jetzt spielten ihr die Sinne einen Streich. Das sandfarbene Haar und silberfarbene Gewand von Marobrads Erben schienen auf einmal einem anderen zu gehören, und seine Stimme klang merkwürdig vertraut. »Giftmischerin!«, hallte Reidars Rede in ihr nach. »Diese da ist schuld an ihrem Tod. Sie ist eine Hexe, und sie hat sich mit einem bösen Zauber umgebracht.«

Lärka riss sich zusammen. Sie wusste, Reidar hatte etwas anderes gesagt, nämlich: ... und sie hat *sie* mit einem bösen Zauber umgebracht, und Roar und Kodran gemeint. Aber für einen schrecklichen Moment war ihr gewesen, als stünde ihr Vater dort und führe die Klage gegen ihre Mutter, sie habe sich mit ihrer Macht über die Kräuter selbst einen tödlichen Zauber beigebracht.

Vater verurteilt die grünen Weiber schließlich genauso wie Reidar, dachte Lärka traurig.

Hier wie dort herrschte dasselbe unversöhnliche Misstrauen gegen die Künste der grünen Weiber, das ihr Wissen als böses Hexenwerk verdammte. Das war es doch, was ihren Vater der Mutter so sehr entfremdet hatte, dass er verbitterte, die Tochter bei harter Strafe von der Kräuterkunst ferngehalten und ein Gesetz erlassen hatte, das für Hexerei die Verbannung bestimmte. Auf einmal wünschte Lärka, ihr Vater möge doch nicht so schnell in Osgund eintreffen. Die Vorstellung, er würde als Küstenthan den Vorsitz der Thingversammlung übernehmen und über sie zu Gericht sitzen, ließ sie schaudern.

Mittlerweile hatte Reidar einen Mann als Zeugen aufgerufen, den Lärka als einen seiner Speerträger wiedererkannte. Er trug schmucklose Kleidung, und seine rot geäderte Nase zeugte davon, dass er dem Met sehr zugetan war. Der Mann erzählte, dass er vor neun Tagen die Nachtwache im Dorf gehabt habe und seiner Pflicht gemäß umhergelaufen und nach Feuern geschaut habe. Dabei habe er die Thantochter um Grenjads Anwesen herumschleichen sehen. »Plötzlich war sie verschwunden, und ein Rabe kreiste stattdessen über der Siedlung und flog dann davon. So war es.«

Reidars Anhänger nickten grimmig, als seien sie selbst Zeuge dieses unglaublichen Anblicks gewesen, während der Sprecher einen unterwürfigen Blick in Reidars Richtung warf.

»Da hört ihr es! Gibt es jetzt etwa noch jemanden, der sie nicht für eine gefährliche Hexe hält?«, fragte Reidar herausfordernd.

Wenn Reidar die Versammlung davon überzeugen konnte, dass sie eine Hexe war, würde er sie auch für den Tod der beiden Männer verantwortlich machen können – dessen war sich Lärka sicher.

»Wenn sie eine Hexe ist, wie du sagst, warum hat sie jetzt nicht den Boden unter uns gespalten, dich mit einem Fluch niedergeworfen und ist schon lange davongeflogen?« Grenjad sprach aus, was Lärka dachte.

»Sie steht an einem heiligen Ort. Hier können ihre Zauberkräfte nicht wirken!«, erwiderte Reidar beißend. »Halte mich nicht für dumm, Grenjad. Diesmal habe ich im Turm und auf dem Weg hierher Eisenkraut auslegen lassen, um ihre Kräfte zu bannen. Dagegen ist selbst sie machtlos.«

Grenjad wechselte ein paar Worte mit dem Gesetzesredner neben ihm. Dann fragte er Reidar, ob er sein Anliegen vollständig dargelegt habe. Nachdem Reidar dies bejaht und dabei erneut den Ruf nach Blutrache ausgesprochen hatte, wandte sich Grenjad an die Versammelten.

»Lärka aus Ribehof, Tochter von Orlyg, Than des Küstenlandes, wird der folgenden Verbrechen bezichtigt: des Friedensbruchs durch Hexerei mit Dämonenkult, der Beschwörung eines Erdbebens und der Gestaltenwandlerei. Außerdem der Tötung von Roar und Kodran mit Hilfe ihrer Hexenkräfte. Die Gesetze verlangen, dass die Angeklagte gehört wird. Lärka von Ribehof soll sprechen.«

Lärka trat unruhig auf der Stelle. Jetzt war die Gelegenheit, ihrerseits Anklage gegen Reidar zu erheben und Rache zu nehmen, für allen Schmerz und die Narben, die er ihren Eltern beigebracht hatte! Aber hier, umgeben von einer Übermacht rauer Männer, die ohne Zögern erbarmungslose Urteile verhängten, und mit nur einer einzigen, wenig glaubwürdigen Zeugin im Rücken, wichen Mut und Entschlossenheit von ihr.

»So ist das nicht«, murmelte sie, »das stimmt alles nicht.« Ihre Rede ging im Rauschen des Meeres unter. Alle Blicke ruhten auf ihr. Auch Grenjad schaute sie an. Er nickte ihr zu und schien sie auf diese Art ermutigen zu wollen.

»Ich bin keine Hexe!«, sagte Lärka etwas lauter, aber es klang nicht sehr überzeugend. Sie musste sich mühsam beherrschen, damit ihre Finger nicht nach dem Silberamulett griffen, das sie unter dem Gewand um ihren Hals trug.

»Ich habe den Dolch gefunden, am Rande des Blutwaldes und fernab von den Dämonen. Wenn ich ... wenn ich den Weg finden könnte, würde ich Euch sogar zu der Stelle führen, aber ich fürchte, ich würde mich wieder verirren.« Lärka räusperte sich. Es kam ihr vor, als müsse sie gegen das Tosen von Wind und Wellen anschreien. Es strengte sie über die Maßen an, diese Rede zu führen, denn sie log, und sie hasste sich dafür. Sie *war* eine Hexe, die in ihren Wahrträumen frei wie ein Vogel herumschweben konnte. Und den Weg durch den Blutwald würde sie mit geschlossenen Augen finden, weil die Pflanzen zu ihr sprachen. »Ich wollte die Waffe nicht stehlen, sondern sie sofort zurückgeben, wenn ich den Namen des Besitzers erfahren hätte. Grenjad sei mein Zeuge«, fuhr sie fort. Wenigstens das war die Wahrheit.

»Ich bezeuge es«, war die Bassstimme ihres Oheims zu vernehmen.

»Ich war in Maggais Hütte, um ihre Hinterlassenschaft zu ordnen und Heilkräuter für meine kranke Tante zu besorgen und nichts anderes. Das Mädchen Keelia sei meine Zeugin.«

»Sie gehört ebenso zu deiner Sippe wie Grenjad und ist nur ein Mädchen«, warf einer von Reidars Gefolgsleuten ein. »Wir werden sie nicht anhören!« Die meisten Männer bekundeten Zustimmung.

Für einen Moment hielt Lärka mutlos inne. Grenjad forderte sie mit einer Handbewegung auf, weiterzureden.

»Das Erdbeben hat mich ebenso erschreckt wie euch«, sagte sie schließlich. »Ich dachte, die Götter wollten mich befreien. Das stimmte mich froh, obwohl ich jetzt mit den Familien trauere, die Erschlagene in ihren Reihen haben.«

»Wie könnt Ihr nur glauben, unsere Götter seien mit einer Gorunnenhexe oder Eure schwachen Götter hätten genug Macht, die Erde erbeben zu lassen?«, empörte sich Reidar. Er ballte die Fäuste. Die Männer mit den farbigen Gorunnengewändern in Grenjads Nähe stießen Verwünschungen aus, und Grenjad musste für Ruhe sorgen.

»Ich war in jener Nacht im Hof spazieren, weil ich nicht schlafen konnte«, sprach Lärka weiter. »Auch ich habe den Raben gehört. Aber ich kann mich nicht in einen Vogel verwandeln und habe mich auch Eurem Anwesen in dieser Nacht nicht genähert. Mit dem Tod Eurer Verwandten habe ich nichts zu tun.«

»Ist das alles, was sie zu sagen hat?«, rief der kräftige Mann mit dem braunroten Bart, der zuvor den Knecht des Gorunnen des Diebstahls angeklagt hatte. »Reidar ist ein Ehrenmann, und wir glauben ihm mehr als dieser da. Sie ist schuldig!« Wieder erhob sich ein Gemurmel.

»Halt! Der Reihe nach, wie es das Gesetzt gebietet«, rief Grenjad den Sprecher zur Ordnung. »Lärka von Ribehof. Der erste Vorwurf lautet Hexerei.« Grenjads Stimme klang gleichgültig, doch gleichzeitig strich er sich in einem fort mit unruhigen Bewegungen über seinen hellen Bart.

»Ich muss Euch fragen: Bekennt Ihr Euch?« Grenjad schaute Lärka eindrücklich an, und sie glaubte zu erkennen, dass er ihr damit ein Schuldbekenntnis nahelegte. Sie erinnerte sich dunkel, dass geständige Verbrecher als ehrenhafter erachtet wurden und mit einer milderen Strafe rechnen konnten als jene, die aus Feigheit alles leugneten. Aber Grenjad schien nicht zu erkennen, dass das Eingeständnis, eine Hexe zu sein, den Weg für die Tötungsklage ebnete, die andernfalls verpuffen würde wie ein Rauchwölkchen im Wind.

Lärka schaute in die Gesichter der Versammelten, sah Hass, Gleichgültigkeit und nur wenig wirkliche Anteilnahme. Sie würde ihre Unschuld beteuern, wie andere Frauen vor ihr, die man wegen angeblicher Hexerei vor Gericht gestellt hatte, und sie würden sie trotzdem schuldig sprechen. In den Augen der Versammelten unterscheide ich mich nicht von den anderen grünen Weibern, von deren Werk die Männer hier nichts verstehen, dachte Lärka traurig. Was würdest du wohl tun, wenn du hier wärst, Mutter? Sie erinnerte sich an einen Streit zwischen ihren Eltern und an Audhilds Rede damals, deren voller Sinn sich ihr erst jetzt zu enthüllen schien: Du magst nicht verstehen, was die grünen Weiber und ich als eine von ihnen tun, hatte sie zu Orlyg gesagt, aber trotzdem sollst du die grüne Kunst und ihre Dienerinnen achten und in Ehren halten.

Da wusste Lärka, was sie sagen würde. Sie hob ihren Kopf, ließ ihren Blick durch das Rund wandern und sprach: »Ich stehe nicht mit Dämonen im Bunde, und zu dem Vorwurf der Hexerei sage ich dies: Wenn es Dämonenbeschwörung ist, im Wald an Orten zu wandeln, an denen zu anderen Zeiten Menschen gestorben sind, wenn es Friedensbruch ist, in der Hütte einer Verstorbenen Heilmittel für eine Verwandte zu suchen – dann bin ich eine Hexe. Wenn es verboten ist, die Pflanzen und ihre Kräfte zu kennen, wenn es Zauberei ist, Menschen mit der Kräuterkunst zu helfen, wenn es ein Verbrechen ist, zu scheitern und den Totengeistern das Feld überlassen zu müssen – dann sind alle grünen Weiber, zu denen ich mich zähle, Hexen.«

Ein Raunen ging durch die Versammlung, und ihr Oheim bedachte Lärka mit einem anerkennenden Blick. »Da hört Ihr es«, war Reidars aufgebrachte Stimme zu vernehmen. »Sie bekennt sich schuldig!«

»Nein, sie hat Recht! Da ist keine Zauberei im Spiel, Ihr seht Gespenster«, schrien andere, und es dauerte eine ganze Weile, bis sich alle wieder beruhigt hatten und Grenjad weitersprechen konnte.

»Der zweite Vorwurf«, rief er und versuchte, sich Gehör zu verschaffen, »der zweite Vorwurf ist der der Tötung von zwei Männern. Bekennt Ihr Euch schuldig?«

»Nein«, rief Lärka gegen Wind und Nieselregen an. »Ich habe

sie nicht getötet, das schwöre ich bei allen Göttern, denen diese Stätte geweiht ist.«

»Sie lügt!«, tobte Reidar, »und sie schwört falsche Eide!« Aus seiner Ecke waren mit einem Mal »Hexenpack! Hexenpack!«-Rufe zu vernehmen.

»Und du«, rief er in Grenjads Richtung, »willst ja nur deinen Hals retten! Deiner Sippe haftet das Unglück seit letztem Winter an, und durch diese Frau bringst du es über ganz Osgund. Die Götter zeigen uns also ganz deutlich ...«

»Reidar!«, unterbrach ihn da der Gesetzesredner barsch. »Willst du uns nicht sagen, wie es mit den wahren Gründen für deine Anklage steht? Einige von uns können sich noch gut erinnern, dass dir Orlygs großzügige Wiedergutmachung damals zu kümmerlich war, obwohl wir alle deine Ehre für wiederhergestellt hielten.« Unter den älteren Männern nickten einige. Lärka warf einen fragenden Blick zu Grenjad, aber der wechselte gerade einige Worte mit dem Silberhaarigen.

»Was war das für eine Wiedergutmachung und wofür? Wir wollen es auch wissen, Fridmund!«, rief ein junger Mann dem Gesetzesredner zu.

»Das tut nichts zur Sache«, warf Reidar ein.

»Vielleicht doch«, entgegnete Fridmund. »Hört, was sich vor vielen Jahren zugetragen hat: Reidar und Audhild, die Mutter dieser Frau hier, waren von ihren Familien verlobt worden. Dann kam Than Orlyg und hielt um Audhilds Hand an, sodass deren Familie das Verlöbnis löste.«

»Ich bin heute froh darum!«, rief Reidar großsprecherisch dazwischen. »So habe ich wenigstens drei tapfere Söhne, während sie nicht mehr als eine Dämonentochter hervorgebracht hat.« Aus Reidars Gruppe ertönte höhnisches Gelächter.

»Damals hast du anders gedacht und bei Orlyg vor dem Thing eine Wiedergutmachung eingeklagt«, fuhr Fridmund unbeirrt fort. »Du hast eine stattliche Summe von Orlyg verlangt, damit du die Beleidigung des aufgelösten Verlöbnisses nicht mit Blut sühnst! Und die Ablösung wurde noch stattlicher, als deine Schwester starb und du Audhild die Schuld dafür gegeben hast.«

»Audhild hat meine Schwester vergiftet!«, ereiferte sich Reidar. »Erst nimmt die Gorunnenhexe meiner Schwester den vorbestimmten Gemahl weg und macht sie zu einer gramgebeugten Frau. Aber nicht genug damit: Sie tötet sie mit ihren Hexenkräutern und redet von einer unheilbaren Krankheit! Alles Lüge!«

Lärka war entsetzt. Reidar, der ihren Vater hatte vergiften wollen, besaß die Unverfrorenheit und bezichtigte ihre Mutter eines solchen Verbrechens!

»Das war nicht zu beweisen«, sagte Fridmund, »und nach deiner Klage hattest du ganze zwanzig Rinder, zehn Schweine und fünf Pferde mehr im Stall.« Lärka rechnete nach und staunte nicht schlecht. Was der Silberhaarige aufgezählt hatte, war ein Vermögen.

»Von meiner stattlichen Herde konntet ihr in diesem Winter ja ganz gut leben!«, knurrte Reidar und schaute herausfordernd in die Runde. »Aber wer meint, ich würde heute nur aus Rache für das Vergangene meine Klage vorbringen, der kann sich gerne mit meinem Schwert weiterunterhalten.«

Wieder reckten einige Männer drohend die Fäuste, aus Reidars Richtung flog gar ein Stein auf Fridmund. Dieser wehrte ihn mit einer lässigen Handbewegung ab und hielt den jungen Mann an seiner Seite zurück, der mit einem Wackerstein in der Hand auf Reidars Gefolgsleute losgehen wollte.

»So nicht!«, rief Grenjad mit Donnerstimme und trat in die Mitte zwischen die zerstrittenen Gruppen. »Diesen geweihten Platz soll kein Unfriede entehren! Schon unsere Ahnen haben im Rund der Steine die Dinge ohne Waffe gelöst.«

»Wir sollten warten, bis Than Orlyg hier ist«, schlug der Gorunne mit dem rot-grün karierten Mantel vor.

»Wozu?«, rief Reidar. »Diese Frau mag die Tochter des Thans sein, aber sie steht nicht unter dem Schutz ihres Vaters, sondern unter dem Gesetz und dem Ratschluss der Thingversammlung!

Hier im Thing sind wir alle Thane, beschließen Gesetze und sprechen Recht, wie es uns richtig dünkt. Sogar der König erkennt das an.«

Jetzt riefen die Männer wild durcheinander. Ein jeder hatte etwas zu sagen, wie es seiner Meinung nach weitergehen sollte. Es waren nicht wenige, die sich der Meinung der Gorunnen anschlossen, offensichtlich weil sie Orlygs Vergeltung fürchteten, sollte die Thingversammlung Lärka verurteilen. Die Stimmung schien sich gegen Reidar zu wenden, und Lärka sah, wie ein hoffnungsvolles Funkeln in den Augen ihres Oheims erschien.

»Haltet ein, ihr Männer Osgunds«, übertönte Grenjad die Unruhe. »Heute kommen wir nicht weiter. Der Morgen ist klüger als der Abend. Ein jeder möge das Gehörte überdenken und abwägen, wem er Glauben schenkt. Wirkliche Beweise haben wir nicht. Dann werden wir uns am Morgen zusammenfinden und entscheiden, ob wir die Sache nicht lieber in die Hände des Thans legen wollen.« Bis auf Reidars Sippe stimmten die meisten Männer diesem Vorschlag zu.

»Ihr alle habt gesehen, dass meine Nichte ehrenvoll genug war, aus dem sicheren Versteck zurückzukehren und vor dem Thing zu erscheinen«, sprach Grenjad weiter. »Deshalb wird sie die heutige Nacht unter meinem Dach verbringen. Ich selbst stehe dafür ein, dass sie morgen wieder hier erscheint.«

Reidar machte eine empörte Geste, aber es gab kein Widerwort. Grenjad entließ seine Nichte mit einem Kopfnicken. Zwei Knechte eilten herbei, um sie abzuführen, zogen sich aber auf eine herrische Bewegung von Grenjad hin wieder zurück.

Lärka taumelte aus dem Steinkreis heraus. Sie hatte die Verhandlung schweigend verfolgt. Nun lief sie zunächst zögernd, dann immer schneller entlang der Küste zur Osgunder Bucht. Wieder ein Aufschub, wieder ein kleines Stück Hoffnung, dem drohenden Verhängnis zu entgehen. Und vielleicht konnte Grenjad ihr nun dabei helfen, dass das Thing an Reidar Gerechtigkeit übte. Eine Gestalt löste sich aus der Gruppe der am Hafen wartenden Menschen. Es war Rutlindis, die ihr entgegeneilte. Die Tante schloss sie weinend in die Arme.

Rutlindis und Lärka machten sich auf den Weg in Richtung der Siedlung, und Lärka erzählte, was sich im Thing zugetragen hatte. Sie kamen bald in die Nähe des Osgunder Westtors. Einige Knechte saßen am Steinwall und flickten Segel und Netze. Noch außer Hörweite der Männer erzählte Lärka von Reidars Untaten zwanzig Jahre zuvor und dass Melva sich wieder an alles erinnere. Als Rutlindis von Lärkas Vorhaben, Reidar anzuklagen, erfuhr, war sie aufs Höchste beunruhigt. Sie beschwor ihre Nichte, nichts ohne Grenjads Rat zu unternehmen. Sie selbst aber werde, gleich nachdem sie Lärka zum Thanhof gebracht habe, schauen, ob sie Vandils Mutter in der Bucht finde, wo die Mägde die Wäsche wüschen. »Vandil ist vor zwanzig Jahren auf See verschollen. Aber wenn Reidar ihm damals befohlen hat, Orlyg einen giftigen Trunk einzuschenken, hat er seiner Mutter vielleicht etwas erzählt, falls sein Gewissen ihn geplagt hat«, sagte Rutlindis.

Sie waren etwa auf halbem Wege durch die Siedlung, da kam eine Frau auf sie zugeeilt. Dem rot-grünen Wolltuch nach, das sie statt des üblichen Umhangs um die Schultern trug, gehörte sie zu den Gorunnen.

»Rutlindis! Hilf mir! Ich weiß nicht, was ich machen soll!«, rief sie verzweifelt. »Sie haben unseren Knecht zuschanden geschlagen und ihm die Hand abgehackt! Wenn er uns nur nicht wegstirbt! Wie soll ich den Hof mit nur einer Magd bewirtschaften? Kannst du ihm nicht helfen?«

Rutlindis warf ihrer Nichte einen schnellen Blick zu. Ohne ein weiteres Wort folgten die beiden der Frau zu ihrem Anwesen, das unweit vom Thanhof lag. Die Frau führte sie geradewegs zum Stall. Auf dem Stroh war eine Decke ausgebreitet, auf der der Verwundete auf dem Bauch lag. Neben ihm kniete eine weinende Frau, offensichtlich sein Weib. Lärka erkannte den Mann sofort: Es war der Knecht, über den das Thing das grausame Urteil verhängt hatte. Nur ein gelegentliches Stöhnen verriet, dass der Mann überhaupt noch am Leben war.

Lärka hatte als Kind ihre Mutter einmal zu einem Verwundeten begleitet, dessen Fuß unter einem Rad zerquetscht worden war. Damals war sie angesichts der schlimmen Wunde weggelaufen. Aber hier konnte sie nicht fliehen, obwohl der Anblick des Gepeinigten Übelkeit in ihr hervorrief. Der linke Arm des Mannes endete in einem Stumpf, und sein Rücken war blutig zerschunden. Es roch nach verkohltem Fleisch, denn offensichtlich hatten die Vollstrecker wenigstens die Gnade besessen, die Blutung am Arm mit einem Glüheisen zu stillen. Rutlindis schaute ihre Nichte ratsuchend an.

»Ich ... ähm ... wir ... Ich möchte mich kurz mit meiner Tante beraten«, sagte Lärka zu der verzagten Hausherrin und zog Rutlindis nach draußen.

»So etwas habe ich noch nie behandelt«, wisperte Lärka aufgeregt. »Was soll ich nur tun? Ein paar Kräuter werden da gar nichts nutzen!«

»Ich habe gesehen, wie Maggai einen Verwundeten versorgt hat«, flüsterte Rutlindis zurück. »Sie hat die Wunden mit Kräutersud ausgewaschen und Umschläge gemacht. Welche Kräuter dafür taugen, weißt du doch besser.«

»Nein! Ich kenne nur die Wirkung der einzelnen Kräuter. Ich bin sicher, Maggai hätte Verschiedenes gemischt, manches als Sud, anderes als Salbe zubereitet. Oh, wenn sie doch nur hier ...«, Lärka unterbrach sich, als ihr ein plötzlicher Gedanke kam. »Melva! Sie muss es wissen! Ich gehe sie holen!«

Rutlindis hielt ihre Nichte energisch zurück, als diese davonstürmen wollte.

»Halt! Du darfst Osgund nicht verlassen!«, zischte sie Lärka zu. »Und stell dir nur vor, du holst Melva und Reidar erfährt, dass sie wieder bei Sinnen ist! Nein, tu du, was du kannst.«

»Aber ich kann nicht!«, entgegnete Lärka verstört. »Ich kann den Mann nicht retten, dazu weiß ich zu wenig.«

»Tu, was du kannst«, wiederholte Rutlindis bestimmt und schob Lärka zurück in den Stall.

Lärka starrte auf den Verletzten und versuchte mühsam, ihr Entsetzen zu verbergen. Bilder von Pflanzen, die helfen würden, tauchten vor ihrem inneren Auge auf, aber sie kannte ihre Namen nicht.

Schließlich kam ihr ein Gedanke. Sie würde schauen, ob sie die Kräuter in Maggais Hütte fände. »Ich hole etwas Essigkraut und Kräuter für einen Wundsud aus Maggais Hütte«, sagte sie und flüchtete erneut aus dem Stall. Draußen holte Rutlindis sie ein.

»Du solltest nicht allein zu Maggais Hütte gehen«, sagte die Tante ernst. »Ich schicke dir einen unserer Knechte. Der soll mit dir gehen, damit du nicht belästigt wirst.«

»Und du?«, fragte Lärka. »Ich dachte, du willst mir helfen?«

»Genau das will ich«, antwortete Rutlindis. »Und das kann ich am besten, indem ich Vandils Mutter suche und sie nach Dingen frage, die uns gegen Reidar helfen!« Damit ging sie in Richtung des Thanhofes davon und ließ eine verunsicherte Lärka zurück.

»Was soll ich jetzt tun?«, hörte Lärka die schüchterne Stimme der Hausherrin hinter sich.

Lärka wandte sich um und ging mit der Frau in den Stall zurück, wo die Magd immer noch klagend neben ihrem reglosen Mann kniete. »Badet seinen Armstumpf in starkem Wein und gießt davon über seinen Rücken«, wies sie die Frauen an. »Es soll kein Stroh und kein Schmutz in seine Wunden kommen. Am besten legt Ihr ihn auf ein sauberes Tuch – Leinen, wenn Ihr habt.«

Die Hausherrin eilte davon, und Lärka wartete neben dem Bewusstlosen, bis ein Mann im Eingang erschien, den sie als einen von Grenjads Knechten erkannte. In seiner Begleitung eilte sie durch den stärker werdenden Regen zu Maggais Hütte und nahm von den Kräutern, die sie vor ihrem inneren Auge gesehen hatte.

Als sie auf dem Rückweg wiederum am Turm vorbeikam, entdeckte Lärka grüne Stängel auf dem Boden. Das musste das Eisenkraut sein, mit dem Reidar ihre angeblichen Hexenkünste hatte bannen wollen. Lärka blieb stehen und hob etwas von dem Kraut auf. Als sie die spitzen, lanzettenartigen Ausläufer der Halme betrachtete, gab ihr die Pflanze zu verstehen, dass sie Hilfe bei Schwertwunden geben würde. Erfreut sammelte Lärka den Rest des Eisenkrauts ein und kehrte schließlich zu dem Verwundeten zurück.

Sie warf alle Pflanzen in einen Kessel voll kochenden Wassers. Dann tränkte sie Stoffbahnen mit dem warmen Kräutersud, bereitete Umschläge davon und zeigte den Frauen, wie sie die Tücher zu wechseln hatten. Der Mann war mittlerweile wieder zu sich gekommen und stöhnte leise.

Da kam Rutlindis herein. Sie betrachtete prüfend das Werk ihrer Nichte und schenkte ihr ein anerkennendes Nicken.

»Ich habe mit Vandils Mutter gesprochen«, begann sie. »Vandil ist vor zwanzig Jahren mit einem jüngeren Bruder von Reidar auf eine Handelsfahrt gegangen. Aber er ist niemals zurückgekehrt. Das Schiff lief damals kurz nach dem Herbstthing aus.«

»Und?«, fragte Lärka.

»Sonst wusste sie nichts, was uns weiterhelfen könnte«, sagte Rutlindis zu Lärkas Enttäuschung.

»Vandil! Mein Freund!«, flüsterte da der Knecht. »Ist er zurückgekehrt? Ist er reich geworden?«

»Er ist nicht da«, antwortete Rutlindis.

Der Knecht hob mühsam den Kopf. »Seid Ihr wenigstens verschont geblieben?«, fragte er Lärka.

»Ich weiß es nicht. Das Urteil soll morgen gefällt werden.«

»Hast du Vandil gekannt?«, fragte Rutlindis.

»Er war mein Freund, als wir jung waren. Aber sie haben Vandil genauso übel mitgespielt wie mir, die hohen Herren«, sagte der Knecht mit heiserer Stimme.

»Was meinst du?«, fragte Rutlindis. »Weißt du etwas darüber, dass Reidar ihn zu einer üblen Tat anstiften wollte? Das könnte die Rettung für diese junge Frau bedeuten.«

»Ich bin des Todes, das spüre ich«, antwortete der Knecht ächzend, und sein Weib begann erneut zu schluchzen, »darum fürchte ich keines Herren Rache mehr.«

Dann berichtete er stockend und unter großer Anstrengung, dass Vandil ihn damals ins Vertrauen gezogen und von einem geheimen Auftrag erzählt habe, den er von Reidar erhalten hatte. Wenn er einem Gast beim Herbstthing etwas in den Kelch tue, würde er mit auf Handelsfahrt gehen dürfen. Beim Herbstmarkt werde jeden Abend bis zur Besinnungslosigkeit dem Met zugesprochen, sodass es ein Leichtes sei, einem stockbetrunkenen Krieger unauffällig etwas Besonderes einzuschenken. Es gehe nur um einen Schabernack, habe Reidar gesagt. Am Abend vor dem Herbstmarkt aber habe Vandil der Mut verlassen, als er erfahren habe, wer das Opfer des Streiches sein solle. Da habe Reidar damit gedroht, seine nutzlose Mutter ins Meer zu werfen, und Vandil habe gehorcht. Hier beendete der Knecht seinen Bericht und schloss entkräftet die Augen.

Während der Mann erzählt hatte, hatte Lärka Rutlindis bei den Händen genommen und sie so fest gedrückt, dass die Tante sich jetzt sanft ihrem Griff entwand. Lärka jubelte innerlich. Konnte dieser Mann der Zeuge sein, der ihre Klage gegen Reidar bekräftigen würde?

»Du darfst nicht sterben«, murmelte sie dem Knecht zu.

Als sich das Licht des Tages neigte, betrat Grenjad, gefolgt von Rutlindis, mit raschen Schritten das Thanhaus. Lärka, die am Tisch saß, blickte ihren Oheim erwartungsvoll an.

»Es grenzt an ein Wunder, dass Reidar sich doch noch darauf eingelassen hat, Eure Sache vor dem Thing zu verhandeln«, begann er. Er hängte seinen triefenden Mantel in die Nähe des Feuers zum Trocknen, setzte sich mit Rutlindis zu Lärka und ließ von Keelia das Essen auftragen. »Trotzdem: Es gibt noch viele Unzufriedene im Thing. Sie glauben, wir hätten den Zorn der Götter auf Osgund gezogen. Aber es gibt auch genug vernünftige Männer, die Reidars hitziges Gemüt und seine übertriebene Rachsucht nur zu gut kennen und Zweifel an seiner Hexengeschichte haben. Sie wissen, dass sie Orlygs Rache riskieren, wenn sie ein fragwürdiges Urteil über die Tochter des Thans fällen.« Grenjad aß hungrig von dem frischen Brot und dem kräftigen Käse. »Wenn Melva die Wahrheit gesagt hat, wird er seine Ehre verlieren und kann froh sein, wenn Orlyg ihn mit dem Leben davonkommen lässt. Niemand darf ungestraft den Fürsten angreifen, dem er einen Treueeid geschworen hat!«

Dann begann Grenjad zu erzählen. Er ergänzte Melvas Geschichte um seine eigenen Erinnerungen, hatte er doch als junger Mann an diesem denkwürdigen Thing teilgenommen. Nachdem sich Audhild und Orlyg im Frühjahr kennen gelernt hatten, sollte die Verlobung im Herbst auf Orlygs Betreiben hin gelöst werden. Das Ganze hatte zwar geheim bleiben sollen, war aber doch binnen kürzester Zeit herumgegangen wie ein Lauffeuer. Als Audhild nach ihrer Entführung wieder im Dorf erschienen war, erkrankte bald darauf Reidars Schwester – aus Gram, wie Reidar gesagt hatte –, und weder Maggai noch Audhild hatten ihr helfen können. Die junge Frau war kurz vor dem Herbstthing gestorben. Reidar hatte beim Thing die Blutrache gefordert für den Tod seiner Schwester und weil ihn die Auflösung der Verlobung in seiner Ehre traf. Aber die Versammlung unter Vorsitz des frisch gekrönten Than Orlyg hatte entschieden, dass sein Anspruch mit einem Blutgeld beglichen wäre. Reidar war unzufrieden gewesen, hatte sich aber grollend fügen müssen. Orlygs Erkrankung am Ende des Herbstmarktes hatte niemand damit in Verbindung gebracht. Einige Tage war er mit Krämpfen auf sein Lager gebannt gewesen, aber dank Audhilds Pflege war er bald wieder genesen.

»Solange wir nur die schwachsinnige Melva und das Zeugnis eines halb toten Knechtes haben, das jeder für einen Racheversuch halten muss, können wir nichts ausrichten«, schloss Grenjad, und Lärka vergrub enttäuscht den Kopf in den Händen. Dass dieser Missetäter ungeschoren davonkommen würde und sie um ihr Leben und gar um das ihrer Verwandten bangen musste, erfüllte sie mit Bitterkeit.

»Aber die Götter wissen, dass Ihr unschuldig seid. Die meisten Männer ahnen es auch, die Versammlung wird zu keinem Urteil kommen. Dann werde ich für Euch die Sache mit Reidar im Holmgang austragen«, sagte Grenjad grimmig zu seiner Nichte. »Die Götter werden mit mir sein, und ich werde Reidar bezwingen.«

Rutlindis stieß einen Schreckenslaut aus, und Lärka schaute Grenjad fassungslos an. Der Holmgang war ein Zweikampf, der oft tödlich endete. Er sollte bei Streitsachen entscheiden, in denen das Thing kein Urteil fällen konnte. Sie wollte widersprechen, aber Grenjad war bereits aufgestanden und hatte das Haus verlassen, um nach dem Vieh zu sehen. Obwohl Rutlindis ebenso viel Angst um Grenjad haben musste wie Lärka, versuchte die Tante beruhigende Worte zu finden und Grenjads Stärke und Besonnenheit im Kampf hervorzuheben.

Nachdem Lärka ein weiteres Mal den Verwundeten besucht und eigenhändig die Umschläge gewechselt hatte, drängte Rutlindis ihre Nichte zur Ruhe. Lärka hatte die Kette umgelegt und hoffte auf irgendetwas, das ihr weiterhelfen konnte.

Sie schlief bald ein und bewegte sich im Traum ziellos um das Thanhaus, ohne etwas Besonderes zu bemerken. Da verlangte es sie, nach dem Verwundeten zu sehen und herauszufinden, ob sie ihm durch die Macht der Kette helfen könne. Sie dachte an den Mann, aber ihre Gedanken brachten sie nicht von der Stelle. Nach einigen fruchtlosen Versuchen beschwor sie das Bild der Gorunnenfrau herauf und fand sich unversehens vor dem Anwesen, zu dem der Knecht gehörte.

Vorsichtig schwebte Lärka dorthin, wo der Stall war – und erschrak. Sie sah einen trüben Schatten auf dem Boden liegen und neben ihm eine dunkle, gramgebeugte Gestalt, deren blau leuchtender Schemen die Gestalt eines Haselhuhns hatte. Kein Zweifel, das mussten der Knecht und sein Weib sein, aber in dem Moment, als Lärka sie erblickte, erkannte sie, dass kein blauer Schemen mehr im Körper des Knechtes leuchtete. Der Mann war tot, und damit starb ihre Hoffnung, im Thing irgendetwas gegen Reidar ausrichten zu können. Erschüttert zog sie sich zurück und flüchtete sich in einen traumlosen Schlaf.

Lärka kam es vor, als sei sie kaum eingeschlafen, als sie am nächsten Morgen erwachte und lautes Rufen von draußen hörte. Sie sprang auf, spähte aus dem mit Sackleinen verhängten Fenster und sah eine aufgebrachte Menge an der Einfriedung von Grenjads Hof. Ihr Herz sank augenblicklich, als sie verstand, was die Leute riefen: »Hexe! Jetzt ist es genug! Verbrennt sie, sonst holt sie uns alle!«

»Jetzt seht ihr es! Die Hexe hat wieder ihren Fluch geschleudert und wird noch das halbe Dorf ausrotten!«, war Reidars heisere Stimme zu vernehmen.

Lärka bemerkte Grenjad, der zu den Leuten sprach. Sie sah ihren Oheim und Reidar heftig gestikulieren, dann drehte Reidar sich um, wies zwei seiner mit Lanzen bewaffneten Knechte an, sich vor dem Anwesen zu postieren, und zog ab. Lärka warf sich hastig ihr Obergewand über und schlang sich den Gürtel um. Sie ergriff ihren Mantel und eilte in den großen Raum. Da kam Grenjad herein und fluchte. Als er Lärka erblickte, mäßigte er sich, aber seine Stirn war mit tiefen Sorgenfalten überzogen.

»Darauf haben sie nur gewartet«, schnaubte er wütend, füllte sich eines der Trinkhörner mit Dünnbier und stürzte es hinunter. Draußen zerstreuten sich die Leute.

»Es gibt einen neuen Seelenlosen«, begann Grenjad, »ausgerechnet Gydric, einer von Roars Gefolgsleuten.« Lärka war entsetzt. Sie hatte keinen Raben gesehen, aber das Übel schien Osgund weiterhin heimzusuchen.

»Ihr seid gestern bei Maggais Hütte gesehen worden. Das bestärkt die Aufrührer und gießt Öl ins Feuer. Es bedeutet nichts Gutes für die heutige Verhandlung«, fuhr Grenjad fort und starrte finster vor sich hin.

»Dann bleibt uns nichts anderes übrig, als sich dem Schicksal zu stellen und zu kämpfen. Ich habe mit einigen Männern geredet, aber es gibt niemanden, der Melvas Vorwürfe bekräftigen kann oder mehr über Vandils Verschwinden weiß.«

»Und der Knecht ist auch gestorben«, murmelte Lärka tonlos.

Rutlindis kam herein und war den Tränen nahe. Einer Eingebung folgend nahm Lärka ihre Kette ab und gab sie Rutlindis.

»Pass gut darauf auf, Tante«, sagte sie. »Wenn mir irgendetwas zustößt, gib die Kette zusammen mit dem Kästchen Arild. Wenn er nicht mehr nach Osgund kommt, so gib sie Keelia, wenn sie siebzehn Jahre alt wird. Bitte versprich mir das!«

Rutlindis wollte abwehren, aber da rief Grenjad schon zum Aufbruch, und Lärka drückte ihrer Tante den Schmuck wortlos in die Hand. Sie folgte Grenjad nach draußen.

Das Wetter hatte sich gebessert, an einzelnen Stellen zeigte sich der blaue Himmel. Aber das war Lärka kein Trost, der Weg zum Thingplatz mutete sie wie der Gang zur Richtstätte an. Wo sie vorbeikamen, starrten die Menschen sie an und tuschelten. Schließlich kamen sie ans Meeresufer, wo sie schon eine aufgeregte Gruppe von Männern erwartete. Grenjad hatte kaum die Versammlung eröffnet, da ergriff Reidar das Wort.

»Der Morgen ist in der Tat klüger als der Abend. Nun seht ihr es alle! Diese Frau hat den Tod nach Osgund gebracht.«

»Wir fordern ihr Blut für unseren Vater«, sagte ein zorniger junger Mann, der mit verschränkten Armen neben Reidar stand und seiner Rede nach einer von Gydrics Söhnen sein musste. »Er ist von Dämonenhand niedergestreckt. Ich sage, diese Hexe wollte verhindern, dass er heute für ihre Verurteilung stimmt«, ereiferte er sich. »Sie soll sterben!«

»Gibt es Zeugen, die einen Raben über die Siedlung haben fliegen sehen?«, fragte Grenjad mit donnernder Stimme und blickte herausfordernd in die Runde. Lautes Gemurmel erhob sich, aber niemand meldete sich.

»Was soll die ganze Fragerei?«, rief Reidar. »Roar und Kodran sind schon tot, Gydric wird ihnen bald folgen, und das Ganze war das Werk dieser Hexe. Wenn das Sterben nicht weitergehen soll, müssen wir ihr endlich Einhalt gebieten. Auf den Scheiterhaufen mit ihr!«

Entsetzt bemerkte Lärka, dass einige der Männer, die sie am Tag zuvor noch zu den Unentschlossenen gezählt hatte, jetzt zustimmend nickten. »Ins Feuer!«, stimmten sie ein.

»Halt, ihr Männer«, fuhr Grenjad wieder dazwischen. »Reidar redet von Hexerei. Aber er kann weder dies noch Lärkas Schuld am Tod seiner Verwandten beweisen.«

»Ihr alle solltet euch unserer Gesetze erinnern!«, meldete sich nun Fridmund, der Gesetzessprecher, zu Wort. »Auf Hexerei steht doch nur die Verbannung.«

»Nein, ich will den Scheiterhaufen, so ist es früher gewesen, und so soll es auch jetzt sein!«, rief Reidar dazwischen. Gydrics Söhne stimmten lauthals zu und schwangen drohend die Fäuste.

»Aber jetzt gelten Orlygs Gesetze«, entgegnete Grenjad. »Und diesen Gestzen müsst ihr folgen wie jeder andere auch.«

»Orlyg hat sich so manches von seinem Weib einflüstern lassen, und er mag sich Gesetze ausdenken, wie es ihm beliebt, aber dieses Mal bekomme ich mein Recht«, schrie Reidar und trat vor.

Orlygs Gesetze, klang es in Lärkas Ohren, die Gesetze, die sie als stetes Zeugnis seiner Verbitterung gedeutet hatte und die sie als so ungerecht empfunden hatte, weil er die grünen Weiber in die Verbannung schickte. Wie war es davor gewesen? Offensichtlich waren Frauen noch viel schneller auf den Scheiterhaufen gezerrt worden! Konnte es sein, dass das Gesetz ihres Vaters nicht die Verfolgung der grünen Weiber zum Ziel hatte, sondern ihren Schutz? Dass es Frauen vor dem Feuertod bewahrte und ihnen einige Jahre in Sicherheit auf einer Insel fernab des Geschehens gewährte, bis sich alles wieder beruhigt hatte? Danach nämlich durften die Verurteilten – sofern sie der Hexerei öffentlich abschworen – zurückkehren und von niemandem wegen vergangener Taten belangt werden.

Erst jetzt erkannte Lärka, was ihr Vater getan hatte: Zuerst hatte er Reichtümer aufgebracht, um Reidars übertriebene Ansprüche gegen Audhild zu befriedigen und für Frieden zu sorgen, dann hatte er die Gesetze des Küstenlandes geändert, um Frauen wie Audhild einen Raum zu gewähren, wo sie vor eifersüchtigen und rachsüchtigen Menschen sicher waren. Wie betäubt schaute Lärka zu Reidar hinüber und fand keinerlei Ähnlichkeit mehr zwischen dessen harten Gesichtszügen und dem sensiblen, kraftvollen Wesen ihres Vaters. Sie schaute hinüber nach Osgund und wünschte, Orlyg würde erscheinen. Er würde sich gegen Reidar stellen und dessen rachsüchtiger Hetzerei ein Ende bereiten. In Lärkas Herz sammelte sich zorniger Hass auf Reidar, für seinen Verrat an ihren geliebten Eltern und dem Verrat an allem, was ihnen wichtig war. Orlyg und Audhild waren diejenigen, denen Reidars Rache galt, sie war nur das Mittel dazu.

Es war plötzlich still geworden in der Runde. Was hatte das zu bedeuten? War ein Urteil gefällt? Lärka hatte den letzten Teil des Disputs nicht mitbekommen und wandte sich nun voller Angst zu Grenjad um. Sie sah, wie ihr Oheim sie prüfend musterte, und spürte, dass er dabei war, eine wichtige Entscheidung zu treffen. Ihre Knie begannen zu zittern.

»Ein weiser Vorschlag, Fridmund. Es gibt viele Anzeichen, aber keine Beweise. Wir wissen nicht, ob sie eine Hexe ist. Aber die Götter wissen es, und sie mögen ein Urteil fällen. Wer dafür ist, möge sich an die Uferseite begeben, wer von ihrer Schuld überzeugt ist, auf die andere Seite«, sagte Grenjad und blieb in der Mitte stehen. Reidar blieb ebenfalls dort stehen und warf feindselige Blicke in die Runde.

Ein Gottesurteil! Lärka drehte sich der Magen um. Ich bin unschuldig, die Götter wissen es, versuchte sie trotzig, sich Mut zu machen. Es war vielleicht die einzige Möglichkeit, dem Scheiterhaufen zu entgehen. Aber jede Art des Gottesurteils bedeutete Schmerz, und manche Prüfungen, unter ihnen auch der Holmgang, den Grenjad für sie bestreiten würde, konnten gar tödlich verlaufen. Lärka spürte, wie ihr Herz zu rasen begann und ihr Atem schneller ging. Zögernd setzten sich einige Männer in Bewegung und wechselten auf die eine oder andere Seite. Als nach einer Weile Ruhe in die Menge gekommen war und alle auf ihrem Platz verharrten, versuchte Lärka ängstlich, den Ausgang der Abstimmung zu erkennen.

»Also ein Gottesurteil!«, sagte Grenjad. »Reidar, du bist der Kläger. Wähle die Art des Urteils. Wenn du den Holmgang willst, so wisse, dass ich für meine Verwandte kämpfen werde.«

Ein Raunen ging durch die Reihen, alle starrten zuerst auf Grenjad und dann auf Reidar, dem diese Frage nicht zu behagen schien, hatte er doch gegen das Gottesurteil gestimmt, um Lärkas sofortige Hinrichtung zu erzwingen. Schließlich schüttelte er langsam den Kopf.

»Wer mich für feige hält, den werde ich im Zweikampf für immer zum Schweigen bringen. Aber hier soll nicht der Zweikampf entscheiden, sondern unsere angestammten Götter. Die Götter des Meeres, des Windes und der Wellen, die unsere kühnen Schiffe sicher über jedes Gewässer brachten und die Marobrad den Sieg über die Gorunnenpest und deren Waldgötzen schenkten, werden auch diese Hexe in die ewige Verdammnis schicken!«, rief er. »Ihre Schuld soll durch das Wasser erwiesen werden.«

Lärka atmete auf. Grenjad blieb verschont. Diese Gefahr war gebannt. Andererseits konnte ein Gottesurteil durch das Wasser ihren Tod bedeuten, das wusste sie. Im Geestland lernten zwar schon die Kinder das Schwimmen und Tauchen, aber gefesselt ins eiskalte Wasser geworfen zu werden war etwas anderes. Ich habe nichts Unrechtes getan, mir kann nichts geschehen, machte sie sich selbst wieder trotzig Mut.

»Es soll sogleich geschehen«, forderte Reidar, und seine Gefolgsleute stimmten lautstark zu. Grenjad hieß die Versammlung, sich an der Bucht zu treffen und ein Boot klarzumachen. Dann ging er zu Lärka und legte ihr die Hand auf die Schulter.

»Das war alles, was ich machen konnte. Vertraue auf die Götter, denn du bist unschuldig.« Er schob sie sanft vor sich her und hielt zusammen mit Fridmund und dem Schmied die Grobheiten aus der Menge von ihr fern.

Bald waren sie an die Bucht gelangt, wo die Drachenschiffe der Osgunder im ruhigen blaugrünen Wasser lagen. Während zwei Männer ein Boot klarmachten, legte Lärka Schuhe, Mantel und Obergewand ab.

Nur mit dem Untergewand bekleidet bestieg sie das Boot und musste sich sogleich auf den Planken auf die Seite legen. Hände und Füße wurden ihr zusammengebunden und ein etwa zehn Ellen langes Seil durch die Fesseln gezogen. Lärka fröstelte, und nur die Fesseln verhinderten, dass ihr die Glieder vor Angst zitterten. Reidar stand mit rachesüchtigem Blick dabei.

»Fahrt in die Mitte der Bucht, und werft sie hinein«, rief er und streckte gebieterisch die Hand aus. »Wenn sie untergeht, ist sie unschuldig. Aber wenn sie durch ihre Hexenkunst oben schwimmt, dann ist sie des Todes.«

»Und ihr werdet sie unverzüglich herausziehen, nachdem sie untergegangen ist!«, knurrte Grenjad die Ruderer an.

Das Boot fuhr ein Stück hinaus. Dann packten die Männer die gefesselte Lärka und warfen sie mit einem Schwung über Bord. Instinktiv holte Lärka Luft so viel sie konnte. Ich bin schon oft mit Jörn im Ribefjord getaucht, das Wasser ist mein Freund, redete sie sich ein. Sie klatschte ins kalte Nass und tauchte kurz ein. Mit aller Kraft unterdrückte sie den Drang, in der Eiseskälte nach Luft zu schnappen. Dann trieb sie nach oben und torkelte wie ein Stückchen Rinde an der Oberfläche. Schon hörte sie die wütenden Rufe vom Ufer: »Hexe! Hexe!«

Plötzlich besann sie sich und schimpfte sich eine Närrin für ihre Dummheit. So hatte sie die Reusen nie erreicht. Lärka stieß die Luft aus und spürte erleichtert, wie sie sank. Das Rufen über ihr war kaum noch zu hören. Kaltes, trübes Zwielicht umgab sie, als sie ein Stück tiefer hinabglitt. Nun ist meine Unschuld bewiesen, dachte sie. Aber wann würden sie sie wieder emporziehen? Sie schluckte und schluckte, um ja nicht in ihrer Panik den Mund aufzureißen und das Wasser hineinzulassen. Nach einer Ewigkeit spürte sie endlich den Zug am Seil. Der Weg nach oben schien viel zu lange, doch da war das rettende Licht.

Als die Männer sie herauszogen und ins Boot warfen wie einen nassen Sack, füllte Lärka gierig ihre Lungen. Für einen Moment war ihr schwarz vor Augen. Sie lag keuchend und nach Atem ringend da, und drei Atemzüge später wurde ihr klar, dass sie gerade noch einmal davongekommen war. Es war überstanden. Die Götter hatten sie freigesprochen, vor aller Augen. Sie spürte unendliche Erleichterung. Jetzt würde Reidar endlich von ihr ablassen müssen. Das Boot ruderte zum Ufer zurück. Aber warum wurden ihr die Fesseln nicht gelöst? Was bedeuteten die zornigen Worte, die dort zwischen den Männern hin und her flogen? Als die Luft ihren Körper durchströmte und ihre Sinne wiederbelebte, verstand Lärka mit Schrecken, was dort geredet wurde.

»Sie schwamm oben, alle haben es gesehen!«, schrie Reidar und wies mit dem Finger zum Boot.

»Aber dann ging sie unter. Die Götter haben ihre Unschuld bewiesen!«, donnerte ihm Grenjad entgegen.

»Gydric ist gerade gestorben! Ich sage, es war ihr Werk! Wir wollen nun ein eindeutiges Gottesurteil. Werft sie wieder hinein! Diesmal warten wir lange genug, um zu sehen, ob sie nicht doch oben schwimmt«, verlangte Reidar zu Lärkas grenzenlosem Entsetzen.

Ungeachtet des Tumults, der am Ufer losbrach, wendete das Boot und ruderte zurück in die Mitte der Bucht.

»Rache für Gydric«, murmelte einer der Ruderer, und erst jetzt erkannte Lärka, dass es einer seiner Söhne war, der in der Thingversammlung bei Reidar gestanden hatte. Wie von Sinnen begann sie, an den Fesseln zu zerren. Wie konnte es sein, dass Gydric schon tot war? Das konnte doch unmöglich die Krankheit der Seelenlosen sein! Hilfesuchend schaute sie zurück zum Ufer und hoffte, auch Grenjad würde in diesem Moment das falsche Spiel durchschauen. Da erstarrte sie. Aus den Augenwinkeln hatte sie ein helles Funkeln am Westtor gesehen. Lärka wandte ihren Blick dorthin, und was sie sah, ließ ihr Herz hüpfen. Eine Schar Männer mit schimmernden Harnischen kam durch das Tor geritten und näherte sich der Bucht. Vorneweg sprang eine wild gestikulierende Gestalt, die ihren Bewegungen und dem hellen Haar nach nur Jörn sein konnte. Gleich dahinter erkannte sie den Anführer auf einem braunen Ross, eine schlanke, groß gewachsene Gestalt mit dunklen Haaren, und Lärka glaubte von ferne, die leuchtend grünen Augen zu erkennen, als der Mann mit der Hand sein Gesicht beschattete, um über die Bucht zum Boot herüberzuspähen.

»Arild!«, rief sie, doch ihre Stimme wurde vom Wind davongetragen. Sie wand sich und schrie, als die Männer nach ihren Armen griffen und sie emporhoben. Sie konnte kaum Luft holen, da war sie schon aus dem Boot geschleudert worden. Die Wellen schlugen über ihr zusammen. Sie spürte, wie sie sank, und nur mühsam konnte sie verhindern, dass sich die Panik ihrer bemächtigte und sie die Kontrolle über ihre Atmung verlor. Arild ist zurückgekommen!, hämmerte es hinter ihrer Stirn. Im Geiste sah sie, wie seine Männer bereits dabei waren, den Aufruhr am Ufer zu beenden und Reidar gefangen zu nehmen. Dann würde er die Ruderer auffordern, unverzüglich das Seil einzuholen. Jeden Moment würde sie nach oben gezogen werden. Sie durfte nicht aufgeben!

Lärka sank tiefer und merkte irgendwann einen Ruck, als das Seil sie eine Mannslänge unter der Oberfläche auffing. Wieder schluckte sie, um den Zwang zu atmen zu unterdrücken. Sie hatte kaum Luft holen können, und ihr Leib verkrampfte sich im Versuch, den Atem bei sich zu behalten. Nur nicht loslassen! Wann? Wann würde sie emporgezogen? Gab es einen Kampf zwischen Arild und Reidars Leuten? Warum zogen sie sie nicht hinauf? Am Seil hängend harrte sie bewegungslos aus und spürte die Kälte des trüben grünen Wassers und die schier unerträgliche Enge in der Brust. Noch ein wenig, dachte sie, halte aus! Doch der Schmerz wurde übermächtig, ihr Körper gierte nach Luft und konnte nicht länger standhalten. Sie warf all ihre Hoffnung darauf, dass Arild sie bergen möge und wüsste, was zu tun sei, und ließ es geschehen, dass ihr Leib den letzten Atem ausstieß und gierig in die Lungen sog, was immer durch den Mund hineinströmte.

Arild wusste nicht, wie lange er geschlafen hatte. Als er die Augen das erste Mal geöffnet hatte, war es vollkommen dunkel gewesen. In einem Anflug von Panik dachte er, der Berg hätte doch noch triumphiert. Aber dann hatte jemand beruhigend auf ihn eingeredet und ihm zu trinken gegeben, und kurz danach war er wieder eingeschlafen. Als er das nächste Mal die Augen aufschlug, gewahrte er, dass er in Tiernans Haus lag. Die Strahlen der Morgensonne drangen durch den Rauchfang schräg in den Raum. Etor saß auf dem Boden neben der Feuerstelle. Ächzend versuchte Arild, sich aufzurichten. Als Etor sah, dass sein Vetter erwacht war, sprang er auf und war sofort an der Lagerstatt.

»Ethandras! Beim Drachen unter den Bergen!«, rief er und sah besorgt aus. »Ohne dich wären wir alle tot! Nun aber ist der Fluch gebrochen und das Dorf befreit. Wie geht es dir?«

Arild versuchte, seine Glieder zu bewegen. Er fühlte sich steinalt. Die Müdigkeit von hundert Leben steckte ihm in den Knochen. Sein ganzer Körper schmerzte, als wäre er unter eine Felslawine geraten. Mühsam bewegte er Arme und Beine ein wenig und ließ sich dann stöhnend wieder auf das Lager sinken.

»Wird schon wieder«, murmelte er und bemerkte, dass er sich anhörte wie ein Betrunkener. »Und du?«

»Nicht so schlimm«, antwortete Etor und schob einen Ärmel in die Höhe, unter dem ein frischer Verband erschien. »Du warst da, bevor Tiernan mir wirklich zusetzen konnte.«

»Danke, dass du für mich gekämpft hast«, sagte Arild heiser. Etor schüttelte den Kopf. »Nein, *du* hast für *uns* gekämpft. Nie zuvor hat ein Menschenauge so etwas gesehen. Alle hier halten dich für einen Gott, und ich glaube ...«, Etor schüttelte sachte den Kopf, während seine Augen ehrfürchtig auf Arild lagen, »... wenn ich nicht mit dir aufgewachsen wäre, würde ich es auch tun.«

Arild musste lächeln. Sein Vetter ergriff seine Hand und drückte sie stumm. Dann nahm Etor eine Decke, rollte sie zusammen und schob sie Arild unter den Rücken. Mühsam gelang es Arild, sich im Bett aufzusetzen. Währenddessen erzählte Etor ihm, dass viele Männer den Tod gefunden hatten, aber außer Hylas sei keiner der ihren zu beklagen.

»Ich bringe den anderen nun die Kunde, dass du aufgewacht bist«, schloss er und verschwand. Arild schaute sich um. Er hatte neue Gewänder von kräftig blauer Farbe an und lag unter einer pelzbesetzten Decke. Der Herz-der-Berge-Stein lag auf einer goldenen Platte zu seinen Füßen. Dort, wo das Licht ihn traf, schimmerte er im Inneren dunkelrot. Arild starrte auf den mächtigen Stein und grübelte, was geschehen war.

Seit jenem Moment, als er Grimhorn überwunden hatte, wusste er klarer als jemals zuvor, was er zu tun hatte: Es galt, so schnell wie möglich nach Jaspis zu gelangen und den großen Herz-der-Berge-Stein wieder in den Besitz der Feodriner zu bringen. Damit würde er – solange der Pass noch offen war – in die Nördlichen Öden zurückkehren und gegen Grimhorn ziehen, ehe der Berg wieder an Kraft gewinnen und seinen tödlichen Atem über die Ebene nach Süden schicken konnte. Der Kampf gegen Grimhorn war also seine Bestimmung, die Aufgabe, die nur er allein würde auf sich nehmen können. Arild war sicher, dass außer ihm und Feodras, die sie beide zu den Wolkenfürsten sprechen konnten, bisher kein Steinkönig mächtig genug gewesen war, Grimhorn zu begegnen. Er seufzte und wünschte, er hätte Feodras befragen können. Da hörte Arild vertraute Stimmen sich dem Haus nähern. Valgrim, Theol und Etor betraten den Raum. Die Männer blieben respektvoll in einiger Entfernung vor seinem Lager stehen und schwiegen, und Arild bemerkte, dass dies kein Krankenbesuch zu sein schien, sondern eher wie eine Audienz anmutete.

»Ich freue mich, euch alle unversehrt zu sehen«, begrüßte er seine Verwandten.

»Ewige Blüte und Freiheit für Jaduin und seinen König«, antwortete Valgrim, und die Männer verbeugten sich. Nachdem Arild sie gebeten hatte, auf die Förmlichkeiten zu verzichten, beantwortete er geduldig die Fragen nach seinem Ergehen. Er erfuhr, dass er einen ganzen Tag geschlafen hatte. Nachdem sich der schwarze Sturm gelegt hatte und er wie tot umgefallen war, fiel der Fluch von den Überlebenden ab. Gemeinsam hatten sich Gorunnen und Feodriner darangemacht, Tote zu bergen und die Verwüstungen aufzuräumen. Am Abend hatten sich alle auf dem Dorfplatz versammelt und drei Ochsen den Göttern geweiht, sie geschlachtet und verzehrt. Es herrschte keine ausgelassene Fröhlichkeit, aber die Geretteten waren voller Dankbarkeit über ihre Befreiung.

»Was ist mit Tiernan?«, wollte Arild wissen.

»Er hat gesagt, dass es keine größere Macht unter den Menschen gäbe als die, deren Zeuge sie geworden seien. Deshalb werde er dir öffentlich seine Treue schwören«, antwortete Valgrim. Arild nickte.

»Wir können hier also in Frieden rasten«, fügte Valgrim hinzu. »Du kannst neue Kräfte sammeln, bevor wir in den Norden aufbrechen.«

Arild runzelte die Brauen und sah seinen Oheim nachdenklich an. »Der große Herz-der-Berge-Stein«, sagte er, »können wir sicher sein, dass er noch in der Höhle unter dem Drachenberg liegt?«

Seine drei Besucher tauschten erstaunte Blicke.

»Mein Schwager war letzten Sommer in Jaspis, um Neuigkeiten über Hakon in Erfahrung zu bringen«, sagte Theol. »Seit Hakon die Bibliothek deines Vaters geplündert und einen Großteil der Feodriner Kunstwerke zerstört hat, sind wir in Sorge um Jaspis. Von einem alten Vertrauten aus der Burg hat mein Schwager gehört, dass Hakon bereits ein paarmal versucht hat, in die Höhle unter dem Berg zu gelangen – bisher jedoch vergeblich. Das Labyrinth unter dem Drachenberg kennt nur Felor – und Etor natürlich«, fügte Theol mit einem Seitenblick auf Felors Sohn hinzu, »aber mit Seilen, die man als Wegmarken auslegt, und genügend Männern wäre es nur eine Frage der Zeit, bis sie es bezwungen hätten.«

»Die Kraft, die uns alle beinahe vernichtet hätte, ist nur angeschlagen«, erklärte Arild. »Ich brauche den Stein aus Jaspis, um sie für immer zu bannen.« Er erzählte von Grimhorn, den die Feodriner aus alten Sagen über die Düsterschlünde kannten. Staunend hörten die Männer, dass Kovanbys Fluch sein Werk gewesen war. Der Berg wolle den Tod über das Land bringen, indem er es veröde, und nur der Steinkönig könne ihn mit der Macht des Herz-der-Berge-Steins bezwingen. Ihre Fragen danach, wie er zu dieser Erkenntnis gelangt sei, ließ Arild unbeantwortet.

Er sagte lediglich: »Es ist eine der Steinkönig-Gaben, das zu wissen.«

»Und was wirst du jetzt tun?«, fragte Valgrim.

»Wir gehen nach Jaspis«, antwortete Arild bestimmt. »Tiernan und seine Leute nehmen wir mit in den Süden. Sie werden Osgund willkommenen Reichtum bringen. Orlyg wird uns Männer geben und Symara auch. Das und die Kraft dieses Steines«, Arild deutete auf den dunkelrot schimmernden Herz-der-Berge-Stein zu seinen Füßen, »werden genügen, um gegen Hakon zu ziehen. Korydon soll unterdessen nach Norden zurückkehren und die Ahnin warnen.«

Die anderen schauten ihn verwundert an.

»Aber wir wollten der Ahnin Althea doch unsere Aufwartung machen und ihren Rat hören«, warf Theol ein.

»Was immer sie uns zu sagen hat, es wird mir nicht helfen können, bei dem, was vor mir liegt«, antwortete Arild schärfer, als er beabsichtigte. Er mäßigte sich. »Es ist das Beste, sie verlässt ihren Sitz noch in diesem Sommer und kommt über den Pass, sobald wir einen sicheren Verbündeten im Süden haben. Dann wird es Zeit für eine Audienz und eine Ratsversammlung geben.«

Die anderen Männer tauschten stumme Blicke.

»Mit Verlaub«, begann Valgrim, und Arild sah an der Haltung seines Oheims eine Förmlichkeit, die ihn an seine Kindheit erinnerte. Er war unverkennbar wieder der Steinwächter, der Berater des Königs.

»Über das, was du von Grimhorn berichtet hast, gibt es keine Überlieferungen bei den Feodrinern«, sagte er. »Die Ahnin wird, wie du weißt, Schwester Feodras' genannt, denn sie gehört zum älteren Zweig unseres Geschlechts. Sie herrscht im Norden, so wie die Nachkommen Feodras' Jaduins Könige im Süden waren. Auch sie hütet einen reichen Schatz an Überlieferungen, die bis in die Zeit von Feodras und sogar davor zurückgehen. Lass uns hören, was sie über Grimhorn und die Kraft des Herz-der-Berge-Steins weiß.«

Arild wurde ungeduldig. *Er* war der Steinkönig. Er allein wusste, was zu tun war. Zu der einzigen Quelle seines Wissens, nämlich den Wolkenfürsten, würden weder die greise Ahnin noch ein anderer gewöhnlicher Mensch Zugang finden. *Er* hatte Grimhorn gebannt und hoffte, dass ihm die Feodriner nun, wo er den Feind vor ihren Augen mit Feodras' Kraft zurückgeschlagen hatte, ohne zu zweifeln folgen würden.

»Nein, unser Weg führt nicht nach Norden. Wir werden heute noch«, begann Arild und wollte sich aufrecht hinsetzen. Doch ächzend vor Schmerz sank er zurück. »Morgen ...«, keuchte er und fuhr fort, obwohl Valgrim sachte den Kopf schüttelte, »morgen brechen wir nach Osgund auf. Bereitet alles vor.« Arild streckte die schmerzenden Glieder. Beim Gedanken an Osgund wurde er traurig. Er würde Lärka schon so bald wiedersehen, aber durch seine Bestimmung war er weiter entfernt von ihr denn je.

»Ich brauche noch etwas Ruhe«, sagte er und gab den Männern zu verstehen, dass die Audienz beendet war. Etor blieb und versorgte ihn mit heilenden Tränken, die er nach Arilds Anweisungen aus Lärkas Kräutervorrat bereitet hatte, und mit gebratenem Fleisch und warmem Brot. Danach glitt Arild erschöpft in einen traumlosen Schlaf.

Als er am Nachmittag abermals erwachte, setzte er sich mühsam auf. Es war, als habe sich ein steinerner Panzer um seine Glieder gelegt, den er mit jeder seiner Bewegungen aufbrechen musste. Er machte sich daran, die ledernen, mit Gold beschlagenen Stiefel anzulegen, die vor dem Bett bereitlagen. Da stutzte er. An seinem rechten Unterschenkel und der Außenseite seines linken Unterarms hatte sich seine Haut dunkel verfärbt. Arild fuhr vorsichtig mit den Fingern darüber, um zu ertasten, was es war, und erschrak. Die Stelle fühlte sich kalt an, wie eine harte, gefühllose Haut, die sich über Unterarm und Unterschenkel spannte. Für einen Moment wollte Panik ihn befallen, denn er befürchtete, der Berg begänne, sich seiner wieder zu bemächtigen. Aber als er die Kühle des Herz-der-Berge-Steins fühlte und keinerlei Anzeichen von Grimhorns Nähe an sich bemerkte, beruhigte er sich. Es müssen Narben des gewaltigen Kampfes sein, dachte er.

Als sein Vetter hereinkam, zog sich Arild schnell das Gewand über den Arm. Etor half ihm auf und stützte ihn. Unsicher setzte er einen Fuß vor den anderen, spürte jedoch, wie mit jedem Schritt etwas von seiner Beweglichkeit zurückkehrte, und bald konnte er alleine laufen. Er verließ das Haus und schlug den Weg zum Westtor ein. Menschen, die ihn gewahrten, blieben stehen und senkten ehrfürchtig das Haupt. Beim Westtor waren viele Männer damit beschäftigt, schwarze Steinfiguren hinaus auf das Feld zu schleppen und in das braune Gras zu legen. Das Feld mutete wie die Werkstatt eines Steinmetzes an, aber in Wirklichkeit war es ein großes Grab. Erschüttert betrachtete Arild die vielen Versteinerten. Dann ging er weiter bis zu der Stelle, wo er gegen Grimhorn gekämpft hatte.

Der Boden zu seinen Füßen war schwarz und roch verkohlt, als habe ein großes Feuer gewütet. Ein Rest von Asche in der Nähe markierte die Stelle, wo Hylas verglüht war. Weit in der Ferne, dort, wohin er die Kraft des bösen Berges gebannt hatte, ließ eine schwarze Wolkenfront den lauernden Feind erahnen. Und von dort führte auch eine Schneise leblos grauen Landes über die Ebene den Berghang hinauf bis nach Kovanby – bis an die Stelle, wo er stand. Arild schauderte, als er sich an die unbeschreibliche Gewalt des Berges erinnerte. Allein, dass er das überlebt hatte, kam einem Wunder gleich.

Aber wie er vorgehen sollte, wenn er das große Herz der Berge aus Jaspis wiederhätte, wie er gar den Kampf führen und dem Berg den Todesstoß versetzen sollte, das überstieg seine Vorstellungskraft. Wer außer Feodras, der schon so lange nicht mehr unter den Lebenden weilte, besaß dieses Wissen? Arild blickte sich um und sah die Bresche, die in die Stadtmauer gerissen war. Dann hob er den Kopf und ließ den Blick über die Hänge der Frostberge wandern, deren Wolkenfürsten ihm beigestanden hatten. Der Hohe Goldfang hatte seinen schäbigen aschgrauen Schleier verloren und glänzte majestätisch in der Sonne. Wie hatte Nyol den Wolkenfürsten genannt? Helaku, der vor allen andern auf diesen Höhen gewesen war. Wenn jemand etwas über Grimhorn wissen konnte, dann vielleicht Helaku!

Arild hatte sich warme Kleidung erbeten, bevor er sich ohne Begleitung aufmachte und die Stadt durch das Nordtor verließ. Er war an den Stolleneingängen oberhalb von Kovanby vorbeigekommen, wo Leute aus- und eingingen und Vorratskrüge und schwere Kisten aus den Stollen in die Stadt holten. Niemand hatte ihn bemerkt. Er stieg weiter bergauf, bis die Bäume spärlicher wurden. Als er die ersten Schneefelder erreichte, blieb er stehen.

»Seid gegrüßt, Helaku, der Ihr vor allen anderen auf diesen

Höhen wart«, sagte er. Er spürte den Hauch des Überganges kaum noch, als er in die Welt der Wolkenfürsten eintauchte. Da sah er, wie ein Nebelstreif vor ihm aufzog, sich verdichtete und die helle Gestalt eines Wolkenfürsten erschien. Verglichen mit einem Menschen war Helaku eine strahlende Erscheinung. Aber nachdem Arild Niyol kennen gelernt hatte, wurde ihm bewusst, dass der Hüter des Hohen Goldfang nur ein Schatten seiner selbst war. Die Haut schimmerte trübe, das Gesicht wirkte eingefallen, und das Gewicht der Sternenkette schien den Wolkenfürsten nach unten zu ziehen. Einzelne, verlorene Goldfunken rieselten an Helaku, dem Goldenen, herab, als er sich müde bewegte. Das Obergewand war so dünn, dass man fast hindurchsehen konnte. Arild befürchtete, schon der nächste Windhauch könnte den Wolkenfürsten hinwegwehen. Allein in seinen Augen, in denen die herrliche Weite des Himmels und das tanzende Spiel der Wolken zu sehen waren, glänzte ein hoffnungsvoller Schimmer.

»Sei gegrüßt, Herrscher über Felsen und Berge, mein Befreier«, drang es wie von einem Windhauch an Arilds Ohr. Helaku tat eine Armbewegung, und ein feines Rauschen ertönte, als er die dünne Wolkendecke über ihnen teilte, sodass warme Sonnenstrahlen auf Arild fielen.

»Deine Kraft hat den Berg gebannt«, hauchte der Wolkenfürst.

»Ja, aber wie viel Kraft wird nötig sein, um ihn für immer zu bezwingen?«, erwiderte Arild. »Viel Zeit ist ins Land gegangen, seit die Wolkenfürsten uns den Herz-der-Berge-Stein gaben. Vieles ist seitdem aus unserer Erinnerung verschwunden. Grimhorns Kraft ist so gewaltig! Sagt mir, Hüter der Wolken und der Berge: Wie kann ich ihn besiegen?«

Helaku musterte Arild mit mildem Erstaunen. Er verharrte schweigend, und sein Gewand verdunkelte sich zusehends. »Wenn du dich nicht erinnerst, weiß es niemand.«

»Ihr meint, ich habe es einst gewusst?«, fragte Arild überrascht. »Von wem?«

»Wir, die Hüter der Gipfel, kennen unsere Schützlinge und jeden Riss, jede Spalte, jede Höhle in unseren Höhen. Wir verstehen die Seele des Berges, ob sie ruht oder wacht, ob sie friedlich oder wütend ist. Wir wissen, was unseren Berg erfreut und was ihn ärgert, was ihm wohltut und was ihm schadet.«

»Was aber – außer dem Herz-der-Berge-Stein – kann Grimhorn schaden? Was ist seine Schwäche?«, wollte Arild wissen.

»Pajakok«, murmelte Helaku wehmütig und schaute in die Ferne. »Pajakok wusste, wie der Berg zu besiegen ist, und hat es dir gewiss kundgetan, bevor Grimhorn ihn in die Darre schickte. Wenn *du* dich nicht erinnerst, dann kenne ich kein Wesen zwischen Himmel und Erde, das über dieses Wissen noch verfügen könnte.«

Aufgewühlt starrte Arild den Wolkenfürsten an. Fieberhaft versuchte er sich alles in Erinnerung zu rufen, was Valgrim ihn je über Feodras hatte lernen lassen. Doch in keinem der Lieder, Gesetze und Sagen gab es einen Hinweis. Der Wolkenfürst des Grimhorn und der erste Steinkönig Feodras waren bereits lange tot. War mit ihnen wirklich alles Wissen darüber verloren gegangen, wie Grimhorn zu besiegen war? Hatte Feodras versäumt, dafür Sorge zu tragen, dass die Erinnerung an den Eid bewahrt blieb?

»Ich war dem Untergang geweiht, aber du hast Grimhorns Bosheit hinweggefegt«, unterbrach der Wolkenfürst Arilds Gedankengang. »Du bist stark, und wenn du für uns kämpfst, müssen wir nicht verzagen.«

Helaku schaute ihn mit hoffnungsvollen Augen an, und auf seinem Gewand, das zusehends an Dichte zuzunehmen schien, konnte man einen Regenbogen erahnen. Arild versuchte, seine Unsicherheit zu verbergen, und nickte entschlossen.

»Haltet Schnee- und Hagelstürme vom Pass und der Ebene fern«, bat er, »damit die Menschen hindurchziehen und sich vor Grimhorn in Sicherheit bringen können. Damit erweist Ihr mir einen großen Dienst. Und wenn ich vor den Toren von Jaspis stehe, werde ich die Macht der Wolkenfürsten von den Drachenbergen und den Greifshöhen brauchen, um an den großen Herz-der-Berge-Stein zu gelangen und ihn an mich zu nehmen.«

»So soll es sein«, hauchte Helaku und trieb mit einer beiläufigen Armbewegung einige regenträchtige Pathin und schneeverhangene Udar, die sich über die Nördlichen Öden schieben wollten, nach Osten zurück.

»Habt Dank«, sagte Arild und hob die Hand, um sich zu verabschieden. »Möge Eure Kraft zurückkehren, und mögen Eure Brüder für immer von Grimhorns Bosheit verschont bleiben.«

Helaku hob ebenfalls die Hand, und mit einer weiteren Bewegung war er verschwunden. Eine kleine Nebelwolke hing für einen Moment noch über der Stelle, wo er gestanden hatte. Dann löste sie sich auf, und keine Spur war mehr von dem Wolkenfürsten zu sehen.

Den ganzen Weg hinab in die Ebene grübelte Arild enttäuscht über das Wenige, das er erfahren hatte. Vielleicht hatte Feodras gar nicht mit Pajakok gesprochen! Wenn doch, warum hatte er das, was er dabei erfahren hatte, nicht in die Überlieferung einfließen lassen? Er muss doch geahnt haben, dass niemand ohne dieses Wissen den Kampf aufnehmen kann!, dachte Arild. Zurück in der Stadt ließ er sogleich nach Valgrim schicken und befragte seinen Oheim nach Feodras' Überlieferungen über Grimhorn. Valgrim dachte lange nach und schüttelte den Kopf.

»Wenn uns Feodras etwas hinterlassen hat, dann muss es sich auf der Burg Drachenkrone oder in der Bibliothek befinden«, sagte er.

»Ein Grund mehr, bald aufzubrechen, um Hakon von dort zu vertreiben«, erwiderte Arild. »Dann können wir in den Quellen, die Hakons blinder Zerstörungswut noch nicht zum Opfer gefallen sind, nach der Antwort suchen.«

Valgrim wiegte zweifelnd den Kopf.

»Die Ahnin könnte dir weiterhelfen, glaube mir«, beschwor er seinen Neffen. »Sie ist älter, als wir beide uns vorstellen können.

Jeder Steinkönig, der je in Jaspis regiert hat, hat ihrem Volk die Aufwartung gemacht. Sie ist der Hort unserer Erinnerungen.«

»Sie müsste schon Feodras persönlich begegnet sein, um die Antworten auf meine Fragen zu kennen«, erwiderte Arild und lehnte sich erschöpft zurück. Valgrim verabschiedete sich und ging hinaus, damit Arild noch Zeit zum Ausruhen fände.

Als die Dämmerung anbrach, wurden draußen Feuer angezündet, und bald erfüllte der Duft von gebratenem Fleisch die Luft. Die Kovanbyer hatten viele der großen Tiere geschlachtet, denn bis auf ein paar Ziegen würden sie nichts mit über den Pass nehmen können. Die Pferde würde Tiernan den Ilayin zum Geschenk machen.

Nachdem Arild aus einem wohltuenden Schlaf aufgewacht war, hatte er zu seiner Erleichterung keine weiteren Veränderungen auf der Haut entdecken können. Er kleidete sich an und begab sich nach draußen. Die unteren Zweige der blattlosen Eiche vor dem Thanhaus waren mit bunten Stoffstreifen geschmückt. Alle waren auf den Beinen. Welch ein Unterschied war es, diese aufgeregt tuschelnden, in farbig leuchtende Gewänder gehüllten Menschen zu sehen, wo am Tag zuvor nur abgestumpfte Seelen die Siedlung bevölkert hatten. Tische und Bänke waren in einem riesigen Hufeisen um die Bäume aufgestellt worden, und wer dort keinen Platz fand, saß oder stand in der Nähe der wärmenden Feuerstellen. Arild nahm mit den Feodrinern und den Ilayin an der Stirnseite neben Tiernan Platz. Nachdem sie sich an gebratenem Fleisch satt gegessen hatten, hob der Than sein Trinkhorn und pries in überschwänglichen Worten Arilds Mut und einzigartige Kraft.

»Ihr habt meinem Volk das Leben geschenkt. Wir alle stehen in Eurer Schuld«, sprach er mit lauter Stimme.

»Ihr wart bereit, für Eure Leute dasselbe Opfer zu bringen, nämlich Euer Leben«, erwiderte Arild und hob ebenfalls sein Horn. Die Männer leerten es in einem Zug.

»Es ist eine Sache, einen Schwertkampf Mann gegen Mann zu

fechten«, sagte Tiernan. »Es ist eine andere Sache, sich mit himmlischen Mächten und Naturgewalten anzulegen und sie zu bezwingen. Euch gehört meine Treue und die meines Volkes. Nehmt sie an, obwohl alles, was wir Euch anbieten können, Eurer Macht und Erhabenheit nicht würdig ist.« Er fasste die Klinge seines Schwertes beim Heft und an der Spitze, kniete sich hin und hielt Arild die Waffe mit ausgestreckten Armen hin. Dann sagte er feierlich: »Ich schwöre bei unseren Göttern, Euch die Treue zu halten im Krieg und im Frieden, Euch die Kampfeskraft und das Gold meines Volkes zu widmen, wann immer ihr ruft, Abgaben zu leisten und Eure Gesetze zu befolgen, so wahr ich Than dieses Volkes bin.«

Arild erkannte überrascht, dass Tiernan ihm den Treueschwur anbot. Er rief sich die zeremoniellen Formeln ins Gedächtnis, die er einst von Valgrim gelernt hatte.

»Ihr und Euer Volk steht unter dem Schutz des Steinkönigs«, sprach er und legte seine Hand auf die Mitte der Klinge. »Eure Feinde sind auch meine Feinde, und wenn Euch Unbill droht, werde ich Euch zu Hilfe eilen, mit allem, was mir zu Gebote steht.«

Da erhob sich Tiernan, und der Platz war erfüllt von den Hochrufen der Gorunnen.

»Wir werden diesen Ort so bald wie möglich verlassen«, rief Tiernan seinen Leuten zu. »Südlich von den Zehn Brüdern werden wir eine neue Stadt gründen. Wir wollen sie Arildstyrka nennen, denn Eurer Macht« – er nickte Arild zu – »ist es zu verdanken, dass wir leben. Die Stadt wird Heimat der stärksten Krieger sein.« Tiernans Männer jubelten. »Sie wird die reichste unter den Küstenstädten sein, und das Geestland wird zu ihrer Pracht aufschauen. Wir aber werden Euch von unserem Gold geben, so viel Ihr begehrt, Euren Ruhm mehren und für Euch in jeden Kampf ziehen.«

Die Gorunnen hatten ihrem Anführer mit leuchtenden Augen zugehört und stimmten Hochrufe auf Tiernan an. Doch Arild wehrte ab.

»Nein, ich bitte Euch um etwas viel Schwereres«, sagte er. »Dass Ihr den Frieden liebt und ihn nach Osgund bringt.«

Tiernan starrte ihn an, als habe Arild gerade von ihm verlangt, er solle Schwert und Schmuck ablegen und den Rest seiner Tage mit Weben, Spinnen und den Arbeiten der Frauen zubringen. Der Than wollte zu einer Erwiderung ansetzen, da kamen zwei Männer an seine Seite und tuschelten aufgeregt mit ihm.

»Das müssen unsere Gäste wissen«, sagte Tiernan. Dann wandte er sich an Arild. »Ich habe diese beiden hier geschickt, um den Pass auszukundschaften. Hört ihren Bericht.«

»Wir haben einen Zug von Kriegern mit Rüstungen, Lanzen und mit großen Hunden gesehen, der vom Pass herabkam«, sagte einer der Kundschafter, der das dunkelbraune Haar zu zwei Zöpfen geflochten trug.

»Wohin sind sie gegangen?«, fragte Valgrim, »sind sie auf dem Weg zu uns?«

»Nein, sie gingen hinab in die Ebene und ziehen nach Norden«, sagte der Mann und wies mit dem Arm in die genannte Richtung. Valgrim schien beruhigt, doch jetzt war es Korydon, der bestürzt aufsprang.

»Haben sie Spähtrupps ausgeschickt oder sich geteilt, um die Fährte der Feodriner in Erfahrung zu bringen?«, wollte er wissen.

»Nein, sie zogen direkt nach Norden«, war die Antwort.

»Nach Ilor, den Wohnstätten der Ahnin!«, rief Korydon aus. »Das gefällt mir nicht!«

»Es sind etwa hundert Mann«, sagte der Kundschafter, »und sie sind zu Fuß, weil sie die Pferde nicht über den Pass mitnehmen konnten, also werden sie nicht sonderlich schnell vorankommen.«

Korydon wandte sich um. »Stamitor, brich mit Kiriban sofort auf, und eile, um die Unsrigen zu warnen.« Die beiden Männer nickten und verschwanden in der Dunkelheit.

»Welch ein Glück, dass der Steinkönig uns begleiten wird«, sagte Korydon und wandte sich an Arild. »Es wird ein scharfer

Ritt, und ich hoffe, dass Ihr dieser Anstrengung schon gewachsen seid. Aber die Ahnin wird Eurer Hilfe bedürfen.«

Arild hob die Brauen.

»Verzeiht, aber ich habe andere Pläne«, antwortete er langsam. »Ich werde mit Tiernan und seinen Leuten in spätestens zwei Tagen nach Süden aufbrechen. Es wird mir nicht möglich sein, der Ahnin einen Besuch abzustatten. Euer Volk wird es alleine mit den Soldaten aufnehmen müssen und sie sicherlich besiegen.« Er hoffte, dass dies den zahlreich überlegenen Ilayin auch gelingen würde. Wirklich sicher war der Sieg nur, wenn er zu Hilfe eilte, aber er hatte keine andere Wahl.

Da ging Korydon einige Schritte weg vom Festplatz und bat Arild, ihm zu folgen.

»Hundert stark bewaffnete Männer vermögen eine Menge, wenn sie ein friedliebendes Volk überraschen, das an einer Stätte ohne Wehranlagen lebt«, sagte der Ilayin. »Wir haben wohl an die dreihundert Männer mit Waffen in Ilor und hätten tausend mehr, wenn wir genug Zeit hätten, sie aus den Nördlichen Öden zusammenzurufen. Aber wir werden nicht kämpfen, sondern unser Volk wird sich in Höhlengänge flüchten. Und trotzdem können die Soldaten des Königs zur Gefahr werden, denn die einzigen Bewaffneten, deren Ankunft die Ahnin erwartet«, sagte Korydon und zeigte auf Arild, »seid Ihr und Euer Gefolge! Die Überraschung ist auf Seiten unserer Feinde. Und nun sagt mir, mein Steinkönig, ob nicht die Ausrottung unserer alten Kultur, des Ursprungs der Feodriner und die Vernichtung von Feodras' Schwester dem falschen, eifersüchtigen König in Jaspis höchst gelegen kämen?«

»Feodras' Schwester?«, echote Arild. Etwas in der Art, wie Korydon den Beinamen der Ahnin ausgesprochen hatte, machte ihn stutzig.

»So nennen wir unsere Fürstin«, sagte der Ilayin. Aber Arild war nicht zufrieden. Eine Ahnung keimte in ihm auf, die allem eine andere Wendung geben konnte.

»Wird sie nur so genannt, oder *ist* die Ahnin gar Feodras' Schwester?«, fragte er. Korydon zögerte.

»Wollt Ihr es mir nicht sagen?«, beharrte Arild.

»Sie ist es«, sagte Korydon kaum hörbar. »Die Ahnin und eine kleine Schar von Eingeweihten, zu denen stets die Steinkönige gehörten, bewahren dieses Geheimnis. Versprecht mir, dass Ihr das niemandem weitergeben werdet, nicht dem Steinwächter und nicht Euren engsten Vertrauten.«

»Ich schwöre es«, murmelte Arild fassungslos. »Aber wie kann das sein?«

»Die Ahnin hat ein ungewöhnlich hohes Alter, auch wenn ihr Äußeres das nicht zeigt«, erzählte Korydon mit gedämpfter Stimme und schaute sich vorsichtig um, als befürchte er heimliche Lauscher. »Einst hat es in der Macht aller Ilayin gelegen, über das Geheimnis des ewigen Lebens zu verfügen. Doch der Preis dafür ist hoch, denn für die einen, die ewig leben dürfen, müssen andere sterben. Als sich unser Volk in der Gier nach der Unsterblichkeit beinahe selbst ausgerottet hatte, wurde die Ahnin von den Überlebenden zur Trägerin der Weisheit gewählt und regiert seitdem unser Volk.«

Arild hielt den Atem an: Wenn die Ahnin im Norden wirklich Feodras' Schwester war, dann hatte der erste Steinkönig ihr vielleicht etwas von Pajakok erzählt und wie Grimhorn zu besiegen wäre!

»Wir müssen ihr zu Hilfe eilen«, sagte Korydon beschwörend. »Sie wird nicht im Alter sterben, solange die Syna – das sind ihre engsten Dienerinnen – um sie sind. Aber der Verräter weiß: Wird sie von ihren Syna getrennt und tödlich verwundet, so wird sie sterben, und mit ihr geht alle Weisheit unseres Volkes verloren.«

»Ich verstehe«, erwiderte Arild langsam. »Lasst mich noch etwas regeln, dann brechen wir unverzüglich auf. Ich werde die Ahnin schützen, mit all meiner Macht.«

Sie begaben sich zurück zum Fest, wo Arild den erstaunten

Feodrinern kurze Anweisungen gab und sich dann an Tiernan wandte.

»Werter Than! Früher als vermutet werdet Ihr Gelegenheit haben, mir Eure Treue zu erweisen«, begann er.

»Sprecht, und es sei erfüllt«, sagte Tiernan. Arild erbat sich alle Pferde und von Tiernans Kriegern jeden zuverlässigen Mann, für den sich ein Pferd finden ließ. Dann kam er zurück auf das, was Tiernan zuvor über die neue Stadt gesagt hatte.

»Bringt Aussöhnung und nicht das Schwert in das Küstenland«, bat er. »Geht nach Osgund, und helft dieser verarmten Stadt. Stiftet Frieden zwischen Geestleuten und Gorunnen. Damit erweist Ihr mir große Ehre. Ihr wisst jetzt, dass wir im Nordosten einen gemeinsamen Feind haben, der mächtiger ist als einige starrsinnige Geestländer.« Dann berichtete Arild von Osgund und den vielen leerstehenden Häusern dort, von der Not der Einwohner, und betonte, dass Osgund es verdiene, mit Tiernans Hilfe zur stolzen Perle des Nordens zu werden.

»Ehre erwerben wir uns nur, wenn wir kämpfen«, antwortete dieser und klopfte mit der Hand an den Schwertgriff. »Und wir werden uns nicht dem Hochmut von Reidars Sippe beugen, das könnt Ihr nicht verlangen«, sagte er. »Aber wenn Ihr die Stadt in meine Hände legt, werde ich sie wohl zu führen wissen.«

»Vieles hat sich geändert, seit Ihr fortgegangen seid. Euer Schwager Grenjad, Rutlindis' Gemahl, ist jetzt Than in Osgund und wird Euch mit offenen Armen empfangen«, erwiderte Arild. »Aber noch in diesem Sommer werdet Ihr Ehre im Kampf erwerben können, wenn wir gegen Hakon zu Felde ziehen. Jeder Eurer Männer wird dann für zehn kämpfen müssen, denn unser Feind kann in Windeseile große Heere ausheben.«

Dann erzählte er Tiernan, dass seine Nichte Lärka, Audhilds Tochter, die Erbin des Küstenlandes sei und sein Schwager, Than Orlyg, starke Verbündete wie ihn brauchen würde.

Arild bat Tiernan um seinen Schutz für Lärka und erklärte ihm, wie er in Osgund verfahren solle.

Tiernan versprach Treue in allem.

Während ihres Gesprächs waren bereits die Vorbereitungen für den Aufbruch getroffen worden. Alle brauchbaren Pferde, nur neunzehn an der Zahl, waren zusammen mit den Pferden von Korydon und Hylas gesattelt und mit Wasser, Proviant und warmer Kleidung beladen worden. Der verletzte Damaen musste schweren Herzens in Kovanby bleiben und würde mit Tiernans Leuten nach Osgund gehen.

So machten sich in der Mitte der Nacht Korydon und die sieben Feodriner, begleitet von dreizehn Gorunnenkriegern auf den Weg. Die Männer führten ihre Pferde durch die Dunkelheit und beleuchteten den Weg mit den Mondsteinen der Feodriner. Nur Arild durfte reiten, denn er war noch nicht wieder bei Kräften. Als die Sonne aufging, bemerkte er dankbar, dass nur federleichte Kiran und freundliche Snehin über ihnen flogen, die ihnen bestes Reisewetter versprachen. Die Luft war von einer überwältigenden Klarheit, und das Braun des verwelkten Grases, das Grüngrau der Felsen, das Weiß von Schnee und Wolken und das Blau des Himmels hoben sich mit unwirklicher Schärfe voneinander ab.

Die Männer saßen nun auf und trieben die Pferde zur Eile an. In der Ferne sahen sie Herden von Rentieren, die um diese Jahreszeit ihre Kälber warfen, und einmal auch den silbergrauen Umriss eines riesigen Bären auf der Jagd nach dem Wild. Von Süden her zogen Schwärme von Gänsen in Richtung Norden, und Arild war erstaunt über die Fülle des Lebens in diesem unbewohnt und öde geglaubten Gebiet. Mehr als einmal warf er misstrauische Blicke nach Osten, aber nichts deutete daraufhin, dass Grimhorns Kraft den Bannkreis verließ.

Der erste Reisetag verging in schweigsamer Hast. Nur ab und zu stiegen sie von den Pferden und liefen neben ihnen her, um die Tiere zu schonen. Am frühen Abend überquerten sie das steinige Bett eines flachen Stroms, der die Ebene durchzog und sich vom Schmelzwasser speiste. Sie fingen ein paar Lachse, die vom Meer bis hier hinaufgewandert waren. Erst in der Dunkelheit gönnten sie sich eine Rast. Holz gab es keines, und so nahmen sie im Schein der Mondsteine eine kalte Mahlzeit ein.

Am nächsten Tag veränderte sich die Landschaft kaum merklich. An manchen Stellen ging das Gras unvermittelt in kleine, von Moor umgebene Tümpel über, zwischen denen Korydon sie mit sicherem Schritt hindurchführte. Arild bedauerte, dass sie nicht an der Stelle vorüberkamen, an der sein Vater Jendro gestorben war. Nur einmal deutete Valgrim nach Westen auf eine kleine braune Erhebung in der Ferne, wo es geschehen war. Doch für mehr war keine Zeit.

Am Mittag des folgenden Tages sahen sie weit vor sich die Umrisse eines Berges aus der Ebene emporragen. Sie muteten von weitem an wie das Profil eines liegenden Mannes. Als Arild genauer hinsah, erkannte er eine kurze, runde Stirn, die tief liegende Augenhöhle, eine lange gerade Nase und ein kurzes Kinn. Mit einem Mal erinnerte er sich, wo er dieses Profil schon einmal gesehen hatte: Es war der Riese, der den Eingang zur Höhle unter dem Drachenberg in Jaduin bewachte. Der Schöpfer dieser Figur musste den Anblick dieses Gebirgszuges im Sinn gehabt haben, als er sie formte.

»Wir nennen ihn den Schlafenden Kaiser«, sagte Korydon, der neben ihm an der Spitze des Zuges ritt, zu Arild.

»Aber er schläft nicht, sondern schaut in den Himmel«, sagte Arild und wies auf die Augenhöhle, aus der sich ein kleines Rund wie ein Augapfel hervorwölbte.

»Es heißt, dass der Schlafende Kaiser in der Nacht, als das Feuer vom Himmel fiel, sein Auge öffnete«, sagte Korydon. »Willkommen in den Gefilden der Ilayin und dem Sitz der Ahnin.«

Arild ließ den Blick wie gewohnt über den Himmel schweifen. Etwas fesselte seine Aufmerksamkeit, das ihn beunruhigte: Nordwestlich von ihnen, viel näher zum Schlafenden Kaiser als ihre eigene Position, zeigten ihm die Snehin die Rachen geifernder Hunde, die nordwärts stürmten. Unweit davon flog mit geringem Vorsprung eine geschmeidige, katzenhafte Gestalt davon. Arild hatte keinen Zweifel, was ihm die weißen Himmelswanderer kundtun wollten.

»Ihr alle habt ein Zeichen in Eure Mäntel gewebt. Welches aber ist das Zeichen der Ahnin?«, wollte Arild wissen.

»Dieses Zeichen trägt nur die Garde der Ahnin auf ihren Mänteln. Deren Siegel zeigt neben der Feodriner Hand mit dem Stein das Bild einer Waldkatze«, antwortete Korydon und Arild sah seinen Verdacht bestätigt.

»Warum sollte sie ihre Wohnstätte verlassen und nach Süden ziehen?«, fragte er, denn das war es, was er aus den Wolken las.

»Woher wisst Ihr ... ?«, hub Korydon an, doch dann schien er seine Frage für respektlos zu halten und fuhr fort: »Jeder Ilayin, der das Erdbeben vor vier Tagen gespürt hat, weiß, dass ein mächtiger Steinkönig auf dem Weg ist. Sie wird ...«, Korydon hielt inne und erschrak, »... sie wird Euch vielleicht mit einer kleinen Ehrengarde entgegenkommen!« Er spähte angespannt in Richtung des Schlafenden Kaisers und versuchte, etwas zu erkennen. »Aber dann würde sie unweigerlich den Feinden ungeschützt in die Arme laufen!« Entsetzt starrte er Arild an.

»Ich denke, Kiriban konnte sie warnen«, sagte Arild. »Sie ist umgekehrt und auf dem Rückweg zum Schlafenden Kaiser. Aber Hagbart hetzt seine Männer ohne Gnade hinter ihnen her.«

Arild teilte das, was er in den Wolken sah, seinen Gefährten mit, und nicht einer wagte zu fragen, woher er sein Wissen habe. Sie trieben die müden Tiere zum Äußersten, aßen und tranken im Reiten. Sie stiegen erst in der Dämmerung ab und liefen neben ihren Tieren her, bis sie selbst vor Müdigkeit nicht mehr weiterkonnten. Dann schliefen sie kurz und brachen in der kalten Frühe wieder auf. Sie kamen jetzt ab und zu an Gehöften vorbei, die, von kleinen Feldern und Viehgattern umgeben, vereinzelt in der Ebene lagen. Erstaunt hielten die Menschen inne und sahen den eiligen Reitern nach, wie sie nach Norden jagten. Wieder spähte Arild über den Himmel. Als die Sonne sich über den östlichen Horizont erhoben hatte, sah er Waldkatze und Hunderachen weiter auf den Berg zusegeln, doch bewegte sich die Katze in Richtung von dessen südwestlicher Seite, während die Hunde direkt auf die Ostflanke des Berges zuhielten. Arild wandte sich an Korydon, der an seiner Seite ritt.

»Was ist, wenn es Hagbart gelingt, die Ilayin anzugreifen?«, fragte er.

»Sie werden flüchten, in den Bauch des Schlafenden Kaisers. Es gibt an der Ostseite, in einiger Entfernung von Ilor, das im Südwesten liegt, geheime Höhlengänge, die nur die Ilayin kennen. Wir geben unser Wissen an niemanden weiter. Jeder unwissende Fremde, der überhaupt den Eingang zur Höhle findet, wird sich in den zahllosen Gängen verirren und an einer der vielen gefährlichen Stellen in den Tod stürzen.«

»Was, wenn es zum Kampf kommt?«, beharrte Arild.

»Wir sind kein Volk von Kriegern«, wiederholte Korydon und schüttelte den Kopf.

»Seid Ihr sicher, dass kein Fremder den Eingang zu und den Weg durch Eure Höhle der Zuflucht kennt?«, fragte Arild und spähte prüfend nach den dahinsegelnden Snehin.

»Ausgeschlossen«, antwortete der Ilayin und schüttelte den Kopf. »Es sei denn ...«, Korydon stockte erneut. »Was habt Ihr gesehen? Hält Hagbart auf die Ostseite zu?« Er schaute Arild entsetzt an: »Das kann er nicht wagen! Pandareos, dieser Unwürdige! Die Schande unseres Volkes! Dafür hat er hundertfach den Tod verdient!« Er rang um Fassung.

»Wer ist Pandareos?«, fragte Arild.

»Ein Verräter, der vor zwanzig Jahren unser Volk verließ«, antwortete Korydon. »Er glaubte, die Ahnin sei schuld am Tod seiner drei Töchter. Er wollte sie nicht verlieren und gierte auch für sich selbst nach dem Geheimnis des ewigen Lebens. Aber die Ahnin wies ihn gemäß unserer Gesetze ab. Da er nicht abließ, stießen wir ihn aus, aber er schwor Rache, beraubte das Heiligtum der Ahnin und floh nach Süden. Wir setzten ihm nach bis südlich der Frostberge, in die Nähe von Osgund, aber wir konnten ihn nicht stellen. Er ist der Einzige, der das Wissen und die Skrupellosigkeit für einen solchen Verrat hat. Wenn er bei den Soldaten ist, wird er die Verfolger bis zur Höhle und hineinführen. Und dann wird auch das Höhlenlabyrinth keine sichere Zuflucht mehr sein«, schloss er verzweifelt. Korydon hielt nun direkt auf die Ostseite des Berges zu.

Mittlerweile musste auch Althea den Plan Hagbarts erkannt haben und bewegte sich ostwärts in Richtung des Höhleneingangs, wenn Arild die Formen der Snehin richtig deutete. Gegen Mittag sahen sie inmitten der Ebene, die vor ihnen lag, das Blinken von Speeren und Rüstungen. Das mussten Hagbarts Männer sein, die sich dem Fuß des Schlafenden Kaisers näherten. Bald teilten sie sich, und ein größerer Trupp Soldaten wandte sich nach Westen, wohl um nach Ilor zu gelangen. Einige Zeit später wies Korydon auf den Berghang vor ihnen. Auf halber Höhe bewegten sich kaum wahrnehmbar kleine farbige Punkte auf dem mit Schneefeldern durchsetzten Berghang nach Osten: Die Ilayin flohen aus Ilor zur Höhle. Weiter unten am Osthang waren etwa eine Hand voll weitere Hellbemäntelte auszumachen, die mit dem Aufstieg begannen.

»Die Ahnin hat die Unsrigen durch einen Boten gewarnt, und sie bringen sich in Sicherheit. Seht dort! Althea selbst hat mit ihrer Garde bereits den Fuß des Berges erreicht!«, rief Korydon und trieb sein Pferd weiter.

Kurze Zeit später verschwanden die hellen Figuren der Ilayin, als hätte sie der Erdboden verschluckt. Nur die Ahnin und ihre Leute waren noch als bergaufhastende Flecken zu erkennen. Hagbarts Männer hatten bereits den Fuß des Berges erreicht und begannen, hinter den Fliehenden herzusteigen.

Eine kurze Weile später war die Gruppe um Arild ebenfalls dort angekommen. Als der Weg zu steil für die Pferde wurde, ließen sie die Tiere in der Obhut eines Gorunnenkriegers zurück und stürmten Hagbarts Soldaten nach. Obwohl Arild angespannt nach den Feinden Ausschau hielt, waren sie in dem unwegsamen

Gelände nicht auszumachen. Auf halbem Wege hörten sie zu ihrer Linken Hundegebell und gebrüllte Befehle. Auf dem Pfad direkt über ihnen, auf dem auch die Ilayin kurz zuvor noch in Richtung der Höhle geflohen waren, kehrten etwa sechzig von Hagbarts Soldaten aus Ilor zurück, das sie leer vorgefunden haben mussten. Ihr Anführer, ein Mann mit reich verziertem Helm und Harnisch, entdeckte als Erster die Feodriner. Er brachte sofort seine Bogenschützen in Stellung und ließ sie auf Arild und seine Gefährten zielen.

»In Deckung«, schrie Arild und duckte sich an den steilen Hang. Gerade noch rechtzeitig, denn schon hatten die Bogenschützen ihre Pfeile abgefeuert. Doch die strichen nun wirkungslos über sie hinweg. Arild griff nach seinem Herz-der-Berg-Stein, schätzte die Entfernung ein und richtete alle Sinne auf die Felsen und Steine um sie herum. Die Bogenschützen hatten erneut angelegt und versuchten gerade, sich in eine bessere Position zu bringen. Es war unmöglich, mit ihnen zu verhandeln, ohne sofort von Pfeilen durchbohrt zu werden, wie Arild verzweifelt feststellte.

Er richtete seine Kraft auf einige lose Felsen aus, die er in einiger Entfernung oberhalb der Soldaten erspürt hatte, und zog sie herab. Ein leiser Summton erklang, aber er wurde übertönt von einem Grollen, als sich weit über ihnen eine riesige Geröllawine löste und an der Flanke des Berges herabdonnerte. Die Soldaten vergaßen ihre Gegner und schauten in panischer Angst nach oben. Einige versuchten wegzulaufen und sich so zu retten, aber da nahten schon die ersten Felsbrocken.

»Was tust du?«, schrie Theol. Arild eilte drei Schritte bergan und brüllte: »Sofort zu mir! Alle!« Entsetzt gehorchten Feodriner und Gorunnen und scharten sich zu Arilds Füßen. Der wandte dem Hang den Rücken zu und breitete die Arme aus. Mit schreckensweiten Augen sahen die Männer die gewaltige Felslawine auf sie zurasen. Schon hatte sie die Soldaten erfasst und unter sich begraben ... Doch als sich die Gefährten angsterfüllt an den Hang pressten, geschah es, dass die großen Wackersteine wie von

Geisterhand geschleudert über Arild hinwegsprangen und nicht ein einziger Kiesel einen von seinen Männern traf. Die Lawine donnerte zu Tal und hüllte alles in eine braungraue Staubwolke. Nach nur wenigen Augenblicken war der Schrecken vorüber, und Totenstille lag über dem Hang. Arild wandte sich um und schaute hinauf, wo die Felsen den königlichen Soldaten den Tod gebracht hatten. Die guten Männer, dachte er traurig, und das war erst der Anfang.

»Weiter! Zur Höhle!«, trieb er die Seinen an. Gorunnen wie Feodriner warfen ihm Blicke voller Ehrfurcht und Respekt zu und gehorchten sofort. Doch Arild nahm ihre Ergebenheit kaum wahr, denn es kostete ihn alle Kraft, seine müden Glieder den Berg hinauf zum Eingang der Höhle zu zwingen.

Nachdem sie vorsichtig das letzte steile Stück erklettert hatten, standen sie vor einem fast kreisrunden Loch von gut zwei Mannslängen Höhe, aus dem ein eisiger Hauch wehte. Drinnen hörten sie die Hunde anschlagen und Stimmen, die Hagbarts Männern gehören mussten.

»Wenn Pandareos den Weg durch das Höhlenlabyrinth verraten und für sie eine Karte gezeichnet hat, wird der Anführer seine Männer geteilt haben«, vermutete Korydon. »Es gibt einen schnellen, einfachen Weg durch die Gänge für die Flüchtenden und einen gewundenen, tückischen, auf dem unsere Mutigsten die Feinde ins Verderben locken sollen. Der zweite trifft nach vielen Windungen auf den ersten und führt zu einem geheimen Ausgang auf der Nordseite des Berges.«

»Wir können uns nicht teilen. Wir sind zu wenige, und nur du kannst uns führen«, erwiderte Arild. »Welchen Weg hat wohl die Ahnin eingeschlagen?«

»Den langen, tückenreichen Weg«, antwortete Korydon, »dessen bin ich mir sicher, denn dort gibt es mehr Verstecke.«

»Dann lasst uns gehen«, sagte Arild.

Die Feodriner betraten das Dunkel der Höhle. Es roch nach dem Ruß der Fackeln, mit denen Hagbarts Männer kurz zuvor entlanggegangen waren. Ihre Mondsteine leuchteten den vor ihnen liegenden Weg ein wenig aus. Je tiefer sie in die Gänge vordrangen, desto kälter wurde es. Korydon führte sie zielstrebig entlang der vielen Verzweigungen auf leicht ansteigenden Wegen durch das Labyrinth. Bald fanden sie die Wände der Gänge mit einer durchsichtigen Eisschicht bedeckt. Einmal öffnete sich der Weg in eine Höhle, und ihre Mondsteine beschienen märchenhafte Eisfiguren, die Arild unwillkürlich an den Bergkristall denken ließen, den er auf Lärkas Schmuckkästchen in Ribehof gesehen hatte.

Sie waren schon eine Weile im Dunkel der Höhle unterwegs, da wurde der Geruch der Fackeln stärker, und sie hörten Rufe und Kampfgeräusche. Mit gezogenem Schwert in der einen und den Mondsteinen in der anderen Hand schritten sie voran. Nach einer weiteren Windung sahen sie mit einem Mal direkt vor sich eine große Anzahl dunkler Gestalten, die mit rot leuchtenden Fackeln den Gang entlanghasteten. Es mussten Hagbarts Leute sein, denn die Ilayin würden wie sie selbst ihren Weg mit Mondsteinen beleuchten. Der Gang war an dieser Stelle so eng, dass kaum vier Männer nebeneinander gehen konnten. Die Männer verbargen hastig ihre Mondsteine, und Arild gab einen leisen Befehl, worauf Olvir, Korydon und Keril hervortraten und fast lautlos mit ihren Pfeilen auf die Soldaten zielten. Drei Männer lagen bereits getroffen am Boden, bevor ihre Kameraden bemerkten, was vor sich ging. Es entstand ein wildes Getümmel, als ein Teil der Soldaten versuchte, vor den Feodriner Bogenschützen davonzulaufen. Andere wandten sich sogleich mit gezogenen Schwertern den Angreifern zu. Derweil schossen die Feodriner unbeirrt ihre Pfeile ab und brachten viele Männer zu Fall.

Der Anführer der Soldaten brüllte einen Befehl, woraufhin die Männer den Gang entlangrannten und um die nächste Biegung verschwanden. Vorsichtig kamen die Feodriner hinterher. Von den Gefallenen nahmen sie die Lederharnische auf und hielten sie vor sich, um nicht völlig schutzlos gegen feindliche Pfeilschüsse zu sein. Bald erreichten sie die Biegung. Keril spähte um die Ecke und gab den anderen ein Zeichen, ihm zu folgen.

Nach einigen Windungen mündete der Gang in eine große Höhle. Steinspitzen wuchsen vom Boden empor und hingen von der Decke. Arild brauchte einen Moment, um sich einen Überblick zu verschaffen. Ihnen am nächsten hatten einige königliche Soldaten Deckung hinter Felsen gesucht und warteten darauf, dass Arild und seine Männer aus dem Gang herauskämen. Andere Krieger liefen zur Mitte der Höhle hin. Durch einen Schacht am rechten Rand des Höhlendachs fiel Tageslicht ein. Dort, wo der Schacht die Höhlendecke traf, haftete eine breite weiße Eisschicht an der Wand, die aussah wie ein gefrorener Wasserfall. Auf dem Höhlenboden hatte sich ein Eissee gebildet. Über die Eisfläche kamen von der anderen Seite ein gutes Dutzend Ilayin, die vor irgendetwas zurückzuweichen schienen. Mit dem Rücken zur eisigen Kaskade verschanzten sie sich hinter aufragenden Steinspitzen und schossen ihre Pfeile auf die königlichen Soldaten ab. Eine Hand voll weiterer Männer hatte Pfeil und Bogen abgelegt und deckte mit gezogenen Schwertern drei kniende Gestalten an der Rückwand der Höhle. Die Ahnin!, dachte Arild aufgeregt.

Die Feodriner Bogenschützen waren bereits neben ihm in Stellung gegangen und schickten die letzten Pfeile, die sie noch in ihren Köchern hatten, in Richtung der Soldaten. Auf einmal hörte Arild lautes Geschrei und wandte sich erstaunt um. Die Gorunnenkrieger hatten sich hinter ihm aufgestellt, sie schienen mit einem Mal größer und wilder zu sein als die Männer, mit denen er in Kovanby aufgebrochen war. Sie stießen seltsame Rufe aus, hielten die Schwerter hoch erhoben und glühten vor Kampfeswut. Mäntel und Obergewänder hatten sie abgelegt und stierten wie in Trance mit weit aufgerissenen, geradezu gierigen Augen die Gegner an. Vor ihnen mochten alles in allem nur noch zwanzig Männer sein, und Arild zögerte nicht länger. Er gab das Zeichen zum Angriff. Mit infernalischem Gebrüll, das Freund und Feind gleichermaßen entsetzte, stürzten die Gorunnenkrieger blindwütig vor und schwangen die Schwerter. Einige Soldaten ergriffen entsetzt die Flucht, die anderen wurden förmlich überrannt. Die Gorunnen kamen wie eine tödliche Woge über ihre Gegner. Panisch traten die Soldaten den Rückzug an.

Arild hieß Valgrim, Etor und Korydon, ihm zu folgen, und schlug sich zu den bedrängten Ilayin durch. Von dort erscholl Jubel, als die Männer Korydon unter den Kämpfern erkannten. Arild hatte die Ahnin fast erreicht, da gewahrte er auf der gegenüberliegenden Seite der Höhle, wo sie mit ihren Kriegern aus einem zweiten Eingang gekommen war, eine Bewegung. Königliche Soldaten entströmten dem Gang, zwanzig, dreißig, vierzig Männer, geführt von einem bärtigen Hünen mit schwarzer Rüstung und einer riesigen Streitaxt in der Hand: Hagbart. Arild brüllte einen Befehl, und die verstreut in der Höhle kämpfenden Gorunnen zogen sich alsbald bei dem gefrorenen Wasserfall zusammen. Während sich Tiernans Krieger und die anderen Feadriner mit gezogenen Schwertern in den Ring der Ilayin einreihten, traten Arild und Valgrim für einen kurzen Moment zu den drei Gestalten an der Rückwand der Höhle. Zwischen zwei vollständig von Schleiern verhüllten Dienerinnen, die eine in hellen Stoff, die andere in dunklen Stoff gewandet, saß eine Frau in einem strahlend blauen Gewand, die langen schwarzen Haare zu einem Zopf geflochten und über den Schultern einen Mantel aus weißem Zobel. Arild wusste sogleich, wer sie war, er erinnerte er sich aller Worte von Valgrim und Korydon – und doch war sie ganz anders, als er sie sich vorgestellt hatte. Seit er ihr Abbild auf dem Obsidian-Tor im Garten der Burg Drachenkrone gesehen hatte, hatte er das Bild einer Frau mit würdevollen Zügen in sich getragen, deren prüfender Blick sein Innerstes freilegen und all seine Absichten durchdringen würde. Stattdessen sah er in ein Antlitz, das voller Weisheit und dabei jung und aufgeschlossen war und das nichts als aufmerksame Freundlichkeit ausstrahlte. Die Frau wandte sich ihm vollends zu, und Arild erstarrte verwundert: Die Augen, die Haare, ja selbst die Züge kamen ihm so vertraut vor, dass er von verwirrenden Gefühlen überwältigt wurde. Sie weckte in ihm einen Wunsch nach Nähe, der ihn durcheinanderbrachte. Sprachlos starrte er sie an, unfähig, auch nur einen Gruß zu sprechen.

»Ja! Du bist Feodras, du bist es wahrhaftig!«, sagte die Frau auf eine sanfte, warmherzige Art. »Du weißt es nicht, aber du siehst meinem Bruder sehr ähnlich«, fügte sie leise hinzu, als sie Arilds Verwirrung bemerkte. »Seit ich das Erdbeben gespürt habe, ahnte ich, dass hier ein besonderer Steinkönig kommt, und ich freue mich, dir jetzt zu begegnen.«

»Ich ... es tut mir so leid«, begann Arild, ohne zu wissen, was genau er sagen wollte. »Es tut mir so leid, dass ich dieses Unheil über Euch gebracht habe.«

»Der Verräter war ein anderer. Dich trifft keine Schuld«, erwiderte die Ahnin, und Arild war seltsam berührt von der inneren Ruhe, die inmitten des Schlachtengetümmels von dieser Frau ausging.

Hagbart hatte mittlerweile eine Reihe von Bogenschützen Aufstellung nehmen lassen und stand breitbeinig dahinter, während seine Hauptleute die versprengten Soldaten neu formiert und an beiden Ausgängen der Höhle postiert hatten. Wir sitzen in der Falle, aber nur scheinbar, dachte Arild und begann, unauffällig, die Steinspitzen an der Höhlendecke zu mustern, die nun treffliche Geschosse abgeben würden, da Freund und Feind weit genug voneinander entfernt waren. Es war eine seltsame Stille eingekehrt, denn die Bogenschützen knieten unbeweglich in einiger Entfernung. Sie hatten noch keinen einzigen Pfeil verschossen. Arild tastete nach der Tasche mit seinem Herz-der-Berge-Stein und wollte gerade das Wort an Hagbart richten, um ihm zu drohen und ihn zum Zurückweichen aufzufordern, als er den verhassten Dornenritter winken sah.

»Prinzlein!«, tönte es. »Seid Ihr das wirklich, oder täuscht mich mein trübes Augenlicht?« Hagbart kniff die Augen zusammen. Auch wenn er vorgab, schlecht zu sehen, so war doch offensichtlich, dass die Blindheit von ihm gewichen war. »Seid Ihr unter Eurem Stein hervorgekrochen?«, höhnte er. »Dann kommt her, und stellt Euch! Oder wollt Ihr Euch hinter Eurer Sippe verstecken, die nichts weiter ist als ein Volk von Steinkriechern?«

Unauffällig musterte Arild die Steinspitzen, die genau über Hagbarts Haupt hingen. »Sich für die Höhlen der Steinkönige zu interessieren hat schon Eurem Bruder den Tod gebracht«, antwortete er. »Was wollt Ihr?«

»Mit Freuden den Befehl meines Königs ausführen und jede Spur von Euch und Eurem nutzlosen Geschlecht vom Erdboden austilgen«, rief Hagbart grimmig. »Wir werden euch durchbohren wie ein paar träge Erdmaden, die man mit der Lanze aufspießt.«

Tiernans Krieger grollten und wollten losstürmen, doch Arild hielt sie mit einer Handbewegung zurück. Da kam schon sirrend ein Pfeil aus den Reihen von Hagbarts Bogenschützen geflogen. Korydon konnte gerade noch ausweichen, indem er sich schnell duckte. Der Pfeil flog an ihm vorbei, über den Kopf der drei Knienden hinweg und prallte auf den gefrorenen Wasserfall. Mit einem hellen Klackern fiel er auf das Eis.

»Nicht auf die Frau!«, brüllte Hagbart wütend und versetzte dem Bogenschützen einen kräftigen Tritt, sodass der Mann zu Boden stürzte und sich stöhnend krümmte. Arild stutzte. Was hatte Hagbart vor? Sollte er etwa die Ahnin lebend zu Hakon bringen?

»Jede Spur austilgen?«, fragte Arild gedehnt und hoffte, Hagbart zu einer verräterischen Antwort reizen zu können.

»Ihr seid des Todes, und die Frau wird mein Geschenk an König Hakon. Aber ratet, was Hakon mir dafür geben wird«, sagte er und lachte hämisch. »Wenn ich ihm die Frau und Euren Kopf bringe, wird der König *mir* als Erstem den Zugang zur Höhle unter dem Berg gewähren. Die Schmiede in Jaspis erschaffen gerade einen prächtigen Rammbock, der die schwarzen Tore endlich zerschmettern wird. Dann bin *ich* der Erste, der sich an Jaduins Reichtümern weiden darf, und ich werde das Grab meines

Bruders mit Euren Edelsteinen überhäufen. Es heißt, in den Höhlen liegt Euer Heiligstes, ein riesiger hässlicher Blutstein, mit dem Ihr Euren Zauber heraufbeschwört.« Arild schwieg unbewegt, doch in seinem Inneren flackerten böse Vorahnungen auf.

»Ich werde diesen Blutstein ans Licht bringen. Dann werde ich die Lanze, auf der Euer Kopf steckt, daneben in den Boden rammen und Euch Gelegenheit geben, Eure Zauberkraft zu zeigen. Wenn Ihr vorzieht, zu schweigen oder Euren Kopf in ein Erdloch rollen zu lassen« – einige Kriegsgesellen aus Hagbarts Truppe grölten – »dann werde ich den Brocken vor aller Augen zerschmettern, und der Aberglaube um die Steinkönige hat ein Ende.« Mit diesen Worten hieb er seine Axt auf einen kniehohen Felsklumpen, der unter der Wucht des Schlages zerbrach. »Aahhh! Unsere Waffen sind härter als jeder Stein!« Hakon schwenkte triumphierend die Axt über seinem Haupt.

Arild konnte nur mühsam seinen Zorn über den törichten Hochmut des Ritters zügeln. Wenn Hakon den Herz-der-Berge-Stein in seinem Hass auf die Feodriner zerschmetterte, würde niemand mehr Grimhorn aufhalten können!

»Euer König ist ein Narr!«, rief Arild. »Ihr habt keine Vorstellung, was der Stein bedeutet! Wenn Ihr ihn zerstört, entfesselt Ihr entsetzliche Kräfte, wie Ihr Euch sie in Euren dunkelsten Albträumen nicht vorstellen könnt.«

»Ich habe herrliche und große Träume«, entgegnete Hagbart großspurig. »Und Ihr habt keine Ahnung, welche Mächte mit Hakon sind! Droht nur. Ihr habt Euch bisher doch immer nur verkrochen wie eine feige Ratte.«

»Ich werde einen Sturm über Jaspis bringen, wie Hakon noch keinen erlebt hat«, rief Arild grimmig. Seine Linke fuhr zum Herz-der-Berge-Stein in seiner Gürteltasche. Der Stein war still und kühl.

»Mit diesem verlorenen Häuflein Männer?«, fragte Hagbart spöttisch. Er machte eine rasche Bewegung, als wolle er angreifen, und die Schwerter der Ilayin zuckten. Doch Hagbart tat einen

Schritt zurück und lachte schallend. »Hakons Armeen besiegt man nicht mit ein paar jämmerlichen Steinewerfern. Ihr amüsiert mich!«

»Wir werden sehen«, stieß Arild zwischen den Zähnen hervor. Er war diesen Wortwechsel leid und sann die ganze Zeit, wie er seine Kräfte einsetzen konnte, um den Kampf zu wenden.

»Oh, Ihr hofft auf Beistand aus dem Küstenland?«, sprach Hagbart weiter. »Da muss ich Euch enttäuschen, denn dessen Krieger zerfleischen sich bald selbst untereinander.« Arild horchte auf. »Stellt Euch vor«, sagte der Dornenritter mit gespieltem Bedauern in der Stimme, »als ich durch Osgund zog, saß die Tochter des mächtigen Küstenthans im Verlies und wartete auf den Scheiterhaufen.«

Arild zuckte zusammen und hörte, wie auch Valgrim neben ihm mit einem scharfen Laut die Luft einsog.

»Ihr lügt!«, schrie er aufgebracht. Aber gleichzeitig beschlich ihn die dunkle Ahnung, dass Lärka durch eine Schurkerei von Reidar und Roar tatsächlich in Schwierigkeiten geraten war.

»Das mache ich, wenn es mir nutzt«, entgegnete Hagbart kalt. »Hier aber ist die Wahrheit zu köstlich, um sie Euch vorzuenthalten. Das Weib von Than Grenjad, die ihre Tante ist, bettelte mich auf Knien um Rettung an«, sagte er und legte mit großer Geste die Hände flehend aneinander. »Aber ich tat, als habe ich als einfacher Ritter nicht über die Angelegenheiten der Geestleute zu bestimmen. Und dann«, er klopfte sich in grimmigem Vergnügen auf den Schenkel, »bin ich zu dem Tölpel, der sie beschuldigt, zwei seiner Verwandten mit einem Todesfluch umgebracht zu haben. Ich habe ihm sodann gesagt, der König würde wegen einer Hexe das ganze Dorf austilgen und es wäre besser, er würde sie schnellstmöglich beseitigen.«

Arild spürte, wie es ihn heiß und kalt durchfuhr. Wenn die Toten in irgendeiner Beziehung zu Reidar standen, war Lärka ernsthaft in Gefahr. Die Worte des Dornenritters enthielten genug Einzelheiten, um jeden Zweifel zu vertreiben.

»War es etwa ein Befehl des Königs, den Mann gegen die Tochter des Thans aufzuhetzen?«, rief Arild aufgebracht. Valgrim legte ihm begütigend die Hand auf die Schulter, doch Arild schüttelte sie mit einer ärgerlichen Bewegung ab und funkelte den Ritter wütend an.

»Denkt nur!«, fuhr Hagbart fort und schien umso begeisterter, je mehr Arild die Fassung verlor. »Das Küstenland und sein Than werden in den Wirren der Blutfehde untergehen, bevor diese verbohrten Fischfresser merken, dass das Weib gar nichts mit dem Tod der zwei Osgunder zu tun hatte. Das gibt den herrlichsten Aufruhr, und Hakon wird leider ordnend eingreifen müssen, um wieder Ruhe ins Küstenland zu bringen.«

»Die Geestleute werden einen eigenmächtigen Mord an der Tochter des Thans nicht dulden«, ließ da Valgrim mit lauter Stimme vernehmen. »Es sind aufrechte Menschen, und ohne den Beschluss einer Thingversammlung richten sie nicht leichtfertig jemanden aus ihrer Mitte hin.«

»Ich habe etwas nachgeholfen«, erwiderte Hagbart genussvoll, »indem ich dem rachsüchtigen Mann die Wichtigkeit eines eindeutigen Urteils durch das Thing und einer raschen Vollstreckung nahegelegt habe. Und wenn das Todesurteil von der Thingversammlung kommt, wird Orlyg sich mit mehr als nur einer Sippe anlegen müssen. Vortrefflich, nicht wahr?«

»Feiger Verräter!«, rief Arild.

»Ich habe dem Mann Gold versprochen, falls er die Thingversammlung dazu bringt, sie zu verurteilen«, fuhr Hagbart ungerührt fort. »Und dass wir alle Leute, die ihm missliebig sind, mitnehmen und unauffällig in den Steinminen in den Nördlichen Öden verschwinden lassen. Mein letzter Einfall ist jedoch der beste: Die Genugtuung werde vollkommen sein, habe ich ihm gesagt, wenn er oder seine Knechte sich ihren Spaß mit Orlygs Balg machen, bevor sie sie verbrennen. Wenn der Than daraufhin nicht mindestens das halbe Dorf in eine Blutfehde verwickelt, hat er keine Ehre im Leib! Ha! Der Osgunder war so versessen auf seine Rache, dass ich schwören könnte, er hat schon vor Tagen seine Schweine über die erkaltete Asche des Scheiterhaufens getrieben«, schloss Hagbart und schaute Arild triumphierend an.

Die Ausführungen über seine boshafte Heimtücke verfehlten ihr Ziel nicht. Sie raubten Arild endgültig die Fassung. »Nein!«, stieß er aus. Das lebensfrohe Lachen in dem geliebten Gesicht zu einer gequälten Grimasse verzerrt und von lodernden Flammen aufgefressen zu wissen, zu ahnen, was sie erlitten haben musste, wenn Hagbarts Worte nur annähernd der Wahrheit entsprachen, traf ihn mitten ins Herz. Für einen Moment stand er wie gelähmt da und versuchte das Unfassbare zu begreifen. Wahrscheinlich war die einzige Frau, die je seine Seele berührt hatte, auf grausame Weise ermordet worden!

»Vorwärts! Bringt mir die Frau, und tötet die anderen«, bellte Hagbart seine Soldaten an, und die Männer rückten mit gezogenen Schwertern vor.

Arild erwachte aus seiner Betäubung. Er schleuderte sein Schwert in rasendem Zorn auf den Boden und schrie wie von Sinnen: »Das werdet Ihr büßen!«

Er richtete voller Ingrimm seinen Blick auf die Steinspitzen, die wie Pfähle von der Höhlendecke hingen. Dann riss er die Arme empor und zog sie mit einem wütenden Schrei nach unten. Ein tiefer Summton begann die Halle zu füllen. Freund wie Feind hielten erschrocken inne und sahen sich ängstlich um. Kleine rote Lichter glommen an den Wänden der Höhle auf, und Arild spürte, dass das Gestein um ihn herum voll von kleinen Herz-der-Berge-Splittern war. Es ertönte ein lautes Bersten und Krachen. Die Steinspitzen sausten im gegenüberliegenden Teil der Höhle herunter und trafen die entsetzten Angreifer.

»Schießt auf den Anführer!«, brüllte Hagbart den Bogenschützen zu. Schlecht gezielte Pfeile schwirrten an Arild vorbei. Bald schon hatten sich die meisten Bogenschützen in die Gänge zurückgezogen, viele lagen jedoch von den Steinen erschlagen in der Höhle, nur noch zwei Männer knieten vor Hagbart, der dem einen das Schwert und dem anderen die Axt an die Kehle hielt. Die Männer legten Pfeile auf die Sehnen und spannten ihre Bogen. Da reckte Arild sich erneut nach den großen Steinspitzen über Hagbart.

»Schießt endlich!«, fuhr er die Männer an und drückte ihnen die Klingen an die Kehle. Die Bogenschützen aber starrten nach oben, von wo das Unheil auf sie herabstürzte, schrien und ließen ihre Pfeile ungezielt von den Sehnen schwirren. Da sausten die massigen Felsen herunter. Hagbart riss im letzten Moment den Kopf zurück, ein Steinpfahl jedoch traf ihn mitten in die Brust und durchbohrte ihn mit grässlichem Knirschen. Arild ließ Steine herabregnen, bis der Rest von Hagbarts Männern in die Flucht gejagt oder erschlagen war.

Das Gepolter war kaum verklungen, da hörte Arild hinter sich ein Stöhnen und fuhr herum. Die Ahnin war zusammengesackt, ein Pfeil ragte aus ihrer Brust. Die beiden verschleierten Dienerinnen hatten sie aufgefangen und legten sie nun sanft auf den vereisten Höhlenboden nieder. Während Tiernans Krieger mit lautem Gebrüll den flüchtenden Soldaten nachstürmten und die Feodriner die beiden Eingänge der Höhle sicherten, eilte Arild zu den Frauen und fiel neben der Ahnin auf die Knie. Sie hatte bereits die Augen geschlossen, und ihr Atem ging flach. Sie wird nicht am Alter sterben, hatte Korydon gesagt. Aber er hatte auch erwähnt, dass sie gegen einen gewaltsamen Tod nicht gefeit sei. In stummer Verzweiflung ergriff Arild ihre Hand. Hakon, der für diesen Überfall verantwortlich war, durfte nicht triumphieren! Sie musste überleben, musste die Weisheit der Ilayin und Feodriner bewahren und Feodras' Vermächtnis weitergeben, der allein gewusst hatte, wie Grimhorn zu besiegen war!

»Bleibt!«, flehte Arild. »Verlasst Euer Volk nicht. Wir brauchen Euren Rat ... *ich* brauche Euren Rat!« Er war der Ahnin seines Volkes gerade erst begegnet und hatte nur wenige Worte mit ihr wechseln können. Und doch ließ ihn der kurze Eindruck der ersten Begegnung stärker als alles, was er über sie gehört hatte, erahnen, welch großen Verlust der Tod dieser Frau bedeuten würde. Der Kampfeslärm verebbte, vereinzelt waren die Schreie der Fliehenden zu hören, die unter den Schwertern der Gorunnen starben. Einige Ilayin standen nach wie vor in einem schützenden Kreis um die Ahnin herum und verbargen das Geschehen im Inneren vor dem Rest der Höhle, aber sie hatten ihre Gesichter nach außen gewandt, als ließe es sie gleichgültig, dass ihre Fürstin zu Tode verwundet war. Arild sah, wie Korydon eindringlich auf Valgrim und Etor einsprach und sie beiseitezog, als sie ebenfalls hinzustürzen wollten.

»Tut doch etwas!«, schrie Arild die Männer an, die ihn nicht zu hören schienen. Er wollte den Pfeil aus dem Körper der Sterbenden herausziehen, doch da schob ihn eine der verschleierten Gestalten sanft beiseite.

»Wärt Ihr nicht der Steinkönig«, vernahm er die Stimme einer Frau unter dem hellen Schleier hervor, »so wärt Ihr des Todes, wenn Ihr hier verharrt. So sagen es unsere Gesetze.« Die Dienerin drehte die Ahnin mit einer ruhigen Bewegung auf die Seite. Sie brach die Spitze des Pfeils ab, die am Rücken herausschaute, drehte den leblosen Körper zurück und zog den verbliebenen Schaft mit einem Ruck heraus. Noch nicht einmal ein Stöhnen war von der Verwundeten zu vernehmen. Dann kniete sich die Dienerin neben ihre Herrin und schien auf etwas zu warten. Die andere Verschleierte im dunklen Gewand gab ihr eine Phiole. Ehe Arild verstand, was geschah, hatte die Kniende die Phiole geleert und sackte zur Seite.

»Was tut Ihr?«, rief Arild entsetzt. Sollte die Dienerin etwa getötet werden? Forderte es die Tradition, dass sie mit ihrer Herrin in den Tod ging? Die Gestalt mit dem dunklen Schleier hatte die Dienerin aufgefangen, legte sie jetzt behutsam auf den Rücken und zog ihr den hellen Schleier vom Kopf. Das Gesicht einer jungen Frau erschien. Sie hatte die Augen geschlossen, aber sie atmete und schien nur ohnmächtig zu sein. Jetzt holte die Verschleierte ein Amulett hervor, einen goldgefassten schwarzen Stein, den sie an einem Lederriemen in die Höhe hielt. Sie legte den Stein der Dienerin auf die Lippen und murmelte etwas Unverständliches. Da riss die junge Frau die Augen auf, aber im selben Moment erloschen sie und wurden schwarz. Die Gestalt im dunklen Gewand hob das Amulett sachte an, drehte sich um und legte es der Ahnin auf die Lippen. Sie murmelte erneut etwas Unverständliches, hob ihren Schleier und küsste Althea auf die Stirn.

Da geschah das Unglaubliche: Die Ahnin öffnete die Augen. Als habe der Pfeil sie nie getroffen, richtete sie sich kurz darauf mit Hilfe der Veschleierten auf! Fassungslos starrte Arild die Frau an. Es war alles wahr! Hier war Feodras' Schwester, seit Jahrhunderten unsterblich, die Hüterin uralten Wissens. In seinem Kopf überschlugen sich die Gedanken angesichts der Ungeheuerlichkeit, deren Zeuge er eben geworden war. War es nicht diese Macht, die er sich jedes Mal zu sehen gewünscht hatte, wenn er am Krankenlager den Kampf um ein junges Leben verloren geben musste? Konnte die Ahnin ihm diese Gabe schenken, damit er gegen Grimhorn bestehen konnte? War Unsterblichkeit nicht das, was er wider alle Vernunft nun am meisten begehrte, damit seine geliebte Lärka dem Tode entrissen würde? Aber ach! Wenn der Scheiterhaufen bereits erkaltet war, konnte auch das nicht mehr helfen.

Arild, gefangen im Strudel seiner Gedanken, starrte die Ahnin unverwandt an. Da gewahrte er plötzlich, wie sich ihre Züge veränderten. Er sah ihr Gesicht, doch zugleich zeigten sich verschiedene Gesichter eines nach dem anderen hinter ihrem Antlitz. Als der verwirrende Reigen der Wandlungen vorbei war, staunte Arild noch mehr als zuvor. Die Augen der Ahnin waren dunkelgrün, fast bläulich. Auf der milchweißen Haut ihrer Wangen und Nase zeigten sich kaum sichtbar braune Sommersprossen, und die Züge waren dergestalt verändert, dass Arild sich in einer Schau wähnte, die dem Wahnsinn entsprungen sein musste: Es sah aus, als säße Lärka vor ihm, um einige Jahre gealtert und in eine Feodrinerin verwandelt.

»Der Ritter erzählte von Streit und Blutrache im Küstenland. Sind diese Dinge gewiss geschehen?«, fragte sie leise.

»Nein, vielleicht irrt er sich«, murmelte Arild.

»Der Friede im Geestland scheint dir am Herzen zu liegen. Würdest du zu erfahren wünschen, wie es in Osgund steht?«, fragte die seltsame Frau und schaute ihn besorgt an.

»Ja«, sagte er. »Ich bete zur höchsten Macht, dass nichts von all dem eintrifft, was der Ritter gesagt hat! Es geht nicht nur um meine Verbündeten. Ich habe gute Freunde dort gefunden, deren Tod für mich ein großer Verlust wäre.«

»Dann hoffe mit uns. In zwei Tagen werden wir es wissen«, sagte die Ahnin. Noch ehe Arild sich von seiner Überraschung erholt hatte, wandte sich Althea wieder um. Zusammen mit der Verschleierten beugte sie sich über die am Boden liegende Dienerin mit den schwarzen Augen. Arild musste an die Seelenlosen denken, die er im Küstenland gesehen hatte, und fragte sich, was jetzt wohl geschehen würde. Althea streichelte der Ohnmächtigen über das Gesicht, hob ihr vorsichtig den Kopf und bettete ihn auf ihrem Schoß. Dann raffte sie eine Falte ihres Gewandes zusammen und drückte der jungen Frau den Stoff mitten auf das Gesicht. Was den Anschein einer liebevollen Geste hatte, war nicht weniger als der Versuch der Ahnin, ihre Dienerin zu ersticken! Arild wollte dazwischengehen, doch Althea wandte kurz den Kopf und warf ihm einen tiefgründigen Blick zu, der ihn innehalten ließ. Das ist ein heiliges Ritual. Du verstehst es noch nicht, aber du darfst es trotzdem nicht stören, schien sie ihm zu bedeuten. So verharrte er und beobachtete bestürzt, wie die Atemzüge der Dienerin immer schwächer wurden. Als die Ahnin ihr Werk vollbracht hatte, küsste sie die Tote noch einmal auf die Stirn, schenkte ihr einen langen letzten Blick und legte sie vorsichtig auf den Boden. Schließlich erhob sie sich.

»Das Licht der Weisheit wird auch den morgigen Tag bescheinen, Ehre sei dem Ursprung!«, sagte Althea mit melodischer Stimme. Da wandten sich die Ilayin zu ihr um, traten herzu und beugten die Knie. Gleichermaßen ergriffen und verwirrt kniete auch Arild nieder und senkte sein Haupt.

»Ich danke euch allen für euren Kampfesmut«, sprach die Ahnin. »Jetzt lasst uns gehen, die Verwundeten versorgen und die Toten beweinen.« Sie machte eine Handbewegung, und einer der Ilayin kam herbei und hob die tote Dienerin vorsichtig auf. Dann verließ die Ahnin, begleitet von der Gestalt im dunklen Schleier, die Höhle. Fünf Ilayin, von denen einer die tote Frau trug, folgten ihr. Erschüttert musste Arild an ihre schwarzen, leeren Augen denken. War hier dieselbe Kraft am Werk, die den Tod über die Küstenstädte gebracht hatte? Ein Licht, das die Seele davonträgt, hatte Lärka gesagt – Lärka die Einzigartige. Er seufzte und zwang seine Gedanken, der Spur zu folgen. War er etwa Zeuge einer Seelenwanderung geworden? Und kamen die todbringenden Vögel gar von der Ahnin? Aber er hatte ein heiliges Ritual erlebt, in dem die Dienerin sich hingegeben hatte. Ein feiger Raub im Dunkel der Nacht, wenn die Raben über das Küstenland kamen, war etwas völlig anderes und konnte unmöglich Altheas Werk sein. Dennoch, Arild war überzeugt, dass sie das Wissen besaß, um das Rätsel zu lösen.

Mittlerweile hatten die anderen Männer begonnen, sich um die Gefallenen zu kümmern. Als Tiernans Krieger von siegestrunkener Ausgelassenheit beseelt zurückkamen, sah Arild mit Schaudern, dass die Gorunnen sich auf ihre eigene Weise um die Besiegten gekümmert hatten. Jeder von ihnen hatte mehrere abgeschnittene Köpfe an seinem Gürtel baumeln, offenbar Trophäen des Kampfes. Als Arild sie anwies, die Toten nicht zu schänden und sie zu begraben, antworteten sie ernsthaft, dass die Köpfe der Gefallenen gesalbt und in ihren Häusern an Ehrenplätzen verwahrt würden. Müde ließ Arild es dabei bewenden. Die Verwundeten bei Valgrim in guten Händen wissend, wollte er alles hinter sich lassen und für den Abend die Einsamkeit des Berges suchen. Etor, der als Einziger zu wissen schien, wie es in seinem Herzen aussah, begleitete ihn schweigend durch die Gänge zurück.

Nahe des Eingangs in das Höhlenlabyrinth stieg Arild den Berg hinauf, bis er zu einem Punkt kam, von wo aus er in der Ferne die

Frostberge im Süden, das schwarz umwölkte Reich Grimhorns im Osten und die endlose, von Birkenwäldern durchzogene Ebene im Norden sah. Aber die klaren Farben des Nordens hatten für ihn jeden Glanz verloren, gerade so, als habe Grimhorns tödlicher Hauch alles Leben bereits hinweggefegt. War *sie* wirklich tot? Es war eine Sache, Lärka von ferne zu verehren und im hintersten Winkel der Seele wider alle Vernunft zu hoffen, dass sich eines Tages eine Tür öffnen würde, durch die er zu ihr gelangen konnte. Es wäre jedoch etwas anderes zu wissen, dass sie misshandelt und auf den Scheiterhaufen gezerrt worden war, um den Tod in den Flammen zu finden. Arild machte sich Vorwürfe. Warum hatte er nicht mehr für ihren Schutz getan, Orlyg um Speerträger zur Begleitung gebeten oder Keril und Machaon nach Osgund geschickt? Es hatte in seiner Macht gestanden.

Er vergrub das Gesicht in den Händen. Bis Tiernan sein Volk über die Berge nach Osgund geführt hatte, würden noch Tage vergehen. Wenn, ach wenn ... Wenn Lärkas Tod zur Gewissheit würde, wäre sein Leben endgültig nicht mehr den Lebenden, sondern nur noch der Welt der Felsen und Steine geweiht: dem Herz-der-Berge-Stein, seinem mächtigen Gegner Grimhorn, den Bergen, die er kannte wie Freunde, und den Felsen, die sich auf seinen Befehl in todbringende Waffen verwandelten. Er würde versteinern, wenn die geliebte Schwanenfrau nicht mehr in seinem Herzen wandelte. Nachdenklich fuhr er sich über die Stelle, wo die Haut seines Unterarmes zu schwarzem Stein geworden war.

Wenn sie wirklich tot war, würde er seine gesamte Wut gegen Grimhorn werfen, denn dann hatte er nichts mehr, wofür es sich sonst zu leben lohnte. Wenn sie jedoch lebte – das schwor er sich verzweifelt –, wenn es eine zweite Gelegenheit gab, so würde er Himmel und Erde, Wolken und Steine in Bewegung setzen, um sie unter seinen Schutz zu stellen und ihr alles zu gewähren, was sie glücklich machte. Ob er sie jemals bitten konnte, sein Weib zu werden, wusste er nicht. Aber er würde sie in seinem Herzen tragen, wenn er gegen Grimhorn zog, und sie würde ihm Kraft geben.

In zwei Tagen, hatte die Ahnin gesagt. Wie wollte sie sich wohl in derart kurzer Zeit Gewissheit verschaffen? Kein Reiter kann diese Entfernung so schnell überwinden, dachte er, und sein Blick folgte dem eleganten Flug eines Gerfalken, der pfeilschnell unter dem klaren, mit schleierhaften Kiran überzogenen Abendhimmel nach Süden zog.

Irgendwann kam sein Inneres zur Ruhe. Es war keine zufriedene Gelassenheit, es war die stumpfe Leere eines Gefangenen, der alles gesagt, getan, gedacht und gehofft hatte und nun tatenlos abwarten musste, bis der Richter das Urteil über Leben oder Tod sprach.

Langsam machte Arild sich auf den Weg nach Ilor.

Lärka schnappte nach Luft, aber die Brust schnürte sich ihr zusammen, und der Atem gelangte nicht in ihren Leib. Sie hustete verzweifelt und erbrach sich schließlich. Das Wasser strömte aus ihr heraus. »Haltet ihr den Kopf hoch«, hörte sie Grenjads tiefe Stimme befehlen. Sie spürte Hände, die ihren Kopf hielten, und eine Decke, die über sie gebreitet wurde. Sie fühlte das warme Wasser aus ihrer Kehle über Kinn, Hals und ihren vor Kälte zitternden Körper rinnen. Da öffnete sie die Augen und sah Rutlindis' besorgtes Gesicht über sich gebeugt. Nach einem weiteren schmerzhaften Hustanfall wanderten ihre Augen weiter, und was sie dort sah, nahm ihr beinahe wieder das Bewusstsein. In eine goldene Rüstung und königliches Ornat gehüllt stand hinter ihrer Tante ein groß gewachsener junger Mann mit dunklem Haar und strahlend grünen Augen, die sie voller Sorge musterten. Ihr Herz setzte vor Freude einen Schlag aus.

»Ihr seid wiedergekommen!«, murmelte sie mit schwerer Zunge, »Ihr seid gekommen!« Sie stützte sich auf den Ellenbogen und wollte seinen Namen rufen, aber dann hielt sie inne. Irgendetwas war anders. Der Mann blickte sie an, als sei sie eine Fremde für ihn, und blieb ungerührt hinter Rutlindis stehen. Lärka starrte ihn verwirrt an. Er war jünger als Arild, jetzt sah sie es, vielleicht so alt wie sie selbst, und sein Haar war nicht schwarzbraun, sondern etwas heller. Die Art und Weise, wie er aufgeregt mit Grenjad redete, entsprach nicht der zurückhaltenden Gelassenheit, die sie von Arild kannte.

»Lärka! Bei allen Wassergeistern! Bist du wohlauf?«, hörte sie eine vertraute Stimme und erblickte Jörn, der sich neben sie gekniet hatte. »Du bist wirklich die mutigste Geestfrau von allen!«

Mühsam setzte sie sich auf und wurde von einem erneuten Hustenanfall geschüttelt. Sie ließ zu, dass Rutlindis und Jörn ihr aufhalfen und sie stützten. Sie fühlte sich elend und schwindelig. Trotz der Decke, die jemand über sie gebreitet hatte, schlotterte sie vor Kälte in ihrem triefnassen Untergewand.

»Die Götter haben deine Unschuld bezeugt!«, sagte Jörn überschwänglich. »Und ich habe auch zu deiner Rettung beigetragen, schau, wen ich hergefü ...« Grenjad schob Jörn sanft beiseite und beendete seinen Redestrom.

»Dies ist meine Nichte, edler Prinz, die das Opfer eines unglücklichen Streits im Dorf werden sollte«, sagte Grenjad. Lärka konnte nicht anders, als den jungen Mann neben ihrem Oheim fortwährend anzustarren. Sie spürte, wie Rutlindis ihr sanft den Arm drückte und ihr zuraunte, sie müsse sich verneigen. Sie senkte verwirrt den Blick.

»Ihr seid die Tochter von Than Orlyg aus Ribehof, nicht wahr?«, sagte der Mann mit heller, freundlicher Stimme. Lärka nickte und kämpfte gegen den inneren Zwang, den Edelmann wieder anzustarren.

»Lärka, das ist Prinz Harold, Sohn des Königs Hakon von Jaduin«, sagte nun Grenjad. Mit einem Ruck hob Lärka den Kopf und stierte ihr Gegenüber ungläubig an. Diese Ähnlichkeit! Unzählige Fragen rauschten sogleich durch ihren Kopf. Es konnte nur eine Antwort geben: Der Prinz *musste* etwas mit Arild zu tun haben!

»Ihr müsst verzeihen, Hoheit«, sagte Grenjad und lud den Prinzen mit einer Armbewegung ein, ihm zu folgen, »sie ist noch nicht ganz bei sich.«

»Ich bin froh, dass der Streit jetzt beigelegt ist«, sagte der junge Mann und lächelte Lärka freundlich an. »Gönnt Euch etwas Ruhe. Ich würde mich freuen, wenn Ihr heute Abend bei unserem Fest mein Gast sein könntet.« Damit verließ er Lärka, die ihn weiter wie in Trance anstarrte, und ging mit Grenjad dorthin, wo die Schiffe der Osgunder am Ufer vertäut waren.

»Er sieht Arild unglaublich ähnlich! Seltsam, was?«, sagte Jörn. Lärka nickte hustend und schaute sich suchend um. In der Nähe des Stadttores standen Reidar und seine Leute und redeten miteinander.

»Was ist mit Reidar?«, fragte Lärka heiser.

»Er grollt und will das Gottesurteil ein weiteres Mal wiederholen«, sagte Rutlindis. »Im Moment ist die Mehrheit des Things gegen Reidar gestimmt, aber ich fühle mich erst wieder sicher, wenn dein Vater hier ist.«

»Wenn es nur gelänge, ihn seiner Untreue zu überführen! Und Gydric?«, wollte Lärka mit erschöpfter Stimme wissen.

»Ich habe den Knecht hingeschickt, damit er nach ihm schaut«, erwiderte Rutlindis. »Was immer es war, er hatte weder die schwarzen Augen wie die anderen, noch hat er versucht aufzustehen. Die Magd hat mir erzählt, er habe am Vortag einen Arm nicht mehr richtig bewegen können. Es scheint mir daher wahrscheinlicher, dass er vom Schlagfluss getroffen worden ist.«

Rutlindis drückte nun Jörn Lärkas trockene Kleider in die Hand und hieß ihn, seine Base zurück ins Haus zu bringen. Sie selbst habe nun einiges zu tun, um Unterkünfte für die Ankömmlinge im Dorf zu finden. Als Lärka auf den Arm ihres Vetters gestützt durch Osgund zurücklief, erzählte Jörn aufgeregt, wie sich ihre Rettung zugetragen hatte. Er hatte mit Bolverk, Melva und Moryn das Lager an den Waldesrand verlegt, um die Siedlung besser im Auge behalten zu können. Als sie den königlichen Tross erspähten, hatte Bolverk Jörn losgeschickt. Jörn hatte dem Prinzen seinen Siegelring gezeigt und ihm erzählt, dass ein Mann in Osgund eine Blutfehde gegen Than Orlyg vom Zaun brechen wolle. Der Prinz war höchst alarmiert gewesen. Bolverk, bei dem mit den Erinnerungen auch ein großer Scharfsinn wiedergekehrt war, hatte das vorausgesagt. Zum einen gab es seit König Jendro ein Gesetz in Jaduin, das die Blutfehde unterbinden sollte – zu viele gute Männer hatte das Geestland unnötig verloren –, zum anderen brauchten der Prinz und seine Leute, die im Norden Gestein abbauen wollten, für die kommenden Monate sichere Häfen im Küstenland. Unruhe oder gar eine Fehde zwischen den Oberhäuptern des Geestlandes würde nach Bolverks Ansicht die Pläne des Königs erheblich gefährden. Also war der Prinz unter Jörns Führung herbeigeeilt und hatte im Hafen gerade noch gesehen, wie Lärka im Wasser verschwand.

»Aber jetzt bist du ja gerettet, und das hast du mir zu verdanken«, sagte Jörn mit gönnerhafter Miene.

»Ich würde eher sagen, die Gnade der Götter hat mich bewahrt, und *der Prinz* hat dafür gesorgt, dass Reidars Knechte mich nicht ersäuft haben. Warum habt ihr nur so lange gebraucht? Ich bin ja beinahe ertrunken!« Lärka musste erneut husten.

»Der Prinz!«, äffte Jörn sie beleidigt nach. »Reidar wollte uns daran hindern, dir zu helfen, und die beiden Ruderer ließen sich nur bedroht von Bogenschützen dazu bewegen, das Seil wieder einzuholen. *Der Prinz* hätte viel zu lange unschlüssig verweilt, wenn ich …«, er tippte sich mit dem Zeigefinger auf die Brust, »… wenn ich nicht die Bogenschützen vorgeschlagen und alle zur Eile gedrängt hätte.«

»Na, dann halte du mal die Luft so lange an«, sagte Lärka und versuchte, ihrem Vetter einen Rippenstoß zu verpassen. Sie war sicher, dass er seinen Anteil an der Rettung wieder einmal übertrieb. Jörn brachte seine Base zu Grenjads Haus und machte sich dann auf, um die Freunde, die noch im Wald ausharrten, zurückzuholen. Lärka zog sich trockene Kleider an und legte sich in Felle gehüllt erschöpft zur Ruhe. Sie wurde jedoch sogleich wieder geweckt, als Rutlindis zurückkam und verkündete, dass der Prinz in Grenjads Haus zu wohnen gedachte. Die Familie, Jörn und Lärka würden in zwei leerstehende Nachbarhäuser ausweichen, eines für die Männer, eines für die Frauen.

Der Nachmittag verging damit, dass die Frauen zusammen mit den Mägden die zwei Häuser von Unrat befreiten, Feuer anheizten und die wichtigsten Hausratsgegenstände vom Thanhof holten. Lärka half so gut, wie sie es vermochte, aber immer wieder musste sie innehalten und husten. Sie fühlte sich schwach und hatte Kopfschmerzen. Als sie vom Thanhof zurückkam, wo sie als Letztes ihr Bündel geholt hatte, standen Keelia und Owyn vor dem Haus und deuteten aufgeregt nach oben. Ein Raubvogel hatte sich auf dem strohgedeckten Dach niedergelassen und äugte neugierig herab. Die Kinder konnten sich nicht beruhigen, denn der Vogel von etwa zwei Ellen Größe hatte nicht die braungraue Färbung der hiesigen Raubvögel, sondern hob sich hell, fast weiß, vom grauen Dach ab. Da kam Rutlindis herzu und blieb erstaunt stehen. Ihr Blick wanderte von dem Vogel zu Lärka und wieder zurück.

»Was ist, Tante? Ängstigt dich der Vogel? Das ist bestimmt keiner, der die Krankheit der Seelenlosen bringt«, sagte Lärka.

»Gehört er zu dir, Liebes?«, fragte Rutlindis, ohne ihren Blick von dem Vogel zu wenden.

»Nein«, entgegnete Lärka, »aber er sieht genauso aus wie der, den Mutter und ich früher ein paarmal in unserem Kräutergarten in Ribehof gesehen haben.«

»Seltsam, nicht?«, sagte Rutlindis, ohne ihren Bilck von dem Vogel zu wenden. »In dem Jahr, als deine Mutter von den Räubern zurückkehrte, flog ihr auch ein solcher Vogel zu. Es ist ein Gerfalke aus dem Norden. Die Männer waren neidisch und wollten ihn fangen und zur Jagd abrichten, aber der Falke kam nur zu Audhild. Als der Winter kam, war er wieder verschwunden.«

»Unser Falke ist auch davongeflogen – ich glaube, das war sogar an dem Tag, als Mutter starb«, sagte Lärka und betrachtete versonnen das schöne Tier. Der Falke saß jetzt am Giebel ganz nahe bei ihnen und beobachtete sie genau. Dann wippte er mit dem Kopf. Für Lärka sah es aus, als habe er ihnen zugenickt. Er stieß sich vom Dach ab, schwang sich empor, kreiste noch einmal über ihrem Haus und verschwand dann in nördliche Richtung. Die Frauen folgten ihm mit den Augen, bis sein majestätisches Flügelschlagen vor dem Grau und Weiß an den Flanken der Frostberge nicht mehr zu erkennen war.

»Tja, Audhild hatte so manche Geheimnisse seit diesem Sommer«, meinte Rutlindis und schob Keelia wieder in die Hütte, wo sie den Lehmboden mit Stroh ausstreuen sollte.

Lärka blieb verwirrt stehen und dachte daran, wie lange sie sich schon wünschte, mit Melva die Briefe ihrer Mutter zu lesen. Sie konnte kaum erwarten, dass Jörn die Freundin zurückbrachte. Am späten Nachmittag kam er endlich, gefolgt von Moryn, den seine Mutter überglücklich in die Arme nahm. Lärka spürte einen Stich der Enttäuschung, denn Melva war nicht bei ihnen. Jörn erzählte, dass Bolverk es seltsamerweise vorgezogen habe, im Versteck zu bleiben, bis die Königlichen abgezogen seien. Der Bader kannte offenbar Leute aus des Prinzen Gefolge und stand mit ihnen nicht auf gutem Fuße. Und Melva traute sich aus Angst vor Reidar nicht eher hervor, bis Orlyg selbst eingetroffen wäre.

Dann schilderte Jörn mit leuchtenden Augen, was sich vor den Toren Osgunds abspielte. Das Gefolge des Prinzen hatte seine Zelte auf einer Weide aufgeschlagen. Jörn hatte neben den Pferden der Berittenen auch eine kleine Rinderherde, Schweine und Hühner gesehen, Wagen mit allerlei Truhen, Teppiche und Stühle, Ladungen voller Getreide, Brote, Wein und Köstlichkeiten für die Tafel des Prinzen. Am Abend würde Prinz Harold ein Fest geben.

Der Abend kam, und da sich das trockene Wetter gehalten hatte, wurden auf dem Platz rund um den Turm aus allen Häusern Tische und Bänke herbeigetragen. Lärka hatte noch etwas geruht und sich einigermaßen erholt. Sie bürstete ihr Haar, reinigte Hände und Füße und legte ihr Festgewand an. Einer Laune folgend griff sie sogar nach Idonas verschönernden Geschenken: Wangenrot, Lavendelöl und einem wohlriechenden Fett für die Lippen.

Als sie sich anschickte, mit Rutlindis zu dem Fest aufzubrechen, kam Grenjad herein und raunte seiner Frau etwas zu. Rutlindis wandte sich zu Lärka und schaute sie besorgt an.

»Lärka, wir möchten dir etwas sagen. Höre darauf, als kämen die Worte von deinem Vater.«

Eine solche Vorrede kann nichts Gutes verheißen, dachte Lärka und nickte seufzend.

»Dein Vater wollte nicht, dass die Leute des Königs dir begegnen«, begann Rutlindis. »Er hat Grenjad in einem Brief gebeten, dich zu verbergen, falls sie Osgund besuchen würden.«

»Aber sie scheinen mich nicht für eine Hexe zu halten«, erwiderte sie. Sie erinnerte sich daran, was Jörn ihr auf der Reise gesagt hatte: Orlyg wolle seine Tochter schützen und verhindern, dass sie nach den Vorfällen von Ribehof von den Königlichen als Hexe verleumdet wurde.

»Nein, das tun sie nicht, im Gegenteil. Es ist bekannt, dass ... wie soll ich sagen ... Dein Vater hat erfahren, dass König Hakon auf Brautsuche für seinen Sohn ist. Und er möchte um jeden Preis verhindern, dass die Wahl auf dich fallen könnte.« Rutlindis schaute Lärka flehend an. »Bitte halte dich zurück, und ermutige ihn nicht. Du musst darauf vertrauen, dass dein Vater seine Gründe dafür hat und die Dinge stets richtig einschätzt.«

Vor kurzem noch wäre Lärka verärgert und zornig darüber gewesen, dass ihr Vater sie vor allem und jedem verbergen wollte. Aber jetzt wusste sie solche Anweisungen mit anderen Augen zu sehen.

»Könnt ihr nicht sagen, ich sei schon verlobt? Vater hat wohl schon mit Gizur von Frenemund gesprochen«, sagte Lärka.

»Wenn der König für seinen Sohn um Euch wirbt«, erwiderte Grenjad, »wird er erwarten, dass eine anderweitige Verlobung gelöst wird. Er wird dem Betroffenen mit Leichtigkeit einen Preis bezahlen, der jede Forderung übertrifft. Bitte haltet Euch von dem Prinzen fern, wie es die Ehre der Familie erfordert, und sprecht nicht mit ihm.«

»Aber …«, begann Lärka.

»Zumindest nicht ohne Eure Tante oder mich«, schnitt Grenjad ihre Widerworte ab. Lärkas gute Stimmung, die Freude darüber, nun hoffentlich der letzten Gefahr entronnen zu sein, war verflogen, und stattdessen machte sich ein ungutes Gefühl breit, das durch die Erinnerung an Tronds zweifelhafte Avancen noch verstärkt wurde. Wie sollte sie etwas über den Prinzen und seine Verbindung zu Arild erfahren, wenn sie nicht mit ihm reden durfte? Obwohl sie durchaus einsah, warum ihr Vater zur Vorsicht mahnte, war sie sehr enttäuscht.

Schließlich brachen sie auf. Große Feuer waren in der Abenddämmerung um den Turm entzündet worden, und es drehten sich schon saftige Braten am Spieß, während königliche Diener weitere Speisen auf die mit weißem Tuch und edlem Geschirr gedeckten Tische auftrugen. Es gab mehr Fleisch, als die Osgunder in den letzten Monaten gesehen hatten, reichlich Met und Bier, exotisch gewürzte Aufläufe, getrocknete Datteln und orangefarbene runde Früchte aus Symara. Das ganze Dorf war auf den Beinen. Die vornehmen Familien saßen an den Tischen, die anderen auf dem Boden. Knechte und Mägde hatten alle Hände voll damit zu tun, Essen und Getränke auf- und abzutragen. Die Kinder rösteten Pilze und Brotteig über einem Feuer. Musiker aus Harolds Gefolge stellten sich auf, und es ertönte fröhliches Leier- und Harfenspiel.

Am Tisch des Prinzen saßen Grenjad, Fridmund und Jörn. Lärka bemerkte erleichtert, dass Reidar und ein Teil seiner Gefolgsleute nicht erschienen waren. Sie selbst hatte mit Rutlindis und Fridmunds Weib an einem anderen Tisch Platz genommen. Sie verbrachte den Abend in Gesellschaft der beiden Frauen, denen sie wieder und wieder von den Erlebnissen im Turm, beim Thing und der Hexenprobe erzählen musste. Wann immer sich die Möglichkeit bot, bedachte sie den Prinzen, der sich angeregt mit Grenjad und Fridmund unterhielt, mit verstohlenen Blicken. Einmal trafen sich ihre Augen, und Harold lächelte ihr zu. Schamhaft senkte sie den Blick, aber sie konnte sich nicht dagegen wehren, dass die leuchtend grünen Augen sie fast ebenso in ihren Bann zogen wie ein anderes Augenpaar, dessen warmes Strahlen sie nun schon so lange vermisste. Als die Männer an den Tischen dem Met und dem Bier immer mehr zusprachen und auch Jörn schon mit glasigen Augen an seiner vierten Fleischkeule nagte, verabschiedete sich Lärka, um sich zur Nachtruhe zu begeben. Sie fürchtete sich vor einem unerwarteten Übergriff Reidars und war froh, dass Rutlindis sie von einem kräftigen Knecht nach Hause geleiten ließ. Dort schlief Keelia schon auf dem Boden in der Nähe der glimmenden Feuerstelle.

Lärka setzte sich auf eine Lagerstatt, die in dem einfachen Haus nicht mehr als eine mit Fellen bedeckte hölzerne Bank an einer Hauswand war, und kramte im Dunkeln das Silberamulett aus dem Bündel, in dem Rutlindis es am Morgen verstaut hatte. Lärka hatte die Warnung ihres Vaters befolgt und kein Wort mit dem Prinzen gewechselt. Aber wenn sie schon nicht mit ihm reden durfte, wollte sie ihn wenigstens im Geheimen aufsuchen.

Nachdem Lärka in den Schlaf gesunken und in die Welt der blauen Lichter eingetaucht war, dachte sie sich auf den Platz vor dem Turm. Aber so, wie sie sich vom Turm aus nicht zu Grenjads Haus hatte bewegen können, so konnte sie auch von dieser Schlafstätte aus nicht den Weg bis zum Turm zurücklegen. Sie verweilte eine ganze Weile unentschlossen auf dem Platz zwischen ihrem Haus und dem Thanhof und beobachtete die Schatten der Diener und Wachen ohne großes Interesse. Ihre Gespräche kreisten um Essen, Frauen und Dinge, die Männer erfreuten.

Sie wusste nicht, wie lange sie so verharrt hatte, als zwei Schatten auf Grenjads Haus zuliefen. Der eine hatte einen leuchtenden

Schemen von der Gestalt eines Habichts und der andere den eines übermütigen Hundes, unter dessen kurzem Fell starke Muskeln spielten. Lärka näherte sich neugierig. Der Rüde sprang lebhaft auf und ab, und während er sprach, erschienen die Bilder von Dingen, die der Prinz und sein Gefolge an diesem Tag gesehen haben mussten. Da waren die starken Drachenschiffe und die selbstbewussten Geestmänner, Oheim Grenjads stolzes Gesicht, als er den Prinzen an der Bucht entlangführte. Es erschienen kräftige Jünglinge, die am Mittag zu Ehren des Gastes Ringkämpfe veranstaltet hatten, und schließlich Bilder vom abendlichen Fest und den Geestmännern, die wahrlich zu feiern wussten. Ja! Der Hundeschemen kann nur Prinz Harold sein, dachte Lärka.

Dann beruhigte sich das Bild, und mit einem Mal sah sie sich selbst, wie sie im durchnässten Gewand aus dem Boot gehoben wurde, hustend erwachte und bald darauf den Sprecher mit einem scharfen, stolzen Blick musterte. Die Erzählung wanderte gleich weiter, und die durchnässte, blasse Lärka verwandelte sich in eine bezaubernde Fee im Festgewand, mit glänzenden Haaren, roten Wangen und einem verschmitzten Lächeln. Der Habicht erwiderte etwas, und sie erblickte Grenjads verzerrtes Gesicht, den Bart verklebt mit Fleischresten und Unrat und wie er und Reidar sich stumpfsinnig mit Keulen die Köpfe einschlugen. Dann sah sie mit wachsender Bestürzung sich selbst in der Erzählung des Habichts auftauchen, wie sie mit Rutlindis an der Bucht stand und mit unbewegter Miene einen schreienden Säugling im eiskalten Wasser ertränkte. Als sie die Hand aus dem Wasser zog, hatte Lärka eine Kröte gepackt, riss dem lebenden Tier die Beine aus, musterte sie und deutete auf den Flug der Möwen, als würde sie daraus die Zukunft vorhersagen. War es so, dass Harolds Begleiter nur übermäßigen Blutdurst, viehische Sitten und groben Aberglauben in den Gebräuchen der Geestleute sah? Lärka begann, ihn zu hassen.

Der Hund wischte die Bilder beiseite, aber der Habicht beschwor die Gestalt eines herrischen Mannes mit hellbraunen Haaren herauf, der einen schimmernden Harnisch und einen Silberreif im Haar trug. Harolds Inneres verdunkelte sich. Die Kammer einer Burg wurde sichtbar, in der der Prinz bedrückt auf und ab schritt und der gekrönte herrische Mann knappe Anweisungen gab. Die Worte des Älteren flochten eine Kette, die den jungen Mann gegen seinen Willen an der Wand der Kammer festhielt.

Dann aber erschienen Bilder davon, wie Harold den Tross durch das Küstenland führte. Lärka bemerkte, wie glücklich diese Fahrt den Prinzen machte, und hatte das Gefühl, in einen Spiegel zu blicken. Sie wusste mittlerweile nur zu gut, dass die Freiheit Gefahren barg. Doch in diesem Moment teilte sie mit Harold den Rausch einer geglückten Flucht aus der väterlichen Obhut. Er war nicht Arild, aber sie war berührt von seinem Wesen und hatte das Gefühl, als würde sie ihn schon lange kennen. Jetzt erzählte er weiter, und sie sah eine Frau in einem prachtvollen Kleid, aber diese Gestalt hatte kein Gesicht. Stattdessen erschien ein Reigen von wunderschönen Frauen, eine von ihnen dunkelhaarig mit traurigen Augen, eine andere blond und wohlgestalt mit unterwürfigem Blick, eine dritte schwarzhaarig, groß gewachsen und mit kühlem Gebaren.

Und dann erhob sich eine Gestalt inmitten dieser Frauen, und Lärka sah sich selbst mit einem Brautkranz im Haar und wie sich ihr Gewand vom heutigen Abend in der Rede des Prinzen in ein prachtvolles Hochzeitskleid verwandelte. Barsch unterbrach ihn der Habicht und ließ die anmutige dunkelhaarige Frau mit den traurigen Augen erscheinen. Aber der Rüde ließ sich nicht beirren und fuhr fort, Lärkas Bild heraufzubeschwören, mit tiefblau schimmernden Augen, wallenden Haaren, lebhaftem Wesen und einem wiegenden Gang, all dies so wohlgestalt, dass Lärka sich selbst kaum wiedererkannte. Nun hatten die beiden Gestalten Grenjads Anwesen erreicht und beendeten ihr Gespräch. Lärka war seltsam berührt. Der Prinz hatte sie kaum kennen gelernt, und doch schien er bereits so sehr für sie eingenommen, dass er sie bei der Brautwahl allen anderen vorziehen wollte. Sie wusste, dass die Hochzeitsgedanken des Prinzen genau das waren, was Orlyg hatte vermeiden wollen, aber sie konnte nicht verhindern, dass sie sich stolz wie eine Königin fühlte.

Am nächsten Morgen glich das Dorf einem Bienenschwarm. Prinz Harold hatte sich von Grenjads erfahrensten Seefahrern beraten lassen, welche Art der Verpflegung seine Leute am besten mit in den Norden nehmen sollten. Während die Frauen aus dem Getreide, das der Tross im Gepäck gehabt hatte, haltbares Fladenbrot buken, waren die Männer angehalten, die Vorräte des Königs samt Metfässern und lebendem Vieh zum Hafen zu bringen und in die breiten runden Koggen, mit denen die Geestleute schwer beladen ihre Handelsfahrten unternahmen, zu verladen. Am kommenden Tag schon würden sich Harolds Leute einschiffen, um über das Meer die Frostberge zu umfahren und Menschen und Tiere an Land zu bringen. In den Jahren, wenn das Eis den Pass bedeckte, gefror auch das Meer zu einer weißen Wüste, die noch nicht einmal die mutigsten und erfahrensten Männer des Geestlandes zu durchqueren wagten. Nur in diesem Sommer würden die Schiffe bis zu den nördlichen Ufern gelangen können. Von der Küste aus seien es – so hatte Jörn gehört – nur noch wenige Tagesreisen bis zu der Barendolith-Ader inmitten der Nördlichen Öden.

Rutlindis hatte ihre Nichte damit beauftragt, das Brotbacken zu beaufsichtigen. Jeder wurde gebraucht, und diese Aufgabe würde sie nicht übermäßig anstrengen, da sie die meiste Zeit bei einem der Öfen sitzend verbrachte und Keelia mit Anweisungen herumschicken konnte. Es galt, die Diener des Prinzen mit den Getreidesäcken, die Frauen des Dorfes mit ihren Mahlsteinen, das Befeuern der Holzöfen und überhaupt alle zu beaufsichtigen, damit aus Mehl, Salz, Wasser und Kiefernrinde in Windeseile Brot für über hundert Männer würde. Die Fladen wurden noch warm gestapelt, in Körbe verladen, die – kaum gefüllt – von eifrigen Händen zum Hafen getragen und auf den Schiffen verstaut wurden.

Zum ersten Mal in ihrem Leben war Lärka ihrer Tante Asa dankbar für alles, was sie sie gelehrt hatte. Sie kam kaum zum Nachdenken, und die Hälfte des Tages verstrich, ohne dass es ihr bewusst wurde. Umso überraschter war Lärka, als ein Mann in königlicher Uniform sie zu sprechen wünschte. Sie bat ihn zu sich, um ihn anzuhören. Der Mann verbeugte sich und sprach seine Nachricht mit gesenktem Kopf.

»Ich bringe eine Einladung des Prinzen zu einer Audienz, Herrin. Prinz Harold wünscht, Euch zu sprechen.«

Rutlindis, die gerade einen Korb voller Brote gepackt hatte, hätte ihn um ein Haar fallen lassen. Lärka warf ihrer Tante einen ratlosen Blick zu und zuckte mit den Schultern.

»Herrin, der Prinz erwartet Euer sofortiges Erscheinen«, war der Diener zu vernehmen. Lärka gab Keelia kurze Anweisungen und ging zum Haus, um das staubige Obergewand gegen ein anderes zu tauschen. Rutlindis kam ihr nach und erinnerte sie besorgt an Orlygs Warnung. Lärka solle warten, bis Grenjad da sei und sie zur Audienz begleiten könne. Sie dürfe nicht alleine zum Prinzen gehen, das sei gegen die Ehre, mahnte Rutlindis. Unschlüssig trat Lärka vor das Haus.

»Herrin, der Prinz wartet auf Euch! Jetzt gleich!«, drängte der Diener.

»Also gut«, gab Rutlindis nach. »Aber lass dir etwas Zeit, und rede so wenig wie möglich. Ich hole Grenjad.«

Lärka folgte dem Mann und staunte nicht schlecht über das geschäftige Treiben, als sie den Thanhof betraten. Diener und Soldaten liefen umher, sodass die frei herumlaufenden Hühner bald hierhin, bald dorthin stoben. Waffen und Grabgeräte wurden in der nahen Schmiede ausgebessert, und vor dem Eingang des Hauses stand Harold in einer Gruppe von Männern und schaute prüfend in den Himmel. Lärka folgte unwillkürlich seinem Blick, sah einen stolzen Adler neben einer katzenartigen Gestalt über den Himmel ziehen, und sie musste dabei unwillkürlich an Arild denken.

Dicht neben dem Prinzen gewahrte Lärka einen hageren Mann mit dem königlichen Greifenwappen auf dem Gewand. Er hatte graubraune Haare und einen stechenden Blick aus hellbraunen, fast gelben Augen. Obwohl sein sonstiges Gebaren nicht von Nervosität zeugte, trat er laufend von einem Bein auf das andere. Er hatte eine ruckartige Art, sich zu bewegen. Schon bevor er sich zum Prinzen beugte, um ihm etwas zuzuflüstern, war Lärka sicher, dass dies der Habichtmann war.

Als Harold seine Besucherin erblickte, erstrahlte sein Gesicht. Er ließ die anderen Männer stehen und kam raschen Schrittes auf Lärka zu, sehr zum Missvergnügen des Beraters, der mit verdrießlichem Gesicht begann, den Männern Befehle zu erteilen. Lärka neigte den Kopf.

»Wie schön, Euch wohlauf zu sehen«, sagte der Prinz. »Ich hoffe, das gestrige Fest hat auch Euch erfreut?«

»Danke, ja«, erwiderte sie. »Kein Lob würde Eurer außerordentlichen Großzügigkeit gerecht. Ich hoffe, die Wolken verheißen Euch eine günstige Reise?«

Harold schaute kurz in den Himmel über dem Meer, wandte sich wieder zu ihr und lachte sie an.

»Der Wettergott ist uns wohl gesonnen«, sagte er, als verrieten ihm die Wolken nicht mehr als das kommende Wetter. »Wir werden morgen in See stechen.«

Mit einer galanten Geste lud der Prinz Lärka ins Haus ein. Sie trat zögernd ein und betrachtete erstaunt, dass auch das Innere wie verwandelt war. Der Boden war mit Teppichen ausgelegt. Mit prächtigen Decken bedeckte Tische und gepolsterte Stühle standen herum. Auf einem der Tische waren Pergamente ausgebreitet, auf denen gezeichnete Linien, Gewässer und Berge zu erkennen waren. An den Wänden standen Truhen, auf denen kostbare Kelche, Karaffen sowie Kerzenleuchter und Öllampen aufgestellt waren. Daneben verbreiteten Gluthäufchen in Bronzeschalen einen angenehmen Räucherduft. Harold bediente sich aus einer Schale mit Früchten. Dann ging er zu einem thronartigen Stuhl, der mit feinen Schnitzereien in Form von Greifen versehen war, nahm Platz und bedeutete Lärka mit einer Handbewegung, näher zu kommen. Etwa drei Schritte vor dem Thron blieb sie stehen.

»Je mehr ich vom Geestland sehe«, begann Harold freundlich, »desto mehr erkenne ich, wie rau die Landschaft ist und wie stark die Menschen sind, die in ihr leben. Euer Vater herrscht über die besten Schiffbauer und die wildesten Krieger des Westens.« Lärka hatte die Hände ineinander verschränkt und nickte schweigend.

»Und die Blutrache ist lebendig, obwohl die Gesetze Jaduins sie verbieten«, fuhr er fort.

»Die Ehre ist das Wichtigste«, antwortete sie. »Ist sie einmal beschmutzt, kann sie nur mit Blut wieder reingewaschen werden.«

»Than Grenjad sagt ebenfalls, das Streben nach Ehre macht die Geestleute zu tapferen Kämpfern und aufrechten Menschen. Warum solltet Ihr das Opfer einer Blutrache werden?«

Lärka hielt überrascht den Atem an und versuchte mit gesenktem Blick, ihre Gedanken zu ordnen. Sie wollte auf keinen Fall etwas von der Hexengeschichte erzählen. Was sollte sie antworten, ohne dem zu widersprechen, was Grenjad und Jörn berichtet hatten, und ohne sich gar selbst in Schwierigkeiten zu bringen. Sie suchte nach dem Unverfänglichsten, was ihr einfiel.

»Es ging darum, dass die Verlobung meiner Mutter vor vielen Jahren aufgelöst wurde«, begann sie. »Der Mann, Reidar mit Namen, glaubte seine Ehre verletzt. Der Preis, den mein Vater als Auslösung gezahlt hatte, war ihm zu niedrig gewesen, also forderte er Blut. Da die Blutfehde die ganze Familie betrifft, hat Reidar meine Anwesenheit hier ausgenutzt, um die Sache wieder aufzunehmen.«

»Die Auflösung einer Verlobung ist eine derart schwerwiegende Sache, dass es um Leben und Tod geht?«, fragte Harold erstaunt.

Lärka nickte.

»Bei uns, bei Hofe in Jaspis ist es ein Vertrag wie jeder andere«, erwiderte der Prinz. »Als die Verlobung meines Bruders von unserer Familie gelöst wurde, zahlte mein Vater eine kleine Entschädigung, und niemand verlor ein Wort darüber. Ein Ehevertrag auf Leben und Tod ist mir noch nicht begegnet. Das scheint es nur hier zu geben.«

»Ich bin sicher, mein Oheim kann Euch alles Wissenswerte über unsere Gesetze erzählen«, sagte Lärka und hoffte, das Thema sei beendet.

»Wie steht es um Euch? Seid Ihr schon jemandem versprochen?«, fragte Harold, und seine Augen funkelten übermütig. Lärka konnte nicht verhindern, dass sie errötete. Das Interesse, das hinter dieser Frage stand, schmeichelte ihr sehr, denn sie war nach dem vorherigen Abend sicher, dass er sie nicht etwa für einen seiner Brüder fragen würde. Sie bemerkte, dass sich Harold mit einem Mal straffte und eine ernsthafte Miene aufsetzte. Gleichzeitig hörte sie Schritte hinter sich. Lärka hoffte, wer immer dort hereintrat, habe die letzte Frage nicht gehört. Ein Luftzug streifte sie, als der Berater des Prinzen mit raschen Schritten an ihr vorbeiging und sich mit verschränkten Armen ihr gegenüber neben den Holzthron stellte.

»Nun, welche Verbindung plant Than Orlyg für Euch?«, fragte Harold mit betont ernstem Gebaren.

Lärka wand sich. Sie war froh, dass ihres Vaters Anbahnungsbemühungen ihr hier eine Lüge ersparten. »Barung von Frenemund soll mein Gemahl werden«, antwortete sie.

»Hat Euer Vater schon einen Vertrag mit der Familie des Bräutigams geschlossen?«, fragte Harold, lehnte sich vor und musterte Lärka interessiert. Der Berater beugte sich an Harolds Ohr und zischte ihm etwas zu, aber Harold wehrte mit einer unwirschen Handbewegung ab.

»Dazu müsst Ihr meinen Vater befragen, Hoheit«, antwortete Lärka.

»Nun gut«, murmelte Harold. »Zurück zur Blutfehde. Euer Oheim berichtete auch, dass Reidar versuchte, Euch mit dem Tod zweier Männer in Verbindung zu bringen.«

»Die Götter haben meine Unschuld vor aller Augen bezeugt«, sagte Lärka und biss sich auf die Lippen.

»Ihr könnt also nicht hexen?«, fragte Harold.

Lärka erschrak und spürte die kleinen Vogelaugen des Beraters auf sich gerichtet.

»Was meint Ihr?«, entgegnete sie unsicher.

»Kann es nicht sein, dass Euch diese Männer belästigt haben und Ihr ihnen einen Todesfluch beigebracht habt?«, wollte Harold wissen. Von jedem anderen hätte die Frage wie das Verhör eines Richters geklungen, aber der Prinz schien keine Hintergedanken zu haben. Im Gegenteil, er wirkte aufgekratzt wie ein Kind, das gerade dabei war, eine abenteuerliche Überraschung aufzudecken.

»Aber nein, ganz und gar nicht!«, versicherte Lärka. Nervös drehte sie sich zum Eingang um und wünschte, Grenjad würde endlich hinzutreten.

»Wie war es dann? Habt keine Angst! Ich glaube nicht einen Funken von diesen Spukgeschichten!« Harold wandte sich mit einem viel sagenden Blick zu seinem Berater. »Genauso wenig wie ich die Geschichte glaube, dass ein Mann durch einen Felsen verschwinden kann!«, warf er dem Habichtmann zu und drehte sich wieder zu Lärka um.

»Ein Mann, der im Fels verschwindet?«, fragte Lärka und konnte nur mühsam ihre Aufregung verbergen. Moryn hatte berichtet, dass Arild so seinen Häschern entkommen sei.

»Ja, einer meiner Soldaten hat erzählt, sie seien hier in der Gegend von Aufrührern angegriffen worden, und als ihr Anführer in Bedrängnis geriet, habe er sich vor ihren Augen in einen Felsen verwandelt.«

Lärka schüttelte den Kopf und tat ungläubig, aber insgeheim brannte ihre Neugierde lichterloh. Warum log der Prinz? Hatte nicht er selbst die Männer auf Arilds Fährte gehetzt? Lärkas Augen wanderten unter halb gesenkten Lidern von Harolds unbekümmertem Gesicht zu der lauernden Raubvogelmiene seines

Beraters. Irgendetwas in seinem Gebaren sagte ihr, dass dieser Mann einiges vor Harold verheimlichte.

»Aufrührer, wie schrecklich!«, sagte sie mit gespieltem Abscheu. »Aber hier leben doch nur treue Untertanen des Königshofes. Wer sollte Jaspis oder gar Eurer Hoheit Böses wollen?«

»Das sind Angehörige alter Adelsfamilien aus der Sippe der Feodriner«, antwortete Harold. »Sie haben sich vor vielen Jahren aus Jaspis abgesetzt, als ihre Intrigen gegen meinen Vater überhandnahmen und er mit harter Hand durchgreifen musste, um die Ordnung im Reich zu wahren.«

Alte Adelsfamilien aus Jaspis war alles, was Lärka vernahm. Das musste es sein! Es passte zu allen Heimlichkeiten, zu der Flucht vor dem König und dazu, dass Valgrim und Arild ein so hohes Ansehen bei ihrem Vater genossen. Sofort fielen ihr alle Beschimpfungen ein, mit denen sie Arild je bedacht hatte, und sie schämte sich. Aber nicht lange, denn sie dachte an den Mondstein und Arilds Versprechen und schwor sich auf der Stelle, für immer auf ihn zu warten.

»Ihr scheint recht wenig über die alten Geschichten zu wiss ...« Harold unterbrach sich. Er musste ihren abwesenden Gesichtsausdruck erkannt haben. »Nun ja, im Küstenland mögen diese Ereignisse keine große Rolle gespielt haben, denn das Reich hat den Putschversuch unbeschadet überstanden. Vielleicht habt Ihr einige aus der Sippe gesehen?«

Lärka machte eine unbestimmte Geste.

»Solange sie sich friedlich verhielten, duldeten wir sie«, fuhr Harold fort. »Aber jetzt haben sie uns angegriffen, und das kann nicht ungestraft bleiben. Ist es nicht so?«, fragte er seinen Berater. Der Angesprochene nickte mit einem gefährlich kalten Lächeln, und Lärka war mit einem Mal sicher, dass es seine Worte waren, die Harold unüberlegt nachgesprochen hatte.

»Nun, wie schon gesagt, ich glaube nicht an solche Spukgeschichten, deshalb könnt Ihr es mir jetzt sagen: Habt Ihr einen Fluch auf die Männer herabgerufen?«, fragte Harold erneut.

»Nein«, wehrte Lärka ab. »Es ist so, dass im Küstenland eine seltsame Krankheit umgeht. Wir haben sie in Ribehof, Stormhavn und hier gesehen und von solchen Fällen in Graufjörde und Frenemund gehört. Es trifft unsere besten Krieger, die auf einmal ihre Seele zu verlieren scheinen, während ihr Leib noch ein paar Tage in dieser Welt verweilt und dann stirbt.« Lärka sah, dass der Prinz wie auch sein Berater ihren Worten ihre volle Aufmerksamkeit schenkten. Vielleicht wissen die beiden ja etwas, das uns helfen kann, dachte sie hoffnungsvoll. Sie schilderte die toten Augen der Seelenlosen, wie sie aufstanden und verschwanden, und ging so weit, ihren Verdacht zu äußern: dass ein Vogel die Seelen der Männer hole.

»Die Leiber laufen dorthin, wo der Vogel die Seelen hinträgt. Und es ist immer dieselbe Richtung, nämlich ...« Sie hielt inne. Irgendetwas an Harolds Berater ließ sie vorsichtig werden. Sein scharfer Blick hatte nichts Interessiertes, sondern etwas anderes: Es war der Blick eines Raubtiers, kurz bevor es zuschlug. Von Jaspis kommt nichts Gutes, hörte sie Valgrims Stimme in ihrem Kopf. Ihr Blick wanderte zwischen Harolds offenem Gesicht und der verschlossenen Miene des Habichtmannes hin und her.

»Wo gehen sie hin?«, war unerwartet seine krächzende Stimme zu vernehmen.

»Ähm ... landeinwärts, weg vom Meer. Ja ... immer in den nächsten Wald«, antwortete Lärka und strich sich mit schweißnassen Händen das Obergewand glatt. Der Berater tuschelte etwas in Harolds Ohr.

»Ist es gelungen, einen solchen Vogel zu fangen?«, fragte der Prinz. Lärka verneinte. In der Stille, die darauf folgte, vernahmen sie das Näherkommen kräftiger Schritte und wie jemand schließlich das Haus betrat. Es war Grenjad. Er sammelte sich, neigte leicht den Kopf und stellte sich neben Lärka.

»Hoheit, verzeiht, ich hätte Euch nicht warten lassen, wenn ich früher von dieser Audienz erfahren hätte.«

»Aber Ihr wart gar nicht eingeladen«, sagte Harold. Lärka stutzte und senkte die Augen. Der Prinz schien zu reden, ohne nachzudenken. Bemerkte er denn nicht, dass er damit ihren Oheim beleidigte? Grenjad räusperte sich.

»Es ist hier nicht üblich, unverheiratete Frauen alleine und ohne einen männlichen Verwandten zu einer Audienz zu bitten«, sagte er.

»Ich hatte nicht die Absicht, gegen Eure ehrenwerten Traditionen zu verstoßen. Aber nun seid Ihr ja hier«, erwiderte Harold und schien die Angelegenheit als erledigt zu betrachten.

»Ich habe Eure Kenntnisse der Kräuter preisen hören«, fuhr er an Lärka gewandt fort und warf Grenjad einen verschwörerischen Blick zu.

»Die Leute sagen es so«, erwiderte Lärka vorsichtig. »Aber ich hatte noch nicht viel Gelegenheit, Menschen damit zu heilen.« Sie musste an den Tod des verstümmelten Knechtes denken.

»Einer Thantochter steht es nicht an, sich als grünes Weib zu verdingen, zumal wenn sie unverheiratet ist«, brummte Grenjad dazwischen.

»Andere mögen dieses Wissen abergläubisch verdammen, aber ich achte es hoch«, sprach Harold weiter, als habe er Grenjad nicht gehört.

»Interessiert Ihr Euch etwa auch für die Heilkräuter?«, fragte Lärka erfreut und vergaß für einen Moment die Anwesenheit ihres Oheims und des lauernden Beraters des Prinzen.

»Oh, ich verstehe nichts davon«, wehrte Harold lächelnd ab. »Aber ich möchte mir Euer Wissen gerne für meine Leute zunutze machen. Wir haben eine lange Reise in ein kaltes und unwirtliches Land vor uns, mit Eis, Stürmen und Schnee. Die Männer müssen Stollen in den Boden treiben und sind von Erfrierungen und von fallenden Steinen bedroht. Die beiden Wundärzte in meinem Gefolge würden sehr gerne mit Euch sprechen und mehr über die Heilpflanzen in diesem Landstrich lernen. Wenn wir Verwundete pflegen, werden wir nicht erst nach Jaspis zurückkehren, sondern sie hier im Küstenland versorgen. Denkt Ihr, Ihr könnt meine Leute mit einigen der gängigen Heilmittel versehen?« Lärka war sprachlos.

»Mit Verlaub, sie ist doch noch so jung«, warf Grenjad ein. »Sie hat weniger Wissen als die grünen Weiber der anderen Küstenstädte. Sie wird Euch nicht viel sagen können.«

Aber Lärkas Kopf nickte wie von alleine. Der Prinz stellte sich über den Aberglauben, der Lärka beinahe das Leben gekostet hätte, und bat sie sogar um Hilfe.

»Wart Ihr es nicht, der ihr Wissen pries?«, wandte sich Harold an Grenjad. Als dieser schwieg, richtete er das Wort wieder an Lärka. »Nun, holde Maid, seid Ihr bereit, Euer Wissen mit meinen Wundärzten zu teilen?«

»Ich könnte mir nichts Schöneres vorstellen«, murmelte Lärka und versuchte mühsam, ihre freudige Erregung zu verbergen. Ihre Kenntnisse in der Heilkunst mussten kümmerlich sein im Vergleich zu den Fähigkeiten eines Wundarztes oder gar eines ausgebildeten grünen Weibes. Sie dachte daran, Melva holen zu lassen oder das Buch aus dem Turm zu bergen, verwarf aber beides. Wenn der Prinz am nächsten Tag schon abreisen wollte, war keine Zeit dafür. Außerdem wollte sie das Buch zunächst auch lieber niemand anderem zeigen.

»Nun gut«, brummte Grenjad. »Aber ich werde ihr eine Begleitung mitgeben.«

»Tut, was Ihr für nötig haltet«, sagte Harold. »Wenn Ihr bereit seid, kommt zu meinem Hof.« Er entließ Lärka mit einem strahlenden Lächeln, und als sie hinausging, sah sie, wie er gut gelaunt mit seinem finster dreinblickenden Berater zu reden begann.

»Hätte ich nur nichts gesagt«, brummte Grenjad, als sie draußen waren. »Euer Vater wird mich dafür hart zur Rede stellen. Ich sollte Euch verbergen, und jetzt hat Euch der Prinz persönlich um Hilfe in der Heilkunst gebeten. Jörn wird Euch begleiten und aufpassen müssen.«

Lärka wartete in ihrem Haus, bis Jörn herbeikam. Er war am Hafen bei den Schiffen gewesen und maulte nun, dass er die

Schiffbauer, Segelmacher und Zimmerleute hatte verlassen müssen, denen zuzusehen für ihn immer ein großes Vergnügen war. Doch die Aussicht auf einen Nachmittag als Lärkas Beschützer und Begleiter versöhnten ihn ein wenig.

»Ich werde Orlyg fragen, ob ich als Gehilfe eines Schiffbauers mit in den Norden darf, wenn Ribehof seine Schiffe schickt«, sagte er mit leuchtenden Augen. »Das ist die Gelegenheit! Einen Schiffsbauer brauchen sie immer, wer soll denn sonst etwas reparieren! Und wenn das vorüber ist, darf ich bestimmt beim nächsten Mal auf Handelsfahrt mitgehen. Du wirst staunen, was ich von fernen Ländern zu berichten habe.«

Ein Wachmann führte sie hinaus zum königlichen Lager, der kleinen Zeltstadt. Soldaten übten sich im Waffengang, Mägde bereiteten über dem offenen Feuer dampfende Mahlzeiten, Knechte versorgten die Pferde, polierten die Rüstungen und flickten Zelte. Die meisten Männer aber waren zum Hafen gegangen, um die Schiffe zu beladen. Lärka hörte eine Stimme, die ihr unangenehm bekannt vorkam. Sie spähte zwischen den Zelten hindurch und sah Reidar neben Harolds Berater stehen und ärgerlich auf ihn einreden. Dieser versuchte Reidar zu beruhigen und machte beschwichtigende Gesten. Kurz darauf waren die beiden aus Jörns und Lärkas Blickfeld verschwunden. Sie kamen an mehreren Weidenkäfigen vorbei. Darinnen flatterte es, und Lärka sah gut ein halbes Dutzend großer Raben. Als sie sich neugierig näherte, begann einer der Vögel, unvermutet wild mit den Flügeln zu schlagen und zu krächzen, sodass Lärka zurückschreckte.

»Wieso führt Ihr Raben mit Euch, ist das eine Art Orakel?«, fragte sie den Soldaten, der sie begleitete.

»Nein. Es sind zahme Raben, für die Schiffsführer.«

Wenn Geestleute zu unbekannten Küsten aufbrachen und nicht in Landnähe segeln konnten, ließen sie Raben fliegen, die ihnen den Weg zum Land zeigten. Lärka hatte aber einen ganz anderen Verdacht, was den Zweck der Vögel anging, und beäugte sie misstrauisch. Doch keiner der Raben trug irgendetwas um den

Hals. Sie gingen weiter und kamen zu einem Zelt, in dem sich drei Männer befanden, die sich mit ihrer sauberen Erscheinung stark von dem Rest des Lagers abhoben. Der Jüngste der drei schien der Lehrling zu sein, denn er war gerade mit der Reinigung von metallenen Werkzeugen beschäftigt. Es roch nach Alkohol und Kampfer.

»Die Kräuterfrau«, sagte der Soldat knapp und verließ das Zelt. Die beiden Männer begrüßten Jörn und Lärka freundlich, stellten sich als Wundärzte in des Königs Diensten vor und wiederholten, was sie an preisenden Worten von Prinz Harold über Lärka gehört haben mussten. Lärka wehrte bescheiden ab. Die Männer boten ihr frisches Wasser zu trinken an und begannen, sie über die hiesigen Kräuter auszufragen. Dann wollten sie alles darüber wissen, wie die Geestleute Verbrennungen, Wundfieber und Entzündungen behandelten, wenn sie auf Schiffen unterwegs waren.

Lärka erzählte, was sie wusste, doch im Inneren schämte sie sich, denn ihr kümmerliches Wissen reichte gerade, um damit den halben Nachmittag zu füllen. Sie versprach ihnen, einige Kräuter aus Maggais Vorrat zu besorgen. Die Männer dankten ihr höflich. Dann durfte sie die Geräte der Wundärzte bewundern und selbst den Erklärungen der Männer lauschen. Es gab Knochenzangen und Sägen, vielerlei Messer aus blitzblankem Metall, Nadeln, Haken und anderes mehr, was Jörn mit einer Mischung aus Abscheu und Bewunderung betrachtete. Für Lärka, die bisher nur die überlieferte Heilkunst von Aufgüssen, Salben, Tees und Tinkturen kennen gelernt hatte, war das eine neue Welt. Und sie hoffte, sie würde eines Tages mehr darüber erfahren.

Als der Abend nahte, verabschiedeten sie und Jörn sich von den Wundärzten. Sobald sie das Zeltlager hinter sich gelassen hatten, erzählte Lärka ihrem Vetter von ihrem ungeheuerlichen Verdacht.

»Es passt alles. Sie haben die Raben, der Berater schien etwas zu wissen, und die seelenlosen Männer wanderten alle in die Richtung, wo Jaspis liegt. Die Krankheit *muss* etwas mit den Leuten zu tun haben, die zum Prinzen gehören!«

»Lärka, wie kommst du denn auf so was! Nur weil sie ein paar Raben mit sich führen, muss das noch lange nichts heißen. Wenn der Prinz von deinen Anschuldigungen hört, wird er alle Freundlichkeit vergessen. Und selbst wenn du mehr darüber herausfindest – was könnten wir tun, außer uns vor dem Arm des Königs hüten?«

»Die Raben vergiften«, knurrte Lärka so grimmig, dass Jörn erschrak.

»Ich muss mit Prinz Harold reden«, fuhr sie fort. »Es kann unmöglich sein, dass er davon weiß. Er ist kein böser Mensch.«

»Du kennst ihn doch gar nicht. Er mag wie Arild aussehen, aber er ist nicht Arild! Wenn es wirklich seine Raben sind, die die Seelen der Geestleute holen, kann das schwerlich ohne sein Wissen geschehen. Ich würde ihm nicht trauen.« Jörn strich sich durch die Haare.

»Was weißt *du* denn«, fuhr Lärka ihn an. »Der Prinz hat eine hohe Meinung von uns Geestleuten und wäre zu solcher Falschheit gar nicht fähig.«

»Ich weiß eines«, entgegnete Jörn und stemmte die Arme in die Seite. »Du kannst nicht einfach mit dem Prinzen reden, wenn du es willst. Meine Aufgabe ist es, dich genau davon abzuhalten.«

»Das werden wir sehen!«, fauchte Lärka. »Du bist ja nur eifersüchtig, weil mir ein echter Prinz den Hof macht.«

»Du redest wirres Zeug«, brummte Jörn missmutig, und nachdem er Lärka wieder zu Rutlindis gebracht hatte, verschwand er ohne ein weiteres Wort.

Am Abend lud der Prinz die vornehmen Osgunder zu einem weiteren, kleineren Festmahl am Fuße des alten Turms. Dieses Mal waren nur wenige vornehme Familien versammelt. Harold hielt eine Rede und bedankte sich bei Grenjad für die Gastfreundschaft und die Unterstützung bei seinem Vorhaben. Lärka beobachtete ihn genau und wartete auf eine Gelegenheit, ein paar Worte mit ihm wechseln zu können. Irgendwann lud Harold Lärka ein, an seinen Tisch zu kommen.

»Meine Wundärzte waren einstimmig im Lob Eures Wissens«, hub er an. Lärka senkte den Kopf und lächelte bescheiden. »Sie erzählten, dass Ihr selbst mehr zu wissen begehrt über ihre Kunst.« Lärka hob den Blick und strahlte ihn an. »Es mag nicht üblich sein, aber wenn Ihr einmal nach Jaspis kommen solltet, dann sucht um eine Audienz nach, und kommt in den Palast. Dann werde ich Euch mit den Lehrern der Wundärzte zusammenbringen.«

Lärka verneigte sich dankbar. Sie war erleichtert, dass von Verlobungsplänen keine Rede mehr war. Und wenn Ihr Vater sein Versprechen hielt und sie mit nach Jaspis nahm, welch eine Freude wäre es dann, den Palast zu sehen, die Wundärzte und – Harold. Er schien noch etwas sagen zu wollen, aber dann besann er sich anders und entließ sie mit einer freundlichen Geste. Lärka blieb stehen.

»Eure Hoheit, noch eine Bitte«, hub sie an und spürte sofort Grenjads missbilligenden Blick auf sich ruhen. »Auf dem Weg durch Euer Lager vor dem Dorf sah ich einige Raben in Käfigen.« Harold nickte ihr freundlich zu, aber sie bildete sich ein, dass sein Berater sie gerade mit Blicken aufspießte. Unverzagt fuhr sie fort.

»Für uns sind es heilige Vögel, die wir nur in besonderen Fällen in Gefangenschaft halten. Sie in Käfige einzusperren wird von unseren Leuten als schlechtes Omen gesehen. Wenn Ihr sie freilassen könntet, würde es das Schlechte abwenden«, sagte sie mit flehender Miene. Die Tiere zu vergiften wäre zu auffällig gewesen, aber wenn sie die Raben freiließen, würden diese sicher keinen Schaden mehr anrichten können. Dann ständen sie nicht mehr unter dem Einfluss der Männer des Königs.

»Ängstigt Euch nicht«, beschwichtigte Harold. »Bereits morgen sind sie weg. Sie fahren auf den Schiffen mit, die nach Sonnenaufgang in Richtung Norden aufbrechen. Schon bald werden wir sie fliegen lassen.«

Lärka bedankte sich und ging an ihren Platz zurück. Wenn die Raben weg wären, würde sie wesentlich besser schlafen können.

Ihren Verdacht, dass der Habichtmann den Prinzen über vieles im Unwissen beließ, fühlte sie jedoch auf unbestimmte Weise bestätigt.

Sie hatte nur noch diese Nacht Zeit, um etwas über die Raben herauszufinden. Also zog sie sich früh zurück und legte sich, die Kette um den Hals, zum Schlafen nieder.

Lärka begab sich in einen neuen Wahrtraum. Sie dachte sich zum Thanhof und sah sich von all den geschäftigen Schemen und Schatten der Dienerschaft des Prinzen umgeben. Gerade überlegte sie, ob sie sich noch eine Weile zurückziehen sollte, als sie den Schemen eines Otters im Stall sah. Er schien sich mit jemandem zu unterhalten, aber es war kein zweiter Mensch da. Da erkannte Lärka, dass er zu einem Pferd sprach. Das musste der braune Hengst sein, den Arild von Wygard geschenkt bekommen hatte. Belustigt und neugierig beschloss Lärka zu verweilen und Jörns Gespräch mit dem Pferd zu verfolgen. Am nächsten Tag würde sie ihn damit aufziehen, ob er nun etwa plane, das Pferd als Spion im Thanhof zu nutzen. In den Bildern aus Jörns Worten tauchte der Morgen des Gottesurteils auf. Jörn schien dem Pferd die Geschichte von dem zögerlichen Prinzen zu erzählen und wie stattdessen er allein die Lage gewendet hatte.

Lärka fragte sich gerade, ob doch mehr Wahrheit dahinter war, als sie Jörn zugestand, da brach die Szene ab, und andere Bilder erschienen. Sie sah sich selbst mit einer Brautkrone, und neben ihr war Arild in einem prachtvollen Gewand, den sie glücklich anstrahlte. Das Bild verschwand so schnell, wie es aufgeflammt war, und wurde durch ein anderes ersetzt, das dem vorherigen jedoch erstaunlich ähnelte. Es war wieder eine freudestrahlende Lärka mit Brautkrone an der Seite eines grünäugigen, groß gewachsenen Mannes, doch diesmal war Prinz Harold mit einer silbernen Krone der Bräutigam!

Bevor Lärka sich fragte, wie Jörn darauf kommen könne, dass

eine Verlobung tatsächlich ins Haus stand, veränderte sich Harolds Bild. Die Krone und die prachtvollen Kleider verschwanden, und es war auf einmal Jörn, der neben ihr stand. Lärka war überrascht. Hegte er etwa immer noch die Hoffnung darauf, sie einst zum Weibe zu nehmen? Sie hätte durchaus mehr Dankbarkeit dafür zeigen sollen, dass er zu ihrem Retter wurde, aber deswegen würde sie ihn doch nicht heiraten! Er war doch nur Jörn, ihr Vetter. Als vierter Sohn von Fregar und Asa würde er niemals große Ländereien haben oder gar – eine Krone. Das Bild in Jörns Rede veränderte sich weiter. Es verschwand das Lächeln aus Lärkas Gesicht, als sie gewahrte, wer neben ihr stand. Mit kühler Miene nahm sie die Brautkrone ab, gab sie Jörn und ging stolzen Schrittes davon, ohne sich einmal umzusehen. Jörn aber blieb zurück und sah ihr traurig nach.

Die Erkenntnis, dass Jörn ihre Gedanken besser kannte als sie selbst, beschämte sie über die Maßen. Eilig zog sie sich zurück. Sie hätte nicht an diesem Ort sein sollen, und sie hätte ihn nicht belauschen dürfen. Hatte sie ihm nicht versprochen, ihre Zauberkünste nicht bei ihm einzusetzen? Vom schlechten Gewissen ob ihres Verrats gepeinigt versuchte Lärka, die Augen zu schließen. Aber sie konnte es nicht. Vielmehr verstand sie alles, was die Menschen sprachen, und konnte sich nicht abwenden. Sie wollte fliehen und sich schleunigst ins Haus zurückdenken, da gewahrte sie den, dessentwegen sie sich in diesen Wahrtraum begeben hatte. Harold kam in den Thanhof, und der Schemen des Habichts folgte ihm auf dem Fuße. Sie begaben sich in Grenjads Haus, und Lärka kam ihnen hinterher. Sie war überzeugt, dass die Raben ein schauerliches Geheimnis umgab. Sie musste es herausfinden, aber wenn sie jetzt nichts über die Raben erfuhr, war die letzte Gelegenheit vertan.

Bilder von einem Reiter, von Orlyg und von ihr flogen zwischen den Männern hin und her, und Lärka erkannte mit wachsendem Entsetzen, worum es ging: Der Habichtmann hatte offenbar einen reitenden Boten abgefangen, der auf Harolds Geheiß den König um die Erlaubnis zur Verlobung mit Lärka bitten sollte. Der Berater hielt Orlyg für einen verräterischen Vasallen, der mit den Feodriner Aufrührern paktiere. Harold widersprach und hielt dem Berater entgegen, wie sehr seine Verbindung mit der Tochter des Küstenthans das Reich stärken würde. Doch der beschwor das Bild eines anderen Mannes herauf, den sich der König an Orlygs Stelle als Than wünschte: Trond!

Orlygs Bild verblasste im Laufe der Rede des Habichtmannes mehr und mehr. Kurz bevor es in der Ferne verschwand, sah Lärka für einen winzigen Augenblick etwas Entsetzliches. Die Szene flackerte nur kurz auf, wie etwas, das der Habichtmann vielleicht gar nicht gesagt, sondern nur gedacht hatte: Zwei Raben kamen herbeigesegelt und senkten sich auf Orlyg herab, und es war seine Leiche, auf der sie sich niederließen! Das kann nur heißen, dass sich die Raben Orlygs Seele holen und ihm so das Leben nehmen werden, dachte Lärka entsetzt. Harolds Schemen reagierte nicht im Geringsten darauf, sondern machte Anstalten, sich zur Ruhe zu begeben, während der Habichtmann das Haus verließ.

Harold hat gar nichts bemerkt, stellte Lärka bestürzt bei sich fest. Sie wusste somit als Einzige, dass der Berater des Prinzen Schlimmes im Schilde führte. Sie musste ihren Vater warnen! Nur Jörn konnte ihr dabei helfen, denn niemand anderes würde verstehen, woher sie ihr Wissen hatte. Sie dachte sich zurück zu ihrer Lagerstatt und wartete bangen Herzens auf den Morgen. Sie wusste, dass sie in der Nacht nicht unbemerkt zu Jörn schleichen konnte.

Die Sonne war kaum aufgegangen, da hatte Lärka sich schon angekleidet und war zum Nachbarhaus gestürmt, in dem Grenjad mit seinen beiden Söhnen und Jörn wohnte. Owyn saß missmutig vor dem Haus und säuberte frisch gesammelte Hühnereier. Als sie ihn nach Jörn fragte, deutete er in Richtung der Bucht. Und wirklich: Alles, was Beine hatte, strömte dorthin, um die Abreise der

Schiffe zu verfolgen. Die Sonne beschien freundlich das Geschehen, und Lärka erfüllte es trotz all der anderen Gefühle in ihr mit Stolz, die prächtigen Schiffe Osgunds voll beladen und mit starken Ruderern besetzt in der Bucht liegen zu sehen.

Im Gewirr suchte Lärka nach Jörn, doch konnte sie ihn nirgends entdecken. Stattdessen erblickte sie Grenjad und Rutlindis und lief zu ihnen. Die beiden standen bei einem der Schiffe, und als Lärka ihren Blicken folgte, erkannte sie Moryn bei den Männern, der vor Stolz strahlte. Bevor sie ihre Tante nach Jörn fragen konnte, erscholl eine Fanfare. Harold kam an die Bucht. Er schritt, gefolgt von einer Garde königlicher Soldaten und seinem Berater, auf das Schiff zu, bei dem Lärka, Grenjad und Rutlindis standen. Als er sie gewahrte, blieb er stehen.

»Than Grenjad, habt herzlichen Dank für Schiffe und Männer. Eure Treue soll nicht ohne Belohnung bleiben«, sagte er. Dann wandte er sich an Lärka.

»Jetzt heißt es Abschied nehmen, aber hoffentlich nicht für immer«, sagte er. »Möge Eure Sonne bald wieder meinen Weg bescheinen.« Er versuchte ein Lächeln, doch um seine Augen lag ein schwermütiger Zug.

»Mögen Euch Friede und gutes Geschick auf dem Fuße folgen, damit Ihr gesund zurückkehrt«, erwiderte sie und nahm sich die Freiheit hinzuzufügen: »Und mögen treue Helfer ohne Falsch und Furcht Euch zur Seite stehen, wohin Ihr auch geht.« Sie hoffte inständig, er würde bald die Täuschungen seines Beraters durchschauen und einen besseren Beistand finden.

»Nicht über alle Helfer kann ich selbst bestimmen. Der König in seiner großen Weisheit hat seine Wahl getroffen«, murmelte Harold und warf einen viel sagenden Blick über seine Schulter. »Aber wenn ich Leute wie Than Grenjad und die Seinen an meiner Seite habe«, fügte er leise hinzu, »dann werde ich auf meiner Reise weder Mangel noch Gefahr erleiden.«

Damit wandte er sich um und bestieg sein Schiff. Bald schon legten die Boote ab, und die Ruderer trieben sie mit so gleichmäßigen Zügen aus der Bucht ins offene Meer, dass es eine Freude war, dabei zuzusehen. Draußen blähten sich sodann die rot-weißen Segel mit dem Osgunder Wappen, und der Wind schickte die Schiffe mit leichter Brise gen Norden. Sie schauten so lange hinterher, bis die Segel am Horizont verschwanden.

»So, jetzt kann Bolverk kommen!«, hörte Lärka plötzlich Jörn rufen. Schnell eilte sie zu ihm.

»Du denkst immer ans Zweckmäßige«, sagte sie. Er grinste, zuckte in seiner unbekümmerten Art mit den Schultern und gab ihr das Gefühl, die alte Vertrautheit sei wieder da. Aber seine Augen lachten nicht mit, sondern verrieten, dass der Eindruck täuschte und er ihr die Worte vom Vortag nachtrug. Sie schämte sich, dass sie ihn hintergangen und im Wahrtraum belauscht hatte. Am liebsten hätte sie es rückgängig gemacht. Aber jetzt musste sie mit Jörn über ihren Wahrtraum sprechen.

»Haben sie die Raben mitgenommen?«, fragte sie die Umstehenden. »Hat jemand gesehen, ob sie Raben in den Weidenkäfigen auf die Schiffe geladen haben?« Aber niemand hatte etwas bemerkt. Lärka bat Jörn, ihr zu folgen, und wischte sein Murren mit »Es geht um Leben und Tod«, beiseite.

Sie eilten durch die Siedlung hinaus zum Feld, und Lärka erklärte ihrem Vetter unterdessen, sie habe den Berater im Wahrtraum belauscht und erfahren, dass er um die todbringenden Raben wisse und Übles gegen ihren Vater plane. Als sie auf das Feld kamen, waren die Zelte abgeschlagen, die Karren verschwunden, und einige Kinder liefen umher, um in den Abfällen nach Brauchbarem zu suchen. Da sah sie, wie Owyn ganz stolz einen Weidenkäfig herbeischleppte. Er war leer.

»Hast du gesehen, was mit den Raben geschehen ist?«, fragte Lärka den Jungen in höchster Aufregung.

»Ein paar Käfige sind auf die Schiffe verladen worden, glaube ich«, antwortete er. »Aber zwei großen Raben hat ein Diener des Königs Seile an die Krallen gebunden und sie mitgenommen. Er hatte zwar nicht die Uniform der Soldaten an, aber an seinen schwarzen Stiefeln waren silberne Vogelfedern als Schnallen, wie die Federn des Greifen auf dem königlichen Wappen.«

Lärka erinnerte sich sofort. Solche Stiefel hatte sie schon einmal gesehen. Es musste der Gestiefelte vom Stand des Seilmachers sein! Er war in Ribehof gewesen, bevor Kori gestorben war, und wenn ihr Vater nach Osgund käme, würde der Gestiefelte die Raben zu ihm schicken und seine Seele holen. Nach allem, was sie im Wahrtraum erfahren hatte, konnte das nur das Werk des Beraters sein. Es durfte nicht geschehen! Fassungslos ergriff sie Jörns Arm.

»Der Mann mit den Stiefeln, der war in Ribehof, als Kori ...«, stammelte sie.

»Sie kommen! Sie kommen!«, rief da Keelia, die aufgeregt über das Feld gerannt kam. Ihr ausgestreckter Arm wies zum Meer, und dort war eine Armada von Drachenschiffen zu sehen, dessen größtes das Ribehofer Wappen im Segel trug.

Kapitel 10

Die Zeit würde irgendwann eine Brücke über den tiefen Graben bauen. Sein Diener hatte dafür gesorgt, dass Sterbliche wie Ameisen in der Ebene wimmelten und mit ihrem Eisen alles umpflügten. Sie würden nicht merken, wenn sie den Schutzring des Steinkönigs dabei zuschütteten. Sie würden nicht spüren, wenn der Berg sie zu sich zog und versteinern ließ.

Dann würde Grimhorn jeden Wolkenhüter, den er mit seinen Fängen erreichte, in die Darre zwingen – ohne Zögern und ohne Gnade. Und irgendwann, in diesem oder in vielen hundert Sommern, würde der Steinkönig wieder erscheinen, sich stellen und – unterliegen.

Und wenn alles getan war, würde der Berg endlich in würdevoller Ruhe der Ewigkeit entgegensehen.

Langsam schritt Arild zum Höhlenpalast der Ahnin, der unter einem riesigen Überhang in den Fels gebaut war. Der Überhang befand sich am unteren Ende einer ehrfurchtgebietend hohen Steilwand an der Südflanke des Schlafenden Kaisers. An diesem Tag, endlich, würde er Antworten bekommen. Die knapp zwei Tage seit dem Kampf in der Eishöhle waren langsamer als hundert Jahre vergangen. Nach dem Sieg über Hagbart waren Feodriner und Gorunnen bei Familien in Ilor untergebracht worden, und Arild hatte gar ein eigenes Haus bekommen. Doch trotz der Strapazen, die hinter ihm lagen, hatte er lange keinen Schlaf gefunden. Wieder und wieder kreisten seine Gedanken um die Ahnin und was sie wohl über Grimhorn wusste, um das Rätsel der Seelenlosen im Küstenland und – über allem – um Lärkas Schicksal. Als der Morgen graute, war Arild endlich erschöpft eingeschlafen.

Als er am späten Vormittag wieder erwacht war, hatte er zu seiner Enttäuschung erfahren, dass die Ahnin der Ruhe bedurfte und ihn an diesem Tag nicht empfangen würde. Er war aufgestanden und ziellos durch Ilor gestreift. Ohne Wehranlagen, aber mit einem weiten Blick in die Ebene schmiegte sich die Siedlung an den sonnenbeschienenen Südwesthang des Schlafenden Kaisers und wurde gekrönt durch den Höhlenpalast der Ahnin.

Die meisten Häuser waren aus behauenen Steinen erbaut, und die mit bunten Mosaiken verzierten Giebel erinnerten ein wenig an Jaspis. Im Inneren der Häuser war es wundersamerweise auch ohne Kamin nicht kalt, denn heißes Wasser aus den Tiefen des Berges wurde durch ummauerte Kanäle unter dem Boden hindurchgeleitet und sorgte für eine behagliche Wärme. An den Rändern Ilors gab es einige moosbedeckte, niedrige Schuppen sowie große Gehege, in denen sich Rentiere tummelten. Zum Süden hin schlossen sich dunkelbraune Felder an, auf denen jetzt lebhaft gearbeitet wurde, um die Frühjahrssaat auszubringen. Dort, wo nichts den weiten Blick über die Ebene versperrte, hatte Arild sich auf einen Stein gesetzt, in die Ferne gestarrt und dann versonnen ein paar Kindern in der Nähe bei ihrem friedlichen Spiel zugeschaut. Irgendwann hatte Korydon ihn dort gefunden und ausgerichtet, Valgrim erbitte seine Hilfe bei der Versorgung der Verwundeten. Arild war Korydon sogleich zu dem Haus gefolgt, in dem die verletzten Männer untergebracht waren.

Die Ilayin hatten sich auch der wenigen Überlebenden von Hagbarts Soldaten angenommen, und die Feodriner halfen nun bei der Versorgung von Freund und Feind. Die Aufgabe, die Arild dort erwartete, hatte ihn seine Sorge um Lärka ein wenig verdrängen lassen. Doch immer, wenn er besondere Kräuter nicht in den Vorräten der Ilayin fand und zu den Heilpflanzen griff, die Lärka ihm geschenkt hatte, peinigte ihn die Angst um sie aufs Neue, und die Niedergeschlagenheit angesichts ihres ungewissen Schicksals wollte nicht von ihm weichen. So war die Zeit bis zu diesem Morgen in quälender Langsamkeit vergangen. In der Frühe hatte ihn eine Dienerin aufgesucht, als er gerade mit Valgrim nach den Verletzten schaute, und ihm endlich die Einladung zur Audienz gebracht.

Arild war nun am Fuß einer gewaltigen Mauer von fast zehn Mannslängen Höhe und mehr als zehn Steinwürfen Länge angelangt, die die Palastanlagen der Ahnin umfasste. In der Mitte der Mauer gab es einen breiten Durchgang, vor dem zwei Männer saßen, die Speere an die Wand gelegt und in ein Brettspiel vertieft. Als Arild sich näherte, erhoben sie sich und verneigten sich respektvoll. Arild betrat den Durchgang und fand vor sich eine lange

Treppe, die auf die Krone der Palastmauern hinaufführte. Er blickte nach oben und sah statt des Himmels ein steinernes Dach in großer Höhe über sich. Zögernd nahmen seine Füße Stufe um Stufe, als wollte er den Augenblick, an dem Lärkas Schicksal für ihn zur Gewissheit würde, hinausschieben. Aber dann sammelte er seine Gedanken für das bevorstehende Gespräch, denn es gab ja noch mehr, was er von der Ahnin zu wissen begehrte.

Seit ihrem Aufbruch von Kovanby hatten Valgrim und Theol damit aufgehört, ihm etwas vorschreiben zu wollen. Vielleicht hatten sie zu viel Respekt vor ihm. Oder lag es daran, dass Arild sich endlich wie ein Steinkönig gebärdete, Feinde unter Felsen zermalmte und jetzt zu dieser Audienz pilgerte, um den Rat der Ahnin zu hören? Generationen von Steinkönigen mochten Altheas Worten gefolgt sein, doch wahrscheinlich bedurfte es in den Augen seiner Verwandten noch nicht einmal mehr eines Machtwortes der Ahnin, um sicherzugehen, dass er, der neue Steinkönig, sich den Thron auf Burg Drachenkrone für die Feodriner zurückerobern würde. Wozu brauchte er überhaupt ihren Rat? Noch vor wenigen Tagen war er verstockt gewesen, wenn die Sprache auf die Ahnin kam. Sie würde nur die Feodriner Traditionen bestärken und ihn an seine Pflichten erinnern. Sein Weg war vorgezeichnet.

Doch die Geschehnisse seit Kovanby hatten einiges verändert: Zuerst hatten Korydons Worte über Altheas Verwandtschaft zu Feodras Arilds Interesse geweckt und ihn hoffen lassen, dass er etwas Wichtiges über Grimhorn erfahren könne. Und dann war er ihr in der Höhle begegnet, hatte ihre innere Größe gespürt und das heilige Ritual der Erneuerung miterlebt. Seitdem ahnte er, dass die Ahnin eine unermessliche Tiefe besaß und jedes Wort von ihr das Gewicht jahrhundertealter Weisheit trug. Diese Erkenntnis hatte ihm einen Respekt eingeflößt, der an Ehrfurcht grenzte – und bewirkt, dass er einerseits befürchtete, die Ahnin könne von ihm fordern, das ganze Leben und Wirken bedingungslos in den Dienst seines Volkes zu stellen, andererseits jedoch hoffte, Althea könne ihm etwas wirklich Wichtiges eröffnen und ihm helfen, seinen Weg zu finden. Aber selbst wenn Lärka, worum er Götter und Ahnen angefleht hatte, den Gefahren entronnen und noch am Leben war, würde die Ahnin in all ihrer Weisheit keinen Rat wissen, der die Unvereinbarkeit seines Herzenswunsches mit der Aufgabe des Steinkönigs überwinden würde. Und Arild hatte keinen Zweifel, dass sie seine Verbindung mit einer bedeutungslosen Unbekannten aus dem Geestland genauso wenig gutheißen würde wie Valgrim und Theol.

Als er die letzte Stufe erklommen hatte, befand er sich unversehens auf einer riesigen Terrasse, die von dem gewaltigen Felsvorsprung überdacht wurde. Arild blieb staunend stehen und sah sich um. Er befand sich in einem Garten mit einer überraschenden Fülle blühender Tundrapflanzen, Inseln duftender Lupinen und großen Rasenflächen mit Rhododendren, kleinen Kiefern und Wachholderbüschen. Birkhühner und Fasane stolzierten umher, und die Luft war erfüllt vom Duft der Lupinen, dem Kullern der balzenden Vögel und von hellen Stimmen, die von den Felswänden zurückhallten. Junge Mädchen in lichtblauen Trachten, kaum älter als dreizehn Sommer, harkten die von Kanälen bewässerten Kräuterbeete, die sich am Rande der Terrasse befanden.

Lärka hätte diesen Ort geliebt, dachte Arild wehmütig.

Einige der Mädchen schritten an ihm vorüber, grüßten ehrerbietig und verließen den Garten über die Treppe. Korydon hatte erzählt, dass die Töchter der Ilayin ein Jahr im Dienste der Ahnin zubrachten und die Syna, die engsten Dienerinnen Altheas, sie unterrichteten, bevor sie das vierzehnte Lebensjahr erreichten und einem Mann versprochen wurden. Diese Tradition war Arild wunderlich erschienen, und doch fügte sie sich nun, da er die Welt der Ahnin betreten hatte, mit allem, was er hier fand, zu einem guten Ganzen zusammen. Beeindruckt schritt er auf den Palast unter dem rückwärtigen Teil des Überhangs zu.

Entlang des ganzen Vorsprungs zogen sich über zwei Stockwerke die aus grauem Fels gemauerten und in regelmäßigen Abständen mit Fenstern und Eingängen versehenen Wände hin. Korydon hatte Arild am Vortag einiges über den Palast und den Rat der Ilayin erzählt, sodass dieser jetzt wusste, wohin er sich zu wenden hatte. Ganz im Westen, am linken Ende, wohnten die Mägde. Rauch und Qualm aus dieser Ecke ließen darauf schließen, dass dort auch die Küche untergebracht war. Rechts davon schloss sich die Behausung für die jungen Mädchen im Dienst der Ahnin an, daneben war der von einem riesigen runden Fenster gekrönte Eingang zur großen Versammlungshalle zu sehen, in der die Ahnin mit den Oberen der Ilayin Rat hielt. Schließlich, ganz zur Rechten, gab es einen unscheinbaren Eingang, über dem das Wappen der Ahnin prangte: eine langgestreckte, springende Katze über einem großen Stern.

Gerade traten vier Frauen heraus und gingen zusammen in Richtung der Kräuterbeete. Alle hatten leuchtend blaue Gewänder an und die Haare zu einem Zopf geflochten, sodass sie kaum zu unterscheiden waren. Auch gingen sie eng beieinander und bewegten sich mit einem Gleichmaß, als liefen sie in einer Prozession. Als die Frauen Arild gewahrten, kehrten sie um und kamen, ohne ihre Formation aufzulösen, auf ihn zu.

»Die Ahnin erwartet Euch«, sagte die Älteste der vier und bedeutete Arild, ihnen zu folgen.

Sie traten durch den unscheinbaren Eingang in einen steinernen Gang, der an einer schmucklosen Tür aus hellem Birkenholz endete. Eine der Syna klopfte, öffnete die Tür und ließ Arild eintreten. Der Raum hatte nicht die Pracht eines königlichen Gemaches, und doch gab er Zeugnis von der Würde seiner Bewohnerin. An der rechten Langseite gaben drei schmale Fensteröffnungen den Blick in den Garten und nach Südwesten über die Ebene frei. Ein gestickter Behang überspannte große Teile des rückwärtigen Endes und zog sich bis zur Mitte der linken Wand weiter. Wo er aufhörte, waren zahlreiche Nischen in die Wand gearbeitet. So viele Kostbarkeiten hier auch zu finden waren – Karaffen und Trinkbecher aus Rosenquarz, mit Gold eingeschlagene Bücher,

Krüge aus Karneol und Schalen aus durchbrochenem Silber, in denen farbiges Garn lag –, alles hatte einen Zweck, nichts war verschwendeter Prunk. Zum Schmuck dienten allein frisches Grün und wohlduftende Blumen aus dem Garten.

Die Ahnin stand mit dem Rücken zu Arild und stickte an dem Teil des Wandteppichs, der noch unfertig war. Neben ihr, die Hand auf die Schulter ihrer Herrin gelegt, verharrte unbeweglich die dunkel verschleierte Syna, die in der Höhle das geheimnisvolle Ritual vollführt hatte. Die beiden Frauen waren in die Stickerei vertieft, und obwohl Arild die Tür geräuschvoll hinter sich schloss und sich räusperte, wandten sie sich nicht um. Schweigend betrachtete er die kunstvollen Stickereien auf dem Wandteppich. Statt der gebräuchlichen Jagdszenen und Bilder gekrönter Häupter waren eine Hochzeit, ein Grab, eine Frau mit drei Säuglingen im Arm, Menschen auf der Flucht vor bewaffneten Verfolgern, zwei Frauen, die sich die Hand reichten, und andere alltägliche und ungewöhnliche Szenen aus der Fülle des Lebens dort zu finden. Zwischen den Bildern war kein Zusammenhang zu erkennen, aber sie wurden zu einem großen Ganzen durch ein kunstvoll verschlungenes Band aus Händen, die einander hielten.

Arilds Augen wanderten weiter, und er bemerkte, dass die rechte, hintere Hälfte des Wandbehangs alt und ausgebleicht war, als sei die Arbeit an dem Teppich vor Generationen begonnen worden. Althea stickte am entgegengesetzten Ende mit schwarzem Faden die Formen einer Szene, die Arild noch allzu deutlich in Erinnerung war: Steinspitzen ragten von oben und unten ins Bild, und die ersten Umrisse von drei knienden Gestalten wurden sichtbar. Jetzt unterbrach die Ahnin ihr Werk und wandte sich zu Arild um. Die Verschleierte neben ihr folgte den Bewegungen ihrer Herrin wie ein Schatten.

»Willkommen in Ilor, der Stadt des Lichts und des Friedens«, sagte die Ahnin und begrüßte ihn mit einem warmen Lächeln. Sie führte die Hand in einer runden Bewegung von oben nach unten und sprach: »Möge das Licht der Weisheit deinen Tag bescheinen.«

Arild erwiderte den Gruß und zeigte sich erfreut, sie bei guter Gesundheit zu sehen. Gleichzeitig versuchte er auf ihrem Gesicht zu erkennen, ob sie ihm in wenigen Augenblicken Lärkas Tod oder ihre Rettung verkünden würde. Doch Altheas freundliche Miene verriet nichts als dieselbe innere Ruhe, die sie in der Höhle gezeigt hatte.

»Danke, dass du uns gegen die Soldaten zu Hilfe gekommen bist«, sagte sie. »Ich würde dich gerne mit guten Neuigkeiten aus dem Geestland erfreuen, doch die Nachricht, auf die ich warte, ist noch nicht eingetroffen.«

»Noch nicht«, wiederholte Arild und fühlte sich wie vor den Kopf gestoßen. Wie hatte er nur annehmen können, die Ahnin könne sich in nur zwei Tagen Gewissheit verschaffen? Sie mochte unsterblich sein, aber fliegen konnte sie nicht. Wahrscheinlich würde es viele Tage dauern, bis Kunde aus Osgund käme. Er haderte mit sich, warum er nur kostbare Zeit hatte verstreichen lassen, anstatt sich selbst auf den Weg zu Lärka zu machen.

»Du hast ein Wunder in Kovanby vollbracht«, sagte Althea in seine Gedanken hinein. »Stamitor und Kiriban haben erzählt, unter welchen Opfern du die Menschen von dem bösen Fluch befreit hast, obwohl es leichter gewesen wäre, für dich allein den Weg freizukämpfen und die Verlorenen ihrem Schicksal zu überlassen.«

»Ich konnte nicht ahnen, wie gewaltig die Macht ist, die sich mir entgegenstellte«, entgegnete Arild. Unwillkürlich strich er sich mit den Fingern über die steinerne Narbe unter dem linken Ärmel.

»Als die Erde bebte«, sagte Althea, »und die schweren Wolken verschwanden, die seit vielen Jahren die östliche Ebene verdunkelt hatten, da wusste ich, dass einer von Feodras' starken Erben auf dem Weg hierher ist. Hast du den Feind im Osten besiegt?«, fragte Althea und sah besorgt aus.

»Ihr wisst, wer den Fluch schickte?«, erwiderte Arild überrascht.

Althea nickte.

»Ich konnte Grimhorn bannen«, sagte Arild, »doch ist er nicht bezwungen. Irgendwann, vielleicht schon morgen oder erst in vielen Jahren wird er wieder erstarken.«

»Was willst du tun?«, fragte die Ahnin.

Was ich will, ist unwichtig, dachte Arild. Das, was ihm seine Mutter einst als Rat mitgegeben hatte, kam ihm in den Sinn: über das scheinbare Glück, in allem dem eigenen Willen zu folgen, und das wahre Glück, das, was getan werden muss, mit ganzem Herzen zu wollen. Erst jetzt konnte er die Tiefe dieser Worte ermessen. Und trotzdem konnte er nicht verhindern, dass sie wie die höhnische Aufforderung zur Schicksalsergebenheit klangen, als die Lärka sie verstanden hatte. Arild *wollte* seiner Berufung folgen und den Eid der Steinkönige erfüllen, aber nie würde er wahres Glück finden, wenn er auf Lärka verzichten musste. Darüber war er sich nun im Klaren.

»Ich will ...«, begann er, doch dann besann er sich und fuhr fort: »Ich bin gekommen, um Euren Rat zu hören. Ich muss Hakon, den Verräter, aus Jaspis vertreiben, um den großen Herz-der-Berge-Stein zurückzubekommen. Nur damit kann ich den Kampf gegen Grimhorn aufnehmen.« Arild betete die Worte herunter wie einen magischen Spruch, der die Geister seiner Zukunft beschwor.

»Die Steine kennen keine Hast, hat Feodras einst gesagt. Vielleicht ist es nicht deine Aufgabe, sondern die deiner Nachfahren«, sagte Althea. »Oder der Berg zieht sich zurück und wird erst wieder erwachen, wenn sich der letzte Mensch schon längst zu den Ahnen aufgemacht hat. Wer kann das wissen?« Sie musterte ihn prüfend.

»Nein«, antwortete Arild entschlossen. »Was ich in Kovanby begonnen habe, muss ich zu Ende bringen. Vielleicht kommt nach mir keiner mehr, der es kann.« Er senkte seinen Blick, denn er hatte das Gefühl, als könne er den Widerstreit seiner Gefühle nur mühsam verbergen. Er hörte das Rascheln des Gewandes, als die Ahnin und ihre Syna sich umwandten, ans Fenster traten und hinaus über die Ebene blickten.

»Feodras sagte einst: Wenn sich der Himmel verdunkelt, die Erde bebt und Menschen versteinern, dann ist die Zeit des Kampfes gekommen«, sprach Althea. Sie wandte sich wieder zu Arild um. »Und Feodras sprach weiter: Wer auch immer der Steinkönig ist, ob ich, mein Sohn oder dessen Nachkommen, der muss die Verantwortung tragen und für die Menschen gegen den Berg ziehen. Für ihn wäre es eine Erlösung zu wissen, dass du, König Ethandras, das Erbe der Steinkönige nicht verleugnest, sondern die Ehre und den Mut besitzt, es anzunehmen und zu erfüllen!« Und leiser fügte sie hinzu: »Und uns stimmt es zuversichtlich, dass du deine Macht in den Dienst des Lebens stellst. Wir können nur erahnen, wie schwer der Weg für dich sein wird, doch was immer du an Hilfe von uns brauchst, soll dir widerfahren.«

»Habt Dank«, sagte Arild. »Ich hege die Hoffnung, dass Ihr mir einen unschätzbaren Rat geben könnt, den ich verloren glaubte. Ihr sprecht von Feodras, als hättet ihr ihn selbst gekannt. Seid Ihr wirklich Feodras' Schwester?« Wieder veränderte sich das Antlitz der Ahnin auf dieselbe unerklärliche Weise wie in der Höhle, und Arild sah die Züge, deren Ähnlichkeit zu seinen eigenen ihn zwei Tage zuvor so sehr verwirrt hatte.

»Ich bin Althea«, sagte sie, »Zwillingsschwester des Feodras, Tochter von Urian, einstmals König der Ilayin, und Solona, seiner Königin.« Dann verschwammen ihre Gesichtszüge kaum merklich, als sie rätselhaft hinzufügte: »Aber wir anderen sind es nicht. Wir bewahren mit Althea die Weisheit unseres Volkes.«

»Was meint Ihr? Wie kann das sein?«, fragte Arild entgeistert. »Feodras ist schon lange tot und Ihr ...«

»Um das zu verstehen«, erwiderte Althea, »musst du die Geschichte hören. Sie beginnt in der Nacht, als das große Feuer vom Himmel fiel und Feodras und ich aus dem Schoß unserer Mutter Solona hervorkamen. Feuer fiel auf den Schlafenden Kaiser und auf die Berge im Osten, und mit ihm kam der Himmelsstein, der das Auge des Schlafenden Kaisers öffnete und der den Ilayin eine wundersame Gabe schenken sollte. Doch das entdeckten wir erst viele Jahre später.«

Sie erzählte, dass die Ilayin jedes Jahr an den beiden Sonnenwendfeiern im Winter und im Sommer auf den höchsten Punkt des Schlafenden Kaisers stiegen. Dort, wo man seine Stirn vermuten würde, befand sich ein kleines Heiligtum, bei dem die Ilayin den göttlichen Ursprung allen Lebens verehrten und den Lauf von Sonne, Mond und Sternen beobachteten.

Es war die Zeit der Sommersonnenwende, etwa ein Jahr nachdem Feodras Ilor verlassen hatte und in den Süden gezogen war. Althea geriet mit ihren Begleitern am Abend nach der Feier hinab zu dem kleinen Krater, der das Auge des Kaisers genannt wurde. Als sie an diesem Ort übernachteten, suchten seltsame Träume die Schlafenden heim: Sie wandelten umher, sahen ihre Körper wie schwarze Schatten auf dem Boden liegen und kleine blaue Lichter um sie herumtanzen.

Im Licht des nächsten Tages entdeckten sie seltsame Steinbrocken inmitten des Kraters. Althea nahm einige mit, um sie den Steinkundigen ihres Vaters zu zeigen. Die Träume kehrten wieder und hörten erst auf, als sie das Gestein nicht mehr in ihrer Nähe hatte. Anderen widerfuhr Ähnliches. Altheas Vater schickte darauf alle Steinkundigen zum Auge des Kaisers hinauf. Sie entdeckten weitere Steine und fanden heraus, dass das der Ort gewesen sein musste, an dem das Himmelsfeuer auf die Erde gekommen war.

»Wir nannten die Steine von da an ›Himmelssteine‹«, fuhr Althea fort. »Mit der Zeit entdeckten wir, dass sie des Nachts, im Schlaf, wenn der Leib nicht aufmerksam ist, die Seele befreien, sodass sie unsichtbar umherwandeln kann. Und wenn jemand stirbt, so verharrt dessen Seele noch lange Zeit bei dem Stein, bis sie von der Sehnsucht nach den himmlischen Weiten getrieben ihren Weg zu den Ahnen sucht.«

Arild erinnerte sich an die schwarzen Augen der toten Dienerin und erschauderte. Die Seele der Sterbenden war in den Stein und von dort zu Althea gewandert. Ein Stein, der eine Seele an sich band! Das konnte nur eines heißen: Die todbringenden Raben im Küstenland mussten einen solchen Stein bei sich haben, wenn sie den Schlafenden die Seele raubten!

»Kann es sein ...?«, begann er, doch Althea gebot ihm mit einer sanften Geste zu schweigen.

»Gedulde dich und höre, dann wirst du verstehen«, sagte sie. »Eines Tages geschah es, dass eine Frau, deren geliebte Tochter todkrank war, dem Kind einen Himmelsstein auflegte. Die Seele sollte nicht davonfliegen, denn die Mutter mochte sich nicht von ihrer Tochter trennen. Als das Kind für immer die Augen schloss, nahm die Frau den Stein, küsste ihn, und etwas Seltsames geschah: Die Frau spürte, wie eine Kraft von dem Stein ausging und in sie hineinströmte. Sie betrachtete den Stein und flüsterte voller Liebe den Namen ihres Kindes, und sie bekam eine Antwort – aus ihrem eigenen Inneren. Die Seele ihres Kindes war zu ihr gewandert und hatte bei ihr Wohnung genommen.«

Althea ging zu einer der Nischen, schenkte Wasser aus einer Karaffe in zwei steinerne Becher und reichte einen davon ihrem Gast. Die schweigsame Dienerin rührte zu Arilds Verwunderung keinen Finger, um ihn zu bedienen, sondern trank gar vom Becher der Ahnin, als diese ihn ihr anbot.

»Die Nachricht vom Schicksal der Frau und ihrer Tochter drang bis in die letzten Winkel von Ilor«, fuhr Althea fort. »Von da an rissen die Besucher nicht ab, die im Palast meines Vaters um einen Himmelsstein baten. Ein barmherziges Mitglied des Hofstaates gab viele Steine heraus, und zu spät unterband mein Vater das Treiben. Immerhin gelang es, die Fundstelle geheim zu halten, denn mein Vater ahnte, dass die große Macht der Himmelssteine auch großes Unheil bringen konnte. Wie Recht er damit hatte«, seufzte Althea und stellte den Becher weg.

»Nach einigen Jahren wurde offenbar, dass die Frau, die sich ihren Leib mit der Tochter teilte, nicht alterte, sondern jung und kraftvoll blieb. Dass sie nicht immer ein glückliches Leben führte, weil der Geist ihrer Tochter heranreifte und mit ihrem eigenen Willen für Streit im Inneren sorgte, blieb den meisten verborgen. Da geschah es, dass einige Ruchlose sich in den Besitz von Himmelssteinen brachten und die Kinder ihres eigenen Volkes entführten. Die von der Gier nach Unsterblichkeit Verführten drückten den Stein auf Stirn oder Lippen der Kinder und führten deren Seele hinweg, um sie als verjüngende Kraft in sich aufzunehmen. Sie raubten die Seelen im Schlaf – was die armen Kinder verschmachten ließ – oder brachten die Wehrlosen gleich um und fingen die Seelen mit dem Himmelsstein, bevor sie zu den Ahnen entweichen konnten.«

»Beim Drachen unter dem Berg! Dasselbe geschieht wieder!«, rief Arild aufgeregt. »Im Küstenland sterben die Menschen, wie Ihr es beschreibt, und wir wissen von ...« Er räusperte sich. »Felor und ich glauben, dass ein Vogel, der etwas um den Hals trägt, auf die ahnungslos Schlafenden herabkommt und ihnen die Seele raubt!«

»So weit ist er also gegangen, der Verräter«, murmelte Althea, aber es klang eher traurig als wütend.

»Was hat er vor? Wie können wir ihn aufhalten?«, fragte Arild, doch die Ahnin antwortete ihm nicht.

»Höre, wie die Geschichte weiterging«, sagte sie stattdessen. »Die Zahl der Gewissenlosen, die sich fremde Seelen holten, um dem eigenen Tod zu entgehen, nahm zu. Aber die das getan hatten, veränderten sich auf unheimliche Weise. Sie trugen den Unfrieden, den die Seelen der Getöteten in ihrem Inneren entfachten, nach außen, waren launisch, gewalttätig, unberechenbar, zu keiner Gemeinschaft mehr fähig. Manchmal gar trieben die Seelen denjenigen, der sie geraubt hatte, aus Rache in den Tod. Die Ilayin wurden einander wie Wölfe in der Gier nach ewiger Jugend und kamen ihrem Ziel nicht näher: Die Seelen der gewaltsam Ermordeten brachten nicht Lebenskraft, sondern den Wahnsinn zu ihren neuen Herren. Als unser Volk verfiel, gar meinen Vater und mit ihm fast den gesamten Rat der Weisen umbrachte, um an die Himmelssteine zu kommen, da kehrte Feodras als siegreicher König aus dem Süden zurück und brachte mit einer Gruppe Aufrechter alle Himmelssteine gewaltsam an sich. Er fand sie alle, denn auf seine eigene Weise spürte er sie überall auf. Bis auf einige wenige wurden alle Menschen, die die Geister von Ermordeten beherbergten, getötet, damit die gefangenen Seelen befreit würden. Es war eine schwere Zeit, in der Feodras und ich hart um die Zukunft unseres Volkes rangen.« Althea schüttelte traurig den Kopf, als sie der lange zurückliegenden Geschehnisse gedachte.

»Die Himmelssteine wurden an sicheren Orten verwahrt, und ihre Anwendung war strengstens verboten«, fuhr sie fort. »Sie zu zerstören, wagten wir nicht. So verging die Zeit, und Frieden war eingekehrt, als es geschah, dass Ophenia, die einst zu den Ratgebern meines Vaters gehört hatte, ihre Tage vollendet hatte und im Sterben lag. Die Bestürzung war groß, denn sie besaß große Weisheit und war das letzte Mitglied des königlichen Rates, das die Wirren überlebt hatte. Die Männer und Frauen der neuen Ratsrunde, die ich einberufen hatte, besprachen sich und beschlossen, in dieser außerordentlichen Lage den Himmelsstein einzusetzen, um Ophenias Seele und ihr Wissen zu retten. Auf ihrem Sterbebett aber berief Ophenia mich, ihrer Seele Wohnung zu geben.« Althea drehte sich um, trat zum hinteren Ende des Wandbehangs und ließ ihre Finger über die verblassten Stickereien des ersten Bildes gleiten. Es zeigte eine junge Frau mit langen schwarzen Haaren, die an einem Krankenlager saß und in einer Geste inniger Vertrautheit beide Hände der dort liegenden Greisin umfasst hielt.

»Ich hatte wenig Zeit, mich zu bedenken«, sagte Althea leise. »Aber meine Entscheidung stand bald fest. Ich entsagte allem, was das gewöhnliche Leben für eine Frau bereithält. Ich löste sogar meine Verlobung, um frei zu sein, und folgte dieser Berufung. Ich liebte Ophenia wie eine Mutter.«

Arild merkte auf. Althea schien ihre Entscheidung nicht zu bedauern. Er kam sich mit einem Mal kleinmütig vor, und doch wusste er, dass ihn das Vorbild der Ahnin nicht über seinen Verzicht hinwegtrösten würde.

»Dies war der Anfang«, fuhr die Ahnin fort und wandte sich wieder zu Arild um. »Seitdem herrscht Friede in unserem Volk. Die Himmelssteine sind in einem sicheren Versteck. Sie sind nach und nach aus dem Gedächtnis der Menschen verschwunden und wurden durch die Verehrung der Ahnin ersetzt. Wenn wir heute einer Frau mit großer Weisheit und besonderen Gaben begegnen, so laden wir sie ein, aus ihrem Leib in diesen hier zu wandern, um in der engsten aller Gemeinschaften der Weisheit zu leben, so lange sie möge. Wenn aber die Lebenszeit der Jüngsten unter uns erfüllt ist, wird eine Syna, die sich reiflicher Prüfung und Vorbereitung unterzogen hat, in unsere Gemeinschaft kommen und unser Leben um eine weitere Spanne verlängern«, schloss Althea.

Arilds Blick wanderte zwischen der Ahnin und ihrer Syna hin und her, und er verstand, dass die dunkel gewandete Dienerin die Nächste wäre, die diese Einladung erhalten würde. Jetzt war ihm auf einmal klar, warum selbst die mächtigen Steinkönige den Rat der Ahnin höher als ihr eigenes Urteil achteten: Sie besaß die Weisheit einer riesigen Ratsrunde und das Wissen aus vier Jahrhunderten! Unwillkürlich trat Arild einen Schritt zurück und neigte das Haupt.

»Das Licht der Weisheit, das die Tage der Steinkönige beschien, ist allein Euer Licht!«, sagte er. »Möge es unserem Volk auf immer leuchten!«

»Ich danke dir«, erwiderte Althea. »Aber wir sind nicht unsterblich. In der Höhle wurden wir nur durch die Entschlossenheit unserer Gefährtin bewahrt.«

Die Opferbereitschaft mutiger Frauen und die Macht des Himmelssteins waren also das Geheimnis für das erstaunliche Alter der Ahnin. Wenn im Küstenland jemand mit einem solchen Stein am Werke war und den größten Kriegern des Geestlandes die Seele raubte, dann wohl nur dazu, sich deren Mut und Lebenskraft einzuverleiben.

»Der Verräter, Pandareos, der den Soldaten des Königs den Weg in die Eishöhle verriet, hat darüber hinaus etwas aus Eurem Heiligtum gestohlen«, sagte Arild. »War das etwa ein Himmelsstein?«

»Einige sogar«, antwortete die Ahnin und seufzte. »Die anderen waren besser versteckt.«

»Aber wie konnte er von ihrem Versteck erfahren?«, fragte Arild.

»Er täuschte seine Tochter mit einer List und entlockte ihr den Aufbewahrungsort der Steine«, sagte Althea. »Sie war eine Syna.«

Nun erzählte Arild von den Geschehnissen im Küstenland. Nachdem er geendet hatte, ging die Ahnin einige Schritte auf und ab und tauschte sich flüsternd mit der dunkel gewandeten Syna aus.

»Wir dachten, Pandareos sei schon vor zwanzig Jahren über den Pass gegangen«, sagte sie dann. »Doch offensichtlich hat er sich in den Nördlichen Öden versteckt. Deshalb also hat ihn kein Falkenauge je erspähen können. Er muss erst in diesem Frühjahr nach Süden gegangen sein, einen Weg an den Königshof gefunden und unsere Verstecke verraten haben.«

»War er bei Hagbarts Männern in der Höhle?«, fragte Arild.

»Nein, dazu ist er zu schlau«, erwiderte Althea. »Er war weder bei den Toten noch bei den Verwundeten. Die Geschehnisse im Geestland können nur sein Werk sein. Doch er wird sein Ziel nicht erreichen. Er kennt das letzte Geheimnis der Unsterblichkeit nicht. Und es wird ihm nicht zufallen, denn er ist verbittert.« Die Ahnin trat nahe an Arild heran und senkte die Stimme. »Nur wer die empfangene Seele liebevoll beim Namen ruft, erweckt sie in sich und erlangt ihre Lebenskraft. Niemand außer den Syna, uns selbst und dir weiß das nun, und Pandareos erst recht nicht.«

»Wir müssen ihm Einhalt gebieten!«, rief Arild. »Ist es denn nicht möglich, die geraubten Seelen zurückzubringen?«

Althea wog den Kopf. »Es ist sehr schwierig.«

»Aber es gab einen Mann, dessen Seele verloren schien und der doch wieder zu den Lebenden zurückkehrte«, sagte Arild.

»Wenn ein Himmelsstein, der eine Seele trägt, auf die Lippen eines lebenden Menschen gelegt wird«, sagte Althea, »sucht die Seele Eingang in dessen Leib. Ein glücklicher Umstand muss es gefügt haben, dass der Himmelsstein mit der Seele des Mannes wieder seine Lippen berührte.« Arild bejahte dies und erzählte, dass der Körper des Mannes im Wald genau auf die Überreste eines getöteten Raben fiel, wo auch dessen Himmelsstein gelegen haben musste – jedenfalls war es das, was Arild sich aus seinem bruchstückhaften Wissen zusammenreimte.

»Das ist ein außerordentlich glückliches Geschick, denn die Himmelssteine sind dunkel und unscheinbar. Die kleineren, die ein Vogel tragen kann, vermag nur ein geübtes Auge zu entdecken.«

»Dunkel und unscheinbar sagt Ihr«, überlegte Arild. »In der Höhle war ich Zeuge Eurer Erneuerung. Der schwarze Stein brachte eine neue Seele zu Euch?« Die Ahnin nickte, und für einen Moment erschien ein Anflug auf ihrem Gesicht, der Arild an den letzten Anblick der hell gewandeten Dienerin erinnerte.

»Warum war er dunkel und leuchtete nicht, als er die Seele trug?«, wollte Arild wissen. »Die einzige Person, die je gesehen hat, wie ein Rabe die Seele eines Küstenländers holte, berichtete von einem Licht.«

Die Ahnin sah ihn überrascht an, doch dann wurden ihre Züge milder.

»Niemand kann das Licht sehen, es sei denn«, sagte Althea, und ein feines, wehmütiges Lächeln umspielte ihren Mund, »er hat selbst einen solchen Stein.«

Die mit sanfter Stimme gesprochenen Worte trafen Arild wie ein Blitz. Eine unglaubliche Erkenntnis brach sich Bahn. Es gab auf einmal Verbindungen zwischen Dingen, die zuvor ohne Zusammenhang gewesen waren, und doch erschien es zu ungeheuerlich, um wahr zu sein. Er wollte gerade zu einer Frage ansetzen, da gab es eine Bewegung am mittleren Fenster, man hörte das

Schlagen von Flügeln, und auf dem Sims erschien ein Gerfalke. Arild blieb das Wort im Halse stecken. Brachte der Vogel etwa die sehnsüchtig erwartete Nachricht? Die Ahnin strich dem zutraulichen Tier über den Kopf. Sie ging, gefolgt von ihrer Syna, an die hintere Wand zu einer Truhe und öffnete sie, um etwas herauszuholen. Da fiel Arilds Blick auf einen Teil des Wandbehangs, der seiner Aufmerksamkeit bisher entgangen war, weil ihn die Gestalt der Syna die meiste Zeit verdeckt hatte. Er erkannte eine Frau, die neben einem Mädchen inmitten einer grünen Kräuterwiese kniete. Über den Köpfen der beiden spannte sich das Blätterdach dreier Bäume, aus deren Wipfeln eine Krone hervorwuchs – das war das Siegel von Ribehof! Wie in aller Welt ist das hierhergelangt?, fragte sich Arild.

Althea kam zurück zum Fenster. In den Händen hielt sie die Antwort auf Arilds Frage: Ein wundersames Kästchen aus dunklem Holz mit Einlegarbeiten aus Gold und hellem Holz, gekrönt von einem aus Bergkristall geschliffenen Gewölbe. Arild erkannte es sofort, und während er sich noch zu fangen versuchte, hatte die Ahnin das Kästchen bereits geöffnet und eine silberne Kette herausgeholt, die Lärkas Amulett bis in die Einzelheiten glich. Ohne ihren erstarrten Gast zu beachten, hielt Althea das Triskel mit dem schwarzen Stein an die Stirn des Vogels, den die verschleierte Dienerin sanft umfangen hatte, und murmelte etwas. Dann schloss sie die Augen, küsste das Amulett und flüsterte unhörbare Worte. Die Dienerin entließ den Vogel, und die Ahnin wandte sich Arild zu. Auf ihrem Antlitz erschienen die Sommersprossen und die vertrauten Züge, die Lärka so ähnlich sahen. Diesmal war Arild sicher, dass ihn seine Sinne nicht täuschten: Audhild strahlte ihn an, und bevor sie ein Wort gesagt hatte, wusste er, welcher Art die Nachricht war, die der Falke gebracht hatte.

»Nichts von dem, was der Ritter vorhergesagt hat, ist eingetroffen!«, sagte die Frau mit den vielen Seelen. »Alles in Osgund ist friedlich, und die Tochter des Thans wandelt frei umher.«

Arild trat ans Fenster, umklammerte den Sims und tat ein paar tiefe Atemzüge. Lärka war am Leben! Und binnen kurzem wäre Tiernan in Osgund und würde für ihre Sicherheit sorgen. Sie lebte, und obgleich sie unerreichbar für ihn schien, hauchte allein diese Gewissheit ihm neuen Mut ein. Da spürte er eine sanfte Berührung auf seiner Schulter.

»Ich vermisse meine Tochter Lärka«, hörte er die Stimme der Ahnin sagen und wusste im gleichen Augenblick, dass Audhild zu ihm sprach. »Bist du ihr bei deinem Weg durch das Küstenland begegnet?«

»Ja, ich war in Ribehof, als sie das Vermächtnis ihrer Mutter erhielt«, sagte er und deutete auf das Schmuckkästchen mit dem Bergkristall. Dann beschrieb er vorsichtig, wie das Mädchen, das auf dem Wandbehang neben Audhild abgebildet war, sich in eine Frau verwandelt hatte, erzählte von ihrer Liebe zu den Kräutern und dass er sie in Orlygs Auftrag nach Osgund geleitet habe, wo sie der Verlobung mit Barung von Frenemund entgegensähe. Er vermied jede Einzelheit, die auf eine Vertrautheit mit Lärka schließen ließ, denn er wollte seine Gefühle nicht offenbaren.

»Wir haben Audhild diesen Stein gegeben, als sie das erste Mal zu uns kam«, sagte die Ahnin, deren Gesicht inzwischen wieder die Züge Altheas angenommen hatte. »Die Männer, die Pandareos bis über die Frostberge jagten, befreiten sie aus der Gewalt von Wegelagerern und entdeckten ihre einzigartige Begabung im Umgang mit den Kräutern. Sie brachten sie nach Ilor, und schon bei unserer ersten Begegnung empfanden wir eine große Seelenverwandtschaft. Wir schenkten Audhild unser volles Vertrauen und eine solche Kette mit dem Himmelsstein. Sie hat ihn gut verwahrt und zum Wohl der Menschen eingesetzt. Sie hätte ihn mitbringen sollen, wenn sie nun, da der Pass frei ist, endgültig zu uns zurückgekehrt wäre. Aber dann kam es anders, und wir sind dankbar, dass ihre Seele doch noch zu uns gefunden hat.«

»Jetzt trägt ihre Tochter den Stein«, sagte Arild und begriff endgültig, dass Lärkas ungewöhnliche Eingebungen mit dem Stein zusammenhingen. Offensichtlich hatte sie das Amulett ihrer Mutter heimlich auf die Reise mitgenommen. Ihr Wissen um die todbringenden Raben, der Grund, warum sie dem Packpferd in den Blutwald gefolgt war, wie sie den Blutwald erlöst hatte und die Heilung von Rutlindis – vieles von dem, worüber sich Arild den Kopf zerbrochen hatte, schien sich mit dem Stein erklären zu lassen. Und obwohl Lärka offensichtlich einen Teil von dem kannte, was der Himmelsstein vermochte, hatte sie ihn nicht missbraucht, sondern ihn verborgen und zum Guten eingesetzt.

»Sie hat ihrer Mutter alle Ehre gemacht«, murmelte er schließlich.

Nun war es erneut Audhild, die ihn anlächelte. »Ich danke dir«, sagte sie voller Wärme. Dann legte sie die Kette in das Kästchen und verstaute alles wieder in der Truhe. Als sie zurückkam, war es die Ahnin, die weiter zu ihm sprach.

»Wir wissen, dass du noch viele Fragen hast«, sagte sie. »Auch wir wollen mehr über dich erfahren, der du Feodras so ähnlich bist. Doch dazu wird in den nächsten Tagen noch Zeit sein, der heutige Tag hat genug Antworten für ein Jahr gebracht. Wir werden verkünden, dass sich der Rat morgen zusammenfinden soll. Dorthin bringe deine Feodriner mit. Berichte den Ilayin alles über die Bedrohung durch den Berg im Osten. Dann werde ich das Schweigen über die Macht der Himmelssteine brechen. Bisher hat es uns geschützt, das Geheimnis nur mit wenigen Auserwählten zu teilen. Aber jetzt, da Pandareos sie missbraucht, bringt es statt Schutz nur Gefahr, weiterhin alles verbergen zu wollen. Wenn er sein Wissen gar mit anderen teilt, wird sich die Gier nach ewigem Leben wie eine ansteckende Krankheit ausbreiten, und die Starken werden den Schwachen das Leben nehmen. Das darf nicht geschehen!«

Am nächsten Tag ging Arild mit den Feodrinern zum Höhlenpalast und kam in die Versammlungshalle. Bis auf ein kurzes gemauertes Stück in der Nähe des Eingangs war das fast drei Mannslängen hohe Gewölbe kunstvoll in den Fels des Berges gehauen. Es war so geräumig, dass gut hundert Menschen darin Platz finden konnten. Am rückwärtigen Ende, etwas erhöht, befand sich ein schmuckloser, steinerner Thron, über dessen Sitzfläche eine helle Decke gebreitet war. Das Licht der Mittagssonne schien durch das mit feinen, durchsichtigen Kristallplatten verschlossene Rundfenster über dem Eingang. An den Wänden, die mit Pflanzen- und Tiermosaiken verziert waren, gab es Nischen mit Mondsteinen. Wasser wurde hindurchgeleitet, sodass die Steine ein beständiges Licht abgaben.

Neben den Feodrinern hatten sich etwa dreißig Menschen eingefunden, unter ihnen einige Männer der Garde, Frauen und Männer aus Ilor sowie die Syna der Ahnin, unter ihnen auch die vier Frauen, die Arild zum Gemach der Ahnin geleitet hatten. Als alle an den Tischen Platz genommen hatten, erhob die Ahnin ihre Stimme. Sie hieß den Steinkönig und die Seinen willkommen und dankte ihnen für ihr rettendes Eingreifen in der Eishöhle.

»Sie wendeten eine Gefahr von uns ab, die Pandareos geschickt hat«, fuhr sie fort. »Und König Ethandras bewahrte uns vor einem Feind, den die meisten von euch gar nicht kennen. Doch wollen wir zuerst über die Tat des Pandareos reden. Ihr alle wisst, dass er das Heiligtum bestohlen hat, aber nicht viele wissen, *was* er gestohlen hat. Wir wollen heute vor euch enthüllen, was Jahrhunderte gut gehütet war.« In die gespannte Stille hinein begann Althea ein Gedicht vorzutragen:

»Zu uns Sterblichen, Niederen kam vor Zeiten
ein mächtiges Leuchten aus des Himmels Weiten.
Ward verschollen in den Nebeln des Nordens,
der Menschen Gier entzogen und verborgen.
Wer es findet auf der Erden Grund,
erlangt das Wissen aller Weisen des Weltenrund.
Wird nicht sterben, solange Menschen sind,
wenn ...«

Melva betrachtete mit gerunzelten Brauen das Pergament. »Und dann steht da noch:

Wird nicht sterben, solange Menschen sind,
wenn er in Liebe der Seelen gedenkt.
Doch großen Fluch den Menschenkindern bringt,
wer mit dem Leuchten nach Dunklem sinnt.
Dann wird es in all dem Leben
viele Tote ohne Tod im Lande geben.«

»Was bedeutet das?«, fragte Melva.

»Steht da noch mehr?«, fragte Lärka statt einer Antwort.

Melva schüttelte den Kopf. Sie saßen in Maggais Haus zusammen, weil sie sicher waren, dort von niemandem gestört zu werden. In den Händen hielt Melva das Pergament aus Audhilds Schmuckkästchen. Nachdem Orlyg in Osgund angekommen war, hatten Melva und Bolverk endlich den Schutz des Blutwaldes verlassen. Rutlindis hatte Melva ins Thanhaus eingeladen und sich rührend um sie gekümmert. Sie hatte ihr das beste Essen angeboten, neue Kleider gegeben und immer wieder das Wunder ihrer Genesung gepriesen. Rutlindis versuchte auch, die alte Freundin auf vielerlei Weise aufzumuntern.

Für Melva hatte sich Osgund, das sie nun bei Tag sah, auf verstörende Weise verändert. Häuser, die sie kannte, waren nach dem letzten schweren Winter verlassen. Menschen, die die Gefährten ihrer Jugend gewesen waren, erschienen ihr mit einem Schlag um zwanzig Jahre gealtert. Das alles betrübte und verwirrte sie sehr. Als sie gar auf dem Weg zu Maggais Haus Reidar erspähte, war sie in Schimpftiraden und Verwünschungen ausgebrochen, und Lärka hatte sie nur mit Mühe mäßigen können.

Seit die Götter Lärkas Unschuld erwiesen hatten und Prinz Harold in Osgund gewesen war, hielt Marobrads Erbe sich auffallend zurück. Auch als Orlyg eintraf, war er kaum zu sehen. Orlyg aber suchte sofort, nachdem er das Land betreten hatte, seine

Tochter auf, um sich von deren Wohlergehen selbst zu überzeugen. Als Grenjads Bote Ribehof erreicht hatte, war der Than sogleich mit seinen Schiffen in See gestochen, die ohnehin auf die Reise in den Norden zu Diensten des Prinzen vorbereitet worden waren. Aber das widrige Wetter hatte die Reise verzögert, und so war er zwei Tage länger an der Küste unterwegs gewesen. Nachdem er Lärka erleichtert in die Arme geschlossen und einige Worte mit ihr gewechselt hatte, war er mit Grenjad, Fridmund und Jörn zu einem Rundgang durch die Siedlung aufgebrochen. Lärka hatte hastig versucht, ihn vor den verwunschenen Raben zu warnen, und ihn gebeten, Speerträger auf die Fersen des Mannes mit den Silberschnallen zu setzen. Aber Orlyg hatte nur ungeduldig den Kopf geschüttelt und sie gebeten, ihm später alles in Ruhe zu erklären, wenn er die wichtigsten Dinge geregelt hätte.

Lärka war sehr enttäuscht – nur ihre Überzeugung, dass die Raben nicht am Tag kommen würden, tröstete sie. Ihre Niedergeschlagenheit war jedoch bald von gespannter Vorfreude verdrängt worden, denn mit Melvas Rückkehr war nun endlich der Moment gekommen, in dem sie die Botschaft ihrer Mutter zu hören bekäme.

Nachdem sie Melva bei der Seele Audhilds hatte schwören lassen, dass niemals jemand etwas über den Inhalt des Briefes erfahren würde, hatte sie der Freundin das Pergament gegeben und staunend den klangvollen Worten gelauscht. Das Gedicht gab mehr Fragen als Antworten auf: War das »mächtige Leuchten« etwa der Stein in der Mitte des Triskels? Sie schaute die Zeichnung des Amuletts auf dem Bogen genauer an und erkannte, dass der Stein dort nicht schwarz, sondern strahlend wie ein Stern dargestellt war. Was hatte er mit den »Toten ohne Tod im Lande« zu tun? Waren dieser Stein und das Leuchten, das sie bei Koris Tod gesehen hatte, etwa doch dasselbe, wie sie seit dem Bericht des geheilten Ulfgar befürchtet hatte? Und wie konnte sein Träger das »Wissen aller Weisen des Weltenrund« erlangen? Durch nächtliche Spaziergänge und Belauschen von Ahnungslosen bestimmt nicht! Vielleicht war damit ja der Blick in die Welt der Ahnen gemeint, wie er Lärka im Blutwald zuteil geworden war.

»Ich muss zuerst wissen, was Mutter noch geschrieben hat«, sagte Lärka schließlich. »Vielleicht wird dann die Botschaft des Gedichtes klar.«

Melva nickte bedächtig und wandte das Blatt auf die mit vielen, hastig hingeworfenen Zeilen bedeckte Seite. Sie fuhr mit dem Finger über die unregelmäßigen Zeichen und begann stockend zu lesen.

Geliebte Tochter, meine Lerche,

ich muss eilen. Ich wollte dir so viel erklären und diese Kette selbst zu der Frau zurückbringen, die sie mir einst anvertraute. Aber vielleicht wache ich nie wieder auf, wenn mich das Fieber jetzt niederzwingt.

Ich habe mich entschieden. Ich werde die winzige Hoffnung auf Heilung, auf ein Leben mit Orlyg und dir, dahingeben, damit mein Geist in die Gemeinschaft der Ahnin eingeht. Vielleicht überstehe ich das Fieber. Aber wenn ich doch sterbe und nicht zur Ahnin reise, ist mein Sterben wertlos und der Weg in die Gemeinschaft für immer verschlossen. Du weißt, was mir am meisten bedeutet. Ich habe nie nur einem Menschen gehört. Meine Gaben sollten für viele da sein. Dort, wo meine Seele hingeht, kann ich vieles bewirken – sogar, wenn mein Leib längst vergangen ist.

Melva machte eine Pause und starrte auf das Pergament.

»Das sind wirklich Audhilds Worte. Genau so hat sie immer gesprochen«, sagte Melva andächtig. »Hätte sie vielleicht gar nicht an der Krankheit sterben müssen, von der du erzählt hast?«

»Sie war sich nicht sicher«, murmelte Lärka. Nach den ersten Worten war sie seltsamerweise erleichtert gewesen, dass eine Krankheit und nicht etwa ein misslungener Zauber schuld am Tod ihrer Mutter war. Doch gleich danach hatte sich dieselbe Beklommenheit wieder eingestellt, die sie am Markttag in Ribehof verspürt hatte, als Maggai ihr über das Rätsel um Audhilds Tod hatte erzählen wollen. Audhild hatte also doch Tochter und Ehemann verlassen, anstatt mit aller Kraft um ihr Leben zu kämpfen. Sie schien geglaubt zu haben, der Tod werde sie nicht endgültig aus der Welt entrücken, sondern zu der geheimnisvollen Ahnin führen, von der der Brief sprach wie von einer lebendigen Frau.

Dieser Weg braucht großen Mut. Den größten Mut aber brauche ich, um daran zu glauben, dass ich deine Liebe nicht verliere, wenn du verstehst, wie sich alles zugetragen hat.

Warum? Warum hat Mutter es getan, wenn ihr meine Liebe so viel bedeutete, fragte sich Lärka trotzig. Und doch war sie tief berührt, dass sich die Sterbende in ihren letzten Stunden um die Liebe ihrer Tochter gesorgt hatte.

Ich lasse dich nicht allein zurück. Dein Vater liebt dich so wie ich, und es gibt mächtige Freunde, die im Verborgenen über dich wachen.

Vater, dachte Lärka und schnaubte missmutig. Wenn er mich liebte, würde er mich nicht in einem fort übergehen, sondern mich wenigstens anhören, bevor er über meine Zukunft entscheidet. Sie dachte auch an Maggai und wurde wehmütig. Dann erinnerte sie sich daran, dass Audhild einst Arild geheilt hatte. Hatte er nicht am Markttag den Düsterschlund angegriffen und sie gerettet, um diese Schuld zu begleichen? Lärka seufzte und lauschte Melva, die fortfuhr:

Du hast nun auch mein Geschenk. Es gibt dir Macht und große Verantwortung. Setze es weise ein, zum Wohle der Menschen, denn dazu habe ich es von der Ahnin erhalten.

»Zur Ahnin reisen«, flüsterte Lärka vor sich hin und erinnerte sich plötzlich daran, dass Maggai ihr von den Ahnenreisen erzählt hatte, mit denen Audhild hoffnungslos Kranke doch noch geheilt hatte. Sie gedachte dessen, was sie selbst mit dem Amulett für Rutlindis, Bolverk und Melva hatte tun können, und verstand plötzlich, dass ihre Mutter nie die verstorbenen Ahnen ihres Volkes aufgesucht hatte, sondern sich bei ihrem Wirken des Steins, der Gabe der geheimnisvollen Ahnin, bedient haben musste.

Der Stein, das Leuchten aus des Himmels Weiten, befreit im Schlaf deine Seele und lässt dich das Innerste der Menschen schauen. Lege ihn niemals einem Schlafenden oder Sterbenden auf Stirn oder Lippen, denn der Stein fängt ihre Geister. Wer Böses will, kann die Seelen hinwegführen und knechten. Das bringt großen Fluch über die Menschen und soll NIEMALS geschehen!

»Niemals ist ganz groß geschrieben«, sagte Melva. Dann schaute sie Lärka mit angstvoller Miene an. »Was ist, wenn ein Übeltäter den Stein bekommt? Werden dann alle unsere Seelen gefangen und in die Verdammnis geführt?«

»Er ist bereits in den falschen Händen«, sagte Lärka, die sich jetzt sicher war, dass es einen Zusammenhang mit den Seelenlosen gab. Melva schaute sie entsetzt an. »Nicht dieser hier«, beeilte sich Lärka hinzuzufügen, »aber ein anderer derselben Art. Roar und Kodran sind ihm zum Opfer gefallen.« Schaudernd dachte sie darüber nach, was der Mann mit den Silberschnallen oder derjenige, der ihn geschickt hatte, wohl mit den Seelen tun mochte. Wenn der Stein die Seelen festhielt, dann würden sie den Weg zu den Ahnen niemals finden, sondern würden an den Stein gebunden, an einem fremden Ort und ohne Hoffnung auf Erlösung verharren müssen! Es sei denn, die Seelenlosen würden auf wundersame Weise gerettet wie Ulfgar.

»Ich werde mit Vater sprechen, wie wir die Gefahr abwenden

können«, sagte Lärka. »Lies bitte weiter.« Gehorsam versenkte Melva sich wieder in die schwarzen Zeichen des Pergaments.

Halte die Macht des Steins geheim, auch vor deinem Vater. Gib ihn an niemanden weiter. Es ist besser, er würde zerstört oder im Meer versenkt, bevor er in falsche Hände gerät.

Nun muss ich fort. Dein Vater wird alle Liebe und Kraft aufbringen müssen, um mich auf den Weg zu bringen. Sage ihm, es ist sein größtes Geschenk, dass er mich gehen lässt.

Wenn die wahre Herrin der Kette kommt und sie von dir zurückfordert, wird sie wissen, ob wir uns wiedersehen.

»Wiedersehen?«, wiederholte Melva und starrte Lärka an. »Wurde sie etwa zu einem Geist, der uns am Totenfest heimsucht?«

Lärka schüttelte den Kopf und machte eine Geste, als würde sie es abtun, doch das Herz klopfte ihr bis zum Hals. In ihrem Traum im Blutwald hatte sie die Seelen der Gorunnen gesehen, die dort Hunderte von Jahren verweilt hatten. Befanden sich irgendwo in dieser Zwischenwelt auch ihre Mutter und die geheimnisvolle Gemeinschaft der Ahnin?

»Jetzt wird es aber undeutlich«, bemerkte Melva und las langsam weiter.

Eines noch: Dereinst werden die Pflanzen zu dir reden. Erschrick nicht. Lausche ihnen, und hilf den Menschen damit.

Melva unterbrach sich erneut, blickte auf und sah Lärka ehrfurchtsvoll an. »Sie *reden* zu dir?«

»Nicht wie Menschen«, antwortete Lärka. »Sie lassen mich spüren, wie sie uns helfen können. Bei Mutter war es genauso. Wie endet der Brief?«, fragte sie, denn Melvas Finger hatte sich der letzten Zeile genähert. Sie las den letzten Satz noch einmal vor.

Lausche ihnen, und hilf den Menschen damit. Dann wirst du glücklich. Nichts anderes wünsche ich. Ich weine um dich, aber ich ... werde ... dich ... nie allein ... la ... ss ... en, mmm ...

»Das kann ich nicht mehr lesen«, sagte Melva. »Die letzten zwei Worte sind verschmiert. Das eine fängt mit ›me‹ an und das andere mit ›Pri‹.«

»Meine Prinzessin«, murmelte Lärka, »so hat sie mich immer genannt.«

»Ein merkwürdiger Brief«, sagte Melva. »So viele Rätsel. Wenn ich nicht wüsste, dass er von Audhild ist, hätte ich gesagt, er stammt von der Göttin der ...«, sie unterbrach sich, als sie die Tränen über Lärkas Wangen rinnen sah.

»Das hätte sie nicht gewollt!«, murmelte Melva, legte das Pergament andachtsvoll beiseite und streichelte Lärkas Hände. »Es stehen so viele Sachen drin, die niemand verstehen kann, aber eins habe sogar ich begriffen: Sie wollte dir unbedingt sagen, wie sehr sie dich geliebt hat.«

Lärka nickte. Ihre Mutter hatte zu ihr gesprochen und ihr mehr enthüllt, als sie sich je hatte träumen lassen. Wenn ich das nur früher gewusst hätte, dachte sie zuerst, doch dann besann sie sich eines Besseren: Jetzt war der richtige Zeitpunkt, jetzt, nach all dem, was sie in den letzten Wochen erlebt hatte. Keinen Tag früher hätten Audhilds Worte ihr so viel gegeben. Und dass Audhild ihr allein diesen mächtigen Stein anvertraut hatte und geheimes Wissen mit ihr teilte, als wäre sie ihresgleichen, erfüllte Lärka mit großem Stolz.

Mutter, auch wenn ich nicht alles verstehe, so wirst du doch meine Liebe nie verlieren!, schwor sie.

Seit Audhilds Tod vor zehn Jahren hatte Lärka nicht viele glückliche Momente gehabt. Aber nun waren ihre Träume, endlich Zugang zu dem Wissen zu erhalten, das Asa und Orlyg ihr so lange vorenthalten hatten, dabei, sich auf wundersame Weise zu erfüllen. So hatte sie derweil neue Lehrmeister der Kräuterkunde gefunden: zuerst Arild, jetzt Melva und die Pflanzen selbst. Arild! Lärka seufzte beim Gedanken an ihn. Ihren Wunsch nach einer glücklichen Verbindung mit Arild hätte ihre Mutter auch dann nicht erfüllen können, wenn sie noch unter den Lebenden wäre. Das Glück der kommenden Tage lag in der Hand ihres Vaters. Wenn er doch nur genauso mit Audhilds Tod Frieden schlösse! Sie verstand seine Trauer, aber warum war er so verbittert? Wie konnte sie ihm nur das Vermächtnis ihrer Mutter so weitergeben, dass es ihm zum Trost wurde? Sie wollte sich jedes Wort ins Gedächtnis prägen und bat Melva, den Brief noch einmal vorzulesen. Als sie die Worte ein zweites Mal hörte, war sie sicher, dass sie genau verstand, was ihre Mutter damals gefühlt und gedacht hatte. Zugleich aber war die Botschaft des Briefes voller Rätsel. Lärka hätte zu gerne mehr gewusst über die Gemeinschaft und die Ahnin. Dabei ahnte sie, dass nicht die schwindenden Kräfte ihrer sterbenden Mutter der Grund dafür waren, warum Audhild ihr nicht mehr enthüllt hatte. Es musste um den Schutz der Gemeinschaft und der Besitzerin der Kette gehen. Wenn es der Wunsch ihrer Mutter war, dass dies verborgen bliebe, so wollte sie ihn achten, auch wenn sie sich hin und wieder in ruhigen Momenten erträumen würde, dass sie die Seele ihrer Mutter eines Tages fände.

Melva hatte die ganze Zeit neben Lärka gesessen und in einem hilflosen Versuch, sie zu trösten, über ihre Hand gestreichelt. Jetzt faltete Lärka den Brief zusammen, dankte der Freundin und beschwor sie noch einmal, mit niemandem darüber zu sprechen.

Als Lärka zum Abendessen in den Thanhof zurückkehrte, sah sie Jörn bei der Schmiede. Während Bolverk sich mit dem Schmied freundschaftlich unterhielt, lungerte ihr Vetter mit mürrischem Gesicht herum. Als er Lärka erblickte, kam er zu ihr hergeschlendert.

»Was ist los?«, fragte sie ihn. »Du siehst aus, als hätte Vater dich aus dem Geestland verbannt, anstatt dich für deine Heldentaten gebührend zu loben.«

»Er hat sich bedankt«, antwortete Jörn, »das schon. Aber als ich ihn fragte, ob ich mit in den Norden dürfe, um genauso wie Moryn den Königlichen zu helfen, hat er abgelehnt.«

»Warum?«, wollte Lärka wissen.

»Muss er das sagen?«, entgegnete Jörn und scheuchte ärgerlich mit dem Fuß ein Huhn beiseite, das vor seinen Schuhspitzen nach einem Wurm pickte. »Er ist der Than, warum sollte er mir Rechenschaft geben.«

Lärka schluckte. Als Melva ihr Audhilds Brief vorgelesen hatte, hatte sie sich für einen Moment ausgemalt, sie müsse Orlyg nur bitten und er würde ihr den eigenen Willen lassen – sowohl was die Wahl eines Bräutigams betraf als auch, was ihre nähere Zukunft und die grüne Kunst anging. Orlygs Art, mit Jörn umzuspringen, brachte Lärka schmerzlich in Erinnerung, wie ihr Vater Beschlüsse fällte und durchsetzte. Zusammen kamen sie in Grenjads Haus an, wo das Abendessen gereicht wurde. Rutlindis war sichtlich erfreut, dass Orlyg endlich in Osgund war. Sie verbreitete gute Stimmung, tischte ein Festessen auf und nannte es den glücklichsten Abend seit Anbruch des Frühlings. Aber Orlyg, Grenjad und Fridmund teilten ihre gute Laune nicht.

»Es scheint sich eine Menge zusammenzubrauen im Küstenland«, sagte Orlyg, und Grenjad nickte. »Stormhavn ist nach Fasolts Tod in Unruhe und gelangt zunehmend unter Hakons Einfluss. Das hat Wygard durch einen Boten berichten lassen. Und hier liegt ein schwerer Zwist über dem Dorf. Ich werde die Thingversammlung wieder einberufen. Eigentlich müsste Reidar eine Entschädigung zahlen für die Anmaßung, meine Tochter des Mordes anzuklagen und sie zusammen mit meinem Abgesandten einzukerkern.«

Lärka warf Jörn einen Seitenblick zu und sah, wie er mit würdevoller Abgesandtenmiene nickte.

»Auch ohne die ungeheuerliche Geschichte, die Melva euch

über Reidars Verschwörung gegen mich erzählt hat«, fuhr Orlyg fort, »gäbe es gute Gründe, ihn und die Hälfte des Dorfes zum Frondienst in den Norden zu schicken. Dann würde vielleicht Ruhe einkehren.« Orlyg strich sich über das Kinn und schaute die beiden anderen Männer sorgenvoll an. Fridmund wiegte den Kopf.

»Wenn wir Zeugen von damals gefunden hätten, könntest du ihn verbannen lassen«, sagte er. »Dann würden sich auch die anderen beruhigen, und niemand wäre mehr da, der die Männer zum Ränkeschmieden anstifte.«

»Aber wir haben keine«, warf Grenjad ein, »also müssen wir den Frieden im Dorf auf andere Weise wiederherstellen.«

»Am besten, ich lassen dir die Hälfte meiner Speerträger da und schicke einige Rinder und Saatgut. Wenn die Leute genug zu essen haben, wird es wesentlich weniger Aufrührer geben«, schloss Orlyg.

Nach dem Abendessen bezog Orlyg das Haus gegenüber des Thanhofs, in dem Grenjad während Prinz Harolds Besuch gewohnt hatte, und hieß Lärka, ihm zu folgen. Keelia hatte ein Feuer angefacht und verschwand, als die beiden das Haus betraten.

Orlyg bot Lärka einen Sitz an. Er selbst begann, vor ihr auf und ab zu laufen. Irgendwann blieb er stehen und sah seine Tochter mit sorgenvoller Miene an.

»Ich hätte dich nicht gehen lassen sollen«, begann er. »Diese ganze Reise war ein schlechter Einfall.«

»Aber ...«, begann Lärka, doch ihr Vater ließ sich nicht unterbrechen.

»Die Unverschämtheiten, die sich Trond dir gegenüber erlaubt hat«, brauste Orlyg auf, und Lärka errötete, »die Bedrohung durch die rätselhafte Krankheit und die Verschwörung, die hier in Osgund im Gange ist – diesen Gefahren habe ich dich unnötig ausgesetzt. Ich werde in Zukunft besser über dich wachen, das verspreche ich dir.« Für Lärka klang es mehr wie eine Drohung als wie ein Versprechen.

Die Reise hat mir etwas geschenkt, was ich sonst nie gefunden hätte, wollte Lärka sagen, doch eingeschüchtert vom Ungestüm ihres Vaters sagte sie nur: »Die Reise hat mich vieles gelehrt. Ich danke dir trotz allem dafür.«

Orlyg musterte sie überrascht. Er schien etwas sagen zu wollen, doch dann besann er sich und wechselte das Thema.

»Als ich ankam, sagtest du, von ein paar verzauberten Raben ginge eine große Gefahr aus. Was hat es damit auf sich?«, fragte er.

»Ich weiß, was hinter der Krankheit der Seelenlosen steckt«, antwortete Lärka. Sie erzählte ihrem Vater, was sie über die Raben wusste, die mittels Magie die Seelen der Geestkrieger entführten. Sie entsprach dem Wunsch der Mutter und erwähnte in keiner Weise den mächtigen Stein. Stattdessen flunkerte sie, Arild hätte alles über die Raben herausgefunden.

»Derselbe Mann mit den Silberschnallen, den ich am Tag vor Koris Tod in Ribehof auf dem Markt gesehen habe, kam mit Harolds Gefolge hier an und hatte mehrere Raben bei sich«, sagte sie schließlich. »Ich habe das ungute Gefühl, dass genau diese Vögel an allem schuld sind.«

Orlyg sah sie halb staunend, halb ungläubig an.

»Ich glaube, dass die Raben auf dich angesetzt sind, weil der König lieber Trond an der Macht sähe!«, fügte Lärka hinzu.

Orlyg hob die Augenbrauen.

»Vom König angesetzt?«, fragte er und schüttelte den Kopf. »Das sind schwere Vorwürfe! Was redest du da?«

»Hatte Mutter nicht auch manchmal Vorahnungen, die sich erfüllten?«, fragte Lärka.

»Lass deine Mutter aus dem Spiel. Sie war etwas Besonderes«, sagte Orlyg missmutig. »Sie hätte nie leichtfertig solche Verdächtigungen in die Welt gesetzt. Die Geistergeschichten von Raben, die die Seelen rauben, sind an sich schon merkwürdig genug. Ich kann kaum glauben, dass Arild das erzählt haben soll. Er ist doch sonst so besonnen. Aber dass gar der König sich der Vögel bedient und hinter allem steckt …« Orlyg schüttelte den Kopf, doch auf seiner Stirn lagen Sorgenfalten.

»Oh, Vater, ich habe solche Angst um dich«, sagte sie. »Willst du denn gar nichts tun?«

»Eigentlich glaube ich kein Wort davon. Aber in den letzten Wochen sind schon so viele seltsame Dinge im Geestland geschehen. Ich werde Tag und Nacht Wachen aufstellen. Sie werden auf jeden Vogel schießen, der sich auf einem Hausdach niederlassen will«, sagte Orlyg schließlich.

Lärka stand auf, drückte ihrem Vater dankbar die Hand und bat darum, die Vögel sehen zu dürfen, die die Wachen erlegen würden. Dann nahm sie allen Mut zusammen und brachte die Sprache auf das, was sie am meisten zu wissen begehrte.

»Warum …«, sie musste husten, »warum sind Arild und Valgrim für den König so wichtig, dass er dich ihretwegen hasst?«

Orlyg bedachte seine Tochter mit einem abschätzenden Blick. Lärka kannte seinen Gesichtsausdruck genau. Das ist nichts, was ein Weib zu interessieren hat und ein Mädchen schon gar nicht, las sie in seiner Miene.

»Der König fürchtet ständig um seine Macht«, sagte Orlyg. »Alles bietet er auf, um sie zu vergrößern und zu behalten, seine Angst vor ihrem Verlust lässt ihn unberechenbar werden. Er glaubt, dass Valgrim und Arild zu den Leuten gehören, die ihn vom Thron stoßen können.«

»Warum?«, warf Lärka ein. Sie erinnerte sich daran, was Harold erzählt hatte, und brannte darauf, mehr zu hören. Doch Orlyg hatte offensichtlich nicht vor, die Fragen seiner Tochter zu beantworten.

»Je weniger du darüber weißt, desto besser«, beschied er sie unerwartet barsch. »Dich wollte ich jedenfalls lieber bei Verwandten versteckt sehen, als dich in den Mittelpunkt stellen zu müssen, wenn Prinz Harold in Ribehof weilt. Jeder weiß, dass der König auf Brautschau für ihn ist. Aber nun ist doch alles anders gekommen.« Er seufzte und sah Lärka missmutig an. »Wir können froh sein, wenn nicht eines Tages ein königlicher Bote im Thanhof erscheint und für Prinz Harold um deine Hand anhält.« Dann wurde sein Blick weicher, als er fortfuhr: »Am besten, du lernst den Mann bald kennen, dem ich dich zur Frau geben möchte. Dann vereinbare ich die Verlobung mit dessen Vater. Das wird es dem König erschweren, eine Verbindung mit seinem Sohn zu erzwingen.«

»Ich möchte nicht heiraten«, sagte Lärka leise.

»Was? Du verstehst doch gar nichts davon!«, sagte Orlyg ärgerlich. »Ich habe Barung von Frenemund nach reiflicher Erwägung für dich ausgesucht. Er ist reich, der Sohn des Dorfthan. Er wird dich gut behandeln und fürstlich versorgen. Und das Wichtigste: Er ist der Richtige, um einst als mein Nachfolger das Küstenland zu regieren.«

»Aber ich will Barung nicht ...«, murmelte Lärka. Sie dachte an Arild, der ihr immer unerreichbarer schien, und fügte leise hinzu: »Ich will niemanden.«

»Haben die Meeresgötter dir die Sinne verwirrt und jede Vernunft geraubt, als du unter Wasser warst?«, brauste ihr Vater auf. »Seit wann kann es sein, dass eine junge Frau über ihre Hochzeit bestimmt? Du kannst nicht wissen, was gut ist und welchen Einfluss die Wahl deines Gemahls auf das Küstenland haben wird! Du hast zu gehorchen und wirst Barung heiraten.« Mit einer herrischen Geste baute er sich vor ihr auf und funkelte sie an.

Lärka zuckte zusammen. Wollte ihr Vater sie wirklich zwingen, sich seinem Willen zu fügen? Ob Audhild das verhindert hätte? Lärka erinnerte sich an die Thingversammlung, als sie begriffen hatte, dass Orlyg die Gesetze zum Schutz der grünen Weiber und aus Liebe zu Audhild verändert haben musste.

»Ich spüre, dass ich dieselben Begabungen habe wie Mutter. Ich würde gerne die grüne Kunst erlernen und den Menschen im Küstenland helfen wie sie.«

Für einen Augenblick mischten sich Zorn und Trauer im Antlitz ihres Vaters, dann schüttelte er den Kopf und sagte leise: »Schwöre der grünen Kunst ab, mein Kind. Du hast jetzt selbst erlebt, wie leicht du das Ziel falscher Verdächtigungen wurdest, weil du dich bei Maggais Hütte herumgetrieben hast. Was glaubst du, warum nur alte Weiber und Frauen ohne Familie zu grünen Weibern werden? Wenn die etwas falsch machen, gibt es keine Verwandten, die dafür mit Blutrache geschlagen würden.«

»Aber Mutter hat doch auch ...«.

»Berufe dich nicht auf deine Mutter. Sie ist tot, und daran ist allein ihre Leidenschaft für die grüne Kunst schuld.«

»Ich dachte, du hast sie geliebt und würdest mich um ihretwillen meinen Weg gehen lassen.«

»Ich werde nicht aufhören, sie zu lieben. Aber auch sie hätte nicht gewollt, dass du leichtfertig die Zukunft der Menschen im Geestland missachtest, die einen Schwiegersohn sehen wollen, und nicht, wie die unverheiratete Tochter des Thans gefährliche Tränke mischt.«

»Aber ...«, begann Lärka empört und musste Luft holen, bevor sie weiterreden konnte. Sie dachte an die Ermutigung, die ihr Audhilds Zeilen hatten zukommen lassen. »Aber sie wollte wirklich, dass ich die grüne Kunst erlerne und den Menschen damit helfe. Darum durfte ich doch als Kind immer mit ihr ...«

»Nein, das verstehst du falsch!«, unterbrach Orlyg. »Wenn sie mir noch einen Sohn geschenkt hätte, anstatt vor der Zeit zu sterben, wäre es unerheblich, was du tust. Aber so liegt die Verantwortung für die Nachfolge auf deinen Schultern. Und das eine verträgt sich nicht mit dem anderen.«

»Nein, *du* verstehst das falsch. Was hat dich so verbittert?«, erwiderte Lärka heftig. Es würde keine zweite Gelegenheit geben, ihren Vater umzustimmen, und sie stritt mit dem Mut einer Verzweifelten. Aber sie war zu weit gegangen.

»Was erdreistest du dich!«, fuhr Orlyg sie voller Zorn an. Lärka wich zurück. »Rede nie wieder so zu mir! Hinaus! Du bleibst in deinem Haus und kommst nur heraus, wenn Grenjad, Rutlindis oder ich dich auffordern.« Lärka stand auf und huschte zum Ausgang. »In Zukunft wirst du dich gefälligst meinen Wünschen fügen«, rief Orlyg ihr nach.

Mit Tränen der Wut in den Augen stürmte sie an den Wachen vorbei in ihr Haus, trat in ihrem Zorn gegen die Wand und hockte sich weinend auf die Bettstatt. Sie konnte einfach nicht verstehen, was ihn so zornig werden ließ, wenn sie die Sprache auf ihre Mutter brachte. Aber so wütend wie er war, würde ihr Vater sie nach diesem Vorfall nie mehr um ihre Meinung fragen. Sie war keinen Schritt weiter als vor ihrem Aufbruch aus Ribehof. Wie hatte sie sich nur einbilden können, seinen Plänen den eigenen Willen entgegenzustellen! Trotzig malte Lärka sich aus, sie würde sich in den Blutwald davonschleichen und nur Rutlindis davon erzählen. Dann würde sie wie eine wilde Frau von Beeren und Wurzeln leben, bis ihr Vater Rutlindis nach ihr schickte und Abbitte leistete.

Die Stimme ihres Vaters holte sie in die Wirklichkeit zurück. Er hieß die Wächter, nach nächtlichen Vögeln Ausschau zu halten, alles zu erlegen, was nur in die Nähe eines Hausdaches kam, und erjagte Vögel, so wie sie waren, zu Lärka zu bringen. Als sie seine klaren Anweisungen hörte, wurde ihr bewusst, dass letztendlich nur ihr Vater wirkliche Sicherheit nach Osgund brachte. Nicht einmal Grenjad hatte es vermocht, sie vor seinen eigenen Leuten und Reidars Willkür zu schützen. Wo, wenn nicht unter Orlygs Schutz oder in einer Ehe mit Barung konnte sie unbehelligt leben? Ihre blühenden Träume zerfielen zu Asche, ihr Mut sank, und sie weinte sich in einen traumlosen schwarzen Schlaf.

Lärka wurde wach, als draußen ein Tumult im Gange war. Stimmen riefen durch die Nacht. Von bangen Vorahnungen getrieben, legte sie ihr Gewand an und eilte hinaus. Sie sah Orlygs Wache aufgeregt mit Männern aus Osgund reden. Andere Osgunder stürmten fackeltragend durch das Dorf.

»Was ist geschehen?«, wollte Lärka wissen.

»Es kamen Raben, wie Ihr gesagt habt«, antwortete einer der Wachen.

»Habt ihr auf sie geschossen?«, fragte sie aufgeregt.

»Das haben wir und suchen nun, ob wir getroffen haben.«

»Wo ist mein Vater?«

»Er liegt auf seinem Lager und steht nicht mehr auf. Kommt und seht selbst!«, entgegnete der Mann zu Lärkas Entsetzen.

Verstört eilte sie in das Haus, trat an die Lagerstatt ihres Vaters und sah ihn mit toten Augen daliegen, das Antlitz von einer wächsernen Blässe überzogen. Ihr Herz zog sich zusammen. Fassungslos ergriff sie seine Hand und hielt sie fest, als könne sie ihn allein damit vom Sterben abhalten. Nun hatte der Mann mit den Silberschnallen doch sein grausiges Werk vollbracht!

Obwohl sie sich im Streit getrennt hatten, war Lärka entsetzt über die Gefahr, in der ihr Vater schwebte, und wünschte sich nichts sehnlicher, als dass er gerettet würde. Kopflos eilte sie zum Thanhof.

»Rutlindis! Vaters Seele wurde von einem Todesvogel hinfortgeführt!«, warf sie ihrer Tante, die gerade aus dem Thanhaus geeilt kam, atemlos zu. Blass und mit schreckensstarren Augen packte Rutlindis ihre Nichte an den Armen. In ihrer Bestürzung konnte die Tante kaum ein Wort hervorbringen. Tränen standen auch ihr in den Augen, als sie schließlich sagte: »Grenjads ebenso.«

»Von hier aus ist er nicht zu sehen«, sagte Arild. »Aber sein Schatten liegt über allem. Der Berg wird Äonen überdauern und alles Lebendige versteinern, wenn ich ihm nicht Einhalt gebiete.«

Er saß unter dem riesigen Dach aus Fels zusammen mit Althea und ihrer verschleierten Syna auf einer steinernen Bank. Sie hatten sich im Garten vor dem Höhlenpalast zum Gespräch niedergelassen, inmitten kreisförmig angeordneter, mit Gras bewachsener Erhebungen. Nur einer der Hügel war frisch aufgeschüttet, und ein Steinbogen überspannte das äußere Ende. Hier ruhten die Leiber der Frauen, die nun in Althea weiterlebten. Vom Garten aus hatte man einen herrlichen Blick über die Ebene. Udar überzogen den Himmel mit gleichmäßigem Weiß und verdunkelten sich an manchen Stellen, um die Erde mit einem kräftigen Frühsommerregen zu tränken. Im äußersten Westen sah Arild die Snehin schnell dahinsegeln und ihm von Schiffen künden, die Menschen an die Ufer der Nördlichen Öden brachten.

Lange hatte der Rat getagt und in der Nacht eingehend beraten, bis alle Beschlüsse darüber gefällt waren, was als Nächstes Not tat. Arild würde zu Altheas Schutze einige Wochen in Ilor verweilen, bis Späher herausgefunden hätten, ob Hakons Männer auf der Suche nach der Barendolith-Ader für des Königs Waffenschmiede bis in die Gefilde der Ahnin vordringen würden. Wenn Arild dann nach Süden aufbrach, Hakons Leute umging und am Tristjoch die Frostberge überquerte, würden Tiernans Gorunnen und hundert bewaffnete Ilayin mit ihm ziehen. Sie würden ihm im Kampf beistehen, und die Ilayin würden nach Pandareos suchen. Der Verräter musste unschädlich gemacht werden, bevor er mit der Macht der Himmelssteine noch größeres Unheil anrichtete, oder gar bis zum Geheimnis der Unsterblichkeit vordrang. Hier im Norden würde Althea Wachen aufstellen und die Bauern in der Ebene warnen.

Es war auch nach Arilds Abreise zu befürchten, dass königliche Soldaten kommen würden, um nach Hagbarts Verbleib zu suchen oder gar einen neuen Versuch zur Entführung der Ahnin zu unternehmen. Aber jetzt waren die Ilayin gewarnt und würden sich beim geringsten Anzeichen einer Gefahr über Verstecke nördlich des Schlafenden Kaisers verstreuen. Wenn Arild im Süden einen sicheren Anlaufplatz gefunden hatte, würde er Boten und vielleicht einige Schiffe schicken können. Dann würde Althea, die ehrwürdige Ahnin, die bisher vor den Menschen im Süden verborgen gewesen war, mit ihrem Volk die nördlichen Gefilde verlassen und sich vor dem Berg Grimhorn in Sicherheit bringen.

Arild hatte dem Rat alles über die dunkle Bedrohung, die von Grimhorn ausging, berichtet und erklärt, dass es in der Hand des Steinkönigs lag, sie abzuwehren. Den Eid, den Feodras den Wolkenfürsten geschworen hatte, hatte er nicht erwähnt. Doch jetzt hoffte er, dass die Ahnin ihm gerade darüber etwas erzählen konnte. Sorgfältig wählte er die Worte, um nicht in den Sog der Welt der Wolkenhüter zu geraten und vor ihren Augen zu erstarren.

»Die Erben Feodras' *müssen* gegen den Berg ziehen«, sagte Arild. »Nicht nur, weil die Steinkönige die Einzigen wären, die es könnten. Nicht nur, weil Grimhorns tödlicher Fluch das ganze Land bedroht. Sondern weil eine Schuld zu begleichen ist. Allein zum Widerstand gegen Grimhorn nämlich haben Feodras und seine Nachkommen den Herz-der-Berge-Stein und Macht über die Felsen erhalten«, sagte er. »Es ist die Zeit gekommen, wo ich mich dieser Bestimmung stellen muss.«

Die Ahnin bedachte ihn mit einem schwer zu deutenden Blick. Altheas Züge erschienen, und sie sagte: »Als du in die Höhle kamst, war ich über die Maßen erstaunt. Ich wollte fast glauben, mein eigener Bruder sei wieder erschienen, so ähnlich bist du ihm. Und du sprichst über den Herz-der-Berge-Stein und die Aufgabe der Steinkönige mit einer Entschlossenheit und einem Wissen um deine Verantwortung wie kein anderer seit Feodras selbst. Hast du gar mit den Silberzwergen gesprochen, die ihm das Herz der Berge schenkten? Oder sollte ich sagen: mit den Geistern des Himmels?«

Arild war überrascht. So, wie Althea die Frage gestellt hatte, konnte das nur heißen, dass sie die Wahrheit über die Wolkenfürsten kannte!

»Ihr wisst, wer sie wirklich sind?«, begann er unbeholfen und fürchtete, ein unbedachtes Wort könnte ihn in die Welt der Wolkenfürsten entrücken. Althea schüttelte sachte den Kopf.

»Ich ahne nur, dass du den Unaussprechlichen, die in den Wolken wohnen, genauso begegnet sein musst wie mein Bruder«, antwortete sie.

»Ja«, sagte Arild. »Von ihnen hat er den Stein, und mit ihnen hat er den Bund besiegelt.«

»... eines langen Friedens guter Grund«, sagte Althea, »wie es das Lied der Steinkönige erzählt.«

»Hat Feodras je darüber gesprochen?«, fragte Arild.

»Ja«, erwiderte Althea, und Arild war aufs Höchste gespannt, was sie zu sagen hatte. »Nachdem mein Bruder geholfen hatte, die Himmelssteine zurückzuholen und die Ordnung in Ilor wiederherzustellen, brach er eines Tages nach Osten auf«, begann Althea. »Er muss beim Berg Grimhorn gewesen sein, denn als er wiederkam, warnte er den Rat und mich, dass aus Grimhorn eines Tages eine Bedrohung erwachen könne und dass er gegen ihn kämpfen müsse. Bei seinem nächsten Besuch hier im Norden war er schon in höheren Jahren, aber er war verzweifelt, denn es schien ihm unmöglich, gegen Grimhorn anzugehen. Er sprach davon, dass eine um das Vierfache größere Kraft nötig sei, um den Berg zu besiegen.«

Arilds Miene verdüsterte sich unwillkürlich. Er hatte gehofft, Pajakok habe Feodras die Schwächen seines Gegners gezeigt. Stattdessen schien der Wolkenfürst dem Steinkönig eine schier unlösbare Aufgabe mitgegeben zu haben.

»Eine vierfache Kraft?« Arild stand vor einem Rätsel. »Was kann das bedeuten?«

»Von Feodras' Söhnen besaß nur einer, Pano, die Macht seines Vaters«, fuhr Althea fort. »Aber als Pano seinen Vater zu den Unaussprechlichen begleitete, sahen diese nur den Vater, nicht den Sohn. Sie ließen Feodras wissen, dass die Zeit des Kampfes noch nicht gekommen sei, und schickten ihn unverrichteter Dinge zurück, was Feodras sehr verstimmte. Bei unserer letzten Begegnung haderte mein Bruder mit sich, dass er den Bund nicht hätte eingehen dürfen und seinen Erben nicht eine solch schwere Bürde hätte auferlegen dürfen. Er hatte sie selbst tragen wollen, aber es schien nicht in seiner Macht zu stehen.«

»Vater und Sohn, das sind zwei Steinkönige. Wer oder was sind die anderen, und wie sollen wir Grimhorn begegnen?«, fragte Arild.

»Es liegt so lange zurück, dass ich Mühe habe, mich an alle Einzelheiten zu erinnern«, sagte Althea und flüsterte mit der Syna, bevor sie weitersprach. »Pano und keiner nach ihm ist je wieder den Unaussprechlichen begegnet«, fuhr sie schließlich fort. »So gerieten Feodras' Worte in Vergessenheit, und selbst ich wusste irgendwann nicht mehr, ob seine Botschaft irgendetwas bedeutete. Aber seit sich die Zeichen mehren, fällt mir einiges von dem wieder ein, was er damals sagte. Er sprach: Wenn die Zeit kommt und der Berg erwacht, so müssen sich vier mächtige Fürsten zusammentun, in denen sich die Geister der Lebenden, der Toten und des Himmels vereinen. Sie müssen Grimhorn blenden, denn das Himmelsfeuer hat ihn sehend gemacht. Dann sollen sie dahin gehen, wo die Kraft vom Herz-der-Berge-Stein Grimhorn angreifen kann. Dort wird der Kampf beginnen.«

»Ich muss zugeben, dass mir das nicht viel weiterhilft, im Gegenteil«, sagte Arild kopfschüttelnd. »Warum hat er nicht klarer gesprochen und Euch alles genau beschrieben?«

»Keiner von uns ahnte, dass wir lange Zeitalter überdauern würden«, entgegnete die Ahnin. »Und es fiel ihm aus irgendeinem Grund unendlich schwer, auch nur wenige Worte über den Eid zu sprechen, ohne in einen seltsamen Zustand der Erstarrung zu verfallen – als läge ein Zauber auf ihm. Aber er wollte sein Wissen auf eine andere Art und Weise überliefern. Er muss etwas in Jaspis hinterlassen haben, das deine Fragen beantwortet.«

Trotz der Kunde, die er von Feodras erhalten hatte, war Arild enttäuscht. Statt dem erhofften Schlüssel zum Sieg brachte ihm Feodras' Vermächtnis nur ein heilloses Durcheinander aus unvollständigen Hinweisen.

»Vier mächtige Fürsten? Vier Steinkönige können es wohl kaum sein, aber wer denn sonst? Soll ich mich gar mit Hakon verbünden, weil dessen Schwert weit über Jaduin hinausreicht?«, fragte er aufgebracht.

»Feodras glaubte, eine Seherin könne dem Steinkönig dabei helfen, die anderen Fürsten zu finden«, erwiderte Althea.

Arild schüttelte ärgerlich den Kopf. Das Ganze wurde immer verworrener.

»Wie soll ich in diesem Sommer alles vollbringen, bevor das Eis mir den Weg nach Norden wieder versperrt? Wenn ich nicht zurückkehren kann, wird Grimhorn irgendwann sein böses Werk wieder aufnehmen und es ungestört vollenden.«

»Du hast vielleicht mehr als einen Sommer Zeit«, entgegnete Althea zu Arilds Überraschung. »Als Feodras von seiner Reise zu Grimhorn wiederkam, war der Rückweg über das Tristjoch schon zugefroren. Aber er ging trotzdem zum Pass, und die Ilayin in seinem Geleit berichteten später, er habe ein Wunder gewirkt. Direkt beim Pass habe die Sonne das Eis abgeschmolzen, sodass er und seine Mannen hinüberkommen konnten. Keiner seit Feodras hat es vermocht, aber wir sind sicher, du kannst es.«

Arild nickte. Hier war endlich ein Anhaltspunkt, der ihm weiterhalf. Die Wolkenfürsten vermochten es offensichtlich, dass das Eis in den Jahren nach der normalen Schmelze ebenfalls verschwand. Aber was war mit den anderen Dingen?

»Eine Seherin soll mir suchen helfen? Und wie soll ich *sie* finden?«, fragte er und hob ratlos den Blick zu den Wolken, als ob er von ihnen die Antwort erwartete.

»Wir dachten, wir hätten sie für dich gefunden«, entgegnete die Ahnin. Verblüfft starrte Arild sie an.

»Als sich der Himmel über der Ebene verdunkelte und Flüchtlinge vom Volk der Agyar aus dem Osten durch unsere Gefilde zogen«, sagte sie, »da wussten wir, dass die Zeit des Kampfes nahte, und gingen auf die Suche. Viermal war der Pass seither offen, wenn wir diesen Sommer dazurechnen – also vor etwa sechzig Jahren. Wir gingen bis nach Osgund, um uns dort unter den Frauen umzuhören, und baten deinen Urgroßvater, uns bei der Suche zu helfen. Wir erreichten unser Ziel nicht, denn wir wussten ja nicht, wonach wir suchten. Doch als einige Ilayin vor zwanzig Jahren Pandareos in den Süden verfolgten, brachten sie von jenseits der Frostberge eine junge Frau mit, die für eine Weile ihr Gedächtnis verloren hatte. Als wir einander begegneten, waren wir sofort von ihr angetan und sie von uns. Wir wollten sie zu einer Syna machen, doch ihre Erinnerungen kamen zurück, und sie wollte zu dem Mann zurückkehren, den sie liebte.«

»Audhild«, murmelte Arild, »und Orlyg.« Althea nickte.

»Trotzdem lebte sie eine Zeit lang wie eine Syna«, fuhr die Ahnin fort. »Sie war zu Gast in unseren Wohnstätten und durfte den Himmelsstein tragen. Sie erzählte uns, was ihr dabei widerfuhr, nämlich, dass sie das Wesen der jeweiligen Seele erkenne und nicht nur die kleinen blauen Lichter, die jede von uns in den Wahrträumen sieht. Da glaubten wir, die Seherin gefunden zu haben.«

Kann es sein, dass Lärka eine ähnliche Begabung hat?, fragte sich Arild. Immerhin hatte sie gewusst, dass es Kori gewesen war, dessen Seele der Rabe aus Ribehof davongetragen hatte.

»Wir baten Audhild zu bleiben«, erzählte Althea weiter. »Als der Herbst nahte und damit die endgültige Entscheidung, für die nächsten zwanzig Jahre oder gar den Rest ihres Lebens im Norden zu bleiben oder aber zurückzukehren, hat sie das Glück an Orlygs Seite gewählt.«

Arild senkte den Blick. Er beneidete Audhild darum, dass sie hatte wählen dürfen.

»Wir schickten ihr geflügelte Boten nach«, fuhr Althea fort, »damit ihre Seele nicht verloren ginge, wenn sie stürbe. Sie hat uns im Tod die Treue gehalten, auch wenn es nicht leicht gewesen ist, alles loszulassen. Seitdem hat sie vielen Ilayin mit ihrer Kräuterkunst geholfen und des Tages geharrt, an dem ein starker Steinkönig erscheine.« Althea machte eine Geste in Arilds Richtung. »Aber, ach, wir sind nicht mehr sicher, ob sie die Seherin ist, die dir zur Seite stehen soll.«

»Warum?«, fragte Arild, den diese Worte in die nächste Verwirrung stürzten. Gerade hatte er mit der Enthüllung um Audhild ein Stück des Geheimnisses von Feodras' Vermächtnis in greifbarer Nähe geglaubt, als es ihm auch schon wieder entrissen wurde.

»Feodras sprach davon, dass die Geister der Lebenden, der Toten und des Himmels vereint sein müssten«, erwiderte Althea.

»Wenn die Geister des Himmels diejenigen sind, mit denen Feodras den Bund geschlossen hat, so brauche ich nicht die Hilfe einer Seherin, um sie zu finden«, meinte Arild.

»Dafür nicht, doch für die Fürsten der anderen Welten«, erwiderte Althea. »Audhild sieht die Geister der Lebenden. Aber keine von uns kann die Seelen sehen, die in der Zwischenwelt sind.«

Entgeistert starrte Arild die Ahnin an. Jemand, der die Seelen der Toten sah?

»Ich kenne die eine, die es kann«, murmelte er und spürte, wie ihm das Blut in die Wangen schoss. »Ihr kennt sie genauso gut.«

Und er erzählte, wie Lärka im Blutwald mit den Geistern der Toten geredet und dem Wald das Leben wiedergegeben hatte.

»Welche Fügung! So erfüllen sich Feodras' Worte eines nach dem anderen«, sagte die Ahnin erfreut. »Sie wird dir helfen, das weiß ich«, fügte sie hinzu, und ein Anflug von Stolz lag auf ihrem Gesicht, als Audhilds Züge erschienen.

Arild nickte wie in Trance und dachte an Lärka. In Windeseile malte er sich aus, was geschehen würde. Arild glaubte in seinem innersten Innern zu wissen, dass Lärka ihm zur Seite stehen und seinem Ruf folgen würde. Aber was würde Orlyg dazu sagen? Als Herrscher ohne männliche Nachkommen konnte er es sich nicht leisten, die Erbin des Geestlandes unverheiratet auf eine Fahrt ins Ungewisse ziehen zu lassen – sogar, wenn Hakon aus Jaspis vertrieben worden wäre. In diesen unruhigen Zeiten, so hatte Orlyg ihm in Ribehof erklärt, musste der Than einen starken Nachfolger vorweisen, um seine Macht und den Frieden im Geestland zu sichern.

Arild versuchte sich vorzustellen, wie Lärka auf diese Wendung reagieren würde, dachte an ihren Abschied auf dem Steinwall und spürte, wie sich alles in seinem Inneren zusammenzog. Aufgewühlt stand er auf und lief aus dem Kreis der Gräber heraus bis zur Brüstung am Rand der Terrasse. Es gab noch Fregar und seinen ältesten Sohn Valthjof, die in Frage kamen, wenn Lärka unverheiratet blieb. Doch auch wenn sich die Erbfolge dergestalt klären ließ: Es würde schmerzvoll für ihn und für Lärka, bei dem gemeinsamen Unterfangen so nah beieinander zu sein und den anderen doch in unerreichbarer Ferne zu wissen. Arild würde vor Lärkas Augen eine Feodrinerin zum Weib nehmen müssen, denn so schrieb es die Tradition vor, während sie vielleicht gar vorzog, ehelos zu bleiben, um sich die Unabhängigkeit zu wahren. Nichts hätte er lieber getan, als selbst um ihre Hand anzuhalten. Aber sogar dann, wenn die Tradition es ihm gestattete: Würde sie mit ihm die viel zu kurze Zeit des Glücks teilen, obwohl er sie alsbald verlassen und gen Norden ziehen musste?

Arild sah, wie die Wolkendecke im Süden für einen kurzen Moment aufriss und ein dünner Sonnenstrahl hindurchfiel. Sein eigenes Glück schien ihm genauso weit entfernt und flüchtig wie dieses Fleckchen blauen Himmels. Wie er es auch drehte und wendete – eine schwere Zeit stand ihnen bevor, in der die Umstände es ihnen wohl noch nicht einmal gestatten würden, sich aneinander aufzurichten und gegenseitig Trost und Kraft zu schenken. Seine Hände umklammerten die Brüstung, als ob diese ihm den Halt geben könnte, den er für seinen weiteren Weg bisher vergeblich suchte.

»Du denkst an Lärka, nicht wahr?«, hörte er die Ahnin neben sich sagen. Hilflos schwieg er, unfähig, seine Gedanken in Worte zu fassen.

»Es liegt nicht daran, ob sie deinem Ruf folgen würde«, sagte Althea, »denn das würde sie. Es liegt daran, ob du sie berufen und ihr all das abverlangen willst, was diese Aufgabe bedeutet.«

»Eure Weisheit schaut tief in die Herzen der Menschen«, erwiderte Arild. »Ihr wisst selbst das, was ich nicht auszusprechen vermag.«

»Unsere Weisheit gründet nicht im Wissen um Dinge, sondern darin, dass wir die Menschen kennen und lieben, und uns nichts an ihnen fremd oder abstoßend ist«, antwortete Althea voller Wärme. »Wir sind sicher, Lärka wird sich in den Dienst deiner Sache stellen, auch wenn es für sie ein großes Opfer bedeutet.«

Arild warf der Ahnin einen nachdenklichen Blick zu. Sie hatte in sein Innerstes gesehen, und es war ihm, als würde sie alles liebevoll annehmen, was sie dort fand. So wagte er es, die Sprache auf das zu bringen, was ihn am meisten betrübte.

»Ihr habt Eure Verlobung gelöst, um für Eure Berufung frei zu sein. Ich muss eine Gemahlin aus meinem Volk nehmen, wie es die Linie der Steinkönige erfordert, um meiner Berufung gerecht zu werden«, sagte er.

»Dein Herz hat bereits eine Braut erkoren«, erwiderte Althea.

»Die falsche«, murmelte Arild. »Meine königlichen Ahnen würden mich verdammen, wenn ich die heilige Blutlinie unterbreche und eine Frau zum Weibe nehme, die nicht aus meinem Volk ist. Sie kann den Feodrinern keinen neuen Steinkönig mit der Macht über die Felsen schenken. Wer soll nach mir das Land führen und den Kampf wieder aufnehmen, wenn ich scheitere?«

»Mögen die Wächter der Tradition auch die Frau deiner Wahl zurückweisen«, erwiderte Althea, »wir sind gewiss, dass sie irren.«

»Aber … wie …«, stammelte Arild. »Ich dachte, gerade Ihr gehört zu den Bewahrern und Fürsprechern unserer Tradition, mit der das Geschlecht der Steinkönige Jaduin die ewige Blüte und Freiheit schenken kann.«

»Ewige Blüte und Freiheit wünschen wir deinem Volk«, antwortete Althea, »aber meine Weisheit soll das Leben und nicht Macht bewahren. Die Tradition hat ihr Ziel erreicht, indem sie dich hervorbrachte. Was die Unaussprechlichen dir gesagt haben, ist allein *deine* Aufgabe. Kein Nachkomme wird sie dir abnehmen können. Die Unaussprechlichen haben das Erwachen des Berges verkündet, Menschen sind versteinert, und eine Seherin ist erschienen. *Jetzt* ist die Zeit gekommen, und Grimhorn hat in dir einen mächtigen Gegner.«

»Ich habe seine Ewigkeit gespürt, als ich mit ihm rang«, erwiderte Arild. »Ein Menschenleben und auch das meine vergeht wie Staub im Wind, aber der Berg ist unvergänglich. Wenn ich unterliege, muss es doch auch nach mir noch ...«

»Genug«, unterbrach ihn die Ahnin mit unerwarteter Schärfe. »Wenn Grimhorn dich besiegt, sind wir alle des Todes! Hast du nicht selbst gesehen, wie er Kovanby in einem Windhauch nahm?« Ihre Stimme wurde milder, als sie fortfuhr: »Die Zeichen sprechen eine klare Sprache, und du weißt, dass wir Recht haben. Höre auf, dich um das Morgen zu sorgen, das es nicht geben wird, wenn du nicht mit ganzem Herzen, ohne Zögern und ohne Zweifel gegen Grimhorn angehst! Triff keine Vorkehrungen für den Fall, dass du scheiterst! Denke nicht daran, was sein könnte, wenn du nicht zurückkehrst! Denke daran, dass du zurückkehren willst!«

Eindringlich sah sie ihn an. Und Arild begann zu verstehen, worauf sie hinauswollte. Der Schleier, der über allem gelegen hatte, lichtete sich, und auf einmal kam das, was er wollte, in Einklang mit dem, was er tun musste.

»Versammle die Menschen um dich, die dir Kraft geben, dein Herz stärken und mit Hingabe an deiner Seite sein werden, damit deine Aufgabe gelingt«, sagte die Ahnin beschwörend. »Alles andere wird sich finden.«

Eine Weile standen sie schweigend nebeneinander und sahen zu, wie die Wolken über die Ebene zogen, sich lichteten und schließlich goldene Sonnenfäden hindurchließen, die den Garten der Ahnin mit ihrem Glanz verzauberten. Altheas Worte hatten Arild die Klarheit gebracht, nach der er so lange gesucht hatte. Nicht so sehr darüber, mit welchen Mitteln der Berg zu besiegen war, sondern darüber, was vor ihm lag. Er würde nach Jaspis gehen und nach den Hinweisen suchen, die Feodras hinterlassen hatte. Und er würde nicht alleine gehen. Alles andere würde sich finden. Arild warf Althea einen langen Blick zu und nickte langsam. Jetzt, endlich, fand er zur Ruhe und spürte, wie ihn die Gewissheit seines Weges stark machte. Was er tun musste, war unsagbar schwer, aber er wollte es wagen.

»Danke«, sagte er. »Ohne Euch wäre ich in die Irre gegangen und gescheitert, bevor der Kampf überhaupt begonnen hat.« Er neigte den Kopf, verabschiedete sich und wandte sich zum Gehen.

»König Ethandras«, rief Althea ihm nach. Er wandte sich um und sah Audhilds Antlitz.

»Sie liebt Lupinen«, sagte Audhild und lächelte.

Ganz Osgund war in Aufruhr. Männer und Frauen liefen mit Fackeln in der Hand durch die Siedlung. Die Wächter glaubten, einen Raben getroffen zu haben, und alle suchten die Stelle, wo er niedergegangen war. Bangen Herzens machte sich Lärka ebenfalls auf und lief ziellos hierhin und dorthin. Als sie am Steinwall entlanglief, sah sie auch Reidar, der mit verschränkten Armen im Kreise einiger Männer auf dem Wall stand und das Treiben teilnahmslos beobachtete. Als sein Blick sie traf, verzog sich sein Gesicht zu einem hämischen Grinsen. Er zeigte auf sie und sagte etwas zu dem Mann neben ihm. Dachte er etwa, sie würde hinter all dem stecken? Sie war sicher, dass er nicht zögern würde und sie – wenn er auch noch von dem lauten Streit zwischen ihr und Orlyg erfuhr – wieder vor das Thing brächte.

Angstvoll malte Lärka sich aus, was geschehen mochte, wenn sowohl ihr Vater als auch Grenjad sterben würden. Reidar würde sie erneut der Hexerei bezichtigen, und diesmal hatte sie weder den Dorfthan als Fürsprecher noch ihres Vaters Macht im Rücken. Sie konnte sich angesichts dieser Bedrohung nur mit Rutlindis und deren Kindern unter den Schutz der Ribehofer Speerträger stellen und so schnell wie möglich nach Hause zurückkehren. Und dann? Bliebe ihr lediglich, nach Frenemund zu pilgern und Fregar als ihren nächsten männlichen Verwandten zu bitten, für sie die Ehe mit Barung zu arrangieren? Nur dann hätte Orlyg einen Nachfolger, mit dem sie zumindest versuchen konnte, das Küstenland im Sinne ihres Vaters zusammenzuhalten.

Völlig verwirrt und ohne etwas entdeckt zu haben, fand Lärka sich nach einiger Zeit im Thanhof ein, wo Fridmund mitten im Hof stand und Befehle brüllte. Rutlindis fand ihre Nichte dort, schloss sie in die Arme und versuchte, sie trotz ihres eigenen Kummers zu trösten.

Da kam eine Gruppe von Männern zurück zum Thanhaus, und einer der Männer aus Orlygs Gefolge blieb vor Fridmund stehen. Lärka eilte hinzu und sah im Schein der Fackeln, wie der Mann einen toten Raben in die Höhe hob, aus dessen Brust ein Pfeil ragte. Ob das der Rabe war, der eine der Seelen getragen hatte? Als Fridmund sie erblickte, sagte er: »Orlygs Befehl lautete: Schießt die Raben ab, und zeigt sie ihr.«

Lärka nahm den toten Vogel in die Hände. Ihre Finger suchten nach einem Stein, doch zu ihrer Enttäuschung fand sie nichts. Das Licht! War es verloren gegangen oder mit dem bloßen Auge nicht zu sehen? Oder hielt sie gar den falschen Vogel in den Händen?

»Wo hat man ihn gefunden?«, fragte sie die Männer.

»Dahinten, auf dem Steinwall, in der Nähe des Thanhauses!«, war die Antwort.

Lärka sank das Herz. War es der richtige Vogel? Im Gewirr des Gerölls den Stein zu finden würde unmöglich sein. Er konnte nicht sehr groß sein, wenn er von einem Vogel getragen worden war. Wenn er dazu so schwarz war wie der Stein in ihrem Triskel, würde ihn niemand mit bloßem Auge entdecken können, selbst im Licht des Tages nicht.

»War da noch ein zweiter Vogel?«, wollte sie wissen.

»Ja, aber wir haben nicht gesehen, ob wir ihn getroffen haben.«

Lärkas Herz hämmerte. Zwei Vögel: einer für ihren Vater, einer für Grenjad. Für einen von beiden Männern gab es eine schwache Hoffnung.

Fridmund hieß die Krieger weiterzusuchen und befahl den Rabenjägern, wieder auf ihre Posten zu gehen. Lärka aber ließ nach Melva schicken und bat sie, ihr einen Schlaftrunk zu brauen. Aufgewühlt, wie sie war, würde es ihr unmöglich sein, alleine in den Schlaf zu finden, aber sie musste in die Traumwelt gelangen, um nach dem Stein suchen zu können. Während Melva tat, wie ihr geheißen, holte Lärka die silberne Kette hervor und legte sie um. Als sie den Trunk aus Melvas Händen nahm, beschwor sie die Freundin: »Wache über meinen Schlaf, und verhindere mit allen Mitteln, dass jemand mich stört. Versprichst du mir das?«

Melva nickte ehrerbietig, griff nach einem Schürhaken und setzte sich mit grimmiger Miene an den Eingang.

Bald spürte Lärka die Wirkung des Trankes und fiel in einen traumlosen Schlaf. Erst nach einiger Zeit tauchte sie in die Welt des Wahrtraumes ein. Mühsam bekämpfte sie ihre Aufregung und richtete all ihre Sinne auf ihren Vater. Da wurde sie hinfortgetragen und fand sich in der Nähe des Steinwalls wieder. Erwartungsvoll schaute Lärka sich um und bemerkte ein helles Leuchten, das die blauen Lichter der suchend umherlaufenden Menschen überstrahlte. Sogleich wusste sie, dass es von derselben Art war wie dasjenige, welches Koris Seele davongetragen hatte. Als sie sah, dass das Leuchten nicht auf dem Steinwall lag, sondern in einem Baum festhing, jubelte sie innerlich. Dort musste es auch mit bloßem Auge einfach zu entdecken sein!

Lärka näherte sich dem Leuchten, und zu ihrer Freude sah sie den vertrauten Schemen eines Kranichs schwach im Licht des Himmelssteins erscheinen. Orlygs Seele! Ihre Erleichterung darüber, ihn gefunden zu haben, war unbeschreiblich. Da geschah etwas Seltsames: Der Kranich schien sie zu bemerken. Er wandte sich ihr zu, und sie konnte seine Gedanken verstehen.

»O Geliebte! Jetzt sind wir endlich wieder vereint«, wehte es zu ihr. »Nun kann ich dich um Vergebung bitten und mit dir Frieden schließen.«

Überrascht hielt Lärka inne. Sprach Orlyg zu ihr? Hielt er sie gar für Audhild, die gekommen war, um ihn zu den Ahnen zu führen? Sie sah, wie der Kranich vergeblich versuchte, aus dem Bann des Himmelssteins herauszukommen, um zu ihr zu gelangen.

»Ich bin hier, um dich zurückzuschicken. Deine Zeit ist noch nicht gekommen«, antwortete sie. Ihr Vater sollte leben!

»Nicht, bevor du mir nicht vergibst!«, entgegnete er. »Ich hätte damals nicht zulassen dürfen, dass du die Hoffnung so schnell aufgibst! Oh, warum habe ich dir nicht den Mut machen können, der dich gerettet hätte? Es war alles falsch! Ich hätte dir deinen grausamen Wunsch nicht erfüllen dürfen! Kannst du mir verzeihen?«

Lärka spürte die tiefe Verzweiflung hinter seinen Worten und schauderte. Ihr Vater trug schwer am Tod ihrer Mutter. Irgendetwas musste damals geschehen sein, das sie nicht wusste und das Orlyg verzweifeln und nach außen hin verbittern ließ. Audhild hätte das nie gewollt. Lärka rief sich den Brief in Erinnerung und überlegte, was ihre Mutter wohl gesagt hätte.

»Gegen das Fieber kam jede Hilfe zu spät«, hielt sie dem Kranich entgegen. »Es gab kein Falsch und kein Richtig, sondern nur die Wahl zwischen zwei richtigen Wegen. Und du hast mir das größte Geschenk gemacht, als du mich gehen ließest.«

»Wie kannst du so etwas sagen!«, empörte sich Orlyg. »Für mich stand seit jenem Tag die Welt still, mein Herz ist für immer gebrochen. Die Jahre ohne dich waren so schwer für mich – und für deine Tochter. Mehr als einmal habe ich mich der Gefahr in die Arme geworfen und nichts mehr gewünscht, als im Reich der Ahnen wieder mit dir vereint zu sein. Nur die Pflicht gegenüber meinem Volk hielt mich zurück. Warum? Warum musste ich dich gehen lassen?«, fragte der Kranichschemen und machte einen weiteren, müden Versuch, näher zu ihr zu gelangen.

Lärka war betroffen. Nie hatte sie bei Orlyg Gefühle von solcher Tiefe vermutet. Und seine Treue zu den Menschen des Geestlandes, von denen die Hälfte undankbar war und einige gar Umsturzpläne hegten, beeindruckte und rührte sie. Sie begann zu ahnen, dass dies etwas war, was ihre Eltern verbunden hatte.

»Waren wir nicht dadurch vereint, dass uns das Wohl der Gemeinschaft mehr als alles am Herzen liegt?«, versuchte sie, die Entscheidung ihrer Mutter vor Orlyg zu erklären, und wunderte sich über sich selbst. Sie dachte an ihre Gespräche mit Arild im Blutwald, wo sie das genaue Gegenteil gesagt und empfunden hatte. »An der Schwelle des Todes hatte ich die wichtigste Entscheidung meines Lebens zu treffen«, fuhr sie fort. »Nämlich den aussichtslosen Kampf für meine Heilung aufzunehmen um euretwillen, oder in eine Gemeinschaft einzugehen, wo ich Unvorstellbares wirken kann. Wenn ich am Fieber gestorben wäre, wäre mir dieser Weg für immer verschlossen geblieben.«

»War es das wert, dass du mir und Lärka so viele dunkle Jahre beschert hast?«, fragte der Schemen des Kranichs.

»Deine Tochter ist stark«, antwortete Lärka. »Sie wird es eines Tages verstehen und es nicht verdammen, wenn sie erfährt, wie es sich zugetragen hat.«

»Wirklich?«, fragte Orlyg ungläubig. »Das kann ich kaum glauben. Sie wird sich endgültig von mir abwenden und mich hassen, so wie ich mich dafür hasse, dass ich dich in den Tod gehen ließ.« Bei diesen Worten entströmte eine Verzweiflung seiner Seele, die Lärka nicht zu deuten wusste.

»Ich bitte dich um Milde für unsere Tochter«, fuhr Lärka fort und hoffte, Orlyg würde den Streit zwischen ihnen vergessen können. »Sie liebt dich. Und ich wünsche nur, dass sie ihre Gaben weise einsetzt und den Menschen damit hilft.«

»Nach deinem Tod wollte ich nicht, dass sie so wird wie du. Ich hätte es nicht ertragen, mit anzusehen, wie sich das Schicksal wiederholt. Darum war ich streng zu ihr und habe sie von der Kräuterlehre ferngehalten. Als Kori starb, dachte ich zunächst gar, es sei Lärka, die den Fluch der Seelenlosen über das Küstenland gebracht hat, weil sie das nicht meistern kann, was sie von dir lernte. Jetzt tut es mir leid, denn damit habe ich dein großartiges Erbe verraten.«

Hatte Orlyg wirklich einen derartigen Verdacht? Lärka war betroffen. Aber sie wollte auf keinen Fall, dass ihr Vater einen Zusammenhang zwischen Audhilds Stein und den Raben entdeckte, denn ihre Mutter hatte ja bestimmt, dass sogar vor Orlyg alles geheim bleiben sollte.

»Die Seelenlosen sind das Werk eines anderen, der verfluchte Raben herumschickt«, beeilte sie sich deshalb zu erklären. »Ich glaube, Lärka ist auf der richtigen Spur. Kehre zurück, und sorge dafür, dass das Treiben ein Ende hat!«

Der Kranich verharrte unschlüssig auf der Stelle.

»Hast du gefunden, was du dir erhofft hast?«, fragte er schließlich.

Lärka hielt verlegen inne. Sie wusste nicht, wo ihre Mutter war. Aber sie erinnerte sich an ihr Traumbild von einer weisen, würdevollen Frau in Gesellschaft vieler freundlicher Menschen. Wenn Audhild durch den Tod einen Weg in diese Gemeinschaft gefunden hatte, dann war sie am Ziel ihrer Wünsche.

»Ich bin glücklich dort, wo ich bin. Ich habe dir nichts zu vergeben. Vielmehr habe ich dir zu danken für die Liebe und die Kraft, die du aufbringen musstest, damit mein letzter Wunsch erfüllt wurde«, schloss sie und spürte Beklommenheit in sich aufsteigen. Sie hatte die Worte ihrer Mutter aus dem Brief gebraucht und war sich sicher, Audhilds Andenken nicht verraten zu haben. Aber jetzt würde sie nicht einen Satz mehr sagen können, ohne dem Geist ihrer Mutter untreu zu werden. Doch das brauchte sie nicht, denn sie spürte, wie alle Anspannung von Orlyg abfiel. Der Kranich erstarkte und hob sein Haupt.

»Ich danke dir, Geliebte. Du hast mich von einer großen Last befreit. Jetzt will ich zurückkehren und für mein Volk sorgen, bis mich die Götter eines Tages endgültig rufen und wir im Ahnenreich für immer zusammen sein werden.«

»Lebe wohl«, verabschiedete sich Lärka, erfüllt von dem Gefühl, ihrem Vater tief ins Herz hineingeschaut zu haben. Sie sammelte sich und richtete ihre Gedanken nun auf Grenjad. Doch nichts geschah. Hatte der Rabe Grenjads Seele vielleicht schon in unerreichbare Ferne weggetragen? Betrübt begab sie sich in Gedanken auf ihr Lager zurück.

Eine Weile noch rang Lärka mit der Wirkung des Schlaftrunks, aber bald schlug sie die Augen auf. Melva starrte sie ehrfürchtig an.

»Vater! Ich habe meinen Vater gefunden«, rief Lärka und war schon auf den Beinen. Im frühen Licht des Tages rannte sie so schnell, dass Melva ihr kaum folgen konnte, und war im Nu bei jenem Baum, den sie im Wahrtraum vor Augen gehabt hatte. Suchend spähte sie hinauf. Das Leuchten war etwa zwei Mannslängen über dem Boden gewesen. Da sah sie an einem Ast einen Lederriemen hängen, an dem etwas Dunkles befestigt war. Das musste es sein! Aufgeregt hieß sie Melva, jeden und alles von dem Baum fernzuhalten. Sie wollte nun schnellstens zum Thanhof eilen.

Auf dem Weg dorthin aber sah sie Jörn, wie er mit anderen Männern dabei war, den Steinwall abzusuchen. Sie rief ihn aufgeregt herbei und packte ihn am Ärmel.

Nachdem sie sich versichert hatte, dass sie weit genug weg von den anderen standen und keiner ihre Worte hören konnte, redete sie aufgeregt auf ihn ein. »Ich habe es gefunden!«, sagte sie. »Das, was der Vogel um den Hals trug! Ich glaube, ich kann Vater retten!«

Lärka zerrte den überraschten Jörn zu dem Baum. Dort ließ sie sich flugs von ihrem Vetter und Melva hochheben, bis sie einen starken Ast zu fassen bekam. Daran zog sie sich empor und fand alsbald die Stelle, wo das Amulett in den Zweigen hin.

»Ich brauche einen langen Stock«, rief sie nach unten, und Jörn eilte davon, um das Gewünschte zu besorgen. Er kehrte binnen kurzem mit einem Speerschaft zurück und reichte ihn zu ihr hoch. Hastig fischte sie damit nach dem Lederriemen und streifte ihn vom Zweig ab. Jörn fing Stein und Riemen mit einer geschickten Bewegung auf.

»Vorsichtig!«, rief Lärka und kletterte flink wieder vom Baum herunter.

»Das soll das mächtige Amulett sein?«, fragte Jörn und begutachtete es misstrauisch von allen Seiten. »Sieht nicht besonders zauberkräftig aus.«

»Gib her«, fauchte Lärka ihren Vetter gereizt an und entriss ihm den kostbaren Fund. Ehrfurchtsvoll hielt sie ein kleines Ledergeschirr in den Händen, an dem ein durchbohrter Stein angeknotet war. Jetzt musste sie mit diesem Stein nur noch zu ihrem Vater gehen und ... Lärka hielt inne. Wenn sie ihren Vater vor aller Augen mit dem Amulett wiedererweckte, würde sie das Geheimnis des Steines verraten!

»Jörn, wo ist der tote Rabe?«, fragte sie schließlich.

»Im Thanhof. Ich glaube, Bolverk bewacht ihn«, antwortete ihr Vetter mürrisch. Lärka bat ihn, einige Federn von dem toten Tier zu holen, und staunte nicht schlecht, als Jörn fast den ganzen Flügel mitbrachte. Sie befestigte das Gefieder an dem Lederriemen, sodass der Stein davon vollkommen verdeckt war. Mit Melva und Jörn im Gefolge begab sie sich schließlich zum Krankenlager ihres Vaters. Orlyg hielt den Blick unverändert mit schwarzen toten Augen starr an die Decke gerichtet. Lärka sandte ein Stoßgebet zu den Ahnen, dass ihr Plan gelingen möge. Lege den Stein nie auf Stirn oder Lippen eines Schlafenden oder Sterbenden, hatte ihre Mutter ihr mitgegeben. Ihr Vater lag im Sterben, aber Audhild hatte sicherlich Menschen gemeint, die noch nicht von ihrer Seele verlassen worden waren. Wenn die Seelen dorthinaus gehen, so dachte Lärka bei sich, dann müssen sie auch auf diesem Weg wieder hineinfinden. Bei Ulfgar war es schließlich geglückt! Lärka wagte kaum zu atmen, als sie den von den Federn bedeckten Stein auf das Haupt ihres Vaters herabsenkte, bis er den Mund berührte. Nichts geschah.

»Vater!«, rief Lärka verzagt und berührte mit der Hand sachte seine Schulter.

Jäh schlossen sich Orlygs Augen, und Lärka zuckte erschrocken zurück. Kurze Zeit später begann er sich zu regen. Bald darauf schlug er die Augen auf und schaute sich verstört um. Als er seine Tochter und die anderen mit besorgter Miene dreinschauenden Menschen um sich versammelt sah, schien er zu verstehen, wo er sich befand.

»Was ist geschehen? Mir war, als hätte ich meine Reise in das Ahnenreich schon angetreten«, murmelte er heiser. Fridmund trat herzu und berichtete, was sich zugetragen hatte. Als Orlyg erfuhr, dass Grenjad ebenfalls daniederlag, verfinsterte sich sein Gesicht. Aber als Fridmund schilderte, wie Lärka den Geist ihres Vaters mit dem Flügel des Raben beschworen und ihn gerettet hatte, wurden Orlygs Züge milder. Er griff nach der Hand seiner Tochter und sagte: »Ich danke dir von ganzem Herzen. Deine Mutter wäre sehr stolz auf dich.«

»O Vater«, flüsterte Lärka, überwältigt von Freude und Erleichterung über die geglückte Rettung. Orlyg wies Fridmund an, die Wache, die den Raben erlegt hatte, reichlich zu entlohnen und mit der Suche nach dem zweiten Vogel fortzufahren. Außerdem solle verkündet werden, dass der Than wieder genesen sei, damit die Ruhe in Osgund gewahrt bliebe. Zuletzt schickte Orlyg alle hinaus und bat nur seine Tochter zu bleiben.

»Wie sehr haben dich die Tage verändert, seit du aus Ribehof aufgebrochen bist«, sagte er. »Du bist eine andere geworden. Ich kann es noch nicht beschreiben, aber ...«, er stockte und schloss kurz die Augen. »Doch, ich weiß es: Du bist deiner Mutter sehr ähnlich geworden.«

Lärka lächelte scheu. Die Art, wie er es sagte, hatte etwas Liebevolles.

»Ich gebe zu, dass ich genau davor Angst hatte«, fuhr er fort. »Sie war so stark, und trotzdem habe ich sie verloren.«

»Es war *ihre* Gabe, dass ich dich retten konnte«, sagte Lärka vieldeutig.

»Und es war dein umsichtiges Handeln!«, erwiderte Orlyg. »Grenjad hat so viel Großes über dich erzählt«, fuhr er mit Stolz in der Stimme fort und ergriff ihre Hände. »Du hast Rutlindis geheilt. Du bist aus dem sicheren Versteck zurückgekehrt, weil du nicht zulassen wolltest, dass Reidars Rache Grenjad und seine Familie trifft. Und wie du im Thing gesprochen hast, war einer Königin würdig. Ich bin sehr stolz auf dich, und deine Mutter wäre es genauso.«

»Ich vermisse sie«, sagte Lärka.

»Ich auch«, sagte Orlyg und seufzte. »Es fällt mir schwer, über das zu reden, was geschehen ist. Aber ich glaube, sie würde es wollen.« Er setzte sich ächzend auf, bat Lärka um einen Schluck Wasser und begann zu erzählen.

»Als ich im Bann des Amuletts war, war mir, als gehe meine Seele nun zu den Ahnen. Und in der Zwischenwelt begegnete ich Audhild.«

»Wie hast du sie erkannt?«, fragte Lärka.

»Da war nur ein blaues Licht, eines unter den vielen, die dort hin und her eilten, aber die Art, wie es leuchtete, und die Liebe, die es mir entgegenbrachte, nahmen mir jeden Zweifel.«

Lärka senkte beklommen den Kopf und hoffte, Orlyg würde nie erfahren, wem er in Wahrheit begegnet war.

»Sie kam und sprach zu mir. Ich dachte, ihr Geist würde mich verfolgen, dabei hat sie mir schon längst vergeben. Sie gab mir Trost und schickte mich zurück. Dann ging sie fort, und andere blaue Geister erschienen. Sie hoben mich auf und erweckten mich wieder zum Leben.«

»O Vater, es ist wie ein Wunder«, murmelte Lärka.

»Ja, und ich bin dankbar, dass ich jetzt einiges gutmachen kann«, entgegnete Orlyg und griff erneut nach Lärkas Händen. »Du hast mich oft nach Audhilds Tod gefragt. Als sie mir auf dem Totenbett ihre letzten Wünsche nannte, war einer davon, dass ich dir – wenn du erwachsen seiest – getreulich berichten soll, wie es sich zugetragen hat. Wenn du es hörst, wirst du wissen, warum ich so lange darüber geschwiegen habe.« Seine Hände klammerten sich so fest um die ihren, dass es fast schmerzte.

»Bei unserer Hochzeit sagte sie mir, sie habe sich nur aus Liebe zu mir dafür entschieden, die Menschen wieder zu verlassen, die sie damals vor den Räubern gerettet haben. Im Norden aber würde die Königin dieses Volkes auf sie warten, denn sie hatte versprochen, irgendwann zurückzukehren. Sie verlor kein weiteres Wort darüber, und ich ließ die Angelegenheit auf sich beruhen. Dann kam der denkwürdige Sommer vor zehn Jahren.« Orlyg seufzte und nahm einen weiteren Schluck Wasser. Für ihn waren es nur die einleitenden Worte, doch Lärka hatte mehr herausgehört, und es formte sich ein abenteuerlicher Gedanke in ihrem Inneren. Konnte es sein, dass die sagenhafte Königin des Nordens und die Ahnin, die der Brief erwähnt hatte, ein und dasselbe Wesen waren? Eine mächtige Zauberin des Guten, die Audhild in ihr Reich eingeladen hatte? Diese Idee versetzte Lärka derart in Aufregung, dass sie nur mühsam zuhören konnte, als ihr Vater weitererzählte.

»Ein Fieber hatte deine Mutter befallen, und alles ging sehr schnell. Sie spürte ihr Ende nahen und verlangte nach Pergament und Feder. Wohl um etwas aufzuschreiben, doch als ich nach einiger Zeit an ihr Lager zurückkehrte, war die Schale mit der Tinte ausgeleert, und das Pergament lag unberührt neben ihr.« Lärka sagte nichts. Sie bewunderte die Umsicht ihrer Mutter, die ihre Nachricht auf die Rückseite des Pergamentes, auf dem das Gedicht stand, geschrieben, sie im Geheimfach ihres Schmuckkästchens verborgen und Orlyg im Glauben gelassen hatte, es gäbe keine Botschaft.

»Sie selbst hatte alle Hoffnung aufgegeben, denn sie ließ es nicht zu, dass ich ihr gut zuredete«, fuhr Orlyg fort. »Vielmehr nannte sie mir ihren letzten Willen und legte mir die schwere Bürde auf, sie zu den Ahnen zu bringen. Sie nahm mir das Versprechen ab, ein Ritual durchzuführen, dessen Bedeutung ich bis heute nicht verstanden habe. Sie sagte nur, es sei der einzige Weg, zu der Königin zurückzukehren, die auf sie warte. Ich musste ihr einen Kräutertrank geben, den Jogund gebraut hatte. Sie fiel alsbald in einen tiefen Schlaf, und sie wollte, dass dies ihr letzter war. Sie hatte mir ein seltsames Amulett gegeben, einen schwarzen, rauen Stein, in Gold gefasst und an einem kurzen Lederriemen befestigt.«

Bei diesen Worten schob Lärka das Amulett des Raben tiefer in ihren Ärmel, wo sie es vor den Blicken der anderen in dem Moment verborgen hatte, als ihr Vater erwacht war.

»Als Audhild eingeschlafen war, musste ich ihr diesen Stein auf die Lippen legen. Was dann geschah, war grausig und unheimlich, und ich kann dir mein Entsetzen kaum beschreiben, als sich das Gleiche am Markttag bei Kori wiederholte: Sie öffnete ihre Augen, und sie waren geisterhaft schwarz wie die einer Dämonin.« Er fuhr sich mit der Hand über das Gesicht, als wolle er die bösen Erinnerungen abstreifen. »Als ich Audhild so sah, wollte ich vor Schreck den Stein hinwegschleudern, doch sie hatte mich heilige Eide schwören lassen, dass ich ihre Anweisungen aufs Genaueste ausführte. Du erinnerst dich vielleicht daran, dass zuzeiten ein Gerfalke im Thanhof erschien, der überaus zutraulich zu Audhild war. Diesem sollte ich das Amulett umbinden. Ich sann gerade noch darüber nach, wie ich das bewerkstelligen sollte, als ebendieser Falke im Fenster erschien und sich ohne Furcht den Lederriemen an den Fuß binden ließ. Dann flog er davon, und ich habe ihn nie mehr gesehen.«

Lärka dachte an den Gerfalken, der wenige Tage zuvor da gewesen war, und schauderte. Es konnte unmöglich derselbe sein, von dem ihr Vater erzählte, aber vielleicht hatte er ja etwas mit ihrer

Mutter zu tun. Jetzt fiel ihr auf, dass ihr Vater seine Rede unterbrochen hatte und sie nachdenklich ansah.

»Auf diese Weise ist sie also gestorben?«, fragte Lärka.

»Ich habe dir noch nicht alles erzählt«, sagte Orlyg. »Sie wollte von mir ... sie schien zu glauben, dass mit diesem Ritual die Seele nach ihrem Tod zu den weisesten der Ahnen fahren würde. Aber mir überließ sie die schwerste Aufgabe, die einem Mann je gestellt wurde: die Frau, die er liebt, zu töten.« Lärka starrte ihren Vater entsetzt an.

»Ich habe mich dafür gehasst und sehe nichts anderes in deinem Blick«, sagte Orlyg leise. »Ich habe mir jahrelang vorgeworfen, dass ich es nicht hätte tun sollen. Als der Vogel davongeflogen war, musste ich ihr einen starken Gifttrank einflößen, den sie zuvor hatte bereiten lassen. Sie schloss ihre Augen für immer und starb in meinen Armen – und es war mir, als wäre mein Herz zusammen mit ihr gestorben.«

Überwältigt von der Erinnerung schwieg Orlyg einen Moment. Dann nahm er Lärkas Hände ein weiteres Mal in die seinen und sah seine Tochter eindringlich an.

»Verstehst du es jetzt?«, fragte er. »Ich hatte große Angst, auch du würdest eines Tages ebensolche Tränke und Amulette anfertigen wie Audhild. War es da nicht verständlich, dass ich dich von den grünen Weibern fernhielt? Als Kori krank wurde, dachte ich im ersten Augenblick sogar, du hättest damit zu tun. Da kam es mir gerade recht, dass ich dich sowieso nach Osgund hatte schicken wollen. Aber dann traf Grenjads Bote in Ribehof ein und berichtete von den Seelenlosen und Reidars Vorwürfen. Ich konnte nur noch denken – du musst mir verzeihen –, du hättest dich im Geheimen an Tränken versucht, deren Wirkung du nicht vorhersehen konntest. Ich kann dich nur um Vergebung bitten, denn jetzt weiß ich – ich meine, du hast es ja erzählt –, dass es magische Raben sind, die das Unheil bringen. Wenn ich nur wüsste, wie wir sie aufhalten können.«

Orlyg setzte sich auf und bat Lärka, ihn zu stützen, damit er aufstehen konnte. Lärka reichte ihm die Linke, denn in ihrem rechten Ärmel steckte immer noch das machtvolle Amulett. Sie fragte sich, wie viele es davon wohl noch gab, und hatte mit einem Mal eine Idee.

»Ich habe dir doch von dem Mann mit den Silberschnallen erzählt. Ich bin sicher, er vermisst sein magisches Am ... – ähm – seinen magischen Raben und wird nach ihm suchen. Lass doch im Schutze der Dunkelheit den Vogelbalg an einen gut sichtbaren Platz außerhalb des Steinwalls legen, und stelle eine Wache ab, die sich dabei versteckt. Vielleicht kehrt der Besitzer des Raben zurück.«

»Dein Scharfsinn macht deiner Mutter alle Ehre«, sagte Orlyg anerkennend, rief einen seiner Männer herein und gab ihm entsprechende Befehle. Dann setzte er sich wieder auf sein Bett.

»Jetzt hast du also gehört, wie es sich zutrug vor zehn Jahren. Es kommt mir vor, als sei es erst gestern gewesen.« Orlyg schüttelte den Kopf. »Wie hätte ich daher je zulassen können, dass meine Tochter denselben Pfad einschlägt wie ihre Mutter – egal was ich Audhild versprochen hatte. Und ich hatte ihr einiges versprochen, was dich betraf. Vieles davon habe ich gehalten. Ich habe dir ihren Silberschmuck gegeben, als du siebzehn Jahre alt wurdest, und ich habe dich bis zu diesem Tag nicht verlobt.«

»Was hat sie noch gesagt?«, fragte Lärka leise.

»Sie wollte, dass ich dir viele Freiheiten ließe, dass du bei Jogund oder Maggai in die Lehre gehen solltest und dass ich dich nur mit deiner Zustimmung verheiraten dürfe.« Lärka staunte und bewunderte die Weitsicht ihrer Mutter, die scheinbar genau vorausgesehen hatte, dass ihre Tochter die Kette verwenden, dass sie Audhilds Worte verstehen und dass sie jetzt, in diesem Alter, ihren eigenen Weg erkennen würde.

»Ich hätte dir von Barung erzählen sollen«, sagte Orlyg entschuldigend. »Aber ich möchte ja nur, dass ihr euch kennen lernt. Wenn das geschehen ist, werden wir sehen, ob Barung deine Zuneigung gewinnen kann. Dann habe ich auch in dieser Hinsicht mein Versprechen gehalten.« Er schien auf eine Antwort zu warten, doch Lärka blieb stumm. »Nicht jedem ist es wie Audhild und mir vergönnt, bei der Heirat der Stimme des Herzens zu folgen. Aber vielleicht wirst du Barung angenehm finden«, fügte er versöhnlich hinzu.

»Es tut mir leid, Vater«, entgegnete Lärka. »Ob ich Barung kennen lerne oder nicht, ändert nichts. Mein Herz gehört bereits einem anderen.«

»Jetzt sage nicht, du möchtest Jörn heiraten«, begann ihr Vater in einem Anflug von Heiterkeit, »oder gar ...« Das Lächeln wich aus seinem Gesicht, und er schüttelte mit ernster Miene den Kopf. »Jetzt sage mir bitte nicht, es ist ...«

»Arild«, vollendete sie seinen Satz.

»Aber Kind!«, rief Orlyg aus und raufte sich die Haare. »Du hast ja keine Ahnung.«

»Doch, ich ahne, wer er ist«, erwiderte Lärka trotzig und erzählte von dem, was Prinz Harold über die Feodriner Adelsfamilien gesagt hatte.

»Dann weißt du, dass deine Hoffnung vergeblich ist?«

»Warum? Ich bin ebenfalls von fürstlichem Blut und weiß, dass ich ihm etwas bedeute. Mein Herz kann niemals jemand anderem gehören.«

»Jetzt, da Hakon es weiß und es sich wie ein Lauffeuer verbreitet, dass er noch am Leben ist, kannst auch du erfahren, wer Arild wirklich ist.«

Orlyg erzählte seiner Tochter, wie Hakon den Thron an sich gerissen und den wahren Erben, Prinz Ethandras, verfolgt hatte, als dieser noch zu jung war, um die Macht zu verteidigen. Als der Steinwächter auf der Flucht mit dem schwerkranken Jungen in Ribehof ankam, waren schon die Boten unterwegs gewesen, die den Tod von König Jendros Erben verkündet und Hakon als neuen König ausgerufen hatten. Also vermutete niemand, dass es sich bei Arild um jenen rechtmäßigen Thronfolger handeln könnte. Seither hatten die Feodriner und ihre Getreuen, darunter auch Bolverk, einst königlicher Baumeister mit Namen Doberan, in wechselnden Verstecken gelebt und immer wieder Schutz und Hilfe bei ihren engsten Verbündeten und im Küstenland gefunden.

Während ihr Vater über Arild sprach, kamen Lärka alle Worte in den Sinn, die sie mit ihm gewechselt hatte. Sie war zutiefst berührt von seiner Demut und edlen Gesinnung, hatte er sie doch nicht einmal spüren lassen, wie tief sie unter ihm stand. Er war nie hochfahrend, ich dafür umso mehr, dachte Lärka und schämte sich einmal mehr für jede ihrer Unverschämtheiten gegen den verborgenen König.

»Seit Wygards Bote davon sprach, dass Trond König Hakons Häscher auf ihn gehetzt hat, ahnte ich, dass uns stürmische Zeiten bevorstehen. Wenn ich früher gewusst hätte, dass die Entscheidung so nahe ist, hätte ich dich nie mit Arild auf den Weg geschickt. Ich wusste nur, dass du bei ihm und Valgrim in sicherem Geleit wärst, denn sie sind umsichtige Männer und überragende Kämpfer. Sobald Arild, ich meine, König Ethandras, als rechtmäßiger Erbe Anspruch auf den Thron erhebt, wird es Krieg geben. Doch schon jetzt sind wir in Gefahr, wenn ich nicht Hakons Verdacht zerstreuen kann, dass ich die Feodriner jahrelang heimlich unterstützt habe.«

»Ethandras«, murmelte Lärka – sie mochte den Klang dieses Namens. Für seine Bestimmung, deren Ausmaß sie erst jetzt zu begreifen begann, würde er große Opfer bringen müssen. Wie hatte sie zu ihm nur so verbittert über diejenigen sprechen können, die ihrer Berufung furchtlos folgten? Sie wusste jetzt alles über den Weg ihrer Mutter, und ihr Urteil darüber hatte sich geändert. Würde sie dann, wenn Arild seine Bestimmung erfüllen wollte, aufhören, ihn zu lieben? Nein, im Gegenteil! Ihre Liebe würde ihm gehören, was immer er unternahm. Und wenn er es wünschte, würde sie an seiner Seite sein und all ihre Gaben einsetzen, damit er sein Ziel erreichte. War das nicht das höchste Glück – mit vereinten Herzen für ein und dasselbe zu kämpfen?

Lärka seufzte. Sie bedauerte, dass es viel zu lange dauern würde, bis sie ihm das selbst sagen konnte.

»König Ethandras kann bei dem, was ihm bevorsteht, nicht an Heirat denken«, sagte jetzt Orlyg, dem der schwärmerische Glanz in den Augen seiner Tochter nicht entgangen sein konnte. »Außerdem verbietet die Tradition der Steinkönige, dass er eine Frau von außerhalb der Sippe zur Braut nimmt. Nur so kann ihre besondere Macht über die Steine bewahrt werden.«

Die Worte ihres Vaters trafen Lärka wie ein Schlag. Sie hatte eine Probe Arilds beeindruckender Macht gesehen und war sicher gewesen, dass dieser Kraft kein menschliches Wesen etwas entgegenzusetzen hatte. Konnte diese Gabe nur durch eine Frau seines Volkes an die Nachkommen weitergegeben werden? Lärka sank das Herz, als sie verstand, dass sie aus diesem Grund wohl niemals auf eine Zukunft mit Arild hoffen durfte. Er musste sich dessen doch bewusst gewesen sein. Hatte er sie getäuscht? War sein Mondstein doch nur ein Abschiedsgeschenk und kein Versprechen? Nein, sagte sie sich, seine Gefühle waren echt gewesen, und sie verstand nun, warum er so zerrissen war, bevor er Osgund verlassen hatte.

»Du siehst also, dass es das Beste ist, du kommst mit mir nach Ribehof zurück«, sagte Orlyg eindringlich. »Du wirst hoffentlich verstehen, dass ich dich unter diesen Umständen nicht nach Jaspis mitnehmen kann, wie ich es dir versprochen hatte.« Lärka nickte geistesabwesend. Dann rief sie sich in Erinnerung, was sie sich nach dem Abschied von Arild vorgenommen hatte.

»Kann ich nicht hier bei Grenjads Familie und bei Melva bleiben, die mich in der grünen Kunst unterweisen kann? Grenjad scheint dem Tode geweiht, und ich könnte für meine Tante eine Hilfe in dieser schweren Zeit sein.«

»Nein. Du weißt, du wärst hier nicht sicher. Wenn Grenjad stirbt, wird ein neuer Dorfthan gewählt, aber es ist fraglich, ob du auch unter seinem Schutz stehen würdest.« Lärka nickte seufzend.

»Würdest du mich bei Vigdis in Ribehof lernen lassen?«, fragte sie, denn das war der einzige Traum, der ihr noch blieb.

»Vielleicht, doch solltest du deine Künste nie an Todgeweihten versuchen, und du musst immer mit äußerster Vorsicht zu Werke gehen«, sagte er. »Wenn jemand unter deinen Händen stirbt und du vorher keine Friedenszusage hast, könnten die Angehörigen die Blutrache fordern. Schon einige Unvorsichtige unter den grünen Weibern sind während meiner Amtszeit aus Rache erschlagen worden – und das obwohl mein Gesetz ...«

Orlyg unterbrach seine Rede, als eine Wache eintrat und aufgeregt meldete, fremde Krieger seien vor den Toren Osgunds erschienen. Er ließ sich von seiner beunruhigten Tochter aufhelfen und trat vor das Haus.

Draußen kamen die Menschen zusammen, um zu sehen, was am Osttor vorging. Orlyg befahl Lärka, sich im Haus in Sicherheit zu bringen, aber sie beharrte darauf, mit eigenen Augen zu sehen, wer die Männer wären. Sie gelangten an das Tor und fanden es weit offen. Nichts ließ erkennen, dass hier ein Kampf bevorstand. Im Gegenteil: Viele Menschen waren dorthin gelaufen und begrüßten die Ankömmlinge jubelnd. Als die Leute den Than mit seiner Tochter und den Speerträgern bemerkten, teilte sich die Menge und gab den Blick frei auf eine Gruppe von zehn grimmig wirkenden Männern. Sie trugen Gewänder aus kräftig buntem Stoff nach Art der Gorunnen und um den Hals, an Armen und Händen auffälligen Goldschmuck. Ihr Anführer war ein hagerer Mann mit grüner Hose, rostrotem Hemd und rot-grün kariertem Umhang. Seine Haare waren dunkelblond, und trotz seines großen Schnurrbartes kamen Lärka seine Züge vertraut vor. Der Anführer schien Orlyg und sein Gefolge bemerkt zu haben, denn er kam zielstrebig auf sie zu und blieb vor ihnen stehen. Noch bevor er ein Wort gesprochen hatte, fiel sein Blick auf Lärka. Für einen kurzen Moment huschte eine merkwürdige Mischung aus Anerkennung und Stolz über das Antlitz des Mannes, bevor er sich mit ruhiger Stimme an Orlyg wandte.

»Ihr seid Than Orlyg, nehme ich an?«, fragte er.
»Der bin ich.«
»Wir kommen in Frieden. Ich bin Than ...«
»Tiernan!«, erscholl es hinter ihnen. »Bei den Göttern, bist du es wirklich? Tiernan!« Rutlindis drängte sich zwischen den Menschen hindurch, eilte zu ihnen und blieb vor dem Anführer stehen. Ihre rot geweinten Augen leuchteten voller Freude, und als auch der Angerufene seine Schwester wiedererkannte, schritt er sogleich auf sie zu und umarmte sie innig. Lärka schlug das Herz bis zum Halse. Wenn das mein verschollener Oheim ist, so muss Arild ihn gefunden haben!, dachte sie erfreut. Das bedeutete, dass dieser Mann etwas über Arild wusste!
Tiernan trat wieder vor Orlyg.
»Ich bin Than Tiernan von Kovanby«, hub er erneut an. »Unsere Stadt wurde von einem gewaltigen Dämon verwüstet, und wir können sie nicht wieder aufbauen. Mein Volk sucht eine neue Heimat, und ich hoffe, das Küstenland wird sie uns gewähren.« Er neigte den Kopf, um Orlyg die Ehre zu erweisen.
»Willkommen in Osgund. Seid unsere Gäste in Frieden«, sagte Orlyg und lud die Männer mit einer Handbewegung ein, ihm zu folgen. Sie gingen zum Thanhof, begleitet von einer schnell wachsenden Menschenmenge, die die goldgeschmückten Ankömmlinge neugierig bestaunte. Rutlindis wich nicht von Tiernans Seite, sie redete ununterbrochen auf ihn ein. Ihr Bruder hörte geduldig zu, brummte die eine oder andere Frage, schien aber ansonsten ungewöhnlich gut über Osgund unterrichtet zu sein. Im Thanhof angekommen, bat Rutlindis ihre Nichte, bei der Essenszubereitung für die Männer zu helfen, während Orlyg, Tiernan und der herbeigerufene Fridmund an dem großen Tisch im Thanhaus Platz nahmen. Die Männer begannen ein Gespräch, in dessen Verlauf Tiernan kundtat, dass ihm etwa hundert Familien nachfolgen und eine neue Heimat suchen würden. Er erwähnte auch, dass er die vielen leeren Häuser in Osgund bemerkt habe. Von Arild fiel zu Lärkas Enttäuschung kein Wort, und sie wagte nicht, nach ihm zu fragen.

Als die Männer versorgt waren, wandte sich Rutlindis an ihre Nichte.

»Welch ein Wunder, dass Orlyg gerettet wurde, und welcher Trost, dass Tiernan auf wundersame Weise zurückgekehrt ist«, begann die Tante, doch ihre blasse, verhärmte Miene widersprach ihren Worten. »Aber was wird nun mit Grenjad geschehen? Gibt es denn gar keine Hoffnung?«, fragte sie verzweifelt.

»Wenn der Rabe nicht gefunden wird, der seine Seele entführt hat, dann …«, Lärka wagte nicht, den Satz zu vollenden, sondern schüttelte nur den Kopf. »Ich werde die Wachen fragen, ob sie nicht doch etwas gefunden haben«, sprach sie, eilte davon und suchte Melva auf.

»Ich will noch einmal nach Grenjad suchen«, sagte Lärka der Freundin. »Vielleicht ist er ja nicht in der Nähe des Thanhauses, sondern in einem anderen Teil Osgunds.«

Sie gingen in ein leerstehendes Haus, wo Lärka sich auf einer Decke auf den Boden legte und Melva wiederum bat, Wache zu halten, während sie einen letzten Rest des Schlaftrunkes zu sich nahm.

Als der Wahrtraum heraufzog, versuchte Lärka wieder, sich zu Grenjad zu denken. Doch wie sie sich auch mühte, es gab keine Spur seiner Seele. Ziellos ließ sie sich hierhin und dorthin treiben, in der Hoffnung, das zweite Leuchten in der Ferne zu erspähen. Doch vergebens. Sie war verzweifelt. Hieß das, dass Grenjad für immer an einem unbekannten Ort gefangen sein würde?

Beiläufig gewahrte sie bei einem Haus in der Nähe den Schemen eines Haselhuhns. Sie erinnerte sich daran, dass er der Frau des getöteten Gorunnenknechtes gehörte. Lärka wusste nicht, wo sie weitersuchen sollte, und begann bereits, sich zu ihrem Lager zurückzudenken, als sie im Inneren eines leuchtenden Igelschemens, der zusammen mit weiteren Menschen bei der Frau des Knechtes stand, Bilder von Melva auftauchen sah. Neugierig und alle Zurückhaltung vergessend näherte sie sich und verfolgte mit wachsender Aufregung, was der Igel zu erzählen hatte.

Zuerst erschien ein verjüngter Reidar auf dem Thingtag, wie er hasserfüllt Rache forderte. Doch gleich darauf war Melva zu sehen, mit jungem Antlitz, die dunkelbraunen Haare sorgfältig zu einem Zopf geflochten. Bei ihr war ein Mann, der Reidar zum Verwechseln ähnlich sah – Roar. Die beiden standen auf dem Steinwall und gestikulierten. Da näherte sich eine Gestalt. Es war ohne Zweifel Reidar, der nun Melva von hinten packte und sie hinabstieß. Lärka war fassungslos: Diese Einzelheiten konnten außer Melva, Reidar und Roar niemand wissen, es sei denn, die Person mit dem Igelschemen hatte alles selbst gesehen! Als sich die Rede des Igelmannes etwas anderem zuwandte, richtete Lärka ihre Gedanken wieder auf ihr Lager.

Lärka war kaum erwacht, da hatte sie Melva schon in das Haus des Gorunnen gesandt und ihr aufgetragen, sich nach jemandem zu erkundigen, der Reidars Frevelei möglicherweise beobachtet hatte. Sie hätte zufällig etwas aufgeschnappt.

Kurze Zeit später kam Melva bereits in Begleitung eines Mannes zurück – es war einer von Tiernans Kriegern! Der Mann hieß Gwern und war im Haus seines Bruders gewesen, um nach so langer Zeit das Wiedersehen zu feiern. Als Lärka ihn befragte, erzählte er verwundert, er habe die Tat zwar beobachtet, aber nicht vor das Thing gebracht, da Melva sich von dem Sturz erholt und er sich davor gefürchtet habe, sich mit Reidar und dessen Sippe anzulegen. Schon vor dem Herbstthing war er dann mit Tiernan über die Frostberge gezogen und hatte alle Erinnerungen an diesen Vorfall hinter sich gelassen.

Aufgeregt brachten Lärka und Melva den Krieger sogleich ins Thanhaus, wo sie den staunenden Männern verkündeten, einen Zeugen für Reidars Missetaten gefunden zu haben. Orlyg hörte sich geduldig im Einzelnen an, was Gwern zu sagen hatte.

»Für morgen ist ohnehin eine Thingversammlung einberufen, denn es gilt über Tiernans Anliegen zu entscheiden«, sagte Orlyg. »Jetzt wird der morgige Thingtag auch noch die Gerechtigkeit vollenden. Wenn wir es recht angehen, werden Melvas Bericht und das Zeugnis dieses vertrauenswürdigen Mannes Reidars Verhängnis sein.«

Sosehr sie sich über diese Wendung freute, so leid tat es Lärka, dass sie ihrer Tante keine guten Nachrichten hatte bringen können. Den Nachmittag verbrachte sie auf Geheiß ihres Vaters und in Begleitung von Jörn und Keelia damit, alle leerstehenden Häuser in Augenschein zu nehmen und zu prüfen, welche davon für Tiernans Leute in Frage kämen. Jörn war auffallend guter Laune, doch wenn Lärka ihn nach dem Grund dafür fragte, wich er aus, machte ein geheimnisvolles Gesicht und sagte nur: »Warte bis morgen.«

Am Abend fanden sich alle im Thanhaus ein, auch Bolverk, der zwischen Jörn und Tiernan saß und mit Letzterem in ein angeregtes Gespräch versunken war. Da kam einer von Orlygs Speerträgern hereingestürmt.

»Seht, wen wir gefangen haben«, sagte der Mann, und zwei weitere Männer zerrten einen Unbekannten ins Haus, der sich mit blutbefleckten Händen den Bauch hielt und ächzte.

»Das ist er doch, oder?«, fragte Orlygs Krieger und wies mit der Hand auf die Schuhe des Mannes. Sie trugen die verräterischen, wie Vogelfedern geformten Silberschnallen. »Wollte sich seinen Vogel holen. Als wir ihn fassen wollten, setzte er zur Flucht an, da haben wir ihm einen Speer nachgeschickt.« Grob ließen die Wachen den Verwundeten auf den Boden fallen, und Orlyg stürzte hinzu. Als der Mann ihn erblickte, riss er erschrocken die Augen auf, als sähe er einen Geist. Aber dann fasste er sich und versuchte, sich nichts weiter anmerken zu lassen.

»Wer hat Euch geschickt?«, herrschte Orlyg den in Schwarz gekleideten Mann an, packte ihn am Gewand und schüttelte ihn. »Euer feiger Anschlag ist misslungen! Jetzt redet, dann lasse ich Euch vielleicht einen gnädigen Tod sterben.«

Frisches Blut sickerte zwischen den Fingern des Mannes hindurch.

»Vor den Göttern ist unser Schicksal längst beschlossen«, stieß er zwischen den Zähnen hervor. »Euer Stern versinkt schon bald, aber ich werde auf ewig leben.«

Lärka zuckte zusammen. Sie erinnerte sich an eine Stelle des Gedichtes, in der es hieß, dass die Besitzer des Steins nicht sterben würden. Besaß der Mann etwa noch einen Stein? Hatte er gar vor, seine Seele hinwegtragen zu lassen wie Audhild?

Orlyg wandte sich grimmig von dem Gefangenen ab, der sich vor Schmerzen stöhnend am Boden wand. Lärka aber raunte ihrem Vater etwas zu.

»Wo ist der andere Rabe?«, fragte Orlyg mit scharfer Stimme. Der Mann hob mit einem Ruck seinen Blick zu Orlyg empor.

Jetzt versteht er, dass wir sein Geheimnis kennen, dachte Lärka bei sich.

»Ich weiß nicht, was Ihr meint«, gab der Mann zurück. Er versuchte, sich aufzurichten, doch er vermochte es nicht. Zwei Wachen packten ihn grob und rissen ihn hoch, sodass er an den Türpfosten gelehnt zu sitzen kam.

»Wir wissen, dass Ihr Raben geschickt habt, um die Seelen unserer tapfersten Männer davonzutragen«, fuhr Orlyg ihn an. Dann zog er seinen Dolch heraus und hielt ihn dem Gefangenen unter das Kinn.

»Wo ist der zweite Rabe?«, wiederholte er und verlieh seiner Frage mit der Spitze seiner Waffe Nachdruck.

»Fort«, stieß der Mann aus. »Den kann niemand mehr fangen. Mögt Ihr diesmal entkommen sein, der Dorfthan ist es nicht.« Orlyg fluchte. Rutlindis, die alles mit angehört hatte, stieß einen Klagelaut aus und stürzte in die Kammer zu Grenjads leblosem Körper.

»Bindet den Gefangenen draußen im Hof an einen Pfahl, und bewacht ihn«, befahl Orlyg seinen Speerträgern. »Vielleicht kommt der zweite Vogel zurück zu seinem Herrn. Wenn ihr auch nur den Schatten eines Raben seht, erlegt ihn!«

In der Nacht unternahm Lärka einen weiteren Versuch, Grenjad zu finden. Vielleicht hat der Mann den Stein des Raben ja bei sich, überlegte sie, und begab sich in ihrem Wahrtraum zum Hof des Thanhauses. Und tatsächlich, bei dem Schatten am Pfahl befand sich ein helles Leuchten, und Lärka wollte frohlocken, doch da hielt sie inne. Der Körper des Mannes war leer, seine Seele war nicht mehr dort. Vorsichtig betrachtete sie das Leuchten. Da sah sie die Gestalt einer Krähe bei dem Himmelsstein. Ihr Gefühl sagte ihr, dass das nicht Grenjads Seele sein konnte, sondern die des Mannes mit den Silberschnallen, die nun an den Stein gebunden war. Bestürzt wich sie zurück, als fürchtete sie, die Seele des Mannes könne ihr etwas antun. Ein letztes Mal richtete sie ihre Gedanken auf Grenjad. Doch nichts geschah. Da wusste sie, dass der Mann die Wahrheit gesagt hatte. Der Rabe mit dem Himmelsstein und Grenjads Seele waren längst entflogen, und es gab keine Hoffnung mehr. Schweren Herzens fand sie zu ihrer Lagerstatt zurück.

Es drängte Lärka zu erwachen, und lange vor dem Morgengrauen schlug sie die Augen auf und kleidete sich an. In der Dämmerung ging sie hinüber zum Thanhof. Sie musste noch etwas tun, um sicher zu sein, dass der Silberschnallenmann niemandem mehr schaden konnte.

»Der Mann ist tot, seht ihr das nicht? Ihr braucht ihn nicht länger zu bewachen«, sagte sie zu den Wächtern, um sich ungestört ans Werk machen zu können. »Schaut lieber, dass kein Rabe am Nachthimmel kreist.« Gehorsam begannen die Männer, über die Dächer der Siedlung zu spähen, und kümmerten sich nicht weiter um sie. Beklommen näherte sich Lärka der an den Pfahl gebundenen Gestalt. Der Mann atmete nicht mehr. Trotzdem fürchtete sie wider alle Vernunft, er könne erwachen. Mit zittrigen Fingern nestelte sie am Kragen des Gewandes herum, bis sie endlich einen Lederriemen zu fassen bekam, den der Tote um den Hals trug. Ein schwarzer Stein wie der des Raben hing daran.

Sie fragte sich unwillkürlich, was der Silberschnallenmann, dessen Seele von dem Stein gefangen war, nun wohl empfinden würde, wenn er verstand, was sie vorhatte. Schnell schnitt sie den Riemen mit ihrem Kräutermesser durch, nahm ihn mit und eilte davon, ehe die Wachen begriffen, was sie getan hatte. Der Morgen graute, als sie zum Westtor hinausging und an die Bucht gelangte. Ein starker Wind trieb die Wolken vor sich her und kräuselte das dunkle Wasser. Es ist besser, dass der Stein zerstört oder ins Meer geworfen würde, als dass er in falsche Hände geriet, hatte ihre Mutter geschrieben. Lärka lief auf den Steg, der mitten in der Bucht ein Stück ins Wasser ragte. Dann holte sie aus und warf den Stein so weit sie konnte auf das Wasser hinaus. Sie sah die Stelle, wo er auf die Wellen traf und in den trüben, schlammigen Tiefen für immer versank. Zufrieden mit ihrem Werk kehrte sie zurück und ging zum Thanhaus, um Rutlindis beizustehen.

Als Orlyg, Tiernan, Fridmund und Jörn am Mittag des gleichen Tages von der Thingversammlung zurückkamen, versuchte Lärka schon von weitem zu erkennen, wie es wohl ausgegangen war.

»Reidar hat alles zugegeben«, sagte Orlyg mit grimmiger Genugtuung. »Seine Strafe ist die Verbannung für drei Winter. Möge sie seinen Sinn wenden und aus ihm einen anderen Mann machen, bis er wieder in die Gemeinschaft aufgenommen wird.«

Die Männer gingen ins Thanhaus, und Lärka zog Jörn beiseite, um ihn über alle Einzelheiten zu befragen. Er aber hatte anderes im Sinn.

»Lärka, liebste Base, du wirst mir nicht glauben, welch ehrenvolle Aufgabe mir das Thing übertragen hat. Das errätst du nie! Versuch's doch mal!«, rief er, doch Lärka war zu verblüfft, um auch nur eine vernünftige Idee zu äußern. Das war auch gar nicht nötig, denn die Neuigkeiten sprudelten von selbst aus Jörn heraus.

»Ich soll für Osgund einen richtigen Hafen bauen, mit steinernen Speichern, die nicht mehr samt ihren Vorräten verbrennen können, und ich soll Häuser bauen wie in Jaspis. Die Stadtmauern werde ich wieder aufrichten und Türme und ...«

»Halt, halt!«, wehrte Lärka ab und fügte ungläubig hinzu: »Seit wann bist du ein Baumeister – oder soll ich sagen, ein Zauberer –, dass du Osgund in eine prächtige Stadt verwandeln kannst?«

»Na jaaa«, erwiderte Jörn gedehnt. »Ich gebe ja zu, dass ich das nicht ganz alleine schaffen werde, aber ...«

»Jörn!« Lärka drohte spielerisch mit dem Zeigefinger.

»Ist ja gut, gestrenge Herrin«, sagte ihr Vetter und hob beschwichtigend die Hände. »Also, es ist so, dass Tiernan einen Haufen Gold aus seiner versunkenen Stadt mitgebracht hat. Im Thing hat er doch tatsächlich gesagt, dass er das meiste davon für den Aufbau und den Wohlstand Osgunds stiften wolle. Und als jemand fragte, was er denn genau bauen wolle, da erzählte er, dass sich ein bedeutender Baumeister in Osgunds Mauern befände, der den Bewohnern das erlittene Unrecht nicht nachtragen würde, sondern im Gegenteil mithelfen wolle, dass die Stadt erblühe und Not und Elend vertrieben würden. Na, was glaubst du, wer das wohl ist?«, fragte Jörn mit stolz geschwellter Brust, als sei er selbst derjenige, von dem die Rede war.

Lärka kannte die Antwort, doch tat sie unwissend und zuckte mit den Schultern, um Jörn nicht den Spaß zu verderben.

»Es ist Bolverk«, sagte Jörn, und Lärka riss mit gespieltem Erstaunen die Augen auf. »Aber es kommt noch besser«, fuhr er fort und stemmte die Hände in die Seiten. »Wer, denkst du, wird im Auftrag des Thans bei den Bauarbeiten dabei sein und wurde soeben zum ersten Gehilfen des obersten Baumeisters ernannt?«

»Oh, Jörn!«, rief Lärka. »Was für eine Ehre! Ich bin tief beeindruckt.« Sie war sicher, dass dieses Amt ihm einen Herzenswunsch erfüllte. Wenn er als Bolverks Gehilfe alles über die Baumeisterkunst lernte, konnte er einst Reichtum und hohes Ansehen erringen und sogar seinen älteren Bruder überflügeln. Jörn strahlte vor Stolz wie ein frisch gekrönter Fürst, und Lärka freute sich von ganzem Herzen mit ihm.

»Verzeih mir, aber die Pflicht ruft«, sagte er jetzt mit wichtiger Miene und eilte zu Bolverk, der bereits nach ihm Ausschau gehalten hatte. Lärka winkte dem Baumeister scheu und bemerkte erst jetzt, dass sie immer noch nichts Näheres über Reidars Verurteilung wusste. Kurz entschlossen eilte sie zu Melva, die in Maggais Haus gezogen war.

Sie fand ihre Freundin bei den Hühnern. Es lag etwas Wütendes in der Art, wie Melva Körner vor den Vögeln auf den Boden warf.

»Verbannung«, schnaubte sie auf Lärkas Frage hin. »Zwanzig Jahre meines Lebens hat er geraubt, deine Mutter und deinen Vater fast zu Tode gebracht und alles, was er dafür erleiden muss, sind drei Winter der Verbannung!«

»Aber was für ein Leben muss er führen, dort draußen!«, antwortete Lärka. »Jeder kann ihn töten, ohne eine Strafe.«

»Wer würde das wagen? Alle haben doch Angst vor seinen Leuten«, erwiderte Melva verbittert. Lärka pflichtete ihrer Freundin voller Anteilnahme bei, dass die Strafe viel zu mild sei, und bat sie, von der Verhandlung zu erzählen.

Melva war vor die Versammlung getreten und hatte die Geschehnisse des Sommers vor zwanzig Jahren beschrieben. Reidar hatte ihre Rede als erfundene Geschichte einer Verwirrten bezeichnet. Nicht alle in Osgund wussten und glaubten auch, dass Melva wieder bei klarem Geiste war. Doch dann war Gwern vorgetreten und hatte davon erzählt, wie Reidar Melva vom Steinwall gestürzt hatte. Da hatte Orlyg das Wort ergriffen und Reidar geradeheraus gefragt, welchen Grund er gehabt habe, Melva zum Schweigen bringen zu wollen, wenn nicht den, den Melva genannt hatte. Wenn er ein Mann von Ehre sei, so Orlyg, solle Reidar sagen, wie es sich in Wahrheit zugetragen habe. In die schwere Stille, die sich daraufhin über die Versammlung gelegt hatte, rief Reidar, dass ihn niemand der Feigheit bezichtigen solle.

Schließlich hatte er alles zugegeben: seinen Hass auf Orlyg, der ihn der Verlobten beraubt und nur eine lächerliche Entschädigung gezahlt hatte, und seine Wut darüber, dass Orlyg ihm die Genugtuung für den Tod seiner Schwester verweigert hatte, an dem doch Audhild schuld gewesen sei. Reidar berief sich darauf, dass Orlyg und Melva es ja schließlich überlebt hätten, und erwartete, dass Orlyg Milde walten ließ. Hier unterbrach Melva ihren Bericht mit einer Flut von Verwünschungen, und Lärka konnte sie nur mühsam dazu bringen, bis zum Ende zu erzählen. Fridmund musste Reidars Worten beipflichten, und Reidar hatte noch genug Anhänger, die für ihn stimmten, sodass die Thingversammlung lediglich drei Jahre der Verbannung verhängte.

Melva, mit Tränen der Wut in den Augen, wiederholte, wie Reidar voller Hohn auf das Urteil geantwortet hatte: Da sieht man, worauf das Küstenland seine Zukunft gründet – auf die wirren Worte eines alten Weibes, dessen Eitelkeit dadurch gekränkt ist, dass mein Bruder sie einst zurückwies, und auf die Hassreden eines Gorunnen, der Unfrieden stiften will, um seinem Pack die Oberhand zu verschaffen. Ächtet mich für ein paar Winter, aber ich komme zurück! Ihr anderen werdet hoffentlich rechtzeitig erkennen, dass die Gorunnen euch die Macht aus den Händen reißen und das Geestland wieder einnehmen wollen, wenn Marobrads Erben nicht Wacht halten.

»Mögen es die drei eisigsten Winter seit Menschengedenken sein, damit ihm die Glieder erfrieren und er vor Hunger seine Finger auffrisst«, wetterte Melva. »Und möge ihn dann der erste Aufrechte erschlagen, der ihn in dem Loch findet, wo er sich verkriecht! Ich wünschte, ich könnte mit dem Schwert umgehen, dann würde ich es selbst vollbringen!«

Lärka erschrak vor ihrer grimmigen Wut, aber sie wusste nichts zu sagen, was Melva hätte besänftigen können. Nachdenklich machte sie sich auf den Rückweg ins Thanhaus. Zu ihrer Überraschung begegnete sie dort Tiernan.

»Ich habe dich gesucht«, sagte er. »Ich sollte nun endlich an meine Pflicht gemahnt werden und dir Grüße überbringen.« Er zwinkerte verschwörerisch. Lärkas Schritt stockte. Konnte es sein, dass Arild ihm eine Nachricht für sie mitgegeben hatte?

»Lass uns dorthin gehen, wo niemand die Dinge zu Ohren bekommt, die nur für dich bestimmt sind«, sagte Tiernan und ging mit seiner Nichte zum Steinwall bei Maggais Haus. Sie fanden sich alsbald dort wieder, wo Lärka und Arild ihre letzten Worte gewechselt hatten. Hoch über ihnen zierten zarte weiße Schleier den Himmel und zeichneten die friedlichen Wellen nach, die sich unter dem sanften Wind im Meer kräuselten. Doch Lärka bemerkte sie kaum, denn staunend lauschte sie, als Tiernan ihr berichtete, was sich wirklich in Kovanby abgespielt hatte. Ihr Oheim erzählte, dass Arild sich eilends zu seiner Sippe weiter nördlich aufgemacht hatte, um ihnen gegen die Soldaten des Königs beizustehen, und dass er nichts Geringeres plane, als noch in diesem Jahr mit allen Getreuen, die er im Reich gewinnen konnte, gegen König Hakon zu ziehen. Lärka lauschte gebannt, freute sich, dass Arild das Erdbeben und der Kampf weniger als befürchtet zugesetzt zu haben schienen, und wünschte von ganzem Herzen, er möge aus allen Gefahren unversehrt hervorgehen.

»Als ich dies alles auf sein Geheiß hin deinem Vater und Bolverk berichtete, bedeutete mir Orlyg, dass du ebenfalls weißt, wer er in Wirklichkeit ist«, sagte Tiernan.

Lärka nickte.

»Er hat mir einiges aufgetragen, das ich tun soll, wenn es in deinem Sinne ist«, fuhr ihr Oheim fort. »Ein Teil meines Goldes, den ich König Ethandras weihen wollte, soll dir gehören. Es ist so viel wie eine Schiffsladung. Davon kannst du gut und gerne einen Hof mit Mägden und Knechten und eine Rinderherde halten und zehn Speerträger einige Jahre entlohnen. Dein Vater war beinahe eifersüchtig, als er davon hörte.« Tiernan schlug sich vergnügt auf die Schenkel. »Aber das ist noch nicht alles. Ethandras hat deinem Vater nahegelegt, Fregars Sohn Valthjof als Nachfolger einzusetzen und dich von der Bürde einer arrangierten Hochzeit zum Wohle des Küstenlandes zu befreien.«

Lärka war während Tiernans Rede abwechselnd rot und blass angelaufen. Sie konnte kaum begreifen, was Tiernan ihr auf Arilds Geheiß hin antrug, und kämpfte um ihre Fassung. Nun musterte ihr Oheim sie mit demselben merkwürdigen Blick, den er ihr bei der ersten Begegnung geschenkt hatte, schüttelte den Kopf und lächelte.

»Meine liebe Nichte, ich habe selten einen Mann gesehen, der über eine solche Macht gebietet und dem so viel am Wohl einer Frau liegt, mit der er weder verwandt noch verlobt ist. Ich kann nur erahnen, was ihn dazu treibt, aber was es auch sein möge: Ich bin stolz, dass es die Tochter meiner geliebten Schwester ist, der diese Ehre zuteil wird.«

Lärka senkte den Blick und holte einige Male tief Luft. Aber auch das half nicht gegen die Tränen, die ihr in die Augen stiegen und die Anspannung und Angst der letzten Tage fielen endlich von ihr ab. Durch Arilds Geschenk sah sie jetzt die Zukunft wie ein großes aufregendes Land ohne Mauern und Gatter vor sich liegen.

»Es ist doch alles zu deinem Wohl und in deinem Sinne, oder nicht?«, fragte Tiernan zweifelnd.

»Ja! Ja, doch«, schluchzte Lärka und versuchte zu begreifen, was Arild für sie getan hatte. Er wollte ihr nichts weniger als die ersehnte Unabhängigkeit und die Erfüllung ihrer Träume schenken. Sie wusste, dass ihr größter Herzenswunsch, nämlich ein Leben mit Arild zu führen, unerfüllbar war. Doch seine Taten zeigten ihr, dass sie in seinem Herzen eine Wohnung gefunden hatte. Die Zeugnisse seiner Zuwendung würden jeden Tag um sie sein und sie an ihn erinnern, und sie beschloss, dass es keine wehmütige Trauer um das Verlorene, sondern ein dankbares Andenken an das sein sollte, was sie mit ihm verband. Stumm flehte sie zu den Ahnen, dass Arild lebte und er auch seinen Weg fände.

»Aber Vater – was denkt er?«, fragte Lärka dann ihren Oheim.

»Ich habe ihm Ethandras' Botschaften schon gestern Abend überbracht«, erwiderte Tiernan gut gelaunt und strich sich über den Bart. »Ich kann sagen, es hat ihn überrascht. Aber er weiß, dass er seinem – ähm, zukünftigen, sollte ich sagen – König Gehorsam schuldet«, sagte er und stieß Lärka mit dem Ellenbogen an. Lärka glaubte, sie würde vor Glück augenblicklich davonschweben wie eine Wolke, doch ihr Oheim holte sie mit seiner Bitte, ihm alles über Audhild zu erzählen, ganz sanft wieder in die Wirklichkeit zurück. Lange tauschten sie Erinnerungen an die geliebte Mutter und Schwester aus, und erst als sich die Sonne schon über das Meer senkte, machten sie sich auf den Rückweg.

Mit gemischten Gefühlen sah Lärka der Begegnung mit ihrem Vater entgegen, aber bei der Abendmahlzeit erwähnte er mit keinem Wort Arilds Botschaft. Erst als Lärka sich zur Ruhe begeben wollte, folgte er ihr an die Tür.

»Du hast einen mächtigen Fürsprecher, meine liebe Tochter«, sagte er und fasste sie sanft bei den Schultern. »Ich muss über alles nachdenken, was ich von Tiernan erfahren habe. Lass mich dir morgen sagen, was geschehen soll.«

Am nächsten Tag kleidete Lärka sich voller Erwartung an. Sie trat vor das Haus und bemerkte eine Menschenmenge, die sich durch das Dorf schob. Neugierig lief sie hinterher und sah, dass sich die Leute um Reidar drängten, der auf einem Pferd saß und zwei voll beladene Packpferde hinter sich her zog. Einige jubelten ihm zu, doch es gab auch genügend, die ihn beschimpften. Sobald er die Siedlung verließ, würde er zu einem rechtlosen Verbannten. Lärka folgte dem Zug bis zum Osttor. Reidar blieb unter dem Torbogen stehen, drehte sich noch einmal um und winkte mit einer hochfahrenden Geste zum Abschied. Dann wandte er sein Pferd und ritt hinaus. Plötzlich zuckte er zusammen. Seine Mütze war vom Kopf gerissen worden, und er schwankte im Sattel. Schreckensschreie ertönten, und die Menschen riefen laut durcheinander. Jetzt sah Lärka, wie von oben ein großer Wackerstein heruntersauste und auf Reidars Schädel krachte. Die Form des Kopfes verschwamm, und in die helle Farbe seiner Haare mischte sich das Rot frischen Blutes. Reidar rutschte aus dem Sattel und fiel zu Boden. Entsetzt blickte Lärka nach oben und gewahrte Melva, die mit wehendem Gewand auf der Krone des Tores stand und den nächsten Steinbrocken über ihren Kopf hob.

»Lasst mich durch!«, rief Lärka. Sie bahnte sich den Weg zum Aufgang und hastete hinauf. »Halt ein! Was tust du?«, schrie sie Melva an. Die Rasende schleuderte einen letzten Stein herab und sah ihre junge Freundin aus glasigen Augen an. Dann wandte sie sich an die Menge, die in sprachlosem Entsetzen von unten heraufstarrte.

»Tötet mich, wenn ihr Reidar rächen wollt!«, schrie sie mit heiserer Stimme und riss die Arme empor. »Mein Leben ist ja doch vorüber! Dieser da …«, sie wies mit dem Arm auf Reidars leblosen Körper, »hat es mir geraubt, zwanzig lange Jahre! Jetzt hat auch er zwanzig Jahre geben müssen. Das nenne *ich* Gerechtigkeit!« Sie warf wilde Blicke auf die Menge, doch niemand schien Hand an sie legen zu wollen.

Lärka fasste ihre Freundin behutsam am Arm. Da brach Melva in Tränen aus, und Lärka führte die Weinende zum Fuß der Mauer, wo Fridmund sich mit einigen Speerträgern ihres Vaters eingefunden hatte. Aus den Augenwinkeln sah Lärka, wie Reidars Getreue zu dem am Boden Liegenden gingen, und las aus ihren Gesten, dass Reidar tot war. Fridmund aber geleitete die beiden Frauen zum Thanhof, wo Orlyg anordnete, Melva solle einige Zeit unter besonderen Schutz gestellt werden, bis sich die Unruhe gelegt habe. Lärka blieb bei ihr, und Orlyg eilte selbst zum Osttor, um sich ein Bild von den Geschehnissen zu machen.

Einige Zeit später ließ er nach Lärka schicken. Klopfenden Herzens folgte sie seinem Ruf. Ihr Vater lud sie zu einem Spaziergang ein, denn er wollte noch zum Hafen, wo sich einige seiner Schiffe darauf vorbereiteten, am nächsten Tag gen Norden in See zu stechen.

»Tiernan hat dir gesagt, was Arild – ich meine König Ethandras – für dich erbeten hat?«, begann er das Gespräch. Lärka nickte stumm. »Was würdest du tun, wenn ich seinen Bitten entspräche?«, fragte er. Sie war so überrascht, dass sie einen Augenblick brauchte, um sich eine wohlgesetzte Antwort zu überlegen.

»Ich möchte bei ... Melva lesen lernen und mehr über die Heilkunde erfahren. Sie hat ein Buch, in dem schon Maggai und Mutter Rat gesucht haben. Ich würde – wenn es in deinem Sinne ist – andere Mädchen und Frauen in der Kräuterkunst unterrichten. Es gibt viele einfache Dinge, die Krankheiten vertreiben oder gar fernhalten und den Menschen ein besseres Leben bescheren.« Lärka warf aus gesenkten Lidern einen scheuen Blick zu ihrem Vater, der ihr mit unbeweglicher Miene lauschte.

»Tiernans Gold würde mir helfen, hier in Osgund einen kleinen Hof zu führen. Ich habe ja bei Asa alles gelernt.« Sie räusperte sich. »Und Oheim Tiernan würde für mich einstehen und die Geschäfte führen, wenn ich dafür eines männlichen Verwandten bedarf.« Wieder warf sie ihrem Vater einen prüfenden Blick zu und deutete es als gutes Zeichen, dass sie keine Ablehnung aus seiner Miene lesen konnte.

»Ich weiß noch nicht, ob ich eine Ehe eingehen werde«, fuhr sie fort. »Du kennst den einen, dem allein mein Herz gehört, und solange es noch einen Funken Hoffnung auf ein Wiedersehen gibt, werde ich warten.«

»Hm«, brummte Orlyg, aber es war nicht auszumachen, ob es seine Zustimmung bedeutete oder nur, dass er die Wünsche seiner Tochter verstanden hatte. Sie liefen eine Weile schweigend nebeneinander her. Als sie an Maggais Haus vorüberkamen, wo Keelia gerade die Hühner versorgte, blieb er stehen und wandte sich Lärka zu.

»Folgendes soll geschehen«, sagte er. »Du bleibst hier bis zum Ende des Sommers unter Tiernans Schutz. Wenn es dir beliebt, sollst du einen Hof führen und die Mädchen und Frauen, die es wünschen, in der Kräuterkunst unterrichten. Ich werde das im

Thing vortragen und den Männern versichern, dass du keine Hexensprüche lehren wirst.« Er warf ihr einen viel sagenden Blick zu. »Zum Herbst, bevor Osgund wieder von den eisigen Stürmen heimgesucht wird und die Königlichen ihre Reise nach Norden beendet haben, soll Tiernan dich nach Süden bringen und Jörn einstweilen deinen Osgunder Hof weiterführen. Wir treffen uns in Frenemund, damit du Barung kennen lernst. Ob ich Valthjof an deiner statt zum Erben einsetzen werde, kann ich jetzt noch nicht entscheiden. Von Frenemund aus kehrst du mit mir nach Ribehof zurück, und wir werden sehen, wie die Dinge in Jaduin dann stehen. Ich werde mit Gizur reden und ihm sagen, Barung möge sich gedulden – auch wenn es nicht leicht wird, den beiden Männern das zu erklären«, fügte er hinzu und hob die Brauen.

Dankbar strahlte Lärka ihren Vater an. Noch Tage zuvor hätte sie sich nie träumen lassen, seinen Segen für ein Leben ohne Bevormundung und gar für die Erfüllung langgehegter Träume über die Kräuterkunst zu bekommen. Von diesem großen Vertrauensbeweis war sie derart ermutigt, dass sie sich mit einer letzten Bitte an ihn wandte.

»Vater«, hub sie an. »Wenn Arild eines Tages zu dir käme und um meine Hand anhielte, würdest du ihn abweisen?«

»Meine geliebte Tochter«, erwiderte Orlyg und schüttelte sachte den Kopf. »Es schmerzt mich, dass du dich unerfüllbaren Hoffnungen hingibst. Er kann nicht mit der Tradition seines Volkes brechen. Du kannst niemals seine Frau werden. Verschwende doch nicht deine Träume an ihn, sondern schenke deine Jugend, Schönheit und dein fröhliches Wesen jemandem, mit dem du eine Familie gründest und der dir Schutz und sicheren Hort in den Zeiten heraufziehender Unruhe geben kann.«

Lärka senkte den Kopf. Sie wusste im Innersten, dass er Recht hatte. Aber es würde sie so sehr trösten, zu wissen, dass auch dieser letzte Wunsch ihres Vaters Zustimmung hätte.

»Vater, bitte!«, flehte sie. Orlyg musterte sie, und ein wehmütiger Zug umspielte seine Lippen. Aber dann lächelte er und ergriff ihre Hände.

»Wie könnte ich den König abweisen? Ich würde ihn mit großer Freude meinen Schwiegersohn nennen. Nichts würde mich stolzer machen. Und nichts würde mich glücklicher machen, als dass sich deine wundersamen Träume erfüllten«, sagte er und küsste seine Tochter auf die Stirn. Dann ging er durch das Westtor hinaus zur Bucht, wo die Drachenschiffe zur Abreise gerüstet wurden. Lärka blieb zurück und schaute ihm versonnen nach.

»Base Lärka!«, hörte sie da eine helle Stimme. Sie sah Keelia bei Maggais Haus stehen und ihr zuwinken. Dann verschwand das Mädchen kurz im Inneren des Hauses. Als sie wieder erschien, trug sie etwas in den Händen, das Lärka sofort als Maggais Kräuterbuch erkannte. Keelia kam zu ihr hingelaufen.

»Jörn hat das Buch wieder ausgegraben«, sagte das Mädchen atemlos und hielt es Lärka hin. Dankend nahm diese Maggais kostbares Vermächtnis entgegen. Unschlüssig blieb Keelia stehen und schien etwas sagen zu wollen.

»Was hast du auf dem Herzen?«, fragte Lärka.

»Du hast mich einmal gefragt, ob ich wüsste, was es bedeutet, ein grünes Weib zu sein«, erwiderte das Mädchen schüchtern. »Ich habe viel darüber nachgedacht. Als du im Turm saßest, hatte ich schreckliche Angst, die rachsüchtigen Männer würden dich auf den Scheiterhaufen zerren, weil sie dich für eine Hexe hielten. Da wollte ich meinen Sinn wenden und nichts mehr von der grünen Kunst wissen. Doch gestern sprach Melva zu mir, über die Melodie des Lebens und dass wir Frauen diejenigen sind, die sie am ehesten vernehmen. Und plötzlich hörte ich auf meinen Wegen durch das Dorf, wie die Frauen das lebensspendende Wirken der grünen Kunst priesen. Sie lobten Maggai, deine Mutter und dich über die Maßen für den Dienst, den ihr Osgunds Menschen erwiesen habt. Da wusste ich, dass ich genauso werden möchte wie du«, sagte Keelia und schaute Lärka scheu an. »Zumindest träume ich davon, etwas von dir lernen zu dürfen«, fügte sie hinzu.

»Dann sind unsere Träume gar nicht so verschieden, und heute ist ein guter Tag, um sie wahr werden zu lassen«, sagte Lärka und legte Keelia freundschaftlich den Arm um die Schultern. Frohgemut ging sie mit ihrer Base zu Maggais Haus zurück, um sich den Schätze zu widmen, die dort auf ihre Entdeckung warteten.

Epilog

Jeden Tag ihres neuen Lebens hieß Lärka mit offenen Armen willkommen. Gierig sog sie alles auf, was Melva sie lehrte, und ruhte nicht, bevor sie die Anweisungen und Rezepturen des Kräuterbuches selbst lesen konnte. Keelia und fünf weitere Mädchen und Frauen fanden sich nun regelmäßig bei ihr ein und lernten die segensreichen Kräfte der Kräuter kennen. Lärka war stolz, dass auch Tiernans Weib sich unter die Frauen gesellte und sich mit ihr und Melva zusammen den Kranken in Osgund annahm. Nicht allen konnten sie helfen, doch jede geglückte Heilung mehrte den Ruhm der Frauen. Melva war nach einiger Zeit in Maggais Haus zurückgekehrt. Nachdem Reidars Anhänger nicht mehr die Oberhand hatten, sondern viele – des Goldes wegen, wie Reidars letzte Getreue gehässig bemerkten – zu Tiernan übergelaufen waren, konnte sie sich unbehelligt im Dorf bewegen, ohne Racheakte fürchten zu müssen.

Alles war gut, und Lärka hatte jeden Grund, glücklich zu sein – bis auf den einen leeren Fleck in ihrem Herzen, die Trauer um etwas Verlorenes, die sie trotz aller guten Vorsätze hin und wieder befiel. An solchen Tagen verließ Lärka nach kurzem Schlaf schon im Morgengrauen ihr Haus und strich wie ein gefangenes Tier auf dem nordöstlichen Steinwall entlang. Suchend ließ sie dann jedes Mal ihre Augen über die Frostberge und die Stelle am Waldrand schweifen, wo der Weg zwischen den Bäumen hervorkam.

Ob Arild noch am Leben war? Ob sie ihn jemals wiedersehen würde? Sie suchte Antworten in den Formen der Wolken und wünschte, sie könnte sie deuten, wie Arild es vermocht hatte. In der Stille der Dämmerung blieb sie meist so lange auf dem Steinwall, bis die Sonne vollends aufgegangen war und das Leben im Dorf erwachte.

Und wenn sie Muße hatte, zog es sie in den Blutwald. So verließ sie auch an diesem Tag noch vor Sonnenaufgang ihr Haus, das sie seit ihrer Befreiung bewohnte und das unter Bolverks Anleitung zu einem stattlichen Anwesen geworden war. Er hatte es um ein Gesindehaus und einen Stall für die neu erworbenen Tiere erweitert und mit einem großen umfriedeten Kräutergarten versehen, sodass Lärka über alles verfügte, was sie brauchte, um sich das Leben nach ihren Wünschen einzurichten. Als sie in der Morgenkühle durch die Siedlung lief, kam sie auch an einigen Häusern vorüber, die ausgebessert worden waren und diejenigen aufgenommen hatten, die Tiernan aus Kovanby gefolgt waren. Unter ihnen hatte sich auch ein verwundeter Feodriner befunden, Damaen mit Namen. Er war sehr schweigsam gewesen, hatte sich kaum aus seinem Haus entfernt und war davon gezogen, sobald er genesen war. Lärka verließ Osgund durch das Osttor und sah zu ihrer Linken grüne, mit ersten Spuren der Reife durchzogene Gerstenhalme auf den neu angelegten Feldern wogen. Im Frühjahr war dort ein neues Stück Wald gerodet und umgepflügt worden – wohlweislich im nördlichen Forst, denn niemand wagte sich in den Blutwald südlich von Osgund, dessen Schrecken Bolverk unermüdlich jedem beschrieb, der es hören wollte. Lärka kehrte den Gerstenfeldern den Rücken und lief an der Stadtmauer entlang in Richtung der Küste. Tiernan hatte Orlyg darum gebeten, den Schiffen, die das Barendolith von den Nördlichen Öden nach Ribehof brachten, auf dem Rückweg Vieh und Saatgut mitzugeben. Überhaupt hatte Tiernan eine gute Hand. Er unterschied in seiner Freigiebigkeit nicht zwischen Geestleuten und Gorunnen, sodass er sich großer Beliebtheit erfreute. Zwei Wochen nach Grenjads feierlichem Begräbnis war er im Thing zur Freude vieler zum neuen Dorfthan gewählt worden. Und was hatte er seitdem schon alles für Osgund bewirkt!

Als Lärka sich der Küste näherte, hörte sie vom Hafen Hammerschläge, das Singen von Sägen und die Rufe der Männer, die unter Bolverks Anleitung und Jörns gestrenger Aufsicht den schmalen Kanal zwischen Meer und Bucht so weit verbreitern würden, dass er im Winter nicht gleich vollständig zufrieren konnte, sondern passierbar blieb. Auch die ersten Speicherhäuser waren an der Bucht emporgewachsen und nahmen auf, was Tiernan aus dem Süden nach Osgund schaffen ließ. Das Gold Kovanbys hatte er in einer geheimen Höhle in den Frostbergen versteckt und ließ von Vertrauten immer nur so viel holen, wie gerade nötig war.

Lärka lief weiter und winkte Owin zu, der zusammen mit ein paar anderen Jungen das Vieh hütete. Owin, Keelia und Rutlindis wohnten in großer Eintracht mit Tiernan und seinem Weib im Thanhof. Obwohl Grenjads Tod großes Leid über Rutlindis gebracht hatte, so fand sie doch Trost darin, neben ihren Kindern auch ihren Bruder und ihre Nichte um sich zu wissen und zu erleben, wie Osgund unter Tiernans Wirken erblühte.

Lärka hielt nun auf die Küste zu und wandte sich in Richtung des Blutwaldes, sobald sie vom Dorf aus nicht mehr zu sehen war. Sie würde dort nach Essbarem suchen, das ihre Tafel und die ihrer Freunde bereicherte. Aber das war nur ein Vorwand für ihre regelmäßigen Besuche im Blutwald. Denn nachdem sie den größten Teil des Tages mit dem kleinen Messer ihrer Mutter bewaffnet Kräuter, Pilze und Beeren gesammelt hatte, zog es sie zu dem Ort, mit dem sie die kostbarsten Erinnerungen verband, zu der Quelle, die Arild und sie zusammen entdeckt und freigelegt hatten.

Versonnen streifte Lärka durch den Wald und hing wie immer, wenn sie diesen Spuren folgte, den Gedanken an Arild nach. Sie näherte sich der Quelle und vernahm bereits das Rauschen des Wassers. Vor ihr wurden die Bäume lichter, und der Wasserfall war nun zu sehen. Ihr Schritt stockte. Am Rande des Teiches saß jemand! Schnell verbarg sie sich hinter einem Baum. Wie konnte das sein? Außer ihr und Arild wusste niemand von der Quelle. Sie wagt kaum zu atmen und lugte vorsichtig aus ihrem Versteck hervor. Ein heller, langer Mantel hüllte die hühnenhafte Gestalt eines dunkelhaarigen Mannes ein.

In diesem Augenblick wandte der Mann den Kopf, und die Strahlen seiner grünen Augen trafen Lärka direkt ins Herz. Arild! Konnte das wirklich sein? Trotz seiner vornehmen Kleidung gab es keinen Zweifel: Er war es! Und er war unversehrt! Wie gebannt erwiderte Lärka seinen Blick und spürte, wie sie sich darin verlor. Sie war unfähig zu atmen, zu sprechen oder an irgendetwas zu denken. Sie spürte ihren Körper nicht mehr und glaubte, ihre Füße würden nie wieder den Boden berühren. Nach endlosen Momenten ungläubigen Staunens riss sie sich los und wandte sich voller Scheu ab. Er sollte nicht erkennen, wie es in ihrem Herzen aussah. Sie wollte es für sie beide nicht noch schwerer machen. Er war ein König, vor dem ein steiniger, gefährlicher Weg lag, ein Weg, der ihn wohl für immer von ihr wegführen würde. Er kann nur gekommen sein, um mir das zu sagen und Abschied zu nehmen, dachte sie betrübt.

Als Lärka die Augen wieder auf Arild richtete, gewahrte sie, dass sein Blick sie unverändert umfangen hielt. Arild war aufgestanden und kam ihr entgegen. Als er ihre Schwermut bemerkte, hielt er verunsichert inne.

»Jetzt sagt nicht, Ihr seid überrascht!«, hörte sie seine warme, vertraute Stimme sagen. »Ist es Eurem Schwanenfrauenblick etwa verborgen geblieben, was sich im Blutwald tut?« Sie schüttelte den Kopf und schlug wieder die Augen nieder, immer noch unfähig, auch nur ein Wort hervorzubringen.

»Ihr wart in großer Bedrängnis, wie ich erfahren habe«, sagte er und klang besorgt. »Ich kann kaum sagen, wie sehr es mich freut, Euch wohlauf wiederzusehen.«

Lärka spürte einen Kloß in der Kehle. Sie wollte ihm sagen, dass sie jeden Tag seit dem Abschied an ihn gedacht und um ihn gebangt hatte, und wäre ihm am liebsten um den Hals gefallen. Aber ihr Wissen darum, wer der groß gewachsene junge Mann in dem leuchtend blauen Gewand vor ihr wirklich war und über welche Macht er gebot, stand wie eine unsichtbare Wand zwischen ihnen.

»Tiernan sagte, er hätte nie etwas Gewaltigeres gesehen als Euren Kampf gegen Kovanbys Fluch und nie etwas Weiseres gehört als das, was Ihr ihn und sein Volk geheißen habt«, sagte sie leise. »Ganz Jaduin kann sich freuen, dass ein König zurückkehrt, der den Menschen ein Freund und keine Bedrohung ist.«

Sie neigte ehrfurchtsvoll den Kopf, aber gleichzeitig fürchtete sie, dass das Echo ihres klopfenden Herzens bis Osgund zu hören und ihre glühenden Wangen nur allzu deutlich zu sehen waren.

»Ihr wisst es also?«, fragte Arild.

»Es gehen Gerüchte im Küstenland um seit ...«, Lärka stockte und konnte nicht verhindern, dass sie sich immer noch der unseligen Ereignisse in Stormhavn schämte, »... seit meine unvorsichtigen Andeutungen Euer Geheimnis preisgaben. Mittlerweile hat mein Vater mir alles erzählt.« Arild schwieg, und als sie den Blick wieder erhob, sah sie, dass er sie nachdenklich musterte.

»Ich stehe tief in Eurer Schuld«, sagte sie und rang um Fassung. »Bei unserem Abschied habe ich nur hässliche Worte für Euch gehabt. Ich war in meiner eigensinnigen Wut blind dafür, dass es Menschen in meiner Nähe gibt, die ohne Klage viel Größeres erdulden. Es tut mir leid, meine Rede muss Euch verletzt haben. Und Ihr habt es mir mit Geschenken vergolten, deren Großzügigkeit und feinfühlige Wertschätzung mich beschämen.«

»Auch mir taten meine Worte leid«, entgegnete er voller Bedauern. »Ich glaubte, besser als Ihr zu wissen, was für Euch gut sei.«

»Aber Ihr hattet so Recht«, erwiderte sie. »Der Aufruhr um die Seelenlosen und der Anschlag auf meinen Vater haben mir gezeigt, wie machtlos ich war. Erst durch Tiernans Ankunft, sein Gold und seinen Schutz kann ich ohne Furcht in Osgund leben.«

Befangen standen sie sich eine Weile schweigend gegenüber. Dann schaute Arild in den Himmel. Sie folgte seinem Blick und sah eine Wolke, die einem stolzen Adler glich, weit oben am Himmel über das Land ziehen und in einiger Entfernung davon einen langhalsigen Schwan aus weißem Wolkengespinst durch die Lüfte segeln. Als sie die Augen wieder senkte, trafen sich ihre Blicke. Sie lächelten sich an, und die Befangenheit begann zu weichen.

»Sprechen sie wieder zu Euch?«, fragte Lärka schließlich leise. »Haben sie Euch gezeigt, wohin Euer Weg führt?« Arild nickte.

»Zunächst nach Jaspis, gegen Hakon«, sagte er ernst. »Meine Krieger lagern noch verborgen am Gorunnenteich im Blutwald. Doch sobald das Bündnis mit Eurem Vater geschmiedet ist, werden wir hervortreten. Wenn es gelingt und ich Hakon von der Burg Drachenkrone vertreiben kann, hoffe ich zu erfahren, wie ich das Erbe der Steinkönige vollends erfüllen kann. Kovanbys Fluch ist noch nicht endgültig besiegt, und nur ein Mensch, der die Macht über die Steine besitzt, kann sich dieser Aufgabe stellen.«

Lärka war beeindruckt von dem gefassten Gleichmut, mit dem Arild über die Gefahren sprach, denen er entgegenging.

»Es mag sich lächerlich anhören«, sagte sie zögernd. »Aber wenn ich Euch irgendeinen auch noch so bescheidenen Dienst erweisen kann, so zögert nicht, es mich wissen zu lassen.«

Er warf ihr einen dankbaren Blick zu, doch schienen ihre Worte ihn in gleichem Maße zu beunruhigen, denn seine Hände begannen, fahrig den Saum seines Umhangs zu kneten.

»Ich ...«, er suchte nach Worten. »Es gibt in der Tat etwas, das Ihr tun könnt. Ich würde sogar sagen: Ohne Euch werde ich meinen Weg nicht gehen können.«

Eine solche Antwort hatte Lärka nicht erwartet. Verblüfft sah sie ihn an.

»Ihr seht mehr als andere«, sprach er weiter, »das habe ich selbst erlebt. Nur Ihr könnt mit mir auf die Suche gehen nach den Gefährten, die ich im Kampf gegen Kovanbys Fluch brauche.«

Lärka versuchte zu begreifen, was sie gerade gehört hatte, und konnte nur mit Mühe verhindern, dass ihre Knie nachgaben.

»Aber wie soll ich das ...?«, hub sie an, doch da ließ sie der Schrei eines Falken verstummen. Arild schaute nach oben, dann streckte er seinen Arm aus, und zu Lärkas grenzenloser Überraschung senkte sich ein Gerfalke darauf herab.

»Der Falke!«, rief sie. »Ich habe ihn gesehen! Am Tag, als die Götter bei der Wasserprobe meine Unschuld bezeugten. War das ein Bote? Habt *Ihr* ihn etwa geschickt?«, sprudelte es aus ihr heraus.

»Nein«, antwortete Arild langsam und nahm seinen Blick nicht von ihr, während er mit der freien Hand in seine Gürteltasche griff und etwas herausholte.

»Eure Mutter«, sagte er und hielt eine Kette hoch, an deren Ende ein silbernes Triskel hing. Lärka schlug sich die Hand vor den Mund und wich zurück, bis sie mit dem Rücken an einen Baumstamm stieß.

»Die Gemeinschaft der Ahnin! Die Besitzerin der Kette!«, stieß sie hervor. »Ihr wart dort?«

»Ja«, sagte er. Mit kraftvollem Schwung warf er den Falken mit seinem Arm in die Luft. Während der Vogel aufstieg und davonflog, trat Arild zu Lärka und lud die immer noch Fassungslose mit einer galanten Bewegung ein, ihm an den Rand des Teiches zu folgen. Dort ließen sie sich auf den Steinen nieder. Er öffnete sein Bündel, das nebst seinem Schwert dort auf dem Boden lag, und holte eine Holzschale heraus, die er ins klare Wasser des Teiches tauchte. Dann bot er ihr zu trinken an und erzählte ihr von der Ahnin seines Volkes, der Hüterin der Weisheit, die die Seelen vieler Frauen in sich trug, und von Audhild, die nun eine von ihnen sei. Als Lärka begriff, dass sich die sagenhafte Königin des Nordens noch in diesem Jahr auf den Weg in den Süden machen und es ein Wiedersehen zwischen Mutter und Tochter geben würde, war sie tief bewegt und konnte sich kaum beruhigen.

Arild sprach jedoch weiter. Er enthüllte alles über die Verbindung zwischen den Seelenlosen und den Himmelssteinen. Lärka lauschte gebannt und berichtete dann ihrerseits von dem Mann mit den Silberschnallen und Orlygs Rettung. Arild nickte anerkennend.

»Das Geheimnis des Amuletts kennt Ihr also mittlerweile«, stellte er fest. »Aber Euer eigenes Geheimnis ist Euch bisher wohl verborgen geblieben. Wer die Kette umlegt, sieht die Seelen der Menschen, kleine blaue Lichter, die hier auf der Erde umherwandeln. Aber Ihr und Eure Mutter könnt mit den Himmelssteinen das *Wesen* der Seelen verstehen.«

Staunend bestätigte Lärka seine Worte: Im Wachen schaute sie das Wesen der Pflanzen und im Wahrtraum das der Seelen, das sich ihr wie eine Tiergestalt offenbarte.

»Aber was selbst Eure Mutter nicht vermag«, fuhr Arild fort, »scheint Euch gegeben zu sein: nicht nur die Seelen der Lebenden zu erkennen, sondern auch mit den Seelen der Verstorbenen zu sprechen, die in der Zwischenwelt weilen. Im Blutwald habt Ihr uns damit gerettet. Jetzt werde ich Eure Hilfe erneut brauchen, denn meine Aufgabe reicht über einen Kampf mit sterblichen Menschen hinaus. Ich werde diesseitige und jenseitige Mächte brauchen, um gegen die Gewalt des Berges Grimhorn zu bestehen.«

Lärka war sprachlos. Dass er einen solchen Dienst von ihr erbat, war eine große Ehre. Und jeder Augenblick, den sie dazu in seiner Nähe verbrachte, würde ihren Schatz kostbarer Erinnerungen in Überfülle mehren.

»Ich bin Euer, und alles, was ich vermag, werde ich ohne zu zögern tun. Lasst nach mir schicken, wenn Ihr mich braucht, und ich werde da sein«, sagte sie.

»Ich danke Euch«, antwortete Arild voller Wärme, doch dann verfiel er in rätselhaftes Schweigen. Sie schaute ihn an und spürte, dass ihn etwas bedrückte. Er musterte für einen Augenblick die Kiesel zu seinen Füßen und schien bei sich etwas abzuwägen. Dann erhob er sich und ging ein paar Schritte zu einem größeren Felsen hin. Als er zurückkam, hielt er herrlich rote, gelbe und blaue Lupinen in den Händen. Kaltes Wasser tropfte von den Stängeln, als Arild der verwunderten Lärka den bunt leuchtenden Strauß in den Arm legte.

»Ich hörte, Ihr mögt diese Blumen«, sagte er verlegen.

Sie erhob sich und lächelte gerührt. »Meine Mutter hat sie einst ...«, begann sie. »Aber das wisst Ihr natürlich. Sie sind wunderbar! Danke!« Sie schloss die Augen und sog den betörenden Duft der Blumen ein.

»Ich habe einen gefährlichen Weg vor mir«, sagte Arild nach einer Weile ernst. »Die ihn mit mir teilen, werden von Hakon verfolgt werden, und eines Tages werde ich vielleicht alleine aufbrechen müssen, um mich einem noch mächtigeren Gegner zu stellen.«

Es klang wie eine Entschuldigung, doch was er vorhatte, war selbstlos und mutig und verdiente in Lärkas Augen allen Beistand, den die Menschen geben konnten!

»Die kommende Zeit ist voller Ungewissheit für mich, aber in einem habe ich keine Zweifel: wen ich mir mehr als alles auf der Welt an meiner Seite wünsche!« Arild schenkte Lärka einen eindringlichen Blick und nahm ihre Hände in die seinen. Einen Augenblick lang starrte sie ihn an, schaute ungläubig auf ihre Finger und spürte, wie er sie sanft, doch bestimmt hielt. Das musste ein Traum sein. Er konnte doch unmöglich seiner Berufung untreu werden!

»Aber Ihr sollt den Thron besteigen und eine aus Eurem Volk zum Weib nehmen. So bestimmt es Eure Tradition«, sagte sie leise. »Was wollt Ihr mit einer Frau, die nicht von Feodriner Blut ist?« Sie wollte ihre Hände zurückziehen, doch er ließ sie nicht los.

»Wir stehen vor einer Zeitenwende«, sagte er beschwörend und suchte ihren Blick. »Das Geschlecht der Feodriner muss sich nun seiner Bestimmung stellen und das vollenden, wozu es auserkoren wurde. Wer oder was danach kommt, spielt keine Rolle. Die Frau, die diesen Weg mit mir geht, muss Mut, Klugheit und große Stärke besitzen. Auf all meinen Reisen habe ich nur eine einzige kennen gelernt, die dazu noch die Würde einer Königin und die strahlende Anmut eines Schwans hat«, sagte er. Er griff nach seiner Tasche und zog den gespaltenen Mondstein hervor.

»Seit ich aus Osgund fortmusste und ein Teil von ihm hierblieb, gab er nur noch einen trüben Schein. Aber wenn beide Hälften zusammen sind, wird er zum Licht werden, das die Dunkelheit vertreibt.« Voll banger Erwartung sah Arild Lärka an. Als er die Tränen in ihren Augen bemerkte, schüttelte er den Kopf.

»Ihr müsst diesen Weg nicht gehen«, sagte er. »Es ist besser, dass ein Berufener alleine bleibt, anstatt die Seinen irgendwann unglücklich zurückzulassen – ich habe Eure Worte wohl behalten.«

Er wollte sie trösten, aber Lärka wünschte sich, sie hätte in der wütenden Trauer um ihre Mutter nicht die harten Worte gesprochen, die er ihr gerade entgegenhielt. Wie sehr hatte sich ihre Gesinnung geändert.

»Wenn Ihr daran festhaltet, so kann ich das verstehen«, sprach er. »Ich liebe Euch! Niemals würde ich Euch zu etwas zwingen wollen, was Euch Unglück und Schmerz verheißt. Ich wünschte, ich könnte Euch versprechen, dass meine Berufung mich davon verschonen wird, von der Welt Abschied zu nehmen. Aber das wäre eine Lüge«, sagte er traurig.

Unverstellt und so voll unglücklicher Hoffnung stand Arild vor ihr, dass es Lärka fast das Herz brach. Sie legte die Blumen vorsichtig auf den Boden, nahm aus ihrer Tasche die andere Hälfte des Mondsteins hervor und fügte sie mit seinem Stück zusammen.

»Niemals werde ich damit hadern, was die Zeit uns bringt, wenn ich nur Eure Liebe habe«, sagte sie. »Und die meine wird Euch folgen wie ein Schatten und Euch umgeben wie der sanfte Südwind, wohin Euer Weg auch führen mag.«

In Arilds immergrünen Augen erstrahlte ein Glanz wie von tausend Sternen, als er begriff, dass es nichts mehr gab, was sie trennte. Befreit von einer schweren Last, lachte er glücklich und schloss sie in die Arme. Lärka strich dem Geliebten mit den Fingern zärtlich über den wilden Haarschopf und fand sich mit einem Mal emporgehoben und durch die Luft gewirbelt. Ihre Lippen fanden die seinen, und die Welt um sie herum versank, als gäbe es weder gestern noch morgen, weder Feind noch Bedrohung, noch irgendetwas, das sie je wieder trennen konnte. Alle Fragen waren verschwunden, alle Hoffnungen erfüllten sich, und die düsteren Schatten, die der Fluch Grimhorns über ihre Zukunft warf, wichen für den Augenblick dem Glanz ihres neu gefundenen Glücks.

Lange verweilten sie an dem Ort, der nur ihnen beiden gehörte. In seinen Armen geborgen, den Rücken an seine Brust gelehnt, saß Lärka am Fuße des Wasserfalls und schaute mit dem König der Feodriner in die Wolken.

Sie sprachen miteinander über das, was geschehen war, und das, was sein würde. Und je mehr Zeit verging und sie beieinander weilten, desto stärker wurde das innige Band ihrer Herzen. Ihre Liebe würde sie stark genug machen, selbst den größten Gefahren trotzig die Stirn zu bieten. Und sie erträumten sich, dass eines Tages, wenn der Steinkönig seinen Eid erfüllt hätte, König Ethandras und seine Gemahlin weise und friedvoll über das Land herrschten und ihr Glück vollkommen wäre.

Ende Teil 1

Danksagungen

Wer den Aufbruch ins Unbekannte wagt, braucht Weggefährten und Beistand.
Wer als berufstätige Mutter zweier kleiner Kinder ein voluminöses Erstlingswerk herausbringen will, braucht VIEL davon. Ich danke allen! Besonders:

Meinen Eltern Ingrid und Otfried Zipf, die mich für das Mittelalter begeisterten und im Wald hinterm Haus Robin Hood spielen ließen, so oft ich wollte.

Meinem Mann für die Erinnerung, dass der Weg zum Unmöglichen mit dem Machbaren beginnt – und für den von Anfang an vergeblichen Hinweis, dass ein Buch ohne Sex-Szenen keinen nennenswerten Erfolg bei Erwachsenen haben kann …

All den Frauen, die mich darin bestärkten, dass genau diese Szenen meist wenig zur Handlung beitragen.

Silke Trumpa, meiner leidenschaftlichen ersten Lektorin, die mit sicherem Gespür Unstimmigkeiten und Längen aufdeckte und mich unermüdlich anfeuerte, immer noch weiter an der Spannungsschraube zu drehen.

Alexandra Löhr, die mir die Tür zum Buchmarkt zeigte und Grimhorn als Erste ernstnahm.

Anoukh Foerg, Melanie Blank-Schröder und Dr. Claudia Müller für beeindruckende Professionalität und tolle Teamarbeit.

Andreas Fritz und Thomas Kastner für viel Vertrauen und den nötigen Freiraum für meine Work-Write-Balance.

Isabella Strauch, für ihren liebevollen Umgang mit meinen

Kindern und ihre wohltuende Art zu sagen: ›Mach dich an die Arbeit, und wehe, du hast ein schlechtes Gewissen.‹

Birgit Adler und Nelia Jenne für wichtige Anregungen, Rainer Gieser für die Verkörperung keltischer Lebensart, Bettina Arnd für das Gold der Kelten, Fridtjof Stein für eine denkwürdige Session, Gabi Schwarz für Ungarisch und Jürgen Bender, der es als erster Mann bis zum siebten Kapitel schaffte, für Ermutigung.

Und schließlich: Herzlichen Dank allen Freunden, die meinen Figuren wissentlich oder unwissentlich ihre Macken geliehen haben.

»Gegen Rebecca Gablés Romane schrumpft jedes Hollywood-Epos auf Heimkinoformat.«

BILD AM SONNTAG

Rebecca Gablé
DIE SIEDLER
VON CATAN
Historischer Roman
800 Seiten
ISBN 978-3-404-15396-1

Ein blutiger Überfall auf ihr Dorf im hohen Norden lässt die Ziehbrüder Candamir und Osmund erkennen, dass ihre Tage in der Heimat gezählt sind. Nach einem Hungerwinter bricht die Gemeinschaft mit Schiffen auf, um ein neues Land zu suchen. Ein Sturm verschlägt sie auf jene Insel, die sie nur aus der Sage kennen: Catan …

Bastei Lübbe Taschenbuch